大望

대망 36 언덕위 구름 3

시바 료타로/박재희 옮김

대망 36 언덕위 구름 3
차례

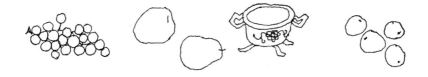

황색 굴뚝

붓을 발틱함대로 옮긴다.

그들은 그 후 계속 아프리카 동해안의 마다가스카르의 섬의 어항 노시베에 머물고 있었다.

이 원정 함대가 노시베 항에 닻을 내린 것은 1월 9일이었다. 그들은 이곳에 오자마자 여순이 1월 1일에 함락되었다는 이 함대의 운명에 관계되는 뉴스에 접했다.

더욱이 흑구대 방면을 향하여 러시아군이 대공세를 취하여, 도상 작전으로 말하면, 일본군이 대패를 하게 되어 있는데도 러시아 장군 두 사람이 관료적인 암투를 하는 내부 사정으로 인해 공세는 1월 28일에 좌절되었다.

물론 그동안에도 함대는 계속 노시베에서 몹시 심한 더위를 겪고 있었다.

이어서, 암투를 벌인 러시아 육군의 두 장군 가운데 하나가 사표를 내던지고 유럽 방면으로 떠났다는 소식도 함대의 병사들은 신문을 통해 알았다. 신문 보도는, 러시아군은 스스로 패하도록 행동했다는 듯 쓰고 있었다.

"러시아가 왜 졌을까?"

이 의문이 온 세계의 관심의 초점이 되어 있는 것도 함대의 사람들은 신문을 보고 알았다. 이 점에 대해 논평을 가한 신문은 대부분 이런 점을 결론으로 들었다.

"이 러시아의 재해는 그 전제(專制) 정치와 전제 정치에 따르기 마련인 관료 정치에 기인한다."

이것은 세계적인 상식이 되고 말았다.

러시아는 일본처럼 헌법도 없고, 국회도 없고, 전제 황제는 중세 그대로의 세습적인 제권을 가지며, 나라 안에 어떠한 합법적인 비판 기관도 갖지 않았던 것이다.

"전제 국가는 망한다."

오직 하나의 이유만으로 이 전쟁의 승패를 예상하여 일본의 승리를 내다본 사람은 미합중국 대통령 테오도어 루스벨트였다.

그 이유는 간단하다.

2류 내지는 3류 정도의 인물밖에 안 되는 황제에게 절대 권력을 주는 것이 전제 국가이다. 그 인물이 영웅적인 자기 비대의 망상을 가질 때 아무도 그에 대해 제동을 걸 수가 없다. 제도상으로 제동 장치를 갖지 못한 것이다.

러시아 제국은 입헌 국가인 일본 제국과 마찬가지로 내각을 구성하고 있었다. 그러나 일본의 내각과는 달라서 엄밀히 말하면 오직 독재 황제의 보좌 기관 내지는 측근에 지나지 않았다.

러시아의 모든 관리와 군인들은 그들의 배후에 무서운 불덩이를 느끼고 늘 그 화기의 위험을 인식하곤 하였다. 불덩이란 곧 독재 황제와 그 측근을 가리키며 그것은 독재 체제하의 관료로서의 공통적인 심리로 적과 싸우기보다는 언제나 배후에 신경을 썼으며, 때로는 크로파트킨 대장처럼 눈앞의 일본군에 이익을 주면서도 오히려 정적(政敵)인 그리펜베르그 대장을 실패하게 하는 데 노력하여 결국 그 노력의 목적을 달성했던 것이다.

테오도어 루스벨트가 말한 "전제 국가가 이길 리가 없다"는 이론은 이런 전장 현상에까지 적용되는 셈이다.

반면에 일본군의 장군들은 그 배후에 러시아 황제와 같은 절대적인 독재 권력자를 가지지 않았기 때문에, 뒤를 염려할 필요 없이 적을 격파하는 데에만 전념할 수가 있었다.

다시 노시베에 머무는 발틱함대에 언급한다.

그들은 놀랍게도 나쁜 질균의 소굴 같은 이 메마른 곳에 닻을 내린 이래

두 달이나 대기하고 있었던 것이다.

그 이유를 절약한다면, 앞에서 말한 것과 같은 러시아적인 정치 체질에 기인한다.

그러나 어쨌든 불가사의한 일이다.

"그놈의 원숭이를 응징할지어다."

황제 니콜라이 2세가 어째서 떠나보낸 로제스트벤스키와 그 함대를 두 달이라는 오랜 기간을 마다카스카르 섬의 어항에 묶어 놓았을까?

그 기본적인 이유는 앞서 말한 대로일 것이다. 그에 따르는 이유로는, 이 무렵 런던 타임스가 자주 논평하고 있듯이 '러시아 행정 조직의 졸렬함' 때문이다.

졸렬함이라고 하면 한층 더 추상적일지 모른다. 졸렬이란 말에는 행정 조직의 기능이 낮다는 뜻도 있고, 또한 관료의 태만과 무책임이라는 뜻도 포함될지 모른다.

이 시기 〈타임스〉지는 러시아의 전비(戰費)를 계산했었다. 타임스 스스로의 계산이라기보다는 타임스가, 프랑스의 경제학자 레뷔가 산출한 숫자를 신뢰했다는 것이 정확할지도 모른다.

이에 의하면 러시아 육군 30만의 만주 벌판에서 싸우는 경비가 한 달에 6백만 파운드에서 7백만 파운드라고 했다.

그런데 이 계산에 따르면 발틱함대를 동양으로 보내는 데 드는 경비는 3천 2백만 파운드라고 했다. 해군에 얼마만큼의 돈이 소요되는 것인지 알 수 있거니와, 그 경비의 절반이 함선의 정비였던 것이다.

남은 절반은 항해에 따르는 비용이다. 그 중에서도 석탄의 구입비가 크다.

석탄이라는 물질 자체는 값이 싼 것이라 해도 1만 8천 해리라는 사상 최초의 대규모적인 함대의 원정이고 보면, 석탄을 수송하는 일과 보급하는 일에 막대한 돈이 들기 마련이다. 돈도 돈이지만, 그것을 계획하고 수행하는 일도 엄청날 것이다.

함선의 역사 연구의 제1인자인 후쿠이 시즈오(福井靜夫)씨의 의견을 잠시 무단히 빌려 본다면 이러하다.

"그 점이 대단한 능력이라 생각합니다."

그러고 보면 로제스트벤스키 항해라는 이 어려운 대원정을 생각한 것만으로도 슬라브 민족의 기개가 얼마나 큰 것인가를 인정해 주어야 할 것이다.

바람을 따라 배를 움직이는 범선 시대라면 수월했다. 그러나 이 시대의 군함은 연료가 없으면 움직이지 않는 것이다.

이 로제스트벤스키 항해의 경우는 방대한 석탄 보급을 위해 세계 지도를 펴놓고 석탄 탑재 지점을 정해 나가야만 한다. 그곳에 미리 석탄선을 대기시켜 놓아야 하는 것이다.

그 석탄선을 조정하는 여러 가지 계산과 운영을 생각한다면 러시아 사람의 운영 능력은 그런 일을 능사로 아는 영국인이나 독일인에게 조금도 뒤지지 않으며, 더욱이 이 항로의 태반이 일본의 동맹국인 영국의 세력하에서 방해를 받는다는 것을 감안한다면, 러시아가 감행하고 있는 이 항해 자체가 러시아가 경험한 세계사적인 사업이라고도 할 수 있다.

다만 전제 국가에는 탐관오리가 그 행정 조직에 끼어 있는 것이 문제이다. 〈타임스〉지의 조사에 의한 것이다.

"러시아의 고관은 함선용의 고급 영국 석탄인 웨일즈 탄의 가격을 장부에 달아 놓고 조악한 일본탄을 사들여 사복을 채운 자가 많다."

일본의 석탄이 독일의 석탄 회사를 통해 나가서 그것이 러시아의 군함에 꾸역꾸역 검은 연기를 뿜게 했다면, 장사라는 기능이 얼마나 기묘한지 모를 일이다.

이 함대가 항해하는 도중에 석탄을 보급하면서 간다는 사실 자체가 세계적인 규모의 대작전이라는 말은 앞에서 언급한 바 있다.

그러나 그 일이 러시아인의 머리로 입안된 것인지, 혹은 항해 동안의 보급 일체를 청부맡은 독일의 함부르크 아메리칸 회사의 능력에 의한 것인지는 분명치 않다.

다만 문제의 조선 기사 폴리토우스키는 1월 27일에 그의 아내에게 보낸 편지에 이렇게 말했다.

"독일 사람은 정말 놀랄 만한 실무가들뿐이오. 독일이 석탄선에는 선장 외에 부선장이란 사람이 타고 있소. 그들은 모두 독일 해군의 사관이오."

독일 해군의 사관들이 석탄 보급을 맡고 있는 듯하지만, 폴리토우스키는 그렇게 보지 않았다.

"그들은 우리를 보고 있는 거요."

즉, 러시아 함대의 이 어려운 항해 상황을 시찰하여 자기 나라 해군의 장
례 이익을 도모하려 한다고 그는 말하는 것이다.

"그런 일을 생각하고 또한 시킨다는 것은 우리 러시아 사람으로서는 도저
히 미치지 못할 일이오."

폴리토우스키는 러시아에는 계획성 따위는 아무것도 없다면서 아내를 보
고 분개하였다.

"우리 러시아 제국은 손해만 보고 있소. 우리 나라에는 훌륭한 해군도 훌
륭한 육군도 존재하지 않소. 그것은 원대한 계획성과 선견지명이 없기 때
문이오."

함대 간부 가운데서 출중하게 과학의 지식을 가졌고 과학적인 사고방식을
가진 이 젊은 폴리토우스키가 이런 상황을 본다면, 하나에서 열까지 자기 나
라가 하는 짓이 한심하여서 그만 자학적인 관찰을 하게 될지도 모른다. 이
문장은 그 점을 다소 감안해야만 한다.

아무튼 이 로제스트벤스키 항해의 어려움은 첫째도 둘째도 석탄 보급이었
다. 더구나 이 보급에 영국의 외교적인 압력이 가해짐으로써 어려움은 갑절
로 불어났다.

러시아가 해상 보급 일체를 독일의 함부르크 아메리칸 회사에 청부를 준
것은 이미 언급했다. 그 회사에 영국이 질이 좋은 석탄을 팔지 않았다는 것
도 이미 말했다. 그 때문에 이 대함대는 열량이 낮고 시커먼 연기가 나는 독
일 탄을 함대에 공급했다.

이것이 큰 문제가 되어 러시아 정부 대 함부르크 아메리칸 회사의 소송 사
태까지 벌어졌고, 그 소송도 끝장이 나지 않아 결국은 같은 회사의 마다카스
카르 주재 지배인과 로제스트벤스키 간의 직접 교섭에 위임되는 사태로 번
져, 그 때문에도 그곳에 발이 묶였던 것이다.

"현지에서 해결하라."

러시아 정부는 모든 것을 로제스트벤스키에게 맡기고 말았지만, 사실 이
런 일은 본래 정부가 할 일이었다. 외무성이나 해군성이 할 일이지, 이만한
원정 함대를 이끌고 극동에서 대해전을 치르려는 사령관에게 그런 일과 책
임까지 지운다는 것은 가혹한 일이었다.

석탄 담판은 오래 끌었다.

그동안 병사들의 사기는 침체되어 전함대에 걸쳐 전쟁을 싫어하는 감정이

가득 찼다. 군속들이 상관의 명령을 어기는 사건이 자주 일어나기도 했다. 수병들은 그래도 군인으로서의 복종심을 상실하는 데까지는 가지 않았으나, 러시아 본국에서 혁명 소동과 폭동이 일어나고 있다는 뉴스는 오히려 일부 우익적인 기질을 가진 사관들의 신경을 과민하게 만들어 수병들의 사소한 언동까지도 의혹의 눈으로 보게 되고, 혹은 강압적인 태도를 취하게끔 되어, 이 점이 오히려 수병들의 염전 사상을 부채질했던 것이다.

그동안 일본의 대본영이 입수한 발틱함대에 관한 정보는 극히 극소하나마 정확했다.

"주력함대는 무선 전신의 설비가 있다."

"수뢰 방어망을 가졌다."

"잠수정은 없다."

이밖에

"공작선, 수뢰모함, 병원선을 동반하고 있다. 거기에다 급탄과 급수용 선박도 가지고 있다."

이 함대가 마다카스카르 섬에 도착했다는 것도 알았으나 그 뒤 움직이는 기미가 보이지 않는다는 점에 대해서 당연한 의문을 가졌다.

도쿄의 판단으로는 필시 곧 마다카스카르 섬을 출발할 것으로 보고 있었다. 그래서 곧장 말레이 군도 방면으로 나와서 그들이 대만 해협 근처에 닿는 것은 "아마 1월 상순께일 것이다"라고 계산하고 있었다.

여순 함락 후 도고 함대가 함정의 수리를 서두른 것은 이 이유 때문이었다. 구레(吳)와 사세호(佐世保)의 두 군항에서는 주야 겸행의 작업이 계속되었다.

"마다카스카르에는 2주일쯤 머물게 되리라."

로제스트벤스키 자신도 처음에는 그렇게 계산했었다. 그는 급탄도 급탄이었지만, 지중해를 도는 페리켈잠 소장의 지대와 합류하자면 그만한 시일이 필요하리라고 보았었다.

그러던 것이 입항하여 곧 여순의 함락과 '제1태평양함대'인 여순함대가 바다 속에 가라앉아 버렸다는 것을 알았다.

"로제스트벤스키가 거느리는 제2태평양함대(발틱함대)는 협력할 아군(여순함대)을 잃었기 때문에 본국으로 돌아갈 것이다."

이런 낭설이 온 세계에 퍼졌다.

이 근거 없는 소문은 나중에 전혀 근거가 없는 것도 아니었음이 밝혀졌다.

로제스트벤스키 자신이 싸움의 앞날에 희망을 잃고 '어떻게 할 것인가' 하는 점을 본국에 대해 훈령을 요청하고 있었던 것이다.

그러나 일본의 대본영은 '되돌아간다는 일은 있을 수 없다'며, 그 점은 전혀 생각 밖으로 돌리고 있었다.

러시아 제국이 일본과 교전을 계속하는 한 극동의 제해권을 놓고 도고 함대와 싸우는 일을 포기할 리가 없다는 것이 그 이유였다.

"러시아는 제3 태평양함대를 편성했다."

과연 이런 정보가 들어왔다. 러시아 황제는 이것을 극동으로 보내 로제스트벤스키에게 선물하려는 것이었다.

제3함대란 러시아 해군이 현재 보유하고 있는 흑해함대 이외의 모든 함선 가운데서 항해가 가능한 배를 골라 이것을 네보가토프 소장에게 인솔케 한다는 것으로 '물에 뜨는 쇳덩이'라고 수병들에게 악담을 들은 것처럼 노후함뿐이었다. 그 병력은 전함 1척에다 순양함 1척, 해방함 3척 외에 약간의 특무함(特務艦)을 소속시키고 있었다.

이 정보를 도쿄의 대본영이 입수했을 때 그 판단이 옳았던 것을 재확인했다.

"보라구, 그들은 오잖아."

그러나 로제스트벤스키에게는 실망밖에는 아무것도 주지 못했다. 노후함을 보충 받는다고 해도, 그것은 함대의 기동력에 지장을 초래할 뿐 전력에는 아무 도움도 되지 않는다는 것이다.

──여순함대가 전멸했다.

이 충격적인 보도는 신문을 읽은 자의 입을 통해 즉시 전함대에 퍼졌다.

그 뒤를 꼬리를 물고 일어난 당연한 의문은 이러했다.

──우리 함대는 어떻게 되는 것인가?

이것이 문제였으며, 이 점은 모든 병사들에게 샅샅이 파급되었다.

원래 발틱함대라는 대함대를 극동에 회항시킨다는 사상 최대의 모험적인 항해 계획을 실시했는데, 러 해군이 굳이 나선 유일한 이유는 앞서 몇 차례나 언급했듯이 이 함대와 여순함대를 합쳐서 도고 함대에 대적케 하기 위해서였다.

여담이 될지도 모르지만, 러시아의 과거의 육전사를 살펴보면, 아무래도 적에 대해 두 배 이상의 병력이나 화력을 갖지 않으면 공세를 취하지 않는다는 독특한 원칙 같은 것이 있는 듯하다. 이것은 민족성에 의하는 것인지도 모른다.

혹은 그렇지 않을지도 모른다.

"이긴다."

본시 전쟁이란 이것을 목적으로 하는 이상 이길 수 있는 태세를 갖추는 것이 당연한 일이며, 나폴레옹도 항상 그 방법을 취했고, 일본의 오다 노부나가도 항상 그 점을 게을리 하지 않았다.

다만 적보다 두 배 이상의 병력을 집중한다는 것이 영웅적인 사업이라는 내용의 9할 이상을 차지하는 것이어서 그것을 가능케 하기 위해서는 외교로 적을 속여 시간을 벌기도 하고, 혹은 제삼세력에게 달콤한 미끼를 주어 동맹으로 끌어넣는 따위의 정치적인 고심을 기울여야만 한다. 그 뒤에 벌어지는 전투란, 오직 그 결과에 지나지 않는다.

이런 사상은 일본에서는 전국시대에는 상식이었지만, 그 후 에도 시대에 이르러서는 쇠약해져서 이기느냐 지느냐 하는 싸늘한 계산보다도 오히려 장수에 의해 장렬함을 기리는 불건전한 사상이 발전했다.

에도 시대라는, 세계에서도 유례없는 오랜 동안의 평화시대는 도쿠가와 막부의 독특한 치안 원리에 입각하여 성립되고 있었다. 체제 원리에 의하여 막부는 여러 영주로부터 서민에 이르기까지 경쟁 정신을 빼앗고 말았다. 이 점이 에도 시대의 모든 일본인으로부터 군사에 대한 감각의 예민성을 잃어버리게 했다고 할 수 있을 것이다.

이 이지러진 결과로 에도 시대의 사람들을 감동케 한 군담(軍談)은 모든 것이 적은 인원으로 대군을 막았다든가, 또는 쳐부쉈다는 요술적인 명장담이었다. 이 때문에 미나모도 요시쓰네가 사랑을 받고 구스노키 마사시게에 대해서는 신비적인 경외감을 품었다. 절망적인 농성전을 기어이 벌여서 결국은 망하고만 도요토미 히데요리(豊臣秀賴)의 오사카 진은 등장인물을 가명으로 내세워서까지 숱한 드라마가 만들어지고, 사나다 유키무라(眞田幸村)나 고토 마다베(後藤又兵衛)가 국민적인 영웅이 되었던 것이다.

그 행위의 목적이 승패에 있는 것이 아니라, 장렬한 미에 있기 때문에 태평한 에도 시대 서민의 심금을 울렸던 것이다.

이런 정신은 쇼와 시대까지 계속된다.

그러나 러시아 사람의 싸움에 대한 사상은 이길 수 있는 태세에까지 이군의 병력이 갖추어지지 않는 한 싸움을 벌이지 않는다. 그런데도 작전상의 절대적인 요구로써 싸우라는 명을 받으면, 스스로에게 장렬하게 도취되기보다는 오히려 사기가 침체되어 때로는 항복하고 만다.

그것은 유럽 각국이 끊임없는 전쟁에 의해 그 문명을 일으켜 왔으니만큼, 일본의 전국시대 사람들처럼 전쟁의 본질을 알고 있었기 때문이다.

지독한 혹서 아래서 승무원들은 외부에서 전해오는 사소한 정보에까지도 신경을 곤두세웠다.

"크로파트킨 장군이 진격전을 개시했다."

예컨대 이런 소문이 함대를 휩쓸었다. 기사 폴리토우스키도 그것을 2월 1일자로 적고 있다. 다만 이 냉정한 과학적 사고방식의 소유자는 이 소문을 진실로 받아들이지 않았다. 과거에 몇 차례나 러시아 육군의 세를 보강하여 반격전에 나섰다는 보도가 있었던 것이 모두 거짓말이었다는 것을 그는 알고 있었던 것이다.

그러나 이 풍문은 사실이었다. 예의 그리펜베르그 대장이 감행한 일본군 좌익에 대한 강타 작전(흑구대 회전)을 가리키는 것이리라.

이 소문이 전해진 며칠 뒤에 수도 페테르스부르크에서는 육군 군인의 논공행상이 있었다는 소문이 폴리토우스키의 귀에 들어왔다.

'줄곧 지고만 있으면서……'

그는 이 풍문도 믿으려 하지 않았다. 아무리 독재 황제의 조정이 부패했다고 해도 이 시기에 상훈의 주접을 떨리는 없으리라.

하기야 육군에 그런 습관이 있는지도 모르지, 하는 느낌도 들었다. 전쟁 동안에 설사 패세에 놓였더라도 전선을 격려하기 위해서는 그런 짓을 해도 괜찮을 것이다.

이것이 막료실의 화제가 되었다. 폴리토우스키는 아직 32살의 젊은 기사였지만, 그의 뛰어난 능력——특히 '스와로프'형 전함에 대한 지식——에 의해 로제스트벤스키의 고급 막료의 한 사람으로 끼어 있었다.

그는 항해에 관한 경험이 거의 없었다. 그러나 조함 기술을 통하여 러시아 해군의 장단점을 병과 장교 이상으로 알고 있었고, 나아가서는 러시아군이라는 거대한 존재를 통하여 러시아 제국의 구제할 수 없는 환부를 온 몸으로 알고 있었다.

육군의 포상이라는 소문이 막료실의 화제가 되었을 때, 한 사관이 갑자기 분격하였다.

"해군은 잊혀지고 있다."

육군에 행상(行賞)이 있으면서 해군에는 아무런 말도 없다니 될 말이냐는 것이다.

그가 말하는 해군이란, 이 전쟁에 참가한 제1태평양함대인 여순함대이다. 그 함대의 사관에 대한 행상이 무시되다니 그것은 황제의 해군에 대한 중대한 모욕이다, 하고 그 사관은 연설하듯이 외쳤다.

그 말을 듣고 폴리토우스키는 숨이 막힐 정도로 놀랐고, 그 놀람은 분노로 바뀌었다.

'여순함대는 무엇을 했단 말인가!'

그는 소리치고 싶었다. 여순함대는 일본 해군과 거의 비슷한 전력을 가지고도 일본 해군에 대해 가벼운 상처 하나도 입히지 못하고, 바다 속에 가라앉지 않았는가.

여순함대가 세계에 남긴 것은 단순한 패전의 기록이 아니다. 사상 일찍이 없었던 불명예를 남기고, 온 세계로부터 모욕을 샀을 뿐이 아닌가.

폴리토우스키는 서구 기술을 통하여 서구 사상을 알고 있었지만, 러시아의 학생과 병사, 그리고 노동자들 속으로 침투해 가고 있는 혁명주의자는 아니었다.

그는 러시아와 해군을 사랑했다. 사랑하는 나머지 그 부패에 대한 분개가 컸고, 이 경우에도 거의 고함을 지르고 싶었던 것이다.

"러시아 국민의 땀과 피로 건조한 우리 여순군은 지금 어디 있단 말이냐! 그들은 조금이라도 러시아의 명예를 떨쳤단 말인가? 여순해군의 고급 사관의 가슴에는 푸짐하게 훈장이 달려 있었는데, 그런 가슴의 훈장 값어치가 되는 노력과 행동을 다소라도 했단 말인가!"

폴리토우스키는 몸부림치고 싶은 심정이었다.

함대는 이 노시베라는 이름 없는 어항(漁港)에 계속 눌러앉아 있었다.

"남해의 별의 수와 위치를 모조리 알게 되었소. 우리는 그 정도로 지루한 상태요."

이런 사연으로 편지를 써서 고향으로 보낸 수병도 있다.

이 지루한 사태에는 약간의 주석이 필요하다.

로제스트벤스키 제독은 수병들이 지루함을 느낄 정도의 여가를 결코 주지 않았다. 끊임없이 사격 훈련을 시키고 외양에 나와서는 함대 이동의 연습을 시키고, 밤에는 초계 근무를 엄중히 부과했다.

다만 이 함대가 언제 이곳에서 닻을 올릴 것인지, 닻을 올리고 극동으로 가는지, 혹은 고국으로 가는지──점차 시들어 가는 희망적인 관측이라고는 해도──아무도 스스로의 운명의 위치와 방향을 몰랐기 때문에 초조와 권태가 전함대를 뒤덮고 있었던 것이다. 방향을 잃어버린 나날처럼 권태로운 것은 없으리라. 로제스트벤스키 중장은 지난날 여순에서 함선과 함께 침몰한 마카로프 중장에 비해 백분의 일 정도의 호감도 병사와 군속들로부터 받지 못했지만, 그가 유능한 제독이라는 점을 초계 작전에서 보여 주었다.

"일본의 순양함대가 수뢰정이나 잠항정을 싣고 멀리 이 마다카스카르 섬까지 공격해 올지도 모른다."

이것은 상상이라기보다는 절실한 현실감을 갖는 상정으로서 이 함대를 구속하고 있었다.

일본 해군은 잠함정 따위의 신무기를 가지고 있지 않았지만, 러시아 사람들은 그렇게 생각하지 않았다. 여순함대가 그토록 깨끗이 침몰당한데 대해서는 일본 해군이 수수께끼 같은 힘을 가졌으리라고 상상했으며, 그 상상도(想像圖)는 잠함정의 모습이었던 것이다.

그래서 그런 위험을 미리 재빨리 알기 위해 날마다 몇 척씩 수양함이 항구를 나가 일정한 수역을 돌곤 하였다.

구축함도 활동했다. 성으로 친다면 제일 큰 문이라고도 할 수 있는 항구 부근을 주야로 경계했다.

매일 밤 별이 반짝일 무렵에는 항구 안에 있는 모든 함선이 어뢰를 막는 방어망을 쳤다. 각 함선에 불을 켜지 못하게 했으며, 만일에 대비해서 포수와 탐조등의 조작수가 배치되었다.

말하자면 야간에는 모든 함선이 '전투 준비'하였다.

──나는 저 무리들을 도무지 믿지 않는다.

이것이 로제스트벤스키의 태도였다. 그 무리들이란 함대의 전원을 가리키며, 즉 그의 부하를 일컫는 말이다.

"아무도 믿지 않는다."

로제스트벤스키의 태도가 혹은 옳았는지도 모른다.

원래 러시아 해군의 팔팔한 현역 하사관과 현역 수병은 고스란히 여순함대에 집결되어 있었던 것이다.

니콜라이 2세가 '태평양의 황제'가 되려고 했던 만큼 러시아는 극동을 중시해서 그 해군에 대해서는 훈련의 강도가 높았었다.

그래서 북해나 발트 해, 또는 흑해에 있던 함대의 병력이란, 말하자면 제2군격인 것으로 경험을 쌓은 자의 수가 지극히 적었다.

로제스트벤스키는 이 함대를 편성할 때 병력을 모으는 데 애를 먹었다. 나이 든 예비역 하사관과 수병을 대량으로 소집했는데, 개중에는 내륙 지대에서 소집되어 와서 바다를 처음 본다는 자까지 끼어 있었다.

그는 이들을 훈련시켜서 짧은 기간 동안이지만 싸울 수 있는 기능병으로 키워야만 했다.

이러는 동안에 불행한 예언자가 나타났다.

——러일 어느 쪽 함대가 이기겠느냐.

이 점에 대한 관측이 〈노시베 우레미야〉지(紙)에 게재되고 있었다.

클라드라는 해군 중령이 쓴 논문인데 그 나름대로의 분석을 인용하여 러시아측 승리가 반드시 확정적이라 할 수는 없다는 결론을 내려 러시아 해군에 경고를 준 것이었다.

클라드의 경고는 결과를 가지고 따진다면 적중한 것이었지만, 그의 분석은 그렇게 정확한 것이라고는 할 수가 없다.

그는 쌍방의 전함과 일등 순양함과 같은 결전 병력에 대해 비교를 했는데, 그 비교 계산은 계산의 기초를 어디에 두느냐에 따라서 상당히 다른 결론이 나오게 된다.

클라드 중령이 생각해 낸 전투력의 계수를 가지고 러일 쌍방을 비교해 보면, 러시아를 1로 친다면 일본은 1.8이 된다는 것이다.

러시아로서는 무척 비관적인 숫자이지만 계산을 하기에 따라서는 거꾸로도 될 수가 있다. 오히려 반대인 것이 상식적인지도 모른다.

클라드는 설파하고 있다.

"그러므로 다시 함대 하나를 편성해서 제2태평양함대(발틱함대)를 뒤쫓게 할 필요가 있다."

즉, 발트 해에 남아 있는 노후 군함을 끌어 모아서 로제스트벤스키에게 주라는 말이며, 실제로 그대로 실행되었다.

로제스트벤스키가 보충되는 것을 싫어한 네보가토프 소장의 제3함대가 바로 그것이다.

결국 이것이 보태지겠지만, 합쳐지면 함대의 병력은 40여 척이 되어 주포의 수로 보면 러시아측이 압도적으로 우세한 것이다.

예컨대, 결전 병력인 주력함의 12인치 포(砲)만해도 일본은 16문밖에 없는데 러시아는 26문이 된다. 다음으로 10인치 포는 일본은 1문이고 러시아는 7문, 9인치 포는 일본은 없고 러시아가 12문, 다만 8인치포만은 일본이 월등 우세하여(이것은 청일전쟁의 경험에 의한 것임) 30문이나 되지만 러시아는 8문밖에 없다.

이상은 주력함들의 포의 비교이다.

이것으로 본다면

"9인치 이상의 대포는 러시아측이 훨씬 우세하다."

이런 결론이 나오지만, 클라드 중령은 그것을 지적하지 않았다.

이 논문은 결코 정교하고 치밀한 것이 아니고 오히려 한층 더 비관적인 결론을 선전하기 위해 쓴 것으로밖에 간주되지 않는다.

클라드 중령은 러시아 해군의 정규 장교이다. 그런 그가 자기 나라 해군에 대해서 '경고'의 형태를 빌렸다고는 하지만 비관적인 관측을 한다는 점에 대해서는 "해군성이 쓰게 했을 거다"라는 야유적인 견해를 가지는 자까지 있었다.

만약 전쟁에 졌을 경우 해군성이 책임을 추궁 받게 될 것이므로, 그 경우의 관료적인 변명의 구실을 미리 마련해 두기 위해서라는 것이다. 이것은 약간 지나친 추리일지도 모른다.

왜냐하면 클라드는 이 논문으로 결국은 체포되었기 때문이다.

그러나 클라드의 이 논문의 요지가 함대의 병사들에게까지 전해졌을 때, 그들의 사기가 크게 꺾였던 것은 숨김없는 사실이었다.

기사 폴리토우스키의 그날그날의 바쁨이란 말로 다할 수 없을 정도였다.

노시베 정박 중에도 연달아 크고 작은 함정에서 고장을 호소해 왔다. 군함의 내과의격인데다 외과의까지 겸하고 있는 그는, 일일이 그 현장에 가서 고장 상태를 봐야만 했고, 처방을 지시해야만 했으며 때로는 수리 현장에 지켜서서 지휘를 해야만 했다.

세계 해군사에 유례가 없는 이 '로제스트벤스키 항해'가 당초에 각국의 해군 전문가들로부터 아무래도 성공하지 못하리라고 생각되었던 한 가지 이유로는, 자주 고장이 나는 데 함선이 고장을 일으켰을 경우 그것을 어떻게 수리해 나가느냐는 점이었다.

그것이 평화로운 상황에서 하는 항해라면 조선소나 함선의 수리 시설이 되어 있는 항구에 들어가면 문제는 해결되는 것이지만, 지금은 전시였다. 더구나 러시아의 적국인 일본의 동맹국은 해상 왕국인 영국이다. 영국은 그들의 속방의 항구에 러시아 함대가 기항하지 못하게 할 뿐만 아니라, 프랑스와 독일에까지 끊임없이 손을 써서 그들의 항구마저 이용하지 못하게 했던 것이다.

그 때문에 이 함대는 대 수리조차도 조선소를 이용할 수 없어서 모든 것을 바다 위에서 했다. 흘수선 아랫부분의 수리에 이르러서는 수리공이 잠수복을 입고 물 속으로 들어가야만 되는 형편이었다.

이런 모든 일이 크든 작든 간에 폴리토우스키에게로 넘어왔다.

특히 구축함 같은 작은 배는 자주 고장이 나고 파손 사고가 일어났다. 애초부터 이런 작은 함정을 억지로 원양 항해에 돌린 것부터가 무리였다.

"구축함은 지옥이다."

수병들이 입버릇처럼 뇌까리는 것은 구축함이 소형 함정이었기 때문에 기거가 불편하고, 또한 함체의 동요가 큰 데다 더욱이 열대 지방에서는 함내의 더위가 큰 함선보다 심하기 때문이기도 했다. 또 식량과 물 사정이 다른 큰 배의 경우와 비교해서 조건이 아주 나빴다. 소함정에는 대함선과 같은 냉장 시설이 없기 때문에 음식물이 쉬 부패했다. 병사들에게 썩은 고기가 급식되는 수도 흔히 있었으며, 이에 대해 그들의 불평은 이만저만 크지 않았다. 그러나 놀라운 일은 그들이 대체로 이 괴로운 항해 생활을 견디어 나갔다는 사실이다.

또 한 가지 소함정은 함대측으로 봐서는 지옥이었다. 극동에서 해전을 치르기 위해서는 그것들을 이끌고 가야만 했으나, 워낙 석탄의 적재량이 적기 때문에 자주 석탄 탑재 작업을 해야만 한다. 그럴 적마다 큰 배는 기다려야만 했고, 이 노시베에 오기까지만 해도 소함정의 석탄 적재 때문에 전함대가 해상에서 몇 번이나 정지하곤 했다.

거기에다 고장과 파손 사고가 속출했다. 이것을 처리하는 것이 폴리토우스키의 일이었다. 그 때문에 그는 노시베에 정박 중에도 다른 사관들보다 훨씬 바빴다. 그러나 타시켄트 태생인 이 젊은 청년은 그 어려운 임무를 수행하는 데 충분한 재능을 가지고 있었다.

여기서 러시아의 군함에 관해 언급하고자 한다.
"그 조함과 수리 기술이 저급한 것은 물론 아니다."
앞에서 소개한 후쿠이씨가 '세계의 함선' 1957년 6월호에서 상세히 분석하고 있다.

그 당시 일본은 이등 순양함을 포함한 작은 군함은 국산으로 건조했지만, 주력함, 특히 전함의 경우에는 영국에 발주하여 기본적인 요구만을 지시해서 만들었다.

러시아측도 프랑스제와 미국제가 많다. 그러나 대부분 자국제로서, 이를테면 블라디보스토크 함대에 속하고 있던 대형 순양함 류릭 따위는 러시아의 함선 설계력의 우수성을 세계에 보여준 한 예이다.

류릭은 항속력이 큰 것을 특징으로 하는 장갑 순양함으로서, 1만 9백 40톤에 19노트, 20센티 포 4문과 15센티 포 16문을 장치한 우수한 전투력을 가진 통상파괴라는 원양 작전에 가장 적합한 군함이었다.

이 류릭의 출현이 영국 해군을 자극하여 마침내 세계의 해군국에 순양 전함을 가지게 하는 결과를 초래했던 것이다.

러일 양국의 주력함의 질에 대해서는 후쿠이씨는 말하고 있다.
"각각 일장일단이 있어서 거의 같은 수준."
이하, 후쿠이씨의 연구에서 대부분을 인용했다. 만약 잘못 기술한 점이 있으면 그것은 이 원고를 쓴 필자의 책임이리라.

후쿠이씨는 양국의 전함을 비교하고 다음과 같이 결론지었다.
"대체로 봐서 일본의 전함인 배 1척을 놓고 본다면 우월하다. 배수량이 크고 속력도 빠르다."
"러시아 전함의 대부분은 자국에서 건조한 것이다. 그러나 프랑스식으로 설계된 함이 많고 그 중에는 미국에서 건조한 배도 있다. 그 때문에 배의 모양, 성능, 장비가 잡다하다."

일본 해군은 야마모토 곤노효에의 해군 설계에 의해 자매함 방식을 취하고 있을 뿐만 아니라, 동일한 힘을 가진 함선이 보조를 맞추어 행동할 수 있도록 소위 세트제가 되어 있는 데 비해, 러시아 해군은 이 점의 배려가 조금밖에 없다.

러시아 해군은 조함 설계에서 다분히 독창적인 예를 여러 가지 가지고 있으나, 남의 나라의 우수한 기술을 도입하는 노력을 그보다 더 기울여 왔다.

특히 극동의 풍운이 이상하게 돌아가기 시작한 메이지 31년에서 32년에 걸쳐 미국과 프랑스에 각각 1척씩 전함을 주문했다. 프랑스에서는 '체자레비치', 미국에서는 '레토뷔잔'이란 전함을 만들었는데, 그 중에서 러시아 해군은 프랑스제의 '체자레비치'를 훨씬 좋아해서 거기에 약간 개량한 전함을 5척이나 만들었다. 보로지노형 5척이 바로 그것이다.

어느 것이든 간에, 로제스트벤스키가 거느리는 7척의 전함(나중에 1척이 추가) 가운데서 4척은 갓 준공한 것으로서 도고가 거느리는 4척의 전함보다 새것이었다. 그 4척으로 전투 편대를 짠다면 그 위력은 보기에 따라서는 세계 최강이었는지도 모른다.

기사 폴리토우스키의 기술은 그가 우울증 환자가 아니냐는 의심이 갈 정도로 자기 함대에 대해서 비관적이었지만, 2월 20일자의 기술만은 예외였다.

"전함 체자레비치의 피해에 관한 기사를 읽었다."

이렇게 서두를 꺼내고 있다.

이 신문 기사에 관해서는 주석이 필요하다.

전함 체자레비치는 프랑스제로 여순함대의 대표적인 전함이며, 37년 8월 10일의 황해해전 때는 여순함대의 사령관 뷔트게프트의 기함이었다.

뷔트게프트는 도고 함대와 잘 싸워서 그가 목적으로 하는 블라디보스토크로의 도피가 성공할지도 모른다는 일념으로 일몰 때까지 분전했다. 그러나 오후 6시 37분, 이미 서술한 바와 같이 미카사에서 발사된 '운명의 일탄'이 체자레비치의 사령탑 부근에 명중하여 뷔트게프트 제독과 그 막료들을 흩날려 버리고 말았다. 다시 그 직후에 제2탄이 폭발하여 함장과 조타수 등 전원이 전사하고 말았다.

죽은 조타수가 쓰러지기 직전에 키에 매달린 채 몸부림쳐서 몸을 왼쪽으로 비틀었기 때문에, 이 큰 배는 불타면서 자꾸만 왼쪽으로 방향을 돌렸다. 그래서 이번 함 이하 모든 함선은 혼란을 일으켜 진형이 질서를 잃어 함대는 사분오열(四分五裂)되는 결과를 가져 왔다.

이 체자레비치는 그 후 교주만으로 피해 가서 독일의 청도 군항에 들어가 국제법의 적용을 받아 무장 해제되었다.

그러나 이 비참한 전함에 대해서 독일 해군은 물론 열강의 해군들은 비상한 관심을 쏟았다.

그 관심은 당연했다. 군함이라는 것이 이렇게 근대화된 이래 해전으로는 최초였으니, 각국이 이 전함의 피해 상황과 약점을 조사하여 앞으로의 조함에 참고를 삼으려 했던 것이다.

그 결과 놀라운 사실이 드러났다.

"최대의 포탄인 12인치 포탄이 15발이나 명중했는데, 단 한 발도 체자레비치의 주장갑을 꿰뚫지 못했다."

'전함의 장갑이 얼마나 훌륭한가.'

폴리토우스키가 기뻐한 것은 바로 이 점이었다. 체자레비치가 그렇다면 발틱함대가 자랑하는 스와로프, 보로지노, 알렉산드로 3세, 아료르는 그보다 더 두꺼운 장갑이 씌워져 있으니, 해군 최대의 12인치 포탄조차 그토록 무력하다면 다른 소구경의 포탄은 개의할 필요도 없다.

폴리토우스키는 이렇게 생각했던 것이다.

그러나 그 원인을 폴리토우스키는 몰랐다. 체자레비치를 조사한 각국의 전문가들도 몰랐던 사실이지만, 실은 장갑이 강대한 데 이유가 있는 것이 아니라 일본의 철갑탄에 결함이 한 군데 있었기 때문이었다.

신관(信管)이 지나치게 예민했던 것이다.

그래서 적의 함체에 닿자마자 폭발해 버려 장갑을 꿰뚫기 전에 작렬하여 힘이 확산되고 만 것이다. 단지 소이력이 경이적으로 강한 시모세 화약으로 인해 인원 피해가 컸다는 것이, 체자레비치를 그와 같은 운명으로 몰아넣고 말았다.

교주만의 청도항에 굴러든 여순함대의 전함 체자레비치는 말하자면 온 세계의 구경거리가 된 셈이다.

이와 동시에 일본 해군의 능력에 대해서도 의문이 제시되었다.

"12인치 주포의 포탄을 15발이나 명중시켰으면서 어째서 일본 해군은 이 배를 격침시키지 못했을까?"

이러한 의문이었다.

발틱함대에 타고 있는 기사 폴리토우스키도 이 점에 대해 의문과 아울러 앞날의 희망을 걸었다는 것은 이미 기술했다.

사실 일본의 포탄은 뷔트게프트 사령관과 그의 막료, 그리고 함장, 조타수 등 배의 중추 신경을 관장하는 사람들을 모조리 쓰러뜨렸으나, 한 발도 주장갑을 꿰뚫지는 못했다.

'장갑의 승리다.'

폴리토우스키가 이렇게 생각한 것도 무리가 아니었다.

일본의 포탄은 사람을 박살내는 데는 그토록 위력을 발휘하면서도 함체에 준 피해는 가볍고 매우 적어 대수롭지 않았다. 사령탑에 명중한 '운명의 일탄'은 뷔트게프트와 그 수하들을 죽인 다음, 그 파편이 부근으로 날아 함교와 해도실(海圖室)을 무참히 부서 놓았다. 그리고 또한 많은 파편이 굴뚝에 숱한 구멍을 뚫었다.

그러나 기관실은 안전했다.

그 때문에 이 전함의 심장은 건강했다. 단지 굴뚝이라는 호흡기 계통에 구멍이 뚫렸기 때문에 속력을 낼 수가 없어 청도로 도망쳐 왔을 때는 겨우 4, 5노트가 고작이었다. 그러나 빈사 상태는 아니었다.

폴리토우스키는 로제스트벤스키에게 불려갔다. 로제스트벤스키도 그 기사가 실린 신문을 들고 말했다.

"침수도 적었던 모양이지."

'오랜 만에 기분 좋구나.'

폴리토우스키는 이 밉살스러운(그는 제독을 개인적인 감정으로도 미워했다) 인물을 똑바로 바라보면서 이렇게 대답한 다음, 따로 기술적인 의견을 개진했다.

"네, 흘수선 바로 밑에도 명중탄이 있었습니다. 그러나 우리의 장갑은 그 것을 퉁겨냈습니다."

"러시아의 철갑탄은 어떤가?"

로제스트벤스키는 이런 말로 묻지 않았다. 적극적인 공격 정신을 가졌다

면 마땅히 그것을 물었을 것이다. 러시아의 철갑탄이라면 '미카사'를 관통할
수 있느냐고.

로제스트벤스키의 만족은 오직 러시아 전함의 장갑의 방어력이었다.

이 점은 그가 생각하고 있는 극동에서의 작전 수행에 있어서 실로 중요한
문제였다.

——일본 근해에 이르기만 하면 다음에는 단숨에 블라디보스토크를 향해
돌진할 수 있다.

이러한 도피 방침은 그 든든한 방어력 때문에 가능할 것이다.

"좋아"

로제스트벤스키는 등 뒤에서 말했다. 폴리토우스키는 가볍게 경례하고 물
러났다.

해군이 함대에 준비한 포탄에는 철갑탄과 보통탄이 있다.

"철갑탄"

적의 장갑을 꿰뚫는다는 강한 명칭을 가진 이 포탄은 러일전쟁 당시는 쌍
방의 포탄이 다 그 명칭에 적합할 정도의 위력을 갖지 못했다.

"철갑탄"

이것의 본격적인 연구가 세계적으로 행해진 것은 러일전쟁 뒤부터이다.

그것이 명칭에 어울릴 만큼 위력을 가지고 실제 해전에 등장하여 굉장한
위력을 발휘하기에 이른 것은, 제1차 세계대전 때의 최대 해전인 1916년의
유틀란트 해전에서이다.

이 해전은 영국의 대함대와 독일의 대함대 사이에 벌어진 싸움인데, 영국
과 독일이 서로 포격을 한 철갑탄은 상대편 군함의 두꺼운 장갑판을 뚫고 내
부에 들어가 폭발하여, 그 폭발로 인해 화약고를 폭파시키기도 해서 큰 군함
을 순식간에 굉침시키는 능력을 가지고 있었다.

또한 다이쇼 시대에 일본 해군에 의해 연구된 철갑탄은 후일 91식 철갑탄
이라 해서 세계에서 가장 유효한 구조를 갖는 것으로 지목되었다. 이것은 일
명 평두탄이라 불리는 것으로 포탄의 끝이 뾰족하지 않고 무딘 것이었다. 평
두에다 뾰족한 모자를 씌우듯이 부모(副帽)와 풍모(風帽)를 붙이는 구조였
는데, 이것이 적의 강철판에 부딪치면 풍모가 깨지고 탄체는 송곳을 비비듯
이 강철판을 뚫어 내부에서 폭발한다. 또 이 철갑탄이 수면 아래로 들어가면

뾰족한 모자가 떨어져나가고, 평두탄이 물 속을 똑바로 가서 적의 함체에 부딪쳐 착암기처럼 내부로 파고든다.

태평양 전쟁이 끝나고 미국 해군이 일본측의 병기를 검토했을 때, 그들을 가장 놀라게 한 것은 이 평두식 철갑탄이었다.

그러나 러일전쟁 당시에는 철갑탄이라 해도 이름뿐이며, 포탄의 두부는 두툼한 강철덩이에 지나지 않았던 것이다.

그리고 보통탄이란 탄체 속에 작약이 잔뜩 들어 있어 그 작렬력이 후세의 포탄과 마찬가지로 엄청났다. 특히 일본 해군의 포탄은 작약량이 많다. 그러나 철갑탄의 경우는 탄량 전체의 3 내지 5퍼센트 정도의 비율밖에는 작약이 들어 있지 않았다.

"전함 체자레비치에 명중한 일본의 철갑탄은 신관이 지나치게 예민해서 장갑을 꿰뚫지 못했다."

앞에서도 말했거니와, 요컨대 탄체가 산산이 부서지고 만 것이다.

되풀이하는 것 같지만, '미카사'와 그 밖의 군함에서 쏜 일본제의 철갑탄은 불량했다. 그러나 보통탄은 "쇠도 탄다"는 말을 듣는 시모세 화약이 잔뜩 들어 있었기 때문에 그 맹렬한 작렬에 의해 배의 윗부분은 폐허처럼 되어버리는 것이다.

하지만 그토록 시모세 화약이 맹렬한 위력을 가졌다는 것을 발틱함대는 몰랐다. 말하자면, 여순함대의 전훈(戰訓)을 충분히 몰랐기 때문이다.

"황해 해전에서 도고는 여순함대를 격파했을 뿐, 단 1척도 격침시키지 못했다."

이 사실만이 이 발틱함대 간부들의 위안이었다.

실제로 이 시대에는, 특히 전함의 경우, 장갑의 방어력이 포탄의 관통력보다 훨씬 뛰어났던 것이다.

포탄에 대해서 계속한다.

아무래도 필자는 태평양 전쟁 때의 철갑탄에 선입감을 갖고 있고, 러일전쟁 때의 명칭과 같기 때문에 서술이 다소 걸린다.

그래서 편의상 태평양 전쟁 때의 철갑탄에 대해서 언급해 둔다.

그 당시의 일본 해군이 91식 철갑탄이라는 독창적 구조의 포탄을 가지고 있었던 것은 이미 말했다.

그밖에 '다탄(多彈)'이라는 약칭으로 불리는 철갑탄이 있었는데, 이것은 해군도 사용했고 육군도 대전차용으로 갖추고 있었다.

이 '다탄'은 쇼와 16년 독일과 병기를 교환했을 때 독일에서 얻은 것으로, 일본은 그 대신 산소 어뢰와 디젤 엔진의 분사식 펌프 따위를 제공했다.

'다탄'은 작약의 상부가 V자형으로 파여 있다. 그 위에 캡을 씌워 포탄형으로 만든 것으로서, 이러한 특이한 구조 외에 화약에 알루미늄 가루가 16퍼센트 섞인 것이 특징이다.

이 '다탄'이 강철판에 맞아 작렬하면 맹렬한 고열을 뿜고 V형의 작약이 한꺼번에 녹아서 막대기 같은 불덩이가 되어 강철판에 박혀 내부로 파고든다.

러일전쟁 당시는 철갑탄이란 이름뿐이었다고 했다. 또 러일 양국이 다 적의 전함의 장갑을 꿰뚫을 만큼 위력을 가진 철갑탄을 갖지 않았다는 것도 말했다.

그 탄체에는 '모자'가 씌워져 있다. 모자를 썼다는 점에서는 앞서 말한 91식 철갑탄과 동일했으나, 다만 그 모자가 후세의 철갑탄의 경우는 극히 경질(硬質)이었으나, 러일전쟁 때의 것은 경질도 있고 연질(軟質)도 있어서 성능이 달랐다.

후세의 포탄이 탄체를 가지고 적의 강철판을 관통하는 데 대해 이 시대의 것은 모자 자체만을 가지고 강철판을 뚫으려 한다든가, 테 구실을 해서 탄체가 미끄러지지 않도록 한 것으로서, 말하자면 소박한 역학적 발상에서 나온 것이었다.

그런데 철갑탄의 경우는 러시아 해군이 세계에서 가장 먼저 가졌었다. 1894년, 일본의 메이지 27년에 채택되었는데, 그 후 각국이 다투어 채택했다.

현재 로제스트벤스키가 거느리고 있는 이 함대에는 포탄이 가득 실려 있다.

도고 함대도 가지기는 했었다.

그러나 중대한 점은 도고가 로제스트벤스키보다도 개전 이래 해전의 경험을 많이 쌓았기 때문에 철갑탄이라는 것이 그다지 신용할 것이 못된다는 것을 알고 있었다는 것이다.

적에 대한 효력이 신통치 않을 뿐만 아니라, '당발'이라는 무서운 사고가 속출하는 귀찮은 물건이었다. '당발'이란 대포의 내부에서 폭발해 버리는 사고로 실제로 메이지 37년(1904년) 8월 10일의 황해 해전 때 '미카사'의 뒤쪽 12인치 포가 적탄을 맞았다고 공표는 되었지만, 사실은 당내 폭발이었던 것이다.

요즘 말을 빌린다면 포신이 생선묵 썰어놓은 것처럼 토막이 나고, 전사자 1명에 부상 10여 명이었다.

그래서 앞으로 로제스트벤스키와 대전할 때 도고는 보통탄을 주로 써서 싸울 것이 틀림없다.

"일본의 포탄은 전함의 장갑을 꿰뚫을 위력이 없다."

이것은 노시베에 있는 함대 사람들에게 커다란 기쁜 소식이었다.

"실제로 전함 체자레비치에서 그것이 입증되었고, 세계가 그것을 인정했다."

전함의 탑승원들이 특별히 기뻐했지만, 문제는 자기들의 포탄이 도고의 '미카사'와 그 밖의 배를 관통하느냐 하는 점이었다.

"뚫는다."

이렇게 믿은 병사는 거의 없었다. 이 시대의 러시아 사람의 불행은 자기 나라의 기계라는 것에 대해서 그다지 신용하지 않는다는 것이었다.

객관적으로 봐서 러시아의 조함과 선박수리 기술 수준은 오히려 높은 편이지 결코 낮은 것이 아니었지만, 러시아의 지도자가 골치를 앓는 것은 러시아 민중이 서구 여러 나라의 기계 제품에 대해 씻을 수 없을 정도의 존경심을 가지고 있는 점이었다.

"러시아의 기술이 우수할 리가 없다."

그런 민중 속에서 나온 병사들은 극히 자연스럽게 그렇게 생각했고, 그것이 그들에게 승리에 대한 크나큰 불안감을 안겨 주었던 것이다.

그럼 사실은 어떠했는가?

그것은 러시아 기술 수준 그 자체를 상징할 만한 것은 아니었다하더라도, 여순 전투 중에 꼬리를 물고 수리를 요청해 오는 함선에 대해 여순의 해군 공작창이 훌륭히 감당해 낸 능력은 상당한 것이었다.

기사 폴리토우스키는 젊으면서 이미 전함의 권위자였고, 특히 현재 로제스트벤스키의 기함이 되어 있는 '스와로프'와 그와 동일한 형태의 군함에 가장 익숙했다.

더욱이 개전 5년 전부터 전함 '보로지노'의 건조 주임 보좌역을 맡았기 때문에 러시아의 신식 전함에 대한 기술적인 파악은 그와 어깨를 겨룰 자가 없었을 것이다.

그래서 이들 전함의 장점도 알고 있었지만 단점도 잘 알았으며, 기술자이기 때문에 단점에 대해 더욱 민감했다.

——병과병들이 이들 군함을 잘 움직일 수가 있을까?

그는 기술자로서 이런 의문을 가지고 있었다.

왜냐하면 너무나 신품인 주력함이 많았기 때문이다. 너무 새것이라는 것은 조함이나 선박수리 기술상으로 본다면, 그 시대에 그런 것들이 일취월장하는 때였던 만큼 1년 전에 만들어진 군함보다도 1년 뒤에 건조된 군함이 훨씬 우수한 것임에 틀림이 없는 것이다.

예컨대 도고가 가지고 있는 최신의 전함은 '미카사'이지만, 로제스트벤스키는 그 미카사 이후에 만들어진 전함을 수척이나 가지고 있었다.

그러나 그 중에서도 기함 스와로프 같은 것은 아직 의장이 채 완료하기도 전에 기함으로서 편제에 편입되어 서둘러 의장을 완성시켜 곧 바다로 나와 취역해서 극동까지 장도에 오르는 급박한 북새를 떨었기 때문에, 기술적으로도 고칠 데가 있는데다가 함장 이하 탑승원이 배에 익숙지가 못하여 조련 부족이라는 문제점이 있었다.

이러한 여러 결점이 폴리토우스키의 기분을 우울하게 만든 가장 큰 이유이리라.

폴리토우스키를 우울하게 만들고 있는 신전함들의 결함의 한 가지는 복원력이다.

"복원력"

말할 것도 없이 함선이 풍랑 등으로 기울었다가 다시 본래대로 돌아가는 힘을 말한다. 이 복원력이 좋고 나쁜 것만큼 함선에서 중요한 것은 없다.

가령 선체가 한쪽 뱃전으로 기울었다. 기울어도 배의 중심이 위치가 바뀌어서는 안 된다. 중심의 변동이 없고 부력의 중심만이 기운 쪽으로 옮겨 가게 하면 선체는 원상태로 일어설 수가 있다. 즉 그 선체는 '복원력을 얻었다'고 할 수 있다.

"메타센터의 높이."

이 말이 폴리토우스키의 전문 분야에서는 자주 쓰인다.

함체가 기울었을 때, 부력의 중심도 따라서 이동한다. 거기에다 수직선을 그어서 그것과 경사 상태의 함체의 중심선을 교차시키면 메타센터가 나온다. '메타센터의 높이'란 이 중심과 메타센터와의 높이를 가리킨다.

——저 배는 메타센터가 높다.

이 말은 그 배가 양호한 복원력을 가졌다는 말인데, 그렇다고 이 메타센터의 높이가 최대한으로 크다고 해서 최대한으로 좋은 것은 아니다.

그 높이가 너무 크면 지나치게 민감한 오뚝이처럼 발딱 복원해 버린다. 함선의 경우는 이 때문에 흔들리는 주기가 짧고 심해서 항해도중 갖가지 지장을 초래한다.

"메타센터의 높이"

이것은 군함의 종류에 따라 대개 정해져 있지만 여기서 언급하는 것은 그다지 큰 뜻을 갖지 않는다.

"러시아의 전함은 허리가 높다."

앞에서는 이런 표현을 했다.

요컨대 중심이 높다는 말이다. 중심이 높으면 당연히 뒤집히기가 쉽다.

물론 다소 중심이 높더라도 함저(艦底)에 석탄을 만재하면 무거워서 흘수(배의 아랫부분의 물속에 잠긴 깊이)가 깊어지고, 흘수가 깊어지면 중심이 내려와서 복원성이 좋아진다.

"러시아 전함은 허리가 높다."

즉 구체적으로 말한다면 상부에 구조물이 너절하게 잔뜩 있고, 크고 높아서 일반적으로 중심이 높게 된다. 즉 불안정하다는 말이다.

그래서 상부 중량을 조금이라도 덜기 위해 함체의 아래가, 과장된 표현이긴 하지만, 플라스크의 밑부분과 같은 모양을 하고 있다. 즉 흘수선보다 약간 윗부분부터 함저에 이르는 모양이 단면도를 통해 보면 아낙네들의 엉덩이처럼 크다.

이것은 프랑스인이 고안한 것으로 프랑스의 전함은 거의 전부가 그런데, 프랑스식이 많은 러시아 전함도 그것을 답습하고 있는 것이다.

'일본의 전함은 영국식이기 때문에 그런 것은 없다.'

그렇기 때문에 영국식 군함을 보아 온 사람의 눈에는 프랑스식인 러시아 전함의 뱃전에서 흘수선에 걸친 모양이 매우 이상하게 보인다.

러시아 전함의 구조에 대한 얘기를 계속한다.

프랑스식 신전함은 함체의 단면도가 아랫부분이 부인의 엉덩이처럼 퍽 안정감이 있는 듯이 보이지만 사실은 중대한 결점이 있다.

"피해를 입어 기울면 큰 경사 때 복원성이 뚝 떨어진다."

"상부 구조물이 높고 크기 때문에 중심점이 높다. (이것은 복원하기에 여간 힘든 것이 아니다.)"

"강하고 센 부분이 많다. (그 대신 흘수선의 방어에는 충분한 대책이 있다.)"

이것들은 전 해군 기술 소령 후쿠이 시즈오씨의 연구에서 요약했다.

이런 개성을 지닌 '보로지노'형 전함은 원래 숙명적으로 상부 구조가 큰데다 건조하는 도중에 요구가 많아져서 더욱 그것이 커졌다. 따라서 자연 중심이 높아지고 안정성이 결여된다.

뿐만 아니라 정작 극동으로 출발하게 되면, 워낙 긴 원정이고 또 도중에 기항지가 적기 때문에 짐이 자연 많아진다.

짐이란 수리용 부족품이다. 또 갖가지 예비품과 소모품을 싣고 가야만 한다. 도고 함대는 일본 근해에 있기 때문에 이러한 필요성은 없다.

보로지노형인 '알렉산드로 3세' 따위는 리바우 군항을 출항했을 때는 계획 배수량이 1만 3천 1백 톤이었는데, 실제로는 5만 5천 3백 톤의 무게로 불어나 있었다. 결국 중심점이 높아져서 결코 안심할 수 있는 군함이라고는 할 수 없었다.

로제스트벤스키가 이 새 전함을 주력으로 하는 함대를 이끌고 본국의 리바우 군항을 떠난 것은 지난해 10월 15일이었는데, 그 출항 전전날에 러시아 해군성의 기술 회의로부터 놀라운 경고를 받았다.

"보로지노형 전함은 복원력에 충분히 주의하기를 바란다."

──세계 최신이며 최강의 전함.

이런 말을 들으면서 내막적으로는 이렇게 불안하다니.

황제의 명에 의해 만리 원정의 장도에 오르는 함대 사령관이 그 출발 전전날에 이런 경고를 받고 과연 필승의 확신을 가질 수가 있을까.

로제스트벤스키라는 인물은 오직 의무를 다할 뿐이라는 주관적인 신념에 사는 타입의 군인이었지만 비전투원인 폴리토우스키로서는 러시아에서 누구보다도 신전함의 결함을 알고 있는 처지이고 보면, 이 원정에 종군하는 운명을 좋아할 수가 없었다.

그가 그의 아내에게 이 함대의 전도에 대해 절망적인 편지를 계속 써 보낸 것도 무리가 아니었다.

"기술 회의의 경고."

이 내용은 이렇다.

"보로지노형 전함은 중심점이 높으니 항행에 주의하라. 특히 전투시에는 이 점을 신중히 고려하라."

이것을 구체적으로 해석하면 이러하다.

"파도가 높은 날씨에 전투하는 것은 극히 위험하다. 특히 흘수선 부근이 파괴되어 크게 침수를 당할 경우에는 뒤집힐 위험이 있다."

극단적으로 말한다면 이런 뜻이 된다.

"흘수선 부근에 명중탄을 받으면 역학적으로 반드시 전복한다."

실제로 결과는 그렇게 되었다.

――오늘 날씨는 맑으나 파도는 높다.

이 전문을 해전 직전에 쓴 아키야마 사네유키는 보로지노형 새 전함의 결함을 알고 있었다는 증거가 된다.

따지고 보면 러시아 제국은 지게끔 되어 있었다.

그 최대의 이유――원리라고 할까――는 제도상의 건강한 비판 기관을 갖지 않은 독재 황제와 그 측근으로 구성된 무서운 제정에 있다고 하겠다.

이 제국은 황제의 기분과 그 기분에 편승하는 측근들에 의해 극동 침략 정책을 세우고 반대자였던 비테 등을 추방하여 기어이 일본을 전쟁에 끌어넣었다.

그렇기 때문에 이기기 위한 계획 따위는 전혀 없었다.

"전혀."

이런 식으로 강한 말을 쓴 것은 일본의 준비가 러시아와는 판이하게 계획적이었기 때문이다.

입헌 국가인 일본은 경험은 불충분했지만 국회를 가졌고, 책임 내각을 가졌다는 점에서 국가 운영의 원리는 당연히 이성(理性)이 주요소가 되어 있었다. 그렇게 되지 않을 수 없는 체제를 가지고 있었던 것이다.

육해군도 후일의 소위 군벌과 같이 통수권을 기초로 하여 입헌 체제를 빈

껍질로 만들려는 낌새는 티끌만큼도 없었다. 통수 계통으로는 어디까지나 천황의 군대라 하여 형이상학적인 정신의 세계를 추구하고, 그 운영은 어디까지나 국회가 맡고 있어 질서가 조금도 흔들리지 않고 있었다.

이 점은 러시아와 비교해서 견주어 볼 때 서로 정반대가 되는 점이었다.

"러시아의 극동 침략은 이상하게도 급속화하고 있다. 머잖아 반드시 일본과 충돌하리라."

이런 판단이 일반화한 것은 메이지 27, 8년(1894~95년) 청일전쟁이 끝난 뒤였다.

해군의 경우, 메이지 29년에 대러 해군력의 건설(제2차 확장 계획)을 위해 10개년 계획으로 예산 1억 1천 8백만원이 국회를 통과하여 '미카사' 외의 전함 4척과 '야구모(八雲)' 외의 장갑 순양함 6척, 그리고 '가사기(笠置)' 외의 이삼등 순양함 6척이라는 도고 함대의 골격이 지극히 계획적으로 건조되게 되었던 것이다.

이들 군함이 건조되어도 러시아처럼 당장에 전장에서 쓰려는 것은 무리여서 훌륭히 부릴 수 있을 때까지의 '조련'이 필요했다.

일본 해군의 이성은 이들 신제 군함의 조련 기간까지 계산에 넣었던 것이며, 이 계산까지가 요소가 되어 개전 일자가 결정되었던 것이다.

"황제의 기분"에 의해 침략의 불장난과 전쟁이 결정되는 러시아의 경우와는 엄청난 차이가 있었다.

요컨대 발틱함대는 군함은 움직일 수 있으나 그것을 능히 부릴 만한 조련이 극히 결여되어 있다. 치명적인 결함의 하나라 할 수 있으리라.

"황제가 서둘렀다."

그 이유는 이 한 마디로 족하다. 황제가 서두른 것은 러일 양국의 해군을 제대로 비교해 보지도 않은 측근이 국내의 정치적인 이유에서 진언을 올렸기 때문이었다.

——극동에서 쾌승을 거둠으로써 국내에 충만된 혁명의 기분을 불식시킨다.

정치와 작전은 별도로 고찰되어서 비로소 대전략이 결정되는 것이지만, 독재 황제와 그 측근에게 그런 계획성이 있을 리 없었다.

다만 러일 양국 함대의 톤수와 대포 수를 헤아려 러시아가 우세하다고 해서 이런 미숙한 함대를 극동으로 파견했던 것이다.

사실 로제스트벤스키의 함대는 신조함의 조련도는 미숙했지만, 군함 하나하나의 물리력(物理力)을 비교하면 도고 함대보다 나은 점도 많았다.

그 전함의 태반이 미카사보다도 신조함이었기 때문에 새로운 설비며 기술을 구비하고 있었다.

예컨대 '조준 망원경' 등이다. 도고의 전함 가운데서는 미카사를 제외하고는 태반의 군함의 포가 조준 망원경을 갖지 않았었다. 포수가 모두 육안으로 보고 쏘고 있었다.

그러나 러시아의 새 전함은 모두 그것을 갖추고 있었다.

이 차이는 상당히 크다.

한 예로, 전해 8월 10일의 황해 해전 때 여순함대의 전함 체자레비치와 레토뷔잔은 1만 8천 미터라는, 일본 해군으로서는 상식 밖인 원거리에서 별안간 12인치 포를 발사해 왔다. 그 포탄은 미카사와 아사히(朝日) 위를 지나갔다.

그 당시 확실한 명중률을 가지는 유효 사정거리는 6천에서 4천 미터 사이였는데, 그 세 배 이상의 원거리에서 러시아측이 포탄을 날려 보냈다는 사실에 대해 일본측은 놀랐던 것이다.

이에 대해 아사히는 1만 4천 미터까지 접근해서 비로소 최초의 포탄을 발사했다.

"용케도 그 먼 거리에서 쏠 수 있구나."

수병들까지 이렇게 말하며 웅성거렸는데, 그것은 러시아측 포에 조준 망원경이 붙어 있는 덕분이었을 것이다.

또 하나의 이유는, 러시아의 신전함은 대포의 앙각이 일본 것보다 큰 점에 있다. 자연 사정거리도 커서 원거리에서 초탄을 보낼 수가 있는 것이다.

러시아는 전통적으로 화포의 연구와 제조에 열심인 나라인 만큼 신전함의 대포는 여러 가지 점에서 일본의 전함보다 우수했다고 할 수 있을 것이다.

단지 그 우수한 대포를 사용하는 데는 우수한 포수가 필요했다. 그런데 러시아 해군에서 가장 우수한 병사는 여순함대에 집중되어 있었기 때문에 로제스트벤스키의 휘하에는 여순함대보다 훈련이 미숙한 병사가 많았다.

시종무관으로서 황제의 총애를 받았던 로제스트벤스키는 도고처럼 실전의 경험은 없었으나, 포술의 권위자로 알려져 있었다. 그러저러한 이유에서 그는 노시베에서의 오랜 체류 동안에 주로 수병들의 사격 능력을 올리는 일에 열중했다.

그러나 워낙 측거의를 제대로 쓸 줄도 모르는 측거수가 숱한 형편이었다.

"기계가 너무 새것이어서 그렇다."

측거수들은 불평을 늘어놓았다. 각 군함에 새로 장치된 측거의는 영국제의 바아식이라는 것인데 모두들 그 사용법이 서툴렀다.

신조함에 있어서의 조련도라는 것은 이런 일까지 포함되는 것이다.

이 발틱함대는 언제 마다카스카르 섬을 뜨게 될지 몰랐다.

독일의 석탄 회사와의 분쟁.

본국으로부터 오는 훈령의 모호함.

네보가토프 소장이 이끌고 온다는 제3함대와의 합류 문제 등등의 여러 문제들이 겹쳐서 아무래도 닻을 걷을 형편이 못되는 것이다. 사기는 더욱 해이해지고, 인사에 관한 사고가 빈번히 발생해서 로제스트벤스키는 범죄가 많이 일어나는 도시의 검찰관처럼 바빴다.

이보다 더 골치 아픈 일은 함저에 해초류와 패류가 달라붙는 일이었다.

"이 노시베의 투묘지(投錨地)는 이 점에 있어서도 지극히 해로운 바다이다."

폴리토우스키는 적고 있다. 함에 따라서는 뱃전 바로 밑까지 해조와 패류가 잔뜩 달라붙은 것도 있었다.

이 해초와 패류만큼 함선의 항주력을 빼앗아서 석탄을 많이 잡아먹는 것도 없다.

대체로 인도양에서 극동 방면을 왕복하는 상선은 반 년에 한 번은 그것을 제거하는 그 목적 하나만으로 도크에 들어가는 것이 상식화되어 있을 정도였다.

"아무리 신전함이라 해도 함저에 해초와 패류를 잔뜩 붙여가지고는 그 능력에 따르는 속력을 낼 수가 없습니다."

폴리토우스키는 군함의 의사(기술자)로서 고급 막료들에게 호소했지만, 고급 막료들도 어쩔 도리가 없었다.

제거하는 데는 조선소에 집어넣는 수밖에 없는 것이다. 그러나 노시베에는 그런 시설이 없을 뿐만 아니라, 극동의 전쟁까지 가는 동안에 발틱함대가 들어갈 만한 조선소는 한 군데도 없었다.

함대에서는 하는 수 없이 잠수부를 시켜서 함저 청소를 했다. 그러나 잠수부를 시켜 함저를 더듬게 해 보았자 일시적인 위로에 지나지 않았다.

'이 함대의 이러한 모든 마이너스는 고스란히 도고 함대에게는 플러스가 되겠지.'

폴리토우스키는 이렇게 생각했다. 대체 본국에서는 자기 나라의 영예를 걸머지고 있는 이 유일한 대함대의 궁상을 어느 정도 알고 있을까, 하는 데 생각이 미치면 마음이 그만 어두워지곤 하였다.

"러시아 해군의 군인들은 항상 일본인을 깔보고 원숭이라고 부르고 있었다. 원숭이라고 부름으로써 스스로를 높였는데, 그 오만의 결과가 여순함대의 멸망을 초래했다. 더욱이 우리의 제2함대(발틱함대)는 배에다 패류와 해초를 잔뜩 붙이고 극동으로 가려 한다. 일본인은 수리와 청소가 말끔히 된 함정으로 우리를 맞이하겠지……."

"내 스스로 도움도 안 되는 푸념을 되풀이하는 것 같지만……."

폴리토우스키는 이렇게 말하면서도 이 함대의 전도에 대한 나쁜 재료가 그 함저에도 있다는 것을 지적하고 있다.

사실 도고는 여순 어구를 장기간 봉쇄하는 작전 중에 함저가 더럽혀지는 것을 늘 걱정했다. 발틱함대가 오기 전에 우선 치르고 싶었던 일은 각 함정의 청소였다. 그것을 할 수 있는 여유를 바랐다. 그 때문에 여순이 하루 빨리 함락되기를 고대했던 것이다.

여순의 함락은 도고의 함대에 수리와 청소 할 시간을 주었다.

그동안 일본측은 발틱함대의 동정을 살피기 위해 갖가지로 손을 썼다.

첩보 활동 이외에도 멀리 남쪽 바다로 함선을 파견하여 정찰시켰다.

그러한 최초의 시도로서 여순이 아직 함락되기 이전에 도고는 수척의 가장 순양함에 그 임무를 주어서 떠나보냈다.

'홍콩마루(香港丸)'와 '니혼마루(日本丸)'가 그것이었다. 이 두 함선은 12월 22일 싱가포르 항 밖에 도착했다가 나중에 자바해, 순다 해협 부근, 인도양, 그리고 바다비아 항 부근, 보르네오 섬 근해, 캄보디아 연안 등을 돌아, 끝내 발틱함대를 보지는 못했지만 많은 정보를 입수하여 1월 18일에 사세호로 돌아왔다.

이어서 12월 15일에는 같은 취지의 임무를 띤 삼등 순양함 '니다카(新高)' ――3,366톤, 함장 소지 요시모토(莊司義基) 중령――이 요코스카(橫須賀) 군항을 떠나서 남지나로 향했다.

니다카는 필리핀의 루손 섬 앞바다까지 남하하였다가 1월 11일 사세호로 돌아왔다.

다시 메이지 38년 2월에 들어서서는, 대규모적인 정찰이 계획되어, 27일 사세호를 출항했다.

이 함대는 '남견 지대'라고 불렸으며, 데와 시게도오(出羽重遠) 소장이 사령관이 되어 이등 순양함 '지토세(千歲)――4,760톤'과 '가사기(笠置)―― 4,900톤' 외에 '아메리카마루' '야하다마루(八幡丸)' '히코야마마루(彦山丸)' 를 이끌고 홍콩, 해남도, 인도네시아 반도 연안 등을 초계하고 3월 15일 영국의 싱가포르 군항에 접근했다가 마침 항구 안에 정박 중인 영국 군함 '시티즈'와 예포를 교환한 다음, 데와 사령관은 상륙하여 총독을 방문하기도 했다.

그 결과 영국측으로부터 많은 정보를 얻은 다음, 다시 보르네오 섬 부근을 돌아다니다가 4월 1일 도고에게로 돌아왔다.

이 동안 도고와 그의 막료 아키야마 사네유키 등은 비교적 오래 도쿄에 체류했었다.

앞에서 여순함대를 격멸한 다음, 도고 일행이 즉시 도쿄로 돌아와서 천황에게 전황을 보고한 것은 이미 적은 바 있다.

그 직후에 천황은 발틱함대에 대한 작전에 관해서 물었다.

――자신이 있는가?

이때 해군 대신 야마모토 곤노효에와 군령 부장 이토 스케유키도 배석했었는데, 이윽고 도고가 무거운 입을 열고 대답한 내용에 대해 모두 놀랐다.

"적의 증원 함대가 온다면 맹세코 이를 격멸하여 임금의 마음을 평안히 만들겠사옵니다."

평소 분명한 말을 그다지 하지 않는 도고가 이토록 과감하게 털어놓는 데 대해 야마모토도, 이토도 놀라서, 훗날까지도 입을 모아 말했다.

――그때만은 나도 모르게 도고의 얼굴을 쳐다봤지.

그러한 도고가 아끼야마 등의 막료를 데리고 도쿄를 떠난 것은 2월 6일이 었다.

구레로 가서 이미 수리가 끝난 '미카사'를 살펴보고, 잠시 그곳에 머물러 있었다.

이런 동안에 발틱함대의 1만 수천의 병사가 마다카스카르 섬의 노시베에서 혹독한 더위를 겪고 있었다.

무료함에 시달리고 전도에 대한 불안에 떨고 있었으나, 대체로 다시 로제스트벤스키의 통솔은 중대한 사고를 일으키지 않았다는 점에서 양호했다고 할 수 있을 것이다.

대첩보

이 시대에는, 유럽 뿐만 아니라 온 세계의 정보가 런던에 모이게끔 되어 있었다.

영국이 유럽의 정치적 풍경(風景)을 해협 사이에 두고 조감(鳥瞰)할 수 있는 지리적인 위치에 있었다는 점과, 나아가서는 영국 정부가 몇 세기에 걸쳐 그 지리적인 이점(利點)을 이용해서 런던을 풍부한 정보의 합류지(合流地)로 만들었기 때문일 것이다.

이 시기의 영국 외교는 그 풍부한 정보 위에 성립되어 있었다.

다시 이것을 엄밀히 말한다면, 영국인의 냉철함이 정보의 처리와 거기서 사태의 진상을 파악하는 능력에 극히 적합했던 것이다.

"영국 외무성과 손을 잡고 있으면 온 세계의 일을 알 수 있다."

그 당시 주영 공사(駐英公使)로 있었던 하야시 다다스(林董)가 이렇게 말했는데, 아마 사실이었을 것이다.

가령 베를린에서 얻는 정보가 있다면 그것은 독일인의 주관이 강하게 포함되어 있든가, 권모(權謀)를 좋아하는 독일인에 의해 왜곡(歪曲)되었거나, 둘 중의 하나인 경우가 많다.

또 파리는 이미 외교의 주무대(主舞臺)가 아니었으며, 로마 또한 외교상의 시골에 지나지 않았다.

하야시가 수고한 영일동맹(英日同盟)은 단순히 일본에 전략 외교상의 플러스를 초래했을 뿐만 아니라, 이 파트너로부터 공정하고 풍부한 정보를 얻을 수 있게 되어, 그로 인하여 러일전쟁 기간 중 일본 정부는 그 위치가 극동에 있는데도 불구하고 국제 정세의 판단을 거의 그르치는 일이 없는 뜻밖의 이익을 얻었다.

이를테면

——유럽 방면의 러시아군 몇 사단이 언제 극동으로 향했다.

따위의 러시아 속의 군사 정보까지 런던에 있기만 하면 가장 빨리 알 수 있는 가능성이 컸다.

흑구대(黑溝臺) 전투의 전초가 된 미시첸코 기병단의 기동(機動)이라든가, 그리펜베르그의 대공세 준비도 런던에서 재빨리 알 수가 있었다.

이것은 이미 언급했지만, 런던의 일본 공사관 주재 무관인 우쓰노미야 다로(宇都宮太郎) 중령이 입수한 정보이며, 그는 이것을 재빨리 도쿄에 알렸던 것이다.

그러나 만주에 있는 현지군(現地軍)은 이 정보가 세계를 일주하여 도쿄를 거쳐 전장(戰場)에 전달된 데 대해 다소의 위화감(違和感)을 가졌다. 이 위화감이 '설마' 하는 태도를 취하게 하여 결국 묵살하는 결과를 가져왔다. 하기야 이것을 묵살한 총사령부 참모인 마쓰카와 도시타네(松川敏胤) 대령에게도 다소 변명거리가 없었던 것은 아니다.

러시아군 대공세의 징후가 현지에서는 아키야마 요시후루(秋山好古)가 보내오는 기병 정보가 있을 뿐, 후쿠시마 야스마사(福島安正) 소장이 통할하는 전장 첩보망에는 걸려들지 않았던 것이다.

"현지의 첩보와 일치하지 않는다."

그래서 마쓰카와는 묵살했다.

이 점에 한해서 말한다면 그 시기에는 전장(戰場) 첩보보다도 국제 첩보 쪽이 우수했다고 할 수 있을 것이다.

잠시 첩보 활동에 관해서 붓을 옮겨 본다.

일본은 런던에 '정보 집적소(集積所)'를 두었다. 주임은 주재 무관인 우쓰노미야 중령이었다.

우쓰노미야는 유럽의 주재하는 각 무관들과 연락을 취하면서, 그 자신 영국을 비롯한 유럽의 유력지(有力紙)를 알뜰히 읽고 그 기사의 이면에서 러시아의 정정(政情)과 군사상의 동태를 탐지하려 했다.

그러고는 영국 육해군성에 출입하여 그 첩보를 거의 무제한으로 제공받았기 때문에 군사(軍事)를 통한 유럽 사정에는 당시의 우쓰노미야만큼 정통한 사람은 없었다.

이 우쓰노미야에 맞서는 자로서 아카시 모토지로(明石元二郎) 대령이 있다. 그는 러시아에 직접 부딪혀서 국내 혁명을 선동했다.

"러일전쟁에서 승리한 원인 중의 하나는 아카시에게 있다."

이런 말을 들을 정도로 아카시가 이룩한 업적은 대단한 것이었다.

일찍이 개전(開戰) 전에 런던에서 두 사람이 만났을 때 우쓰노미야는 아카시에게 이렇게 말했다.

"러시아는 스스로 무너지지 않을까? 러시아 국민만큼 비참한 국민은 없을 거네."

우쓰노미야는 그가 얻어서 아는 러시아의 역사와 실정을 아카시에게 얘기했다.

"러시아는 우리가 상상하기 어려운 나라로, 황제와 귀족이 러시아의 토지와 인민을 사유(私有)하고 있네. 러시아사(史)는 황제와 귀족에 의한 국민 사유의 역사이지. 그 나라에는 유럽의 개념(概念)에서 말하는 국민이라는 것이 존재하지 않는다네."

러시아에는 3,500만의 농민이 있다. 그 가운데 '농노(農奴)'로 불리는 러시아 특유의 계층(階層)이 2,000만이다. 농노란, 사람이지만 지주(地主)와 귀족의 완전한 사유물이며, 그렇기 때문에 지주의 형편에 따라 매매할 수도 있고 실제로 매매되기도 했다.

그러한 바탕 위에 황제의 전제주의가 성립되고 있는 것이다.

"러시아의 농노는 일본의 소작인만도 못하다. 매매될 뿐만 아니라 지주와 귀족이 마음에 들지 않으면 그들을 시베리아로 유형시킬 수도 있다."

"러시아는 아시아적(的)이라고 하지만"

우쓰노미야의 얘기가 계속되었다.

아시아도 러시아와 같은 실정에 있는 것이 아닌지 의문이라고 했다.

요컨대 몽고인이 수백 년 전까지 러시아의 토지와 국민을 지배해 왔다. 그 몽고 제국이 망한 다음, 러시아 황제와 그 귀족이 몽고인 대신으로 선 것에 지나지 않는다며 러시아는 정말 특별한 나라라는 것이었다.

"물론 이 악명 높은 농노제는 극히 최근에 와서 폐지되었지만, 귀족의 권익을 보장한다는 견지에서 폐지되었기 때문에, 옛농노 신분인 2,000만은 오늘날 전보다 더 궁핍하게 살고 있다네."

우쓰노미야는 런던에 있었던만큼 사물을 거시적으로 포착할 수 있었다.

아카시는 러시아통(通)이지만, 그의 러시아관(觀)은 우쓰노미야에 의해 계발(啓發)되어 아카시 나름의 완성을 보았다고 할 수 있다.

"러시아는 반드시 무너진다."

우쓰노미야의 이 관찰은 아마 영국의 외교통에서 얻어들은 것이리라.

"러시아 황제는 결코 국민의 편이 아니다. 그는 국민을 소유하고 있을 따름이다."

우쓰노미야는 이렇게도 말했다.

"지금부터 70년 전쯤 니콜라이 1세가 영국 의회를 참관한 적이 있네. 니콜라이 1세가 진정 총명했다면 영국식을 러시아에 도입할 수 있는 계기였다고 하겠는데, 니콜라이 1세는 의회라는 존재에 대해 지극히 불쾌한 감정을 가졌을 뿐이었지. 그후의 러시아 황제도 이 니콜라이 일세의 감정에서 단 한 걸음도 벗어나지 않았네."

우쓰노미야는 오랫동안 영국과 접촉해 왔기 때문에 입헌주의를 이 지상에서 최고의 정의로 생각했고, 그런 눈으로 러시아의 실정을 보니 부정의 소굴처럼 보이는 것이었다.

"러시아에는 불만이 팽배해 있네. 그것을 누르고 있는 것은 황제의 무제한의 권력과 비밀 경찰이네. 그러나 그러한 힘에 의한 국민의 압박이 언제까지 계속될 수 있을는지? 러시아 황제는 그 국민을 사유하고 있는 것처럼 속국에 대해서도 쇠사슬로 묶어 놓고 있다."

그 속국이란 폴란드와 핀란드를 가리킨다. 양국이 모두 독립을 갈구하며, 언젠가는 러시아의 쇠사슬에서 해방되기를 바라고 있다.

"1830년 바르샤바의 반란이 그 한 예이네. 폴란드인이 대폭동을 일으켜 한때 독립 정부를 수립했으나, 러시아는 대군을 보내 폴란드 독립군과 싸워서 바르샤바를 함락시키고 그 후부터는 이 나라의 자치를 인정하지 않고 직할령으로 삼았지. 그것이 오늘날까지 계속되고 있는 것이라네."

폴란드인은 슬라브 민족이면서도 러시아인에 대해 자부심이 강한 것은, 독일을 통해 진보된 문화를 흡수하여 그 문화를 역사적으로 러시아에 중계했기 때문이라고 우쓰노미야는 말했다.

그들은 러시아인을 경멸하면서도 강대한 러시아의 무력 앞에 국토를 빼앗기고 굴종하는 데 대해서 말할 수 없는 불만을 품고, 지금도 지하에서 독립운동을 계속하고 있다.

"핀란드는 폴란드보다 더 비참하네."

역시 우쓰노미야의 말이다.

핀란드가 러시아의 소유가 된 것은 100년쯤 전이다. 애초에 러시아 황제는 러시아 국내에서는 인정되지 않는 서구적인 의회주의를 인정했던 것인데, 현 황제의 아버지 알렉산드르 3세는 그것을 인정하지 않는 방침을 취했다. 그것이 현 황제에 이르러 핀란드인의 자치권을 정지하고 핀란드의 헌법을 폐지한 뒤, 러시아에서 총독을 파견하여 통치하기 시작했기 때문에 핀란드의 독립 운동이 갑자기 활기를 띠게 되었다.

"이 속국의 독립 운동 단체는 러시아 국내의 혁명 단체와 손을 잡고 있는 상황이니, 러시아에 혁명을 일으키는 도화선은 오히려 그 외곽(外廓) 즉, 속방(屬邦)에 있다고 봐도 되네."

아카시 모토지로(明石元二郎)라는, 이색적인 인물에 대해서는 다소나마 앞에서 언급했다.

후쿠오카 번(福岡藩) 출신으로서 그와 사관학교 동창인 마키노 기요토(牧野清人)가 한 말을 들어 본다.

"당시의 사관학교 생도라고 하면 지방의 가난한 무사 집안에서 도망쳐 나온 자제(子弟)들이었다. 학비(學費) 따위를 고향에서 부쳐올 만한 처지의 사람은 없었다."

이 점은 아키야마 요시후루나 아키야마 사네유키(秋山眞之)의 경우와 같다.

궁핍한 나머지 생활비에서 학비까지 무료인 사관학교나 해군병학교에 들어간 수재 소년들이 대부분이어서, 엄밀히 따진다면 과연 군인이 되고 싶어서 들어간 것인지 의문인 경우가 많다. 더 캐어본다면 그들이 과연 수재였는가 하는 점도 그 입학 시험과 선발 상황으로 봐서 의문이 간다.

적어도 일본의 여러 체제는 러일전쟁 뒤에 확립되어 관립(官立)인 각 학교는 전국의 수재를 골라 뽑을 수 있었는데, 메이지 초년에는 사관학교라는 것이 있다는 정보를 들은 소수의 사람만이 응시했다. 따라서 자연히 그 선발이 엄격하지 않아 입학한 자 가운데는 학력뿐만 아니라, 대인관계 등 사회성이 결여된 자도 많았다.

아카시도 그러한 사람인지 모른다.

그가 사관학교를 졸업한 것은 메이지 16년(1883년) 12월이었다. 재학중 한 학기의 성적을 보면, 프랑스어 성적이 27명 중 1등이며 한문과 수학도 거의 상위였으나, 도학(圖學) 성적은 나빴다. 그러나 실제로는 아카시의 재능 가운데서 가장 뛰어났던 것은 회화와 용기화(用器畵)로서, 그 구상력과 묘사법의 정교하고 치밀함은 보통 사람의 영역을 벗어나 있었다.

"가장 뛰어난 간첩(間諜)은 가장 훌륭한 구상력(構想力)의 소유자이다."

이런 말이 있는데 아카시의 그런 재능은 도학의 재능을 통해 나타난 건지도 모른다.

그런데도 그의 도학 성적이 열등했던 것은, 그의 시험지가 떨어지는 콧물과 손때 때문에 언제나 새카맣게 되기 때문이었다. 당시의 교사들은 깔끔한 것만으로 채점을 한 모양이니, 아카시의 성적이 좋지 않았던 것도 무리가 아니다. 어쨌든 성적은 열등했지만 그는 도학을 열심히 공부했다.

군인이면서도 운동 신경이 모자라서 달리기는 꼴찌였고, 기계 체조는 아예 통나무인 데다, 복장에 대한 감각은 그야말로 둔감해서 자기의 차림을 자신이 보살피는 머리가 전혀 없는 듯했다.

이 점 아키야마 요시후루도 마찬가지였지만 그보다 훨씬 더 했다고 한다.

아카시의 그런 점은 생도에서 육군 대장이 될 때까지 한결같았다. 호주머니는 모조리 구멍이 뚫리고 가끔 단추도 떨어져 나간 데다 군복 군데군데가 찢어져 있었으며, 긴 칼집은 항상 녹이 슬어 있었다.

그런 사람은 러일전쟁 후의 사관학교에는 도저히 들어갈 수도 없었을 뿐 아니라 들어간다 해도 학교 생활에 따라가지 못했을 것이다. 메이지 초기의 혼란스러운 분위기 속이었기에 간신히 용납되었던 것이다.

러일전쟁 후 아카시가 육군 총수(總帥) 야마가타 아리토모(山縣有朋)의 자택을 찾아가 자기의 어떤 구상을 설명하는 데 골몰하여 바지에 오줌을 쌌

다. 계속 흘러내리는 오줌이 마루를 따라 흘러서 야마가타의 발까지 적셨는
데도 계속 얘기했다는 이 괴상한 성격은 질서가 정비된 시대에서는 도저히
용납될 수 없는 것이다.

아카시가 참모관 양성소인 육군 대학교에 들어간 것은 메이지 20년 1월로
아키야마 요시후루보다 몇 년 뒤이다.

그 때문에 전술(戰術)은 메켈 소령한테서는 조금밖에 배우지 못하고 주로
메켈의 후임인 월덴부르크 소령에게 배웠다. 하기야 아카시가 들어갔을 무
렵에는 교관의 대부분이 일본인이었다.

육군 대학교 시절 아카시의 교관들은 월덴부르크 외에는 전부 일본인으
로, 러일전쟁 때 만주군의 작전을 담당한 자들이 많았다.

고다마(兒玉源太郎)가 군정학(軍政學)과 편제학(編制學)을 가르치고, 전
술은 나중에 만주군 총사령부의 주임참모가 된 시즈오카(靜岡) 출신의 이구
치(井口省吾)가 담당했다. 이밖에 러일 전쟁 때의 제6사단장을 지낸 아키타
(秋田) 출신의 오시마(大島久直)와, 제7사단장이었던 가고시마 출신의 오사
코 나오토시(大迫尙敏), 이시카와(石川) 출신의 제5사단장을 지낸 기고시
야스쓰나(木越安綱) 등이 교관이었다.

아카시의 동기생은 여덟 명이었다. 다음 기에 영국에서 첩보를 담당한 우
쓰노미야가 있었다.

졸업 후 아카시는 잠시 부대에 배치되었다가 참모본부로 나왔다. 이 시대
에는 요시후루가 구번(舊藩)과 인연이 깊었듯이 아카시도 여전히 후쿠오카
번(福岡藩) 사람인 것처럼 구로다(黑田) 저택 안의 행랑채를 빌어 살고 있
었다.

"이상한 사람이었소. 고양이 한 마리를 키우고 있었는데 밖에서 돌아오면
모자를 아무 데나 벗어 던졌지요. 그러면 고양이가 속을 알아차리고 그 모
자 안에 들어가 잡니다. 이튿날 아침에는 고양이를 내쫓고 그 모자를 쓰고
나갑니다."

그 무렵 구로다 가문의 저택에 살았던 사람이 말한 아카시 중위의 행동의
단면(斷面)이다. 그래서 모자는 늘 고양이털 투성이였다.

그 뒤 아카시가 독일 유학을 명령받은 걸 보면, 육군 수뇌들은 그를 어지
간히 높이 샀던 것 같다.

또 아카시는 어학광(語學狂)이어서 독일에 가서는 열심히 독일어를 배웠

다.

메이지 34년에는 주불(駐佛) 공사관 전속 무관에 임명되었으니, 육군은 아무래도 아카시가 특별한 재능을 가진 것을 알고 있었던 모양이다. 역시 베를린에서와 마찬가지로 부임하자 마자 프랑스어 습득에 몰두하는 모습은 거의 침식을 잊었다 해도 과언이 아니었다.

"요즘 나는 이를 닦기 시작했다. 옛날의 내가 아니고 제법 문명 사회의 신사가 된 거지."

그가 일본에 띄운 편지 사연이다.

파리에서 어느 파티에 나간 일이 있었다. 각국의 장교들이 참석하는 파티였다. "어리석은 몰골이여" 하고 본인이 자작시(自作詩)에서 말했듯이, 아카시는 그런 자리에 격이 맞지 않았다.

옆에 있던 독일 사관이 아카시에게 프랑스어로 물었다.

"독일어를 할 줄 아십니까?"

아카시가 프랑스어만 조금 아는 정도라고 대답하자, 그 독일 사관은 즉석에서 그를 무시하고 옆에 있는 러시아 사관과 독일어로 엄청난 기밀(機密)을 이야기하기 시작했다. 아카시는 그 대화를 고스란히 기억했던 것이다.

이듬해인 메이지 35년, 육군이 아카시에게 주러(駐露) 공사관 접속을 명한 것으로 보아, 육군이 그에게 기대하는 것은 아마 첩보 분야였던 것 같다.

러시아의 수도 페테르스부르크에서의 아카시는 독일, 프랑스에서와 마찬가지로 부임하기가 무섭게 하숙집 문을 닫아 걸고 어학 공부에 몰두했다.

이때 러일 관계가 험악해져서 전쟁을 하느냐 안 하느냐, 논쟁이 분분했다. 이 무렵 아카시는 시를 지었다.

掩耳他家和戰論
鎖門唯作讀書人
徐期日大業晩成
先祝今年四十春

귀를 가린다 남의 화전론(和戰論)은
문을 닫고 오직 독서인이 될 뿐
서서히 기하노라 대업 만성(大業晩成)의 날

먼저 축하하나니 올해 사십의 봄을

이 시는 메이지 36년 정월 초하룻날 지은 것으로, 이 해에 그는 마흔 살이
된 것이다.

이 시에서도 말했듯이 그는 시국에 대한 논쟁은 멀리하고 오로지 러시아
어 공부에만 몰두했다. 그의 러시아어 교사는 대학생인 브라운이라는 청년
이었다. 진도가 빨라서 7, 8개월에 일상 대화를 부자유스럽지 않게 구사했
다.

한편 이 러시아 대학생으로부터 러시아에 불만을 가진 사람들에 대한 상
황을 많이 배울 수 있었다.

아카시는 어느 나라에 가든지 어학을 습득함과 동시에 그 나라의 역사를
냉정한 태도로 파악하는 것을 잊지 않았다.

앞서 런던의 우쓰노미야 중령이 그에게 말했다.

"러시아적인 전제(專制)의 현실은 이렇게 파악해야만 한다."

역사적 고찰을 섞어 현상(現狀)을 분석해 보였을 때, 아카시는 묵묵히 듣
기만 할 뿐 자기의 의견은 말하지 않았다. 그러나 아카시가 부임해서 개전
(開戰)할 때까지 단기간에 포착한 러시아관(觀)은 당시의 일본인의 러시아
관 가운데서는 월등한 것이었다.

그는 자기의 관찰을 '러시아 역사'라는 제목으로 긴 논문을 써서 참모본부
에 보냈다. 러일전쟁이 끝난 뒤인 메이지 39년이었다. 간결한 명문으로, 문
장으로서도 그 당시의 일본에서는 제일급이었으며, 일본인에 의해 쓰여진
최초의 '러시아 소사(小史)'였다. 그후 이만큼 훌륭한 러시아 소사는 쉽사리
찾아볼 수 없었다.

"세계에 비할 데 없는 대판도(大版圖)를 가진 러시아 제국은, 또한 세계
에 유례가 없는 기이한 역사를 갖고 있다."

그 서두는

결론부터 시작하여 러시아 제국의 역사가 서유럽 여러 나라의 그것과는
전혀 다르다는 것을 상세히 설명한다.

아카시는 순수한 러시아인을 '슬라브 원족(原族)'이라 했다. 슬라브 원족
이 자신들의 힘으로 독립의 기초를 세운 것은 겨우 일본의 아시카가(足利)
시대 말엽(1550년 이후)에 지나지 않는다는 것을 구체적으로 적고, 이어서

로마노프 왕조의 성립은 메이지 39년에서 헤아려 294년밖에 안되며, 이 왕조의 역대는 전제와 음모의 역사인 것을 서술했다.

그리고 현재 러시아에의 불평당(不平黨)의 당파별(黨派別) 개요와 그 지도자에 대해서 적었다.

아카시의 문장을 읽노라면, 아카시 자신이 그런 견해를 노골적으로 드러내지는 않았지만 러시아의 국토를 약탈하고 러시아 국민을 학대하는 것은 러시아 황제와 그 조정(朝廷)이다. 러시아의 모든 정치악(政治惡)은 여기서 비롯된다는 심각한 현실을 알 수 있다.

개전 직전, 도쿄의 고다마(兒玉源太郞)는 페테르스부르크에 있는 아카시에게 전보로 비밀 명령을 띄웠다.

이 비밀 명령이 어떤 것이었는지는 지금 알 길이 없다. 그러나 이런 내용이었던 것만은 거의 틀림없다.

"러시아에서 혁명을 지도하라."

왜냐하면 아카시는 개전 전 러시아의 사회 정세의 불안과 러시아에 대한 속국의 심각한 반러 감정, 그리고 그 운동에 대해 상세한 보고를 하면서 종종 의견을 피력한 흔적이 있기 때문이다.

"이들 불평당에 자금 원조(資金援助)를 하면 아마 러시아는 그 내부에서 붕괴하든가 아니면, 붕괴하지는 않는다 해도 극동에서 큰 전쟁을 벌일 여유를 잃어 버릴 것이다."

고다마는 아카시에게 시키기로 결단을 내리고 나중에 나가오카(長岡外史)를 시켜 혁명 자금으로 100만 엔을 보냈다.

고다마의 작전 감각(感覺) 속에는 외무성을 통하여 미국의 동정을 얻는 대미(對美) 외교와, 첩보와 혁명 선동이라는 요소가 크게 들어 있었다.

그 한 예를 들면 다음과 같다.

"전장이 만주인 이상, 중국을 우방으로 끌어 넣음으로써 전장 첩보에 큰 이익을 얻어야겠다."

이렇게 생각하고 중국을 끌어 들이기 위해 청조(淸朝)의 독립 세력의 하나인 원세개(袁世凱)를 포섭하려 했다.

원세개의 대러시아관에 대해서는, 고다마는 참모본부가 얻은 첩보를 통해 충분히 알고 있었다.

그것은 원세개가 러일전쟁에서 러시아가 이기는 경우 러시아의 극동 병합의 야망은 한이 없을 것으로 보고, 일본에 대하여 극히 호의적이라는 것이었다.

사실 원세개는 일본의 한 무관에게 이렇게 얘기한 적이 있었다.

"만약 러시아 제국이 이기면 중국은 소멸할 것이오. 그래서 나는 러일 양국이 전쟁을 시작하면 당신들을 적극 원조하겠소."

이 원세개에게 가장 신용을 받고 있는 사람은 아오키(靑木宣純)라는 미야자키(宮崎) 출신의 포병 대령이었다.

아오키는 아키야마 요시후루와 사관학교 동기생인데 육군 대학교에 가지 않았기 때문에 개전 전에는 아직 대령이었다.

아오키는 중국 사정에 밝아서 메이지 30년 무렵부터 원세개와 교분이 있어서, 32년 그가 북경(北京)의 공사관 전속 무관이었을 때는, 원세개가 특별히 요청하여 아오키에게 중국군의 교전(敎典)을 만들어 달라고 했을 정도였다.

그 후 아오키는 개전 전 일본으로 돌아와 포병연대장이 되었다.

그는 전쟁이 시작되자 포병을 이끌고 전장에 나갈 것만 생각하고 있었는데, 개전 직전 고다마가 사복 차림으로 아오키의 집에 찾아왔다.

고다마는 마루에 걸터앉으며 말했다.

"자넨 군인으로서 전장에 가고 싶겠지. 그러나 그보다 100배 더 큰 중임(重任)이 있네."

그리고는 그를 천진(天津)에 있는 원세개에게 보냈던 것이다.

이 아오키를 찾아갔을 무렵, 고다마는 페테르스부르크의 아카시에게 전보를 쳐 비밀 임무에 종사하라는 훈령을 내리고 있었다.

개전 전의 아카시는 그다지 큰 일을 하고 있지 않았다.

아카시가 페테르스부르크에 부임했을 때는 러일간의 풍운이 험악했던 시기인만큼, 공사관 전속 무관이라면 러시아의 군사 실정에 대한 첩보는 가능한 한 알아야만 했고, 또한 그것이 의무였다.

그러나 아카시는 원래 스파이의 재능이 없었다.

게다가, 일찍이 페테르스부르크에 주재했던 해군의 히로세(廣瀨武夫)처럼 러시아 사교계에서 대단한 인기가 있는 것도 아니어서 러시아의 유력한 귀족들 중에 아는 사람이 있는 것도 아니었다.

그는 그 나름대로 지인(知人)을 얻으려고 노력은 한 것 같다.

"러시아의 귀부인에게 접근하자."

스파이로서는 초보적인 수단이지만, 어린아이 같은 몽상을 하기도 하고 실제로 그 기회를 잡으려고 공식적으로 초대된 무도회 같은 데는 될 수 있는 대로 참석했다. 그러나 작달막한 키에 용모나 차림새가 꾀죄죄한 그에게 호감을 느끼는 어수룩한 귀부인은 없었다.

고다마는 아카시의 재능에 뭔가 기대를 했지만 개전이 되자 참모본부의 당직일을 도맡았던 나가오카 소장은 뒷날 다음과 같은 감상을 얘기했다.

"아카시는 풍채도 그렇고 얼굴도 그렇고, 정말 괴상한 사내야. 솔직히 말해서 그렇게 수완이 있는 사내로 보이지는 않더군."

하기야 나가오카란 위인은 인물의 감식 능력이 모자란다는 평이 있었으니, 아카시를 제대로 못 본 것이 당연할지도 모른다.

"당시 100만 원이라는 돈은 엄청나게 큰 돈이었지만, 시험 삼아 주어 보려는 생각에서 송금했지."

나가오카의 말이다.

뿐만 아니라 페테르스부르크 시대의 주러 공사였던 구리노 신이치로(栗野愼一郎)조차 아카시의 인물됨을 간파하지 못했다. 그는 개전 직전 도쿄 외무성에 요청을 했다.

"유능한 간첩을 쓰고 싶다."

그러니 자금을 보내라는 뜻이었는데 외무성에서는 아무런 반응이 없다가 개전이 박두해서 그곳에 적당한 사람이 있느냐고 문의해 왔다. 그때 이미 구리노는 페테르스부르크를 철수할 판이어서 그런 일은 어느새 흐지부지되고 말았다.

구리노는 늘 자기 곁에 있는 아카시가 그 방면의 일에서 공전(空前)의 역할을 수행하게 될 줄은 전혀 예상도 못했으며, 바로 그 시기에 고다마로부터 아카시에게 그 일에 대해 이미 비밀 훈령이 내려와 있다는 것도 까맣게 모르고 있었다.

페테르스부르크의 일본 공사관이 전쟁이 발발하자 철수한 것은 메이지 37년(1904년) 2월 8일로 공사 이하 전원은 스톡홀름으로 떠났다.

교전 중에는 스톡홀름에 공사관을 옮겨 놓는다는 것이 구리노의 계획이었다.

"스톡홀름이라면 정보도 꽤 들어올 거야."

구리노는 아카시에게 이렇게 말했고, 아카시도 그 점을 기대하고 있었다.

구리노도 어두운 사람이었지만 아카시도 그 정도의 감각밖에는 없었다.

스웨덴은 독립국이지만 러시아의 침략주의를 범처럼 두려워했으며, 러시아의 관헌(官憲)이 마치 자기 나라의 그것처럼 스톡홀름의 정부 기관을 감시하고 있었기 때문에, 일본인의 첩보 행위 따위는 도저히 허용되지 않는 사정임을 그들은 도착한 후에야 알았던 것이다.

페테르스부르크의 공사관에서 국교 단절의 통보를 받은 아카시는 술회했다.

"닭 우는 소리를 듣고 새벽을 맞는 느낌이었다."

그날 그는 그런 느낌을 시로 읊었다.

城中夜半聽鷄鳴
蹴枕對窓前月明
思結夢鴨江營裡
分明一劍斬長鯨

성중 깊은 밤에 문득 닭 울음소리
베개를 떨치고 일어나니 들창 밖은 아직 달이 밝구나.
생각은 어느덧 압록강의 진영에 미치나니
한 칼 휘둘러 큰 고래(러시아)를 베련다

스웨덴의 수도 스톡홀름으로 향하는 도중 공사관의 문관(文官) 가운데는 이렇게 수군거리는 자가 있었다.

"이런 대국하고 전쟁을 해선 아무래도 승산이 없는데, 일본은 너무 조급하게 일을 저지른 거야."

그러나 아카시가 하기에 따라서 이길 수도 있다고 생각한 것은 제정(帝政) 러시아의 관료의 부패와 전제에 대한 국민들의 원한이 그 속을 파고들수록 심각하다는 것을 알았고, 그것을 선동하면 제정은 내부에서부터 붕괴되지 않을까 하고 생각했기 때문이다.

아카시의 이러한 러시아의 실정에 대한 인식은 다른 어느 문관보다도 정곡을 찌르고 있었다. 또한 아카시는 그것 말고는 일본이 이길 방도가 없다고 생각했다. 그러면서도 아카시는 그의 결의에 대해서는 구리노 공사에게도 말하지 않았다.

구리노는 단지 아카시는 일본으로 돌아가지 않고 유럽에서 러시아의 정보를 수집하는 일을 하는 것 같다고만 짐작하고 있었다.

원래 주러(駐露) 공사관에는, 러시아에 오래 있어서 러시아어에 능통한 무관이 있었다. 시오다 다케오(鹽田武夫)라는 중령으로 아카시가 부임한 이래 아카시의 조수 노릇을 하며 실제적인 첩보 업무는 그가 맡아 했다. 그러나 전쟁이 터지자 상황이 달라졌다.

"나는 청일전쟁 때도 종군하지 못했소. 이번 전쟁에는 꼭 종군하고 싶소." 그는 더 이상 유럽에 남기를 싫어했기 때문에 아카시는 그의 희망을 들어 주었다.

시오다가 극동의 전장으로 떠나면 아카시는 혼자가 된다. 그러나 아카시는 시오다의 도움은 필요없다고 생각했다. 시오다는 사실 러시아어는 아카시보다 훨씬 잘했지만, 전략적인 눈이 없고, 고작 정보 수집 정도의 능력밖엔 없었다.

아카시가 생각하고 있는 대구상(大構想)에서 본다면 시오다는 쓸데없는 존재였다.

스톡홀름으로 가는 기차 속에서 아카시는 줄곧 침묵을 지켰다.

다만 그와 각별히 친하게 지낸 아키즈키 사쓰오(秋月左都夫)하고는 약간의 대화를 가졌다.

"러시아에 과연 혁명이 일어날지는 아직 잘 모르겠소. 그러나 산의 나무들은 바싹 말랐소. 불을 지르면 산불 정도는 일어날 것이오."

아카시가 한 말이다. 명석한 아키즈키는 아카시가 아무래도 엄청난 짓을 계획하고 있구나 하고 짐작했다.

스웨덴 왕국의 수도 스톡홀름에도 일본의 공사관은 있었다.

그러나 그 당시 주러 공사가 겸직했기 때문에 공사 구리노로서는 말하자면 분실(分室)에 가는 것 같은 기분이었다.

그들 일행을 태운 열차가 스톡홀름 역에 도착했을 때, 플랫폼에는 많은 신사와 군인들이 나와 있었다.

구리노조차 '무슨 일이지?' 하고 이상히 여겼다. 그런데 그 사람들이 모두 러시아에서 철수해 오는 자기들을 환영나온 사람들이란 것을 알고는 구리노를 비롯해 모두가 놀랐다.

"극동의 소국인 일본이 러시아 제국을 상대로 전쟁을 시작했다."

이 보도는 처음에는 이 나라 사람들의 귀를 의심케 했다. 그러다가 이윽고 일본의 용기에 놀라고 다음에는 은근히 이를 지지하기 시작했다.

스웨덴의 경우 역사적으로 끊이지 않았던 공포는 러시아의 침략주의였다. 일찍이 100년 전에 러시아는 핀란드를 빼앗았고 그로 인해 스웨덴은 북쪽 경계를 러시아령(領) 핀란드와 접하게 되는 불안한 상태가 되었다. 언제 러시아가 그 북쪽 경계에서 쳐들어올지 몰라서, 스웨덴의 외교는 이 공포를 중심으로 선회하는 상태였다.

그런 러시아를 상대로 일본이 전쟁을 시작했다는 것은 스웨덴 사람으로서는 믿기 어려운 놀라움이었고, 러시아의 무서움을 너무 잘 알고 있는 나라인만큼 앞으로 일본의 운명이 피부로 느껴져서 남의 일 같지가 않았던 것이다.

이때 마침 스웨덴 왕인 오스카르 2세가 시골의 별장으로 가려고 역에 도착했다.

오스카르 2세는 구리노 공사를 물론 잘 안다. 그는 구리노를 역 귀빈실로 불렀다. 구리노가 들어서자 그는 일어서서 구리노의 손을 굳게 잡고 말했다.

"나는 이번 일에 대해 아무 말도 하지 않겠소. 말은 안해도 내 마음을 아시리라 믿소."

구리노는 일국의 왕으로부터 이런 말을 들은 데 감동하여 감동의 표정을 지으면서 눈물을 흘렸다.

구리노는 곧 아카시를 국왕에게 소개하려고 그를 불렀다.

아카시가 들어왔다. 아카시는 약간 꾸부정했고 입고 있는 바지는 무릎이 몹시 낡고 구겨졌으며, 얼굴은 코밑에서 턱에 걸쳐 텁수룩하게 자란 수염 탓인지 러시아에서 가끔 눈에 띄는 혼혈 타타르인 같았다.

"아카시 대령입니다."

구리노가 소개하자 아카시는 최고의 경의를 표해 경례를 했다.

국왕은 아카시를 보고 다소 망설이는 듯하더니, 구리노에게 한 것처럼 손을 내밀었다.

아카시는 그 손을 덥석 잡았다.

구리노로서는 앞으로 전개될 아카시의 첩보 활동에 다소나마 도움이 될지 모른다는 생각에서 아카시를 소개한 것이다.

국왕은 아카시에 대해서는 특별한 말은 하지 않았으나, 그의 악수는 아카시가 비명을 지르고 싶을 정도로 힘찬 것으로 미루어 왕의 기분을 짐작할 수 있을 것 같았다.

그러나 아카시가 이 스톡홀름에서 만나고 싶은 사람은 국왕이 아니었다.

핀란드 헌법당(憲法黨)의 우두머리이며 이 나라 안의 모든 불평당(不平黨)의 원로인 카스트렌이라는 인물이었다.

'카스트렌'이라는 망명 지사(亡命志士)의 이름을 아카시가 들은 것은 러시아의 수도 페테르스부르크에서 그에게 러시아어를 가르쳐 준 대학생 브라운에게서였다.

"러시아 황제는 전횡을 휘둘러 지난 해(1903년—메이지 36년)에 핀란드의 헌법을 정지시키고 핀란드인으로부터 모든 헌법적인 권리를 박탈한 대신, 스톡홀름에 있는 러시아 총독에게 무한한 독재 권력을 부여했습니다."

이에 대해 핀란드인들 사이에 땅울림이 퍼져가듯이 민족 독립의 기운이 일어났는데, 그 운동의 정점(頂點)에 카스트렌이 있다고 했다. 카스트렌이 그 지하 운동을 지휘하고 있었던 것 같다.

"카스트렌……."

아카시는 그 이름을 몇 번이나 중얼거리면서 기억 속에 담아 두었다. 그래서 지금 그 이름만을 자산(資産)삼아 스톡홀름에 온 것이었다. 그에게는 첩보원 이야기에 나오는 것처럼 정밀한 계획도 없었고, 극적인 활극성도 없었다.

그는 스톡홀름 역에 도착하자마자 마중나온 스톡홀름 공사관원 가운데서 젊은 통역원에게 말했다.

"잠깐 여길 좀 다녀와 주게."

그리고 카스트렌의 이름과 그 주소를 적은 쪽지와 함께 편지를 주었다.

"일본의 육군 대령 아카시 모토지로라는 자가 만나고 싶어 하니, 시간과 장소를 지정해 주셨으면 합니다."

이러한 뜻의 편지였다.

적당한 소개자를 물색한 것도 아니고, 또한 가명을 쓴 것도 아닌 거의 스파이답지 않은 방법이었다.

이 점에 대해 아카시는 후일 이렇게 술회했다.

"나로서는 그렇게밖에 할 수 없었다."

아카시는 교묘하고 치밀한 기술을 구사하기보다는 느닷없이 목적을 품고 상대방 속에 뛰어드는 방법을 취했다.

아카시가 목적하는 바는 카스트렌이라는 이 핀란드의 지사에게 일본의 스파이가 되어 달라고 부탁하는 일이었다. 카스트렌은 아마 입을 딱 벌렸을 것이다.

"스파이를 누구에게 부탁은 해야겠는데 누가 이 어려운 일에 적당한지 나 자신 전혀 모른다. 알아낼 방법도 없다. 그러니 눈 딱 감고 위험 속으로 뛰어들 수밖에."

아카시로서는 이러한 논법이었을 것이다.

아카시는 역사(驛舍)에서 나왔다.

구리노 공사는 마차를 탔지만, 아카시는 걸어서 공사관까지 갈 작정으로 걸었다. 공사관에 닿을 무렵에는 카스트렌에게서 답이 올 것이다. 곧 만나자고 한다면, 이 차림 그대로 갈 작정이었다.

스톡홀름은 세 번째였다. 그러나 살지는 않았기 때문에 지리를 몰랐다. 아카시는 도중에 몇 번이나 지나가는 사람을 붙들고 일본 공사관이 어디쯤인지 물어야 했다.

이 도시에는 핀란드에서 온 망명자가 많았다. 아카시가 공사관까지 걸어가는 도중 한 노신사가 그를 불렀다.

피부는 유럽인처럼 핑크색이었으나, 얼굴이 넓적하고 턱이 튀어나와 있어서, 먼 옛날 중앙 아시아에서 침입해온 유목 민족의 모습이 짙게 남아 있었다. 한눈으로 핀란드인이라는 것을 알 수 있었다.

"당신은 일본 군인입니까?"

아카시의 얼굴을 찬찬히 바라보며 그가 러시아어로 물었다.

4년 전, 러시아 제국은 러시아어를 핀란드의 공용어로 쓰도록 강요했던 것이다.

아카시는 군복을 입고 있었다.

"그렇소."

일부러 프랑스어로 대답했다. 노신사는 당장 러시아어를 버리고 프랑스어로 바꾸었다. 그러자 러시아어를 말할 때의 표정과는 딴 사람이 된 것처럼 밝아 보였다.

"일본이 러시아 제국에 대해 선전 포고를 했다는 것을 신문을 통해 알았습니다. 우리는 같은 동양인으로서 또한 똑같이 러시아 제국의 압박을 받는 민족으로서, 이 전쟁에서 반드시 승리하기를 바랍니다."

"고맙습니다."

아카시는 정중히 인사를 한 뒤 물었다.

"난 아카시라고 합니다. 댁은 뉘신지요?"

노신사는 슬픈 표정으로 고개를 저으며 말했다.

"죄송하지만 이름을 밝힐 수가 없습니다. 이 스톡홀름에는 러시아 고등 경찰의 첩자들이 우글거리고 있습니다. 이름없는 한 시민이라고 해 둡시다."

그리고는 멀어져 갔다.

'아마 그가 말한 대로 그는 무명의 시민임에 틀림없겠지. 그러니 믿을 수가 있다.'

아카시는 이렇게 생각했다. 믿을 수 있다는 것은 이 나라의 국민 감정이 일본에 대해 극히 동정적이며 거의 전우애(戰友愛)에 가까운 감정을 가졌다는 일이다.

이 당시 일본에서는 '강로(强露)'라는 말이 자주 쓰였다. 강미(强美)라고도 않고 강영(强英)이라고도 하지 않는데 러시아에 한해서만 강로라는 말이 사용된 것은, 그 군사력이 강대하다는 인상에서 유래한 것이리라. 또한 러시아가 그 군사력을 노골적으로 침략 외교에 사용하는 점도 강로라는 말이 성립되는 이유가 된다.

핀란드는 폴란드와 마찬가지로 이 '강로'의 손톱과 이빨에 꼼짝달싹도 못할 만큼 눌려 있다. 군사적인 반란은 폴란드의 예를 보아도 절망적이었고, 그 사나운 발톱에서 벗어나는 방법은 러시아의 제정(帝政)이 쓰러지는 것밖에 없었다.

그런 '강로'에 대해, 극동의 이름없는 소국인 일본이 싸움을 걸었다는 것은 세계의 어느 국민보다 핀란드인에게 깊은 충격을 주었다.

그들은 자기들이 할 수 없는 행동을 일본이 대신하고자 한다는 점에서 이 전쟁의 앞날에 대해 강한 관심을 보였다.

아카시는 이런 배경이 있는 한 자기의 일이 성공하리라고 낙관했다.

아카시는 공사관에서 통역관이 돌아오기를 기다렸다.

"아카시군, 뭘 하는가?"

지나가던 구리노 공사가 말을 걸지 않을 수 없을 정도로 아카시는 멍한 얼굴로 앉아 있었다. 더구나 집 안에는 난로가 활활 타고 있었으나 이 군인은 외투도 벗지 않고 있었다.

"아, 예……낚시를 하고 있습니다."

아카시는 웃지도 않고 대답했다.

구리노는 더 이상 묻지 않고 지나갔다. 그러나 그는 나중에 이때 아카시가 무엇을 기다리고 있었는지 알고 어이가 없어서 입을 딱 벌리고 말았다.

구리노의 말을 빌리면, 외교란 좋은 중개인(중개국)을 얻는 것이라고 한다. 아카시는 소개자도 없이 망명 핀란드인을 만나려 했던 것이다.

"스톡홀름에서는 아카시 같은 사람도 실패하지 않을 수가 없었다."

훗날 영리한 구리노가 과연 구리노답게 내린 판단이었는데, 확실히 실패였다.

그러나 완전한 실패는 아니었다.

이윽고 통역관이 돌아와서 낮은 목소리로 말했다.

"카스트렌이라는 망명 핀란드인을 만났습니다. 그러나 편지는 퇴짜맞았습니다. 카스트렌이 말하기를 자기는 아카시라는 일본 군인을 모른다, 그런 인물한테서 편지를 받을 일도 없다, 혹시 사람을 착각한 것이 아닐까? ……"

'낚지 못했다.'

아카시는 이렇게 생각했을 뿐 낙담은 하지 않았다. 낚시터도 조사해 보지 않고 안내인도 없이 무턱대고 낚싯대를 던져 보았던 것인데, 뜻대로 고기가 물릴 턱이 없었던 것이다.

서기관인 아키즈키 사쓰오(秋月左都夫)만이 아카시가 하는 일이 어떤 내용의 것인지 알고 있었다.

"실망하지 마시오."

그는 아카시에게 다가와서 속삭였다. 아카시는, 실망 따위는 안 해, 하고 중얼거렸다.

"일본인에게도 그렇고, 핀란드인에게도 마찬가지로, 적은 음흉하기 비길 데 없는 러시아 제정(帝政)이야. 카스트렌은 그것을 알고 있을 거야. 내 편지를 받고 필시 마음이 설렜겠지."

아키즈키는 이 말에 감동했다. 사실이었다.

아카시는 이어서 이 전쟁에 지면 일본은 조선(朝鮮)과 함께 핀란드나 폴란드 같은 신세가 된다고 말했다.

"일본의 뜻과 입장을 가장 잘 이해할 수 있는 것은 핀란드인일 거요."

아키즈키는 이렇게 대꾸했다.

아카시가 카스트렌과 접촉하려던 일은 실패했으나 그 반응은 다른 방면에서 나타났다. 도미를 낚으려다 도미보다 큰 놈이 낚시에 걸려든 결과가 되었다.

아카시는 공사관에서 군복을 벗어 던지고 사복으로 갈아 입었다. 이후 2년 동안 그는 끝내 군복을 입지 않고 그것을 스톡홀름 공사관의 양복장에 걸어둔 채 지냈다.

"아카시로부터 맡은 것은 겨울과 여름용 군복 각각 한 벌뿐이었다."

나중에 공사로 승격한 아키즈키 서기관이 한 말이다.

이날 사복으로 갈아 입은 아카시는 그가 줄곧 묵으려던 조그만 호텔로 갔다.

방을 정할 때, 그는 또박또박 다음과 같이 적었다.

"국적, 일본 제국. 성명, 아카시 모토지로"

아카시는 그 정도로 스파이같지 않은 스파이로, 가명을 쓰는 조심은 일체 하지 않았다.

그 이유는 잘 모른다. 스파이인 이상 세계에서 가장 발달한 제정 러시아의 고등 경찰에게 몰래 살해될 것이라는 점을 각오해야만 한다. 아카시도 그런 각오는 충분히 되어 있었다.

그러나 그런 그도 자기의 죽음을 영예로 장식하고 싶은 군인의 직업적인 본능이 강했을 것이다. 자기가 유럽 어느 도시의 한 구석에 아무도 모르는 시체가 되어 있는 운명을 상상한다는 것은 견딜 수 없는 일이었으리라.

아카시가 하는 일은 이런 점에서 비장한 것이었다.

"자네가 한 일은 러일전쟁에서 승리하는 중대한 원인을 만들었네."

훗날 육군인 그의 동료가 이렇게 칭찬했을 때, 아카시는 버럭 화를 내어 상대를 어리둥절하게 만들었다.

"뭐가 공적이야? 참모본부가 편찬한 저 방대한 러일전사(露日戰史)에 내 이름이 단 한 줄이라도 들어 있나?"

이런 아카시의 굴절된 감정으로 미루어 봐서 그는 적어도 자기 시체에 본명(本名)이 붙여지기를 바랐던 모양이며, 본명만 뚜렷하면 어디에서 어떻게 죽든 일본의 공사관이나 영사관에 조회(照會)가 갈 것으로 생각했으리라.

그 시간 아직 거리는 밝았다.

카스트렌에게 거절당한 아카시는 다음으로 손 쓸 일을 생각하면서 창가에 기대어 북구의 피렌체로 불리는 거리를 내려다 보았다. 하늘은 무겁게 내려 앉았고 거리에는 눈이 내려 쌓이고 있었다.

이때 아카시의 방문을 두드리는 사람이 있었다. 문을 여니 낯선 신사 하나가 서 있었다. 값이 나가 보이는 털모자를 쓰고 풍성하게 콧수염을 길렀으며, 어깨가 듬직했다.

"이곳에서 법률 사무소를 하고 있는 자입니다."

그 신사는 프랑스어로 정중하게 말했다.

아카시는 이만큼 듣기 좋은 남성의 목소리를 들은 적이 없었다. 신사의 용모에는 그가 핀란드 인이라는 여러가지 특징이 있었다.

아카시는 그를 방 안으로 맞이하고 문을 닫았다.

신사는 아카시를 확인하듯이 바라보다가, 이윽고 결심한 듯 속 호주머니에서 봉투 하나를 꺼내어 아카시에게 내밀었다.

봉투를 뜯으니 한 장의 종이가 나왔고 거기에는 푸른 잉크로 '카스트렌의 친구 콘니 시리야크스'라고 적혀 있었다.

아카시는 이렇게 뜻밖의 방법으로 찾아온 그 인물의 정체를 알고 속으로 놀랐다. 아카시는 '핀란드 과격 반항당(過激反抗黨)'이라는 독립 운동의 지하 조직이 있다는 것을 알고 있었고, 노지사(老志士) 카스트렌이 이끄는 핀란드 헌법당보다 훨씬 과격한 단체라는 것도 알고 있었다. 그 당수가 직접 자신을 찾아 온 것이다.

'이 사나이는 믿을 수 있다.'

시리야크스도 아카시를 이렇게 본 모양이었다. 지하 운동자에게는 이런 통찰력(洞察力)만이 무기였다.

　시리야크스가 마음에 들어한 것은, 아카시가 지극히 소탈한 방법으로 카스트렌과 같은 지하 운동의 거물에게 접근을 시도한 점이었다. 단지, 이와같이 소탈하고 단도직입적인 방법을 취하는 사나이는 위험에 처하면 자신의 행동에 책임을 지지 않고 달아나기 쉬운데, 그 점도 실물을 대해 보니 염려할 필요가 없다는 것을 확인했다.

　시리야크스가 아카시에게 물었다.

　"아카시 당신은 사람을 시켜 카스트렌에게 편지를 보냈소. 대관절 누가 그의 거처를 당신에게 가르쳐 주었소?"

　아카시의 대답은 소박했다. 페테르스부르크의 대학생 브라운이 가르쳐 주었으며 그는 자기의 어학 선생이자 혁명 정세의 해설자라고 하자, 시리야크스는 두꺼비가 파리를 삼키듯이 쉽게 알아 듣고 믿었다.

　그런 점은 과연 한 당의 당수다웠다.

　"당신은 무엇을 원하고 있소?"

　시리야크스가 물었다.

　"나는 순수 러시아인인 레닌과 잘 아는 사이오. 레닌 외에는 어떤 지사(志士)도 모르오. 일본은 미약하지만, 국가와 국민의 총력을 기울여 러시아 제정에 항거하고 있소. 그러니 일본인은 부녀자에 이르기까지 당신의 동지로 생각해주기 바라오. 나는 모든 당파의 불평 분자와 사귀고 싶소. 그 중에서 신뢰할 수 있는 사람을 발견하면, 그 혁명 사업을 원조하고 싶소."

　그리고 혁명가들의 대규모집회를 열어주면 그 자리에서 한꺼번에 많은 동지를 얻겠노라는 유들유들한 소리를 했다.

시리야크스는 크게 고개를 끄덕이며 말했다.

　"이미 전쟁은 시작되었소. 독립 운동이든 혁명 운동이든 다시 없는 좋은 기회요. 이런 기회에 각 파의 집회를 갖는다는 것은 나도 바라고 카스트렌도 바라는 일이오."

　그리고 내일 카스트렌에게 데려다 주겠노라고 했다.

　시리야크스는 말을 이었다.

　"이 호텔에서 만나는 것은 위험하오. 다른 장소로 안내할 테니 내일 11시에 이 호텔 앞에서 기다려 주시오. 그 시간에 호텔 현관에 도착하는 마차가 있을 거요. 당신은 지체없이 그 마차를 타시오. 내일도 눈이 올 거요."

눈이 올 거요, 라는 말은 눈이 오면 마차는 포장을 친, 그러니 남의 눈을 피하기가 좋다는 뜻이었다.

아카시 모토지로의 2년에 걸친 활약을 통해 가장 훌륭한 동지가 된 사람이 바로 이 콘니 시리야크스였다.

만약 아카시가 시리야크스의 마음을 붙잡지 못했더라면, 그의 유럽에서의 활동은 틀림없이 그 절반도 완수하기 어려웠을 것이다.

마차가 움직이기 시작했다. 포장을 씌운 데다 조그만 유리창에 그칠 새 없이 눈송이가 부딪쳐서 바깥 경치가 보이지 않아 아카시는 어디를 어떻게 달리고 있는지 알 수가 없었다.

이윽고 변두리의 더럽고 좁은 거리로 마차가 들어서더니 5층 건물 앞에서 멈춰섰다.

아카시는 시리야크스와 함께 그 건물로 들어가 어두운 계단을 올라갔다. 올라가는 데 꽤 시간이 걸렸다.

만약 초면인 이 시리야크스가 러시아의 첩자였다면, 다 올라간 곳에는 죽음이 기다리고 있을 가능성도 있었지만, '어리석은 몰골'이라고 한 평소와 다름없는 표정으로 아카시는 태연히 뒤를 따랐다.

아무리 봐도 일본의 민완 고급 장교라기보다는 산골에서 처음으로 도시에 나온 타타르인이라는 느낌을 주었다.

시리야크스는 자기 선배인 카스트렌에게, 그는 믿을 수 있는 인물이니 한 번 만나보라고 한 자기의 판단이 옳았음을, 아카시가 풍기는 전체의 분위기를 통해 다시 확인했다.

사실, 아카시는 일본과 일본인에 대한 한 가지 세계적인 통념(通念) 때문에 득을 보고 있었다. 즉, 일본인이 청일전쟁과 북청사변(北淸事變, 의화단운동)을 치렀을 때, 군대에 따르기 마련인 약탈 사건이 거의 없었다는 사실이 온 세계에 경탄을 불러일으켰던 것이다.

또한 전시 국제법을 어리석을 정도로 충실히 지켰다는 것과 아울러 유럽 지식인들의 머릿속에 들어 있는 '무사(武士) 전설'이라는 것도 아카시의 신용을 높여 주었다.

카스트렌은 보기에 부유한 집안의 온후한 노신사 같았다. 그는 줄곧 미소를 지으며 많은 말을 하지는 않았다. 이 노인이 제정 러시아의 고등 경찰이 그토록 두려워하는 인물이라는 것이 도저히 믿어지지 않을 정도였다.

아카시가 카스트렌이라는 인물보다 더 놀란 것은 이 비밀의 방에 걸려 있는 사진이었다.

정면에는 그의 추방 명령서가 걸려 있었다. 그 추방 명령서에는 러시아 황제 니콜라이 2세의 서명이 들어 있었다. 이것을 걸어둠으로 해서 러시아 황제에 대한 증오를 날마다 새롭게 하는 듯했다. 그 끈질긴 집념은 중국의 와신상담이란 말을 연상케 했다.

그런데 더욱 놀란 것은, 다른 한쪽 벽에 일본 메이지 천황의 초상화가 걸려 있는 일이었다.

"이 일본의 황제가 우리를 구해 줄 것을 믿고 있소."

카스트렌이 말했다. 이 노인을 위험한 일에 몰아 넣고 있는 그 근원이 새로운 사회 사상보다 민족 독립의 염원에 있다는 것을 이 광경을 통해서도 짐작할 수가 있었다.

시리야크스는 카스트렌보다도 훨씬 과격한 당파를 이끌고 있으나, 노장인 카스트렌에 대한 예절은 깍듯이 지켰다. 아카시를 이 노인에게 소개한 것은, 이 노인의 신뢰만 얻어 놓으면 아카시가 앞으로 갖가지 사람을 만났을 때 쓸데없는 의심을 받지 않고 넘어갈 수 있을 거라는 배려에서였던 것이다.

아카시는 많은 말을 했다.

"난 혁명이나 독립에 대해 원조를 하고 싶소."

아카시는 의사를 명백히 했다.

이 점에 대해서는 두 사람 다 전면적으로 아카시의 말을 받아들였다.

또 한 가지 아카시에게는 군사 탐정이라는 일이 있다. 러시아의 군사 사정과 작전을 알고 싶었다. 말하자면 순전한 스파이다.

"그러나 내게는 그 능력이 없소."

아카시가 낭패스런 표정을 짓자 카스트렌은 크게 웃으며 말했다.

"그것만은 내게도 능력이 없소."

"그래서 움직여 줄 사람을 얻고 싶소. 누구든 좋은 사람을 소개해 줄 수 없겠소?"

아카시는 속마음을 툭 털어 놓았다. 유럽에서 첩보 활동을 해야 할 판인

데, 실은 나 아카시 한 사람뿐이라 불안하다는 말도 했다.

"하지만 군사적인 스파이 노릇을 하는 것은 우리에게 해롭소."

나중에는 그 일에 협력을 했지만 이때는 시리야크스도 난색을 표했다. 독립이나 혁명 운동을 하는 것만으로도 러시아 고등 경찰의 탐정이 신변을 에워싸고 제대로 움직일 수 없을 정도로 경계하고 있었다. 그런 상황에서 우리가 군사 스파이 노릇까지 한다면, 그들에게 약점이 잡혀 운동에 중대한 지장을 초래할 것이라고 했다. 과연 과격파의 당수다운 사고방식이었다.

그런데 시리야크스의 당보다 온건한 당을 이끄는 카스트렌 쪽이 이 경우에는 적극적이었다.

"그건 당연한 일이오. 우리도 제정 러시아를 쓰러뜨리는 것이 첫 번째 목적인 이상, 온갖 수단을 강구하여 모든 기회를 놓치지 않기 위해 어떠한 수고도 아껴서는 안되오. 대령, 나는 기꺼이 협력하리다."

카스트렌은 즉석에서 전화기를 집어들었다.

전화는 스웨덴 육군의 참모본부로 연결되었다. 아카시는 놀랐다.

핀란드 독립의 노지사인 카스트렌은 스웨덴 육군에까지 얼굴이 통하고 있었던 것이다. 따지고 보면 스웨덴 왕국이 러시아로부터 받는 위협은 명색이 독립국인만큼 들판에 놓인 핀란드인 이상으로 커서, 그것을 직접적으로 느끼고 있는 것은 스웨덴 육군의 참모본부였다.

'러시아는 해를 끼친 모든 나라로부터 이토록 미움을 받고 있다.'

아카시로서는 굉장한 정황을 바로 눈앞의 전화를 통해 알 수 있었던 것이다.

카스트렌이 전화로 불러낸 사람은 스웨덴 육군의 참모 대위 아미노프라는 인물로 바로 용건으로 들어가 곧 결정을 내렸다.

이 전화는 머지않아 결실을 봤다.

아미노프 대위는 동지인 크린겔스체르나 중위와 협의하여, 베르겐 소위라는 자를 아카시의 탐정으로서 러시아에 파견키로 했다.

이렇게 중대한 일이 카스트렌과 만난 지 한 시간 뒤에 결정되어 미래를 향해 힘찬 시동이 걸렸다.

아카시는 그의 능력에 의해 큰 일을 했다기보다, 그가 큰 일을 완수할 수 있는 모든 정세가 형성되어 오히려 그를 기다리고 있었다고 하는 편이 타당할 것이다.

한 마디로 말해서 아카시 모토지로의 첩보와 혁명 선동의 기초는 스톡홀름에 있는 카스트렌의 은신처에서 이룩되었다.

'선동'이라고 했으나 엄밀히 말해서 아카시는 선동이란 말에 해당하는 언사는 한 번도 쓰지 않았다.

"일본은 폴란드나 핀란드가 되고 싶지 않다. 도쿄 궁성에 러시아 총독을 맞아들이는 건 사양한다."

이런 말을 했을 따름이다.

아카시는 러시아를 잘 알고 있는 만큼 이 전쟁에서 러시아가 이기면 어떻게 된다는 것을 잘 알고 있었다.

한반도는 러시아의 영토가 되고, 일본은 틀림없이 속국이 될 것이다.

러시아 제국은 그 위용을 과시하기 위해 헬싱키에서 그랬던 것처럼 도쿄에 장대한 총독 관저를 세울 것이다.

또 태평양에 항구를 가지고 싶어했던 오랜 숙원을 풀기 위해 요코스카 항과 사세보 항에 대군항을 건설할 것이다.

헌법을 정지시키고 국회 의사당을 고등 경찰의 본부로 삼을 것이며, 도쿠가와 막부 말기 이래로 탐을 냈던 쓰시마 섬(對馬島)을 일본해(동해)의 현관 초소로 삼기 위해 대요새를 구축하고, 섬 안에 정치범의 감옥을 만들 것이다. 또 총살형 집행 장소도 설치할 것이다.

그밖에 또 하나의 장대하고 화려한 건물이 도쿄에 설 것이다. 러시아 제국은 국교(國敎)인 그리스 정교(正敎)를 그 군대처럼 전제의 중요한 도구로 삼고 있다. 현재 헬싱키의 중앙 광장에 핀란드인에게는 이교(異敎)인 그 대전당이 세워진 것처럼, 히비야(日北谷) 공원에 동양 제일의 어마어마한 사원을 지을 것이다.

아카시는 러시아어를 배울 때, 극동의 블라디보스토크(Vladivostok)라는 도시 이름은 동쪽을 지배하라는 뜻인 것을 알았는데, 운명에 따라서는 러시아 제국 동쪽(보스토크)이 도쿄가 될지도 모른다고 생각했다.

"일본까지 우리 나라와 같은 운명이 되어서는 안된다. 반대로 만약 일본이 러시아를 이기면 러시아의 손톱이 무디어져서 우리는 이 현황에서 벗어날 수 있을 것이다."

일본과 운명을 같이 하고 있는 듯한 느낌을 깊이 가졌다. 아카시는 반로당(反露黨)의 어떤 지사를 만나도 이 말만 되풀이했다. 그것만 말하면 이미 러시아의 침략 정책에 희생되고 있는 나라 사람들도 그 말에 공감했다.

순수 러시아인 불평 분자에 대해서도 같은 말을 했다.

"우리들 순수한 러시아인도 전제 황제의 지배를 받고 있으며, 속방(屬邦)
사람들 이상으로 고통을 받고 있소. 그러니 일본 국민의 공포를 잘 알고
있소."

이렇게 말하는 자가 많아서 아카시는 혁명 용어가 섞인 연설을 하지 않아
도 이 말 하나로 그들과 생각이나 이해 감정을 같이할 수가 있었다.

아카시에게는 묘한 재능이 있었다.

그는 금전에 대해서는 무심한 성격을 가졌으면서도 금전 출납에 대한 능
력이 탁월했다. 그 점은 그의 활동에 크게 도움이 되었다.

그가 공금에 대해 얼마나 고지식했는가는, 공작비로 도쿄에서 보내준 100
만 엔을 쓰면서 일일이 사용처를 기록했는데, 훗날 도쿄로 돌아왔을 때 그는
27만 엔의 잔금을 지니고 있었다.

그는 그것을 참모본부 차장 나가오카에게 반납했다.

"원래 일의 성질이 성질인만큼 돌려줄 필요가 없는 돈인데도, 아카시는 영
수증과 사용 명세서 따위를 붙여서 보내 왔다."

나가오카가 아카시의 사후에 한 말이다.

그런데 엄밀히 따져서 꼭 100루블(러시아의 화폐 단위)가 기장(記帳)과
맞지 않았다. 이유는 그가 귀국 도중에 기차 화장실에서 지폐를 세다가 실수
로 떨어뜨린 것이 그만 그대로 차 밑으로 날아가 버렸기 때문이었다.

스톡홀름에서의 아카시는 공작원과 첩자에게 주는 돈을 어떻게 지출할 것
인가에 대해, 카스트렌과 시리야크스에게 상의한 적이 있었다. 아카시는 한
번 인정한 인물에 대해서는 소년처럼 순진하게 하나에서 열까지 묻는 점이
있었다.

이 좋은 기질이 아카시의 일을 부드럽게 회전시켜 주었다.

"아, 그 일이라면 좋은 사람이 있소."

카스트렌이 즉석에서 말했다. 그의 동지 가운데 린트베르크라는 스톡홀름
에서 열 손가락 안에 꼽힐 만한 호상(豪商)이 있는데, 그에게 돈을 맡겨 놓
으면 환금이든 뭐든 출납 일체를 대행해 줄 것이라고 했다.

아카시는 두 사람을 믿었기 때문에 그 린트베르크라는 사람도 믿고 권하

는 대로 따랐다.

그것은 성공이었다. 그후 아카시가 린트베르크를 만났을 때, 그 무역상은 이렇게 말했다.

"나는 무보수로 당신을 위해 대행자가 되겠소. 그로 인해 러시아 탐정에게 사살되어도 상관없소. 일본을 위해 하는 일은 러시아 제국을 약화시키는 일이고, 나아가서 스웨덴과 핀란드를 위해 최고의 애국 행위가 되는 거요."

그는 아카시를 통해 열렬한 친일파가 되어 훗날 일본 정부가 그에게 명예 영사(名譽領事)를 맡기기도 했다.

아카시는 그들을 알게 됨으로써 잇달아 지하 운동을 하는 지사를 알게 되었고, 더욱이 러시아 군인으로서 혁명의 뜻을 품은 자까지 알게 되어서, 그들에게 임무를 부여하고 자금을 주었다.

그러다가 마침내 영리를 쫓는 직업적인 스파이도 썼다.

"인정과 의리를 동기로 일해주는 사람들보다 오히려 돈만을 목적으로 하는 직업적인 스파이가 훨씬 도움이 되었다."

아카시가 훗날 술회한 말이다.

아카시가 경탄한 것은 유럽의 인간 관계가 계약에 의해 성립되어 있다는 사실이었다. 그 때문에 돈을 주고 그냥 떼인 적은 단 한 번도 없었다 한다.

아카시가 그 활동의 기반을 스톡홀름에서 닦았다는 것은 자주 언급했다.

그러나 그곳은 역시 소도시였다. 게다가 러시아의 고등 경찰이 침투해 있어서 행동이 부자유스러웠다.

또 이 고장의 신문 기사는 속보성이 결여되어 있었다. 같은 기사라도 베를린이나 파리, 런던의 신문보다 하루 내지 하루 반씩 늦게 게재되곤 했다.

'조만간 여기를 뜨지 않으면 갇힌 새 꼴이 되겠다.'

이렇게 생각을 정한 아카시는 도쿄의 나가오카에게 유럽의 여러 중심지를 돌고 싶다는 뜻을 알렸다.

"나에게는 스톡홀름이 고마울 따름이다. 나의 활동을 위한 기초와 실마리가 이곳에서 만들어졌기 때문이다."

아카시는 이렇게 적고 있다.

그의 활동상은 그가 스톡홀름의 역에 내려선 지 불과 닷새 후에 핀란드 독립 지사의 비밀 대회를 개최한 것만으로도 알 수 있다. 물론 이 대회는 카스트렌과 시리야크스의 주선으로 열리게 된 것이지만, 아카시는 그 덕분에 그들 전원을 알게 되었다.

"아카시의 일을 도와주어라."

카스트렌과 시리야크스는 그들의 동지 하나하나를 아카시에게 소개했다.

이들 전원이 열렬한 감정을 가지고 아카시에게 지원을 맹세했다. 그중에는 러시아 육군성에 동지가 있다고 하는 사람도 더러 있었다. 아카시는 모조리 연계를 맺어두었다.

이 집회에서 아카시를 놀라게 한 것은 시리야크스 부인의 아름다움이었다. 그녀는 발랄한 재기가 온 몸에 넘치며 마치 보석처럼 빛나는 미국인이었는데, 스톡홀름에서 사교계의 여왕이라는 소리를 듣고 있었다.

그런 그녀가 아카시에게 오른손을 내밀면서 말했다.

"당신의 목적은 나의 목적이기도 합니다."

그러면서 미소를 거두고 비사교적인 날카로운 눈으로 아카시의 눈을 쏘아보던 순간을 아카시는 평생토록 잊을 수가 없었다.

"아카시의 신변에 늘 여성의 그림자가 따랐다."

이런 말을 후년에 육군성에서 숙덕거리게 되었는데, 그런 말이 나오게 된 데에는 그녀의 존재도 하나의 요소가 되었으리라.

그러나 당사자 아카시는 한때 그의 조수 노릇을 했던 시오다나 아키즈키 등의 말을 빌리면 여자 관계는 거의 없었으며, 유곽에도 간 적이 없는 듯하다.

이런 일 외에 아카시는 이 핀란드인들의 비밀 대회에서 뜻밖의 인물을 알았다.

"나는 그리펜베르그 대장의 사촌입니다."

이렇게 자기 소개를 하는 노신사가 있었다. 그리펜베르그 남작(男爵)이라는 그는, 핀란드 헌법당(憲法黨)의 요인으로서 추방 중에 있는 신분이었다.

순수 러시아인 혁명당의 유력자 몇 명도 이 집회에 출석했다. 그 중에 힐코프 공작(公爵)이란 사람이 있었는데, 놀랍게도 시베리아 철도의 정비로 성과를 올리고 있는 러시아 제국의 체신부 장관 힐코프의 친동생이었다.

"일본이 이 악마를 퇴치해 줄 것을 희망합니다."

그들은 입을 모아 전제 러시아를 저주하며 아카시에게 이렇게 말하곤 했다.

아카시는 페테르스부르크에서는 그렇게까지 느끼지 않았던 전제 러시아의 해독과 병폐가 얼마나 크고 깊은지 스톡홀름에 와서 온몸으로 느꼈다.

아카시의 2년에 걸친 활동을 살펴 보면, 그에게는 항상 행운이라는 미묘한 그림자가 따라 다녔던 것을 알 수 있다.

우선 그가 시리야크스라는 발이 넓은 활동가의 신뢰를 얻은 것이 그 뒤 그의 활동에 회전 속도를 많이 높여 주었다.

시리야크스를 알게 된 것은 상당히 우연한 일이었지만, 한편으로는 아카시에게 전략적인 안목이 있었다는 것도 알아야 한다.

핀란드는 작은 나라이다. 나라라 할 것도 없이 옛날에는 스웨덴에 합병되어 그 한 지방에 지나지 않았고, 그후에는 다시 러시아 제국에 영유(領有)되어 쇠사슬에 묶여 있었다.

작은 나라였기 때문에 유럽의 어느 나라와도 불쾌한 알력의 역사를 갖고 있지 않았고 그 때문에 모든 나라 사람들로부터 그 작고 불쌍한 핀란드라 해서 뚜렷한 동정을 살 수가 있었다. 그 덕택으로 핀란드의 지사라면 어느 나라의 어떤 상대, 설사 그 상대가 보수적인 사람일망정, 환심을 살 수가 있었다.

그 반대의 예를 들어 보면 한결 이해가 쉬울 것이다.

가령 러시아 제국의 혁명 지사는 우선 강대국인 러시아인이라는 점에서, 서구인으로부터 혐오를 받기 쉽다. 만약 혁명이 일어나서 러시아 제정이 스러지면 보다 더 강대한 러시아가 탄생하는 것이 아닌가 하는 의심도 받고, 혹은 왕정을 좋아하는 상대한테는 러시아인이 제정을 쓰러뜨림으로써 그 영향이 다른 제국과 왕국에 미치지 않을까 하는 경계심을 갖게 했다.

그런 점에서 작은 핀란드 사람들에 대해서는 아무도 경계심을 가질 필요가 없었다.

핀란드인에게는 제정 러시아보다 자기들의 역사가 월등하게 우수하다는 자부심이 있었다. 더욱 서구적인 문화를 가진 데다, 국가 발전의 상징이라고 할 수 있는 헌정도 영국 다음 가는 선진적 역사를 가졌기 때문에, 그것만으로도 그들은 강대국 러시아를 경멸하며 강한 우월감을 가지고 현재 상태에 대한 불만을 한층 더 심화시켰다.

그러한 핀란드인의 정신의 화신 같은 사람이 아카시의 동지가 된 콘니 시리야크스였다.

그에 대해, 훗날 아카시는 이렇게 말했다.

"시리야크스는 지난날 허무당(虛無黨) 때부터 원로였다. 그는 러시아를 위시하여 각국의 불평당 요인들과 친분이 많고, 모든 국경을 초월하고 모든 당파를 초월하여 신뢰를 받고 있었다."

이런 시리야크스가 러일전쟁이라는 호기를 포착하여, 아카시라는 자금면의 원조자를 얻은 것이다.

"러시아를 포함한 전 유럽 불평당의 대회를 열어 대러(對露) 운동의 방침을 결정할까 하오. 회의 장소는 자유의 도시 파리로 정하고 싶소."

그는 이러한 목표를 자진해서 정한 다음 즉시 그 일을 위해 행동을 개시했다.

시리야크스는 눈부시게 활약했다. 봄에 스톡홀름을 떠나 유럽 각지를 돌면서 4개월 동안 유세(遊說)한 뒤, 그 일을 대략 결정하고 스톡홀름으로 돌아왔다.

그동안 아카시도 몰래 동행하고 있었다. 아카시는 그 덕분에 전 유럽의 혁명 지사들과 알게 되었다.

이 2년 동안의 아카시의 동정을 삽화로 점묘해 본다.

그는 폴란드 불평당의 각 파와도 밀접한 관계를 가졌다.

어느 날 시리야크스가 말했다.

"이곳에 폴란드 사회당의 상무 위원으로 있는 한 인물이 있소. 가짜 이름을 몇 개나 가지고 있는데, 가령 '모토'라고 해둡시다."

'모토'라고 한 것은 아카시 모토지로(明石元二郎)의 모토에서 문득 생각이 떠오른 것이 틀림없다.

"그 모토가 런던의 일본 공사관을 찾아가고 싶어 하오. 그를 만나는 것이 악마(제정 러시아)를 타도하는 데 필요하오."

시리야크스가 이렇게 말한 것은, 아카시가 연락 때문에 런던으로 떠나려던 때였다.

아카시는 런던에 갔다. 어느 날 시리야크스가 말한 것처럼 '모토'라는 폴란드인이 찾아왔다. 얼굴이 붉고 홀쭉한 사나이로 링컨 같은 수염을 기르고 있었다. 공사관 응접실에서 아카시가 의자를 권하자 그는 앉지 않고 선 채 다가와서 아라비아인처럼 얼굴을 바싹 가까이 대고 말했다.

"폴란드가 얼마나 비참한지 아십니까?"

사투리가 심한 프랑스어로 이렇게 서두를 떼고는 아카시의 오른쪽 귀가 그 입에서 튀긴 침으로 젖을 정도로 지껄여댔다.

폴란드는 과연 비참했다. 러시아의 속국 가운데 러시아가 국내 이상으로 압정을 휘두르고 있는 것이 이 나라였다. 이미 나라로서는 존재하지 않고, 정확하게 말해서 한 지대(地帶)일 뿐이다.

모토는 1846년과 1863년에 일어났던 독립 운동이 얼마나 처참한 탄압을 받고 실패로 돌아갔는지 마치 어제 일어난 사건처럼 얘기했다.

"나의 아버지는 바르샤바에 침입한 러시아군의 총검에 찔려 죽었습니다."

그는 자신의 심장을 가리키면서 말했다.

그런데 그는 지금 자신들의 세대가 일본군의 총검에 살해되려 하고 있다는 뜻밖의 말을 했다.

"일본군은 바르샤바에 없소."

아카시는 지지 않고 고함쳤다.

"만주에 있소."

모토가 외쳤다.

그가 말하는 것에 의하면 폴란드의 농민이 마구 징집되어 돼지처럼 화차에 실려 그대로 시베리아 철도로 수송되고 있다는 것이었다.

"개전 당시 크로파트킨 장군의 지휘도(指揮刀) 아래서 총을 쥐고 있던 병사의 15퍼센트는 러시아인이 아니오, 폴란드인이오."

모토는 놀라운 말을 했다. 아마 이 비율은 정확하지는 않을 것이다. 그러나 많은 폴란드인이 전선에 동원되고 있는 것은 사실이었다.

모토는 계속해서 강조했다.

"그후 징병은 날이 갈수록 심해져서 지금은 30퍼센트까지가 폴란드인이오. 증오할 러시아를 위해 폴란드인이 전장에서 충성을 다해야 하는 이런 모순이 어디 있단 말이오? 더구나 아무런 원한도 없는 일본군을 폴란드인이 죽여야 할 까닭도 의무도 없소. 또한 우리가 우애를 느끼고 있는 일본군의 총검에 의해 불쌍한 폴란드의 젊은이들이 살해되고 있소. 이런 일이 있을 수 있단 말이오?"

"우리 폴란드인은 러시아인에게는 돼지요. 도살되기 위해서만 존재하고 있소."

모토는 이렇게도 말했다.

모토의 얘기는 길었다. 서론부터 시작해서 그칠 줄 모르고 이어지는데, 도대체 자기에게 무슨 말을 하러 온 것인지 아카시는 이해할 수가 없었다.

그러나 아카시는 일찍이 독일에 주재하고 있을 때 이런 버릇이 있는 독일인을 여럿 만난 경험이 있기 때문에 꾹 참고 듣고 있었다. 들어주지 않으면 상대가 기분이 상해서 용건을 말하지 않는 것을 경험했기 때문이다.

아카시는 궐련을 권했다.

모토는 사치스러운 궐련을 보고 다소 실망하는 표정을 지었다. 아카시는 얼른 말했다.

"난 독립 운동과 혁명에 깊은 동정심을 가지고 있소. 그러나 이 궐련만은 끊을 수가 없군요. 지난날 레닌이 노동자와 접촉하려면 궐련만은 끊으라고 충고를 했지만."

모토는 금세 밝은 표정이 되어 물었다.

"당신은 레닌의 친구인가요?"

아카시는 분명히 레닌의 친구라고 해도 괜찮았지만, 겸손하게 말했다.

"이해자로 자처하고 있소."

이윽고 모토가 꺼낸 용건은 엄청난 것이었다.

"일본군은 만주에 있는 러시아군 속에 들어 있는 폴란드인 병사들에게 반전 삐라를 뿌려 투항을 권해야 합니다. 그러기 위해선 혁명에 관한 팸플릿도 배부하는 게 좋아요. 그리고 일본군은 폴란드 부대를 편성해야 합니다."

즉, 러시아 이외의 나라에 유랑하고 있는 폴란드인을 모아서 부대를 만들어야 한다는 것이었다.

"그러기 위해서 나를 도쿄로 보내 주시오. 신문 특파원 자격증만 있으면 의심받지 않을 겁니다."

"폴란드인 부대를 만든다?"

아카시로서도 그것은 기상 천외한 일로 생각되었다.

"일본군은 병력이 풍부하니, 외국인의 원조를 받을 필요가 없소."

이러한 말을 완곡하게 얘기했으나, 모토는 이해하지 못하고 계속 역설했다.

"그 이익이 일본군에게 얼마나 클지 헤아릴 수 없을 겁니다."

아카시는 이 일만은 아무래도 자기에게 벅찬 것을 알고 주영 공사 하야시에게 상의하여 일임했다.

하야시도 놀랐다.

그러나 일본군의 폴란드 부대가 러시아군의 폴란드계 병사에게 투항을 권하면 효과가 클 것이라는 생각을 했다.

하야시는 이 일을 도쿄에 보고했다.

그러나 대본영은 일소에 붙였다.

"일본군이 아무리 병력이 딸린다 해도 외국인의 손을 빌리고 싶지 않다. 빌린다면 후세의 전사(戰史)에 오점을 남기게 된다."

이렇게 말하는 대본영 참모도 있었다. 그 시대의 일본인은 어디까지나 관객을 의식한 화려한 플레이를 좋아해서 투항을 권유하는 삐라조차 만들지 않았다.

그러나 이 보고로 러시아군 내부의 중대한 질환을 일본측이 알게 된 것이다.

"불평당 대연합"

이러한 기치를 내걸고 시리야크스와 아카시가 남유럽 방면을 돌아다니고 있을 때, 러시아 혁명 초기의 최대 지도자의 한 사람인 차이코프스키한테서 편지를 받았다.

"그는 순수한 러시아인으로 위대한 혁명가요."

시리야크스는 감동한 나머지 핀란드 말로 외치며 아카시의 오른손을 그의 큼직한 손바닥으로 싸쥐고 세 번 흔들었다.

아카시도 차이코프스키의 이름은 잘 알고 있었다. 혁명가로서의 그의 이력은 이미 오래였다. 35년 전, 그가 페테르스부르크의 대학생이었을 때 '차이코프스키 단(團)'이라는 혁명 단체를 만들었을 때부터 출발했다.

처음에는 소위 인민주의(나로드니키) 운동을 했으나, 크로포트킨 공작(公爵)과 함께 혁명 계몽에 큰 역할을 했다.

훗날 그는 미국으로 망명했다가 다시 런던으로 망명했다. 러일전쟁 반발을 혁명의 좋은 기회라고 생각한 것은 다른 불평당의 여러 지도자와 같았다.

아카시 일행은 차이코프스키가 보낸 편지의 발신지를 알 수 없었으나, 이 혁명 운동의 원로로부터 편지를 받았다는 것은 자기들의 운동 방침이 그릇되지 않았음을 말한다는 점에서 새로운 용기를 얻을 수 있다.

편지 사연은 다음과 같았다.

"러일전쟁이야말로 러시아 제국을 멸망시키는 계기가 될 것이다. 러시아 황제와 그 정부는 러시아를 약탈하고 국민을 괴롭히는 악마이다. 일반적으로 말한다면 우리 국민의 행복을 위해 싸우고 있는 지사가 국가의 위급할 때를 이용하여 나라를 교란하려 한다는 것은 이상하게 보일지도 모른다. 그러나 러시아의 현실은 다르다. 지금이야말로 모든 당파가 당파 자체의 주장을 초월하여 대동단결할 때이다."

이 노혁명가의 지도와 영향을 받고 있는 혁명 세력의 힘이 큰 점으로 보아, 차이코프스키의 동의(同意)는 시리야크스의 계획을 크게 약진시켰다.

아카시는 매우 바빴다.

이 운동을 진행시키는 한편 시베리아 철도의 폭파를 위해 직업적인 용사를 모아서 베를린으로 보냈다.

베를린의 일본 공사관에 있는 공병 출신의 다나카 고타로(田中弘太郎) 중령을 강사로 하여 폭파술을 교육시키기 위해서였다.

이들 폭파반원은 나중에 러시아에 잠입하여 각지에서 철도 폭파를 감행하여 러시아 정부를 전율케 했다. 그러나 그것은 심리적인 효과뿐이지, 실제적인 효과는 러시아의 복구 작업이 빨랐기 때문에 별것이 아니었다.

그 동안의 아카시의 행동을 보면 거처를 여기 저기 옮겼으면서도 혁명 선동과 군사 첩보, 파괴 활동이라는 세 가지 목적이 각각 조직의 형태를 가지고 있었고, 그 조직들이 그에 의해 만들어질 때마다 활발한 움직임을 한 것을 알 수가 있다.

그것은 아카시가 가지고 있는 풍부한 자금이 활력소가 된 것이리라. 또 하나의 이유는 아카시가 조직을 만드는 데 명수(名手)였다는 것도 생각할 수 있다.

러시아측에 의해 쓰어진 러시아 혁명사에는 어디에도 아카시 모토지로라는 이름은 나와 있지 않다.

그러나 러시아 혁명은 아카시가 등장하는 때부터 그 시가가 뚜렷이 나누어지면서 격렬해져서, 각지에 폭동과 파괴 사건이 빈발했던 것은 아무도 부인하지 못하리라.

"아카시는 무서운 사람이다."

아카시 편에 있는 도쿄의 참모본부조차 아카시를 두려워하는 경향이 있었다.

아카시는 그런 성격이었다. 목적을 향해 주도면밀한 배려와 구상을 하고 실행에 있어서는 모든 기회를 놓치지 않고 기민하게 행동하여 거의 광인처럼 나아가는 그의 성격은, 모든 성공인이 그러하듯 편집적인 데가 있었다.

그렇다고, 아카시의 능력을 과대평가해서는 안될 것이다.

아카시로 하여금 그토록 거대한 업적을 쌓게 한 것은 오히려 시대의 추세라 하겠다. 악폐가 쌓이고 쌓여서 러시아 제국의 존재 자체가 국내외를 불문하고 인간 사회의 거대한 공룡이 되어 있었던 것이 아카시를 도왔던 것이다.

러시아의 안팎은 이 제국에 의한 피해자로 가득 차 있었다. 서구의 여러 나라에서도 양식과 더운 피를 지닌 사람이면 모두 러시아 제국에 피해를 입고 있는 사람들을 동정하여 이 제국이 하루 빨리 쓰러지기를 바라고 있었다.

이런 기운에 대해, 20세기 초의 최대 역사가인 샤를르 세뇨보스가 소르본 대학에서 한 발언을 빼놓을 수 없을 것이다.

프랑스 정부는 러시아와 동맹을 맺고 있는 관계로 러시아의 전비 조달을 위한 채권 모집을 허용하고 있었다. 그러나 세뇨보스는 비밀리에 이를 반대하고 있었다.

그 이유는 러시아 인민의 참상에 대한 동정도 있었으나, 그보다 역사가의 눈으로 보아 러시아 제국이 머지않아 스스로 무너질 거라고 단정했기 때문이다. 그래서 학생들에게 다음과 같이 여러 번 강조했다.

"제군들은 절대로 러시아의 채권모집에 응해서는 안된다. 아울러 제군들의 아버지에게도 전하라. 절대로 채권모집에 응하지 마시라고. 그 이유는 제군들의 가산(家産)이 채권모집에 응함으로써 파괴될 것이며, 나아가서는 프랑스의 경제가 혼란에 빠질 것이기 때문이다."

요컨대 러시아에 돈을 빌려 주면 원금도 이자도 없어진다는 것이며, 채무자인 러시아 제국 자체가 미구에 소멸한다는 것을 은근히 예언한 것이다.

아카시의 활동은 이러한 기류를 통찰하는 것으로 시작되었고, 그것에 용케 편승하여 기류와 함께 떠오름으로써, 한 개인이 이룩한 것으로는 도저히 생각할 수 없을 정도의 거대한 업적을 쌓았다고 하겠다. 이런 점에서 아카시는 전략가로서 일본의 어느 장군보다 탁월했다.

"자네의 공적은 수 개(數個) 사단에 필적한다."

전후에 선배들이 한 이 말은 오히려 과소한 평가였다.

적어도 아카시 한 사람의 존재는 만주에 있는 육군 전부, 또는 일본해에 떠있는 도쿄 함대의 함정 전부와 비교해도 될 만한 것이었다.

아카시는 각지에 출몰했다.

그러나 불평당원들이 그에게 연락을 취하고 싶으면 쉽게 취할 수 있었다. 런던, 베를린, 파리, 그리고 스톡홀름에 주재하는 일본 무관에게 신청만 하면 이내 연락이 되었다.

아카시는 충분한 연락망을 쳐놓고 있었기 때문에 그가 유럽에 있는 동안 소재 불명인 경우는 단 하루도 없었다. 이 점 하나만으로도 이 사나이가 얼마나 특출한 인물인지를 짐작할 수 있다.

어느 날, 아카시가 스톡홀름의 호텔에 돌아와 있으려니 불평당의 한 당원이 연락을 해왔다.

"코카서스인 한 사람을 좀 만나 주시오. 그는 만주 전선에서 탈주해온 러시아 육군의 현역 소위요."

아카시는 기다렸다. 기다리면서도 반신반의하는 마음이었다.

'과연 그런 일이 있을 수 있을까?'

전투중의 군대라는 것이 어떤 것인지 아카시도 군인이기 때문에 잘 알고 있었고, 게다가 속령에서 징집한 병사를 다수 거느리고 있는 러시아군은 도주에 대해 경계가 엄중하다는 것도 알고 있었다. 더욱이 만주는 먼 곳이다. 이 무렵 아카시는 극동이라는 말을 쓰지 않고 절동(絕東)이라는 용어를 쓰고 있었다. 그 절동과 유럽 사이에는 인적이 드문 '시베리아'라는 걸어서 통과하기 어려운 자연이 가로놓여 있다.

아마 이 도망병 소위는 걸었을 것이다. 때로는 썰매도 탔으리라. 이미 군용화한 시베리아 철도를 이용하는 것은 거의 불가능했으니까.

더구나 현역 장교이다. 현역 장교의 도주라는 점은 일본의 현역 장교인 아카시의 감각으로는 이해할 수가 없었으나, 그의 지식으로는 있을 수 있는 일로 판단했다.

즉, 그 젊은이가 코카서스인이라는 점이다.

이 지방에는 슬라브 계통의 인종이 많이 살고 있었으나, 러시아 제국과는 서로 역사를 달리하고 있었고, 더구나 불과 20여 년 전의 러토전쟁(露土戰爭) 결과 러시아가 이 지방을 탈취하여 제국의 판도를 넓힌 것이다.

반항적인 코카서스인에게는 제정 러시아는 영원한 적이었고, 그 지방에는 늘 불온한 공기가 가득 서려 있었다.

그 소위가 나타났다.

지적인 용모를 하고 있었으나 온몸에 공포감이 스며 있었다. 연한 푸른 눈으로 아카시를 바라보는데, 아카시가 뭐라고 하면 몸을 움찔할 정도로 불안한 태도였다.

소위는 외투를 입고 있었다. 방 안은 따뜻해서 외투를 입을 필요가 없는데도 그는 누더기 같은 외투 깃을 두 손으로 열심히 여미고 있었다. 손을 놓으면 가슴에서 비둘기라도 튀어 나온다는 것인지?

아카시는 상대의 긴장감을 풀어 주기 위해 러시아어로 말했다.

"우선 외투를 벗어요."

젊은이는 마지 못해 외투를 벗었는데, 놀랍게도 속에는 알몸뿐이었다. 세계의 '절동'에서 탈주하는 것이 얼마나 처참한 일인지 이 사실 하나만으로도 상상할 수 있었다.

"……알몸이었나?"

아카시는 기가 찬 표정으로 청년을 바라보았다. 청년은 바지만은 입고 있었다.

"시베리아에서는 무척 고생스러웠겠군!"

아카시가 의자를 주었으나 청년은 앉으려 하지 않았다.

아카시는 자기가 입을 윗도리와 내의를 꺼내 젊은이에게 주었다. 그제야 청년은 얼굴에 웃는 빛을 띠며 내의를 입으려 했으나, 일본인 중에서도 작은 편에 속하는 아카시의 셔츠가 젊은이의 몸에 맞을 리가 없었다.

젊은이는 내의를 단념하고 상의를 입으려고 애썼다. 두 팔은 간신히 들어 갔으나, 소매 끝이 팔꿈치에 닿았고, 등부분이 어깨에 걸쳐져서 허리가 고스란히 노출되었다.

"그 내의로 허리를 싸는 게 어떻겠나?"

아카시는 한 가지 꾀를 일러 주었다.

젊은이는 고개를 끄덕이며 순순히 셔츠로 허리를 감았다.

선량하고 구김살없는 젊은이, 그늘이라고는 볼 수 없는 이 젊은이는 왜 극동의 전장을 탈주하여 마르코 폴로나 마젤란의 모험보다 더 힘든 모험을 감행했을까.

"러시아 황제, 러시아 교회, 러시아 군대가 없어지지 않는 한, 우리 코카서스인의 생존은 없습니다."

젊은이는 눈을 똑바로 뜨고 이야기하기 시작했다.

"전선에서는 코카서스인은 반드시 위험한 장소에 배치되어 맨 먼저 죽기를 강요당합니다. 폴란드인도 마찬가지죠. 러시아 황제는 우리 이민족의 피로 자신의 몸을 지키며 야망을 달성하려 합니다."

청년은 말을 계속했다.

"러시아 황제는 극동에 야망을 품고 일본인도 우리 코카서스인과 마찬가지로 노예화하려고 압박했습니다. 일본인은 그 무서운 운명을 뿌리치려고 총을 들고 일어났습니다. 그런데 같은 운명이라 할 수 있는 코카서스인이 동지인 일본인을 상대로 싸워야 한다는 것은 비참하기 이를 데 없습니다. 그런 비인간적인 행위를 우리에게 강요하는 황제를 신이 용서하실까요?"

"자넨 신을 믿는가?"

아카시가 묻자 나직한 말로, 믿습니다, 하고 대답했다. 이 젊은이는 아마 마르크스주의자는 아니고 열렬한 민족주의자인 것 같았다.

"저에게 일을 맡겨 주십시오."

젊은이는 아카시에게 간청했다. 나이 스물 안팎의 이 젊은이에게는 탈출할 에너지는 있어도, 지금부터 무엇을 해야 할지 분별은 못하는 모양이었다.

"자네가 앞으로 혁명 운동을 하겠다면 내가 마땅한 인물을 소개하겠네. 우선 나는 러시아군의 실정을 듣고 싶네."

아카시가 이렇게 말하자, 젊은이는 나는 그 때문에 탈출했다면서 그가 알고 있는 한 극동 전선의 실정을 전부 얘기했다.

고작 소위 정도의 젊은이로서는 통수상(統帥上)의 기밀까지는 알 리가 없었지만 아카시에게 중대한 참고가 된 것은 러시아 육군의 질환이 얼마나 심각한 것인가 하는 점이었다.

아카시는 많은 간첩을 쓰고 있었다.

"불평당의 호의에 기대하는 것보다 역시 돈으로 일을 하는 직업적인 간첩이 훨씬 유능하고 부리기가 수월하다."

이것이 아카시가 내린 결론이었다.

직업적인 간첩 중에는 굉장히 유능한 자도 있었지만, 그렇지 않은 자도 있었다.

아카시는 스톡홀름에서 연락은 모두 나가오(長尾)라는 중령에게 일임했는데, 그 나가오가 아카시에게 푸념을 했다.

"아무래도 '굴리'란 놈은 신통찮습니다."

굴리란 그들 사이의 은어로 이름은 몰랐다. 그래도 아무런 지장이 없었다.

"유럽인은 일단 돈으로 계약하면 배반하는 법이 없다."

이런 특성을 아는 아카시는 간첩의 그 점에 대해서는 불안을 느끼지 않았다. 그러나 돈만 먹고 그 값을 제대로 하지 않는 인간은 딱 질색이었다.

굴리는 그런 부류의 사람이었다. 그는 큰 쥐 같은 인상의 사나이로 머리카락이 검었다. 눈빛은 맑았으나 놀라면 눈알을 연신 굴리는 버릇이 있었기 때문에 굴리라는 이름이 붙어 있었다.

"굴리로부터"

이런 쪽지를 보내 오기도 했다. 굴리는 아버지가 러시아 농노(農奴)였으며, 페테르스부르크의 공장에 팔려가 소년기를 보내다가 나중에 유랑의 반생을 보냈다.

"굴리를 보면 러시아인의 선량함이 불쌍해진단 말이야."

아카시가 탄식을 할 정도로 천성이 정직해서 어째서 이런 사나이가 직업적인 간첩이 되었는지, 그를 부리는 아카시 자신이 미심쩍어하는 것이었다.

굴리의 본 얼굴에는 수염이 없었다. 그러나 변장용 수염을 몇 종류나 가지고 있어서 올 때마다 용모가 달랐다. 호텔을 찾아올 때도 조심에 조심을 더 하는 행동을 취했다.

그의 임무는 모스크바 방면의 탐색이었다. 모스크바에서 돌아오면 나가오에게 보고한다. 그러나 한 가지도 신통한 관찰이 없었다.

어느 날, 아카시의 방에서 나가오가 그의 보고를 받고 있었다. 나가오는 그 시원찮은 결과를 혹평했다.

그러나 초로에 들어선 이 사나이는 금세 두 눈에 눈물이 글썽해서 말했다.

"난 그래도 하노라고 하고 있습니다. 난 반평생을 유랑하면서 목숨을 거는 일만 해서 겨우 입에 풀칠을 했습니다. 이미 시들기 시작한 육체를 가지고도 돈 때문에 이런 위험한 짓을 하는 것은 나로서는 이 일밖에 할 수 없기 때문입니다."

그리고 갑자기 오한이라도 드는지 몸을 떨면서 품에서 권총과 독약을 꺼내들고 애원했다.

"그 대신 경찰에 붙들렸을 때는 절대로 누를 끼치지 않겠습니다. 이 권총이나 독약으로 자살할 작정입니다. 내 능력보다 내 성의를 알아 주십시오."

아카시가 목격한 러시아 풍경의 하나였다.

여기서 아카시의 러시아 제국에 대한 견해에 대해 다시 한번 언급하겠다.

먼저 아카시 자신의 글을 빌려본다면, 그의 문장은 논지가 명석하고 한문투 섞인 서양글이라고 할 수 있는데 편의상 그것을 풀어서 쓰면 다음과 같다.

"러시아는 1억 3천만의 인구를 가졌으나 그것은 어디까지나 숫자일 뿐, 실력을 말하는 것은 아니다. 왜냐하면 폴란드, 핀란드, 코카서스, 발트해안 등은 일찍이 러시아가 침략한 땅이어서, 러시아 제국에 대한 충성심이 희박하다. 거기에 순수 러시아인도 각 파로 분열되어 서로 싸우고 있기 때문이다."

"러시아의 조정과 내각은 파벌이 상극을 이루고 있는 곳이다. 이 파벌 다툼은 러시아인의 선천적인 특성이다. 그 한 예를 들면, 파리에 유랑하고 있는 키릴 대공이다. 키릴은 황제 니콜라이 2세의 사촌동생으로 시종무관을 지내다가 갑자기 지위를 박탈당하고 유랑의 신세가 되었다. 황족조차 이런 운명이 된다는 사실 하나만으로도 러시아적 특성인 당파 싸움이 얼마나 심각한 것인가를 짐작할 수 있으리라."

아카시는 다시 러시아의 망국 조짐으로 관계(官界)의 부패와 오직(汚職)을 들고 있다.

"이미 유럽에서는 정평이 나 있다."

그러나 아카시가 여기에 대해 크게 놀란 것은 러일전쟁 당시의 일본 관계에는 그런 병폐가 전혀 없었기 때문이다.

한 예를 들어본다. 니콜라이 2세가 제2 태평양함대 즉 발틱함대를 편성하면서, 그때까지 시종무관으로 조정에 근무했던 로제스트벤스키를 사령관으로 기용했는데, 그가 이 임무에 적임인지 아닌지는 별문제로 치고, 그가 조정에서나 해군성에서나 드물게 보는 청렴한 인물이었다는 것만은 틀림없을 것이다.

그는 함대를 급히 편성하느라고 거의 만용에 가까운 행동력을 발휘했다. 오직의 소굴이라는 소문을 듣는 러시아 해군성을 상대로 포탄과 식량을 이끌어내기 위해, 로제스트벤스키는 담당관에게 공갈도 치고 호통도 쳐서 거의 강탈하다시피 해야 했었다고 한다.

전시하의 해군성이 이 모양이니 하물며 다른 관청의 상태는 짐작하고도 남음이 있으리라.

"이 부패한 정부를 받드는 러시아 국민은 말과 양처럼 무지한 무리이며, 아시아와 유럽에 걸친 대제국은 그 황막한 목장이라 해도 과언이 아니로다."(아카시의 원문)

아카시의 문장은 계속된다.

"러시아 황제는 그 백성을 사랑하고 그 나라를 지키려 하지 않는다. 자기 몸을 사랑하고 자기 궁성만을 지키는 군주이다. 이렇게 불평당의 무리들이 말하는 것은 진리이다."

그 불평당도 결속이 되어 있지 않았다. 그들도 러시아 귀족과 벼슬아치들처럼 서로 갈라져서 붕당을 짜고 서로 싸우며 남을 시기하고 있었다. 바로 러시아적인 특성이었다.

"그건 무슨 이유에서인가?"

그 이유의 한 가지에 대해 아카시는 정곡을 찌른 관찰을 하고 있다.

예부터 이 강대한 제국은 그 속방(屬邦)에 내란이 일어나면 다른 민족을 시켜 그 민족을 정벌하게 했다. 폴란드가 반란을 일으키면 국내의 유대인에게 병기를 주어 진압시키고, 게오르기아(코카서스 산맥 남쪽 지방)가 봉기하면 아르메니아인을 시켜 토벌하는 방법을 썼기 때문에, 각 종족은 서로 원수처럼 대했고 그 버릇이 불평당과 각 파에 전해 내려왔다고 아카시는 풀이했다.

아카시는 동지 시리야크스가 추진하고 있는, 반러(反露) 각 파의 합동 회의가 성립되기를 바랐으나, 아울러 그들 각 파가 저마다 주의 주장을 달리하기 때문에 과연 성사될 것인가 하는 의문을 계속 가지고 있었다.

그러나 시리야크스는 혁명가로서 중요한 자질인 낙천성과 집요함을 지니고 있었다. 그는 여러 당파의 수령들을 설득하는 데 '제정 러시아라는 공동의 적을 쓰러뜨리기 위해서'라는 말만 하고 그 외의 말은 하지 않았다.

시리야크스의 열렬한 정성에 감동되어 찬성하는 사람이 많았으나, 뒷걸음치는 당파도 있었다.

'분트 당(黨)'이라고 하는 반러당(反露黨)으로, 폴란드와 발트해안 지방에 거주하는 유대인 노동자만으로 구성되어 있었다.

러시아 제국이 유대인에 대해 학살을 위시한 가혹한 탄압을 계속해 온 것은 이미 말한 바 있거니와, 그 쇠사슬을 끊는 것은 제정을 무너뜨리는 방법밖에 없다고 해서 크레메르가 중심이 되어 1867년에 결성되었다.

정치적 주장으로는 사회주의를 받들고 '러시아 사회 민주 노동당'과 공동 보조를 많이 취했으나, 분트 당은 작은 당이면서도 독일에서 수입한 사회주의를 신봉하는 점에서는 러시아의 어느 혁명 단체보다 선배였다.

"시리야크스는 아카시라는 일본 장교의 앞잡이가 되어 있다. 그러니 참가하지 않겠다."

이런 태도를 밝혔다.

분트 당이 아카시를 꺼리는 확실한 이유가 무엇인지는 알 수 없었지만, 그들의 우호 단체인 '러시아 사회 민주 노동당'이 불참을 표명했기 때문에 그것에 동조하는 것 같은 감이 컸다.

이 '러시아 사회 민주 노동당'이 불참하는 이유를 한 마디로 말할 수는 없으나, 적어도 대당파(大黨派)의 체면에서 시리야크스 정도의 제창으로 파리에 대표를 보낼 수야 없지, 하는 기분적인 이유였으리라는 것이 시리야크스의 견해였다.

그런데 이 사회 민주 노동당은 이미 둘로 쪼개져 있었다.

1930년 볼셰비키와 멘셰비키의 두 파로 분파되어, 레닌이 볼셰비키를 영도했다.

그러나 레닌은 시리야크스의 제안에 대해 호의적이었다.

"우리는 대회에는 참가하지 않는다. 그러나 혁명을 위한 구체적인 행동 단계에서는 협력을 위해 노력하겠다."

이런 뜻을 레닌은 시리야크스에게 확언했다. 사실 그들은 나중에 그 확언을 입증하는 행동을 취했다.

이 외에, 폴란드 계통의 여러 당 가운데는 그런 대회를 개최하는 것은 오히려 위험하지 않을까 하고 주저하는 공기가 감돌았다.

폴란드인은 역사적으로 러시아의 무력 탄압을 가장 강하게 받아왔기 때문에 모든 반항 운동에서 소극적이고 조심스러웠다.

러시아와 폴란드의 관계는 역사상에서 일본과 조선의 관계와 다소 닮은 데가 있다.

고대에 일본은 조선을 통해 대륙 문화를 받아들였다. 조선이 일본의 스승이었는데, 먼 뒷날에 재빨리 근대화한 일본이 조선을 예속시키려고 했다. 그래서 실제로 일본은 러일전쟁 뒤에 한일합병이란 것을 감행하여 두 나라 사이에 비참한 역사를 만든 것이다.

러시아의 경우도 '모든 것은 폴란드로부터'라는 말을 들을 정도로 서쪽의 게르만 문화가 동쪽의 러시아에 전달되었던 것이다.

더구나 폴란드는 통일 국가로서의 역사가 10세기에 시작되었으니, 14세기에야 겨우 러시아인 출신의 왕을 가진 러시아보다 국가로서의 역사가 오래이다. 더구나 서양의 중세에 이미 높은 문화를 이룩했기 때문에 민족적 자부심에서도 폴란드인은 러시아인을 경멸했다.

그런 폴란드가 러시아의 속령이 되었기 때문에 많은 장정들이 징집되어 극동의 전선에서 쓰러져 가고 있는 것이다. 그들의 죽음은 그 민족에게는 전혀 무의미할 뿐만 아니라, 제정 러시아를 쓰러뜨려 줄지도 모르는 일본인을 죽인다는 것은 민족을 위해 해롭기만 했다.

폴란드의 모든 반러 운동가들이 그렇게 믿고 있었다.

아카시는 그런 배경 하에서 폴란드인이야말로 이 대회에 끌어넣을 대상이라는 생각을 가졌는데, 이미 언급한 바와 같이 폴란드의 여러 반러파 가운데는 러시아의 탄압을 두려워한 나머지 이 대회에 참가하기를 꺼리는 경향이 있는 것도 사실이었다.

9월 초 아카시는 스톡홀름에서 런던으로 옮겨갔다.

그때, 런던의 일본 공사관으로 폴란드 사회당 수령인 요드코와 간부 몇 사람이 찾아왔다.

"이번 대회에 대해서 일부에서 꺼리는 낌새가 있소."

요드코의 말이다. 그 자신은 이 대회를 찬성했으나, 그 조직의 뒤에는 일본 스파이 아카시가 있다고 하며 불참을 주장하는 자가 있는데, 자신으로서는 그것을 누를 수가 없다고 했다.

"이 대연합을 계획하고 추진하고 있는 사람은 어디까지나 핀란드인 시리야크스요. 시리야크스의 성실성과 도량, 그리고 용기에 대해서는 당신들도 잘 알 거요. 나도 그가 목숨을 내던지고 활동하는 데 감명하여, 나로서 도울 수 있는 일이 있다면 도와야겠다고 생각했을 뿐, 그 이상의 관계는 없소. 여러 분이 시리야크스의 성실한 운동에 대해 공연히 시기하고 의심하는 눈을 돌리느라 공동의 적이 누구인가를 잊고 있는 것은 유감스럽지만, 원래 그 운동은 내가 관여하는 것이 아니니 어떻게 되든 알 바 아니오. 물론 당신네 당이 참가를 하든 말든 그건 당신네 사정이지 나 아카시와는 하등 상관이 없소."

아카시의 이 말이 요드코의 마음을 가볍게 해 주었다.

아카시와 시리야크스의 사업, 즉 파리 대회는 그 실현을 향해 가파른 비탈을 오르고 있었다.

도중에 무수한 난관이 있었으나, 아카시는 뒷날에도 그 말은 하지 않았다. 뒷날 감기에 대한 애기가 나왔을 때 였다.

"감기란 것이 묘하단 말이야. 내가 유럽에 있을 때 한 번은 숲 속에서 소나기를 만났지. 빗속에서 사람을 기다리기 위해 하룻밤 내내 서 있었는데 이상하게도 감기에 안 걸렸지. 어릴 때는 노상 감기에 걸렸는데, 참 묘한 일이야."

이렇게 딴 화제가 오갈 때, 문득 생각난 듯이 고생한 이야기를 할 정도였다.

──용케 살해되지 않으셨군요.

뒷날 누가 이런 말을 하자, 아카시는 자기 얼굴을 가리키며 말했다.

"바로 이 얼굴 덕분이지."

시골 영감 같은 그의 용모를 보고 설마 이 자가 일본 육군의 거물간첩이라고는 아무도 생각하지 않았을 거라고 했다.

아카시는 처음에 어느 나라 수도에 가서도 조그만 싸구려 호텔에 머물렀다. 자기의 차림이나 용모로 봐서 그런 숙소에 묵는 것이 자연스러울 거라고 생각한 것이다. 그러나 시리야크스인지 누군가가 그건 지나친 방심이라고 충고하면서, 가급적 큰 호텔을 택하는 것이 오히려 눈에 띄지 않는다고 말했다.

지하 운동 전문가로부터 가르침을 받을 정도로 그는 그런 점이 서툴렀고 스파이답지 않았다.

아카시만큼 세계의 간첩사상 유례없는 큰일을 한 인물은 없는데도 아카시를 아는 사람들은 모두 한결같이 고개를 갸우뚱거리면서 말했다.

——아카시가 그런 일을 하다니. 그들은 아카시의 어떤 점이 그런 일을 수행케 했는지 궁금히 여겼다.

결국은 그의 행동인으로서의 자질에 돌리는 수밖에 없다. 그는 목표를 정하면 계획을 짜고 그것을 향해 생각과 행동을 편집적으로 집중하는 성격이었다. 그것이 그를 성공시킨 것이 틀림없으며, 나아가서는 그토록 첨예한 목적주의를 가졌으면서도, 남이 보기에 항상 우둔한 사람처럼 멍한 얼굴을 하고 있었던 것이 큰 이유일지도 모른다.

아카시가 후일 대만 총독이 되었을 때, 당시의 원로들 사이에 총리대신감이라는 정평이 있었을 정도이니, 아카시는 날 때부터 경륜(經綸)의 재능이 있었던 것이다.

만약 이 정평이 맞는 것이었다면 일국의 수상이 될 자가 러시아 혁명의 선동 공작을 맡은 셈이 되니, 단순한 간첩으로는 러시아 제국을 뒤흔들만한 큰일을 할 수가 없다고 할 수도 있다.

그러나 아카시는 쉰다섯 살이라는 한창 나이에 병사했으니, 역사는 그에게서 수상의 재능을 실증하지 못한 셈이다.

집회 장소는 파리 서부의 오슈에서 가까운 개인 소유의 저택이었다.

'나폴레옹 1세가 귀족 칭호를 남발했을 때, 그 시기에는 제법 행세깨나 했던 백작의 집.'

아카시는 시리야크스로부터 이렇게만 들었을 뿐 그 이상의 것은 모른다.

러시아의 혁명당에는 러시아 귀족이 많이 들어 있어서, 은밀한 장소를 빌리는 데 연줄을 대기가 그렇게 어렵지 않았다.

대회라곤 하지만 50명 정도의 집회이다. 저마다 당파를 영도하는 수령급 인물인만큼, 수는 적어도 그 영향력은 크다.

'당파를 초월하여 한 자리에 모였다는 점에서는 세계 혁명사상 일찍이 없

었던 대집회.'

시리야크스가 아카시에게 이렇게 자랑한 것처럼 확실히 전례가 없었던 일이고, 훗날에도 이만한 집회가 개최된 예는 극히 드물 것이다.

제각각 입장과 이해를 달리하고 있었기 때문에 애초에는 이 집회의 성립 자체가 의문시되었다. 그러나 시리야크스가 이 점을 내세우고 다른 말은 일체 하지 않으며 꾸준히 설득을 벌인 것이 어려운 결실을 맺었다고 할 수 있다.

"우선 제정을 쓰러뜨려야 하오. 당파는 그 다음이오. 그 한 가지만은 공통이 아니겠소?"

말하자면 이만한 역사적 집회가 대부분의 러시아 혁명사를 적은 책에 언급되지 않았다는 것은 거기에 일본의 군사 탐정 아카시 모토지로의 자금과 주선이 있었기 때문일 것이다.

그러나 시리야크스를 위시하여 출석한 모든 당파의 수령들은 그런 일에 개의치 않았다.

"일본도 같은 처지가 아니오?"

아르메니아 사회당에서 온 사나이가 말했다. 같은 처지가 아니냐는 것은, 일본도 러시아의 침략을 받으려 하는 약소국임에는 다를 바 없으니, 이미 침략을 받은 나라들이나 작은 지방의 무리들과는 입장이 같다는 뜻이다. 사실이었다.

그래서 아카시에게 정식으로 참석하도록 해야 한다는 결론이 나왔다. 아카시의 자격은 일본 육군의 무관이 아니라 '일본 독립 유지당(日本獨立維持黨)'이라는 당명을 임시로 만들어 아카시가 그 당수로서 참석하기로 했다.

만약 일본이 전쟁에 지는 경우 아카시의 당명에서 유지라는 두 글자가 없어지고 일본 독립당으로서 아카시는 이 무리들과 활약해야 할 것이다.

"러시아 제국은 역사상 인류가 가졌던 가장 무거운 짐이오."

이렇게 말한 것은 회장에 나온 폴란드 국민당의 사나이였다.

제정 러시아를 거대한 짐승으로 비유한다면, 여기 모인 사람들은 그것을 쓰러뜨릴 만한 짐승은 못될지 모르며, 단지 그 짐승의 피부와 혈관을 파먹는 벌레에 지나지 않을지도 모르나, 그것이 무수히 퍼져서 짐승의 피부와 살 속으로 파고들면 아무리 거대한 짐승이라도 생기를 잃게 될지 모른다.

아카시는 문께에 서 있었다. 회의가 시작될 동안 사람들은 여기저기서 잡담들을 했는데, 그 사이에 모든 참석자들은 아카시의 곁에 와서 말을 걸곤 했다.

전원이 아카시를 '동지'라고 불렀다.

아르메니아의 국민 사회당(트로츠키 당)의 메리코프라는 귀족은 아카시의 오른손을 큼직한 손으로 움켜쥐더니, 얼굴을 아카시의 귓전에 갖다 대고 느닷없이 말했다.

"돈이 필요하오."

그는 아카시와 구면이었다. 아르메니아의 명문 출신으로 그의 백부는 아르메니아의 원수(元帥) 로레스 메리코프였다.

아카시의 이 시기에, 그루지야(Gruziya) 태생의 주가시빌리(일명 스탈린)라는 인물도 어딘가에 있었겠지만, 아르메니아는 그 그루지야의 남쪽 고지대에 위치하며 14세기에 독립 국가를 상실하고 19세기 초에 국토의 대부분이 러시아의 식민지가 되었다.

그들은 인도 유럽 계통이면서 머리카락과 눈동자가 검으며 가끔 아시아인처럼 뒤통수가 밋밋한 자도 있으며, 이상한 언어와 지극히 토속적인 그리스 도교(로마 가톨릭에 속하지 않았다는 뜻에서)를 가지고 있는 점은 유럽에서의 소수 민족의 전형이라고 할 수 있었다.

그들이 14세기에 나라를 잃었으면서도 그 민족적인 결속을 잃지 않은 것은, 특이한 아르메니아 말과 아르메니아 문자, 그리고 아르메니아만의 토속적 그리스도교인 '아르메니아 그레고리안 정교(正敎)'라는 종교와 교회를 가지고 있었기 때문이다. 이 점, 유대인이 4천 년 전에 나라를 잃었으면서도 일종의 묵계(默契) 위에서 민족적 결속을 유지해 오고 있는 사정과 꼭 닮았다.

그들의 대부분이 땅을 잃었기 때문에 장사에 종사하여 주로 유럽에 가까운 근동 지방에 흩어졌다는 점에서도, 규모는 작지만 유대인과 흡사하다.

아르메니아에는 러시아 제국의 호의에 기대를 걸고 실지(失地)를 회복하려는 당도 있었으나, 지금은 세력이 약해지고 제정이 계속되는 한 아르메니아에 독립은 있을 수 없다는 생각을 가진 자들이 세력을 차지하며, 러시아 본국에 숨어들어 그곳 폭력 혁명의 운동자와 손을 잡고 있는 중이었다.

여기 나온 메리코프의 백부 로레스 메리코프 원수도 그런 당파의 수령격이었다.

"아르메니아인 동지에게는 정열도 있고 조직도 있소. 언제라도 폭동과 파괴를 위해 일어설 수 있지만 그럴 자금이 없을 뿐이오."

메리코프는 아카시의 귓전에 더운 숨을 내뿜으며 설득을 벌였다.

아카시는 이미 메리코프에게 3천 엔을 주었는데, 메리코프의 계획에 의하면 그 이상의 자금이 든다는 것이었다.

아카시는 필요한 만큼 내겠다고 했다. 그러나 회의에 부쳐달라고 덧붙였다.

폴란드의 회의에는 독립파, 혁명 세력의 요인들이 한 단체를 제외하고는 모두 참석했다. 전원이 아카시와는 구면이었다.

가장 온건한 주장을 하는 것은 폴란드 국민당으로, 이 당의 구성원은 폴란드 상류 계급과 보수적인 농민이었다. 그들은 제정 러시아를 지상에서 유일한 가장 큰 악마라 하면서도 그 운동 방법은 신중했다.

"만약 실패하면 폴란드인은 영원히 러시아인의 노예가 될 것이다."

이런 공포가 항상 그들의 사고와 행동의 안전판(安全瓣) 역할을 하고 있었는데 실제로 그 공포는 당연한 것이었다.

괴물은 그 숨을 단번에 끊지 않으면 오히려 마구 날뛰어 많은 희생자를 내게 마련이다.

러시아가 폴란드인에 대해 얼마나 잔인하며 폴란드인이 러시아라는 나라에 대해 얼마나 공포를 느끼고 있는지는 그 민족의 처지가 되어 보지 않으면 모른다.

이 당은 그토록 온건하면서도 아카시에게는 이렇게 제안했다.

"우리는 만주에서 러시아군에 동원되고 있는 폴란드인들에게 항복을 권고하러 가겠소."

온건이라 해도 피압박 민족의 온건함은 범상한 것이 아니다.

이와 대조적으로 과격 방법을 시인하고 목표를 폴란드의 자치제에 둔 당이 폴란드 사회당이었다. 이 당은 바르샤바와 그 밖의 공업 지대의 공장 노동자를 구성원으로 하며 현재는 번창한 국민당을 압도할 만큼 큰 세력으로 커가는 중이었다.

법학사(法學士)인 요드코는 이 당의 간부였다. 이밖에 폴란드 진보당이라는 앞에서 말한 두 당의 노선을 절충한 듯한 당이 있는데, 그 당의 간부도 참석하고 있었다.

"분트가 오지 않은 것은 유감이군."

요드코가 말했다. 분트는 이미 얘기했듯이 폴란드에 거주하는 유대계 노동자의 비밀 정당이다.

그는 아카시에게 분트의 입장을 다음과 같이 대변했다.

"러시아인은 폴란드인 이상으로 폴란드에 사는 유대인을 원수처럼 대량 학살했소. 그런데 유대인을 학살할 때는 폴란드인 경찰이나 군인을 시켰소. 폴란드인과 유대인을 반목시키려는 전통적인 정책이오. 그런만큼 분트의 무리들은 경계심이 강하오. 그들만큼 러시아인을 미워하는 자도 없지만, 또한 그들만큼 러시아인을 두려워하는 자도 없소. 그 때문에 겁을 내어 이 회합에 불참한 거요. 불참한 것을 가지고 그들의 혁명적 정열을 비판한다면 불쌍한 일이오. 분트당에는 철도 노동자가 많아서 우리가 이렇게 국경을 넘어 파리까지 올 수 있었던 것은 그들의 협력이 있었기 때문이오. 아카시 씨, 그것을 이해해 주기 바라오."

아카시가 '순수 러시아인'이라고 부르고 있는, 러시아 본국에서도 그 방면의 중요 인물이 다수 참가했다.

그 가운데 여성도 끼어 있었다.

아카시는 서양 여성의 나이를 추정하는 데는 자신이 없었다. 서른 살 이상의 러시아 여성의 경우는 살찐 정도를 가지고 판단하는 버릇이 있었는데, 이 여성은 홀쭉했지만 얼굴에 주름살이 많았다. 그래서 예순 살쯤 된 것 같기도 하고 마흔 살쯤 되어 보이기도 했다.

그 여성은 만나는 사람마다 지극히 모성적인 웃는 낯으로 대하고, 가끔 고개를 갸웃거리며 건강 상태를 묻기도 하는 모습이 페테르스부르크의 사교장에 나온 백작 부인 같은 데가 있었다.

'저 부인은 러시아 귀족임에 틀림없다.'

아카시가 그렇게 느낀 것은 그녀가 다소 고전적인 프랑스어를 우아하게 쓰고 있었기 때문이다.

'혹시 유명한 브레시코 브레시코프스카야가 아닐까?'

그러나 그녀라면 아카시가 아는 한 아직 시베리아의 유형지에 있을 텐데,

어떤 수단으로 탈출해 나왔을까?

우선 혁명가들 중에서도 가장 과격한 한 사람으로 듣고 있는데, 그런셈치고는 그 언동이 너무 우아했다.

이런 생각을 하고 있는데 시리야크스가 다가오더니 아카시의 팔을 잡고 그녀에게 데리고 갔다. 시리야크스는 그녀에게 아카시를 소개했다.

그녀는 아카시가 자기 곁에 오기를 기다렸을 것이다. 그녀는 얼굴에 함박 웃음을 띠며 말했다.

"나는 일본인을 동지로서 존경합니다."

아카시는 이 말의 큰 뜻을 느꼈다. 아카시에게 그런 느낌을 줄 만한 경험을 그녀는 가졌던 것이다.

그녀는 귀족 집안에서 태어나 이미 30년 전(1870년대)의 브나로드 운동에 참여한 적이 있었다.

'민중 속으로'라는 이 운동은 러시아 혁명 초기에 일어난 귀족과 지식 계급, 학생의 운동이었다. 특히 페테르스부르크와 모스크바, 키에프 등의 학생이 중심이 되어 1873년의 겨울부터 다투어 농촌으로 찾아들었다. 농민에게 배우고 농민의 마음에 혁명의 불길을 점화시키기 위해서였다. 일종의 유행이었으며 지도자도 없이 2년 정도로 끝났다.

그 중에 차이코프스키의 지도를 받은 학생도 있었고, 사상가로 저명한 크로포트킨 공작도 있었다.

이 현상은 정치적이라기보다는 다분히 감정적이었으며, 따라서 전략적인 분석도 방향도 없었다. 왜냐하면 농민은 무지하여 황제를 끝까지 숭배하고 있었기 때문이다.

아직 예쁜 처녀였던 시절의 브레시코 브레시코프스카야는 차이코프스키의 영향을 받고 이 운동에 참여했다가 나중에 시베리아로 유형되어 청춘기와 중년기를 유형 생활 속에서 보냈다.

그녀의 미모와 총명함, 그리고 혁명을 향한 솟구치는 정열은 페테르스부르크의 학생 사이에서 전설적인 것이었다.

"시베리아에 혁명의 여신이 있다."

이렇게까지 말하는 자도 있었다. 노동자들 가운데는

이 혁명의 여신 브레시코 브레시코프스카야가 여기에서 아카시에게 무슨 말을 했는지는 아직 언급하지 않았다.

그보다도 그 뒤 그녀의 운명에 대해 먼저 살펴보고자 한다.

그녀가 1917년 2월 혁명 당시 수도 페테르스부르크로 돌아갔을 때, 혁명 대중은 환성을 지르며 '러시아 혁명의 어머니'라는 최대의 찬사로 그녀를 맞이했다.

그러나 그녀는 그로부터 2년 뒤, 러시아 혁명에서 빠져나와 미국과 프랑스로 망명하지 않을 수 없었다. 그녀는 망명처에서 객사했다.

대부분의 혁명은 정권의 부패에 대한 분노와 정의와 정열의 지속에 의해 성립되지만, 혁명이 성립했을 때는 그것이 모두 불필요하거나 또는 해독이 된다.

혁명의 횃불을 들었던 정의의 사람도 정열의 사람도, 혁명 권력의 중추를 차지한 집단으로부터 배제되든지 최대의 매도를 당하고 쫓겨나거나 죽음을 당한다. 그리고 권력자가 쓰게 하는 혁명사에서도 말살되지 않으면 트로츠키처럼 간물(奸物)로밖에 쓰여지지 않는다.

인류에게 정의의 마음이 존재하는 이상, 혁명의 충동은 사라지지 않으리라. 그러나 그 충동은 혁명 소동은 일으키지만, 혁명이 성공한 다음에는 통용되지 않는다.

그 뒤에는 권력을 구성하기 위한 마키아벨리즘과 전시 효과의 정의만이 필요하며, 진짜 정의는 오히려 해독이 된다.

'러시아 혁명의 어머니'인 브레시코 브레시코프스카야가 불과 2년 뒤에 국외로 도망해야만 했던 것은 이러한 혁명의 공리 때문이었다.

혁명과 그 후의 권력 구성은 별개의 원리라는 것을 인류는 러시아 혁명후 실례를 통해 배울 수 있었다. 그러나 저러나, 러시아 혁명은 그 공리가 잔인하게 처리되어 러시아 이외의 다른 나라에 혁명의 예측할 수 없는 해독과 참상을 가르쳐주고 말았다.

여담이지만, 러시아 혁명 이전에 일어난 일본의 메이지 유신은 다른 나라의 혁명과는 그 형태가 전혀 다른 종류인데, 이때도 일본에 있었던 갖가지 사상의 혁명가가 참여했다. 그러나 가장 유혈을 적게 보고 끝낸 뒤 갖가지 성격의 혁명 희생자에 대해 위계를 추증(位階追贈)하는 이상한 결말로 매듭지어졌다.

그러나 러시아의 실정은 달랐다. 러시아적인 실정 즉, 러시아 권력의 성질과 그 실체에 대해서는 앞에서도 약간 언급했지만 아카시가 이 여성을 만났을 때는, 혁명가들 사이에서 아직 정의와 정의를 수행하기 위한 정열이 낭만적으로 통용되는 단계였다.

이때 브레시코 브레시코프스카야가 아카시에게 정열적으로 얘기한 것은 다음과 같은 것이었다.

"우리는 민중을 위해 악마, 즉 차리즘(황제 체제)과 수십 년 동안 싸워왔지만 아직 목적을 달성하지 못하고 있습니다. 그러던 것이 지금 러시아의 적국인 일본에 의해 그 악마를 퇴치할 수 있는 기회가 주어졌습니다. 우리로서는 자신의 힘이 미약함이 부끄러울 따름입니다."

회의가 시작되었다.

시리야크스가 의장이 되어 가끔 유머를 곁들이면서 진행을 담당했다.

회의에서의 용어는 굳이 통일되어 있지 않아서 시리야크스가 프랑스어를 썼기 때문인지 주로 프랑스어가 사용되었다. 폴란드인만은 가끔 독일어를 쓰기도 하고 러시아어를 쓰기도 했다.

회의는 닷새 동안 계속됐다.

"공동의 적은 차르(황제)이다."

회의 중에 이 말이 자주 확인되었다. 그 외의 당파적인 주장이 나오면 회의를 수습할 수가 없기 때문이다.

그 점을 시리야크스는 잘 알고 있었다.

"많은 당파가 각각 이해와 주장을 달리하고, 또 그것들이 얽혀 있기 때문에 도저히 초당파적인 합동 회의는 어렵다."

하는 말을 듣던 것이 훌륭하게 성공한 것은 이러한 시리야크스의 노력이 컸다.

"목적은 차리즘의 타도이다. 황제가 쓰러진 다음, 어떤 당파가 권력을 쥐더라도 러시아에 황제 체제 이상의 해악을 끼치지는 않을 것이다. 우리는 이 전쟁을 기회로 러시아와 러시아인을 위해 악마를 쓰러뜨려야 한다. 쓰러뜨리기 위해서는 모든 당파가 그 나름대로 좋은 방법을 택한다. 그 방법에 통일 전선(統一戰線)은 필요로 하지 않는다. 각 당파가 가능하고 유효하다고 믿는 방법으로 도전하면 된다."

이것은 여기서 얻은 결론으로서 시리야크스가 미리 생각했던 내용과 거의 비슷했다.

각 당파에는 특기가 있었다.

"우리는 언론(言論)이야."

순수 러시아인으로서 자유당 과격파의 영수인 도르고르키 공작의 말이다.

아카시는 이 공작이 회의에 참석해 준 것을 감사히 여기고 있었다. 그의 집은 러시아 귀족 중에서도 가장 오랜 가계를 가졌으며, 그 집안에서 현재 니콜라이 2세의 궁정에서 일하는 자가 많았다.

"참된 러시아를 만들기 위해"

그는 이 말을 자주 썼다. 그의 당파인 자유당은 그 구성원 가운데 대학 교수와 귀족, 변호사 등이 많았고 그 주장이 공화제의 확립에 있는 것만으로도 알 수 있듯이, 폭력 수단에 호소하는 것을 좋아하지 않았다.

그들의 활동은 기관지에 의한 주장과 집회를 가지는 정도였다. 그러나 이 당에 소속되어 있는 전 모스크바 대학 교수 미르코프는 일부러 일어나서 발언했다.

"그러나 우리는 폭력 수단, 즉 스트라이크 같은 방법을 결코 반대하지는 않는다. 오히려 적극적으로 지원한다."

이 자유당이 가장 온건한 당이며, 다른 당은 코카서스의 무리들처럼 살벌한 말을 했다.

"우리가 할 수 있는 것은 암살뿐."

그것은 과장이 아니라 과거에 많은 실적을 가졌기 때문에 발언으로서는 상당히 묵직한 무게가 있었다.

시위 위주의 당(폴란드 사회당)도 있는가 하면 스트라이크를 선동하는 것이 장기인 당도 있었다.

이 파리 회의 이후에 정세는 일변했다. 격렬한 혁명 운동이 각처에서 일어났다. 최초로 궐기한 것은 마르크시즘을 신봉하는 폴란드 사회당이었다.

그들은 폴란드의 주요 도시에서 일반 파업을 지도했는데, 너무 과격하여 진압하기 위해 군대가 출동할 정도였다.

그러나 노동자들은 군대와 싸워서 쉽게 굴복하지 않았다.

그것이 러시아 본국으로 비화했다.

우선 11월에서 12월에 걸쳐 모스크바, 키예프, 오데사 등지에서 학생과 노동자에 의한 시위가 빈발하고, 나아가서는 언론에 의한 행동을 맡았던 자유당은 그들이 지반을 잡고 있는 주의회와 군의회, 그리고 변호사회며 의사회를 통하여 활발한 정부 공격 대회를 열었다.

파리 회의에 참여하지 않은 레닌의 소속당도 서둘러 행동을 취하여 주로 노동자를 선동했다.

당시의 일본 신문은 이런 동태에 대한 정보 감각이 지극히 결여되어 있었다. 메이지 37년(1904년) 11월에서 12월에 걸친 러시아 사회의 불안에 대해 가장 예민한 촉각을 세우고 있었어야 할텐데, 이듬해 1월 25일이 되어서야 겨우 각 신문이 이 움직임을 보도하기 시작했다.

"돌연, 러시아 수도에 혁명의 봉화가 일어나다."

이런 큰 제목의 기사가 당시의 대표적 신문인 도쿄 아사히 신문(東京朝日新聞) 1월 25일자에 실렸다.

'극동의 전화(戰禍)에 고민이 많은 지금 수십만의 비휴(貔貅)의 희생도 애석한 개죽음인가.'

부제(副題)는 이렇게 되어 있다. 비휴란 맹수의 이름으로 용맹한 병사를 가리킨다.

이 제목을 본다면 당시의 일본 신문 기자들이 얼마나 국제 감각이 모자랐는지 알 수 있으리라.

우선 '돌연'이란 말은 그 당시의 러시아 혁명의 기운에는 어울리지 않는다. 만약 일본이 유럽적인 수준의 나라였다면 러일전쟁이 시작되기 전후에 신문 기자가 러시아의 정정(政情)과 사회에 대해 많은 정보와 분석을 독자에게 제공했어야 했다.

그러나 아직 일본의 신문사는 해외 특파원을 둘 만큼 재정적인 여유가 없기도 했지만 적국의 상태에 대해 너무나 모르고 있었다.

그런 무지가 이 제목에도 드러나 있는 것이다. 이 제목은 러시아 황제에 대해 동정적이고, 혁명 세력에 대해서는 다분히 반감을 가진 듯이 엿보인다. 이 제목을 단 편집자는 일본의 천황제와 러시아의 황제 제도를 동질의 것인 줄 알고 혁명 세력에 대해 '고민이 많은 극동의 전국(戰局)도 돌아보지 않는 불충(不忠)의 무리'라는 관점을 보였다. 그 혁명의 불티가 일본의 천황제에 미칠까 두려워한 느낌이 있다.

제정 러시아의 황제 제도와 메이지 일본의 천황 제도를 같은 성질의 것으로 간주하는 무지에 대해서는, 이 메이지 38년(1905년) 1월 15일자 신문 기사의 제목을 단 편집자를 비웃을 수가 없다. 그것은 그후 쇼와(昭和) 시대에 이르러, 그리고 오늘날에조차 일부의 사회 과학자나 고전적 좌익, 또는 우익 운동가들 사이에 계승되고 있다.

러시아의 황제 체제 사회의 존재, 그 자체가 국민에 대해 얼마나 가혹한 것이었는가는 유럽에서는 거의 상식이 되어 있었다. 그 상식이 교전국인 극동의 일본 신문 기자에게는 전혀 이해되지 않고 있었다.

그것이 유럽에서 어느 정도 상식화되어 있었는지 한 예를 본다면, 시리야크스가 파리 회의를 마치고 프랑스의 정계와 언론계에 손을 써서 '저 가혹한 러시아 제국의 정부를 공격해줄 것'을 부탁하자, 의뢰를 받은 사람들 중에 거절한 사람이 거의 없었다는 것만으로도 알 수 있다.

나중에 상원 의원이 된 클레망소도 그랬고, 정계에 큰 발언권을 가진 조레스도 그랬으며, 심지어는 아나톨 프랑스조차 찬동했다.

당시의 일본적 감각으로 본다면 그들은 가공할 반자본주의 무리들이었는지 모르지만, 프랑스의 사상계에서는 특별히 파괴적인 폭도의 두목같은 존재는 아니었다.

제정 러시아의 폭정이라는 그 점 하나만으로 남의 나라 일이지만 의분을 느끼는 사람들이니, 그들이 가지고 있는 제정 러시아관(觀)에 대해 일본의 신문 기자는 다소의 지식이라도 가졌어야 했을 것이다.

신문의 수준은 그 나라의 민도(民度)와 국력의 반영이라고 할 수 있다. 요컨대 일본은 군대는 근대적으로 정비했지만, 국민이 국제적 상식에 무지했다는 점에서 웬만한 식민지의 백성들보다도 훨씬 후진적이었다.

러시아 혁명세력을 가리켜 '불충한 자'라고 부르는 듯한 제목을 러시아의 적국 신문이 붙이는 이 난센스는 무엇인가. 말하자면, 이 당시의 일본인은 러시아의 실정 따위는 아무것도 모르고 그 민족적 전쟁을 치르고 있었던 셈이다.

말이 나왔으니 말이지만 이 불행은 전후에도 계속된다.

'러시아는 왜 졌는가?'

전후에도 일본 신문은 이러한 냉정한 분석을 단 한 줄도 싣지 않았다. 그런 것은 생각조차 하지 못했다.

소용없는 일이지만, 만약 일본 신문이 러일 전쟁 후 총결산을 하는 뜻에서 '러시아 제국의 패인' 정도의 연재물을 실었다면, 그 결론은 '러시아 제국은 지게끔 되어 있었다'라는 단정이 내려지든지 '러시아 제국은 일본에 졌다기보다는 스스로의 체제적 결함 때문에 졌다'는 말이 나왔을 것이다.

만약 그러한 냉정한 분석이 이루어져서 국민들에게 알려졌다면, 러일전쟁 뒤에 일어난 신비주의적 국가관에서 초래된 일본 군대의 절대적 우월성 따위의 미신이 발생하지도 않았을 것이다. 또 설사 발생했다 해도 그런 신비주의에 대해 국민들은 다소나마 면역성을 가졌을지도 모른다.

아카시가 한 일은 아카시의 위대함을 보여주는 것은 아니었다. 아카시는 단지 정세의 조류를 타고, 아니 오히려 거기에 실려서 결과적으로 그 큰 일을 수행한 것에 지나지 않는다.

러시아의 도시 노동자 모두가 혁명화(革命化)했던 것은 아니다.

전부라는 점에서는 도시 노동자의 전부가 정부의 무능에 대해 분노하고 있었던 것뿐이다. 이 시기의 러시아 정부 기구의 비능률과 관리의 만성적 태만은 서구적인 감각으로서는 거의 믿기 어려운 정도의 것이었다.

"황제는 귀족 위에 있는 것이지 국민 위에 직접 서 있는 것은 아니다."

개전 전후의 내무 장관 플레베는 이런 생각을 가진 자로 그는 유대인 문제에 대해서도 가혹한 정책을 썼다. 그런 플레베가 러일전쟁이 벌어지게 되자 이런 말을 해서 유명해졌다.

"혁명의 독기를 씻는 데는 전쟁이 필요하다. 그것도 가벼운 전쟁이 좋다."

플레베가 말한 가벼운 전쟁이란 대일전(對日戰)을 가리키는 말이었다. 일본을 그 정도로밖에 보지 않았다는 얘기이다. 그런데 러시아의 치안 담당 책임자로서의 플레베의 감각도 이 러일전쟁을 이용하고자 한 점에서는 아카시 모토지로의 친구들과 공통되고 있었다.

플레베의 경우는 혁명 기운을 흩어지게 하기 위한 데 있었고, 아카시의 친구들은 그 반대였을 따름이다.

그러나 러시아 정부는 전쟁을 기능적으로 운영할 만한 능력이 없었다. 플레베의 중대 발언이 있었음에도 불구하고 또 극동에서 그토록 일본을 자극시키고 있었는데도 불구하고, 전쟁 준비라는, 내각과 육해군 및 관료들이 담당해야 할 그 방면의 일은 완전히 게을리하고 있었다.

단지 개전 직후에는 플레베가 기도하고 기대했던 것처럼 애국적인 사기가 크게 올라갔다.

그러나 잇단 패보가 모처럼 양양된 애국열에 찬물을 끼얹고 말았다.

싸우면 반드시 진다는 군인들의 어리석음에 대한 책임을, 페테르스부르크 노동자들은 전선의 병사들에게는 추궁하지 않았다. 그들은 그 패인이 정부 기관의 부패와 무능이라는, 상식화된 러시아적 현실에 있다는 것을 알고 있었다.

그래서 거기에 대해 분노를 터뜨렸다.

'혁명을 일으키는 것 외에 이 나라를 구할 방법은 없다.'

애국심에서 나온 불만이 결과적으로 혁명과 연결되었는데 생각하기에 따라서는 플레베가 '가벼운 전쟁을 일으켜서' 애국심을 고취시킨다고 기대했던 대로 된 것이다.

다만 그 애국심 앞에 러시아적 현실이라는 절대적인 장벽이 가로놓여 있었기 때문에 에너지의 방향이 플레베가 바랐던 방향과 달랐을 뿐이다.

결국, 플레베는 혁명 세력에 대해 광적으로 탄압했기 때문에 개전 후 5개월이 지난 여름에 페테르스부르크의 거리에서 살해되었다. 살해한 것은 사회 혁명 당원이었다. 하수인은 폭탄을 던져 플레베의 몸뚱이를 날려보내버린 것이다.

러시아는 크게 흔들리기 시작했다.

혁명이라는 복잡한 요인이 뒤얽힌 역사의 원리적 변화 속에서 아카시가 수행한 역할은 그런 원리적 입장에서 본다면 전무(全無)였다고도 할 수 있을 것이다.

그러나 현상(現像)에 나타난 자극제로서의 아카시의 존재 가치는 작지 않았다.

아카시는 단지 돈만 뿌렸다. 조직자가 그 돈으로 조직을 만들고 운동자는 그 돈으로 운동을 했다. 그 움직임이 서로 편승하여 메이지 38년(1905) 1월부터 러시아의 사회 불안은 그 전에 비해 뚜렷이 획기적인 단계로 돌입하고 있다.

1월 6일은 페테르스부르크를 흐르는 네바 강의 용신제(龍神祭) 날이었다.

이 제전은 황제가 친히 거행하게 되어 있었다. 니콜라이 2세는 이날 동궁(冬宮)을 나와 네바 강 왼쪽 기슭으로 가서 찬란함과 엄숙을 주제로 하는 그리스 정교(正敎)의 의식을 집전했다.

네바 강 오른쪽 기슭에 오래 된 요새가 있다. 1703년에 표트르 대제가 축조한 페트로 파블로프스크 요새이다.

이 요새에 있는 구식 대포도 제전에 참가했다. 축포를 터뜨리는 것이었다.

포성이 은은하게 울려퍼진 뒤 이윽고 그치려 할 때 실탄이 발사되어 동궁(冬宮) 근처에 떨어져 창문 네 개가 파괴되었다.

황제는 그 장소에서 조금 떨어져 있었기 때문에 무사했다.

결과는 당연히 혁명 분자의 소행이라고 황실측도 시민들도 그렇게 생각했다.

그러나 진상은 단순한 오발이었다. 그러나 이런 조그마한 실수도 때의 흐름을 타면 세(勢)를 촉진시키는 중대한 뜻과 역할을 가지게 된다.

이날부터 사흘 뒤에, 그다지 혁명적 성격을 띠지 않는 종교 의례적인 청원(請願) 시위가 있었다. 이에 대해 정부는 위험시하여 보병 부대와 카자크 기병대를 동원하여 일제 사격을 퍼붓고, 칼로 마구 베어버리는 대참사를 빚어내었다.

유명한 '피의 일요일'이 바로 이 사건이다.

네바 강 용신제 날의 오발 사건이 없었던들 정부의 신경도 이처럼 병적으로 변하지는 않았을 것이다.

'피의 일요일'에는 1천 명이 부상당하고 2백 명이 살해되었다고 한다.

이날, 동궁 앞 광장에 모인 대중은 어디로 보나 혁명 의식을 가진 대중은 아니었다. 그들은 붉은 기를 들지 않았다. 아니 오히려 붉은 기를 증오하는 무리였는지도 모른다.

그들은 경건한 종교적 대중으로, 일요일에는 반드시 가족을 데리고 교회에 갔다. 이날 대중과 그 가족들은 평소에 신뢰하고 있던 가폰 신부의 인솔로 황제에게 청원을 드리기 위해 교회에 가는 대신 동궁 앞 광장에 모여있었을 뿐이었다.

가폰 신부는 어느 나라의 혁명기(革命期)에도 반드시 등장하는 매력적인 선동자였다.

그는 남 러시아 폴타바의 농촌에서 태어나 순교자를 원하여 신학교에 들어갔으나 재학중에 톨스토이의 사상에 영향을 받았다.

그는 졸업 후 사제가 되어 페테르스부르크에서 선교 활동을 하다가 공장 노동자의 비참한 생활을 동정하여 '페테르스부르크 공장 노동조합'이라는 단체를 만들었다. 바로 '피의 일요일'의 2년 전이다.

그런데 괴상하게도 그 결성 자금이 헌병 대위인 즈바터프를 통해 정부의 기밀비(機密費)에서 나왔다고 하는데, 그 진상은 지금까지 밝혀지지 않고 있다.

그는 노동자로부터 압도적인 인기를 얻었다. 그만큼 노동자들의 존경을 받고 그들의 마음을 사로잡은 인물은 러시아 혁명사를 통해 달리 없을지도 모른다.

그 매력의 원천은 성자를 연상케 하는 그의 풍모와 고혹적이고 능숙한 그의 선동 연설에 있었다.

아카시는 이 '피의 일요일' 뒤에, 서구로 망명한 가폰을 런던에서 만난 적이 있는데 "아무래도 기이한 신부야" 하고 우쓰노미야(宇都宮)에게 이야기한 것을 보면 아마 진실한 인물로는 생각하지 않은 것 같다.

대중을 현혹하는 교조적류 인물은 다분히 최면술사와 닮은 데가 있어서, 자기 자신에 대해서도 화려한 자기 최면을 쓸 수 있는 신비함을 가졌으리라.

1903년 봄에 가폰이 앞에서 얘기한 단체를 만든 뒤부터 그의 인기는 이상할 만큼 상승했다. 결성된 뒤 1년 반이 지나자 회원이 9천 명으로 늘어났다고 한다.

그는 자주 집회를 가졌는데, 그 내용은 간담회 정도였으며 정치적인 화제는 원칙적으로 피했다.

그 무렵 페테르스부르크의 노동자들의 혁명 의식은 없는 것과 같았다. 그들은 어디까지나 황제와 교회를 믿었고 혁명가보다 신부를 신뢰했다.

다만 생활의 궁핍만이 그들의 관심사였다.

그들은 생활에 대한 문제를 가폰에게 상담했다. 가폰은 그 상담을 받아서 이해심이 없고 욕심 많은 공장주와 담판하여 해결해 주곤 했다. 가폰의 인기는 그런 점에서도 더욱 올라갔다.

한편 가폰은 사회 혁명당의 객원(客員) 같은 존재이기도 했다. 교회와 공장과 혁명 집단이라는 세 개의 세력을 배경으로 둔 가폰이, 이 일요일에 청원 시위의 선두에 섰을 때, 몇 만 명의 대중을 모으는 것은 결코 어려운 일이 아니었을 것이다.

가폰은 붉은 기를 들지도 않고, 붉은 기 대신 성상(聖像)과 황제의 초상화를 들고 눈이 쌓인 거리로 나아갔다. 사람들이 부르는 것은 노동가가 아니라 찬송가였다.

20만 명의 비혁명적 대중을 모으는 데는 혁명가보다 성상과 황제의 초상화와 찬송가가 훨씬 효력이 있다는 것을, 이 가폰의 실험이 잘 말해 주고 있다.

개명한 사람으로 통하는 비테는 이날 아침 청원 시위대가 지나가는 것을 창문 너머로 보았다.

비테가 보는 가폰은 '관제(官製) 노동 조합의 지도자'라는 정도였을 뿐이다.

비테가 말하는 관제 노동 조합이란 그 전해 7월에 암살된 내무 장관 플레베가 만든 것을 가리킨다. 즈바터프 헌병 대위의 발안에서 나왔다고 하여 '즈바터프주의'로도 불리고 있었고 비테도 그렇게 불렀다.

이 관제 노동 조합은 노동자로부터 인텔리를 분리시키는 목적하에 만들어진 것인데, 비테는 그런 것이 잘될 까닭이 없다고 결성된 초기부터 예언했다.

"안(案)을 낸 자는 그것으로 노동자를 경찰 손으로 장악할 수 있다고 생각했겠지만, 그렇게 뜻대로는 안될 거야."

비테의 말을 의역해 본다면, 그릇을 만든 것이 경찰이라고 해도 이미 혁명 기운이라는 비가 계속 오고 있는 이상, 그 그릇에 담기는 것은 비 이외에 아무것도 아니라는 것이다. 관제 노동 조합은 자연적인 추세에 의해 혁명화할 것으로 보고 있었다.

"그런 추세를 사제인 가폰이 저지한다고 되는 일이 아니다."

비테는 러시아 정계의 요인치고는 지극히 비관적으로 본 것이며, 더욱이 가폰에 대해서도 정부의 첩자로 보고 있었다.

이날 대규모 청원 시위가 있다는 것은 공공연한 사실로 며칠 전부터 알려져 있었다. 정부는 그에 대한 대책 협의를 거듭했다.

단, 비테는 이때 장관회의 의장이라는 유명무실한 자리에 있었을 뿐 정계에서는 거의 은퇴하다시피 해서 그 협의에는 참가하지 않았다.

가폰의 청원 대중은 황제에 대한 청원서를 미리 준비하고 있었다. 그래서 그 청원서의 내용도 이미 공공연하게 알려진 것이어서 비테도 알고 있었다.

"예의를 갖춘 사연이었으나 분명히 혁명을 암시한 내용이었다."

비테는 이렇게 말했지만, 실제는 그렇지도 않았다. 뚜렷한 혁명 세력은 황제에게 의지하려는 이 청원 시위를 대수롭지 않게 보고 대부분 반대 의사를 표시했다.

말하자면 가폰이 이끄는 대중이란 그 정도밖에 되지 않았던 것이다.

이날 아침 비테는 창 너머로 시위대가 지나가는 것을 보았다. 많은 부녀자와 구경꾼이 끼어 있었다.

"시위 행렬이 지나가자 나는 곧 발코니로 올라갔다. 오래지 않아 총성이 들려왔다. 유탄이 두세 개 내 귓전을 스쳐 가더니 이윽고 일제 사격이 시작되었다."

비테는 이렇게 적고 있다.

동궁(冬宮) 광장에 모인 이 청원 시위는 황제에 대하여 탄원하는 것에 지나지 않았다.

"제발 무자비한 공장주와 악덕 관리를 꾸짖어 주옵소서."

그러나 황제는 모습을 나타내지 않았다.

이 시위에 대한 대책은 전날 밤 내무 장관 밀스키 후작의 사저에서 논의되어 결론이 나와 있었다.

무력 진압이었다.

비테는 내무 장관 밀스키 후작의 정치적 자세를 높이 평가하고 있었다.

"밀스키 정도의 인물이 어째서 그런 졸렬한 대책을 세웠는지 생각할수록 이상하다. 그 원인은 그가 신뢰하는 경시총감 프론 장군의 무능에 기인한 것 같다."

비테는 이런 뜻으로 적고 있다.

그러나, 이 '피의 일요일'의 연출자가 과연 밀스키 내무 장관이나 프론 경시총감이었는지 지금으로서는 의문이다.

밀스키 후작의 사상은 비테보다도 훨씬 진보적이었다.

비테 자신이 그의 인품에 대해 '수정처럼 고아한 인품이며, 보기드문 영혼을 지닌 교양인'이라고 했다. 단지 몸이 그다지 건강치 못했고, 정치에 경험이 없는 것이 결점이었다.

밀스키는 권력에 대한 욕심도 그다지 없었고, 플레베가 암살된 뒤를 이어 내무 장관의 물망에 올랐을 때는 여러 차례 거절했을 정도였다.

그는 민중의 힘을 크게 평가했고, 그렇게 평가하는 것 외에는 러시아를 구할 방도가 없다고 생각했다. 그의 이러한 사상에 대해서는 우익 계통의 신문이 그를 가리켜 '폴란드인의 친구'라느니 '유대인의 내통자' 따위로 매도한 것으로도 짐작이 간다.

그는 한때, 러시아 황제의 실제적인 지배자인 황후를 배알하고, 러시아에 대한 그녀의 완고한 고정 관념을 바꾸어 주려고 러시아의 위기가 얼마나 심각한 것인지에 대해 얘기했다.

그러나 황후는 다짜고짜로 반박했다.

"황제를 반대하는 것은 지식 계급뿐이오. 민중은 모두 황제편이오."

황후의 민중에 대한 인식은 어느 정도 옳았으나, 아울러 그만큼 잘못도 있었다. 그것을 밀스키는 지적했다.

"지식 계급만이 황제를 반대한다는 말씀은 사실이나, 어느 나라이든 먼저 일을 저지르는 것은 지식 계급입니다. 확실히 민중은 폐하를 위해 지식 계급을 죽일 것입니다. 그러나 다음날에는 그들은 반대로 궁전을 파괴할지도 모릅니다. 왜냐하면 민중은 자연 발생적이기 때문입니다."

그러나 황후는 듣지 않았다.

그렇다 하더라도 밀스키가 자기의 의사와 판단으로 '피의 일요일'을 연출했다고는 도저히 믿어지지 않는다.

그것을 결정한 장본인은 '무한한 권력과 무서울 만큼 변덕스러운 성격'을 갖고 혁명 세력에 대해 병적으로 증오감을 가지고 있는 니콜라이 2세였을 것이다.

가폰에게 인솔된 민중은 광장에 가기만 하면 황제가 만나줄 것으로 믿고 있었다. 러시아 대중은 교육 정도가 무척 낮아서 그들 자신의 판단력을 믿는 것은 아니었다. 그렇기 때문에 항상 신뢰할 수 있는 종교적인 지도자를 찾았고, 그래서 일단 믿으면 그 인물을 우상시했다.

"가폰님이 하시는 말씀이면 황제는 틀림없이 들어 주실 거다."

민중은 이렇게 믿고 있었던 것이다.

황제는 반드시 공장주의 지나친 욕심과 악덕 관리의 태만을 응징해 주실 것이다. 그들의 요구는 그 두 가지였다.

가폰이 기초한 '청원서'의 처음에는 그 요구밖에 없었다. 그랬던 것이 사회 민주주의 진영에서 개인 자격으로 참가한 사람들이 거기에 혁명적 요구를 띤 여러 조항을 삽입했다.

이 조항이 러시아 조정과 정부로 하여금 필요 이상의 경계심을 가지게 했던 것이다.

참고로, 이 '혁명적 욕구'란 구체적으로는 대단한 것이 아니었다. 언론과 출판의 자유, 그리고 헌법 제정 회의의 소집 따위로 서구 사회에서는 상식적인 내용에 불과한 것이었다.

눈을 밟으며 동궁으로 다가가는 가폰은 아무래도 하나의 피에로가 되어버린 것 같았다. 그는 일찍이 노동자를 동정했다.

그랬던 것이 혁명을 좋아하지 않는 입장을 취하게 된 가폰은, 마침내 비밀경찰의 앞잡이가 되어 노동자를 일정한 울 안에 몰아넣어서 폭발하지 않도록 감시하는 목동이 되고 만 것이다.

그 목동이 시대의 조류에 밀리고 밀려서 지금 대중을 이끌고 그 선두에 서 있는 것이다.

가폰으로서는 동궁에 있는 황제가 광장에 있는 자기들 앞에 나타나서 얼굴만 보여 주면 그만이었다. 그것만으로 그의 체면이 서고, 대중의 열기도 식을 것이었다.

가폰은 만약 황제가 만나 준다면 청원서를 공손히 받들어 올리고, 다음에는 눈 위에 꿇어앉아 황제를 축복하는 기도를 드리고 해산할 생각이었다. 말하자면, 이 사제는 그 정도로 이 청원 시위를 생각하고, 그 선두에 서서 찬송가와 국가를 합창했던 것이다.

"신이여, 황제를 지켜 주소서."

러시아 제국의 애국가는, 가폰과 대다수의 민중으로서는 진심에서 우러나는 노래였으리라.

그러나 동궁 광장에는 근위 연대(近衛聯隊)의 보병이 기다리고 있었다. 그들은 "이 광장에는 출입이 금지되어 있다"고 외쳤다. 고함소리는 선두에 선 가폰조차 잘 알아듣지 못했다. 시위 대열은 그대로 걸음을 옮겼다.

그러자 광장 옆에 있는 나르바 문에서 수십 기의 카자크 기병(騎兵)이 칼을 빼어 들고 달려나왔다.

만주에서는 소문만큼 무위(武威)를 발휘하지 못한 카자크 기병도, 무기를 지니지 않은 그들의 동포에 대해서는 터무니없이 강했다. 삽시간에 붉은 피가 눈을 물들이고 군중은 달아나려고 갈팡질팡했으며, 미처 달아나지 못한 자는 말발굽에 짓밟혀 쓰러졌다.

보병 부대의 일제 사격은 이 카자크 기병의 습격에 휩쓸려 시작된 것 같았다.

습격과 일제 사격은 집요하게 계속되었다. 모두 한두 번으로 그치는 것이 아니라 여러 번 되풀이되었다. 장소도 한 곳에 한정되지 않았다. 한 모퉁이를 짓밟은 카자크 기병은 다시 말을 몰아 다른 곳을 덮쳤다.

이런 공격 방법으로 보아 이 사건은 우발적으로 발생한 것이 아니었다.

황제나 그 측근이 명령했을지도 모른다고 앞서 말한 바 있지만, 니콜라이 2세는 이날 동궁에 없었다. 황제는 찰스코에 셀로의 별장에서 정양하고 있었다. 명령을 내렸다면 어떤 명령 전달법을 썼을 것인가.

아무튼 진상은 모호하다. 일설에 의하면 내무 장관 밀스키는 단지 가폰만을 체포하려고 그것을 심복인 경시총감 프론 장군에게 명령했다.

개를 좋아하는 프론은 '사람보다 동물의 마음을 더 잘 이해하는 사람'이라는 말을 들었으며, 여러 가지 뜻에서 무능한 인물로 지목되고 있었는데, 그는 이 대규모 시위에 대해 그 지도자만 체포하는 재주를 부릴 수 없다는 것을 알고, 밀스키에게 깨끗이 임무를 사양했다고 한다.

즉 경찰은 이 시위에 대해 수수방관하는 태도를 취하지 않을 수 없었다.

그렇다면 문제는 군대이다.

동궁의 경비는 근위 연대의 책임이다. 내무 장관 밀스키는 속수무책으로 경비의 직접 책임을 가진 근위 연대에 "아무쪼록 좋도록" 하고 모든 책임을 맡겼는지도 모른다. 즉 정치적 판단도 처치도 포기하고 만 것이다.

그렇다면 모든 책임은 당일의 경비를 맡은 군인의 손으로 넘어갔다고 추측할 수 있다. 또한 황제나 그 측근이 이 근위 연대에 대해 어떤 의사 전달이 있었는지도 모른다.

다른 설에 의하면 그들은 명령만 받고 있었다.

"행렬이 동궁 광장에 들어오게 해서는 안된다."

그런데 대중이 꾸역꾸역 몰려들자, 군인으로서 기계적인 명령 집행 방법에 따라 가장 군인답게 실력 행사를 했다는 것이다.

그러나 역시 진상은 알 수 없다.

아무튼 진상이야 어쨌든 이 사건의 소식이 러시아 국내에 큰 충격으로 퍼졌을 때는 '황제가 진정(陳情)하는 대중을 칼과 총탄으로 죽인 것'이 되었고 실제로 그랬던 것이 틀림없었다.

가폰은 혁명가는 아니었으나, 그가 지도하여 야기시킨 '피의 일요일'의 참사는 러시아의 혁명 기운을 증폭시키는 결과가 되었다.

대중은 "이미 황제는 우리 편이 아니다"라는 사실을 실제로 배웠고, 지식 계급이 그들에게 계속해서 가르쳤던 '황제 악마설'이 진실이었음을 황제 자신의 행동에 의해 알게 되고 말았다.

근대의 혁명 심리는 기학적인 억압이 가해질수록 압축열이 높아져서 마침내 폭발하게 된다. 그것은 권력에 대한 가학 행동으로 도발되어 나타나는 경향이 있는데, 그런 본보기를 만든 것이 바로 이 '피의 일요일' 사건이었다.

혁명 세력측으로서는 이만한 선전 효과가 있는 전형적인 사건은 일부러 만들려 해도 만들 수 없는 것이었다.

"몇 년에 걸친 혁명적 교육에 상당하는 일을 단 하루에 해치웠다."

레닌은 이런 뜻의 말을 한 적이 있다.

그 점에서 아카시와 그의 조국으로서는 이처럼 중대한 사건은 없었다.

이 '피의 일요일' 참사를 목격한 한 외국 통신원은 나중에 아카시에게 이렇게 말했다.

"내 눈 앞에서 쓰러진 한 직공이, '만약 우리들 곁에 일본군의 일개 대대만 있었더라면 나는 이렇게 중상은 입지 않았을 거요'라고 중얼거린 뒤 숨을 거두었소."

아무튼 이 사건은 러시아의 민중을 분개시켰을 뿐만 아니라, 유럽 여러 나라의 러시아 정부에 대한 관심을 싸늘하게 만들었다.

프랑스에 있는 '러시아인의 벗'이라는 혁명 지원 단체의 움직임이 현저히 활발해진 것도 이 사건 이후였다.

이 사건에 관한 외신은 일본의 신문에도 게재되었다.

1월 25일자의 도쿄 아사히 신문의 사설은 '러시아 수도의 소요사태는 마침내 본격적인 혁명으로 변했다'라는 제목으로 시작되고 있다.

"피가 일단 궁성 앞에 흐르니, 어제의 군민은 표변하여 오늘의 원수가 되었다."

"폭력 학살이 행해질수록 국민의 원한은 더욱 깊어지고, 모반은 더욱 책략적이고 조직적으로 변하여 마침내 일반 민중에게 퍼져갔다. 혁명의 대열에 불평불만이 팽배하니 출정한 군대를 끌어들여 총칼을 거꾸로 돌려 관병을 치게 하는 결과에 이르렀다. ……가폰의 흑막(黑幕)에는 더욱 큰 가폰이 있었다."

아카시 모토지로는 이 유혈 사건을 스톡홀름의 숙소에서 들었다. 듣자마자 그는 자기에게 예측할 수 없는 위험이 닥칠 것을 예감하고 즉시 파리로 떠났다.

파리를 택한 것은 이후의 러시아의 사정을 알기 위해서는 스톡홀름 같은 시골보다는 파리가 편리하리라고 생각했기 때문이었다.

그 무렵의 아카시는 후일 그의 이름을 떨치게 한 '반란용 무기 구입'이라는 큰 일 때문에 분주해 있었다.

이 무기 구입은 그가 계획한 것이 아니라 시리야크스와 그 밖의 불평 분자의 요청과 계획에 의한 것으로, 아카시는 지갑을 가지고 그 조류에 올라탔던 것뿐이었다.

아카시의 계획은 항상 그러했다. 상대방의 요구에 응해서 나가는 것으로 그 점은 언제나 무리가 없었다.

단지 무리를 해야 했던 것은, 구입과 수송에 있어서 러시아 경찰의 눈을 어떻게 속이느냐는 것이며 그 점에서 그 사업의 절반은 실패했다.

어쨌든 아카시가 스위스에서 매입한 무기와 탄약은, 소총 1만 6천 정에 탄약 120만 발이라는 막대한 것이었다. 이만하면 일개 예비 사단은 편성할 수 있으리라.

"이만한 무기로 게릴라를 조직하면 러시아 국내는 걷잡을 수 없는 혼란에 빠져 도저히 극동에서 전쟁을 끌고가지 못할 것이다."

시리야크스의 기쁨은 이만저만한 것이 아니었다.

그러나 그것을 나르는 수송 방법이 큰일이었다. 우선 총과 탄약을 스위스에서 육로로 운반하는 데 화차 여덟 량이 필요했다. 다시 그것을 발트 해 연안까지 가져가자면 기선이 필요하다.

그 때문에 아카시는 존 그래프턴이라는 700톤짜리 중고 기선을 한 척 구입했다.

스위스에서의 무기 구입은 스위스 사람으로 무정부 당원이며 자동차 상회를 경영하는 보라는 인물이 해 주었다. 스위스 육군의 포병 공창장에게 줄을 달아 용케 성공할 수 있었다.

수송은 일본의 유럽 주재 상사인 다카다 상회(高田商會)에 의뢰했다.

이 무기 수송은 아카시가 유럽에 있는 동안 가장 고심한 일이며, 절반은 성공했으나 실제로 그 무기가 러시아 혁명 분자의 손에 넘어간 것은 러일전쟁의 강화(講和) 이후였다. 그러므로 러시아 혁명사에는 뜻이 있는 일이었으나 러일전쟁에 직접적인 영향은 없었다.

따라서 그것에 대해서 상술하는 것은 생략하기로 한다.

가폰은 외국으로 망명했다.

그는 '피의 일요일 사건'으로 국내에 있지 못하게 되자 국외의 혁명 조직에 뛰어들어 몸을 의탁했다.

이 시기의 혁명 조직의 지도자들은 누구나 반드시 아카시를 만났다. 가폰도 시리야크스의 주선으로 아카시를 만나러 영국으로 건너갔다.

아카시는 이때 런던의 찰링크로스 호텔에 묵고 있었는데, 가폰이 가명으로 찾아왔다.

아카시는 가폰을 만난 이튿날, 러시아 밀정에게 감시당하고 있음을 알고 숙소를 다른 데로 옮겼다.

아카시와 가폰 사이에 어떤 말이 오갔는지는 모르나, 가폰이 아카시의 무기 조달을 알고 있었던 것만은 확실하다.

이제 이 항목은 끝을 맺어야겠다.

아카시는 만년에

"당시를 생각하면 가슴이 아프다."

그는 종종 술회했다. 그와 함께 유럽을 무대로 반러(反露) 운동을 벌였던 많은 지사들이 혹은 비명에 쓰러지기도 하고, 혹은 체포되어 시베리아로 유배되어 생사조차 알 수가 없었다. 그런 것을 생각할 때마다 원래 시인의 기질을 가진 아카시는 숙연해져서 "내가 죄많은 짓을 많이 한 것 같다"는 말을 되씹곤 했다.

그는 군인인 이상 벌판에서 싸우고 성을 공격하는 사람이기를 바랐으며, 적국의 내란을 획책하는 일 따위를 통쾌히 여기지는 않은 것 같다.

그리고 또한 그에게 있어서 전우란 일본 군인이 아니라, 러시아인이고, 폴란드인이며, 핀란드인이었다.

전후에 종군 군인들이 술자리 같은 데서 야전의 무용담을 늘어놓으면 아카시는 언제나 불쾌한 표정을 지었다.

그는 러시아를 쓰러뜨리는 일을 하면서 어느새 러시아인에 대해 심각할 만큼 애정을 느끼게 된 듯하며, 나아가서는 러시아 혁명의 결과에 대해서도 세심한 관심을 계속 쏟았다.

1906년 4월, 가폰이 페테르스부르크의 교외에서 누군가에 의해 살해되었다는 기사를 읽었을 때는 틀림없이 혁명 분자에게 스파이라 해서 살해되었을 거라고 판단했다. 아카시는 런던의 찰링크로스 호텔에서 가폰을 만났을 때, 그 사제에게서 검은 그늘을 느꼈다. 아카시가 짐작한 대로 가폰은 그의 동료에게 살해되었다.

"가폰은 엉큼한 자였는지 모르지만, 그의 이름은 영원히 사라지지 않을 것이다."

아카시는 이렇게도 말했다.

가폰의 이름으로 상징되는 '피의 일요일' 사건이 있은 후, 그것에 분개한 노동자 대중은 파업으로 응수했다. 파업의 파문이 점차 퍼져가자 러시아의 전시 생산과 수송에 큰 지장을 초래하게 되었다.

뿐만 아니라 귀족의 저택이 빈번히 습격을 받고, 수도의 치안 상태는 악화되었다.

결국 내무 장관 밀스키 후작의 책임이 추궁되었고, 그는 황제로부터 파면당하고 말았다.

"밀스키는 자유주의자이니까."

황제는 측근에게 이렇게 말했다. 밀스키가 취임했을 때 황제는 그가 아니면 러시아를 구할 수 없다는 듯이 추켜세웠지만 결국은 그를 버린 것이다. 황제는 그런 성격을 가진 사람이었다.

밀스키는 나중에 비테에게 다음과 같이 말했다.

"모든 불행한 사건은 황제의 성격에 원인이 있소."

모든 불행 가운데는 물론 러일전쟁도 포함되어 있었다.

"오늘 허가하는가 하면, 내일은 금하지 않소? 그렇게 믿을 수 없는 성격으로는 러시아 제국을 도저히 안정시킬 수 없는 것이오."

황제는 뒷날 폭력 정치가라는 별명을 듣게 되는 트레포프 장군을 내상에 임명했다. 동시에 페테르스부르크 총독에도 임명하여 탄압 정책을 쓰기 시작했다.

그러나 그 보복은 이내 돌아왔다. 황제의 숙부인 모스크바 총독 세르게이 알렉산드르비치 대공이 모스크바 거리에서 사회 혁명 당원이 던진 폭탄에 마차와 함께 폭파되어서 살해되었던 것이다.

아무튼 1월 이후부터 러시아의 사회 불안은 이미 혁명 전야의 양상을 띠게 되었다.

노기군(乃木軍)의 북진

여순을 함락시킨 노기군은 북진하지 않으면 안 되었다.

"당신들은 또 싸워야만 하오?"

스테셀 휘하의 한 장군이 노기군의 젊은 참모를 보고 놀란 듯이 물었다.

'과연 대국이군. 씨름과 같이 생각하는 모양이지.'

젊은 참모 쓰노다 고레시게(津野田是重)는 그렇게 생각했다. 씨름은 그 판만 끝나면 쉰다. 그러나 병력이 달리는 일본군은 그럴 수가 없었다.

노기군으로서는 또 싸워야 하느냐는 정도의 문제가 아니었다.

만주 벌판에서의 결전을 위한 병력이 극도로 부족했던 것이다.

만주군 총사령부의 고다마 겐타로(兒玉源太郎)는 노기군이 합세해 주기를 학수고대하고 있었다. 노기군의 참여 없이는 새로운 대작전을 세울 수가 없었다.

노기군이 여순에 묶여 있는 동안 요양(遙陽)전투가 있었고, 사하(沙河)에서 양군의 작은 충돌이 있었다. 그 뒤 흑구대에서는 전장의 주도권은 러시아군에 있었다.

일본군은 이때 처음으로 수동적인 처지에 놓였다. 일본군은 국지적인 퇴각과 전멸을 거듭하면서 가까스로 러시아군의 맹공을 견디고 있었다. 그러다가 러시아군 쪽에서 작전의 지속을 단념하는 바람에, 일본군은 간신히 위기를 모면한 것이다.

총사령부로서는 이 무렵 이미 야전 병력을 총동원하여 러시아군에 대해 결전을 감행한다는 봉천 회전(奉天會戰)의 작전 계획을 세우고 있었으나, 그러기 위해서는 여순에서 노기군이 북상해 오기를 기다려야만 했다.

한편 쓰노다 참모는 노기 마레스케로부터 스테셀 장군을 대련(大連)까지 전송하라는 명을 받고 있었다.

1월 10일 밤, 쓰노다는 여순의 스테셀 저택에서 만찬을 대접받고, 오전 2시 20분 숙소인 군정서(軍政署)로 돌아와, 불기가 없는 방에서 두 시간 남짓 떨면서 한숨도 자지 못했다.

아침 5시에 일어나 말을 타고 스테셀의 저택에 가니, 스테셀은 이미 일어나 모든 준비를 끝내 놓고 있었다. 관저 출발은 오전 8시 예정이었다.

"과연 군인이구나."

쓰노다는 스테셀의 깨끗한 각오와 시간을 엄수하는 점에 탄복했다.

장령자(長嶺子)역까지는 마차와 기마로 간다. 첫 번째 마차에는 스테셀과 그의 부인, 그리고 막료인 레이스 소장이 탔다. 스테셀의 양자(養子) 여섯은 둘째 마차에 탔다. 쓰노다와 포크 중장(中將)은 말을 타고 갔다.

시가지를 벗어나서 아직 초연과 시취(屍臭)가 남아 있는 여순 요새의 외곽 진지로 나오자, 포크 중장은 갑자기 말이 많아졌다. 박람회의 안내인처럼 요새와 그 공방전에 대해 해설을 늘어놓기 시작한 것이다.

알렉산드르 빅트로비치 포크 소장은 여순에 있던 제4동 시베리아 저격 사단의 사단장이었다.

페테르스부르크 육군성의 평가로는, 그는 도상 전술(圖上戰術)의 명장이었으나, 실전의 맹장이기에는 사태를 늘 지나치게 비관적으로 보는 경향이 있었다. 게다가 항상 비관적인 싸늘한 태도를 취했으며, 공방전 속에서 진흙을 뒤집어쓰고 몸을 던지는 타입의 군인은 아니었다.

송수산(松樹山) 포대 아래에 왔을 때, 그는 손을 들어 포대를 가리키며 자기들을 격파한 일본군에 대해서조차 싸늘하게 비판했다.

"귀군(貴軍)은 반드시 용감했던 것은 아니네."

그는 러시아 병사의 피를 빨아들인 새로운 전장에 섰어도 별다른 감흥이 일어나지 않는 것 같았다.

포크는 쓰노다와 말머리를 나란히 하고 있다. 포크는 소장이고, 쓰노다는 젊은 대위에 불과했다.

쓰노다는 예의를 차릴 줄 모르는 사내였다. 그러나 상대가 적국의 장군이 더라도 계급에 상당하는 예우를 하라고 육군 예법에서 배웠기 때문에, 시종 상관에 대한 예를 갖추고 있었다.

포크도 그것을 당연한 것으로 알고 있었다. 그는 일개 대위에게 무엇을 가르치는 듯한, 예컨대 페테르스부르크의 육군 대학의 전술 교관이 학생에게 가르치는 듯한 태도를 취하고 있었다.

이것은 승리자인 쓰노다로서는 약간 우스꽝스러운 일이었으며, 버르장머리가 없어서 후일 그다지 출세도 못했던 이 노기군의 참모는 가끔 참지 못하여 킥킥거리곤 했다.

그러나 포크의 지적은 정확했다.

"작년 11월 26일 밤에, 귀군의 일대는 이 송수산에 기습을 감행했네."

일본측에서 말하는 유명한 시로다스키 대(白襷隊)이다.

시로다스키 대는 도쿄의 제1사단과 아사히가와(旭川)의 제7사단, 그리고 가나자와(金澤)의 제9사단에서 지원자를 뽑아 임시로 편성한 육탄 돌격대이다. 그 지휘관에는 이 기습 작전의 창안자인 나카무라 사토루(中村覺) 소장이 뽑혔다.

나카무라는 다소 허풍이 센 성격이어서 평판이 그다지 좋은 장군은 아니었다. 그는 결사대원에 대해 훈시를 할 때 이렇게 소리쳤다.

"까닭없이 대오를 떠나는 자는 간부가 그를 참하라."

그러자 대열에 끼었던 청년 사관이 분개하여 큰소리로 항의했다.

"모두들 지원하여 이 결사대에 참가한 자들입니다. 그것은 군인에 대한 모욕이오!"

이 얘기는 이 부대에 참가했던 병사의 한 사람인 하시즈메 요네타로(橋瓜 米太朗)의 수기에 나온다.

덧붙여 말하면, 그 수기에 의하면 이 부대의 병사들은 미리 히가시혼간 사(東本願寺)의 군종(軍宗) 스님으로부터 왕생관 염불(往生觀念佛)을 받고 왔다는 것이다.

나카무라 소장은 행동을 일으킨 지 얼마 안되어 부상당해 후송되었다. 그 뒤에도 잇달아 지휘관이 쓰러지자 마침내 지휘 계통이 어지러워져 대오가 크게 흔들렸다.

습격은 처참하기 이를 데 없어, 2천 명의 병사 가운데서 사상자 1,498명을 내고 패퇴하고 말았다.

포크는 그것에 대해 비판한 것이었다.

사병 하시즈메의 수기에는, 흰 머리띠를 두른 결사대의 돌격은 실패로 끝나고, 27일의 태양이 떠올랐을 때 송수산의 광경은 이루 말할 수가 없이 처참했으며, 산등성이의 흙이 보이지 않을 정도로 일본병의 시체가 덮여 있었다고 한다.

"시체가 눈앞에 가득 깔려 있었다."

이렇게 하시즈메는 적고 있다.

이때의 군복은 카키색으로 바뀌어 있었는데 늦게 전장에 도착한 아사히가와의 제7사단 장병들은 아직 검은 군복을 입은 채였다. 카키색의 시체 더미 속에 흡사 검은 깨가 섞여 있는 것처럼 아사히가와 병사의 시체가 눈에 띄었다.

노기 마레스케는 이 시로다스키 대에 최후의 희망을 걸고, 친히 전선의 집결지까지 가서 훈시를 했을 정도였는데, 아무런 효과도 거두지 못하고 전멸에 가까운 결과를 얻었을 뿐이었다.

포크 소장은 쓰노다 참모에게 말했다.

"우리측은 이 포대에 불과 100명 남짓한 수비대가 있었을 뿐이네."

100명이 기계의 힘을 이용함으로써 그만한 전과를 올리고, 공연히 병사를 죽음으로 재촉하는 일본군의 그 계획을 좌절시켰던 것이다.

불과 100명 남짓한 수비병밖에 없었다는 말을 듣고 쓰노다는 놀랐다.

포크가 다시 말을 이었다.

"그러나 백 명밖에 수비병을 두지 않았다는 것은 우리측 실수요. 일본군에 의해 허점을 찔린 거네. 일본군 장교들은 용감했네. 한 장교는 원숭이처럼 민첩하게 우리 포대 위에 뛰어 올라와 큰소리로 뒤따르는 부하들을 질타하고 독려했지만, 부하 병사들은 망설이며 따르지 않더군. 그 때문에 그 용감한 장교는 허무하게 러시아병의 총검에 희생되었지. 장교가 죽자 병사들은 사방으로 흩어져 사체가 쌓인 근처를 갈팡질팡하다가 우리측의 사격을 받고 모두 쓰러졌네. 그들이 좀더 용감했더라면, 그 한 번의 강습(强襲)으로 송수산은 틀림없이 함락되었을 거네. 워낙 러시아군이 허를 찔렸던 것이니까."

이것은 포크의 도상(圖上) 전술에 지나지 않는다.

러시아측으로 봐서는, 보루에 있었던 것은 불과 100명이라고 하지만 그들은 두터운 콘크리트 안에 있었고, 크고작은 포와 몇 정의 기관총을 가지고 있다. 한 정의 기관총으로 5천 명의 노출병(露出兵)을 죽일 수 있는 것이고 실제로 그렇게 했다.

더구나 야간에는 탐조등(探照燈)을 비추었기 때문에 목표를 분간 못할 리가 없었다.

비탈을 기어 오르는 공격은 몸을 숨길 지형이나 장애물도 없어서, 기관총 소사(掃射) 아래서 죽음을 재촉하는 공격이었다.

군사가 약했던 것이 아니라 전술상의 빛을 찾아 내지 못하는 절망적인 상황 아래서는, 어느 나라의 어떤 군사라도 몸을 옴츠리게 마련이며 그것은 용기의 문제가 아니다.

군사를 이런 절망적인 상황하에 무작정 몰아넣고, 나머지는 군사의 용맹에만 기대하는 것은 고급 사령부로서 취할 태도가 아니었다.

'좀더 용기가 있었더라면.'

포크가 말하는 이런 따위는 실제로 총을 잡아 보지 않은 자의, 현실을 떠난 공상에 지나지 않는 것이다.

스테셀과 그의 부인을 태운 마차가 얼어붙은 길 위를 덜커덩거리며 나아갔다.

말을 탄 포크 소장과 쓰노다 참모는 선두 마차의 뒤를 따랐다.

"귀군 병사의 사기는 확실히 저하되어 있었네."

포크는 다시 논평했다. 포크는 실전가라기보다는 비평가였다.

"8월에서 9월 하순까지 귀군의 보병은 세계 최강이었지. 그들 중에는 뒤를 돌아보는 자가 한 사람도 없었고, 하물며 퇴각하는 자는 더욱 없었네. 그런데 그 뒤부터는 사기가 떨어져, 11월 26일의 기습 부대의 경우는 지휘관의 뒤를 따르지 않는 병사도 있었네."

포크의 이 지적은 일본군의 아픈 곳을 찌른 말이었지만 쓰노다 참모도 속으로 수긍하지 않을 수 없었다.

일본군 장병의 질은 전반적으로 저하되고 있었다. 특히 노기군은, 초기의 수차에 걸친 공격으로 우수한 현역 장병을 대량으로 잃고, 그 보충으로 본국에서 보내오는 군사의 질은 올 때마다 현저히 떨어지고 있었다.

모두가 소집에 응한 병사로, 노병이라 해도 과언이 아닌 자와, 나이는 많지 않아도 처자를 거느린 자들이 많았다. 체력이 달리는 데다가 훈련이 모자라 죽음을 두려워하지 않는 정신 상태는 당연히 현역병보다 떨어졌다.

더구나 사관학교 출신의 현역 장교가 많이 전사해 버려서, 지원병 출신인 1년 수료의 예비역 장교가 민간에서 소집되어 각 부대를 지휘했다. 그들의 능력이 현역 장교에 비해 훨씬 떨어지는 것은 당연한 일이었다.

영관급에도 퇴역한 노인이 소집되어 와서 대대장직을 맡았다. 설사 용기가 있다 해도 체력이 미치지 못했고, 이미 군대 생활에서 오래 물러나 있었기 때문에 전장에서의 반사 능력(反射能力)이 많이 둔해져 있었다.

이 사실은 노기군뿐만 아니라 봉천 부근에서 대대적인 공세를 계획하고 있는 만주군 총사령부의 심각한 고민거리의 하나이기도 했다.

포크는 그것을 지적한 것이다.

"아무리 허세를 부려도 일본군의 쇠약을 난 알고 있다"는 말투였다.

이윽고 포크는 화제를 203고지로 돌렸다.

러시아측에서는 203고지를 '비소카야 가라(높은 산)'라고 부르고 있었다.

"난 개전 전부터 그 고지가 중요하다는 것을 알고 있었네."

개전 전 해에 대연습을 했을 때, 포크는 공격군을 지휘하여 203고지를 탈취하고, 나아가서 여순 요새에 돌입한 적이 있다고 했다.

"그래서 그 고지를 보루화할 필요가 있다고 당시 주장했지만, 반대 의견이 있어 받아들여지지 않았지. 일본군이 최종 단계에서 공격의 중점을 그 고지에 둔 것은 현명한 일이었소."

포크는 이렇게 논평했다.

그들은 장령자(長嶺子) 역을 향해 갔다. 거기서 대련으로 가는 기차를 타려는 것이다.

장령자 역의 플랫폼에는 노기군 참모장 이지치 고스케(伊地知幸介) 소장이하 여러 명이 스테셀을 전송하기 위해 이미 와 있었다.

스테셀은 이지치에게 정중히 경례한 다음 긴 팔을 뻗어 악수를 청했다.

그리고는 특별 열차에 올랐다.

그 열차 속에서 일본군 포병의 능력에 대한 얘기가 나왔다.

스테셀은 차창 밖의 요형(凹形) 고지를 가리켰다.

"어쩐지 일본군의 포병은 화력을 분산시키는 버릇이 있었네. 특히 공격을 시작할 때 그랬는데, 저기……"

열차가 영성자(榮城子)에 접근하고 있을 때였다. 그 근처의 전투는 7월 하순에 있었다.

그 요형 고지에 일본군이 공격점을 설정한 것은 현명했다고 포크와 마찬가지로 스테셀도 입을 떼면서, 다만 일본군이 지나치게 포병을 분산시켰기 때문에, 러시아군 보병이 사흘간이나 지탱할 수 있었다고 했다.

이야기는 포병 그 자체의 사격 능력에 대한 것이 아니라 고급 사령부의 포병 배치 운영에 관해서였는데, 지나치게 화력을 분산시키는 약점이 있었던 것 같다.

"그러나 말기에 가서는 감탄할 정도로 진보했지."

스테셀이 말했다.

말기에 화력을 집중한 사람은, 노기군의 참모도 아니고 공성(攻城) 포병 사령관인 데시마 요조(豊島陽藏) 소장도 아닌, 총사령부에서 온 고다마 겐타로였다.

그것은 쓰노다도 말하지 않았고, 스테셀도 모르고 있었다.

포크는 일본군 병사를 약간 칭찬했다.

"일본군의 최대의 특징은 군기의 엄정함에 있네. 그러나 러시아군은 그렇지 못해. 심한 경우는 군기가 무엇인지조차 모르는 자도 있으니까. 그 점이 러시아군이 체력이 월등한데도 불구하고 도처에서 일본군에게 패한 주된 원인이지.

오늘날 개인의 전투 능력은 그다지 가치가 없다고 할 수 있을지 모르지만, 단체의 힘, 즉 단결력의 위대함은 아무리 크게 평가해도 지나치지 않을 거네. 이 점에서 러시아군은 일본군에게 뒤떨어지고 있었지. 러시아군 단체에는 정연한 질서라는 게 없어. 그래서 한 번 부대가 혼란에 빠지면, 거의 명령이 전달되지 않지."

포크는 패배의 원인을 그런 데 두고 있는 것 같았다. 그것을 병사에게 두고 지휘관에게 두지 않는 것은, 과연 병사들에게 인기가 없었던 포크 장군답다고 하겠다.

그러나 포크가 증오하고 있던 콘드라첸코 소장은, 병사를 잘 통솔하고 병사들도 잘 따라서, 그의 사단은 같은 러시아군이면서도 다른 사단의 병사보다 갑절의 힘을 발휘했다고 한다.

그들은 대련역에 내리자 걸어서 부두로 가서 '가마쿠라마루(鎌倉丸)'에 승선했다.

그들이 배에 오르자, 요동(遼東) 수비군 사령관 니시 간지로(西寛二郎) 중장이 선실을 찾아와 작별 인사를 했다.

노기 마레스케는 제3군을 북진시키기 위해 이미 부대 수송을 시작하고 있었다. 그 북진군의 일부를 스테셀은 대련을 떠날 때 목격했다.

스테셀이 여순을 떠난 것은 1월 1일이었는데, 그 이틀 후에 노기군은 여순에서 입성식(入城式)을 가졌다.

그 이튿날인 14일에는, 수사영(水師營) 남쪽의 언덕 위에서 전몰자의 초혼제(招魂祭)가 베풀어졌고, 노기는 눈보라 속에 서서 스스로 기초한 제문(祭文)을 낭독했다. 참석한 장병들은 모두 눈물을 흘렸고, 외국의 관전 무관(觀戰武官)과 신문 특파원도 제문의 사연은 몰랐으나 모두 눈시울을 적셨다. 그것을 구경하던 중국인까지 눈물을 흘렸다는 것은 이상한 광경이라고 하지 않을 수 없다. 노기의 그 용모와 인격적인 거동은 외국인에게도 심상치 않은 감동을 주는 그 무엇을 지니고 있었으리라.

이날 저녁, 초혼제를 마치고 노기가 유수방(柳樹房)의 군사령부로 돌아오자, 연대(煙帶)의 총사령부에서 전보가 와 있었다.

"늦어도 2월 중순까지는 요양(遼陽) 부근에 집결을 완료하라."

이런 명령이었다.

또 그 이튿날 15일, 총사령부에서 인사에 관한 전보가 와서 노기군 사령부의 대이동이 단행되었다.

전직 참모의 대부분이 전출되는 혼란이 야기되었는데, 결국은 여순 공격의 작전과 지도의 책임을 추궁하는 인사 조처였다.

노기 마레스케는 군사령관의 지위에 유임되었다. 그러나 군참모장 이지치는 여순 요새 사령관이라는 한직으로 좌천되었다.

참모차장인 오바(大庭) 중령과 시라이(白井) 중령은, 일단 도쿄의 대본영부로 발령이 나서 명령을 대기하는 처지가 되었다.

스테셀을 전송한 쓰노다는 아직 대위(大尉) 참모에 불과한 탓인지 그대로 유임되었다.

"변동이 없는 것은 노기 각하와 나뿐이다."

이렇게 호들갑을 떨어서 오바 중령으로부터 질책을 들었다.

'일본인으로서는 드물게 보는 쾌활한 청년'이라고, 자기의 저서 《러일전쟁 회상(回想)》에서 쓰노다를 평한 것은 영국 육군의 관전 무관(觀戰武官) 이언 해밀턴 중장이었다. 쓰노다는 그러한 쾌활성 때문에 진중에서 노기를 비롯한 선배 참모들로부터 꾸중을 들었고, 후년에 가서는 그 때문에 소장(小將)으로 육군을 떠나야만 했다.

쓰노다의 아버지는 세이난(西南) 전쟁에서 전사했다. 그 전쟁에 출정했던 노기는 그런 연유를 생각해서 쓰노다를 꾸짖으면서도 보살펴 주었다.

쓰노다는 프랑스 유학중에 러일전쟁이 발발하여 급히 귀국했다. 귀국한 직후였으므로 프랑스어가 능숙했다. 귀부인의 말투를 흉내내기도 했고, 선원들이 싸울 때 쓰는 말도 구사할 수 있었다.

프랑스어를 잘한다는 이유로, 그는 노기군에서 외국인의 응대를 도맡아 왔다.

영국 육군의 중장 이언 해밀턴경은, 각국에서 이 전장에 모여들어 러일전쟁에 종군하고 있는 관전 무관 중에서 가장 계급이 높고 연장자였다.

그는 러일전쟁이 벌어진 한 달 뒤에 도쿄에 부임했다. 그리고 관전 무관으로서 구로키군(黑木軍) 즉 제1군을 따라 만주에서의 전투를 자세히 목격했다.

보통 관전 무관이라면 대위나 소령 정도가 임명되는 게 관례인데, 영국이 그들의 육군에서 가장 화려한 경력을 가진 이 장성을 보낸 것은 영일 동맹에 의한 후의(厚意)라고나 할까.

해밀턴은, 영국으로서는 전형적인 제국주의 전쟁으로 국내외에 악평이 자자했던 보어전쟁에 종군하여 그 참모장을 지냈다.

"군인으로서의 의무가 있었기 때문에 나는 최선을 다했지만, 그런 전쟁은 좋지 않다."

해밀턴은 줄곧 이런 말을 되풀이했다.

잠깐 소개한다면, 보어전쟁(1899~1902)은 영국이 남아프리카에 사는 보어인의 나라를 무력으로 강탈하여 반쯤 성공한 전쟁이다.

보어인이란, 17세기에 네덜란드에서 남아프리카에 이주하여 케이프 식민지라는 농업 사회를 만든 사람들로, 아프리칸스라고 자칭하면서 강한 백인 의식(白人意識)과 종교심의 연대 의식을 갖고 있었다. 그런데 1814년에 영국이 케이프 식민지를 그 판도에 편입시켰다.

보어인은 이것을 싫어해서 다른 곳으로 대이동하여 두 개의 공화국을 만들었다. 트랜스발 공화국과 오렌지 자유국이 그것이었는데, 영국은 다시 이것을 합병하려고 후세의 정치 사가들이 한 사람도 칭찬하지 않는 전쟁을 시작했다. 전쟁은 뜻밖에 장기전이 되어 처참한 양상을 보였다.

처음에는 영국이 수월하게 이기고 있었다. 개전 후 불과 4개월쯤 해서 보어군의 주력을 깨뜨렸기 때문에 전쟁은 그것으로 끝난 듯이 보였다. 즉 영국은, 전쟁은 주력끼리의 결정적인 충돌에 의해 결판이 난다는 전통적인 생각을 가지고 있었다. 당연한 일이었다.

그러나 보어인은 그 개념을 깨뜨렸다. 보어(Boers)란 네덜란드어로 '백성'이란 뜻이다. 이 백성들이 닥치는 대로 무기를 들고 게릴라전을 벌여서 사태는 걷잡을 수 없이 격화되었다.

영국은 기어이 보어인의 전인구와 거의 맞먹는 45만 명의 대군을 동원하여, 보어인을 말살하는 작전을 벌여, 집을 불사르고 땅을 태우며, 영국의 재정 자체가 바닥날 정도가 되어서야 간신히 조건부 승리를 거두었다.

해밀턴은 그때의 참모장이었던만큼, 침략 전쟁은 민족 전쟁을 하는 상대에 대해 이기는 것이 거의 불가능하다는 원칙을 알게 되었다.

그는 도쿄에 와서, 동원 때문에 도쿄에 모여든 수많은 일본군 병사를 보고 지난날의 보어인을 연상하여 "러시아군은 반드시 진다"는 판단을 내리고, 영국 육군성에 그 실상을 보고했다.

이언 해밀턴 중장은 남을 대할 때 늘 얼굴에 겸손한 미소를 잃지 않았고, 그 언동은 군인이라기보다는 시학(詩學) 교수 같았다. 실제로 시를 쓰고 글도 써서 군사 외의 것에도 관심을 쏟았는데, 그의 문장은 풍부한 구체적 사실로 가득 차 있었다.

뛰어난 교양인인 그는 육군 대장으로 현역을 마칠 때까지 영국 육군의 제일선에서 줄곧 활약했다. 퇴역 후에는 에든버러 대학의 명예 총장이 되었다.

그는 구로키군(黑木軍)에 소속된 다른 16명의 외국 무관과 함께 침식을 거의 자기 손으로 해결했다.

일본군은 러시아군에 비해 외국 무관과 특파원에 대한 대우가 나빴으며, 별것 아닌 것도 비밀을 지킨다 해서 마침내 그들이 화를 내게 만들었으나 구로키군은 다소 예외였다.

식사와 그 밖의 물질적 대우는 러시아군과 비교가 안될 정도로 나빴지만, 구로키 다메모토(黑木爲楨)나 그의 참모장인 후지이 시게타(藤井茂太) 소장은, 새로운 작전을 벌일 때는 공개적으로――예외는 몇 건 있었지만――그들에게 설명을 해주며 내막까지 털어 보이곤 했다. 작전이 뜻대로 안되어 손해가 극심할 때도 질문을 받으면 거짓말을 하지 않았다.

따라서 해밀턴의 구로키와 후지이에 대한 인상과 평가는 좋았다.

"그의 총명한 용모는 학자나 예술가를 연상시킨다. 군인에게 흔히 있는 호방하고 거친 점이나, 잠시도 방심하지 않는 매서운 데는 전혀 없었다."

구로키에 대해서는 이렇게 말했는데, 실제의 구로키와는 약간 다른 것 같다.

구로키는 투쟁심이 강한 전형적 사쓰마 무사로서, 안하무인인 데가 있었다. 총사령관 오야마 이와오(大山巖)에 대해서도 옛날의 고향 친구였다고 해서 '야스케(彌助)'라고 아명을 불러 댔으며, 전쟁을 '학자나 예술가'식으로 하기보다는 내 살을 베게 하는 대신, 적의 뼈를 부러뜨리는 사쓰마 지겐류(薩摩示現流)의 기백으로 싸우는 편이었다.

아키야마 요시후루와 동기인 후지이는 젊었을 때부터 너무 팔팔해서 오히려 경솔할 정도로 명랑한 사내였으며 항상 자기의 머리를 지나치게 자신했고, 자신이 있기 때문에 무슨 질문을 받아도 숨기는 일이 없었다. 때로는 자진해서 속을 털어놓기도 했다.

그러한 점이 서양인의 취향에 맞았는지 모르지만, 해밀턴도 이렇게 적고 있다.

"후지이 소장한테서는 깊은 인상을 받았다. 박학 다재하고 정력가이며 사람을 대하는 태도가 매우 좋다."

이 구로키와 후지이 콤비는 러일전쟁 자체를 승리로 끌고 갔다는 점에서 최대의 평가를 받을 만한 존재였으나, 전후 그들은 일본 육군에서는 외국의 무관한테서 받은 찬사의 절반도 평가를 받지 못했다.

구로키는 오만하다고 해서 육군의 장정들이 싫어했고 노기만큼 사람들에게 알려져 있었다. 또 후지이는 경망하다 해서 대장(大將)이 되지 못했다.

해밀턴은 구로키군과 함께 적탄을 무릅쓰고 요양 회전(遼陽會戰)과 흑구대의 격전을 관전했는데, 이윽고 여순이 함락되자 여순의 전투 경위를 현지에 가서 살피기 위해 1월 18일에 다른 외국 무관들과 함께 여순으로 갔다.

해밀턴은 여순에서 그토록 격전을 치른 노기군이, 다시 북쪽의 전장으로 향하기 위해 새로운 집결지 요양(遼陽)으로 떠나는 것을 그 눈으로 보았다.

그는 유수방(柳樹房)에 있는 노기군 사령부에서 며칠동안 기거했다. 허술한 중국 촌가(村家)에 임시 변통으로 방이 몇 개 더 만들어졌다.

해밀턴은 장성이었기 때문에 독방이 배당되었다. 그러나 거구인 해밀턴에게는 짐승 우리나 다름없었고, 겨우 몸을 움직일 수 있는 공간밖에 없을 정도였으나, 그 정도도 감사해야 할 만큼 북방의 야전 생활은 혹독했다.

해밀턴은 도착한 날, 다른 외국 무관과 함께 노기 마레스케에게 소개되었다.

노기에 대하여 해밀턴은 다음과 같은 인상을 적고 있다.

우선 처음 만나던 날.

"키가 훤칠하고 하얀 수염을 기른 기품 있는 노장군인데, 대면한 순간 활달하다는 인상을 받았다."

사흘이 지난 22일, 해밀턴이 여순 시가지에 나갔다가 유수방에 돌아오니, 영자(英字)로 노기의 서명이 적힌 초대장이 와 있었다. 만찬에 초대한다는 것이었다.

이 만찬회에서 해밀턴은 노기의 오른쪽에 좌석이 마련되어 있어서, 노기와 친숙하게 이야기를 나눌 수 있었다.

이야기는 여순 요새의 방어와 공격에 대한 전문적인 내용의 것이 주였다. 나중에 노기는 해밀턴이 종군한 보어전쟁에 대해 몇 가지 질문을 했다.

그것은 해밀턴에 대한 일종의 예의였다. 노기는 이런 점에 대해 우아하리만큼 세심한 신경을 쓰고 있었다.

이 석상에서 해밀턴에게 가장 인상 깊었던 것은, 그의 물음에 대한 노기의 대답이었다.

"여순이 떨어진 것은 1월 2일이었습니다. 그날 밤은 잠을 못 잤습니다. 그토록 심했던 포성이 딱 그치니 한숨도 잘 수가 없더군요."

"여순 공격중에 밤에 잠을 못 이룬 때는 어느 때였습니까?"

그것이 사실이리라. 싸움을 하는 사람이 보통 사람으로 돌아오는 것은 바로 그런 밤임에 틀림없을 것이다.

다음은 해밀턴의 글이다.

"가까이 접촉할수록 노기 장군에 대한 인상은 깊어졌다. 위엄은 있어도 사납지 않은 모습 가운데, 고결한 인격과 명상적인 영웅 정신이 풍기고 있었다. 한없이 겸손해서 승리에 자만하는 빛이 조금도 없었다……. 만약 내가 일본인이라면 노기 장군을 신으로 모셔 받들리라."

확실히 노기에게는, 초면의 외국인에게도 신비로운 충격을 주는 점이 있었다. 그 뒤에 노기를 만난 미국인 기자 스탠리 워슈반 같은 사람은 노기를 숭배하여, 나중에 전권이 찬사로 메워 《노기》라는 책을 쓰기도 했다.

해밀턴이나 워슈반은 여순 공격이 진행되는 것을 보지 않았다는 점과, 작전상의 추이를 개괄적으로 알고 있다는 점에서 일치하고 있었다.

여순은 노기의 인격에 의해 함락된 것은 아니었으나, 결과적으로 본다면 여순의 백 배의 적이라도 깨뜨릴 수 있는 신비로운 그 무엇을 노기의 인격은 지니고 있었다.

러일전쟁의 상징적인 인물로서, 오야마나 구로키, 고다마보다 노기가 강한 인상을 세계에 심어준 것은 바로 그러한 인격 때문이리라.

"전쟁이 끝나면 무엇을 하시겠습니까?"

노기가 대답했다.

"만약 살아서 돌아간다면, 은퇴하여 고향인 조슈(長州)로 돌아갈 작정입니다."

해밀턴이 같은 질문을 제1군의 구로키에게 했을 때, 구로키는 고향인 사쓰마에 돌아가겠다고는 하지 않았으나 노기와 비슷한 말을 했다.

"되도록 세상에서 떨어져 성가신 존재가 되지 않도록 살 작정입니다."

구로키는 또 이렇게 덧붙였다.

"이 전쟁에서 이기면 세상은 군인을 추켜 세울 것입니다. 그러나 세상은 또 이내 잊어버리고 맙니다. 물거품 같은 환호성이나 명성에 도취하기에는, 난 나이를 너무 많이 먹었습니다. 어느 나라든 군인이란 잔뜩 떠받들려 지내든지 아니면 까맣게 잊혀지는 존재가 아니겠습니까?"

해밀턴은 유수방(柳樹房)에 체류하는 동안, 다른 외국 무관과 함께 203고지에 올라가 보았다. 모두 말을 타고 갔다. 해밀턴에게 배당된 말은 범처럼 사나운 말이어서 정신을 바짝 차리지 않으면 떨어질 판이었다.

안내자는 '일본인으로서는 드물게 보는 쾌활한 청년 장교'라고 해밀턴이 말한 쓰노다 대위였다. 쓰노다는 가는 도중 내내 프랑스어로 떠들어댔다.

"하루 속히 결정적 승리를 얻고 싶습니다."

일본군은 돈이 없었다. 결정적 승리가 하루 늦어지면 그만큼 국고가 바닥을 드러낸다는 것을 어느 장교든 다 알고 있었다. 그들은 금고 속의 돈뭉치가 줄어드는 것을 살피면서 전쟁을 하는 듯했다.

"그야말로 악마의 경작(耕作)이었다."

203고지에 올라갔던 해밀턴은 전율하며 다음과 같이 썼다.

바위도 콘크리트의 보루도 깡그리 부서져서 흙이 되었고, 산을 뒤덮고 있는 무수한 포탄 파편에는 한결같이 피가 묻어 있다. 살점을 문 채 떨어져 있는 파편도 있었다.

산의 표면은 포탄으로 홀랑 벗겨져서 풀이라고는 한 포기도 없었다. 풀 한 포기 남지 않은 이 무서운 광경.

보루의 여기저기에 흙주머니가 남아 있었다. 흙주머니로 쓰인 붉고 푸른 여자의 의복과 속옷이 갈기갈기 찢어져서 비명을 지르는 듯했다. 비명이라는 말이 나왔으니 말이지만, 핀셋 대위라는 무관이 갑자기 한쪽 다리를 들면서 비명을 질렀다. 떨어져 나간 사람의 팔을 밟은 것이다.

발 밑을 조심해야만 했다. 발이 땅에서 불쑥 솟아 있기도 하고, 한쪽 팔이 땅 위로 나와 손짓하는 듯이 보이는 것도 있고, 사람의 목이 흙을 물고 뒹굴고 있었다. 전쟁터라기보다 악마가 인간 도살장을 차렸다 해도 이보다 잔인한 광경은 만들지 못하리라.

노기 마레스케와 그의 군사령부가 북상하기 위해 감회 어린 유수방을 출발한 것은 1월 24일 저녁때였다.

흐린 날이었다.

회화나무의 앙상한 우듬지가 구름에 닿을 듯 얼어 붙어서 반짝이고 있었다.

거센 삭풍이 노기 일행의 기마를 쫓듯이 불어와서 추위가 한층 심했다. 군사령부 근무 하사관의 보고에 의하면, 그날 저녁의 기온은 영하 29도였다고 한다.

유수방 부근에는 정거장 설비가 없었다. 그래서 북쪽 장령자 역까지 가야만 했다. 얼어붙은 길에 나 있는 수레바퀴 자국에 말발굽이 자주 미끄러졌다. 사령부 소속의 병사들은 수레에 짐을 싣고 말을 끌었다. 그 중의 다나카 (田中)라는 병사가 멀어져 가는 유수방의 마을을 돌아보며 "이제 다시는 못 오겠지" 하며 목멘 소리를 해서 하사관들의 웃음을 샀다.

사령부의 잡무를 맡은 그는 5개월 동안 그 마을에서 거의 두더지와 같은 생활을 했다. 그는 후쿠이 현(福井縣) 출신으로 쓰루가(敦賀)의 제19연대에 입영했다가 출정했다. 운이 좋아서 군사령부에 근무하게 되었기에 망정이지 그가 초년병이었을 때의 연대 장교는 이 공방전에서 거의 전사했고, 그의 동기병 중에서도 살아 남아서 이 북진군에 끼어 있는 자는 손가락으로 헤아릴 정도밖에 되지 않았다.

이윽고 언덕을 넘어서니 유수방은 더이상 보이지 않았다. 작은 강이 있었으나 물이 얼어서 다리는 필요 없었다.

하늘은 점점 어두워졌다. 눈이 올 줄 알았더니 눈보다 밤이 먼저 왔다.

노기군의 사령부 일행은 계속 어둠 속을 행군했다. 그들은 고군(孤軍)은 아니었지만 어둠을 뚫고 북상하는 것은 흡사 고군이나 된 것처럼 고달팠다.

장령자 역에는 열차가 기다리고 있었다.

노기와 그 막료들을 위해 삼등차가 2량 준비되어 있었고, 그 밖의 사령부 요원에게도 유개화차(有蓋貨車)가 10량 정도 마련되어 있었다.

고관이 타는 삼등차이든 다른 요원이 타는 유개화차이든 난방 장치는 전혀 되어 있지 않았다.

열차는 저녁 9시 30분에 출발하여 북쪽을 향해 나아갔다.

드디어 여순을 떠난다고 생각하자 젊은 참모 장교 쓰노다의 두 볼에 눈물이 흘렀다. 그는 차창에 얼굴을 대고 깜깜한 밖을 내다보고 있었다.

"죽은 귀신이 붙들려고 하는 거다."

이런 감상까지 떠올랐다. 피로한 탓이겠지 하고 스스로 달래기는 했으나, 그런 불길한 생각을 뿌리치는 데 애를 먹었다.

노기는 끝까지 단정한 자세를 유지하고 앉아 있었다. 노기로서도 두 아들을 잃은 이 땅을 떠나는 마당에 적잖은 감개가 있었겠지만, 쓰노다 쪽에서 보이는 노기의 옆얼굴에는 그런 감정이 전혀 드러나 있지 않았다.

노기 일행을 태운 열차는 꼭 한 시간을 달려 금주역(金州驛)에 도착했다.

여기서 일단 하차하여, 난로가 벌겋게 타고 있는 병참 사령부에서 늦은 저녁을 먹었다. 모두들 소생하는 느낌이 들었으나, 저녁을 먹는 동안 그만 기관차의 물이 얼어서 출발할 수가 없게 되었다.

"부득이한 일이지."

노기는 표정도 바꾸지 않고 책임자를 꾸짖지도 않았으나, 자기의 주력 부대가 이미 요양 부근에 집결을 하고 있는 중인데 사령부 일행이 늦는다는 것은 사령관으로서 무척 괴로운 일이었다. 노기에게는 불운이 따라다니는 것 같았다.

노기군의 참모장이 딴 사람으로 바뀌었다.

총사령부에서도 악평이 났던 이지치가 여순 요새 사령관이라는 한직으로 물러나고, 새로 고이즈미 마사야스(小泉正保) 소장이 노기 휘하에서 작전을 맡게 된 것이다.

고이즈미는 어딘지 모르게 기운이 없어 보이는 사람이었다.

전임인 이지치와는 달리 고집이 없었고, 다소 결단력이 부족한 점은 있었으나 남의 의견은 잘 들었다.

"몸은 건강하오?"

부임했을 때, 노기가 물은 것을 보면, 전임 이지치가 늘 신병으로 시달림을 받은 것이 노기로서는 마음이 무거웠던 모양이다.

"예, 현재는 약간 감기 기운이 있을 뿐입니다."

고이즈미는 쓸데없는 대답을 했다.

그는 확실히 감기에 걸려 있었다. 장령자 역에서 금주역까지 추운 차 속에서 계속 오들오들 떨었기 때문이다.

새벽 3시가 되어서야 겨우 기관차의 얼음이 녹아 운전이 가능해졌다.

사령부 일행은 다시 냉동실과 같은 차 안에 들어가 북쪽으로 출발했다.

25일 날이 밝으니 맑은 날씨였다. 그러나 추위는 여전했다. 냉동실과 같은 차 안에서는 물이 얼어 세수를 할 수도 없었다.

점심은 득리사 역(得利寺驛)에서 먹고 저녁은 대석교 역(大石橋驛)에서 들었다.

이윽고 기차는 별빛을 받으며 달리고 있었다. 노기는 잠을 잤으나, 그는 그 심한 추위에도 담요를 덮지 않았다. 참모들은 오뚝이처럼 담요로 몸을 감고 잤다.

새벽 2시 반경이었다.

무슨 일인지 기차가 멈춰섰다. 참모장 고이즈미는 용변을 보기 위해 일어섰으나 다른 참모들은 아무도 몰랐다. 열차가 정거한 장소는 안산점(鞍山店) 남쪽의 해성하(海城河)라는 강의 철교 위였다.

고이즈미는 기차가 철교 위에 멈춰섰다는 것을 몰랐다. 차 안에 변소가 없었기 때문에 용변은 차 밖에서 봐야 했다.

고이즈미는 승강구로 나가서 밑으로 내려섰다. 아래에는 다리 바닥이 없었고 그의 몸뚱이는 곧장 아래로 추락했다. 아래는 물이 마른 강 바닥이었다.

전쟁이 국가가 행하는 피투성이 도박이라면, 장군은 그 도박을 대행하는 피의 도박사여야만 한다.

당연히 천성(天性)과 승부운이 강한 사람이어야만 한다. 도박의 기술은 참모가 부린다 해도 운이 장군에게 있어야 한다.

해군 대신 야마모토 곤노효에(山本權兵術)는 연합함대의 사령장관을 선출할 때, 몇 사람의 제독 가운데 가장 명성이 없고, 게다가 마이즈루(舞鶴) 진수부 사령관(鎭守府司令官)이라는 한직에 있던 도고 헤이하치로(東鄕平八郞)를 골랐는데, 메이지 천황이 그 이유를 물었다.

"이 사람은 젊었을 때부터 운이 좋았던 사람이기에……"

야마모토는 이렇게 대답했다. 그는 전쟁과 그 집행자가 어떤 것인지 잘 알고 있었던 것 같다.

노기는 그 점에서 지지리도 운이 없는 사람이었다.

그에게 주어진 첫 번째 참모장은 누구나 다 아연해 할 정도로 그 자리에 어울리지 않는 사람이었고, 다음으로 총사령부에서 단행한 노기군 사령부의 인사 이동으로 온 고이즈미는 단 한 발의 총알도 맞지 않고, 적의 그림자도 보지 못하고, 집결지에 닿기도 전에 기차에서 떨어져 사고를 내고 말았다.

차내의 사람들은 기차가 움직이기 시작해서야 고이즈미가 없어진 것을 알았다.

우선 기차를 세우고, 하사관과 병사를 깨워 수색대를 편성했다.

이윽고 고이즈미가 강 바닥에 기절해 있는 것을 발견했다. 가슴이 세게 부딪쳐서 상당한 중상이었다.

일단 차 안으로 옮겨다 눕히고 기차를 출발시켰다. 마침 환자를 눕힐 수 있는 짚으로 만든 매트리스가 하나 있었다. 노기의 취침용으로 준비했던 것인데, 노기는 자기만 그것을 까는 것은 미안하다며 쓰지 않고 있었다. 고이즈미는 그 위에 뉘어졌다.

이튿날 아침 6시가 지나서 열차가 요양역에 도착했다. 노기군 사령부가 맨처음 한 일은 고이즈미 참모장을 야전 병원으로 옮기는 것이었다.

이곳 오양의 집결지에 군사령부를 신설해야 한다. 그 일을 하기 위해 참모들은 흩어져 갔다.

노기는 정거장에 남았다.

"한 시간 뒤에 연대(煙臺)까지 가는 열차가 옵니다."

이 연락을 받았기 때문에, 노기는 그것을 타고 총사령부에 인사를 하러 갈 작정이었다. 젊은 참모인 쓰노다가 수행원으로 남았다.

열차는 제 시간에 왔다.

노기와 쓰노다는 그것을 타고 연대에 가서 총사령부를 방문했다.

마침 이날은 패전 일보 직전이라고 할 수 있는 흑구대 회전 전날이라 참모들은 모두 신경을 날카롭게 곤두세우고 있었다.

노기 각하가 오면 재수가 없다고 수군거리는 참모도 있었다.

그러나 오야마와 고다마는 진심으로 반가운 듯이 노기를 환영했다.

노기군은 요양에 새로운 사령부를 설치했으나 군사들이 오지 않았다.

일본군의 좌익 부대는 그리펜베르그 대장 휘하의 대군이 남하함으로써 궤멸 직전의 위기에 처해 있었다.

노기는 연대의 총사령부에서 오야마, 고다마와 환담하면서도 마음은 딴데 가 있었다.

그의 휘하의 각 사단과 여단은 그보다 훨씬 앞서 여순을 출발했으나, 열차 부족으로 도보로 행군해 오는 중이어서 아직 요양에 도착하지 않고 있었던 것이다.

우선 이런 상황이라면 사령부가 적에게 습격을 받을 위험이 있다.

그리고 좌익의 아키야마 요시후루의 부대가 전멸 위기에 처해 있는 흑구대의 풍운 속에서 총사령부에 한 사람이라도 군사가 더 필요한 판인데, 노기군은 아무런 도움도 주지 못했다. 노기는 체면이 서지 않았다.

"쓰노다, 현재 어느 사단이 가장 요양에 가까이 왔나?"

노기는 나직하게 쓰노다에게 물었다.

"제9사단입니다."

제9사단장은 오시마 히사나오(大島久直) 중장이다.

물론 도보로 행군해 오는 중이었다.

멀고먼 길을 오로지 걷고 있는 것이다. 일본군이 만약 충분한 철도 수송력을 가졌더라면, 흑구대 회전에 노기군이 참가할 수 있었을 것이고, 그렇게 되었으면 그리펜베르그군과의 격전에 그토록 고전하지는 않았으리라.

쓰노다 참모는 곧 제9사단장에게 전보를 쳤다.

사단은 병짐을 운반하는 병참 부대를 동반하고 있어서 빨리 움직일 전원이 급행할 수가 없었다. 우선 보병 제7연대만을 떼어서 총사령부에 부탁하여 열차로 수송하기로 했다.

"그 지휘를 이치노헤(一戸)에게 맡겨라."

노기는 전신기(電信機) 곁에 서 있는 쓰노다의 어깨를 두드리며 일렀다.

이치노헤는 소장으로서 여단장이며, 그보다 한 단계 격이 낮은 연대는 대령이 지휘한다. 노기가 특별히 이치노헤를 지명한 것은, 여순 공략에서 그가 전쟁의 명수인 것을 충분히 알았기 때문이었다.

모든 일이 지시한 대로 진행되었다.

이치노헤는 제7연대를 이끌고 요양으로 들어 온 뒤에는 임시로 총사령부의 지휘하에 들어가, 급행군하여 일본군 좌익의 위급을 구하는 부대가 되었다.

요양의 노기군 사령부의 방위는 상당히 절박한 상황에 놓여 있었다. 제1사단이 용케도 예정보다 빠르게 27일에 요양에 도착했다. 사단 사령부뿐으로 보병 병력은 없었다.

노기는 27일에는 요양으로 돌아와 있었다.

마침 야포(野砲) 일 개 연대가 떠들썩하게 도착했다. 노기는 그것을 요양역 서쪽 지역에 배치시켰다.

흑구대 회전에서 노기군은 제7연대에 이어 제35연대를 역시 좌익으로 돌렸으나, 다른 부대는 병력이 모두 행군 중이었다.

부득이한 일이었지만, 노기는 이 경우에도 운이 없었다.

노기군은 불시에 벌어진 흑구대 회전에는 미처 참가하지 못했으나, 신속히 요양으로 병력을 집결시키라는 총사령부의 명령은 훌륭히 수행했다.

거기에 소요된 일자는 채 열흘도 안될 정도로 빨랐다.

그야말로 질풍신뢰(疾風迅雷)와 같은 움직임이라고 군사령부의 한 장교가 자찬(自讚)한 대로였다.

행군 중에 눈보라가 크게 퍼붓는 날도 있었으나, 북진하는 인마의 속도가 줄어들지는 않았다.

쓰노다 참모가 군사들의 사기를 알아 보기 위해 요양에 도착한 한 부대를 찾아가 병사 두 사람과 얘기를 했다.

"유쾌합니다."

그들은 둘 다 이렇게 대답했다. 그들의 말에 의하면, 지금까지 여순에서 바위와 돌을 상대로 싸웠으나 지금부터는 사람을 상대로 싸우니 그보다 더 편한 일이 어디 있겠느냐는 것이었다.

요새를 공격하는 것이 병사들의 사기에 얼마나 우울하고 암담한 것인지 짐작할 만하다.

집결의 신속함은 요새에서 해방된 병사들의 기분이 우쭐했기 때문이기도 하지만, 급식과 위생이 당시의 일본군으로서는 이상적으로 좋았다는 것도 성공의 한 가지 이유였다. 게다가 무엇보다 다행스러웠던 점은 만주의 산과 강이 얼어붙은 것이었다.

만주의 겨울은 혹독해서 춥지만, 옛날부터 만주 사람들이 활발히 각처를 내왕하는 것은 겨울철이었다. 길이 얼어서 단단하기 때문에 물자를 실은 수레가 수월하게 갈 수 있고, 모든 강이 얼어붙어서 다리도 배도 필요없이 안심하고 얼음 위를 건널 수 있기 때문이다.

노기군은 요양에 눌러앉아서, 본국에서 보내오는 새 혈액——즉 병력—

—을 기다리고 있었다.

이미 통보는 받고 있었다.

　제1사단 1,510명.

　제7사단 1,300명.

　제9사단 2,680명.

이것은 대량의 보충병력이었는데, 그만큼 보충하지 않으면 노기군은 원래의 인원이 안되는 것이다.

보충 병력은 늦어도 2월중에는 대련항(大連港)에 도착하기로 되어 있었다. 그들은 다가오는 봉천 회전(奉天會戰)에서 최초의 포화를 만나게 될 것이다.

요양에서 대기하는 동안, 열차에서 추락하여 중상을 입었던 참모장 고이즈미 소장이 본국으로 후송되고, 대신 총사령부에서 마쓰나가 마사토시(松永正敏) 소장이 부임해 왔다.

'마쓰나가를 얻게 되다니…….'

노기는 그것만은 기뻤다.

마쓰나가는 구마모토(態本) 출신으로, 다른 소장(小將)들이 팔팔한 마흔 너덧에 비해 이미 쉰다섯이나 된 데다, 정규 참모 교육을 받지는 않았으나 실전의 명수로 알려져 있었다.

마쓰나가가 부임한 것은 2월 1일이었다. 노기는 군사령부에서 조촐한 환영회를 베풀었는데, 그 자리에서 참모들은 마쓰나가의 얼굴색이 누르스름한 것을 보고, 어디가 아픈 게 아닌가 하고 수군거렸다.

후송된 고이즈미 소장 대신 노기군의 참모장이 된 마쓰나가 소장은 부임하자마자 병상에 눕는 신세가 되었다.

군의부장의 진단에 의하면 황달이었다. 그것도 상당히 증세가 나빠서 야전 근무는 도저히 감당할 수 없는 상태이며, 회복도 어렵다는 것이었다.

물론 후송이었다.

그러자 마쓰나가는 노기에게 애원했다.

"무사의 정에 호소합니다. 제발 이대로 있게 해 주십시오."

침대에 누워서 근무하고, 군사령부가 전진하면 들것에 실려 따라가겠다는 것이었다.

하지만 그런 증상으로는 사고력이 감퇴할 것이 당연하고, 전투 중 격심한 참모 근무도 견디어 내지 못한다.

그런데도 노기는 그의 간청을 들어 주었다.

노기에게는 통솔력은 있었으나, 근대전의 작전 능력은 없었다. 그래서 우수한 참모장이 필요했던 것이다.

그런 참모장이 고열로 인해 비몽사몽에 빠지면, 여순의 불행이 다시 노기군에 닥치지 않을는지?

노기가 마쓰나가의 간청을 들어 준 것은 확실히 인자(仁者)의 행위였다. '무사'의 정에 마음이 움직였다는 점에서는 미적(美的) 행동자였으나, 그 반면 이 일이 입증하듯이, 어떻게 하면 적은 손해로 전쟁을 승리로 이끌 것인가, 하는 점에서는 어딘지 생각이 좀 모자란 데가 있었다.

결국은 신임 참모부장 가와이 미사오(河合操) 중령이 참모장의 일을 대행하게 되었다.

여기에 또 불행한 일이 덮쳤다.

노기군 산하 제1사단의 일부가 요양에 도착한 직후인 2월 4일이었다. 이 날 사하(沙河) 부근을 행군하던 사단장 마쓰무라 가네모토(松村務本) 중장이 뇌일혈로 쓰러져 죽었다.

마쓰무라 중장은 가가(加賀) 출신이다.

막부 말엽에, 그 고장 출신으로는 드물게 지사로 활동했던 사람으로, 열다섯 살 때 가가 번(加賀藩)을 뛰쳐나와 교토에 와서, 열 여섯 살에 보신 전쟁(戊辰戰爭)에 참가하여 사이고 다카모리(西鄕隆盛) 밑에서 척후 노릇을 했다.

메이지 유신 후에 육군 대위가 되어 세이난(西南) 전쟁에 참가했다가 다바루자카(田原坂)의 격전에서 부상을 입었다.

러일전쟁 당시 중장 이상의 인물이, 대부분 그랬던 것처럼 정규 군사 교육을 받지 않고 진급한 사람으로서, 그 점은 노기의 경력과 비슷했다.

특별히 세이난 전쟁에 종군했다는 점에서 노기와는 전우이며, 노기보다 진급이 늦은 것은 그가 조슈(長州)의 군벌(軍閥)로 보면 외부인이었기 때문이다.

이런 마쓰무라가 급기야 죽은 것이다. 그 뒤를 이어 이다 슌스케(飯田俊助)라는 중장이 제1사단장이 되었다.

그러는 동안, 노기군은 산하 제11사단을 떼어서 신설되는 압록강군(鴨綠江軍)에 편입시켰다.

압록강군이란 일본군의 최우익을 맡기 위해 편성된 것이다.

"압록강군은 강대한 병력을 가지고 성창(城廠) 방면에서 무순(撫順) 방면으로 전진하여, 적의 좌측 배후를 위협하라."

총사령부에서 내린 명령에는 이렇게 되어 있었고, 가와무라 가게아키(川村景明)라는 사쓰마 출신의 고참 중장이 대장으로 승진하는 동시에 군사령관으로 임명되었다.

진해만

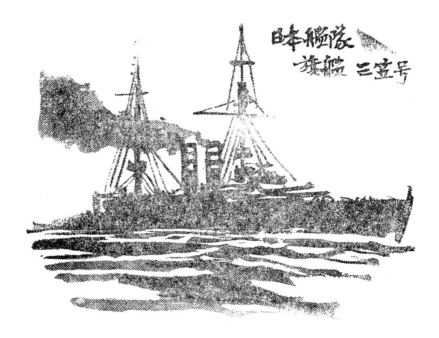

노기군이 만주의 광야로 북진을 시작했을 무렵에는, 연합함대는 이미 함정의 수리를 거의 완료하고 인사(人事)와 그 밖의 발틱함대 요격이라는 새 단계를 향해 모든 기능이 돌아가고 있는 중이었다.

2월 6일, 사령장관 도고 헤이하치로(東鄕平八郞)가 아키야마 사네유키(秋山眞之) 등의 막료를 이끌고 열차로 도쿄를 떠났다는 것은 앞서 말했다.

"함대의 전력을 조선 해협에 두고, 임기응변으로 행동한다."

이런 행동상의 대방침은 이미 결정되어 있었다.

이 결정은 한 사람이 한 것이 아니라, 해군성에서 해군 대신 야마모토와 군령부장(軍令部長) 이토(伊東), 동 차장 이슈인(伊集院), 수석 참모 (작전반장) 야마시타 이하 대본영(大本營)의 참모들과 도고와 그의 막료가 협의를 거듭한 끝에 결정한 것이었다.

이 연합함대의 계획에 대해서는, 해군은 그다지 비밀주의를 고집하지 않고, 신문기자가 인터뷰를 요청하면 대개 응해 주었다.

이 나라의 국민이 역사상 처음 겪는 빈곤을 무릅쓰고 만들어 낸 함정이 해군에 맡겨져 있었다. 그것으로 승리를 보장한다는 것이 국민과 해군 사이에 성립되고 있는 자연적인 묵계(默契)처럼 되어 있어서, 해군으로서는 국민이 알고 싶어하는 것은 작전 기밀에 속하는 것 외에는 가급적 알린다는 입장을 취하고 있었다.

1월 한 달 동안 도쿄에 체류하고 있을 때, 사네유키는 해군성에서 한 신문 기자의 인터뷰에 응하여 상당히 대담한 발언을 했다.

"그렇소, 발틱함대는 아직 마다가스카르 섬에 있소. 그 심경은 아마 블라디보스토크로 갈까, 러시아로 돌아갈까, 갈피를 못잡고 있을 거요."

이 무렵, 러시아에 혁명 전야를 방불케 하는 커다란 사회 불안이 야기되고 있다는 것을 사네유키는 물론 알고 있었다.

사네유키는, 러시아 황제의 입장이 되어 생각해 볼 때, 발틱함대를 극동으로 보내기보다는 오히려 국내의 치안을 위해 크론쉬타트 군항으로 불러 들이는 게 낫다는 생각을 할 수도 있다고 보고 있었다.

"갈피를 못잡고 있다."

사실 러시아는 그 판단을 망설이고 있음에 틀림없었다.

왜냐하면, 혁명 난동으로 전쟁은 뒤편으로 물러나 있었고, 제정(帝政)의 수명을 연장하려면 여기서 전쟁을 종결짓는 것이 옳았다. 그런 의견은 이미 외국에서도 나돌고 있었다.

전쟁을 중지하느냐 마느냐 하는 국가적인 규모의 망설임이 발틱함대를 마다가스카르 섬에 묶어 두고 있다는 것이 사네유키의 견해였다.

사네유키는 다시 승산에 대해 구체적으로 말하고 있다.

적은 전함이 일본보다 많은 것이 장점이고, 순양함이 약세인 것이 단점이다. 일본측은 이에 대해 신속한 움직임에 의한 연속 타격의 전법이 갖추어져 있다.

"우리에게는 잠항(潛航) 수뢰정도 있소."

마치 잠항정을 일본 근해에 쫙 깔아놓기라도 한 것처럼 이런 계산적인 선전도 마다하지 않았다.

이 무렵, 연합함대는 쉬고 있는 것이 아니었다. 작전 준비로 눈코 뜰 새 없이 바쁘게 돌아가고 있었다.

주력은 조선 해협에 둔다.

그러나 제2함대의 몇 척을 떼어서 쓰가루(津輕) 해협에 파견하여, 북해

(北海)의 경비를 담당시켜서, 이미 파손되어 움직일 수 없는 블라디보스토크 함대가 만약에 움직여서 통상 파괴(通商破壞)를 꾀할지도 모른다는 가능성에 대비하고 있었다.

아울러 전시 물자를 블라디보스토크로 운반하는 선박을 나포(拿捕)해야만 한다. 이 임무는 조선 해협에서 대기하고 있는 제3함대가 맡았다. 사령장관은 데와(出羽重遠) 중장이었다.

그리고 발틱함대의 소식을 탐지할 초계(哨戒) 부대를 보내어야 했다.

"모(某) 방면을 향하여 도고 대장 출발."

2월 6일자 도쿄 아사히 신문의 보도이다.

모 방면이란, 도고가 로제스트벤스키를 기다리는 장소이며, 그 장소는 조선 해협에 면해 있는 진해만(鎭海灣)이었다.

2월 14일, 도고를 태운 미카사(三笠)가 구레(吳) 군함을 출항했다.

이 무렵의 구레 군항은 굉장한 활기를 띠고 있었다. 해군 공창에서는 함선의 수리 외에, 전시인데도 조함(造艦)이 한창이었다.

해군 공작창의 을(乙) 조선 공장에서는 구축함 '후부키(吹雪)'와 '아라레(霰)' '우시오(潮)' '네노히(子日)'가 만들어지고 있었고, 갑(甲) 조선 공장에서는 전함 '하쓰세(初瀨)'와 '야시마(八島)'가 수뢰에 부딪혀 침몰한 결함을 보충하기 위해 대형 장갑 순양함 두 척이 건조되고 있었다.

그것은 '쓰쿠바(筑波)'와 '이코마(生駒)'인데 '2년 6개월 안에 완성하라'는 무리한 명령을 받고 있었다.

구레 해군 공창은, 막부 말엽에 출발한 요코스카와는 달라서, 메이지 24년(1891년)에 제1 도크가 준공된 공창이기 때문에 제반 능력에 있어서 요코스카를 따르지 못하는 점이 있었다.

이런 시설이 미비한 공장에서 대형 순양함을 두 척이나 급조하는 것은 적지않은 무리였으나, 그렇다고 만들지 않을 수도 없어서 도고의 미카사가 구레 군항을 떠났을 때는 이미 쓰쿠바는 착공되고 있었다.

미카사가 외톨이로 구레를 출항할 때, 사네유키는 한동안 뒷갑판에 서서 바다 빛과 섬 그림자를 바라보며 잠시 감상에 젖어 있었다.

'이곳에 다시 돌아올 수 있을까?'

그러나 도고는 무슨 생각을 하고 있는지, 여느 때와 같은 표정으로 감상적인 말은 한 마디도 하지 않았다.

미카사는 에다 섬(江田島)으로 돌아서 해군병학교의 생도들에게 위용을 보인 다음, 사세보 군항으로 들어갔다.

발틱함대가 아직 마다가스카르 섬에 있는 이상 굳이 서두를 필요가 없었기 때문에 사세보에서는 이틀 동안 정박했다.

이때 미카사의 승무원 가운데는 군악대도 끼어 있었다.

물론 제2, 제3함대의 기함(旗艦)에도 군악대는 있었으나, 미카사가 연합함대의 기함이었기 때문에 그 인원이 많았다.

그들은 전투가 벌어지면 악기를 놓고 전투에 종사했다. 전투 중에는 상갑판(上甲板)과 중갑판(中甲板)으로 갈라져서 부상자를 운반했고, 주포(主砲)의 포탑(砲塔) 전령과 함교(艦橋) 전령으로 활약했다.

워낙 위험한 상갑판과 함교를 뛰어다니기 때문에, 메이지 37년(1904) 8월 10일의 황해 해전 때는 군악대원 가운데 10여 명의 부상자와 전사자가 나왔다.

그들의 지휘관은 준사관(准士官)인 군악사 마루야마 주타로(丸山壽次郎)였다. 그는 음악은 잘하는 편이 아니었으나, 전사로서의 군악대원의 명예를 존중하여

"싸움이 벌어지면 수병에게 뒤지지 말라."
고 대원을 교육했고, 이 항해중에도 구호(救護)와 전령의 훈련을 시키고 있었다.

대원은 마루야마를 위시해서 27명이었는데, 그 중에 이제 막 3등 군악사가 된 가와이 다로(河合太郎)라는 사람이 있었다.

가와이 씨는 메이지 17년(1884) 생으로 구(舊) 해군 군악대의 고참이다. 이때 미카사에서는 호른을 불었고, 현재도 히로시마 현 구레 시 니시아다고 거리(廣島縣吳市西愛宕町) 6-6에서 노익장으로 생존해 있다.

"마루야마씨는 군악장이라기보다도 3등 항해사 같은 팔팔한 사람이었습니다."

가와이 씨의 말이다.

항해중에 군악대로서의 일과가 하루 두 번 있었다. 군함기가 오전 8시에 게양되고 일몰시에 내려진다. 그때마다 군악대는 기미가요를 연주하는 것이다. 그 외에는 수병과 함께 갑판을 뛰어다니며 훈련을 받았다.

필자는 이 원고를 쓰기 위해, 금년 이른 봄(쇼와 46년(1971))에 구레의 가와이 씨를 찾아 뵈려고 어려운 승낙을 얻었는데, 그날 감기에 걸려 가지 못하고, 산케이 신문(散經新聞)의 가게야마 이사오(影山勳)씨에게 대신 부탁했다.

가와이 씨는 올해 89세이다.

"중키에 여윈 편입니다. 말씀하시는 것은 아직 젊으시고 놀랄 만큼 합리적이고 귀도 밝고, 보기에 민첩해 보이며, 바닷바람에 단련된 지성을 느끼게 하더군요."

가게야마 씨가 나에게 전해준 내용이다.

사진을 통해 얼굴이 널리 알려진 세토구치 도키치(瀨戶口藤吉)옹을 많이 닮아서, 실제로 젊었을 때는 종종 오인을 받았다는 것이었다.

그는 늙은 부인과 단 둘이 살고 있는데, 구레의 해상 자위대(自衛隊) 군악 대장이 사흘에 한 번 정도 와서 신변을 돌봐주고 있다고 한다. 그 말을 할 때 가게야마 씨는 "해군의 전통이랄까요?" 하며 무척 감동한 표정이었다.

미카사가 항해하는 동안 해군 군악대에 관해 알아보기로 한다.

최초로 군악대를 창설한 것은 유신 전후에 가장 개화한 사쓰마 번(薩摩藩)이었는데, 해군 군악대 초대 군악장인 나카무라 스케쓰네(中村祐庸)의 유고(遺稿)에 의하면 이렇게 적혀 있다.

"메이지 2년, 가고시마 항에서 가마다 신페이(鎌田新平)를 악장으로 하여 30여 명의 청년을 요코하마로 보내 영국 해군 군악 대장 펜튼에게 군악을 배우게 했다."

펜튼은 당시 요코하마의 영국 공사관을 경호한다는 명목으로, 요코하마 북쪽 교외의 묘코사(妙光寺)를 병사로 정하고 주둔해 있던 영국 해병 제10 번대에 소속된 군악장 존 윌리엄 펜튼을 가리킨다. 그는 우연히 일본 해군 군악대의 최초의 교사가 되었을 뿐 아니라, 이때부터 그에 의해 일본에서의 서양 음악의 역사가 시작되었던 것이다.

사쓰마 번이 서양 음악에 흥미를 가지게 된 데는 분큐(文久) 3년(1863년) 7월, 가고시마 만(灣)에서 영국 함대와 싸운 것이 계기가 되었다. 이 싸움에는 지금 미카사를 타고 있는 도고도 16살 때 아버지와 두 형을 따라 참여했다.

당시 도고는 다섯 닢의 담쟁이 무늬를 박은 전립(戰笠)을 쓰고, 승마용 옷차림에 칼 두 자루를 차고 화승총(火繩銃)을 들고 "지면 안 된다"는 어머니의 격려의 말을 들으며 집을 나섰다.

영국 함대는 함포 사격으로 첨두탄(尖頭彈)과 화전(火箭)을 쏘아 대고, 사쓰마 번은 연안 포대에서 둥근 포탄을 쏘아 응수했으나, 싸움은 결국 승패가 나지 않은 채 무승부로 끝났다.

그런데 이 전투 중 영국 군함 위에서는 사기를 고무하기 위해 가끔 군악이 취주(吹奏)되었는데, 그것을 들은 사쓰마의 장병들은 적군이지만 감동하여 나중에 "그거 참 근사하더라"며, 언제든 기회가 있으면 자기들도 군악대를 갖추자는 상의를 했다. 그것이 실현된 것이 요코하마 파견으로, 파견된 젊은 이는 29명이었다.

그들은 메이지 4년(1871), 병무성에 소속되었다가 그해 병무성이 없어지고 육해군의 두 성이 설치되자, 이 군악대도 육군과 해군으로 나누어졌다.

그 때문에 해군 군악대원 가운데는 러일전쟁 당시에도 사쓰마 사람이 많았고 '군함 행진곡'의 작곡자로 유명한 세토구치도 사쓰마 태생으로서 메이지 15년(1882) 해군 군악대 생도가 되었다.

"아버지가 음악이라는 것을 처음으로 접하신 것은 해군에 들어가신 뒤였습니다."

그의 아들이 일러 준 말이다.

세토구치가 준사관 대우의 군악사가 되었을 때, 당시의 군악장 나카무라가 그를 불렀다.

"외국에는 국가(國歌) 다음으로 그 나라를 대표하는 노래가 있는데 유감스럽게도 일본에는 없네. 자네가 한번 작곡해 보지 않겠나?"

그리고 화족(華族) 여학교의 선생인 도리야마 하지무(鳥山啓)가 만든 '군함'이라는 가사를 제시했다.

일설로는, 세키구치에게 그것을 권한 것은 나카무라가 아니고 선배 군악사인 다나카 호즈미(田中穗積)였다고도 한다.

어쨌든 범국민적인 노래의 주제로 군함이 선택되었다는 것은 과연 메이지 시대다운 일이며, 어떤 의미에서는 상징적이라고도 하겠다.

도리야마의 가사는 처음에는 '이 성(城)'이라는 제목이 붙어 있었다. 바다에 뜬 성(城)이란 말이다.

세토구치가 그것을 받았을 때는 이미 그 나름대로 곡이 붙여져서, 메이지 26년(1893)에 발행된 '소학 창가(小學唱歌)' 6학년 책에 실려 있었다.

그 당시는 저작권 따위가 시끄럽지 않아서인지 해군에서 도리야마에게 인사를 치렀다는 흔적이 없다.

세토구치는 작곡에 열중하여 완성된 다음에는 '군함'이라는 제목으로 메이지 30년(1897)에 발표했으나 마음에 들지 않아 한 1년쯤 손질을 거듭하여 다시 '군함 행진곡'을 완성, 그것을 메이지 33년(1900) 4월 30일에 고베(神戶) 앞바다의 관함식(觀艦式)에서 처음으로 연주했다.

이때의 '군함 행진곡'은 바장조로서 그 후의 것과는 좀 달랐다. 나중에 부르는 데 음이 너무 높다 하여 메이지 43년(1910) 피아노 편곡으로 나올 때 세토구치는 이것을 다장조로 고쳤다.

이런 연유로 해서, 그 무렵 미카사의 군악대가 가지고 있던 악보는 바장조로 된 것이었다.

분큐 3년(1863)의 사쓰마와 영국 해군의 전쟁 때, 전투 중 영국 군함에서 군악이 취주되었다고 했는데, 그후 일본 해군에서는 전투 중에 군악이 취주되는 일은 없었다.

가와이 씨가 말하듯, 전투 중에는 군악대원도 전투원으로 동원되었다.

가와이 씨는 전투가 벌어지면 12인치 주포의 포탑 전령으로서 무선병의 조수를 겸했고 다른 대원들은 신호 조수로서 함교에 배치되기도 하고 부상자의 운반을 맡기도 했다.

그 모든 임무는 적의 포탄이 가장 많이 집중되는 장소에서 수행하는 것이기 때문에 군악대원의 사상률이 높으리라는 것은 예상되고 있었다.

"주야로 수병과 함께 훈련을 했지만, 군악대원은 평소의 음악 교육에 의해 귀의 훈련이 잘되어 있는 데다 예민한 신경과 정확한 발음이 연마되어 있었기 때문에 무척 환영을 받았습니다."

가와이 씨의 말이다.

이윽고 미카사는 나가사키(長崎)에 입항했다. 나가사키를 떠나면 다음에는 조선의 진해만이다.

나가사키를 떠난 것은 2월 20일이었다.

가와이 씨의 얘기가 계속되었다.

"나가사키 항은 아시다시피 폭이 좁은 항구입니다. 미카사가 출항하는 것이 양쪽 기슭의 마을에서 잘 보였지요. 마을의 소학생들이 몰려 나와 일장기를 흔들며 전송해 주었습니다."

'군함 행진곡'이라는, 일반적인 곡이 미카사 함상에서 연주된 것은 일본해 해전을 통하여 이때뿐이었다. 아마 양쪽 기슭의 마을 앞에서 작은 기를 흔드는 소학생에게 응답하기 위해 연주되었으리라.

"당시의 군함 행진곡은 '바장조'여서 무척 음이 높아 불기에 힘이 들었으나 신명은 났을 겁니다."

26명이 후갑판에 정렬하여 군악사 마루야마가 준사관 군복을 입고 지휘하는 것을 따랐다.

가사가 도리야마의 작사라는 것은 앞에서 말했다.

공격에나 방어에도 검은 무쇠의
바다에 뜬 이 성(城)이 의지로구나
무쇠의 이 성, 일본 황국의
사해(四海)를 든든히 지켜주려마

양양한 대해에 석탄 연기는
용이라도 나는 듯이 휘날리도다
우렁찬 포탄 소리 진동하며
우뢰와 같이 메아리치네
만리(萬里)길 파도 넘어
이 나라 빛내어라

플루트는 후일 폭사한 가토(加藤武一)라는 청년이 불고, 가와이 씨는 호른을 불었다. 오보에는 부는 사람이 없었다.

이때 연주한 군악대원 가운데 10명 이상이, 전후에 미카사가 화약 폭발을 일으켰을 때, 함(艦)과 운명을 같이했다.

"연주하는 우리는 아직 젊었기 때문인지 자꾸만 눈물이 나와서 혼났습니다."

가와이 씨는 이렇게 술회했다.

나가사키 항을 나서니 파도가 약간 높았다. 미카사는 곧장 진해만을 향해 나아갔다.

미카사에는 탄약고에 실은 시모세 화약과 함께 가장 자랑할 만한 것으로서 36식 무선 전신기가 장치되어 있었다.

아키야마 사네유키가 전후에 즉시 이 무선기의 발명자인 기무라 슌키치(木村駿吉) 박사에게 감사의 전보를 치고, 두고두고 자랑할 정도로 그 성능이 우수했다.

"통신전(通信戰)에 관해서만은 일본 해군의 독무대였다."

러일전쟁 전에 일본 해군이 무선의 실용화를 위해 쏟은 고심과 노력은 대단했으며, 일본은 작전과 함대 운동의 우월성에서 러시아와 대항하는 수밖에 없었는데, 바다 위에서 실제로 그것을 가능케 해주는 것은 우수한 무선기뿐이었다.

항해 중 사네유키는 무선기가 신통하게 마음에 들어서 자주 조작해 보았다.

나가사키를 나선 미카사는 하얀 항적(航跡)을 뒤에 남기며 서북쪽으로 침로를 잡았다.

계절에 비해 바다는 잔잔한 편이었고, 서쪽에 보이는 육지의 산들이 붓으로 엷게 칠한 듯이 푸른 색조를 보이며 어른거리고 있었다.

'일본다운 풍경이구나.'

사네유키는 이렇게 생각했다. 그림을 좋아하는 사네유키, 일본의 풍경은 수증기가 만드는 거라고 여겼고, 이 풍경의 감정적 표현은 유화의 물감으로써는 어렵다고 생각했다.

점심을 먹고 나서 사네유키는 앞갑판까지 거닐었다. 앞 주포(主砲) 아래를 지나 우현으로 나오니 히라도 섬(平戶島)이 보였다. 흰 구름이 섬 위에 걸려있고 그 아래로 대나무가 무성하여 모든 땅이 풍요롭다는 생각이 들었다. 그것도 수증기가 많은 기후 풍토 때문이리라.

일본은 외국에 팔아먹을 자원도 없고, 오직 무논에서 자라는 벼이삭을 찧어서 먹고 사는 농업 국가에 불과하면서도, 무리를 해가며 미카사와 같은 군함을 가지고 대해전을 치를 수 있는 연합함대를 만들었다.

이 국토의 어디에서 그 돈을 염출해 냈는지 사네유키로서도 기적 같다는 생각이 들었다.

'그것도 수증기의 덕분일까.'

사네유키는 문득 그런 생각도 해본다.

수증기 말이 나왔으니 덧붙이자면, 해상에 봄안개가 낄 무렵에 발틱함대가 일본에 온다면, 도고 함대는 상당한 손해를 각오해야만 한다.

그때는 적함을 멀리 바라보며 포탄을 맞히기가 어려워서, 자칫하면 놓칠 우려가 있다. 한 두 척이라도 블라디보스토크로 달아나버리면 일본의 해상 수송의 안전에 커다란 위험이 되어 만주군의 보급이 위태로워지는 것이다.

그 때문에 도고에게 내려진 임무는 한 척도 남기지 말고 모조리 격침하라는 것이었다.

그래서 사네유키는 주야를 불문하고 공격을 반복하는 전법을 강구하고 있는데, 만약 낮에는 아지랑이가 끼고 밤에는 짙은 안개가 바다를 덮는다면 문제가 이만저만 큰 것이 아니었다.

'제발 5월에 와주기를……'

사네유키는 기도라도 하고 싶은 심정이었다. 5월에는 맑은 날이 많았다. 그때를 지나 6, 7월 장마철에 온다 해도 곤란하다.

하늘이 일본을 돕는다면, 발틱함대는 5월 중순쯤에 올 것이었다.

앞갑판의 전반(前半)을 닻갑판이라고도 한다. 이 닻갑판 양쪽 뱃전에 앵커 베드가 있어서 무게 5,385킬로그램의 닻이 하나씩 달려 있다.

사네유키는 한 바퀴 돌고 뒷갑판으로 갔다.

뒷갑판의 바닥은 티크 재목으로 되어 있다. 이 뒷갑판에서 쳐다보면 큼직한 메인마스터가 우뚝 솟아있고, 검은 연기가 가운데쯤을 스쳐서 뒤로 흐르고 있다.

갑판의 티크 재목은 불필요할 만큼 두꺼워서 그 묵직한 감각이 구두 밑창을 통해서 머리까지 전해진다.

이 군함이 얼마나 공들여 만들어졌는지 이 갑판 하나만 보아도 족히 알 수가 있다.

전함 미카사가 보통 니시스이도(西水道)라고 불리는 쓰시마 섬 서쪽 해역을 지난 것은 밤중이었다.

날이 밝으니 사방의 경치가 일변하고 있었다.

좌현에 보이는 누런 산은 어느새 조선 거제도(巨濟島)의 산이었다. 이윽고 미카사는 섬들 사이를 누비면서 가덕 수도(加德水道)에 들어섰다.

가덕 수도의 여기저기에 이미 먼저 온 함대가 닻을 내리고 있었다. 거기서 더 들어가면 그곳은 거제도에 의해 바깥 바다와 차단된 바다의 안방이다.

이곳이 발틱함대가 올 때까지의 은신처로 도고 함대가 선택한 장소인데, 조선으로부터 억지로 빌린 곳이다.

미카사의 오른쪽 전방에 푸른 곳이 보였다. 고성 반도(固城半島)라고 하는 조그만 반도로, 이 반도가 만을 이루는 것이 진해만이다.

이 근처의 수로는 충분히 측량되어서 항로 표지가 군데군데 놓여 있었기 때문에 암초에 부딪힐 염려는 없었으나, 배가 가는 길은 좁아서 두 가닥밖에 없었다.

미카사는 천천히 만 안으로 들어가 송진포(松眞浦) 가까이에 닻을 내렸다.

놀라운 것은 육지에는 이 함대가 사용할 만한 건물이 한 채도 없다는 점이었다. 물론 함대의 승무원이 놀 만한 위안 시설도 없었다. 대기 기간이 아무리 장기가 되더라도 사령장관 이하 전원이 함내에서 생활을 해야만 하는 상태였다.

말하자면, 조선의 영토인 육상과는 아무런 내왕도 없다는 것이다.

도고가 이곳에서 한 일은 전함대의 승무원이 기진맥진할 정도로 맹훈련을 시키는 것이었다.

"그때만큼 힘들었던 적은 없었다."

모든 수병들이 술회했다.

도고의 승산(勝算)은 복잡한 생각으로 성립된 것이 아니라, 간단명료한 것이었다.

"단시간에 포탄을 한 방이라도 더 많이 맞힌다."

그러기 위해서는 사격 훈련을 철저히 하면 된다는 것이었다.

일본인은 대포 사격 능력에 있어서 뛰어나지 못했다. 육군에서도 관전 무관 가운데는 러시아군이 월등하다고 보는 사람이 많았다.

러시아군은 일종의 민족적 기질이라고 할 만큼 전통적으로 대포에 대해 강한 집념을 가지고 있었다. 역사적인 소산이리라. 포병의 용병을 잘해서 포를 많이 쓴 나폴레옹의 침략을 받은 러시아이니만큼 당연히 그 영향을 받게 된 것이다.

해군도 여순함대의 사격 능력은 상당한 수준이었다. 그들과 지난해 8월 10일 황해에서 결전을 벌인 도고 함대는 사격 성적이 그다지 좋지 않았다. 도고로서는 황해에서 들었던 쓴 잔을 두번 다시 들고 싶지 않았다. 일본 해군의 사격 능력을 황해 때보다 비약시키기 위해서는 이 진해만에서 맹훈련을 쌓아, 해군이 새로 태어난 듯한 천재적인 솜씨를 길러내야 했다.

이 무렵의 사격 훈련에 '내당포(內膛砲) 사격'이라는 방법이 있었다.

소총을 대포 속에 장치하고, 그것으로 포수는 대포를 조종하여 목표를 겨냥해서 구 소총탄을 발사하는 방법이다.

경우에 따라서는 대포 위에 연습용의 작은 포를 놓고 쏘는 방법도 있었으나, 이 진해만에서는 주로 내당포 사격을 했다.

이 내당포 탄약은 군함에서 1년분의 소비량이 거의 정해져 있었다. 미카사의 경우는 약 2만 8, 9천 발이었다. 평시라면 1년에 그 정도의 양을 쓰는데, 그래도 다 쓰지 못하고 3, 4할은 남게 마련이었다.

"그랬던 것이 진해만에서는 열흘쯤 해서 모두 떨어졌다."

당시 미카사의 포술장(砲術長)이었던 아보 기요카즈(安保淸種) 소령(후일 대장이 됨)이 술회했다.

그 때문에 본국에서 연신 보충 탄약을 날라 와서 날마다 새벽부터 밤까지 연습이 계속되었다. 가덕 수도를 이동하는 함선이나 섬 그늘에 정박하고 있는 함선 등, 이 일대의 함선이라는 함선은 모두 지칠 줄 모르고 총성을 토해내어 마치 전함대가 포격의 편집중에 걸린 듯이 보였다. 실제로 처음 열흘쯤은 총성과 반향(反響) 때문에 시끄러워서 미칠 것 같은 느낌도 들었으나, 도고는 확고한 의지를 가지고 계속했다.

"5월까지 석 달이나 연습을 하니 놀랍게도 백발백중의 솜씨가 되더군요. 일본해 해전이 대승리로 끝난 요인의 하나는, 이 명중률이 높았던 데 있지 않을까요?"

가와이 씨의 말이다. 또 아보 소령도 이렇게 술회했다.

"5월까지 솜씨를 닦고 또 닦았기 때문에 포수의 기술이 상당한 수준에 달했고, 덕분으로 나는 포술장으로서 충분한 자신을 가질 수 있었습니다."

한편 목표를 식별하는 훈련도 해야 했다.

실전이 벌어졌을 때, 사수가 사격 목표를 오인해서는 안된다. 가령 포술장이 호령을 내려 가장 우측함이라든가 맨 앞 군함이라고 지적을 해도 먼 해상을 가는 적의 함대가 두 줄 세 줄로 겹쳐 오는 수가 있어 어느 것이 명령이 내려진 배인지 분간을 못하는 경우가 있다.

그래서 목표를 전함의 위치로 지정하지 않고, 적함의 고유명사로 명하기로 했다. 그러기 위해서는 적의 함형(艦型)과 함명(艦名)을 가르쳐야만 했다.

그런데 러시아어 명칭은 수병들이 기억하기 어려워, 암기용의 일본어를 별도로 만들었다.

이를테면 '알렉산드르 3세'를 '아키레 산타'('한심한 셋째 아들'이라는 뜻)로 하고, '보로지노'를 '보로데로'('누더기를 버리라'는 뜻)나, '아료르'를 '아리요르'('개미가 모여든다'는 뜻), '드미트리 돈스코이'를 '고미토리 곤스케'('넝마주이'라는 뜻)라는 식으로 가르쳤다.

도고 함대의 포술에 대해서 잠시 살펴 본다.

진해만에서의 도고는 철저하게 사격 능력을 높이는 데 주력했으나, 그 전략에 있어서는 획기적인 방법을 채용했다.

그 배의 포화의 지휘는 함교(艦橋)에서 장악한다는 것이었다.

이것을 구체적으로 말하면, 그 함의 포술장이 함의 포탑포(砲塔砲)든 부포(副砲)든 모든 포의 사격을 명령 하나로 정하는 방법으로서, 각 포가 제각기 쏘지 못하도록 하는 것이다.

그러기 위해서 포화를 지휘하는 포술장은 시계가 트인 함교에 올라가서 거리를 측정한 뒤, "발사 준비"라는 예비 명령을 메가폰으로 내리며 사정거리를 일러 주어, 각 포를 일제히 사정거리에 따라 발사시킨다. 사정거리는 포대에서 임의로 수정하지 못하게 한다.

그렇기 때문에 명령 전달법이 어렵다. 특히 실전의 경우, 양쪽 각 함에서 포성이 울려 함교에 있는 포술장의 목소리가 전령의 귀에 안들릴 때가 있다. 전성관(傳聲管)이 각 포곽(砲廓)까지 연결되어 있으면 이상적이지만, 그 새로운 방법이 해군 함정에 채택은 되어 있었으나 이때는 그런 장치를 할 시간적인 여유가 없었다.

이 새로운 방법은 도고가 채택했지만, 창안자는 지난해 8월 10일 황해 해전 때 미카사의 포술장이었던 가토 간지(加藤寬治) 소령이었다.

가토는 일찍부터 이 이론을 생각하여 '아사히'의 포술장 시절에 이 이론으로 각 포를 훈련시켰으며, '미카사'로 전임되었을 때 이지치(伊地知彥次郎) 함장에게 진언해서 절찬을 받고 채용되었다.

이 방식은 황해 해전에서 실용화되었는데, 당시 미카사(三笠)에 타고 있던 영국의 관전 무관 페케넘 대령이, 이를 보고 몹시 경탄했다고 한다.

페케넘은 포술장이 함교에 올라가 있는 것을 보고 놀랐다. 전투가 개시되자 포술장의 명령 하나로 포탑포와 그 밖의 부포가 일제히 적함에 포탄을 퍼붓는 것이었다.

페케넘은 곧 이 사실을 영국 해군성에 보고했다. 그런데 아주 우연하게도, 영국 해군에서도 거의 같은 시기에 퍼시 스콧이라는 해군소장이 이를 창안하여, '일제 사격법'이라 해서 이미 실시 단계에 들어가 있었다.

가토는 황해 해전 뒤 해군 대신의 부관으로 육지로 올라가버렸으나, 미리 이에 대한 연구 보고서를 '8월 10일 황해 해전에서의 포화 지휘에서 체득한 실험 요령'이란 제목으로 도고에게 제출했다.

그것을 읽고 마음에 든 도고는 사네유키 등 막료와 상의한 뒤 각 함의 포술장에게 검토하게 하여 발틱함대와의 결전에서 그 지휘법을 쓰기로 결정했던 것이다.

그러나 무엇보다도, 포술장의 명령을 잘 따르도록 각 포대의 분대장을 훈련시키는 일이 중요했다. 또 울려 퍼지는 포성과 포화 속에서 포술장의 목소리를 잘 알아 듣는 전령이 필요했다. 그 점에 있어서는 미카사는 군악대원을 전령으로 썼기 때문에 아주 편리했다.

도고 함대가 포술 훈련을 하는 데 있어 외당(外膛) 사격을 했는지의 여부에 관해 궁금한 점이 있어서, 필자가 해군 포술의 권위자인 마유즈미 하루오(黛治夫) 씨에게 문의했더니 다음과 같이 대답했다.

"안 했을 것으로 생각합니다. 하기야 수많은 군함 가운데서 한 군함 정도는 있을지도 모르죠."

포의 외당 사격법은 메이지 40년 이후에서 다이쇼(大正) 초기에 걸쳐 고

안된 것으로 러일전쟁 당시에는 아직 그 방식이 채택되지 않고 있었다 한다.

그러나 당시 군악대원이었던 가와이 씨의 '미카사' 시절의 기억은 다음과 같다.

"포 위에 걸터 앉아 소총으로 표적을 겨냥하여 쏘는 것입니다. 표적은 뗏목 위에 옆으로 여섯 자, 높이 세 자 정도의 것을 세워 그것을 모터 보트가 끌게 했습니다."

이 방법은 나중의 외당포(外膛砲) 사격법과 같은 것인데, 방법이나 장치가 극히 소박했기 때문에 그것을 외당포 사격이라고 부르지는 않았지만 사용했는지는 모른다.

물론 주로 소총을 포의 당내에 장치하여 표적을 맞히는 내당포 사격법이 사용되었다. 이 방법은 앞서 말한 영국의 퍼시 스콧 제독이 고안한 것으로 그것을 도고 함대가 채택한 것이다.

임시 표적은 가와이씨의 기억에 있는 것처럼, 모터 보트가 강철 밧줄로 뗏목을 끌고 간다. 그 뗏목 위에 표적이 장치되어 있는데, 표적은 문짝 만한 철판으로 되어 있다. 표적에는 ◉이 그려져 있거나 적함의 모양이 그려져 있었다.

실탄 사격에 대해서는, 이 함대는 전쟁전 히다카 소노조(日高壯之丞)가 상비(常備) 함대 사령장관으로 있을 때, 세토 내해(瀬戸內海)의 섬 하나를 가루로 만들어 없앴을 정도의 훈련 경험을 가지고 있다. 진해만에서도 그대로 실시되었을 텐데, 누구의 기억에도 없고 어느 기록에도 없다. 공통으로 전해지는 것은 내당포 사격에 대해서뿐이다.

서술(敍述)이 뒤범벅이 되는데, 앞서 말한 '일제 사격법'을 황해 해전 때 미카사의 포술장이었던 가토가 창안했다는 것이 정설(定說)이기는 하지만, 그 전에 이미 해군 포술 학교에서 마사키 요시타(正木義太) 대위(여순항 봉쇄에 참가)에 의해 연구되었다고도 한다.

말하자면 러일전쟁이 시작되자 바로 이 방법을 쓴 것이 아니라, 전쟁 직후에 소형 순양함의 포술장이었던 나가노 오사미(永野修身) 대위가 비로소 유효하게 활용했다는 것이다.

또 일본 해군만의 독창적인 것이 아니고 영국 해군 스콧 제독의 영향을 받았다는 설도 있다.

어쨌든 이 당시의 해군이 개인의 이름으로 공적을 주장하는 경우는 전혀 없었기 때문에 사실을 확인할 수는 없다.

결국 일제 사격법, 즉 전 포대(砲臺)의 사정 거리의 통일은 도고에 의해 채택되고, 도고에 의해 최초로 실전에 사용된 것만은 확실하다.

그러나 일제 사격법을 엄격히 실시하기 위해서는 명령 전달을 완전히 가능토록 하기 위한 장치를 해야 하는데 그것이 없었기 때문에, 실제로 일본해 해전에서는 그다지 이상적인 형태로 쓰이지 않았던 것만은 분명하다.

인도양

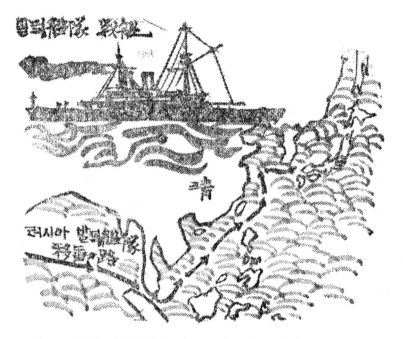

　도고가 그 함대의 대기지(待機地)인 진해만에 들어갔을 때, 로제스트벤스키와 그 대함대는 여전히 마다가스카르 섬의 노시베에서 혹서(酷暑)에 시달리고 있었다.

　함선 40여 척.

　승무원 12,000명이 1월 9일 노시베에 도착한 이래, 나아갈지 물러날지 앞으로의 방침에 대해 일절 알지 못한 채, 황량한 섬과 바다뿐인 세계에 발이 묶여 있었다.

　그 상태는 바로 표박(漂泊)이었고, 그들은 조국에서 버림받은 백성이라 해도 틀린 말이 아니었다.

　믿어지지 않는 일이지만, 그 동안에 로제스트벤스키는 한 번도 막료 회의를 연 적이 없었다. 참모장 이하 전 막료들조차 함대의 앞으로의 거취를 모르고 있었다.

　아는 사람은 오직 로제스트벤스키뿐이었다. 아마 그는 본심으로는 본국으로 되돌아가기를 바라고 있었으리라.

　만주에서 육군이 계속 지고 있는 마당에, 대러시아 제국이 국내외에 위신을 지탱할 수 있는 것이라고는 이 대함대밖에 없었다.

그것이 극동의 바닷속에 가라앉아 버리면, 러시아 제국은 어찌 된단 말인가.

"러시아 제국은 그 강대한 군대에 의해서만 존재하고 있다."

이와같이 러시아와 군사력과의 불가분의 관계를 개화파(開化派)인 비테조차 입버릇처럼 말해 왔다.

그 최후의 무력을 러시아는 잃어도 괜찮단 말인가?

그러나, 본국의 해군성은 로제스트벤스키에게 귀환을 명할 낌새는 보이지 않았다. 그래서 로제스트벤스키는 극동으로 전진할 것만 생각하고 있었다.

단지, 극동에서 조국의 운명을 결정지을 대해전을 수행할 수 있을른지, 그 점에 대해서는 로제스트벤스키는 내키지 않는 마음이었다.

"가급적 적은 손실로 블라디보스토크에 도달하고 싶다."

이것이 그의 방침으로, 마치 이 함대를 장애물 경주의 선수단처럼 규정하고 있었다.

도중에 전투 벌어질 때는 주력함을 가지고 일본 주력함의 공격을 막으면서 순양함대를 기술적으로 싸움터에서 빠져 나가게 하여, 그 순양함대로 운송 선단(運送船團)을 호위하면서 곧장 블라디보스토크로 보낸다.

전함 전대도 싸우면서 블라디보스토크로 향한다.

구축함은 함대 사령관이나 전대 사령관들의 탄기함을 호위하게 하되, 만약 각급 기함이 크게 손해를 입은 경우에는, 사령장관과 사령관들은 즉시 구축함으로 옮겨 탄다.

——여기서 사령관은 말할 것도 없이 로제스트벤스키 자신이다.

이런 복안이었으니, 따지고 보면 이것은 작전이랄 것도 없고 일종의 마라톤 경주였다.

순양함이란 원래 그 고속력을 가지고 행동하면서 적함대에 타격을 주는 것인데, 그것이 속력이 느린 기선을 호위하며 보모 노릇을 한다는 것도 이상하고, 비수(匕首)와 같은 구축함이 기함인 전함의 간호사 역할밖에 하지 않는다는 것도 우스운 일이었다.

구축함이란 원래 위험을 무릅쓰고 적의 포탄을 뚫고 적의 큰 군함에 접근하여 어뢰를 발사해서 격침시키는 것이 주임무인 것이다.

이런 것이 도고 함대에 대한 로제스트벤스키의 전법이었다.

그렇다고 로제스트벤스키가 그의 함대를 놀려 두었던 것은 아니다.

그는 도고만큼은 아니었을망정 사격 훈련은 계속 시켰고, 또 어뢰 발사 훈련도 시켰다. 또 가끔 외양(外洋)으로 나가 함대 이동 훈련도 했으나, 그것을 할 때마다 그의 신경이 폭발했다.

"쓸 만한 함장(艦長)이 없다."

이것이 그의 입버릇이었다.

그의 함대에도 우수한 함장이 여러 사람 있었다. 그러나 불행히도 이 함대는 벼락치기로 편성한 함대인만큼, 로제스트벤스키 함대로서의 개성(個性) 있는 운동법을 함장들이 터득하지 못했던 것이다.

그러나 함장들도 할 말은 있었다. 로제스트벤스키 자신이 전함의 전대(戰隊)는 어떤 운동을 취하고, 2등 순양함 전대는 어떤 진형을 원칙으로 보조를 맞추라든가 하는 것을 지시한 적이 없었다.

즉 계획과 대책이 내려지지 않았던 것이다. 좀더 단적으로 표현한다면, 로제스트벤스키의 머리에는 해군의 전술이라는 것이 없었다.

그점은 로제스트벤스키의 무능을 드러내는 것이 아니라, 그때까지의 세계의 해군은 함대와 함대가 결전을 벌일 때도, 군함과 군함이 각기 흩어져서 재주껏 움직여 상대를 공격하는 실정이었다. 함대 자체가 일정한 작전 원리 하에서, 각 전대가 진용을 짜서 보조를 맞추며, 각각의 기능과 특성을 가진 전대가 저마다의 목적에 따라 움직임으로써 함대 자체의 종합 목적 속에서 기능화한다는 것을 생각해낸 것은, 실전상에서는 일본 해군이 세계 최초였다.

'원(圓)의 전술'

이것을 생각해 낸 사람은, 지금 진해만에 있는 '가사기(笠置)'의 함장 야마야 다진(山屋他人)이다. 그는 후배인 아키야마 사네유키(秋山眞之)의 존재를 알고 연구를 중단하고는 사네유키를 격려하는 입장에 섰다.

그래서 일본 해군이 전술 연구의 일체를 이 천재(사네유키)에게 완전히 일임한 결과, 세계에 최초로 함대 결전의 전술이라는 것이 성립된 것이다.

로제스트벤스키는 세계 해군의 수준에 있는 제독임에는 틀림없으나, 단지 그 이상의 인물이 못된다는 것뿐이다. 또한 로제스트벤스키가 설사 천재적 전술을 고안했다고 해도 문제가 있다. 그가 거느리는 함대는 세계 굴지의 대 함대라는 이름뿐이지, 새로 건조한 주력함 외에는 각 함정의 성능이 제각기 달라서 전술을 시행하는 데 상당히 곤란을 겪었으리라는 점이다.

그러나 로제스트벤스키가 예정한 전술은 무척 기묘한 데가 있었다.

병원선과 공작선까지 결전장에 이끌고 가는 것은 생각할 문제였다. 그런 것은 상해항(上海港) 부근에 떼어놓아야 했는데, 그의 전술은 반대였다.

그의 생각은, 역사상 유례가 없는 대항해 함대를 이끌면서 결전이 벌어지면 전함대를 움직여 동반하는 기선을 호위하는 것으로서, 명백하게 거꾸로 된 발상이었다.

그는 우수한 선원이었지만 만약 그가 장군으로서 자질이 있었다면 그런 생각을 막료들과 상의하거나 함장 회의를 열어 검토시켰을 테지만, 그는 그렇게 하지 않았다.

그는 이 점에서, 니콜라이 2세가 그를 총애한 것처럼 지극히 제정 러시아적인 사람이며, 결국은 작은 황제였던 것이다.

그에게는 독재 이외의 통어법(統御法)은 생각하지 않았으며, 이 함대의 황제인 그에게는 참모장이나 막료들조차 병사 정도로만 보였다.

소황제(小皇帝)인 로제스트벤스키는 진짜 황제가 그런 것처럼 사심이 없었다.

여기서 사심이라 하는 말에는 특별한 정의가 필요하다. 요컨대 국가 자체가 바로 자기라는 의미에서 중국 청조(淸朝)의 역대 전제 황제들이 사심이 없었던 것과 같다.

독단적인 자의(恣意)는 있어도, 전제 러시아의 황제에게는 사심을 가질 필요가 없었던 건지도 모른다.

황제가 전제자인 이상, 그 황제로부터 권능을 위임받은 파견군의 최고 지휘관은 극히 자연스럽게 전형적인 전제자가 된다. 그런 뜻에서 로제스트벤스키는 모범적인 소황제였다. 그는 페테르스부르크의 알량한 러시아 고관들이 일상적인 독직(瀆職) 상습자인 것과 비교한다면, 황제가 청렴한 것처럼 청렴했다.

니콜라이 2세도 관념적으로는 항상 국민을 생각하고 있듯이, 로제스트벤스키도 그 자신의 관념 속에서는 수병의 급여라든가 휴양 같은 인간적인 걱정으로 가득 차 있었으며, 그런 점에서는 손색이 없는 듯이 여겨지지만, 그럴수록 거꾸로 말한다면 모든 수병이 그에게는 적이 되며 전함대가 증오의 대상이라는 모순이, 모순이 아닌 것처럼 자연스럽게 성립되고 있는 것이다.

청렴하면서 무능하고, 나아가서는 불행히도 좋은 함대를 만드는 것만 생각하는 강렬한 선의(善意)의 전제자에게 공통되는 성격이었다.

그는 함내를 돌아볼 때 당시의 함선 지휘자는 누구나 다 그러는 것처럼 긴 망원경을 겨드랑이에 끼고 있었는데, 수병의 단정치 못한 모습이나 게으름 피우는 현장을 보면 달려가서 그 망원경으로 때렸다는 것은 이미 언급했다. 그런 일은 벌써 대여섯 번도 더 되었다. 그러나 그럴 때마다 망원경이 부서져서 주계 사관(主計士官)은 그 보충에 골머리를 앓을 정도였다.

로제스트벤스키의 단정한 모습에 뒷갑판 근처에 나타나면 수병들은 재빨리 동료들에게 신호를 보냈는데, 그 신호가 순식간에 차례로 전달되어 그의 앞에는 수병은 말할 것도 없고 사관까지 깨끗이 자취를 감추는 판이었다.

그는 어느 누구에게도 관용적일 수가 없었다. 그의 본심을 말하라 한다면, 이 전함대에 관용을 베풀 수 없다고 소리칠 것이다.

이 제독은 전함대의 모든 장병의 비위에 대해, 그 자신이 검사가 되어 적발하고, 판사가 되어 즉결 판결을 내렸다.

'명령 제 몇 호' 하는 형식으로, 어느 함의 누구를 무슨 죄목으로 어떻게 처벌한다는 내용을, 그 자신이 펜을 들고 썼다. 쓸 때마다 화가 치밀어 몇 번이나 펜을 부러뜨리곤 했다.

그가 이곳에서 표박하는 동안 내린 수많은 명령 가운데는, 훈련에 관한 명령보다 징벌에 관한 명령이 훨씬 많았다.

그의 정의(正義)는 엄정한 규율에 있었고, 또한 그것뿐이었다. 그런 뜻에서 로제스트벤스키는 강한 정의의 사람이었으나, 단지 그 정의를 발동하는 대상이 도고 함대가 아니라 바로 자신의 함대였다.

도고 함대가 대기하고 있는 진해만이, 당시 조선인조차 대부분 그 지명을 모를 정도로 이름없는 만(灣)이었던 것처럼, 로제스트벤스키와 그 함대가 닻을 내리고 있는 노시베도 그러했다.

다만 도고는 진해만의 육지 위에 아무런 시설도 하지 않고, 또한 승조원들이 위안을 얻기 위해 상륙하는 것도 용서하지 않았으나, 로제스트벤스키는 러시아군의 관례를 좇아 그것을 허락했다.

그 때문에 헬리뷰라는 조그만 어촌은 순식간에 환락가로 돌변했다.

"악의 소굴이 되었다."

노비코프 플리보이도 이처럼 기술하고 있는데, 원주민이 자기 집에 러시아인을 끌어들여 자기 아내에게 매춘 행위를 시키는 일이 다반사처럼 행해졌다.

또 조선 기사 폴리투스키도 이렇게 적었다.

"러시아어 간판이 우후죽순처럼 즐비하게 나붙었다."

그러나 그 간판들이 무엇을 가리키는 것인지는, 그의 아내에게 보내는 편지인만큼 밝히지 않았다.

그 집들이 매춘굴인 것은 더 말할 필요도 없다. 뚜쟁이와 포주들은 노시베 앞바다에 흥청망청 돈을 뿌리는 인간이 12,000명이나 표박하고 있다는 소식을 듣고, 여자들을 끌고 각지에서 모여들었다. 여자들은 영국, 독일, 프랑스 등의 국적을 가지고 있었다.

그녀들은 값이 비싸기 때문에 주로 사관이 고객이 되었다. 원주민 여자들은 하사관과 수병의 상대였다.

찻집도 생기고 술집도 수없이 생겼다. 수병들이 곤드레만드레가 되어 길바닥에 뒹굴기도 하고, 무리를 지어 거리를 누비기도 했다. 그들은 매음굴에서 나오는 장교들을 길에서 만나도 경례를 하지 않았다.

장교는 단정한 몸가짐으로 병사들의 존경을 받는 존재이어야 하는데, 그렇지 못할 때는 오히려 병사들의 눈을 두려워하든가, 아니면 시치미를 뚝 떼는 수밖에 없었다.

그럼에도 불구하고 수병에게 경례를 강요한 어느 준사관은, 개망나니가 된 수병들로부터 몰매를 맞고, 로제스트벤스키의 즉결 재판을 받는 결과를 만들었다.

감당할 수 없는 지경이 된 로제스트벤스키는 그런 사건의 뒤처리를 각 함장들에게 맡겼다. 그때서야 관례를 따른 것이다.

각 함에서는 가끔 법무 위원회가 열렸다. 대개 함장이 위원장이 되는데, 그 때문에 함장들은 전술을 연구하고 군사를 훈련시키는 일보다도 이런 일에 더 많은 신경을 쓰게 되었다.

"수병들을 놀리기 때문에 이런 결과가 온다."

로제스트벤스키는 이렇게 말하면서, 마침내 용무가 없는 사병을 모아 조정(漕艇) 훈련을 시키기로 했다. 사병들은 비참했다. 그들은 무척 바쁜 일과를 보내고 있었는데, 불과 몇 시간의 휴식 시간마저 이젠 조정에 빼앗기게 되었다.

보트를 저으며 군함 주위를 빙글빙글 물맴이처럼 맴도는 것이었다.

갖가지 낭설이 퍼지고 있었다. 그 뜬소문이 장병들의 마음을 벌레처럼 좀 먹었으나, 로제스트벤스키는 그것에 대해 아무런 대책도 세우지 않았다.

"어느 군함에도 각오는 실려 있지 있고 낭설만 가득하다. 이렇게 낭설만 가득 싣고 어떻게 전쟁을 할 수 있단 말인가?"

막료실에서는 이렇게 저마다 한마디씩 했다.

이 낭설더미를 바다에 쓸어 넣는 일은 로제스트벤스키만이 할 수 있는 일이고, 그에게 그것을 깨우쳐 주는 것이 막료들의 임무이기도 했다.

그러나 모든 전제가 그러한 것처럼, 막료들은 전제자(專制者)의 비위를 건드리기가 두려워서 의견을 올리지 못하고 있었다.

수병들은 피지배자의 눈치로 이러한 기미와 사정을 알기 때문에 고급 장교를 업신여기게 되었다.

"저 자들은 로제스벤트스키를 공연히 무서워하기만하는 존재들이야. 정작 해군을 위해 필요한 일이 있어도 일절 제독에게 말을 하지 않는다니까. 그러니, 그러잖아도 먹통인 제독이 점점 더 먹통이 될 수밖에."

이렇게 수군거리면서, 믿고 의지해야 할 장교라는 존재에 대해 신뢰감을 잃게 되었다.

사기(土氣)의 저하는 이런 데서도 왔다. 결국 모든 악의 근원은 로제스트벤스키의 전제에 달렸다고도 할 수 있었다.

그러나 로제스트벤스키는 늘 함대 사령관실에 틀어박혀서 자기만 옳다는 고독한 공분(公憤)을 씹으며, 때로는 그것을 폭발시키기도 하고, 그렇지 못할 때는 심한 신경통에 시달렸다.

그의 정신을 좀먹고 있는 적은 함대의 모든 승조원이었으나, 그에게는 그 밖에도 적이 있었다.

페테르스부르크의 해군성이었다. 그의 말에 의하면 해군성은 사기꾼의 소굴이며, 눈앞의 일만 생각하는 아첨배와 애국심은 시렁 위에 올려 두고 몸만 사리는 무리들의 집회소였다.

해군성은 그에게 적을 이길 수 있는 태세를 갖추는 데 아무런 보조도 해주지 않을 뿐만 아니라, 석탄 문제라는 국가적 규모의 외교가 필요한 문제까지 "현지에서 해결하라"고, 통고해 올 뿐이었다.

소황제(小皇帝)인 그조차 모든 선(善)의 근원을 황제에게서 찾으면서, 여러 악의 근원은 러시아의 관료 조직의 무서운 부패와 무책임과 비능률에 두지 않을 수 없다고 한다.

게다가 로제스트벤스키의 신경을 괴롭히는 또하나의 문제는 "로제스트벤스키는 블라디보스토크에 도착만 하면 곧 다른 제독과 교체될 것이다"라는, 러시아 해군성 계통에서 들추어낸 듯한 신문 보도였다. 그 다른 제독은 시베리아 철도로 블라디보스토크로 부임할 예정이라고 한다.

이것이 사실이라면, 로제스트벤스키라는 사람은 단지 이 대함대를 끌고 가는 역량만 러시아 해군성으로부터 인정받고 있는 셈이다.

부하에 대한 로제스트벤스키의 기호(嗜好)와 평가는 역시 정상적이 아니라고 할 수밖에 없다.

기함 '스바로프'의 기사인 폴리투스키는 나이 서른 두 살로 두 눈에 약간 우수를 담고 있지만, 유연한 몸과 단정한 용모를 가진 청년으로 그 능력을 스바로프의 기관 부장 오불스키에게 크게 인정받고 있다.

"저 젊은이가 언제고 러시아 해군의 조함계(造艦界)를 짊어질 때가 올 것이다."

그는 말이 없고 책임감이 강하며, 막료실에서도 늘 혼자 긴 의자에 앉아 있었다.

이곳에 정박하는 동안 폴리투스키가 하는 일은 어느 사관보다 많았다. 각 함에서 연신 기관이 고장났다느니, 키가 이상하다느니 할 때마다, 그는 보트를 타고 현장에 가서 직접 기관실이나 물 속에 들어가 고장난 곳을 찾아 내어 그 수리를 지휘했다.

총명하고 다소 우울증이 있는 듯한 이 청년의 눈에는 이 함대의 결함이 기계에만 있는 것이 아니며 지휘관의 능력과 병사들의 조련에도 있다는 것이 잘 보였다. 그래서 극동에서 벌어질 도고 함대와의 싸움의 결과에 대해 절망적인 관측밖에 할 수 없었다.

그는 자신의 수기(手記)만 남긴 채 일본해 해전에서 죽을 사람이기 때문에, 자기 아내에게 보내는 사신(私信)에 정치적 배려 따위가 담겨 있을 리가 없었다.

어쨌든 폴리투스키는 앞날에 대한 어두운 생각을 간직한 채 날마다의 의무를 적극적으로 수행해 갔다.

하루는 구축함 '그롬키'가 고장이 났다. 곧 가서 조사해 보니 함저(艦底)에 이상이 있었다. 잠수부를 들여보내 고쳐야만 했다.

공작선 '캄차카'에서 몇 사람의 잠수부가 와서 수리를 시작했다.

폴리투스키는 구축함 위에서 수리 지휘를 했는데, 파도가 온몸을 적실 만큼 풍랑이 심한 날이었다. 따라서 물 속에서 일하는 잠수부의 고생은 이만저만이 아니었다. 파도에 밀려 저만큼 떨어졌다가 다시 밀려와 배에 부딪히면서 머리에 쓴 철모가 깨어지기까지 했다. 잠수부들은 파도에 시달리며 물 속에서 기진맥진하면서도 용케 작업을 끝냈다.

돌아오는 보트에서, 다시 거친 파도에 시달려 옷을 흠뻑 적신 폴리투스키는 지칠 대로 지쳐서 기함에 당도했다. 간신히 뱃전에 올라와 갑판에 서니 그곳에는 로제스트벤스키가 서 있었다.

제독의 입에서 나온 것은 수고했다는 위로의 말이 아니라 꾸짖는 소리였다.

"너는 뭣하는 사람인가? 참모부에 근무하면서 그 따위로 태만하다니, 부끄럽지도 않은가! 그롬키의 수리는 오후 5시까지 걸릴 텐데, 왜 벌써 현장을 버리고 돌아왔는가?"

폴리투스키가 갑판에 기어 올라온 것은 오후 3시였다. 참으로 기막힌 질책이었다.

그러나 폴리투스키는 그의 아내에게 이렇게 적어 보냈다.

"이 긴 항해중에 제독으로부터 받은 유일한 영예는 그것이었소. 난 평생토록 이 말을 잊지 않을 거요."

로제스트벤스키의 용모는, 신이 '비범함'이라는 것을 소재로 조각을 했다면 이런 얼굴이 되리라고 생각될 정도로 훌륭한 조형미를 갖추고 있었다.

총명하고 맑게 반짝이는 두 눈, 단정한 코와 품위 있고 의지적인 입술, 하나하나를 뜯어 봐도 훌륭하지만 얼굴 전체를 종합해도 하나의 힘을 느끼게 하는 용모였다.

그는 러시아의 장군치고는 드물게 귀족 출신이 아니었지만, 그 용모는 귀족 중의 귀족이라 할 만큼 훌륭했다. 그는 뛰어난 성적으로 해군 사관학교를 나와, 위관(尉官) 시절에는 그 유능함 때문에 상사의 경외(敬畏)를 받았다.

영관(領官) 시절에는 주로 육상 근무를 했는데 포술의 연구자로 뛰어났다. 그러나 독창적인 업적과 연구는 전혀 없었다.

해군성에 있을 때는 실무자로 유능했고, 부하에 대해서 엄격하고 상관에 대해서도 할 말은 다 했다.

만약 그의 생애에 전쟁이라는 것이 없었더라면, 이 싸움을 모르는 제독은 러시아 해군의 뛰어난 인재로서 국내외에서 존경을 받으며 따뜻한 어느 별장에서 행복한 여생을 보냈을 것이다.

그런 그가, 러시아의 많은 제독 가운데 뽑혀 엄청난 모험과 계산을 필요로 하는 전쟁에 끌려 나오고 말았다. 어째서 그가 뽑혔는지 거기에는 이유가 있었다. 시종무관으로서 늘 황제를 수행하며, 항상 황제 가까이에서 러시아 해군에 대해 말하고 의견을 제시했기 때문이다.

그 의견 가운데는, 불행히도 발틱함대의 대회항이라는, 영국 해군의 제독도 꽁무니를 뺄지 모르는 대담 무쌍한 대항해 작전도 들어 있었다. 그러나 그가 의견을 말한 것은 어디까지나 시종무관으로서 해군성과는 다른 입장에서 한 것이지 설마 자기가 그 사령관에 임명될 줄은 생각조차 하지 않았으리라.

그러나 황제로서는 대러시아 제국의 군사적 패세(敗勢)를 단번에 만회하기 위해서 웅대한 작전과 영웅적인 제독이 필요했다.

로제스트벤스키는 다분히 책상 위에서만의 영웅이었는지 모르는데, 황제로서는 그런 것을 식별할 줄 몰랐다.

만약 로제스트벤스키가 독재 황제의 시종무관이 아니었더라면, 그에게는 이처럼 항해 그 자체조차 지극히 어렵게 여겨지는 작전을 맡게 되는 비운에 빠지지는 않았으리라. 그보다도 그의 용모가 그의 본질과 별 상관없이 이채를 띠지 않았더라면, 그의 운명도 달라졌을지 모른다.

그에게는 한 가지 신앙이 있었다. 즉 그의 부하인 모든 함장이 하나같이 우둔한 자들이라는 믿음이었다. 그는 자기의 참모들의 능력조차 믿지 않았다. 자기 외에는 모두 바보라는 이 괴상한 신앙은, 남들이 그의 용모에서 착각했듯이 그 자신도 그것을 착각한 데서 비롯된 것으로밖에 볼 수 없었다.

그렇다고는 해도, 로제스트벤스키에게도 약간 마음에 드는 함장이 있기는 했다. 그 구축함의 함장이 하는 일은 모두 인정하고 공공연히 그 함장을 추켜세울 뿐만 아니라 그를 본받으라고, 각 함의 함장에게 잔소리를 했다.

　이 고약한 편애에 대해서는 수병들까지 알고 있었다. 그런데 실제로 그 배의 사관과 수병들의 눈에는 그 함장이 누구나 뻔히 알 수 있는 허풍장이였다. 함의 운영도 서툴고, 거기다가 수병을 공연히 혹사시키며 호통을 쳤고, 잘못이라도 발견하면 그 자리에서 죽어라고 매질을 했다.

　결국 이 함장은, 실제의 전장에서도 용케 요령을 부려 최대한 위험을 피하며, 거의 버젓한 전투 한번 해보지도 않고 포로가 되었다.

　이와 아주 대조를 이루는 함장이 한 사람 있었다. 부하들의 평판도 좋고, 이 사람의 능력과 인물이라면 안심하고 생명을 맡길 수 있다고 모든 사람들이 생각하고 있는 함장에 대해, 로제스트벤스키는 늘 가혹하게 바보 취급을 했다. 함대이동을 연습하거나 수리 훈련 중일 때, 로제스트벤스키는 심한 조롱과 욕설의 신호를 보내 그 함장을 욕보였다.

　로제스트벤스키는 막료들에게도 매우 쌀쌀했는데, 단 한 사람 예외가 있었다. 블라디미르 세묘노프라는 중령이었다. 그는 엄격히 따져 참모 장교가 아니었다. 그에 대해서는 이미 언급했지만, 그는 로제스트벤스키의 측근이라는 것이 옳았다. 제독은 그에 대해서만은 오랜 친구로 대접하며, 그가 함대 사령관실에 들어오면 기분이 약간 풀어지고는 했다.

　"어서 오게, 블라디미르군."

　의자도 권하고 담배도 권하면서, 그의 인품으로서는 상상도 할 수 없는 잡담을 하기도 했다.

　"걸어다니는 자루"라고, 수병들로부터 손가락질을 받는 이 뚱뚱한 중년의 사나이는 누구보다 서구적인 교양을 갖추고 있었고, 또 해양 소설과 야담의 작가로 알려져 있는 만큼 화제가 풍부했다.

　수병들은 이 사람에 대해 그들의 독특한 후각으로 뱃사람에게는 있을 수 없는 교활함을 알아 내고 송충이처럼 싫어하고 있었지만, 세묘노프 자신에게도 강한 불만이 있었다.

　그는 여순함대의 생존자였다. 함대가 패망한 뒤 교묘히 탈출하여 다시 러시아로 돌아갔다가, 발틱함대에 탑승 명령을 받은 것이다.

　"난 시모세(下瀬) 화약의 냄새를 안다."

그는 이것이 자랑이었는데, 참모부의 고급 장교이면서도 참모 회의에 한 번도 출석을 지시받은 적이 없었고, 게다가 그의 직책은 '해사 담당(海事擔當)'으로 어느 함대에도 없는 애매한 것이었다.

"나에게는 젊은 사관에게까지 알려진 일도 알려 주지 않았다."

그가 전기(戰記)에 적었듯이 그는 참모부에서 소외당하고 있었다. 참모부는 이 쓸모없는 중령을 동료로 넣어줄 정도로 사교적이지 못했던 것이다.

로제스트벤스키는 아마 그를 이 대작전의 기록자로 태웠으리라. 그에게 친절했던 것은 뒷날을 위한 아첨이었는지도 모른다. 하기야 실제로 세묘노프는 나중에 제독을 찬양하는 글을 썼고, 아울러 자기 변호가 가득 담긴 수기를 썼다.

그럭저럭 노시베를 떠날 것 같다는 말을 각 함정 여기저기서 수군거리기 시작한 것은 3월에 들어설 무렵이었다.

이 무렵 석탄선(石炭船)이 빈번히 와서 함선마다 석탄 탑재 작업이 시작되었다.

3월 15일에는 이 함대의 식량과 그 밖의 항해에 필요한 물자를 공급하고 있는 독일 상인의 기선이 왔다. 그 기선은 소금에 절인 쇠고기를 비롯하여 비스킷, 차, 치즈 따위를 가득 싣고 있었다.

이 기선이 오기 직전에 로제스트벤스키는 전함대에 신호를 보냈다.

"24시간 이내에 적재를 완료하라."

기선이 들어오자 적재 작업이 시작되었다.

작업 중에 기함 스바로프에 다시 신호가 올라가서 명령이 내려졌다.

"내일 정오까지 증기력(蒸氣力)을 준비하라."

함선마다 사람들의 움직임이 활발해지고, 보트가 여기저기 바삐 돌아다녔다.

함선마다 물자를 잔뜩 실어서 배가 터질 지경이었다.

전함 '아료르'에 타고 있는 기사(技師) 코스첸코는 군함의 의사로서 이 상태를 진단하고는 거의 절망적인 표정을 지었다.

아료르의 배수량은 13,516톤이었는데, 짐을 과하게 실었기 때문에 17,000 톤이 넘어 버렸다. 이래서는 복원력(復原力)에까지 지장이 생겨, 항해 중의 조건에 따라서는 전복될 위험도 있는 것이다.

다른 군함의 상황도 아료르와 큰 차이가 없었다. 어떻게 되든 석탄과 식량을 실을 수 있는 데까지 싣고 보자는 것이 로제스트벤스키의 방침이었다.

그에게 부여된 의무는 도고 함대와 싸우는 것만이 아니었다. 싸움의 현장까지 이 함대를 몰고 가야 하는, 역사상 처음 있는 대함대의 대항해를 완수해야 하는 것이다.

기사 코스첸코의 척도인 정론(正論)에 구애받을 수는 없었다.

기사 코스첸코는 아직 스물 네 살로 기함 스바로프에 타고 있는 폴리투스키보다 후배였다. 그는 폴리투스키와 마찬가지로 스바로프 형(型)의 새 전함 건조에 종사했기 때문에, 두 사람이 모두 이 모험적인 항해에서 없어서는 안될 능력의 소지자였다.

폴리투스키가 기사의 입장에서 러시아 해군의 작전의 조잡성과 함대의 러시아적 비능률성을 바라보며, 이 싸움의 전도에 절망을 느끼고 있었는데 코스첸코도 그 점에 있어서는 마찬가지였다.

단지, 코스첸코는 러시아를 구하기 위해서는 혁명밖에 없다는 정치적 신념을 갖게 된 것만 이 폴리투스키와 다른 점이었다.

참고로, 노비코프 플리보이의 '쓰시마 섬(對馬島)' 속에 나오는 총명한 기사 바실리예프가 바로 이 코스첸코인 모양이다.

함대는 3월 16일 아침에는 언제라도 출항할 수 있는 태세를 갖추었다.

기사 폴리투스키는 아내에게 보내는 편지를 등기로 부치기 위해 육상의 우체국을 찾아갔다.

우체국 직원은 젊은 프랑스인이었다. 그는 그 동안 몇 차례 폴리투스키 등기를 취급했기 때문에 구면이었다.

뿐만 아니라 이 우체국 직원이 함대 승무원의 우편물 취급 때문에 지난 두 달 동안 무척 바빴던 것을 폴리투스키는 미안하게 여기고 이렇게 말한 적이 있었다.

"당신을 위해 러시아의 훈장을 받도록 내가 주선하겠소."

우체국 직원은 이 말을 기쁘게 생각하고 이날도 물었다.

"저, 훈장은 틀림없을까요?"

폴리투스키는 착실한 성격이어서 이미 그 수속을 끝내놓고 있었으므로 훈장은 금년 말 경에는 당신 집에 전달될 거라고 대답했다.

그 연말에 이미 폴리투스키는 이 세상에 없는 사람이 되지만, 어찌 그것을 이때 미리 짐작했으랴.

"함대는 본국으로 돌아갑니까?"

직원이 물었다.

폴리투스키는 극동으로 간다고 대답할 수가 없어서, 잠깐 미소를 보내고 직원과 악수를 한 다음, 모터 보트를 타고 기함 스바로프로 돌아왔다.

오전 11시였다.

정오에, 그가 식사를 하고 있는데 신호 명령이 내렸다.

"닻을 올려라."

폴리투스키는 정박중 누구보다도 바빴기 때문에, 그 소리를 들으니 피로가 한꺼번에 몰려오는 듯해서 입을 떼기조차 귀찮았다.

피로는 그에게서 감동을 빼앗은 것이다.

오후 1시, 함선이 물살을 가르기 시작했다. 두 달에 걸친 이 대함대의 정박이 끝나고, 그를 태운 군함을 포함한 45척의 대함대가 극동에서의 미지의 운명을 향해 나아가기 시작한 그 순간도 그에게는 아무런 감동을 주지 못했다.

항내에 정박하고 있던 두 척의 프랑스 해군 구축함이 러시아 함대가 움직이자 함께 닻을 올렸다. 함체를 하얗게 칠한 아름다운 두 소형함(小型艦)은 "항해의 안전을 빈다"는 신호를 마스트에 걸고, 항외(港外)까지 전송할 작정이었다.

기함 스바로프의 뒷갑판에서는 군악대가 따가운 햇살과 미풍을 받으며 화려한 연주를 시작했다. 정박 중 프랑스로부터 받은 후의에 감사하고 또한 구축함의 전송에 답하기 위해 '라 마르세유'를 취주했다.

로제스트벤스키는 함교에 있었다.

그 곁에 함장 이그나티우스 대령이 프랑스의 구축함을 바라보면서 미소 짓고 있었다. 이 대령은 로제스트벤스키와 전술에 대해 얘기한 적은 없었으나, 이 함대의 전도에는 신의 도움 외에는 빛이 없다고 보고 있었다. 그러나 그 생각을 평소의 태도에는 추호도 드러내지 않고, 늘 부드러운 미소를 지으며 가끔 점잖은 농담을 하곤 했다.

출항은 사기를 크게 올려주었다. 사관실도 활기가 넘쳤고, 함의 이곳저곳을 뛰어다니는 수병들의 움직임도 발랄했다.

대함대는 인도양을 향해 동진(東進)했다.

이 세계 제3의 대양을 최초로 횡단한 모험가는 아마도 기원전의 페니키아 인이었으리라. 그러나 그것은 역사 학자의 관심은 끌어도 뱃사람에게는 아무런 관계도 없었다.

뱃사람의 기술사(技術史) 가운데 큰 빛을 던진 것은 1498년 인도 연안에 이른 바스코다가마였다.

"우리는 바스코다가마보다 어려운 항해를 시작했군요."

기함 스바로프의 사관실에서 명랑하게 말한 사람은, 소위인 베르너 폰 크루셀리라는 독일 이름을 가진 젊은이였다.

이 젊은이가 앞으로 맞게 되는 해전에서 감동적인 분전을 하게 되는데, 그런 청년인 줄 모르고 사관들은 이 활달한 젊은이를 스바로프의 마스코트처럼 사랑했다.

크루셀리는 니콜라예프 해군 사관학교 출신이 아니고, 상선 출신이었다. 어릴 때 상선의 선원이 되었다가 독학으로 검정 시험에 합격하여 사관이 되자마자 소집되었던 것이다.

할 일이 없는 막료였던 세묘노프 중령은, 날마다 지루함을 달래기 위해 크루셀리의 얼굴을 볼 때마다 호의에 찬 농담을 던졌다.

"그는 애교가 있고, 늘 쾌활하고 상냥한 웃는 얼굴로 사람을 대했다. 남과 이야기하기를 좋아했다."

세묘노프가 쓴 글인데, 말이 많다기보다 어른들의 얘기를 듣고 싶어 했다는 것이 옳다. 그는 군함의 경험이 적었기 때문에 노련한 사관들에게 질문을 자주 했다.

그의 자랑은, 어릴 때부터 외국 항로의 상선에서 닥치는대로 일했기 때문에 유럽에서 쓰이는 대부분의 언어를 할 줄 안다는 점이었다.

"그럼, 그 중에서 어느 말이 가장 자신이 있나?"

"독일어입니다."

이렇게 진지하게 대답하는 청년이었다.

그는 증조부때 러시아에 귀화한 독일인의 자손으로 아직 집에서는 독일어를 쓰고 있었다. 그가 독일어에 자신이 있는 것은 당연하지만 러시아 제국에 대한 충성심에 있어서는 누구에게도 지지 않는 사람이기에, 진지한 의미에서 독일어는 외국어였던 것이다.

참고로 러시아 표트르 대제의 서구화 정책 이후로 독일인 의사와 기술자의 러시아 귀화를 환영해 왔기 때문에, 독일계 러시아 인에게 러시아는 살기 좋은 나라이고, 독일인이라면 의례 의사와 기술자라는 인상이 일반화되어 있어 가벼운 존경까지 받는 입장이었다.

크루셀리는 상선을 탈 때 여러 차례 인도양을 경험한 적이 있었다. 그 항로는 수에즈에서 실론 섬의 콜롬보에 이르는 것이 보통인데, 그 항로는 각국의 함선에는 인도양의 번화가라고 할 만한 것이었다.

그런데 발틱함대는 그보다 훨씬 남쪽의 신항로를 취하고 있는 중이었다. 그 이유는 각국의 함선을 만남으로써 소식과 소재가 알려지는 것을 꺼렸기 때문이며, 더욱이 일본의 동맹국인 영국 함선의 눈에 띄고 싶지 않았기 때문이다.

인도양은 '대영제국의 호수'라는 별명이 있다. 로제스트벤스키는 만리(萬里)에 배 그림자 없는 고독한 항로를 가고자 하는 것이었다.

기함 스바로프는 상갑판에서 포갑판(砲甲板)에 이르기까지 잔뜩 석탄 자루를 싣고, 보기에도 무겁게 파도를 헤치고 있었다.

석탄 자루를 쌓아놓은 사이사이 이 군함의 식량인 소가 몸을 움츠리며 숨 쉬고 있었다. 황소와 암소는 물론 송아지까지 있었다. 암소는 승무원에게 우유를 제공하기 위해 실려 있었으나, 파도 때문에 동요가 심해서 한 마리도 젖이 나지 않았다.

소들은 배설물을 사정없이 갑판에 쏟아 놓았다. 그럴 때마다 수병들은 청소를 했다.

함대는 거의 한 줄로 늘어서서 항해했다. 45척이 이 전함대의 길이는 10 킬로는 되었으리라. 여기에 다시 가까운 장래에 네보가토프 소장의 제3함대가 추가된다.

만약 이 대함대의 원정이 성공한다면 피라미드도 만리 장성도 알렉산더 대왕의 원정도 빛을 잃을 것이다.

순양함 이상은 그래도 괜찮았으나, 구축함의 항해는 큰 일이었다. 350톤 정도의 구축함으로서는 이러한 대항해는 무리라는 것이 이 시대의 상식이었다. 그러나 일단 전투가 벌어지면 사냥개 역할을 하는 구축함이 없으면 전투함대의 기능이 제대로 발휘되지 않는다.

이 조그만 배는 참으로 골칫거리였다. 승조원들도 외양의 큰 물결에 흔들려서 때로는 골짜기에 떨어졌다가 다시 꼭대기로 솟아오르는 운동을 계속하자니 그 고통이 이만저만이 아니었다.

또 함대 전체로서도, 이 조그만 배는 금세 석탄을 다 때버리고 '석탄 없음'이라는 신호를 연신 기함으로 보냈다. 전에는 9척이나 있었기 때문에 더 심했다. 그럴 때마다 구축함의 석탄을 보급한다는 이유로 전함대가 대양 위에서 정지해야 했으니 정말 귀찮은 존재였다.

그런데 이번의 인도양 횡단 항해에서는 그 문제를 다소나마 해소하기 위해 큰 배가 강철 밧줄로 구축함을 끌고 가기로 했다. 그렇게 하면 구축함은 기관을 발동시키지 않아도 되므로 그 작은 뱃속이 쉽사리 비지 않는다.

날씨만은 그런대로 순조로운 날들이었다. 때로는 파도가 거친 날도 있고 가랑비가 오는 날도 있었지만 항해에 곤란을 느낄 정도는 아니었다. 맑은 날과 흐린 날이 순조롭게 반복되었다.

대낮의 태양은 따가워서 함체든 포든, 닿으면 화상을 입을 만큼 달아올랐지만, 그래도 마다가스카르 섬에 있을 때처럼 습도 높은 불쾌한 더위는 없었다. 밤은 훨씬 견디기가 수월했다. 맑은 밤하늘의 별은 아름다웠다. 별들이 황금과 백금의 구두징처럼 크고 묘안석(猫眼石)처럼 반짝이는 빛으로 이 대양 위의 12,000명을 위로해 주었다.

어쩌면 위로해 주었다는 말은 할 수 없을지도 모르겠다. 인도양은 항해하는 사람에게 염세감(厭世感)을 준다고 한다. 예부터 이 바다에서는 남이 봐서는 아무런 이유도 없이 물에 뛰어들어 죽는 자가 많았다고 하는데, 이 함대에도 그런 일이 일어났다.

기선 '키예프'의 수병이 뛰어든 것이다. 그를 구출하기 위해 키예프는 대소동을 벌였으나 로제스트벤스키는 '수색을 중지하라'는 신호를 보내고 기선을 그대로 항해시켰다.

2등 순양함 '젬추그'에서도 그런 일이 있었다.

함대는, 대양 위에서 가끔 정지했다.

어느 함이 고장나면 해상 수리를 한다고 일제히 서고, 석탄을 탑재할 때도 섰다.

'로제스트벤스키의 기적'이라는 말까지 들은 이 대항해는 확실히 기적이라고 할 수 있었다.

극동까지 오는 동안 단 한 곳의 급탄소도 없이 항해를 했고 또 계속하려는 것이다.

과연 프랑스는 러불 동맹(露佛同盟)의 뜻을 살려 호의적이었다. 그러나 그들의 식민지인 항구를 이 함대에 개방하지는 않았다. 개방하고 싶은 마음은 간절했겠지만, 일본 정부는 프랑스에 중립국으로서의 엄정한 태도를 유지하도록 자주 요청도 하고 항의도 해서 매우 집요하게 굴고 있었다.

기실 프랑스는 일본 따위는 대수롭지 않게 여기고 있었으나, 일본의 배후에 있는 영국의 눈치를 보느라 발틱함대에 대한 서비스를 자제한 것이다.

군함은 석탄을 어마어마하게 소비한다. 그것을 위한 급탄소를 두지 않고 45척이 원양을 항해한다는 것은 생각할 수도 없는 일이었으나 러시아인은 그것을 거뜬히 해치웠다.

그것을 가능하게 한 것은 앞에서도 잠시 언급한 것처럼 항해 도중에 독일의 석탄 회사로부터 석탄선을 보내 오게 한 것이다. 그 실시 요령은 함대측과 석탄 회사 사이에 면밀히 계획되었고 그 계획은 차질없이 집행되고 있었다.

다만 불편한 것은 바다 위에 떠 있는 상태에서 석탄을 옮겨싣는 일이었다. 그 작업에는 장교까지 동원됐다. 그 엄청난 노동은 항구 안에서 하는 것에 비해 몇 배나 힘이 더 들었다.

"석탄 탑재 작업이 함대의 힘을 가장 많이 소모했다. 범선 함대의 노젓는 노예가 우리보다 훨씬 편했을지도 모른다."

이것은 리바우 항구를 떠난 이래 실제로 그 힘든 작업을 어깨와 팔과 허리와 호흡기로 경험을 거듭한 전함 아료르의 주계(主計) 하사관 노비코프 플리보이가 쓴 글이다.

작업은 지극히 원시적이었다.

한패가 석탄선의 선창에 들어가서 석탄을 자루에 퍼 담으면 다른 패는 보트에서 그 석탄 자루를 받는다. 보트가 가득 차면 노를 저어 본함(本艦)으로 운반한다. 그러면 함상에서는 기중기로 그것을 받아 올려 선창을 통해 석탄창고(石炭庫)에 내리는 것이다.

이 작업은 어느 나라의 군대나 다 그런 것처럼, 각 함선이 빨리 하기 경주를 한다.

그동안 함선은 닻을 내리고 있는 것이 아니라 단순히 기관만 끄고 있기 때문에, 풍랑으로 인해 배의 위치가 자주 달라진다.

석탄 탑재 작업을 끝내면 그것을 위해 내렸던 보트 따위를 또 끌어 올려야 하는데 그 작업도 여간 어려운 일이 아니었다.

더구나 그동안 종종 '원숭이'의 순양함이 나타났다는 소문이 나돌아서 전 승무원이 신경을 더욱 곤두세우곤 했다.

봉천으로

봉천에는 크로파트킨이 있다.

만주 최대의 이 도시를 정확히는 봉천부(奉天府)라고 부른다. 이 도시는 청(淸)에 의해 번성했는데, 그 전의 명(明) 대까지는 심양(瀋陽)이라고 불렸다. 대명제국(大明帝國)의 변경 수비대의 군사 기지로서 당시는 남만주를 제압할 만한 대도시는 아니었던 모양이다.

만주에서 일어난 여진족의 추장 애신각라 누르하치(愛新覺羅奴兒哈赤)가 이곳을 빼앗아 도읍으로 삼았다. 후일 명이 망하고 중국 본토에 청제국이 세워졌을 때 도읍을 북경으로 옮겼지만 그때까지는 그들 기마민족의 도읍이 이곳이었다.

태조 누르하치의 다음이 태종(太宗)이다. 아직 중국 본토에서는 명의 의종(毅宗) 황제가 정권을 유지하고 있을 때, 태종은 만주에서 크게 세력을 확장하여 이 도읍을 키우면서 심양이라는 명칭을 폐지하고 성경(盛京)이라 불렀다.

물론 그들은 한(漢)민족이 아니다. 몽고어와 같은 계통의 언어를 쓰는 민족으로서, 그 명칭도 그들의 말로는 묵덴(Mukden)이었다. 번성하는 도읍이라는 뜻이며, 한민족의 말로 번역해서 성경이라 한다.

그러나 이 민족이 청제국을 수립하여 도읍을 북경으로 옮긴 뒤에도 이 봉천을 묵덴이라 불렀기 때문에, 유럽어로는 묵덴으로 되어 있고 러시아인도 그렇게 불렀다.

이 도시가 '성경'이라고 불리게 된 직후에 일본인이 이곳을 통과한 적이 있었다.

도쿠가와 삼대 장군 이에미쓰(家光) 시대(1644)에 에치젠(지금의 후쿠이 현)의 미쿠니 항(三國港)의 상인 오카다 효에몬(岡田兵右衛門) 일행이 마쓰마에(松前 : 지금의 홋카이도)에 장사를 하러 배를 타고 떠났다가 도중에 태풍을 만나 만주까지 흘러가서 붙들려 호송되어 가는 도중에 이 성경을 구경한 것이다.

다음은, 그들이 일본에 송환되어 막부의 관리에게 심문을 받았을 때의 문답을 적은 것이다. 그들은 이 만주족(퉁구스)을 달단(韃靼)이라 부르고 있다.

"달단의 도읍은 주위가 20리 정도 됩니다. 도읍에서 왕이 있는 곳은 일본의 성(城)과 같지만 일본의 성처럼 엄중하지는 않습니다. 사방에 망루도 있습니다. 흡사 일본 절의 전당(殿堂) 같은데 그것을 매우 크게 만들었으며 기둥은 둥근 것이었습니다. 기와에는 유약을 칠해서 오색이 반짝였습니다. 물론 보통 기와도 있습니다. 거리의 민가도 일본처럼 늘어섰는데 모두 기와를 이었습니다. 물론 그다지 좋은 집들은 아닌 것 같았지만 그래도 크고 튼튼해 보였습니다. 집안에는 일본처럼 마루라는 것이 없고 모두 돌을 쪼아서 깔아 놓았습니다."

청조 초창기에는 에치젠(越前)에서 온 표류민의 눈에도 그다지 훌륭한 도시로는 보이지 않았던 것 같은데, 그후 청조의 위세가 번창하면서 이 봉천을 청제국의 고도(故都)로 정하여 대규모 공사를 하고 거대한 성벽을 쌓았다.

성벽은 이중이었다. 내부의 성벽은 벽돌을 쌓아 정방형(正方形)으로 만들었다. 그것을 바깥에서 또 하나의 성벽이 둘러쌌는데, 이 외곽 성벽은 불규칙한 타원형의 흙벽이었다.

러시아 제국이 만주를 침략하기 전까지는 봉천부의 모습은 거의 이와 같았다.

봉천에 대해서 좀더 살펴보자.

니콜라이 황제의 극동 침략은, 우선 만주를 취하고 조선을 속령으로 삼는 데 목적을 두고 있었다.

조선에 대해서는 남쪽 연안 진해만 가까이에 있는 마산포(馬山浦)라는 어항에, 러일전쟁 개전 이전에 러시아가 해군 기지를 두었다.

메이지 29년(1896년) 러시아는 청국을 설득하여 만주에 철도 부설권을 얻어서 즉시 대규모 공사를 시작했다. 그러다가 이내 중국 국민의 배외(排外)운동인 의화단 사건을 진압한다는 명분으로 대군을 정략적으로 남만주로 보내어 각지를 점령하고 아울러 봉천도 무력으로 점거했다. 그리고 러시아는 러시아식의 대시가지로 건설하기 시작한 것이다.

봉천부의 내성(內城)과 외성(外城)을 중국 거리 그대로 두고, 외성 서쪽에 있는 봉천역을 중심으로 서쪽에 새 시가지를 만들었다. 완전한 황야에 건설된 시가지로 유럽식 도로와 건물이 들어섰는데, 그 중에서 철로 공사(鐵路公司)와 교회당, 병원 그리고 병영(兵營) 등이 두드러지게 눈에 띄었다.

더욱이 러시아군의 보초가 봉천 성벽에 서 있었으니, 봉천은 러일전쟁 이전에 이미 러시아의 영토였다.

게다가 러일전쟁이 터지자 크로파트킨 장군은 이 봉천 부근의 산야에 대규모 야전장(野戰場)을 축성하여 이 무렵 30여만의 대군을 거느리고 있었다.

이 러시아군 진지를 전후에 실제로 본 사람의 말에 의하면 다음과 같다.

"그 진지라는 것이 봉천에서 무순(撫順)까지 뻗쳐 있어서 이미 1년 전부터 만든 어마어마한 진지로 갑자기 구축한 것은 아니다. 요즘 말하는 토치카 같은 것이었을 거다."

작가 기타하라 다케오(北原武夫)의 아버지 기타하라 노부아키(北原信明)씨의 얘기인데, 그는 당시 구로키군 예하의 근위 사단 포병 탄약 대대에 소속된 젊은 군의(軍醫) 대위였다. 이 얘기는 우노 지요(宇野千代)씨가 엮은 '러일의 전문서(戰聞書)'라는 96페이지의 책에서 인용한 것이다.

크로파트킨이 봉천 부근에서 장악하고 있었던 병력은 32만 명으로 개전 후 유례없는 대병력이었다.

이에 대해 오야마와 고다마가 거느린 일본의 야전군은 통틀어 25만밖에 안되었다.

대포의 수는 러시아가 1,200문이고 일본은 990문이었다.

이만한 병력과 화력이 100킬로에 걸친 전선에 전개되어 대대적인 결전을 벌인다면 세계의 전사상(戰史上) 공전의 대회전(大會戰)이 되리라.

이전까지는 1813년의 라이프치히 싸움이 최대 규모의 것이라고 했는데, 그때도 프랑스군 171,000, 연합군 301,500에 지나지 않았던 것에 비하면 다가올 러일(露日)의 봉천 회전이 얼마나 큰 규모인지 알 수 있을 것이다.

이 회전을 앞두고, 양군은 각각 공세를 계획하고 있었다. 특히 크로파트킨은 이렇게 선언했다.

"봉천 이북으로는 한 걸음도 물러서지 않겠다."

그는 그 나름대로 건곤일척(乾坤一擲)의 결전을 일본군에게 강요할 작정이었다.

전비(戰費)로 인해 가급적 빨리 전쟁을 끝내려는 일본 정부와 대본영의 방침은 개전 이래 조금도 변함이 없었다.

'이 이상 전쟁이 계속되면 일본은 파산할 것이다.'

이런 관찰은 어느 나라의 소식통이든 일치하고 있었다.

그러나 일본의 전시 재정은 가난한 나라의 살림치고는 잘 꾸려져나가 전쟁에 으레 따르기 마련인 물가고의 현상도 그다지 심하지 않았다. 2퍼센트에서 20퍼센트 정도로 올랐는데 이것은 기적적이라 할 수 있다. 상대방인 러시아가 심각한 물가고를 나타내어 그것이 사회 불안의 주원인이 된 것에 비하면 다행이라 하겠다.

일본의 전시 국민 경제가 거의 평시와 큰 차이가 없었던 것은 주로 외국의 동정으로 순조롭게 확보된 외채 덕분이었다.

결과로 본다면, 러일전쟁에서 일본이 쓴 돈은 19억 엔이었다. 그 중에서 외채가 12억 엔이었으니, 반수 이상을 빚으로 충당한 전쟁이 된 셈이다.

물가고라는 전시의 악현상을 억제할 수 있었던 것은 대장성의 정책도 있었지만 그 밖에도 여러가지 이유가 있었다. 우선 증세(增稅)였다. 정부가 의회에 이를 제출했을 때, 정부 스스로가 다음과 같은 제안 설명을 하여 무사히 통과되었다.

"이것은 나쁜 세법(稅法)이라 하겠지만, 국가의 존망(存亡)이 걸린 시기이므로 부득이하다."

이 전쟁이 민족적 실감으로는 조국 전쟁(祖國戰爭)이었다는 증거의 하나가 되리라.

또한 국민이 내채를 부담하면서도 예금액이 증가했다는 것도 조국 전쟁의 특징으로 볼 수 있으며 그런 것들이 물가고를 억제하는 힘이 되었던 것이다.

그러나 전쟁으로 재계가 불황인 것만은 확실했다. 벌써 2년째로 접어든 이 전쟁이 만약 3년, 4년 계속된다면 일본의 재정은 파멸의 위기에 처하게 될지도 몰랐다.

어쨌든 '전쟁에 의한 재정적 파멸'이라는 위험이 처음부터 있었기 때문에 일본 정부가 이때만큼 국가 운영상 재정적 감각을 날카롭게 한 적은 그 이전에도 없었고 그 이후에도 없었다.

이때와 똑같은 나라가 훨씬 후년에 재정적으로 무모하기 짝이 없는 태평양 전쟁을 치렀다는 것은 거의 믿을 수 없는 일이다.

아무튼 일본이 파산 직전에 있었다는 것은 봉천 회전 뒤 병력의 소모를 메우기 위해 참모본부(대본영)가 사단 증설안을 내었을 때 육군 대신은 이를 거부하며 '도저히 그만한 돈이 없음'을 설명하지 않을 수 없었던 것으로도 짐작이 간다.

어떻든 일본은 그 재정적인 위기를 모면하기 위해 결정적인 승리를 얻어, 사태를 강화(講和)로 끌고 갈 생각이 거의 초조할 정도로 높아가고 있었다.

'봉천 회전'이라는 일대 결전의 요청은 도쿄의 대본영의 발기에 의해 이루어진 것이며, 이와 동시에 외무성은 미국의 테오도어 루스벨트 대통령을 중재자로 하는 화평 공작을 추진하고 있었다.

'봉천 회전'

이의 필요성은 앞에서 말한 것처럼 정략적으로도 절박했지만 전략적으로도 일본군의 승패가 좌우되는 기로가 될 정도로 필요했다. 그것도 가급적 빠른 시기이어야만 했다.

왜냐하면 러시아도 만주에서 최종적인 승리를 거두기 위해 유럽에서 대동원을 하는 중이었고, 봄이 되면 우선 유럽에 있는 제4군단이 크로파트킨의 휘하에 도착할 예정이었다.

현재로서도 병력에 큰 차이가 있어 크로파트킨이 우위에 서 있는데, 유럽의 제4군단이 보태어진다면 일본군이 아무리 사력을 다한다 해도 요동 반도로 쫓겨나 마침내 바다에 뛰어들지 않을 수 없으리라.

"봄이 되기 전에."

이것이 일본군으로서는 통절한 시기적 조건이었다.

그것도 단순히 봄이 되기 전이 아니라 가능하다면 결빙기 안에 해치워야 했다. 그것은 절박한 요구였다.

왜냐하면 20여만으로 30여만의 적을 깨뜨리는 데는 작전의 묘와 신속하고 자유자재한 임기응변의 군대 행동이 필요했다. 씨름에 비교한다면 이쪽이 체구가 작기 때문에 씨름판 안에서 재빨리 몸을 움직이지 않으면 상대인 거인에게 이길 수가 없는 것이다.

이런 군대 행동은 만주에서는 겨울이 좋다. 모든 강이 얼어붙어 있기 때문에 인마와 차량이 마음대로 왕래할 수가 있다. 그러나 봄이 되어 눈이 녹고 얼음이 녹으면, 길은 진창이 되어 이동에 최악의 조건이 된다.

"아무래도 봄이 예년보다 빠른 것 같습니다."

고다마는 기상관으로부터 이러한 보고를 듣고 있었는데 실제로 2월에 들어서니 제법 따뜻하게 느껴지는 날이 많아지고 있었다. 기상관의 말처럼 올해는 예년보다 해빙기가 빨리 올지도 모른다.

고다마는 작전 회의 끝에 2월 25일을 기해 만주군에 행동을 개시하기로 예정보다 작전 개시일을 앞당겼다.

이 대공세의 작전안을 세운 것은 총사령부 작전주임 마쓰카와 대령이었다.

20여만이 30여만에 부딪치는 이상 그 작전은 정통적인 사고방식에서 벗어나지 않을 수가 없다.

안(案)을 세우면서 마쓰카와는 여러 차례 고다마와 상의했다.

처음 마쓰카와가 그 방안을 설명하자 고다마는 놀라며 이렇게 말했을 뿐 더 이상 말하지 않았다.

"과연 기묘하군."

고다마는 몇 가지 버릇이 있었는데, 그의 침묵은 동의를 나타내는 것이라는 말이 참모들 사이에 통하고 있었다.

그러나 이때의 고다마는 반드시 그런 것도 아니었다.

'그것밖에 좋은 방책이 없단 말인가.'

이런 생각에 잠겼던 것이다.

기책(奇策)이란 들어맞으면 효과가 크지만 빗나갈 가능성도 크며, 빗나가면 수습할 수 없는 큰 손해를 입는다.

'과연 기묘하군.'

고다마로 하여금 평소의 명쾌함을 잃고 한동안 생각에 잠기게 한 마쓰카와의 작전안은, 간단히 말해서 중앙 돌파 작전이었다.

크로파트킨의 포진(布陣)은 동서로 장대한 날개를 펼치면서도 풍부한 병력을 가지고 있기 때문에 남북으로도 두껍게 방비벽이 있다. 특히 중앙의 봉천 부근의 방비는 매우 견고했다.

그 중앙을 돌파한다는 것이 마쓰카와안의 주제였다. 중앙 돌파란 예부터 전술가의 이상이었으나, 실제로 성공한 예는 극히 적다. 더구나 적은 병력으로 압도적인 다수의 적군 중앙을 돌파한다는 계책은 듣기만 해도 무모하다.

무모함에 대해 말한다면 이 시기에 일본군의 작전 수뇌부가 열세의 병력을 가지고 압도적으로 다수인 러시아군에 대해 지극히 적극적인 작전을 취하는 것 자체가 무모한 일이었는지도 모른다.

그러나 장렬하다고밖에 표현할 수 없는 적극적인 작전을 수행하는 것외에 일본군이 스스로를 구할 길은 없었다. 이 시기에 일본군이 적극적인 대공세를 펼친 것은 그 외에 방법이 없었다 해도 이 회전의 결과보다도 몇 배 높이 평가될 만하리라.

문제는 다만 중앙 돌파 작전이다.

물론, 대뜸 중앙 돌파를 하는 것은 아니다.

우선 오른쪽을 친다.

그러면 적은 놀라서 그쪽으로 병력을 집중시킬 것이다.

이어서 왼쪽을 친다.

적은 더욱 놀라 중앙에 둔 병력을 그쪽에 할애할 것이다.

이런 적의 혼란을 틈타서, 허술해진 중앙을 돌파한다.

바로 이런 계책이었다. 유도(柔道)의 기술과 흡사하다. 유도는 그래도 역학적 합리성에 의한 것이어서 단순하지만 이 작전은 곡예가 아니면 요술에 가깝다.

오른쪽을 치고 왼쪽을 찌른다. 그러면 적이 좌우로 흩어진다. 이러한 것을 기대하고 세워진 작전이지만 과연 적이 이쪽 뜻대로 되어 주느냐가 문제이다.

이 요술적 작전안은 피아의 병력이 적고 전선도 지리적으로 극히 좁게 한정된 범위 내라면 혹 성공할지도 모른다.

어쨌든 이번 회전은 세계 전사에서 최대 규모이다. 적이 좌나 우로 찌르는 공세에 몰려준다 해도 그렇게 가볍게는 움직일 수 없다. 병력 이동만 해도 거리라든가 포차와 보급품 따위 때문에 행동이 곤란해서 뜻대로 될 수가 없다.

더욱이 러시아군은 그들의 습성상 주둔 중에 반영구적인 진지를 구축한다. 진지에는 충분한 화력이 있어서 일본군이 우측으로 마구 쳐들어온다 하더라도, 콘크리트 진지의 화력으로 충분히 응전할 수가 있으므로 일일이 놀라서 병력 이동을 하지 않아도 되는 것이다.

마쓰카와 작전안에는 이런 위험성과 기대 과잉성 따위가 들어 있어서 고다마가 생각에 잠기게 된 것이다.

그러나 고다마는 지난해부터 작전을 거듭하면서 적의 총수인 크로파트킨의 성격을 알고 있었다. 그는 러시아 육군 굴지의 수재였으나 군인으로서의 강건한 신경을 갖지 못했고, 반응이 지나치게 예민했다.

크로파트킨에 한해서만은 이 작전안을 써먹을 수 있지 않겠는가.

고다마가 마쓰카와의 작전안에 찬성하기로 결단한 것은 앞에서 말한 것처럼 크로파트킨의 과민한 신경을 계산해서였는데 거의 도박에 가까웠다.

그가 이 안에 찬성한 이튿날 아침부터 그는 매일 아침의 일과에 정성을 들이기 시작했다. 새벽에 일어나 지평선에 떠오르는 해를 향해 합장하는 것이다. 원래 종교를 갖고 있지 않은 그는 떠오르는 아침해 말고는 기도할 대상이 없었다.

"제발 도와주옵소서."

그것은 냉정한 제삼자가 보면 약간 우스꽝스러운 광경이었으나 큰소리로 아침해를 향해 기원을 드렸다. 큰소리를 내지 않으면 아득히 먼 지평선 저쪽의 아침해에 기도가 닿지 않을 거라고 생각하는 것 같았다.

신경이 약한 사람이 그와 같은 입장에 놓였다면 미쳤을지도 모르며, 실제로 고다마는 이 작전 기간 동안 수명을 단축시켰던 것이다.

고다마와 마쓰카와의 작전을 구체적으로 말한다면 오른쪽을 찌른다는 것은 최우익에 배치될 압록강군에 담당시켜서 적의 좌익으로 계속 전진하여 우익의 구로키군의 공세와 호응하여 적의 예비 부대를 그 방면으로 흡수하는 것이었다.

왼쪽을 치는 것은 여순에서 북진해 와서 새로 전선에 참가하는 노기군에 맡긴다. 그래서 노기군을 일본군의 최좌익에 두고, 다시 노기군의 좌익을 지키기 위해 아키야마 요시후루의 기병 여단을 오쿠군(奧軍)에서 떼어 노기 마레스케 예하에 배치한다.

노기의 역할이 컸다. 단순히 적의 왼쪽을 칠 뿐만 아니라 장비와 보급품도 버릴 정도의 각오로 전진하여 우익을 친 다음 다시 적의 배후로 돌아서 적을 위협하는 것이다. 그리하여 봉천 서북부에 대기시켜 놓았다고 예상되는 적의 예비 부대의 발을 묶어 놓는다.

오른쪽(압록강군),

왼쪽(노기군),

이 양쪽 공격이 성공했다고 판단될 때, 총사령부는 중앙에 대기시켜 놓은 오쿠군과 노즈군(野津軍)에 진격을 명령하고, 거기에 만주군 총예비대(미약한 병력밖에 없지만)를 합세시켜 중앙 돌파를 감행함으로써, 일거에 러시아군의 주력을 무찌른다. 이것이 곧 작전 계획이었다.

고다마의 승인을 얻은 마쓰카와는 2월 18일, 한밤중이 되도록 이 대공세에 관한 명령의 초안을 잡았다.

1. 압록강군은 가급적 강대한 병력을 가지고 (실제는 강대한 병력 따위는 없었음) 함창(城廠) 방면에서 무순(撫順) 방면으로 전진하여 적의 왼쪽 배후를 위협한다.
2. 제1군(구로키군)은 적의 좌익을 공격한다.
3. 제4군(노즈군)은 현 진지를 지키며 공격 준비를 한다.
4. 제2군(오쿠군)은 관립보(官立堡) 부근의 적의 우익을 공격한다.
5. 제3군(노기군과 아키야마 부대)은 처음에는 청룡대(靑龍臺) 이남, 대요하(大遼河) 이동, 청룡대 이서 지구로 진격했다가 다시 혼하(渾河), 대요하의 중간 지구를 전진하여 멀리 적의 오른쪽 배후를 위협한다.

봉천 작전은 단순히 고다마 이하의 막료들이 책상 위에서 짠 작전이 아니라 도쿄의 정부와 대본영이 이를 시사한 것이며, 그에 의해 세워진 현지의 작전안을 전면적으로 승인한 것으로서, 그 당시 일본의 육전(陸戰) 능력의 전부를 기울여 당시의 표현으로 말하면 건곤일척(乾坤一擲)의 승부를 적에게 강요하려는 것이다.

작전안 가운데는 어떠한 수동성(受動性)도 들어있지 않았다. 보병은 적에게 가차없이 돌격하고 포병은 포탄이 떨어질 때까지 쏘아 대며, 기병은 강적 카자크 기병에 대해 전멸을 각오하고 타격을 가한다는 적극적인 사상에 차 있었다. 이 작전 안에는 일본인의 집단적 성격이 가장 단적으로 나타나 있었다.

이때 노기군 사령부는 요양에 있었다.

연대(煙臺)의 총사령부에서는 마쓰카와 대령이 2월 18일 명령서를 쓰는 중이었는데, 그 전날인 17일에는 '만주군 작전 계획서'가 전달되어 왔다.

노기군의 참모장의 직무는 가와이(河合操) 중령이 대행하고 있었다. 가와이는 참모들을 모아 총사령부의 작전 방침과 세부적인 것을 토의했다.

"아무래도 모순이 많은 것 같습니다."

여전히 반발심이 강한 쓰노다 대위가 총사령부 작전안을 훑어보면서 말했다.

이에 의하면 노기군은 최좌익에 위치하여 적의 우익 또는 배후를 위협하면서 봉천 서북부에 있는 것으로 예상되는 적의 예비대를 견제하라는 것인데 그러기 위해서는 상당한 기동력과 병력을 필요로 한다. 그런데 노기군은 중요한 사단을 신설되는 압록강군에 차출당하고 그 대신 나이 많은 소집병이 태반인 후비 여단을 보충받고 있었다.

"노기군은 적의 서쪽으로 돌아서 적의 발을 묶어 놓아라."

이런 작전 계획을 그 목적에 맞추어 실행하자면 우선 화력이 모자란다. 아쉬운 대로 야전 중포(重砲) 일개 대대 정도는 필요하다. 그리고 지금의 병력으로는 예비대가 없다. 예비 부대가 없이는 군단위(軍單位)의 작전을 할 수 없으니 그것도 필요하다.

쓰노다는 이와 같이 역설했다.

"당연한 말이야."

마지막으로 가와이 중령이 말했다.

"그러나, 어려워."

가와이는 전반적으로 병력이 부족하므로 노기군만이 충분한 병력을 받을 수가 없다. 거기다가 노기 자신이 사양할 것이다.

'사령관 각하께서 뭐라고 하실는지?'

가와이는 나직이 중얼거렸다.

노기는 지금까지 상부 기관에 대해 강한 자세를 취한 적이 없으며 모든 일을 주어지는 조건 아래에서 수행했다. 그것이 노기의 미덕이기도 했다. 노기는 전형적인 옛 무사다운 점이 있었으나 전국시대의 무사 대장처럼 뻔뻔스러운 점은 조금도 없고 오히려 에도 시대의 교양있는 무사의 전형과도 같았다.

이튿날 19일, 명령을 받기 위해 각 군사령부에서 통신 참모들이 연대로 갔다.

20일 연대 총사령부에서 각 군사령관이 소집되었다.

제1군의 구로키 다메모토(黑木爲楨), 제2군의 오쿠 야스카타(奧保鞏), 제3군의 노기 마레스케(乃木希典), 제4군의 노즈 미치쓰라(野津道貫)가 각각 참모 한 사람씩을 대동하고 연대의 총사령부에 집합했다.

각 군사령관이 이렇게 한 자리에 모이는 것은 개전 이래 처음 있는 일이었다.

오랜만에 옛친구인 각 군사령관을 만날 수 있다는 것이 연대 총사령부에 가는 노기에게는 조그마한 즐거움의 하나였다.

'참모 한 사람을 대동하라.'

이런 통첩이 있었기 때문에 참모장 대리인 가와이 중령은 노기의 수행자로 쓰노다 대위를 선정했다. 작전 회의에 참석하는 군사령관의 참모로는 너무 젊은 장교였다. 그러나 노기군에서는 참모장인 마쓰나가 소장이 아직 실무를 볼 사정이 못되어 가와이 중령이 그 일을 대행하고 있기 때문에, 막료의 일은 다른 군사령부보다 한 단계씩 계급이 낮은 젊은 자가 맡고 있었다.

"쓰노다를 수행시키고자 하는데, 괜찮겠습니까?"

가와이가 물었다. 그는 반발심이 강한 총명한 청년 쓰노다가 당당한 노장군(老將軍)들이 열좌하고 있는 앞에서 실언이라도 하지 않을까, 염려 되었던 것이다.

노기는 얼굴의 절반을 덮은 반백의 수염을 약간 움직이며 가벼운 미소를 짓고는 고개를 끄덕였다.

노기는 늘 이러했다. 여순에서도 참모장 이지치 소장이 무슨 의견을 내어도 '좋겠지' 하고 수긍할 뿐 반대한 적이 없었다.

여순 시절에 젊은 참모들은 이지치의 독단적인 성격과, 매사를 자로 재어서 처리하듯 하는 데 대해 염증을 느끼고, 참모 군기라고 할 군사령부의 분위기가 다른 군사령부에 비해 두드러지게 해이해져 있었으나 노기는 잠자코 있었다. 노기의 이러한 인격적인 분위기는 같은 시대의 군인 가운데는 닮은 사람이 없었으며 물론 정치가 가운데도 없었다. 다만 도오시샤 대학(同志社大學)을 세운 니이지마 조(新島襄)가 많이 닮은 듯했다.

요양에서 연대까지는 열차편이다.

차 속에서 쓰노다는 여전히 잘 지껄였다.

"쓰노다, 군인은 말이 많으면 못써."

노기가 말했다. 노기는 자기의 참모들에게 훈계하는 말은 거의 하지 않았으나, 이 쓰노다에 대해서만은 예외였다. 쓰노다는 활달해서 야단치기가 쉬웠고, 귀염성도 있었다. 영국의 관전 무관(觀戰武官)인 해밀턴 중장도 쓰노다를 보고 호감을 가졌을 정도임은 앞에서도 언급한 바 있다.

"말이 없고 음울한 느낌을 주는 일본 군인 가운데서 보기 드문 젊은이다."

쓰노다는 확실히 말이 많고 재치가 있어 다른 근엄한 장군들이 자꾸만 바보처럼 보이는 점이 있었다.

그러나 야전군의 모든 참모들 가운데 천재적인 인물을 찾는다면 계급이 제일 높은 고다마와 제일 낮은 쓰노다인지도 모른다. 하지만 쓰노다는 러일전쟁 후 급속도로 러시아식으로 관료화해 버린 일본 육군 속에 오래 있지 못했다. 그는 결국 소장(小將)으로 육군에서 쫓겨나고 말았다.

노기는 자기가 죽을 때까지 쓰노다를 사랑했다. 쓰노다도 자기를 사랑해 주는 오직 한 사람의 육군 원로를 늘 '군복을 입은 성자(聖者)'로 받들어 모셨다. 노기가 쓰노다를 사랑한 것은, 그가 전사한 둘째 아들의 성격과 어딘지 닮은 데가 있다는 것도 그 이유의 하나였는지 모른다.

연대(煙臺)에서의 군사령관 회의는 대작전의 발기(發起)를 위한 일종의 의식과 같은 것이었다.

노기가 가장 빨리 도착했다.

중국집의 현관 비슷한 곳을 들어서면 바로 어둠침침한 복도이다. 고다마가 불쑥 나타나서 그냥 스쳐 지나려다 알아 본 모양이다.

"아니, 노기 영감 아닌가."

고다마는 반가운 듯이 인사를 했다. 고다마로서는 노기가 같은 조슈(長州) 사람일 뿐만 아니라 젊을 때부터 군대 경력을 똑같이 겪고 있으며, 후일의 표현을 빌리면 그 둘은 단 두 사람뿐인 동기생이었다. 고다마는 모자도 안 쓰고 칼도 차지 않고 있었다.

"노기, 이번에는 재미있을 거네."

고다마가 위로하는 것은 여순 때처럼 두더지 생활이 아니라 계속 적과 맞서서 속시원하게 싸울 수 있다는 뜻인 듯하다.

노기는 잠자코 미소짓고 있었다.

"노기, 시를 지어 놨네. 한번 봐주게."

고다마가 요즘들어 부쩍 시에 관심을 기울이고 있다는 것은 전번에 고다마의 지휘로 203고지를 함락한 뒤 노기의 군사령부에서 시가 시게타카(志賀重昂)를 배석시켜 시회(詩會)를 가졌던 것으로도 알 수 있다.

고다마는 노기가 유달리 전투를 못한다는 것을 세이난 전쟁 때부터의 전우로서 잘 알고 있었지만 이상하게도 노기를 경멸한 적이 없었다.

"일단락되거든 한번 봐주게."

시의 원고를 봐달라는 것이다. 일단락이란 이 봉천 작전이 끝나면 이라는 뜻이다.

"그러지"

노기는 고개를 끄덕였다. 노기는 단정한 용모였으나 원래 울상이었다. 그런데 그것이 일종의 인간적인 애교로 통하고 있었다. 이때도 우는 듯한 얼굴에 미소를 지으며 고다마의 얼굴을 조용히 바라보았다.

고다마는 바빴다.

그로서는 오늘은 축제를 주관하는 신관(神官) 격이어서 제반 준비를 진행시켜야만 한다.

"안에 계시네."

이 말을 남기고 고다마는 노기 곁을 떠났다. 안에 계신다는 것은 총사령관 오야마 이와오를 가리키는 말이다.

오야마는 자기 방에 있었다. 노기가 방안에 들어섰을 때 오야마는 마침 중국산 강아지를 어르고 있는 중이었다. 오야마는 한 달쯤 전에 총사령부의 뜰에 들어온 이 강아지를 주웠다. 개를 좋아하는 점에서 그는 그의 사촌형인 사이고 다카모리를 닮았는데, 사이고만큼 열중하지는 않았으나 싸움이 격렬해지면 자주 강아지와 장난하는 버릇이 있었다. 영국의 해밀턴 중장도 오야마의 이러한 개인적인 취미를 목격한다.

오야마는 강아지를 밖으로 내보내고 노기와 마주 앉았다.

"날마다 지루해서 큰일이오."

오야마가 느닷없는 말을 했다. 그리고는 이 근처의 식물에 대한 이야기만 늘어놓을 뿐 대회전에 관한 얘기는 한 마디도 하지 않았다. 이윽고 노기를 현관으로 데리고 나가 둘이서 사진을 찍었다. 오야마는 돌계단 위에 서고 키가 큰 노기는 오야마의 왼쪽에 한 계단 내려가서 섰다.

'군사령관 회합'이라는 개전 이후 처음 있는 행사 때문에, 총사령부의 하사관과 병사들은 그 준비며 치다꺼리를 하느라고 바빴다.

시노자키라는 우스갯소리를 잘하는 취사반 조장(曹長)이 부하인 하사에게 농담을 했다.

"각하들은 별배(別盃)를 드신 모양이야."

하사는 참말로 곧이듣고 신파 연극에서 드는 작별의 잔이라면 흙으로 만든 잔이다, 군사령관 각하들이 찬 술을 단 숨에 비우고는 잔을 땅에 집어던져 깨려는 모양이다, 그러니 어디서든 토기(土器) 잔을 구해야 한다면서 이리 뛰고 저리 뛰어 농담을 좋아하는 조장을 당황하게 했다.

총사령부에 배속된 하사관과 병사들까지 이 회동이 일본군과 일본의 국가 운명을 결정짓는 심상찮은 일이라는 것을 은연중 알고 있었던 것이다.

회동은 육군 대장인 다섯 사람의 군사령관(압록강군도 포함) 외에 소장인 각군 참모장에 소령 또는 대위인 참모가 각각 수행하고 있기 때문에, 총사령부의 막료를 제외하고도 열 대여섯 명이나 되며, 거기에 총사령부측에서 열 명 가까이 참석했다.

중앙에 오야마 이와오가 앉았다.

작전에 관한 설명은 고다마가 하고 마쓰카와 대령이 그를 보좌했다.

그 뒤에 간단한 회식을 하고 한 시간 정도로 회동을 끝냈다. 작전 계획에 대해서는 이미 계획서가 각군에 전달되어 있었기 때문에 이 회동의 뜻은 군사령관으로서는 오랜만의 대면이었고 참모장 이하로서는 총사령부 막료와의 질의 응답 뿐이었다.

모임이 끝나자 노기군 참모 쓰노다 대위는 총사령부의 마쓰카와를 찾았다.

마쓰카와는 작전실인 큰 방에 돌아와 있었다.

"쓰노다군인가."

마쓰카와는 쓰노다를 책상 너머로 바라보면서 의자가 비어 있는데도 앉으라고 권하지도 않았다. 마쓰카와는 쓰노다라는 이 건방진 애송이를 좋아하지 않았을 뿐 아니라 노기군 사령부 자체를 미워하는 경향이 있었다. 그토록 서투른 전쟁을 질질 끌어서 하마터면 일본군 전체를 붕괴로 몰아 넣을 뻔한 문제의 군사령부인데다, 이지치 참모장 시절에 노기의 막료들의 분위기가 좋지 않다는 소문이 총사령부에 돌았기 때문에 '흥, 제까짓 녀석이' 하는 생각이 마쓰카와에게 있었던 것이다. 마쓰카와는 고다마가 가장 신뢰하는 작전가였으나, 성격이 편협한 데가 있어 감정을 노골적으로 드러내기 때문에, 작전가로서는 그럭저럭 괜찮지만 일군의 장수감은 못되는 사나이였다.

"저희 제3군의 행동에 대해 말씀드릴 것이 있습니다."

쓰노다는 총사령부 작전안을 복창하듯이 확인하고는 따지기 시작했다.

"즉, 우회 작전에 대해서……"

마쓰카와는 귀찮다는 듯이, 대해서고 뭐고 우회 작전은 우회 작전이지, 하고 처음부터 호통조로 나왔다.

마쓰카와는 센다이(仙臺) 출신이다.

센다이 번(仙臺藩)의 번사 마쓰카와 야스스케(松川安輔)의 장남으로 쓰치오케(土樋)에서 태어났는데, 쇼와 3년에 그가 태어난 고향집에서 죽었다.

그는 번의 요켄도(養賢堂)라는 서원에 다닐 때는 신동 소리를 들었다. 당시 센다이에서 제일가는 한학자였던 오카 센진(岡千仞)의 사랑을 받아 "도시타네(敏胤)를 한학자로 만들고 싶다"는 말을 들었다. 그러나 유신 후 마쓰카와의 집안이 넉넉지 못했기 때문에 메이지 12년에 학비가 필요 없는 육군 사관학교에 들어갔다. 나중에 소위 계급으로 육군 대학교에 들어가서 사람들을 놀라게 했다. 대학은 수석으로 졸업했다. 당시 수석으로 나오면 천황이 하사하는 망원경을 받는 관례가 있었는데 마쓰카와 도시타네도 바로 그 부류였다.

마쓰카와의 작전은 늘 적극적이었다. 그러나 내용은 너무 교묘하고 치밀해서 바로 그 점이 쓰노다 대위의 말을 빌면 실전적(實戰的)이 못된다는 것이었다.

쓰노다는 노기군에 부여된 임무에 대해 따져 물으면서도 은근히 마쓰카와의 작전 계획 자체의 결함을 지적했다.

그 점이 마쓰카와의 비위를 건드렸다. 마쓰카와가 육군 대학교의 전술 교관을 하고 있을 때 쓰노다는 학생이었다.

"자넨 노기군의 일만 보면 되는 거야."

마쓰카와는 큰소리로 말했다.

쓰노다는 은사의 호통에는 항거할 수가 없어 옳은 말씀입니다, 전 노기군의 일만 보겠습니다, 그러나 노기군의 병력은 이 작전을 수행하기에 매우 부족합니다, 하고 답변했다.

"다른 군과 병력 차가 없지 않은가."

마쓰카와가 말하자 쓰노다는 다시 물고 늘어졌다.

"우회 행동을 하기에는 부족합니다. 제발 일개 사단을 더 할애해 주십시오. 그게 곧 예비 부대가 되는 겁니다. 그리고 중포(重砲)가 필요합니다. 그러니 야전 중포병 일개 대대를 배속시켜 주십시오."

이런 흥정을 하고 있을 때 노기가 들어왔다.

노기는 물론 쓰노다의 계획을 승인했는데 그 교섭 경과를 보러 온 것이다.

마쓰카와는 일어서서 노기를 위해 의자를 마련했다. 노기는 의자에 앉았다.

마쓰카와로서는 일본군은 러시아군에 비해 병력이 부족하여, 노기군뿐 아니라 구로키군이나 다른 군도 다 모자라는 실정이었다. 노기군에 대해서는 계획적으로 여순 공격을 담당시켰고 가장 우선적으로 많은 병력을 주었으며, 포탄도 야전용을 줄여서까지 보낸 터였다. 그래서 노기군은 우대받는 버릇이 생긴 것이라고 화가 났다.

이때 마쓰카와는 쓰노다로서는 잊을 수 없는 한 마디를 했다.

"총사령부는 제3군에 대해 큰 기대를 하지 않는다."

물론 노기는 바라보지도 않고 쓰노다만 응시한 채였다. 여순에서의 노기군 사령부의 무능을 누구보다도 비난해 온 것은 바로 마쓰카와였다. 그 울분을 이 자리에서 터뜨린 것이다.

쓰노다는 과연 안색이 변했다. 노기는 물끄러미 창 밖의 버드나무를 바라보고 있었다. 표정은 여느 때와 같았으나 마음속의 충격은 결코 작지 않았으리라.

마쓰카와는 결코 노기군에게 적은 병력을 준 것은 아니었다.

야전 중포(野戰重砲)는 주지 않았으나, 나가타 가메(永田龜) 소장의 야포 제2여단을 배속시켰다. 보병 전력은 3개 사단에 후비 보병 2개 여단이다.

노기와 쓰노다의 요구로는, 이 후비 보병을 예비 부대로 하고 싶지만 워낙 노병으로 구성된 여단이어서 약하다, 그것을 대체할 강력한 사단을 하나 달라는 것이다.

'말도 안 되는 소리 작작하라구.'

마쓰카와야말로 울고 싶은 심정이었다. 왜냐하면, 전일본군을 통할하는 총사령부조차 '총예비군'이라는 명칭을 붙일 만한 병력을 가지고 있지 않던 것이다.

그것은 믿기 어려운 일이었다. 적어도 이만한 대작전을 치를 경우에는, 총사령부가 예비군 3개 사단쯤은 보유하고 있어야 한다.

예비군의 역할과 기능을 장기에 비유해서 몇 차례 언급했다.

예비 부대 없는 작전이란 있을 수 없는 일이다.

참고로, 러시아측에서는 일본군의 대공세가 시작되었을 때 크로파트킨은, 오야마가 어느 정도의 예비군을 어디에 대기시켜 놓았는지 궁금하게 여겼다. 전술가로서 마땅히 적의 예비 부대의 소재를 파악해서 그것이 어디로 나올 것인지 예상해야 한다.

장기를 둘 경우에는 이러면서 상대에게 비장해 둔 수가 얼마나 남았느냐고 물을 수도 있으나 전쟁에서는 상대에게 물을 수가 없다. 결국 강력한 기병대를 적의 후방에 침투시켜 수색하는 수밖에 없다. 크로파트킨은 그렇게 했다.

'자, 이래도?'

그러나 러시아 기병이 일본군 후방의 산야를 헤매어도 끝내 오야마의 예비군 소재를 파악하지 못하고 돌아가서 '소재 불명(所在不明)'이라고 보고했다. 그것이 크로파트킨의 신경을 끝까지 괴롭히는 결과가 되었고, 오야마가 어디에서 그 숨겨 놓은 예비군을 동원할지 모른다는, 참으로 불쾌한 정신 상태로 크로파트킨을 몰아넣었다.

그런데 사실은 오야마는 예비군을 가지고 있지 않았던 것이다. 명칭으로는 존재했다. 후비 보병이라는 노병의 여단이 하나 있었다. 그러나 실제는 여단이란 이름뿐이고 당번병의 집단 같은 것이었다.

불과 얼마 안 되는 도보 포병에 총사령부에서 근무하는 수비병뿐이었다.

예비군은 전혀 없다 해도 과언이 아니었다. 전병력을 전선에 동원하여 마치 독수리처럼 날개를 크게 벌리고는 있지만, 그 독수리의 허리가 없는 것과 같아서 그야말로 파천황(破天荒)의 작전이었다.

그런데도 노기와 쓰노다는——일 개 사단의 예비군이 필요하다고 요구했던 것이다.

마쓰카와가 처해 있는 일본군의 현실에서 그런 요구가 수락될 리 만무했다. 마쓰카와가 안 된다고 대답하기에 앞서 통렬한 조롱을 퍼부은 것도 무리가 아니었다.

쓰노다는 야전 중포 일개 대대를 달라고 집요하게 요구했다. 마쓰카와는 아예 '총사령부를 보라'고 소리치고 싶었다. 총사령부가 가지고 있는 포병은 사람 힘으로 끌고 가는 경포(輕砲) 몇 문이 있을 뿐이었다. 그러나 마쓰카와는 그 말은 하지 않았다. 아군에게도 총사령부의 예비 병력이 전무하다는 실정을 알릴 수가 없었던 것이다.

그래서 아군을 속이기 위해 이런 명령을 띄워 두고 있다.

"제3사단장으로 총예비 부대를 지휘케 한다."

사단장 자리는 중장이다. 중장이 지휘하는 이상 만 명 이상의 병력일 거라고 누구라도 생각하게 되며 실제로 군사령관들도 그렇게 인식했다.

이런 사실을 오야마와 고다마, 마쓰카와가 아군에게 알리지 않은 것은 자칫 장교의 입에서 병사의 귀로 새 들어가고, 그것이 다시 병사에게서 현주민에게 알려질까봐 두려워했기 때문이다.

한편, 이때 크로파트킨이 보유하고 있는 총예비 부대는 제16군단이라는 큰 병력이었다.

이 점만 봐도 일본군의 봉천 작전이 살얼음 위를 건너는 듯 아슬아슬한 것이었음을 알 수 있을 것이다.

쓰노다는 악착같이 늘어붙었다.

노기군은 명령대로 봉천성의 서쪽 교외에 접근한다. 그러면 성벽과 러시아군의 반영구적인 진지에 부딪친다. 그것을 파괴하기 위해서는 야전 중포가 필요하다. 쓰노다는 애원했다.

"1개 대대가 무리라면, 성벽만이라도 부술 수 있도록 1개 중대라도 할애해 주십시오."

그러나 없는 것을 마쓰카와인들 어찌하랴.

결국 마쓰카와는 쓸데없는 말을 하지 않을 수가 없었다.

"이번 작전에서 제3군의 역할은 대단한 것이 아니다. 가급적 많은 적의 예비 병력을 제3군이 붙들고 있기만 하면 되는 거다. 적의 공격이 맹렬하면 무리하게 진격할 것 없이, 신민둔(新民屯) 부근에 급히 야전 진지를 구축하여 그것으로 막으면 되는 거다. 요컨대 신민둔 부근에서 여순 때와는 다른 반대 행동을 취하면 된다. 진지를 고수하면서 될 수 있는 대로 많은 적의 병력을 물고 늘어져 달라는 거다. 그러면 혼하(渾河)에 연한 중간 지대에 있는 오쿠군(제3군)이 진출하여 새로운 국면을 전개하는 거다."

제2군에 의한 중앙 돌파이다.

"그러니 제3군에 대해서는 1개 사단도 증강할 수가 없고, 중포 한 문도 줄 수가 없게 되었다."

마쓰카와의 말이다.

"알았네."

마지막으로 불쑥 입을 뗀 것은 지금까지 잠자코 있던 노기였다.

우회 작전이라면 듣기에는 근사해도 결국 적을 끌어 내기 위한 미끼가 되는 것이다. 희생이 많고 전과(戰果)가 적은 것은 미끼 부대의 숙명이다. 이것은 노기 자신의 천운인지도 모를 일이었다.

만주군 총사령부가 봉천 작전을 계획하면서 병력이든 대포의 수량이든 모든 점이 러시아군보다 훨씬 뒤떨어졌으나 단 한가지 의지하는 것은 새 병기를 가지고 있다는 점이었다.

기관총이다.

이 신병기가 본국에서 운송되어 와서 전열에 가담한 것이다.

기관총에 대해서는 이미 몇 차례 언급했는데 그 당시는 기관포(機關砲)라고 불렀다.

이 병기를 세계에서 가장 빨리 육군의 정규 병기로 채택한 것은 러시아군이다.

프랑스 육군이 러일전쟁의 전훈(戰訓)에 의해 1907년에 채택했고, 독일 육군이 1908년에 정식으로 채용한 점으로 미루어본다면 러시아 육군이 그 화력면에서 얼마나 적극적이었는가를 알 수가 있다.

러시아의 기관총은 모두 수입품으로 맥심식과 레키거식의 두 종류가 있었다.

그 위력이 대단하다는 것은 여순 공방전에서 이미 노기군이 진절머리나도록 경험했다. 여순 요새의 보루에 비치된 기관총에 의한 일본군의 사상자는 헤아릴 수 없을 정도이며 나가오카(長岡外史)의 표현을 빌리면, 그들은 헛되이 적의 해자를 메우는 풀과 같은 존재가 되었을 뿐이었다.

기관총에 대해서는 군사령관인 노기조차 처음에 그 괴상한 연속음을 들었을 때 그것이 무엇인지 정체를 상상하지 못했을 정도였다.

일본군에서는 예외로 요시후루의 상신으로 기병 여단만이 그 장비를 갖추고 있었다.

요시후루의 기병 여단이 세계 최강의 카자크 기병과 그럭저럭 대등하게 싸우고 항상 근소한 차로 우세를 유지한 것은 기관총 덕택이었다고도 할 수 있다.

봉천 회전 무렵의 러시아 기병은 1만이 넘었으나 일본은 3,000뿐이었다. 그리고 러시아 기병은 기병포(騎兵砲)를 가지고 있었으나 기관총 장비는 미비했는데 이 점에서는 일본 기병이 유리한 편이었다.

일본군은 기관총의 위력에 눈을 떴다. 무엇보다 여순 공방전에서뿐만 아니라 야전에서도 러시아 군의 기관총 2문 때문에 일본의 1개 여단이 절반이나 살상되어 전술 단위(戰術單位) 구실을 못하게 된 경우도 있었다.

그래서 도쿄의 대본영은 허겁지겁 이 병기의 구입을 서둘렀다. 그것이 우지나(宇品)에서 배에 실려 만주 전선으로 운송된 것은 봉천 작전 직전이었다.

그 결과 크로파트킨의 대군이 보유하는 이 병기가 불과 56정인데 비해 일본군은 254정이나 되어 이 점만은 조건이 역전되었다. 즉 이 시기에 한해서는 일본 육군의 기관총 장비가 세계 최대였던 것이다.

그것이 1개 연대에 6정씩 배당되었다. 군 단위로는 구로키군이 58정, 오쿠군이 59정, 노기군이 54정, 노즈군이 39정이고, 그 나머지는 이미 장비를 갖추고 있는 기병 여단을 제외한 총사령부의 수비 병력이 보유했다. 총사령부는 적은 병력을 기관총으로 보강한 셈이다.

'압록강군'이라는 것이 창설되어 만주군의 최우익을 맡게 된 애기를 잠깐 기술해야겠다.

이의 창설에 대해 만주군 총사령부의 고다마와 마쓰카와는 크게 반대했다. 그렇지 않아도 병력이 부족한 데다 봉천 결전을 기도하고 있는 만주군에서 군사와 포탄을 빼내어 새로 한 개의 군을 만드는 것은 전략상 지극한 고통을 동반한다는 것을 누구라도 알 수 있었다. 마쓰카와 같은 사람은 압록강군이 창설된 뒤에 '오리군'이라고 불러서 조롱했을 정도였다.

더구나 도쿄의 대본영은 이 압록강군을 만주군의 편제에 넣지 않고, 즉 오야마 이와오 총사령관의 지휘하에 두지 않고, 대본영이 직접 그것을 마음대로 움직이기 위해 조선 주둔군 사령관 하세가와(長谷川好道) 대장의 예하에 두었다.

그 목적에는 작전적인 요소가 희박한 대신 정치적 색채가 농후했다.

즉 전쟁을 가지고 국가적인 장사를 하려는 하나의 사상이, 일본 군부 속에서 처음으로 짙게 드러난 현상이라 하겠다.

"막상 강화를 할 때는 러시아의 영토 한 군데를 영유하고 싶다."

이런 정략적인 의도에서 나온 것이다.

이 사상을 처음으로 표면화한 것은 도쿄에서 지루함을 견디고 있던 나가오카(長岡外史)였다.

육군 소장 나가오카가 도쿄의 참모본부 차장인 것은 이미 말했다.

개전과 동시에 참모본부의 조직 자체를 오야마와 고다마가 이끌고 만주 전장으로 가져 갔기 때문에 도쿄에 남은 조직은 빈 껍데기뿐이었다.

나가오카의 성격은 치밀한 계산력을 필요로 하는 전략이나 전술보다 고담방언(高談放言)하는 정략론(政略論)을 좋아했다.

"이 전쟁에 이겨도 이 상태로는 강화시에 러시아로부터 뺏을 땅이 없다."

그는 노기가 여순에서 악전 고투하고 있을 때 벌써 그런 소리를 해서 참모총장인 야마가타 아리토모(山縣有朋)나 육군 대신인 데라우치 마사타케(寺內正毅)의 이맛살을 찌푸리게 했다.

야마가타로서는 이 전쟁이 최종적으로 이길 수 있을 것인지 극히 불안한 마음이었고, 특히 노기의 고전이 만주 작전의 전도를 암담하게 해주고 있는 시기였던 것이다.

나가오카의 말에 의하면, 지금 전장이 되어 있는 남만주의 철도 연선(沿線)은 러시아가 청국으로부터 강탈한 거나 다름없는 땅이며, 관동주(關東州)는 러시아의 조차지(租借地)이므로 전장 일대의 원적(原籍)은 중국에 있다는 것이다.

그러나 연해주 일대 즉 블라디보스토크는 일찍이 중국령이었으나 지금은 전부 러시아령이다. 또 사할린은 일본이 무력할 때 러시아에게 빼앗긴 땅이므로 이곳을 점령할 필요가 있다. 점령하면 강화 담판 때 그것을 승리자가 소유할 수 있다는 국제적 관례가 있다. 그런 역할을 할 정략용의 군대를 준비한다는 것이 나가오카의 큰 계산이었다.

그렇다고 압록강군이 곧 사할린으로 간다든가 블라디보스토크 요새를 공격한다는 것은 아니다.

첫째, 참모총장 야마가타가 그런 일을 할 수 있는 병력이 일본에는 없다며 끝내 나가오카의 말을 묵살하고 있었고, 시기는 다르지만 봉천 회전 뒤에 도쿄로 돌아 온 고다마가 나가오카의 계획을 듣고 호통친 것은 유명하다.

"미친 소리 작작하라구!"

고다마의 말은 거의 정확하게 지금까지 전해지고 있다.

"전쟁을 시작한 자에게는 전쟁을 끝낼 기량이 있어야만 한다. 이 가난한 나라가 더 이상 전쟁을 계속하면 뭐가 되겠는가?"

고다마는 블라디보스토크 공격안을 이렇게 한마디로 일축했던 것이다.

뒷날이 되지만 메이지 38년(1905) 1월 전후에 나가오카는 그 도락(道樂)에 골똘했다.

일본으로서는 러일전쟁은 조국 방위 전쟁이었고 그렇기 때문에 민족이 총력을 기울여 싸우고 있었다. 그러나 지금 러시아군을 만주 벌판에서 밀어 붙이고 있지 않은가. 이미 병력과 탄약이 바닥이 보이는 판이지만 일반적인 눈으로 보면 전황은 좋다. 그러니 나가오카 같은 낙천적인 성격의 사나이로서는 전쟁을 지금까지의 필사적인 방위에서 국가적인 장삿속으로 크게 전환시키는 것이 좋다는 생각을 당연히 가지게 되는 것이다.

요컨대 러시아의 침략주의를 막기 위해 일어섰으나 이제는 그 침략의 열매를 거꾸로 이쪽이 따먹고, 한걸음 나아가서 러시아의 영토를 침략하자는 사고방식이었다.

나가오카라는 사람은 군인이라기보다 씨름꾼이었다. 국력이라든가 국제 환경의 계산 따위는 평생 할 줄 모르는 위인이었다.

"나가오카도 큰일이야."

수상인 가쓰라 다로(桂太郎), 육군 대신 데라우치, 참모총장 야마가타 모두 똑같은 견해로써 반대했다.

네 사람은 모두 조슈사람이었다. 나가오카 같은 자가 참모본부 차장이 될 수 있었던 것도 그가 조슈사람인 덕분이었지만, 어쨌든 후년의 육군에 국가 팽창에 대한 거친 씨름꾼 같은 기운이 전통으로 이어지는 그 원조적 위치에 이 나가오카가 존재한다고 할 수 있을지도 모르겠다.

아무튼 원로격의 야마가타 아리토모든 이토 히로부미든간에 이 아슬아슬한 줄타기(전쟁)에서 자칫 떨어질지도 모른다는 위기감이 있어서 나가오카의 안에 귀를 기울일 겨를이 없었다.

그들은 자나깨나 부족해 가는 포탄의 제조를 서둘러야 했고 또한 각국에 손을 써서 어떻게든 포탄을 수입하여 전장에 한 발이라도 많이 보내야만 했으며, 어떻게든 제3국의 조정으로 이 전쟁을 강화로 이끌고 가는 것 외에는 생각할 틈이 없었다.

그렇다고 나가오카의 안을 전혀 무시하는 것도 정략상 좋은 일이 아니라는 것을 느끼고는 있었다. 그래서 조건이 허용하는 한도 내에서 그 정략을 위해 움직일 수 있는 일군을 편성한 것이다.

그것이 압록강군이었다.

물론 고다마는 이에 대해 여러 차례 도쿄로 전보를 쳐서 반대했다.

그런데 이 압록강군의 사령관 임명에 대해, 갑자기 데라우치 육군 대신의 통첩이 고다마에게 전달되었다.

"제10사단장 가와무라 가게아키(川村景明)를 압록강군 사령관에 임명한다."

이런 내용이었다.

가와무라는 그때까지 노즈군에 소속된 중장이었는데 대장으로 승진된 것이다.

'도쿄는 전쟁을 모른다.'

고다마는 많은 이유를 들어 격분했는데 그 가운데 인사에 관한 통렬한 비판이 있었다.

"아직도 방구석에 앉아 인사 문제를 다루다니!"

가와무라는 사쓰마사람이다. 가와무라의 상사가 조선 주둔군이라는 전투와는 직접적인 관계가 없는 정략적 군대의 군사령관인 하세가와인데, 그는 조슈사람이었다. 국가 존망의 이 시기에서조차 도쿄의 인간들이 사쓰마와 조슈 두 지방의 인사상의 균형만을 생각하고 있는 데 대해 고다마가 격분한 것이다.

고다마는 조슈사람이었으나 마음이 탁 트인 데가 있어 번벌(藩閥) 따위의 의식 세계에서 초탈해 있었다.

"도쿄는 방구석에서 전쟁을 한다."

이것이 고다마의 입버릇이었다. 그럴 여가가 있으면 워싱턴에 가서 미국에 심판관이나 되어 달라고 단단히 부탁하라는 것이 그의 주장이었다.

사실 그 일을 전달하기 위해 가네코 겐타로(金子堅太郎)라는 외교관이 워싱턴에 주재하고 있었지만, 가네코의 외교가 성공하기를 고다마만큼 간절히 빌고 있는 사람은 없었다. 고다마는 이 봉천 작전을 마지막으로 일본의 전력이 한계에 부딪히리라는 것을 뼈저리게 알고 있었던 것이다.

아무튼 도쿄의 도락으로 압록강군이 만들어지고 말았다.

통솔이 이원적(二元的)이 되었다.

그 문제를 놓고 현지와 도쿄 사이에 격렬한 논쟁이 있었으나 아직 충분한 양해점도 찾지 못한 채 가와무라는 도쿄로 소환되었다.

가와무라는 도쿄에서 야마가타로부터 압록강군이라는 정략적 색채가 짙은 부대의 설립 취지며 목적을 장황하게 들었으나, 만주에서 포화 속을 살아 온 그에게는 실전상의 위험감이 앞서서 아무래도 야마가타의 설명에 잘 납득이 가지 않았다.

가와무라는 도쿄를 떠날 때 이가타(鑄方)라는 대본영 소속의 참모 하나를 대동했다. 만주로 돌아오는 도중에 이가타에게도 물었다.

"자네 야마가타 각하께서 하신 말씀을 알아들을 수 있었는가?"

그러나 이가타도 모르겠다고 했다.

가와무라는 별로 학문이 없는 사나이였으나, 분큐(文久) 3년(1863년) 사쓰마 번과 영국 함대가 싸웠을 때 소년병으로 출전한 이후로 메이지의 일본이 경험한 모든 전쟁에 참가했다. 도바 후시미(鳥羽伏見)의 싸움, 보신 전쟁(戊辰戰爭), 사가(佐賀)의 난, 세이난 전쟁(西南戰爭), 청일전쟁, 이렇게 초연(硝煙) 속에서만 살아온 사나이인만큼 은근히 속으로 생각하는 그 무엇이 있었다.

"작전 목적은 한 두 줄의 문장으로 족하다. 구구하게 설명을 해도 알 수 없는 그런 작전 목적은 이미 그 자체가 신통찮은 것이다."

가와무라는 어딘지 이상한 데가 있는 사령관이었다.

전에 노즈군 예하의 제10사단장으로 있을 때이다. 그는 격전이 벌어지면 장화를 짚신으로 바꾸어 신고 어정어정 전선으로 나갔다.

짚신으로 바꾸어 신는 것은 그의 발바닥에 티눈이 있었기 때문이다. 그래서 짚신이 들판이나 산을 걷기에 편리한 것이다.

그는 전투 전에 어느 사단장이든 다 그렇게 하듯이, 각 여단과 연대에 전투 명령을 하달한다. 그러고는 사단 사령부에 참모장 이하 막료들을 남겨두고, 자신의 부관과 젊은 참모만 데리고 나가 직접 예하 부대의 전투를 살폈다.

"이게 내 즐거움이야."

철저한 사쓰마 사나이의 말이다. 언젠가 참모장이 그것을 말리자 이렇게 대답했다.

"사단장인 내가 할 일은 명령을 내린 것으로 끝난 것이다. 다음에는 전투가 진행되는데 그 전투 지휘는 참모장을 비롯해서 다른 사람이 적당히 처리하면 되는 거야. 요컨대 내가 사단 사령부에 있어도 할 일이 없지 않은가. 그러니 내 명령에 의해 분투하는 부하 곁에 가서 싸움을 지켜 보는 거다."

이렇게 대답했다.

가와무라는 작전 능력이 없었다. 누구보다 그 자신이 그것을 알고 있었다. 사단장의 임무는 통솔인데 그는 통솔을 후방에서 하는 것이 아니라 참호로 나가는 것으로 대신했다.

그런 행차를 짚신 차림으로 하기 때문에 병사들은 이 장군을 자기 고향 마을의 이장처럼 친근하게 여겼다.

가와무라는 만주로 돌아가서 연대 총사령부에 가서 오야마와 고다마를 만났다.

그 자리에서 가와무라는 솔직히 말해버렸다.

"그때그때 만주군의 명령에 따르겠습니다."

그는 도쿄의 야마가타와 나가오카를 거역하는 처지가 되었으나 야마가타도 고다마로부터의 강경한 항의로 인해 그 점에 대해 가와무라에게 다소의 융통성을 주고는 있었다.

"압록강군은 조선의 서북경을 방어하는 것을 임무로 한다. 그러나 본임무에 지장이 없는 한 적군의 좌익에 책동하여 만주군의 작전을 유리하게 돕는다."

그러므로 봉천 작전에 참가해도 크게 명령 위반은 되지 않는다.

그래서 고다마, 마쓰카와의 작전에 가담하여 압록강군은 일본군의 최우익으로 전개하여 적의 좌익을 압박함으로써 봉천에 있는 크로파트킨의 상황 판단을 혼란케 하려 했다.

그러나 이 압록강군을 기대할 수 있느냐 하는 데 대해 마쓰가와 대령은 처음부터 의문스럽게 생각했다.

이 압록강군의 핵심 전력은 전에 여순의 노기군 예하에서 용전 분투한 시코쿠 젠쓰지(四國善通寺)의 제11사단이다. 거기에 소집되어 온 노병으로 조직된 후비 일개 사단이 보잘 것 없는 장비를 가진 병력으로 참가하고 있다.

이 정도의 병력으로 '군(軍)'을 편성했으니, 그것이 행동이 곤란한 일본군의 최우익 산악 지대에서 어느 정도의 기동력과 전투력을 발휘할 수 있을지 지극히 의문이었던 것이다.

회전

아주 우연한 일이지만, 봉천의 크로파트킨의 총사령부에서도 이 시기에 대대적인 공세가 계획되고 있었다.

지난 1월말, 러시아군은 일본군 좌익인 흑구대(黑溝臺) 부근을 습격하여 아키야마 요시후루의 지대(支隊)를 괴롭혔는데, 일본군이 급히 임시로 응원군을 편성하여 간신히 반격했다.

크로파트킨은 그것에 대해 불필요할 만큼 당황해서 퇴각 명령을 내렸다. 러시아측은 아무런 소득도 없이 봉천으로 물러났다. 결국 그만한 작전이 지나친 자중(自重)으로 인해 성과를 보지 못한 것을 후회하는 소리가 젊은 참모들 사이에 높아 갔다.

"아까웠어."

젊은 대위 참모조차 이렇게 뇌까렸다.

"조금만 더 밀었더라면, 일본군 좌익은 크게 붕괴됐을지 모른다."

일본측의 마쓰카와 대령에 해당하는 작전부장 에우엘트 소장이 말했다.

에우엘트는 퇴각 후에도 끊임없이 적 본군의 동태에 관한 정보를 수집했다. 그 결과 흑구대 회전 후에 일본군이 부지런히 부대를 이동하고 있음을 알았다. 러시아군에 기습당한 좌익을 보강하기 위해 급히 병력을 좌익으로 이동시켰다가 싸움이 끝나자 그 병력을 다시 원위치로 돌리는 것 같았다.

"그것은 일본측이 그처럼 좌익을 심하게 공격받았으면서도 아직 우리의 의도를 모른다는 것이 된다."

에우엘트 소장은 이렇게 생각했다. 결론적으로 일본군은 흑구대 전투를 단순한 위력의 정찰 정도로 알았지 러시아측의 본격적인 대공세였다고는 생각하지 않는다고 그는 본 것이다.

에우엘트의 추측은 옳았다. 마쓰카와 대령은 이렇게 말했다.

"흑구대전은 손님이 우리 편 사정을 잠깐 살피러 온 거다."

이런 뜻의 말을 아키야마 요시후루에게도 해서 '적의 본격적인 공세이다'라고 주장했던 요시후루를 노하게 했다는 것은 이미 언급했다.

"그러니 공세를 다시 취할 필요가 있다."

에우엘트의 의견이었다. 그것도 기회를 놓쳐서는 안된다. 지금 일본군이 전선을 정비하기 위해 한창 군대 이동을 하고 있는 이 시기를 틈타 전보다 더 대규모의 공격을 가한다면 일본군은 크게 혼란에 빠질 것이다. 만주에서 승리를 단번에 결정지을 시기는 지금밖에 없다고 에우엘트는 생각했다.

그는 이런 취지를 일본군의 고다마와 같은 지위에 있는 총참모장 사하로프 중장에게 구신했다.

사하로프 중장은 즉석에서 동의했다.

"귀관은 그 계획을 세우게. 이번에는 전번과 같은 것이 아닌 정통적인 대공세를 취할 것이네."

사하로프도 진작에 에우엘트와 같은 생각을 했던 것처럼 영웅의 시라도 낭송하듯 억양을 높여 말했다.

"정통적으로 해보자."

총참모장 사하로프 중장이 이렇게 말한 것은 지난번의 심단보(沈旦堡 : 흑구대) 작전이 다소 정통적이 아니었기 때문이다.

지난번에는 유럽 방면에서 새로 부임한 그리펜베르그 대장이 '퇴각 장군(退却將軍)'이란 악평이 나 있는 크로파트킨 총사령관의 코를 납작하게 만들기 위해 세운 작전이었는데, 이에 대해 크로파트킨은 극히 소극적인 태도로 승인을 했다.

그리펜베르그는 일본군 좌익의 아카야마 진지에 대해 크게 공세를 취했다.

그는 점차 증강되어 오는 일본군과 잘 싸웠으나 그의 작전 구상을 크로파트킨은 소극적으로 배신했다.

배신이라는 말은, 그리펜베르그가 일본군 좌익에 강한 압력을 가하는 동안 미리 약속한 대로 크로파트킨이 제1군을 이끌고 허술해진 일본군의 중앙을 돌파하기로 되어 있었으나, 크로파트킨은 끝내 수수방관의 태도를 취하고 만 것을 가리킨다.

크로파트킨이 그렇게 하지 않은 것은 '만약 그렇게 해서 대승을 거두면, 공이 그리펜베르그에게 돌아가서 러시아 육군에서의 자기의 지반이 일시에 실추한다'는 이유 때문이었다. 보통은 있을 수 없는 일이지만, 전제 국가의 관료라는 것은 국가에 끼치는 이익보다 자기의 관료적인 위치만 배려하여 자신의 행동을 결정한다.

'전제 국가는 반드시 진다.'

이렇게 예언한 미합중국 대통령 시어도어 루스벨트의 식견 속에는 물론 이런 점까지 계산되어 있었다.

이에 대한 예를 하나 더 들어 본다. 러불 동맹(露佛同盟)에 의해 프랑스 정부는 러시아를 응원하고 있었는데, 프랑스의 외교관 모리스 팔레올로그가 마침 이 시기, 즉 1월 18일에 파리에서 러시아의 해군 소장을 만났다.

그 소장은 페테르스부르크의 총참모본부 참모였다. 그는 러시아 황제가 멀리 극동으로 파견한 로제스트벤스키와 그 대함대에 대해 당연히 풍부한 지식을 가지고 있어야 함에도 불구하고, 팔레올로그를 놀라게 한 것은, 총참모본부의 참모라는 위인이 아무것도 모르고 있다는 사실이었다.

팔레올로그의 기술(記述)에 의하면 화제가 발틱함대에 미쳤을 때 프랑스 외교관과 해군 무관을 어리둥절하게 만들었던 것이다.

"담배를 피우면서 천하 태평한 도바소프(러시아 참모)는 외쳤다. '아, 그 사랑스러운 지노베이 페트로비치, 그는 지금 어떻게 지낼까⋯⋯그의 함대는 어디 있을까요?'"

이 당시 프랑스는 복잡한 국제 정세 속에서 로제스트벤스키 함대의 항해 도중의 일을 여러가지로 보살펴 주어야 하는 입장에 있었다. 그래서 로제스트벤스키 함대의 소식에 대해서는 프랑스 해군과 외무성의 첩보 기관이 업무상 알고 있었다. 그렇지만 페테르스부르크에서 온 총참모본부의 고급 참모가 프랑스 사람한테서 동료의 이름을 듣고 반가운 듯이 이렇게 물었으니 기가 막힐 일이었다.

"그는 지금 어디 있을까요?"

전제 국가에서는 관료들은 전제자인 황제의 비위만 맞추면 되는 것이지, 함대가 어디를 기웃거리고 있든 그것은 그들의 관심사가 못 되었던 것이다.

크로파트킨도 마찬가지였다.

이야기를 되돌린다.

총참모장인 사하로프 중장이 말하는 '정통적'인 작전 계획이 작전부장 에우엘트 소장에 의해 완성되었다.

만약 이 계획을 오야마나 고다마가 안다면 기절초풍을 했을지 모른다. 만주에 있는 30여 만의 러시아군이 총력을 기울여 우선 제1군으로 일본군을 위협하면서 이에 보조를 맞추어 제2군과 제3군이 대거 공세를 취한다는 작전이었다.

총참모장 사하로프가 이 작전 계획서를 가지고 크로파트킨 대장의 방을 노크한 것은 1월 31일 오후였다.

크로파트킨은 그 서류를 자세히 읽고 다시 사하로프로부터 설명을 들었는데, 도중에 갑자기 김빠진 표정이 되었다.

"왜 그러십니까?"

사하로프가 묻자, 크로파트킨은 고개를 저으며 말했다.

"아무 것도 아니네."

교회의 종이 울리고 있었다. 이 방의 창 너머로 그리스 정교(政敎)의 교회탑이 보였다. 저 종이 다 울릴 때까지 기다리자고 크로파트킨은 입을 떼었다.

종소리가 끝나자 크로파트킨은 말했다.

"이 작전 계획에는 찬성할 수가 없네. 그보다도 심단보(흑구대)를 한 번 더 공격해야겠네."

이 말에 사하로프는 놀랐다. 전번에 그리펜베르그 대장이 그 작전을 실시했을 때, 크로파트킨은 지극히 소극적인 태도를 취하여 그 작전에 호응할 기회를 놓치는 바람에 결국 작전은 실패로 돌아갔다. 그리펜베르그는 화가 나서 사표를 내던지고 유럽으로 떠나고 말았다.

그래서 크로파트킨의 진심을 말하면 '그리펜베르그의 작전은 좋았다. 다만 그것을 그가 실시하는 것이 마음에 들지 않는다'는 것이며, 다시 말하면 이번에는 그리펜베르그의 계획을 도용해 보자는 것이었다.

그리펜베르그가 유럽으로 떠난 다음, 공석이 된 제2군 사령관 자리에 크로파트킨은 자기가 평소부터 좋아했던 제8군단장인 무이로프 중장을 앉혔다. 단, 대리로서였다.

크로파트킨은 곧 그 대작전에 착수했다. 우선 무이로프 중장에게 명하여 일본군 좌익인 심단보 방면을 정찰시켰다.

그 방면에는 여전히 아키야마 요시후루의 기병 여단이 포병과 보병을 혼성시켜 진지를 지키고 있었으나, 먼저 싸움에 동원된 증원 부대는 떠나고 있는 중이었다.

크로파트킨은 그 보고에 접하자 기분이 좋아서 중얼거렸다.

"요컨대 허술하다는 얘기로군."

이번에는 기어이 왜소한 일본 기병이 지키고 있는 진지를 휩쓸며 단번에 일본군의 후방으로 돌아, 서로 호응하여 일본군의 중앙을 압박하고 돌파해서 오야마 이와오를 저 멀리 요동 반도의 저쪽 바다에 몰아넣을 작정이었다.

크로파트킨은 이 안이 성공하지 못할 이유를 스스로 발견할 수 없을 만큼 확고한 자신을 가졌다.

확실히 '크로파트킨의 확신'은, 그의 용모에까지 빛을 발하게 했다. 원래 크로파트킨은 수재(秀才) 장군이라는 소리를 듣기에 어울릴 정도로 단정한 얼굴과 잘 다듬어진 갈색 수염을 가지고 있었는데, 이때는 자신의 작전 계획에 대한 자신감으로 해서 단정한 데다 위엄이 가해졌다.

"무이로프가 내 답안을 만점으로 만들어 주었다."

크로파트킨은 대단히 만족해했다.

무이로프는 일본군 좌익의 아키야마 요시후루의 진지를 정찰한 장군이다.

정찰 결과는 '일본군의 좌익은 허술하다'는 것이었으며, 그곳을 돌파하여 일본군의 후방으로 진격하려는 크로파트킨의 작전 계획이 완벽하다는 것이 증명됐다.

"최대한 적(아키야마 요시후루)에 대한 충격이 크도록 해야한다."

크로파트킨은 강력한 편성을 시작했다.

공격은 제2군이 담당하는데, 그리펜베르그가 사표를 던지고 귀국한 뒤 무이로프를 사령관 대리로 앉혔으나, 대리로는 아무래도 불안했다. 군사령관 대리에게 중대한 대작전을 맡길 수는 없었다.

그래서 제3군 사령관 카울리발스 대장을 제2군 사령관으로 전보 발령하고, 공석이 되는 제3군 사령관에는 제17군단장 빌리텔링 대장을 승격시켜서 앉혔다.

참고로 양국의 군 편제를 보면, 일본군은 이렇게 구성되어 있다.

'군―사단―여단'

러시아는 군단이라는 한 단계가 더 있다.

'군―군단―사단―여단'

크로파트킨의 계획에 따르면, 군이라는 최대 단위를 가지고 1개 여단의 적을 공격하는 것이니, 그 성공률은 높을 수 밖에 없다. 말하자면 땅 짚고 헤엄치는 것처럼 안전성이 높다고 할 수 있다.

크로파트킨은 작전의 안전성을 지나치게 염두에 두는 습성이 있었는데, 이번 계획의 성공도를 한층 굳히기 위해 그는 또 한 가지 손을 썼다.

제2군의 돌파용 송곳 구실을 할 특별 혼성 여단을 편성한 것이다. 제1군과 제3군에서 정예 부대를 뽑아 그것으로 6개 대대를 만들어 하나의 여단을 구성했다. 공격용 결사여단(決死旅團)인 셈인데, 일본측이 여순에서 시도한 흰 수건을 머리에 동여맨 시로다스키 대(白襷隊)와 비슷한 역할이다.

이 여단의 사명은 하나밖에 없다.

"심단보의 적 진지를 공격하라!"

말하자면, 아키야마 요시후루의 기병 여단이 말을 버리고 야전 진지에 의거하고 있는 것을 분쇄하라는 것이다. 이 여단과 아키야마 여단이 어울려 싸우는 동안 제2군의 주력은 남하하여 일본군의 후방으로 돈다는 계획이었다.

크로파트킨은 이 아키야마 진지의 공격을 위해 또 한 가지를 더 준비했다. 즉, 제3군의 공성포(攻城砲) 일부를 떼어 제2군의 포의 수를 증강시킨 것이다.

진지 공격의 필수 조건은 화포(火砲)이다. 그것도 공성포가 좋다. 공성포 한 발로 흙부대를 쌓아올린 정도의 아키야마 진지의 보루 하나쯤은 충분히 날릴 수가 있는 것이다.

그러는 동안 아키야마 요시후루는 러시아군의 주력을 다시 자기의 조그만 여단으로 막아야만 된다는 놀라운 운명은 꿈에도 모르고 있었다.

"어쩌면 적은 그 작전을 다시 한 번 되풀이할지도 모른다."

이런 생각을 하기도 했으나 그가 그것만을 추측하고 있는 것은 아니었다. 그 밖에도 그는 적의 계획을 이것저것 생각하고 있었다.

만약 요시후루가 신이어서 적이 다시 흑구대에 공격을 가해 온다는 것을 미리 알았다 해도, 총사령부에 예방책을 강구해 달라고 부탁할 수는 없었다. 일본군은 적은 병력을 이리저리 돌려서 응급 처방을 하는 형편이라, 급한 것을 면하면 다시 제자리로 돌리든가 새로운 부서로 병력을 돌려야 한다.

그러니 미리 알았더라도 요시후루가 타력에 의지할 수는 없는 것이며, 우선 1개 여단으로 적의 일군(一軍)을 상대하지 않으면 안 된다. 막다른 골목에 다다르면 지난번처럼 총사령부에서 응원군이 오리라. 응원 병력이 오기 전에 아키야마 여단이 무너지면 지난번처럼 그 응원 병력을 움직여서 적을 물리치면 되는 것이었다.

병력 부족이 숙명적인 조건인 일본군에 몸담고 있는 이상, 지키는 경우이든 공격하는 경우이든 다른 우군(友軍)의 희생을 계산에 넣을 수는 없었다. 자기의 희생만으로 모든 것을 처리해 나가야만 한다.

어쨌든, 크로파트킨의 머리에 떠오른 이 아이디어는 그의 수학적인 두뇌에 의해 계산되고 편성되었다. 요시후루의 부대는 전멸하리라.

그랬던 것이 별안간 그 크로파트킨의 마음이 그의 버릇대로 변해 버린 것이다.

크로파트킨은 여순을 함락시킨 노기군 10만의 행방에 대해 신경을 날카롭게 곤두세우고 있었다.

그는 노기군의 소식을 알기 위해 기병 척후와 현지민 첩자 등, 정보 수집 능력을 전부 동원하였다.

그 결과 그가 알아 낸 것은 이런 정보였다.

"여순에 있던 노기군 가운데 2개 사단이 요양에 도착했다. 또 1개 사단은 일본군 총사령부가 있는 연대(煙臺)의 정거장 근처까지 와서 제8사단과 교체한 것 같다."

물론 이 정보는 엉성한 것이라 병력을 과대시한 경향이었으나 사실과 대충 비슷했다. 현상은 파악했으나, 크로파트킨은 노기군이 일본군 좌익을 맡아서 자기의 우측 배후를 찌를 행동을 준비하고 있다는 데까지는 판단이 미치지 못했다.

이런 판에, 뜻밖의 보고가 들어왔다.

북경에 있는 청국 공사관 무관인 데시노 소장이 보낸 정보였다.

"노기군 10만은 블라디보스토크를 공격한다."

블라디보스토크는 상당히 먼곳이다.

크로파트킨으로서는 관심 밖으로 돌려도 된다. 다만 그 정보에 의하면, 노기군은 조선의 원산(元山) 부근에 상륙하여 일부의 병력으로 블라디보스토크를 치고, 주력은 니콜라예프에서 우스리 방면을 거쳐 크로파트킨의 배후를 찌른다는 것이다.

크로파트킨에게는 노기군 10만이 공포의 대상이었다.

노기군이 강력해서 그러는 것이 아니라 여순 함락 후 야전군으로 변한 이 대군단이 어디에 나타나느냐가 문제였다.

오야마와 고다마는 갑자기 사용의 자유를 얻은 이 대전투 단위를 마음대로 보내고 싶은 장소에 보낼 수가 있게 되었다.

그러므로 적(敵)인 크로파트킨으로서는, 노기군은 날개를 달고 있는 것이었다. 어디를 어떻게 날아서 어느 곳에 내려 앉을지 알 수 없었다.

크로파트킨이 입수한 북경의 정보에 의하면 이러했다.

'노기군은 일본군의 가장 우측 방향으로 전개해서 왼쪽으로 돌아 크로파트킨의 배후로 나온다.'

이것은 오야마와 고다마의 계획과는 전혀 각도가 달랐다. 두 사람은 노기군을 일본군 좌익으로 전개시켜, 오른쪽으로 돌아 크로파트킨의 배후를 찌르려는 것이며, 그 우회의 규모도 크로파트킨이 얻은 북경 정보보다 웅대하지 않아서 이 전장의 지리적 범위를 벗어나지 않는 것이었다.

크로파트킨이 입수한 북경 정보에는 먼 만주 동쪽의 연해주와 조선의 지명이 나온다.

그의 뇌리에 원산·니콜라예프·우스리·블라디보스토크 같은 지명이 땅에 매설한 지뢰가 차례로 폭발하듯이 불꽃을 번쩍였다. 게다가 그 노기군 주력은 크로파트킨의 배후에 위치한다는 터무니없는 내용이었다.

이 정보는 도쿄의 명령으로 신설된 압록강 군의 임무에 대한 정보와 혼동해 버린 것이 분명했다.

북경 주재 무관인 데시노 소장이 혼동한 것도 무리는 아니었다. 압록강군은 노기군에서 할애한 제11사단이 주력이다. 제11사단은 노기 자신이 중장 때 사단장을 지낸 사단이며, 여순 공격에서는 가장 악전 고투한 사단이다.

그 당시는 장교와 병사의 군복 표시를 보면 소속 병과도 알 수 있었고, 몇 연대라는 것도 알 수 있었다. 몇 연대인 것을 알면 자연 어느 사단인가도 알게 된다. 그래서 첩보는 간단했다.

다만 제11사단이 노기군에서 떨어져 나가 압록강군으로 시집간 것까지는 모르고 있었다.

──제11사단이면 노기군이다.

현지인 첩자는 그렇게 착각하고서 제11사단의 어느 연대나 대대 뒤를 따라갔기 때문에 그러한 판단이 나온 것이다.

압록강군의 창설은, 도쿄 대본영의 주도 아래 편성된 것으로, 평판이 좋지 않았다. 전장의 책임을 지는 총사령부의 마쓰카와 대령도 '오리'라고 부르며 성가신 존재로 취급하였다.

"전후에 러시아령의 일부라도 가지겠다."

이런 정략적 의도에서 만들어진 군대인지라, 만주 평야의 러일 주력 결전에 있어서, 즉 전략적인 면을 고려할 때 그 창설은 지극히 어리석은 것이었다.

그러나 그 압록강군의 창설은 도쿄의 대본영이나 오야마나 고다마가 예상하지 못했던 효과를 가져왔다.

하기는 크로파트킨도 압록강군의 창설을 몰랐던 것은 아니었다.

그는 별도의 첩보로 그것을 알고 있었을 뿐만 아니라 미심쩍어하기도 했다.

"왜 일본군은 그런 엉터리 임시군을 만들지?"

러시아군은 유럽에서 팔팔한 현역병이 계속 보충되고 있는데, 일본군은 본국에서 논밭을 갈던 초로의 사내들을 끌어 모아 그런 노병들로 사단과 여단을 만들어 하나의 군을 편성하려 했다.

"도저히 전력(戰力)이 될 수가 없지."

크로파트킨은 이렇게 보고 있었다. 더욱이 후비(後備) 사단은 사단 병참이라는 제도를 가지고 있지 않기 때문에 보급면에서 정해진 제도와 방법이 아닌 다른 방도를 강구해야 한다. 이에 독립된 행동을 할 수 있을지 "적의 일이지만 의문이 가는군" 하고, 그는 총참모장 사하로프 중장에게도 말한 바 있다.

크로파트킨은 그 정도로 일본군의 전력 고갈을 감지하고 있었는데, 그의 불행은 그러한 대세를 파악한 이상 거기에 입각하여 작전을 세웠어야함에도 불구하고 늘 자신의 성격상 적을 과대 평가한 것에 기인한다.

또 한 가지, 크로파트킨이 판단을 그르친 것은 모처럼 '압록강군의 창설 정보'를 얻었으면서도 그것이 모두 후비 사단, 후비 여단에 불과하다는 정보 뿐이었던 점이다. 정보가 부족했다.

이 압록강군에 노기군의 결전 사단이라고 할 수 있는 제11사단이라는 팔팔한 부대가 참가하고 있다는 사실이 빠져 있었던 것이다. 그것이 크로파트킨의 사고(思考)에 혼란을 불러 왔다.

"우리 배후를, 웅대한 코스의 우회로 위협하려는 것은 노기군이 틀림없다."

북경에서 얻은 노기군에 대한 그릇된 정보와 크로파트킨 자신이 첩보를 통해 얻은 압록강군에 대한 지식을 가감한 끝에 마침내 이러한 상상에 도달한 것이다. 참으로 무서운 상상이고, 이런 상상은 군인으로서의 전문적인 교양에서 나오는 것이 아니라, 타고난 성격에서 오는 것이다. 그런 성격은 페테르스부르크의 육군성에서는 통할 지 몰라도, 야전에서 실제 대군을 진퇴시키는 데는 전혀 어울리지 않았다.

제정 러시아의 불행은 이런 성격의 소유자를 총사령관으로 임명했다는 점에도 있었다.

'서둘러 작전을 변경해야 하나?'

크로파트킨은 이런 생각을 했으나, 이미 일본군 좌익의 심단보(흑구대)를 공격할 모든 준비가 완료되어 있었다.

그 방침을 좇아 군단이 이동하고, 사단이 전진하고, 포병이 전속 이동을 하는 중이었다. 일단 움직이기 시작한 아군의 행동을 중지시키는 것은 어떤 의미에서는 적을 공격하는 것보다 더 어려운 일이었다.

"2월 19일"

이날은 오야마와 고다마에게 있어서 봉천 결전의 작전 계획을 결정하고,

마쓰카와가 그것에 대한 명령서를 작성하여 각군에 하달한 날로, 기념할 만한 뜻을 가지고 있었다. 그 이튿날인 20일에 각국 사령관이 연대 총사령부에 소집되었던 것이다.

그 '2월 19일'은 크로파트킨이 통수하는 러시아군에도 중요한 날이었다. 역시 작전 회의를 열기 위해 크로파트킨은 각 군사령관과 그 참모장을 소집했던 것이다.

우연하게도 양군이 똑같은 일을 했다.

다른 점은 오야마와 고다마가 대규모 결전을 강행하여 러시아군을 쫓으려한 데 대해, 크로파트킨은 일단은 일본군에 결전을 강행하려 했으나, 이날의 군사령관 회의에서 '이러한 실정이므로 가능하다면 중지하고 싶다'는 뜻을 비쳤다는 것이다.

그러나 크로파트킨도 그것을 노골적으로 말할 수는 없었다. 이 처세의 달인은 군사령관들에게 실정을 설명함으로써 군사령관 쪽에서 이 말이 나오기를 기다렸다.

"그럼 중지합시다."

그러면 책임을 피할 수 있고 나중에 페테르스부르크에서 추궁을 받더라도, 그때는 군사령관들의 뜻이 그러했기 때문이라고 변명할 수도 있다.

소집한 장소는 봉천이 아니었다. '하하만둔(下河灣屯)'이라는, 봉천 남쪽에 있는 혼하(渾河)의 철교를 건너 더 남쪽에 위치한 시골 역이었다.

시골 역이지만, 동쪽 고성자(古城子) 방면으로 가는 철도도 여기서 시작되고 있어 철도 관계의 건물이 많았다. 회의는 그런 건물 중의 하나에서 시작되었다.

회의 진행은 총참모장인 사하로프 중장이 했다. 취지 설명은 원래는 사하로프가 할 것이지만, 이번에는 크로파트킨이 직접 나섰다.

"내가 취지를 설명하겠소."

크로파트킨은 자기보다 기질이 강한 사하로프가 이상한 말이라도 꺼낸다면, 자기가 이 회의에 기대하고 있는 미묘한 의도가 무로 돌아가게 될 것을 두려워한 것이다.

크로파트킨은 날카로운 시선으로 참석한 장군들의 얼굴을 한참 바라보다가 뒷날 기록에 남을 만한 연설을 시작했다.

서두로, 여순의 함락과 흑구대 회전의 실패는 아군의 상황을 크게 불리하게 만들었다면서, 그 책임을 여순의 스테셀 중장과 흑구대의 그리펜베르그 대장에게 전가시키고는, 다시 그 때문에 자기가 난처하다는 듯이 상황을 비관적으로 말함으로써 다음에 언급할 논리의 발판으로 삼았다.

"결국 일본군은 크게 유리해졌고, 특히 노기는 자유를 얻었소. 난 오야마가 노기의 10만을 어디에 어떻게 쓰려는지 그에 대한 확실한 정보를 가지고 있소."

마침내 본 의도를 비추었다. 참석한 각군 사령관과 참모장들 가운데는 명백히 경계하는 표정을 짓는 자도 있었다.

크로파트킨은 이렇게 말하면서, 노기군에 대한 북경 정보를 그대로 군사령관들에게 전해 주었다.

"노기는 어디에 나타날 것인가?"

뿐만 아니라 자기의 추측까지 보탰다.

"노기는 봉천 부근의 아군의 배후를 찌를 수도 있고, 길림(吉林) 또는 하얼빈까지 우회 행동을 할지도 모르오. 더욱이 다른 정보에 의하면"

크로파트킨은 잠시 말을 끊었다.

"일본군은 몽고 지대로 진입하여 마적(馬賊)의 협력을 얻어 아군의 후방 철도를 기습하려고 기도하고 있소."

이것은 사실이었다. 아키야마 요시후루가 그 기병 여단의 일부를 할애하여 멀리 띄운 특수 기병대를 가리킨다. 나가누마(永沼秀文) 중령의 정신대는 1월 9일부터 행동을 시작해 동몽고 방면에 진출하여 러시아군의 먼 후방인 관성자(寬城子 : 훗날의 신경, 장춘)까지 나가, 그 남쪽의 신개하(新開河) 철교를 폭파하여 크로파트킨의 신경을 크게 자극시켰던 것이다.

이에 제2 특수부대로서, 하세가와(長谷川成吉) 소령의 부대가 1월 11일에 행동을 개시하여 그 후 60여 일 동안이나 러시아군 후방에 출몰하면서 때로는 군량 창고를 습격했다.

이러한 아키야마 기병 여단의 행동은 크로파트킨의 신경을 건드리고, 생각을 혼란시켜 마침내 그가 이 작전 회의 석상에서 진술하듯이 결전을 위한 마음을 위축시켰을 뿐만 아니라, 그 병력을 결전에 집중하는 것을 자제토록 만들었다.

'봉천 회전에서 러시아군의 패인이 된 것은 아키야마 요시후루가 이끄는

기병 여단의 견제 활동이다.'

이러한 평가까지 나왔던 것이다.

그렇게 때문에 크로파트킨은 그 일본 기병의 후방 준동을 막기 위해 미시첸코 기병단을 철도 경비에 배치해야 한다고 말했다.

미시첸코 기병단은 러시아군이 가장 자랑하는 부대이며, 일본군이 가장 두려워하는 기습 부대로서 카자크 기병으로 편성되어 있었다.

이 석상에서 크로파트킨이 연설한 대로 이 무서운 기병단은 후방 깊숙이 송화강(松花江) 근처에 배치되어 결국 봉천 결전에는 참가하지 못했다.

크로파트킨은 노기군과 아키야마 여단의 두 개의 자극 때문에, 이미 결정된 작전 계획을 다시 구상하기 시작한 것이다.

'요컨대, 아군은 불리한 상황 아래 놓였다.'

크로파트킨은 거듭 말하면서 이렇게 진심에 가까운 말을 했다.

"앞으로의 작전을 어떻게 하느냐, 이 점에 대해 여러분의 기탄 없는 의견을 듣고자 이 자리를 마련한 것입니다."

그러자, 이미 일본군의 좌익을 공격하기 위해 준비를 하고 있던 제2군 사령관인 카울리발스 대장이 그의 참모장과 상의하고는 입을 열었다.

"각하는 신경 과민이십니다."

카울리발스는, 이럴 때는 공격보다 더 좋은 방어는 없다는 말을 상기해야 한다고 역설하면서 기정 방침대로 자기의 제2군이 일본군의 좌익을 공격하게 해달라고 요구했다.

카울리발스 대장의 의견을 제1군 사령관도 지지하고, 다시 크로파트킨의 막하에 있는 작전 부장 에우엘트 소장까지 지지하고 나섰기 때문에 크로파트킨은 고립된 입장이 되어 결국 이날은 기정 방침을 재확인하는 결과가 되고 말았다.

크로파트킨의 성격은 전사(戰史) 학자보다도 심리 학자에게 더 좋은 연구 대상이 될지도 모른다.

그는 분명히 그 자신이 원해서, 다시 한번 흑구대전을 연출해 보려 했다. 그의 막료는 그것을 위해 작전 계획을 세웠고, 그는 그것을 결정했으며, 그리고 휘하의 병력을 크게 이동시켜 그 실행에 대처해 왔다.

모두 그 자신의 의사로, 그 자신이 했다. 더구나 그 작전 계획은 평이 나쁘지 않아 그의 막료도 좋아했고, 군사령관들도 찬성했던 것이다.

그런데 정작 실행 단계에서 마음이 흔들렸다.

'노기가 어디서 나타날지 모른다.'

이런 새로울 것도 없는 조건이 마음에 걸리기 시작한 것이다. 게다가 자군의 훨씬 후방까지 아키야마 기병 여단의 일부가 출몰하며 교통 기관과 그 밖의 후방을 파괴하기 시작한 것이 무척 신경을 건드렸다.

상식적으로는 적의 기병의 그 정도의 행동은, 불이 나면 소방대원이 움직이는 것과 같은 것으로서 전쟁에서는 흔히 있는 일이지만, 크로파트킨의 머리로는 그렇게 생각되지 않았다.

그는 갑자기 흑구대(심단보)의 진격 계획을 포기하려고 군사령관을 모아 이것저것 얘기해 보았으나, 참석한 전원이 그가 암시하는 작전 중지를 반대한 것이다. 그는 하는 수 없이 기정 방침대로 하기로 하고, 회의를 끝냈다.

'러시아 육군에서 굴지의 수재'라는 말을 들은 그는, 육군 사관학교 때도 그랬고 육군 대학 때도 정말 아름다운 필적으로 답안을 썼다. 이 전장에서도 그는 늘 적에 의해 답안을 쓰려 하지 않고 그 자신을 상대로 답안을 쓰려 했다. 아마 완벽한 답안이란 그런 것인지도 모른다.

그는 2월 19일의 군사령관 회의를 마치고, 봉천으로 돌아온 뒤 자신의 완벽주의와 싸우느라 밤에 잠도 못 이루다가, 마침내 새벽에 일어나서 각국 사령관 앞으로 편지를 쓰기 시작했다.

'역시 그 작전은 중지한다.'

이런 취지의 편지였다. 물론 '중지한다'고 못박아 쓰지는 않았다. 작전가답게 갖가지 작전상의 논리를 훌륭히 꾸며냈는데, 그 점은 과연 군사학의 수재다웠다.

그 요지는 다음과 같다.

"곰곰이 생각해 보았는데, 일본군은 노기군에게 아무래도 다음 두 가지 중 하나를 택하도록 할 것 같소. 하나는 우리 좌익을 공격——오야마와 고다마의 계획 그대로임——하는 것이고, 다른 하나는 먼 후방의 영고탑(寧古塔), 길림(吉林) 방면으로 움직이는 방법이오. 그렇게 되면 일본군의 총예비 부대——실제는 전무한 실정이었으나, 크로파트킨은 자신의 전술 상식으로 당연히 일본군이 몇 개 사단을 대기시키고 있는 것으로 봄——는 중앙의 무순(撫順) 방면으로 전진해 올 것이요. 그때는 아군의 중앙이 위태로워져서 이 작전 계획은 현실성을 잃게 되오. 그러니 아무래도 이 작전 계획은 중지하지 않을 수 없을 것 같소."

결국 늙은이의 푸념에 지나지 않았다. 이미 다 아는 조건을 구차하게 반복하면서 새 국면을 타개할 때 느끼는 공포의 표현을 군사 용어로 나열했을 따름이었다.

그러나 '작전 중지'라고는 말하지 못했다. 약간의 구실을 붙일 필요가 있었다. 그것은 러시아 제국을 위해서가 아니라, 크로파트킨 자신의 관료적 지반을 지키기 위한 것이었다.

만약 후일에 가서 러시아 조정에서 그의 소극적인 태도를 추궁할 때, 그것에 대한 변명만은 고려해두어야 했다.

요컨대 그는 그런 고려에 의한 작전만 세우는 것이다. 그래서 그것을 위해 군사를 죽게 하는 것인데, 전제자(황제)가 지배하는 국가의 군사란 늘 그런 것이었다.

독재자의 비위를 상하지 않게 하려는 관료들의 몸사림 때문에 군사들은 죽어야 하고 그런 국가의 병사인 이상 죽는다 해도 그 죽음은 당연하다. 그들에게는 황제와 표리(表裏)가 일치되고 있는 그리스 정교라는 종교의 권위가 그들을 천국으로 인도해 주는 것만은 명백히 보장되어 있는 것이다.

'고려하는 작전'을 위해, 크로파트킨의 편지 사연은 다음과 같이 이어졌다.

"영영 중지한다는 것이 아니오. 결전을 3월까지 연기하자는 거요. 3월이 되면 유럽 방면에서 우리의 증강 병력——오야마와 고다마가 그것을 가장 두려워하고 있음——이 도착하오. 그것을 기다려서 적극적인 작전을 펼치자는 거요. 그러나 그냥 기다리고만 있으면 사기가 해이해질지도 모르오. 그래서 사기를 앙양시키기 위한 공격은 하겠소. 그것을 위해 심단보를 공격합시다. 공격해서 심단보를 뺏으면 그것으로 공격을 일단 중지하고, 3월의 증원 병력을 기다립시다."

이 편지는 당연히 일선의 각군 사령부에 혼란을 야기시켰다.

그들은 모두 반대했다.

우선 3월을 기다린다는 크로파트킨의 타협안은 전장의 지리적 사정으로 봐서 현실적이 아니었다. 3월이 되면, 만주 벌판에 따뜻한 바람이 불고, 혼하(渾河)와 그 밖의 하천의 얼음이 풀려서 공격을 위해 강을 건너기가 어려워진다. 길도 진창이 되어 포차(砲車)를 쉽게 이동할 수가 없다. 공격은 지금 곧 해야 된다는 것이 일치된 의견이었다.

이 점은 일본측과 같았다. 대공세를 개시하려는 오야마와 고다마에게도 "산하가 얼었을 때"가 큰 이유였다.

단 공교롭게 쌍방의 이러한 계획을 서로 모르고 있었다.

공세의 주력이 되는 제2군 사령관인 카울리발스 대장은 원안을 강력하게 주장하여 크로파트킨의 개정안에 반대했다.

결국 크로파트킨은 각군 사령관에게 끌려서, 원래의 계획으로 돌아오고 말았다. 그동안 며칠의 시간적인 낭비가 있었다. 이 시간적인 낭비가 크로파트킨에게 돌이킬 수 없는 작전상의 치명상을 입혔다.

결국 크로파트킨은 싸움을 하게 되었다.

"2월 25일부터 공격 개시"

결국 이 날로 결정되었다.

나중에 알게 된 일이지만, 이 공격 개시 예정일은 일본군의 그날보다 불과 하루 늦은 날이었다.

즉 일본군의 대공세의 테이프를 끊은 것은 '잡군'이라는 말을 듣는 압록강군이었고, 날짜는 2월 24일이었다. 이날 러시아군 좌익의 청하성(清河城) 진지를 공격하기 시작함으로써 역사상 최대의 회전인 봉천 회전의 포연(砲煙)이 천지를 뒤덮게 된 것이다.

이에 대한 것은 뒤에 상술하기로 하고, 아무튼 러시아군의 공세 계획은 웅대한 것이었다.

아키야마 요시후루가 지키는 흑구대 부근으로 향하는 제2군은 우선 휘하의 제8군단을 시켜 포격을 가한다. 목표는 요시후루의 부하인 도요베(豊邊) 대령이 지키는 심단보이다. 도요베는 기관총 3정과 포 몇 문, 그리고 기병과 보병을 합쳐 3,000명 정도를 보루에 배치하고 있을 뿐이었다. 러시아군은 제8군단에 별도로 조직한 저격 군단을 엄호로 붙였으니 총 5만의 병력이 심단보의 한 마을을 목표로 하는 셈이다.

또한 2개 사단 2만여의 병력을 가진 제10군단은, 역시 요시후루의 진지의 하나인 아팔대(啞吧臺)를 친다. 그동안 정예로 이름난 레넨캄프 기병단을 시켜 멀리 일본군의 측후를 위협한다.

한편 제3군은 제2군의 심단보 공격을 원조하는 행동을 취하는데, 제2군의 10군단이 요시후루의 본부가 있는 이대인둔(李大人屯)을 공격하기 시작하면, 그 주위의 취약한 아키야마 진지인 과차대(瓜且臺), 삼가자(三家子) 등을 공략한다.

이상과 같은 공격 계획을 짜고 있었던 것이다. 아키야마 요시후루는 물론 러시아군의 이러한 의도를 모르고 있었다. 만약 이 공격이 실행되었더라면 아키야마 요시후루는 46세로서 그의 생애를 마치지 않을 수 없었으리라.

이대인둔에 있는 요시후루를 구한 것은 오야마와 고다마의 적극적인 공세 계획이었다. 그는 크로파트킨이 며칠의 시간을 낭비하는 동안 총사령부의 명령에 의해 새로운 공격 활동을 벌이고 있는 중이었다.

그는, 이때는 아직 제2군 사령관인 오쿠 대장의 예하에 있었으나, 새로 일본군 좌측에서 러시아군의 우익을 향해 행동을 개시하려는 제3군인 노기군에 대해 유기적인 연락을 유지하라는 명령을 받았기 때문에, 양쪽에 다 소속되어 있는 상태에 있었다.

"제2, 제3군 사이의 연락을 맡고, 제2군의 좌익을 엄호하여 가급적 군의 전진을 용이토록 하라."

이것은 요시후루가 오쿠군 사령부에서 받은 명령서로 멀리 혼하의 우안(右岸)까지 전진하라는 명령이었다.

이밖에 요시후루는 이미 오야마 총사령관의 훈시도 받고 있었다.

"이번 회전은, 아군은 일본 제국 육군의 전력을 집중하고, 적은 만주에서 쓸 수 있는 최대의 병력을 동원하여 피아간의 승패를 결정짓는 대회전이다. 이 회전에서 승리를 얻는 쪽은 곧 이번 전쟁의 주인이 되는 것이니, 바로 천하를 가늠하는 싸움인 것이다."

크로파트킨은 완벽한 답안을 작성하여 스스로 만족할 만한 중후한 공격 준비를 완료했다.

"이만하면 미약한 일본군 좌익——아키야마 요시후루——쯤은 요절이 나겠지."

그로선 드물게 이렇게 장담했는데 아마 단단히 자신이 있었던 모양이다.

그 자신감이, 단 한번의 경종(警鐘)에 의해 무너지고 만 것이다.

앞으로는, 좌익이니 우익이니 하는 위치 표시의 말이 혼란을 일으킬 것 같으니 사하전(沙河戰) 때처럼 동부 전선, 서부 전선이라는 표현을 하겠다.

말할 것도 없이, 러시아군은 북군이고, 일본군은 남군이 된다. 남북의 양군이 동서로 크게 날개를 펼치고 대치해 있었다.

크로파트킨이 서부 전선에서 대대적인 공세를 취하려는 판에 동부 전선, 그것도 가장 먼 동단(東端)에서 경보의 벨이 울린 것이다.

"노기다, 노기가 나타났다."

크로파트킨은 대뜸 이렇게 생각했다. 그에게는 불행한 일이지만 실제의 노기군은 그곳과는 정반대인 서부 전선을 향해 움직이고 있었는데, 크로파트킨의 신경은 그것을 냉정히 생각할 만큼 여유가 없었다.

"노기가 틀림없다."

이렇게 단정한 것은, 공포 체질인 이 작전가가 늘 자신이 상정한 공포감에 사로잡혀 작전을 세우기 때문이리라.

그는 여순을 함락한 노기군 10만을 일본군의 대예비 부대로 착각하고 있었다. 그것이 어느 방면으로 나올 것인가에 대해 전군의 기능을 동원하여 수색하고 정보를 모았는데, 그의 모든 사고(思考)는 언제나 그 한 점을 지축으로 해서 형성되고 있었다.

그와 러시아군의 불행은 그의 이러한 사고에 기인한다. 언제나 적에 의해서 움직이려 했다. 늘 적의 행동을 지켜보았다. 그 자신의 군사학이야 어쨌든, 전쟁이라는 다급한 마당에서 그의 작전 계획은 무조건 방어 심리로 형성되는 것이었다.

크로파트킨처럼 방어 심리만으로 전쟁을 하는 경우에는 적의 행동 여하에 신경을 쓰니까 결국은 적의 행동에 말려들게 된다.

노기군은 그에게 환영(幻影)의 적이었으며, 그의 뇌리에는 괴물의 형상으로 나타나고 있었다. 그 무서운 것이, 산이 첩첩한 동부 전선의 동단에 나타났다고 생각한 것이다.

그러나 사실은 늙다리 군사를 가지고 새로 편성된 압록강군 예하의 후비(後備) 제1사단이었다. 그들은 다른 사단의 현역병과 같은 체력이 아니었다. 더구나 처자를 집에 두고 전쟁에 소집되어 나왔기 때문에 사기도 왕성하지 못했다. 또 무기는 낡았고 군수품도 조잡했다.

말하자면 2류급의 이러한 군대가 꿈틀꿈틀 산골을 누비며 행군하여 러시아군의 동부 전선 동단에 나타나서, 소총을 쏘고 대포 소리를 크게 울려댔던 것이다.

하지만, 크로파트킨에게는 가벼운 일이 아니었다. 그는 자기가 세운 웅대한 서부 전선의 공격안을 급히 변경해야 한다는 강박관념에 사로잡히고 말았다.

동부 전선의 산간에 책동한 압록강군은, 이것이 과연 지난날 만주 벌판에서 러시아군을 구축한 일본군과 같은 군대일까 하고 의심이 갈 정도로 생기가 없었다.

첫째, 이 '군'은 종이 위에서만 '군'으로 편제가 되어 있었을 뿐이었다. 유일한 현역병 사단인 제11사단은 아직 여순에서 도착하지 않았고, 실제로 가와무라 군사령관의 휘하에 있는 것은 후비 제1사단뿐이었다. 이 사단은 노병들뿐이며, 장교는 소집에 응한 1년 기한의 지원병 출신이 태반이니, 다른 팔팔한 사단에 비해 전력이 절반도 안되었던 것이다.

이 제1사단을 구성하는 병사들은, 남규슈(南九州)와 이시카와(石川), 도야마(富山)의 두 현(縣)에서 소집된 자들이었다. 훈련도 부족한 데다 사단이 편성되고 불과 100일만에 전장으로 끌려 나왔기 때문에 군대 조직에 익숙하지가 않았다.

이런 후비 사단이 봉천 회전에서 중요한 일익을 담당하고 있다는 점에 이미 일본의 전력이 고갈되었다는 증후가 짙게 나타나 있었다. 일익을 맡았을 뿐 아니라, 봉천 회전의 첫 테이프를 끊은 것이 바로 이 후비 사단이었던 것이다.

이 사단이 행동을 개시한 것은 2월 19일이었다.

2월 19일은, 연대 총사령부에 각군 사령관이 회동하기 하루 전날이다. 제1사단은 행동이 어려운 산간 지대에서 싸우기 때문에 다른 사단보다 일찍 움직였던 것이다.

이 후비 사단은 두 개의 여단으로 구성되어 있었다. 제6여단장은 구사바(草場彦輔) 대령이었다. 여단장은 원래 소장으로 정해져 있는데, 대령이 여단장이라는 점도 이례적이었다.

"후비 여단은 아무 짝에도 쓸모가 없다."

총사령부의 마쓰카와 참모는 그의 일기 서두에 이렇게 혹평했다.

"청하성을 공격하라."

두 개의 여단으로 형성된 후비 제1사단에 부여된 임무였다.

임무 그 자체가 과중한 것이었다.

청하성은 산악 지대를 벗어난 서쪽 평야에 있는 도시로, 러시아군은 그 웅대한 날개의 동쪽 끝을 청하성 근처에 내리고 있었다.

"청하성 지대(支隊)"

그들은 이렇게 불렸으며, 알렉세예프 중장이 총지휘를 맡고 있었다. 그 병력은 2개 연대가 빠지는 동저격병(東狙擊兵) 제5사단과, 에크 중장이 사단장인 보병 제71사단을 주력으로 하고, 거기에 바이칼, 카자크 기병 사단 대부분과 시베리아 보병 여단, 보통의 기병 연대와 포병, 공병이 다수 혼성되어 있는 대병단이었다.

이런 대병력이 청하성 밖의 산야에 반영구 진지를 구축하고 있는 현실 속에 일본의 호쿠리쿠(北陸)와 남규슈의 농촌에서 끌려 나온 불과 1만여의 노병이 싸움을 거는 것이다.

노병들은 동부 전선의 산악지대를 길게 꼬리를 이으며 걸었다.

장교 가운데는 이미 40이 넘은 소위도 있고 50대의 대위도 여러 사람 있었다. 그들은 오랜 사회 생활을 하다가 갑자기 전장에 끌려 나왔기 때문에 하루의 행군이 끝나면 기진맥진 피로를 느꼈다.

그들에겐 지도도 없었다.

마침 약도 정도의 전리품 지도가 한 장 군사령부에 있어서 그 복사를 연대장과 대대장에게 한 장씩 나누어주었을 뿐, 중대장 이하는 지남침으로 대충 방향을 잡고 따라가는 형편이었다.

이 방면은 적의 병력의 배치 밖이었으나 가끔 초계 임무를 띤 소부대가 산속 여기저기에 나타났다.

그래도 만여 명을 가진 사단 병력이었기 때문에 그 정도는 수월하게 격퇴하면서 진군했다.

제1사단이 만류하(灣柳河)라는 마을에 주둔하고 있던 러시아군의 소부대를 격퇴한 것은 2월 21일이었다.

"이곳에서 하루 휴식하자."

사단장 사카이 무키(坂井無季) 중장이 참모들에게 제의했다. 참모들도 병사들의 피로를 보다 못해 동의했다.

사흘간의 행군이었으나 모든 군사가 마치 100일쯤 전투 행군을 한 것처럼 지쳐 있었다.

또 한 가지는, 독주(獨走)가 무서웠다.

제1사단은 제11사단과 협동 작전을 펼 계획이었다. 제1사단은 오른쪽으로 전개하고, 제11사단은 왼쪽으로 전개하여 함께 청하성을 공격하기로 되어 있었는데, 오래 전에 여순을 떠났다는 제11사단이 아직도 이 방면에 도착하지 않고 있었기 때문에 제1사단으로서는 단독으로 행동하기가 겁이 났던 것이다.

"후비 사단은 아무 짝에도 못쓴다."

마쓰카와 대령이 이렇게 혹평한 데는 이런 점도 있었다.

한편 시코쿠(四國) 출신의 현역병이 주축을 이루는 제11사단은 여순에서 호된 고생을 한 만큼 전선으로 이동하는 장거리 행군에는 병참의 수송력이 빈약했다.

양초와 탄약을 나르기 위한 차량과 마필이 부족했던 것이다. 그래서 제11사단은 도중에 현주민의 마차와 인부를 고용하여 충당했는데, 그 행렬이 어마어마했다.

"그 행렬이 얼마나 긴지, 아침에 선두를 보았는데 저녁이 되어도 후미가 보이지 않았다."

이 행렬을 본 러시아군 첩자가 이렇게 에크 중장에게 보고했을 정도였다.

산 길이라 말 한 마리가 겨우 지나갈 정도의 폭밖에 안되었기 때문에 이런 상태가 된 것이다.

그런데, 이 중국인 첩자의 보고가 에크 중장한테서 다시 크로파트킨에게 전해졌을 때는 불과 1개 사단이 3개 사단 이상의 병력으로 과장되었다.

"노기군이 동부 전선에 나타났다."

크로파트킨이 지레 짐작을 하게 된 동기의 하나는 바로 이 보고였다.

봉천 대회전의 개시는 분명히 압록강군이 했다.

동부 산악 지대에서의 전투가 20일간이나 계속되었으나, 전투는 지지부진하기만 했고 상황은 늘 참담했다. 모든 점에서 일본군의 피로가 현저히 드러나 전쟁의 앞날이 암담하다는 것을 예고해 주고 있었다.

"제11사단만 참가하면"

제1사단의 장교들은 여순에서 용명을 떨친 우군이 오기를 고대했다.

다행히도 제11사단은 어려운 조건을 무릅쓰고 예상보다 빨리 도착하여 23일에는 제1사단의 좌익으로 전개하기 시작했다.

23일 아침부터 눈이 내려 때로는 시야가 막히기까지 했다.

제1사단은 아침 6시 반부터 퍼붓는 눈을 무릅쓰고 전진을 개시하여 오후 1시경에는 하가대구(河可大溝)까지 진출했는데, 부근의 고지는 경사가 심하고 그곳에 의거한 적의 소부대의 저지를 받아 저녁 때까지 한 걸음도 더 나가지 못했다. 뿐만 아니라 고지에 진을 치고 있는 적의 맹렬한 사격을 받아 궁지에 빠지고 말았다.

러시아군의 본 방어 진지는 청하성의 남동쪽에 있었다.

이곳을 공격한 것은 제11사단이었는데, 그 제11사단의 병사들조차 러시아군의 뜻밖의 완강함에 여순에서의 쓰라린 경험이 되살아 나 '이건 여순과 같다'면서 '소여순(小旅順)'이라는 별명으로 부르기 시작했다.

제11사단은 시코쿠병인 만큼 결코 약하지 않았으나, 여순에서의 쓰라린 경험은 군사들을 약간 비겁하게 만들었다.

물론 러시아군 진지는 야전 진지에 불과했고 여순처럼 영구적인 요새가 아니었다. 진지 구축을 잘하는 러시아군은 근처의 지형을 이용해 교묘하게 진지를 만들어 놓고는 일본군이 접근하면 맹렬한 화력을 집중시켜 많은 사상자를 내게 했다.

그러나 그것을 가지고 '소여순'이라 하는 것은 과장된 표현이었다.

일본군이 '하치마키 산(鉢卷山)'이라고 부른 진지는 산 모양이 203고지와 흡사했다. 러시아군 진지의 특징으로서 산꼭대기에서 중턱에 걸쳐 이중의 참호가 파여 있고, 요소마다 화기가 비치되어 있었다.

이 정도를 가지고 병사들이 203고지와 흡사하다고 수군거린 것, 진지 공격을 시작하면서, 전날과 조금도 다름 없는 총검(銃劍) 돌격을 감행했는데 결과적으로 203고지에서 치른 것과 같은 희생을 내고 격퇴당했기 때문이었다.

이 총검 돌격은, 놀랍게도 제1사단과 제11사단이 총력을 기울여 감행한 것이었다.

'또 그짓을 하다니!'

병사들의 절망적인 생각이 눈 앞에 러시아군 진지를 '소여순'으로 만든 것이리라.

일본군 사단 참모들의 머리는 1년 남짓한 전쟁에서 이미 노화하여 작전의 '틀'이 굳어져 있었다. 그래서 전투 방식은 언제나 그 틀을 반복하는 데 그쳤다.

그 '틀'의 희생은 물론 병사들이었다.

틀이라면, 원래 군대 그 자체가 틀이다.

그래서 이 틀의 종류를 가장 많이 암기하고 있는 자가 참모관이 되는 관습이 러일전쟁 뒤에 생겼다.

러일전쟁이 끝난 뒤에, 그 전훈(戰訓)을 참고로 하여 작전 관계의 군대 교과서가 편찬되어, 육군 대학교의 작전 교육에도 그것이 기조(基調)가 되었다.

이 러일전쟁의 틀을 가지고 우스꽝스럽게도 태평양 전쟁을 치르려 했으니, 다른 어느 분야에서도 생각할 수 없는 비정상이, 군대 사회에서는 오히려 정통으로 인정되었던 것이다.

"일본군은 기묘한 군대이다. 그 중에서 가장 어리석은 자가 참모의 현장(懸章)을 차고 있다."

태평양 전쟁 말기에 일본군의 임팔 작전을 선제공격으로 막아서 궤멸시킨 영국군 참모의 말처럼 군인이란 틀의 노예이며, 그 틀은 그 군대와 그것이 속하는 국가 형태가 한꺼번에 망할 때까지 없어지지 않는다.

예를 들면 천재는 틀의 창시자이다. 전술가로서의 나폴레옹은 자기가 만들어 낸 틀과 함께 존재했다. 그는 그 틀을 가지고 유럽을 석권했다가 그 틀이 적에게 통용되지 않게 되었을 때 틀과 함께 망했다.

청하성 동남의 적 진지를 공격하면서 그 '틀'이 패배한 것을 깨달은 것은 강대하다는 11사단의 참모장 사이토 리키사부로(齋藤力三郎) 대령이 아니라, 노병 사단으로 무시당했던 후비 1사단의 참모장 하시모토 가쓰타로(橋本勝太郎) 중령이었다.

"종전과 같은 백병(白兵) 돌격으로는 희생만 크고 효과가 없다."

그는 허약한 사단에 있는 만큼, 허약한 군사로도 이길 수 있는 방법을 생각해 보았다.

그래서 그 자신이 적진 앞에 나가 지형과 진지를 정찰해서 사각(死角)을 찾으려 노력했고, 거의 그것을 발견했다.

우선 돌격전에 포의 힘을 충분히 이용하기 위해, 포병 연대장인 야마오카 시게히사(山岡重壽) 중령과 원호 사격에 대해 충분한 타합을 했다.

24일 첫 새벽부터 공격을 다시 시작했다.

우선 좌익 부대를 진격시켰다. 이들에게는 수류탄을 주어 적의 화기를 파괴하라는 임무를 부여했다. 이들이 돌격하기 전에 충분한 포병의 원호가 있었다.

이런 방법을 썼더니, 러시아군의 화기는 간단히 침묵했다.

좌익 부대의 행동과 함께 주력도 전진했는데 주력에는 4정의 기관총으로 제압하면서 보병 1개 중대만을 적진의 사각에 돌입시켰다.

이와 보조를 맞추어, 왼쪽의 제11사단도 여순을 공격한 방법으로 함께 공격을 가했기 대문에 6시간의 전투로 이곳의 203고지를 점령할 수가 있었다.

그 뒤는 수월했다. 러시아군이 모든 진지를 버리고 청하성으로 퇴각해 버렸기 때문이다.

쇠뿔도 단김에 빼랬다고, 계속 청하성을 공격하려 하자, 러시아군은 그날 밤으로 청하성에 불을 지르고 서북방의 대령(大嶺)까지 후퇴하고 말았다.

그것은 러시아 전법의 '틀'이다. 그들은 대령에서 새로 진지를 구축하여 일본군의 출혈을 강요하려는 것이었다.

'군'이라는 단위로 부르기에는 너무 규모가 작고, 또한 사기가 높다고도 할 수 없는 압록강군이 청하성이라는 소도시를 깨부순 다음, 때로는 일부 부대가 패주하기도 하고, 때로는 적의 총포화를 받아 꼼짝도 못하는 전투를 거듭하면서도 그들은 전진이라는 의지를 버리지 않았다.

전진의 의지를 버리지 않는 것은 일본군의 때로는 비참한 특징이기도 하다. 그러나 러일전쟁 동안 모든 육전(陸戰)을 지탱했던 것은 화력도 병력도 아닌, 오직 그 의지 하나뿐이었다고 할 수 있다.

"다시 마군단(馬群丹)으로 진격하여 점령하라."

청하성을 함락한 다음, 가와무라 군사령관이 내린 명령이다. 26일, 우선 제11사단이 마군단을 향해 전진하기 시작했다.

그러나 도중에 러시아군 에크 중장의 사단이 구축해 놓은 무수한 방어 진지와 격투를 해야 했다.

그날 밤 8시, 제11사단의 전면 고지 일대에서 러시아군의 큰 함성이 일어나서 야영 중인 일본군을 놀라게 했다. 고지의 진지에 의지하고 있는 러시아 병들은 몇 번이나 함성을 질렀다.

"우라아(만세)!"

그러나 압록강군의 어느 간부도 그 까닭을 몰랐다.

사실은 에크 중장의 사단에 크로파트킨 총사령관이 그 휘하의 최대 기동 부대인 레넨캄프 부대를 원군으로 급파한다는 통고를 받았기 때문이었다.

그래서 동부 전선의 러시아병들은 기사회생하게 된 것이다.

그러나 만주에서의 러시아군 자체는 크로파트킨의 이 조치로 인해 승리에서 멀어지게 된다.

"노기군 10만이 우리의 좌익 동부 전선에 나타났다."

이러한 크로파트킨의 착각이, 그의 작전 원안의 일부 수정, 명령, 군대 이동이라는 단계를 거쳐 이 동부 전선에서 러시아병들의 '우라아!'로 나타난 것이다.

크로파트킨은 이 조치를 취한 다음 총참모장인 사하로프 중장에게 말했다.

"사하로프 중장, 레넨캄프 부대만으로는 병력이 너무 적소."

사하로프는 동의하지 않았다.

"충분히 필요한 병력으로 생각됩니다."

사하로프는 그 이상은 주장하지 않았다. 그 이상 말하면 논쟁이 되기 때문이다.

일본군의 경우는 사단 이상의 단위는 통수자와 작전자가 별개의 기능을 수행하도록 되어 있다. 예컨대, 오야마가 통수하고 고다마가 작전 지도를 하는 것이다.

그러나 러시아군의 경우는 총사령관도 엄연히 작전자로 존재했다. 크로파트킨은 사하로프의 상급자이다. 크로파트킨이 작전에 관해 입을 떼었을 때, 사하로프로서는 그 권력에 굴복해야만 한다.

작전부장인 사하로프 중장은 '아무리 생각해도 동부 전선의 증원은 레넨캄프 부대로 충분하다'고 생각했다. 그 이상의 증원군을 보낸다면, 일본군의 좌익을 친다는 서부 전선의 작전 계획이 근본적으로 허물어진다.

그러나 크로파트킨은 그것을 강행했다. 그가 절대 권력을 가진 이상, 그 작전이 누가 보아도 잘못 되었다 하더라도 그것을 제어할 수 있는 제동 장치가 러시아군의 통수부에는 존재하지 않았다.

이 점은 발틱함대의 로제스트벤스키도 마찬가지였으며, 그것을 국가 규모에까지 확대하면 차리즘 자체가 바로 그러했다.

이때 크로파트킨이 취한 행동은 나중에 생각하면, 왜 그가 그런 짓을 했는지 그 진의를 알 수 없었다.

그는 전병력의 5분의 1을 동부 전선으로 이동시켰던 것이다.

말하자면, 불과 2개 사단밖에 가지지 않은 초라한 압록강군에 대해 1차 증원된 레넨캄프 부대 외에 시베리아 제1사단과 제72사단, 거기에 보병 2개 연대를 더 추가해서 급파했다.

그 때문에 전략 예비군이 허술해지자, 시베리아 제16군단을 일선에서 후방으로 돌렸다.

설사 노기군 10만이 나타났다는 것이 그의 착각이 아니었다 해도, 이 조치는 그가 원래 계획한 일본군 좌익을 친다는 작전으로 보아 과중한 것이었다.

결국 그 작전 계획을 부정하는 것이 아니면 무너뜨리는 것으로 봐야 했다.

그러나, 이 조치는 그의 작전 논리보다 그의 신경 논리에서 보면 정당한 것이었다.

왜냐하면 크로파트킨은 '노기군이 나의 퇴로(退路)를 끊으려 한다.'고 생각했던 것이다.

전진만을 중시하는 일본군의 사고방식에서 본다면 이해하기 어려운 일이었으나, 크로파트킨은 심단보(흑구대) 공격 계획을 세우면서, 만약 공세가 실패했을 경우의 퇴각 방법까지 생각해 주었던 것이다.

그는 봉천 회전에서 지면 북쪽 철령(鐵嶺)까지 후퇴할 작정이었다. 그로서는 노기군——실제는 압록강군——의 행동을 러시아군 후방의 철령 공격으로 간주한 셈이었다.

대병력을 동부 전선으로 이동시킨다는 이해할 수 없는 작전 행위는 순전히 그의 정신병적인 사고에서 나온 것이지, 그 밖의 다른 이유는 없었다.

아무튼 압록강군으로서는 이만저만한 재난이 아니었다. 이 허약하고 부족한 군 앞에 강대한 러시아군이 나타나게 된 것이다. 다음에 오는 것은 악전고투(惡戰苦鬪)뿐이리라.

그런데 봉천 회전이 진행되는 동안 진짜 노기군이 서부 전선에 나타난 것을 안 크로파트킨은, 동부로 보냈던 병력을 다시 급히 서부로 이동시켰다. 그야말로 우왕좌왕한 덕분에 압록강군은 가까스로 전멸을 모면했다.

압록강군
구로키군
노즈군
오쿠군
노기군

일본군은 이렇게 배치되어 있었다.

압록강군과 노기군이 각각 멀리 우회해서 적의 동과 서의 바깥을 돌아 배후를 찌를 기세를 취하는 동안 중앙의 구로키, 노즈, 오쿠의 3개 군이 정면 공격을 가한다는 것이었으나 러시아군의 월등한 병력과 화력, 거기에 요소마다 거의 영구적으로 구축된 모든 진지의 견고함 등으로 미루어 볼 때 상식적으로 도저히 이길 수 없는 결전이었다.

다만 강력한 작전 지도와 대량의 유혈을 각오한다면 어쩌면 결과가 우세할지도 모른다는 절박한 실정이었다.

'이 결전에서 용케 이긴다 해도, 만주에 있는 야전군의 전력은 끝장나고 만다.'

오야마도 고다마도 이렇게 각오하고 있었다.

그래서 이번 결전으로 러일전쟁의 결말이 강화라는 외교 테이블로 옮겨지기를 간절히 바랐다. 특히 고다마는 그것을 대전략으로 여겨서 항상 도쿄의 요인들에게 그 점에 소홀함이 없도록 부탁하고 있었다.

말하자면 피로써 외교상의 승리, 그것도 만만찮은 승리를 사려고 한 것이다. 군사적인 승리는 아니었다.

고다마는 처음부터 러일전쟁을 순수한 의미에서 군사적 승리로 해결할 수 있다고 생각하지는 않았다.

그는 막상 전쟁이 시작되었을 때도, "도저히 러시아는 이길 수 없다"는 상식적인 판단을 잃지 않았다. 다만 이대로 가면 나라가 망한다. 그래서 일어섰거니와 잘 싸워도 5대 5가 될 것을 어떻게든 우월한 작전으로 최소한 6대 4는 만든 다음, 일본에 동정적인 나라에 사정하여 외교 수단으로 종전시킨다는 정략적인 계산이 있었기 때문에 개전을 했던 것이다.

아무튼 러일전쟁의 육전(陸戰)은 고다마가 말하는 '6대 4'라는 근소한 차의 우세를 오늘날까지 지속해 왔다. 그러나 전쟁을 1년 남짓 계속하자 일본의 전쟁 수행 능력은 이미 한계점에 달해 있었다. 지금 실행되고 있는 봉천 회전이라는 세계 역사상 일찍이 없었던 대전을 치르고 나면, 일본의 전력은 이기든 지든 고갈될 것이 틀림없었다.

그래서 고다마는 이 봉천 회전의 유혈에 승리를 기대하고 있었다.

이미 작전 계획이 짜여진 이상, 남은 것은 그것을 실행하는 모든 부대에 대해 싸움이 아무리 처절하더라도 결단코 퇴각하지 말고 진격 또 진격을 해서, 전투의 형태를 우세라는 판정으로 끌고 가는 것만 생각하고 있었다.

작전의 전도에 빛이 없으면, 그 군대의 사기는 반드시 병적인 것이 된다.

이 봉천 작전의 앞날에 한 가닥 희미한 빛이 보이는 것을 5사람의 군사령관들은 그들의 시각을 통해 느끼고 있었다. 그러나 그 과정에서 처참한 싸움이 계속되리라는 것도 그들은 충분히 각오했다.

특히 노기 마레스케는 그 경향이 강했다.

그에게 부여된 작전은 원거리 행동으로 적의 우익으로 나가 다시 우회하여 적의 배후를 찌른다는 것이었는데, 그가 느낀 임무의 성질은 '전군을 위한 희생이 된다'는 비극적인 것이었다.

"노기군 10만"

이것은 크로파트킨이 잡고 있는 숫자였으나, 봉천 작전에 참가하는 노기군의 실제 수는 34,000여 명밖에 되지 않았다.

그 내용을 보면 다음과 같다.

　　제1사단(도쿄)　　　10,516명

　　제7사단(아사히카와)　9,229명

　　제9사단(가나자와)　11,428명

　　기병 제2여단　　1,135명

야포병 제2여단　　2,099명

아키야마 요시후루의 기병 제1여단을 주력으로 하는 부대는 이 작전 도중에 임시로 노기의 지휘하에 들어온다.

노기군으로서 이 작전이 얼마나 심각한 것이었는지는 작전 종료 후의 손실을 봐도 알 수 있다.

아키야마 부대를 제외하고 사상자가 장교 600여 명, 하사관과 병사 17,000여 명으로서 대충 절반에 해당하는 숫자였다. 손실로 따진다면 싸움에 패배한 것이 된다.

적에게 입힌 손실의 확실한 숫자는 모르나 유기 시체 15,000, 포로 3,000이었다. 러시아군 손실도 적지 않았다. 그러나 러시아군의 전체 병력으로 봐서는 크로파트킨이 어떻게 느꼈든 간에 객관적으로 큰 숫자는 아니었다.

특히 격전을 거듭한 제9사단은 거의 궤멸에 가까운 타격을 입었다. 장교 가운데 온전한 자는 3분의 1이하로 줄었고, 하사관과 졸병은 3분의 2를 잃어 도합 사상자 6,249명이었다. 이 사단은 가나자와, 도미야마, 쓰루가(敦賀), 사바에(鯖江) 네 군데의 연대로 구성되어 있었는데, 여순 공격에서 입은 참담한 손실로 본국에서 데려온 병사를 겨우 보충하여 사단의 편제를 부활시켰던 것이다. 그런데 다시 붕괴에 가까운 손실을 입게 된 것이다.

"노기군은 봉천 작전의 말기에는 거의 전력이 고갈되어 있었다."

노기의 젊은 참모 쓰노다는 이렇게 적고 있다.

노기에게는 항상 비극적인 운명이 따라다니는 것 같았다.

동부 전선에서 압록강군이 전투 행군을 계속하고 있을 때, 서부 전선을 담당한 노기는 아직 행동을 일으키지 않고 있었다.

그는 감기에 걸려 있었다. 2월 23일 열이 나기 시작하여 24일에는 의식이 몽롱해질 정도로 고열이 계속되었다. 그러다가 25일에는 열이 내리고 기운을 회복했다.

막료들이 수심에서 벗어났을 때 희소식이 들어왔다.

"압록강군이 청하성을 점령했다."

노기는 그의 군이 행동을 개시할 때가 왔다고 생각하고 총사령부에 전보를 쳤다. 노기 자신의 판단이었다.

총사령부에서 곧 답신이 왔다.

"27일부터 전진을 개시하라."

27일 오전 9시, 노기군은 일제히 행동을 개시했다.

대지는 여전히 얼어 붙어 있었고, 삭풍은 끊임없이 불어왔다.

다무라 히사이(田村久井) 소장이 거느린 기병 제2여단은 말발굽 소리를 울리며 소황기보(小黃旗堡)를 향해 진격하고, 이다 슌스케(飯田俊助) 중장이 지휘하는 제2사단은 육간방(六間房)으로, 오사코 나오토시(大迫尙敏) 중장이 지휘하는 제7사단은 묘아두(猫兒頭)로, 나가타(永田龜) 소장이 이끄는 야포병 제2여단은 오가강자(吳家崗子)로 각각 목표를 향해 전진했다.

다만 이 어려운 우회 작전을 수행하는 데 가장 큰 희생을 낸 제9사단은 사단 행동의 축(軸)이 되기 위해 움직이지 않고, 그 위치에서 전투 준비를 갖추었다.

이날부터 날마다 러시아군의 전초 진지에 대한 소규모 싸움이 계속되었다.

대전 3일쨰인 3월 1일 아침, 동쪽에서 지축을 뒤흔드는 포성이 터졌다. 이날 전일본군의 공세가 시작된 것이다.

동부에서는 압록강군이 공격을 계속하고, 구로키군은 그것을 지원하면서 정면 공격을 개시했다.

노즈군과 오쿠군의 포병이 전력을 집중하여 각각 정면의 적진지를 포격하기 시작했다.

노기군은 행동을 계속했다.

오후 2시가 지나면서부터 상당한 규모의 전투가 벌어졌고, 점차 적의 벽이 두터워지기 시작했다.

이 날 러시아군은 서부 전선의 이상을 알아차렸고 이 방면을 담당한 제1군은 허겁지겁 방책을 강구하기 시작했다.

봉천에 있는 크로파트킨도 전날 동부 전선에서 행동을 일으킨 압록강군을 노기군으로 착각하여 큰 병력을 동부로 이동시켰는데, 진짜 노기군이 정반대인 서부 전선에 나타난 것을 알았다.

"노기의 소재를 안 이상, 두려워할 것은 없다."

크로파트킨은, 이번에는 조금도 당황하지 않고 동부로 보낸 전략 예비군의 대부분을 다시 서부로 돌리기 위해 조치를 강구했다. 그가 스스로 적극적인 공세를 취해야 할 때는 병적이라 할 만큼 신경과민이 되지만, 거꾸로 적의 공세를 받는 피동(被動)의 입장이 될 때는 딴사람처럼 달라져서 침착하고 정확하게 대책을 강구하는 성격을 가지고 있었다.

북진하는 노기군은 행동 개시 3일째인 3월 1일부터 전황이 격렬해졌다.

노기는 전진을 서둘렀으나, 총사령부에서는 자주 노기의 참모를 전화로 불러내어 질타했다.

"제3군의 전진 속도가 늦다."

여순 이후부터 총사령부의 노기에 대한 능력 평가가 지극히 낮아서, 이런 독려 하나도 말투가 달랐다.

"제9사단은 왜 안 움직이나?"

이 날 전화를 통한 질타였다.

노기군 사령부에서는 처음부터 9사단을 우회 작전의 '축'으로 정해 놓고 다른 사단이 정해진 전진 위치까지 진출한 다음에 움직이려 했다. 이에 대해서도 총사령부에서는 전화로 트집을 잡았다.

"그건 너무 교묘하지 않은가?"

총사령부에 대해서는 순종하는 노기도, 이 전화에서 오가는 말을 듣고는 안색이 달라졌다. 드문 일이었다.

노기군의 참모는 예하의 9사단 참모들에게 그 화풀이를 했다.

"뭘 꾸물거리는 거야!"

전령 편으로 호통을 쳤지만, 그것은 무리였다. 제9사단은 '축'이니 움직이지 말라는 명령을 내린 것은 바로 노기군 사령부인 것이다.

마침 이 날 제9사단의 우군(友軍)인 제7사단은 서쪽으로 너무 전진하여 제9사단과의 연락이 불가능할 정도로 떨어지고 말았다.

"사단 사령부가 상황을 판단하여 군사령부에서 명령이 없더라도 독단으로 전진해야 하는 것 아닌가."

노기군 사령부의 참모는 총사령부 참모한테서 호통을 당한 화풀이를 9사단 사령부에 해댔다.

전투가 가열되자, 이런 식의 신경질적인 감정적 질책이 고급 사령부에서 하급 사령부로 사정없이 내려졌고, 그에 대해 하급 사령부의 참모들은 대드는 경우가 종종 있었다.

"후방에 앉아서 상황을 알기나 하느냐?"

이날 오후 3시, 제9사단은 행동을 개시했다.

이날의 제9사단의 전진 태세는 바로 이 시대의 일본 육군의 질을 충분히 나타내 주고 있다.

사단이 행동을 취하는 공간은 적설에 덮인 거울 같은 벌판이었다. 고지에 포진한 러시아군에게는 하얀 벌판에 쥐 한 마리가 나타나도 놓치지 않을 정도로 훤히 내려다보였다.

이런 데를 제9사단의 11,428명이 훤히 조준된 러시아군의 총포화를 무릅쓰고 마치 연병장을 가듯 정연하게 나아갔다.

특별히 이 사단의 제9 산포(山砲)연대를 향해 러시아군의 포탄이 집중되었다. 그들은 적과 4킬로미터 떨어진 지점에서 전진을 개시하여 2.5킬로미터를 가서 예정 진지에 들어갔는데, 그 도중에 우지다(宇治田)라는 연대장의 몸에 포탄이 작렬하여 번쩍, 하는 불빛과 포연이 사라졌을 때는 우지다는 탔던 말과 함께 흔적도 없이 사라지고 없었다. 그러나 다른 사람이 곧 지휘를 대신해서 대열은 조금도 흩어지지 않고 계속 전진했다.

이 글의 원고를 쓰면서 전투 묘사는 삼가기로 하였다.

그러나 두세 토막, 필자로서 봉천 회전의 분위기를 느끼기 위해 점묘(點描)를 해본다.

먼저 병사의 수첩에서.

시마네 현 니타 군 가메다케 마을(島根縣仁多郡龜嵩村) 출신인 육군 공병 이등병 히다(飛田定四郎)는 농사를 짓다가 쇼와 17년(1942년) 11월 24일 63세로 사망했다. 그는 만 20세 때 오카야마(岡山)의 공병 대대에 입대하여 곧 출정했다.

메이지 37년(1903년) 4월 20일 대련항(大連港)에 상륙하여, 그날부터 손수 만든 조그만 수첩에 연필로 알뜰히 종군 일기를 적었다.

학력은 소학교를 마쳤을 뿐이었으나, 그 문장이 호방하여 그 시대의 젊은 서민의 모습이 어떤 것인지 다소는 상상할 수 있다.

그의 공병 대대는 히로시마의 제5사단(오쿠군)에 소속되어 있었는데, 사단장은 기고시 야스쓰나(木越安綱) 중장이었다.

오구군은 구로키와 노즈군과 함께 중앙을 담당하고 있었다.

제5사단에 명령이 내린 것은 2월 26일이었다. 그 날짜의 히다의 일기는 단 한 줄이었다.

"2월 26일 눈. 오전 8시 반에 집합하여 전날의 공사를 계속함."

전날의 공사란, 그의 공병 대대가 유조구(柳條口)라는 전방 가까이까지 진출하여 포병 진지에 필요한 관측소를 짓고 있었는데 그것을 가리키는 것이다. 사단에 명령이 내린 이날도 그 공사를 계속했던 것이다.

그런데 그 공사는 봉천 회전을 위한 것이 아니었다. 26일의 군명령은 사단의 목적을 크게 변화시켰다.

히다 이등병의 다음날 27일의 일기에는 공사가 중지된 것으로 적혀 있다.

"2월 27일 맑음. 돌연한 명령. 오전 5시 40분 집합명령이 내려, 우리 3중대는 포병의 엄호를 맡게 됨."

그들은 유조구에 있었다. 오전 8시의 상황을 다음과 같이 적고 있다.

"오전 8시부터 아군 발포. 적 포병도 이내 응사해 옴. 점심을 먹으려고 반합을 꺼내보니, 이른 새벽의 강추위로 얼어서 돌덩이가 되어 먹기가 난처했음. 그래도 하는 수 없이 씹어 먹고 나니 곧 야포의 진입로를 파라는 병령이 내려 연장을 가지고 목적지에 감. 거기에 포병 연대장님의 엄폐호가 있었음. 호에서 밭으로 통하는 길을 파는데 적의 눈에 띄었는지 곧 적의 유산탄(榴霰彈) 대여섯 발이 우리의 머리 위에서 터졌으나, 천운인지 한 사람도 사상자가 없었음. 얼마 지나지 않아 포병의 발사 시각이 되었는지 우리의 공사는 정지됨."

그뒤 공병 대대는 지형 그늘에 숨어 쉬었는데, 이 이등병은 그 사이 고향에서 온 편지를 읽었다. 편지를 읽는 동안 러시아군의 중포탄이 20발이나 반경 10미터 근처에 떨어져 폭발했다고 적고 있다.

봉천 회전 개시 무렵의 점묘를 계속한다.

육군 보병 중위 이노쿠마 게이이치로(猪態敬一郎)라는 젊은 소대장의 일기를 들추어 본다.

이노쿠마는 군마 현(群馬縣) 출신으로 22세였다. 개전되던 해에 육군 사관학교를 졸업하고 보병 제1연대(도쿄) 산하 중대의 장교가 되었다. 그는 전후 얼마 안되어 병사했는데, 종군 중에 계속 대학 노트에 일기를 적었다. 그것을 400자 원고지에 옮기면 400장이나 되는 방대한 분량이 된다.

그의 연대는 도쿄의 제1사단에 소속되어 있었고, 제1사단은 멀리 봉천의 후방으로 우회 작전을 펴고 있는 노기군에 속해 있었다.

공격 개시 명령이 내린 26일의 날씨는 히다 이등병의 일기에는 '눈'이라고 만 간단히 적혀 있었으나, 이노쿠마 중위의 일기에는 훨씬 상세했다.

"26일은 종일토록 눈이 펄펄 날려 일여덟 치나 쌓여 끝없이 넓은 만주 벌판은 시야가 닿는 데까지 온통 은세계가 되었다. 이날 밤 총공격 개시 명령이 내려졌다. 즉 만주군은 28일부터 봉천 공격을 결정. 그래서 우리 제3군은 적의 우측 뒤를 위협하는 임무를 띠고 봉천의 서북쪽으로 대우회를 하는 것이다."

방한용 외투 하나만 걸치고 출발한 것 같다.

이 당시 일본군 장병들에게 지급된 방한구는 한심하기 짝이 없었다. 외투 외에는 담요 한 장과 모피 조끼 한 벌뿐이었다.

노기군은 멀리 행동을 해야 하기 때문에 장병의 장비를 가볍게 할 필요가 있었다. 그래서 담요와 조끼는 병참부에 맡겨 두고 출발했던 것이다.

그의 연대는 27일 오후 4시에 야영지를 출발했다. 야간 행군을 하기 위해서였다. 눈발은 뜸했으나 전날부터 내려 쌓인 눈에 행군하는 병사들의 무릎까지 빠진 모양이다.

28일은 맑은 날씨.

"오전 7시 30분쯤, 갑자기 포성이 크게 일어나더니 큰 포탄이 아군의 전후 좌우에 낙하, 그 중의 일탄은 순식간에 일곱 명의 사상자를 냄."

노기군은 우회 행동을 하기 때문에 적의 대군과 정면 충돌하는 일은 없었으나, 적의 우익을 경계하는 카자크 기병의 소부대에 발각된 것이었다.

이때의 러시아군의 갑작스런 포격은 러시아 기병이 얼마나 기민한 행동력을 가졌는지를 상징해주고 있다.

러시아측 자료에 의하면, 이 기병의 소부대는 제2군에 속한 그레코프 소장 부대의 일부로서 기병포를 가지고 있었다.

그들은 능선 위에서 사방을 경계하다가 노기군의 전진을 발견한 것이다. 즉시 퇴각해서 보고하는 것이 기병의 당연한 임무였다. 그러기 전에 그들은 몰래 기병포를 설치하여 잇단 속사를 퍼부은 다음, 뚝 중지하고 사라진 것이다. 이노쿠마 중위의 일기에 의하면, 일본군도 허둥지둥 포열(砲列)을 펴서 사격을 시작하려 했지만 그때는 이미 러시아군의 기병은 사라져 버린 뒤였다고 한다.

노기군의 우회 작전을 수행한 이노쿠마 중위는 '병사들의 질이 떨어졌다'는 것을 구체적으로 적어 놓았다.

제1연대가 여순 요새의 공격을 시작했을 때는 연대 병력 전원이 현역병이었다. 그런데 사상자가 속출하면서부터 소집병으로 보충되었다. 특히 노기군이 여순을 함락하고 북진하게 되자 소모된 병력을 충당하기 위해 대량의 보충병을 받았다.

여순 때부터 있던 병사들은 피복이 전진(戰塵)으로 낡았으나 보충병들은 새 옷과 새 모자를 착용하고 있었기 때문에 단번에 표가 났다. 그들은 본국의 수비 사단에서 3개월 정도 교육을 받고 전장에 끌려나온 속성병(速成兵)으로, 군대 규율조차 아직 몸에 익히지 못하고 있었다.

"정말 한심한 무리들이야."

이렇게 소리칠 듯이, 이노쿠마 중위는 그들을 보고 있었다.

행군중에 목이 마를 때가 있다.

"군인의 수양은 고생과 기갈을 참고 견디는 일이다. 이런 수양이 없는 군인은 설혹 기술과 지식이 우수하다 해도 아무런 소용이 없다."

1년간의 전장 경험으로 이노쿠마 중위는 이런 생각을 가지고 있다. 그런데 새 옷을 입은 보충병들은 목이 마르면 참지 못하고 얼른 길바닥의 눈을 집어 먹는 것이었다.

만주의 눈과 냉수는 위험하다. 잘못 먹으면 금방 이질에 걸린다. 병에 걸리면 후송되고, 따라서 그만큼 병력이 준다. 그 때문에 낡은 옷을 입은 병사들은 아무리 목이 타도 눈을 먹으려 하지 않았다.

소대장인 장교가 눈을 먹는 군사를 보면 야단을 치고 말리지만, 일일이 다 살필 수가 없으니 결국은 먹는 군사가 나오고 만다.

젊은 이노쿠마 중위는 이런 사정을 개탄하여 일기장에 전쟁의 전도에 대한 비관적인 느낌을 적고 있다.

"지금 그러한 오합지졸과 같은 3개월 교육의 보충병이 아군의 절반을 채우고 있다."

그러나 이 젊은 중위의 개탄을 잠시 뒤집어 생각해 볼 필요가 있다. 보충병이 참가해서 군기가 해이해졌다고 해도 고작 행군 중에 눈을 먹는 정도이다. 그 정도를 가지고 앞날의 국운을 걱정하는 것은 지나친 생각이다. 전쟁 초기부터 지금 현재까지 살아 남은 절반의 일본 군인의 질이 얼마나 우수한 가를 알 수 있지 않은가.

노기군의 작전 초기의 신속한 움직임은 양식을 실은 마바리가 못 따라갈 정도였다.

제1여대의 보충병이 눈을 먹어서 젊은 중위를 암담하게 만든 이튿날 저녁, 이 연대는 전원이 식사를 하지 못했다. 식량을 실은 마바리가 도착한 것은 한밤중이었다. 연대는 오전 2시에 전날 저녁을 먹고 한숨도 못 자고 2시간 후에 다시 전진했다.

봉천 작전은 일본군이 기선(機先)을 제압했다.

그러나 방어하는 입장이 된 러시아군은 이미 크로파트킨의 계획에 의해 각 군의 부대 이동이 활발히 진행되고 있던 때여서, 재빨리 그리고 여유를 가지고 그에 대응할 수가 있었다.

작전이 시작된 지 이틀째부터 쌍방의 포격전이 맹렬해졌다.

러시아군 1,200문, 일본군 990문의 화포가 무섭게 불을 뿜기 시작하자 그 폭음으로 하늘이 내려 앉는 것 같았다. 특히 중포는 포탄 날아가는 소리가 커서 마치 수많은 기차가 한꺼번에 공중을 달리는 듯했다.

"화포가 너무 적다."

그래서 총사령부를 끈덕지게 졸라댔던 노기군도 140문의 대포를 끌고 북쪽으로 움직이고 있었다. 하기야 이 노기군이 대적해야 할 러시아 제1군은 대포 452문을 가지고 있었다. 그들은 노기군이 출현하자 급히 포병 진지를 전환시켜 대포를 가지고 북진을 저지하려 했다.

봉천 회전의 화포에 대해 잠시 언급한다.

일본군은 화력에 있어서, 포의 수와 포탄이 부족했다. 그래서 오야마와 고다마는 그것을 중점적으로 쓰려 했다.

"화력은 가급적 중앙으로 모아 노즈군에 맡긴다."

이것이 처음부터의 방침이었다.

그래서 작전 초기의 노즈군과 오쿠군, 구로키군 등 중앙을 맡은 군은 보병은 움직이지 않고 포병만 활동했다.

보병을 전진시키는 것은 동부의 압록강군과 서부의 노기군뿐이며, 중앙을 담당하는 각군은 초기에는 앉아서 대포를 가지고 적에게 위협을 주려 했다. 중앙 각 군의 이 대포 작전은 몇 가지의 효과를 기대할 수 있었다.

첫째는, 크로파트킨의 주의력을 중앙에 묶어 놓을 수가 있다.

둘째는, 그것으로써 동서 양군의 행동이 수월해진다.

셋째는, 직접적인 효과였다. 중앙에 위치한 러시아군의 진지는 반 이상 요새화되어 견고한 갑옷을 입고 있는 셈이니, 그 콘크리트와 얼어 붙은 흙의 보루를 우선 포탄으로 부숴 놓아야 했다.

"대포를 가지고 실컷 두들긴다."

이 말은 이 작전 계획을 짠 마쓰카와 대령의 입버릇이었다. 참고로 두들긴다는 말을 전술 용어로 만든 것은 이 마쓰카와 대령이었던 것 같다.

마쓰카와는 두들긴다는 말을 항상 썼는데, 그때마다 주먹으로 책상을 두들겨 때로는 필통을 둘러엎기도 했다.

일본군의 야포는 31년식이라고 불리는 한 종류밖에 없었다.

정확한 명칭은 '속사 야포(速寫野砲)'였다.

참고로, 청일전쟁에서 사용된 일본의 야포는 다소 믿기 어려운 일이지만 청동제(靑銅製)였다.

당시 세계의 육군 가운데 청동이라는 중세적인 재료로 만든 야포를 정식으로 쓴 나라는 일본뿐으로, 그 기묘한 대포를 채용하게 된 것은 메이지 유신 후 10여년 동안의 일본 육군의 신경질적인 고민 때문이었다.

전쟁에는 철이 필요하다. 나중에는 거기에 석유도 포함된다. 어느 것이든 그런 자원이 국내에는 전무한 상태인 일본이란 나라가 근대적 군사 국가를 지향한다는 것은 처음부터 무리였다.

전(前)시대를 붕괴시킨 근왕 사상(勤王思想)이 유신 후에는 국가 체제에 흡수되어 국방 강화라는 현실 문제가 되었는데, 그것을 위해서는 화포가 필요했다.

그래서 독일의 크루프포를 구입하여 우선 그것을 육군의 화포로 채택했는데, 그것은 임시 조치였다. 외국제 포와 포탄을 가지고 군대를 만들 수 없다는 생각이 늘 정당성을 띠고 있었는데, 그 정당성이 육군 수뇌들의 머리를 괴롭히고 있었다.

메이지 11년 화포의 개정에 관한 포병 회의가 열렸다.

"문제는 국산 화포를 만드는 일이다. 국산의 광물을 재료로 해서 우리나라의 공장에서 제작해야 한다."

이런 기본적인 사상이 확인되었다. 그러나 일본에는 긴요한 철광석이 산출되지 않았기 때문에 이 생각은 오히려 육군 수뇌의 신경만 괴롭히게 되었다.

이런 판에 뜻밖의 인물이 일본 육군성에 편지를 보내 왔다. 일찍이 나폴레옹 3세 정부의 명에 의해 전 막부(幕府)의 육군 고문으로서 일본에 주재한 적이 있는 브뤼네라는 포병 사관으로, 그가 편지를 보내온 것이다.

"일본에는 동(銅)이 많은데 청동포를 만들면 어떻소?"

브뤼네는 이탈리아에서 새로운 청동제 야포가 개발되고 있다는 것도 알려주었다.

철 자원(鐵資源) 때문에 고민하고 있던 일본 육군은 이 안을 구세주의 복음처럼 받아들였다.

곧 이탈리아에서 포의 제조에 필요한 여러 기계를 수입하여 오사카 공창에 설치하고 몇 문의 포를 제작했다. 거기에 크루프 포탄을 재어 시험사격을 하니 결과가 양호했다.

"매우 훌륭하다."

포병 회의의 일치된 감상이었다. 그러나 그것은 메이지 10년대 초기의 육군에 대외 침략 전쟁이라는 사상이 희박했기 때문이었다.

'좋다'고 평가된 청동 야포의 초속은 420미터이고, 최대 사정 거리는 겨우 5,000미터였다. 이것과 같은 75밀리 구경(口徑)을 가진 독일의 라인메탈식 야포가 초속 700에 최대 사정 거리 14,000인 데 비하면 장난감 같은 대포였다.

그러나 일본은 이 청동 야포를 가지고 청일전쟁을 치렀다.

메이지 시대다운 합리주의가 만들어 낸 이 기묘한 청동 야포는 그런 대로 청일전쟁에서 충분히 구실을 다했다.

청국의 포병이 형편없는 포를 가졌기 때문은 아니었다. 청국 포병은 당시 세계에서 가장 우수한 포로 인정되고 있던 크루프포를 갖고 있었고, 그것은 일본의 청동포와는 비교가 안 될 만큼 우수했으나, 어찌된 영문인지 청국병은 일본의 청동포에서 쏘아대는 유산탄의 위력을 크게 평가하여 '천탄(天彈)'이라 하며 겁을 내었다.

그 이유는 잘 모른다. 혹시 청동포가 메이지 21년에 일본의 육군이 개발한 강력한 무연 화약을 쓴 탓인지도 모른다. 이 무연 화약은 청동포에 사용하기에는 물리적으로 무리한 점이 있었다. 위력이 너무 세어 가끔 포강(砲腔)을 파열시키기도 했으나, 무사히 포구를 나왔을 때는 적에게 주는 위력이 컸던 모양이다.

그러나 크루프 포탄보다 우수하다고는 할 수 없었는데, '천탄'이라고 청국병이 겁을 낸 것은, 이 포의 위력보다도 청국병의 염전(厭戰) 분위기에 원인이 있었던 것 같다.

당시의 청국병은, 한(漢)민족에게는 이민족인 만주족 조정에 대해 충성심을 가질 수가 없었다. 무엇 때문에 전장에서 죽어야만 하는지 이유를 모르는 집단이었다.

청일전쟁에서 포효한 이 청동 야포가 폐지된 것은 메이지 32년에 정식 야포로 제정된 '31년식 속사 야포'가 출현한 뒤였다.

러일전쟁의 주력 야포가 된 이 '31년식 야포'는 가장 우수하다는 각국의 야포를 구입하여 비교 검토한 끝에 탄생한 대포이다.

구입한 각종 야포는, 우선 초속부터 다 다른 것이었다. 550미터 짜리가 있는가 하면, 독일의 크루프처럼 440미터 정도밖에 안 되는 것도 있었다. 550짜리는 신관(信管) 기능이 나쁘고 폐쇄기(閉鎖機)의 기능도 나빴다. 크루프는 초속은 느리지만 사격 속도는 1분에 7발이나 되며, 신관 기능과 폐쇄기의 기능도 좋았다. 메이지 초기 때 온 세계에 그 위력이 크게 소문났던 영국의 암스트롱 야포는 그 후 개량을 거듭했지만, 사격 속도는 1분에 겨우 3발로서 각국의 우수한 포 중에서는 가장 느린 편이었다.

이런 고찰은 일본의 기술 발달을 잘 상징하고 있다. 유신 후 불과 30년 만에 각국의 수준을 따르는 기술 효과를 내고자 하는 욕구는 당연히 흉내로 나타났다. 세계에서 가장 우수한 기술의 견본을 모아서 그 우열을 검토하여 국산품을 만드는 방법이었다.

무난한 방법이었다.

그러나 이 방법의 치명적인 결함은, 독창적으로 개발하는 경우와 달리 언제나 그 시점의 수준을 능가할 수 없다는 점이었다.

때로는 세계 수준에 숙명적으로 뒤지는 경우가 있었다.

예컨대 31년식 야포의 경우, 세계의 우수한 야포를 구입한 것이 메이지

29년이었다. 그 후 검토와 시험 제작 기간이 소요되었다. 그래서 탄생한 31년식이 육군의 정식 야포가 된 것은 메이지 32년인데, 그때 독창적인 힘으로 기술을 개발하고 있던 나라에는 이미 진일보한 것이 나와 있었다.

이런 방법은 그후 일본의 기술 관리 방식에 오래 계승되어 거의 체질화되었다.

다시 봉천 전선의 포로 돌아간다.

"새 화포의 이름을 31년식 속사 야포로 명명(命名)함."

이런 육군성의 포고가 내린 것은 메이지 32년 6월이다.

이것은 이 시대의 수준으로 봐서 결코 우수한 대포가 아니었다. 무라타(村田) 총이라는 육군의 소총이 세계적인 수준에서도 우위에 있었던 것에 비해, 대포에 대해서는 기술적으로 모자란다기보다 일본 육군의 과거와 또는 그 이후의 전통이라고도 할 수 있는 기계력에 대한 소견의 협소함이 노골적으로 나타난 것이라 할 수 있었다.

여기서 말하는 소견의 협소함이란 "일본은 이 정도로 족할 것이다"라는 기묘한 자기 규정을 가리킨다. 이런 자기 규정은 일본 육군의 초창기 때부터의 전통적인 성격이었다.

일본 육군은 메이지 초년의 진대(鎭臺 : 메이지 21년에 사단으로 개정됨)의 발족에서부터 메이지 10년대 전반까지는 외정용(外征用) 군대가 아니라 어디까지나 내란 진압용으로 존재해서 제도와 병력, 장비 등이 순전히 거기에 맞추어져 있었다.

이것을 원형(原形)이라 한다면, 유럽의 군대와는 원형부터 달랐다. 메이지 10년대 말기에 일본 육군에서 메켈을 초빙하여 군제(軍制) 일체를 독일식으로 바꾸게 되었고, 그 다음부터 제도(制度)의 변화에 따라 군인의 사고방식도 바뀌게 되었다.

이웃나라 프랑스를 가상의 적(敵)으로 하는 목적 아래 성립되어 있는 독일 육군의 방식에 따라 군인의 사고방식이 움직이는 한 제도와 동떨어진 사고가 나올 까닭이 없다. 그래서 이 시기 이후부터는 모든 군인이 의식적이든 무의식적이든 외정주의자(外征主義者)가 되었다고 할 수 있다.

그렇다고 '진대' 시대의 사상이 기계에 대한 사고방식까지 고쳐 준 것은 아니었다.

"일본의 병기는 이 정도로 족하다."

이러한 무의식적인 규정은 일본 육군이 소멸할 때까지 계속되어, 기계력의 부족은 정신력으로 보충한다는 화려하고 이색적인 몽상에 사로잡히는 이상한 전통이 속성(屬性)으로 배었지만, 물론 이러한 형이상학적 군대관은 러일전쟁 무렵에는 존재하지 않았다.

이야기가 딴 데로 빗나갔는데, 요컨대 31년식 야포라는 이 빈약한 기계를 만들어 낸 발상의 근원은, '진대'에서 출발한 일본 육군의 유전 체질로 간주할 수밖에 없다.

이 대포가 메이지 29년에 수입한 각국의 대표적인 야포를 비교 검토해서 만들어졌다는 것은 이미 설명했다. 메이지 29년을 기준으로 하는 그 자체도 이미 늦었는데, 그것들의 장점을 모아서 합성한 것이 아니라 중용(中庸)을 취했으니, 그것이 별것이겠는가.

초속도 평균 490밖에 안 되었다. 야포의 생명이라고 할 수 있는 사격 속도도 최저였다. 보통 사격 속도는 1분에 6발에서 7발인데 이것은 3발밖에 안 되었다.

"일본은 포탄을 풍부하게 쓸 수 없으니, 공연히 포탄을 빨리 발사해서는 안 된다."

이 괴상한 한정(限定)은 자신을 왜소(矮小)하게 생각하는 자기 규정에서 온 것이었다.

일본의 31년식 야포는 기계 자체는 정교했으나, 러시아의 야포와 비교하면 신구(新舊)의 차가 완연했다.

러시아의 포는 세계의 신식 야포가 다 그런 것처럼 포신 후좌식(砲身後座式)이었다. 일본의 야포는 그렇지가 못했다.

앞에서도 잠깐 언급했지만 포는 포탄을 발사하면 그 반동으로 뒤로 물러난다. 인류가 대포라는 것을 가진 이래, 청일전쟁 때까지는 한 발을 쾅, 하고 쏘면, 포 자체가 포차와 함께 나는 듯이 뒤로 후퇴했다. 그러면 포수는 인력(人力)으로 다시 제자리에 끌어다 놓는다. 그래서 제2탄을 쏠 때까지 제법 시간이 걸렸다.

바로 이런 것이 "31년식 야포"였다.

단지 포차의 후퇴를 약간 막기 위해 일종의 스프링 장치가 포가(砲架) 뒤에 붙어 있는 정도였다.

그러나 러시아의 야포에는 이미 주퇴기(駐退機)가 붙어 있었다. 주퇴기가 포신에 붙어 있어서, 발사에 의해 포신이 발동하면 주퇴기의 작용으로 포신만 제자리로 돌아간다. 포차는 움직이지 않는 것이다. 따라서 계속 쏠 수가 있으므로, 발사 속도가 빨라진다. 조준을 일일이 다시 할 필요도 없다.

주퇴기를 발명한 것은 포병의 나라라는 말을 듣는 프랑스였다. 주퇴기는 메이지 30년에 개발되어 그 이후의 대포는 모두 주퇴기가 붙는 원리가 성립되었으며, 그 후 원리로는 더 이상 발전하지 않았다. 유럽의 열강이 기술의 상호 모방에 의해 발전했다는 것은 이미 말했지만, 이 주퇴기의 출현은 각국을 놀라게 해서 서로 다투어 그것을 채택했다. 그래서 러일전쟁 당시에는 야포나 산포(山砲) 따위의, 운동력을 생명으로 하는 포에는 반드시 주퇴기가 장치되는 것이 상식이었다.

일본의 경우에는 '1897년(메이지 30년) 주퇴기 출현'이라는, 병기사상(兵器史上) 획기적인 이 사실에 대해 전혀 몰랐던 것은 아니었다. 31년식 야포가 개발되고 있는 중이어서 오히려 새로운 정보에 대해서는 민감한 편이었다.

"주퇴기를 달자."

기술자들 사이에는 이런 의견이 오갔다. 그러나 육군은 전통적으로, 병과(兵科) 장교가 병기의 기술 부문에 대해 절대적으로 우월하여, 신병기나 신장비가 출현하면 반드시 병과 장교가 반대하는 것이 버릇처럼 되어 있었다.

"운용과 조작면에서 그다지 신통치 않다."

그래서 이 경우도 그럴싸한 이유로 그 채택 의견이 각하되었다.

"과연 좋기는 하지만, 발사를 거듭하면 주퇴기의 움직임이 둔해져서 포신의 복좌(復座)가 불완전해진다. 특히 사각(射角)이 9도 이상일 때는 포미(砲尾)가 너무 처져서 폐쇄기를 못 열게 된다."

이것이 그 이유였다.

그러나 러시아인은 민족성이라고 할 수 있을 정도로 대포를 좋아해서, 재빨리 그 새 장치를 채택했다. 그것이 만주 벌판에서 위력을 발휘한 것이다.

"일본의 야포는 겁낼 것이 못된다."

러시아군 좌익의 구병대(救兵臺) 진지를 설계한 모제이코 참모 중령이 한 말인데, 확실히 러일의 야포를 비교하면, 주퇴기의 유무뿐만 아니라 성능면에서도 상당한 격차가 있었다.

초속은 일본의 31년식이 490미터에 불과한 데 비해 프랑스식 야포를 모방한 러시아의 것은 790미터였다.

최대 사정거리는 일본이 6,200미터인 것에 비해 러시아는 8,000미터로서 그 차이가 컸다.

사정거리가 크다는 것은, 양군의 간격이 떨어져 있을 경우, 러시아군의 포화만이 일방적으로 일본군에 집중되고, 일본군 포병은 침묵을 지켜야 하는 경우도 있을 수 있음을 의미한다.

이 점은 일본군의 큰 고민이 되었다.

"어떻게 해서든지 31년식 포의 사정 거리를 연장시킬 수 없을까?"

그래서 전쟁동안 이런 소리가 시끄럽게 일어나, 우선 현지에서 약간의 수정이 가해졌다.

편법(便法)으로서는 사각(射角)을 최대한으로 키우면 사정거리가 늘어난다. 포구를 가능한 한도까지 위로 올리는 것이다. 그래서 각 포에 손을 댔다. 포가를 개조하여 사각을 키우기 위한 장치를 설치했다.

봉천 회전에는 어쨌든 이런 수정으로 최대 사정 거리 7,800미터를 내었으나, 명중률은 형편없었다.

게다가 31년식은 주퇴기가 없었기 때문에 발사 속도가 느렸다. 한 발을 쏘면 포차가 덜커덩 뒤로 물러났다. 포병은 바퀴를 돌려서 다시 제자리로 가져온다. 그러나 조준을 다시 해야만 다시 발사할 수가 있다.

"1분에 3발"

이것은 시험할 때의 숫자이지 전장에서는 실제로 두 발이었다. 왜냐하면, 포병은 차폐(遮蔽) 진지에 숨어서 쏘는 경우가 많아서, 그때는 발사, 반동, 인력에 의한 복원, 조준의 수정이라는 네 가지 동작을 하기에 한층 더 시간을 잡아 먹기 때문이다.

러시아는 1분에 6발에서 7발을 쏠 수가 있다. 일본의 갑절 이상이다. 이렇게 하면 포 1문의 능력이 2문, 3문이 된다는 계산이 나온다.

"그 대신 일본의 야포는 행동성이 높다."

일본의 포병 사관들은 부하에게 용기를 불어넣었다. 일본이나 러시아는 그 야포를 이동하는 데 말 6마리가 필요했다. 행동력은 다를 바 없지만, 일본의 야포는 무게가 0.9톤이며, 러시아는 1.9톤이었다. 그만큼 일본이 가볍다는 것인데, 그 정도의 무게 차이는 큰 문제가 되지 않았다.

다만 포탄은 일본이 우세했다.

일본의 야포는 유탄(榴彈)과 유산탄의 두 종류를 썼으나, 러시아측은 웬일인지 유산탄밖에 없었다.

유산탄은 폭발과 동시에 무수한 산탄을 확산함으로써 인마를 살상하는 효력을 나타내지만, 인공을 가해 만든 엄폐호나 그 밖의 진지에는 그다지 효과가 없었다.

그러나 유탄은 인마의 살상력이 유산탄보다 클 뿐만 아니라, 적의 진지를 파괴하는 힘도 유산탄보다 압도적으로 컸다.

후일 각국의 포병은 유탄만 쓰게 되었는데 이 점 일본 육군은 세계의 선구자라 하겠다.

결론적으로 화력은 러시아가 훨씬 우세했다.

일본이 990문이고 러시아가 1,200문이라고 하지만, 포 1문의 사격 속도가 러시아가 일본의 3배라는 점을 따진다면, 포의 수 비교를 달리 생각해야 한다. 더구나 일본군 후비 사단의 포병은 이런 31년식 야포조차 없어서 청일전쟁에서 썼던 청동포를 가지고 있었다. 이 청동포를 포함한 수가 990문인 것이다.

고다마는 이 점을 우려했다.

"여순에서 써먹은 28센티 유탄포를 쓰자."

그는 여순 공략을 마치고 봉천 작전을 수립하면서 태연히 이렇게 제안하여 놀라는 참모들을 무시하고 그 안을 계속 밀고 나갔다.

이 포는 여순에서도 문제가 있었다. 원래가 본국에서 해안 포대에 비치해 놓는 해안포인 것이다. 영구적인 공사로 설치되어 이동할 수 있는 것이 아니었고, 이동을 목적으로 하는 포도 아니었다.

대본영에서는 도쿄 만(灣)의 간논자키(觀音崎) 포대의 콘크리트를 부수고 포를 해체하여 여순으로 보냈다.

이에 대해 여순의 노기군 참모장 이지치는 자기가 포병의 전문가이기도 해서 조금도 고마워하지 않고, 전장에 보내온 그 포를 오히려 귀찮게 여겼다.

"쓸데없는 짓을 한다. 문외한이 대포에 대해 뭘 안다고."

그랬던 것이 결국은 그 포가 여순 요새의 숨통을 끊는 주역을 했다.

"설치하고 콘크리트가 굳을 때까지 한 달은 걸린다."

당초에 이런 말을 하며 전문가들의 빈축을 산 포가, 뜻밖에도 일주일쯤 지나자 발사할 수 있을 정도가 되었다.

거기다 고다마가 연대(煙臺)에서 와서 비합법적이지만 총지휘권을 잡고 공격의 중점을 203 고지에 두었을 때, 포병 진지의 대전환을 단행했다. 물론 28센티 유탄포들이 주역이었다.

이때 포병 담당의 참모와 공성포 사령관이 이구동성으로 말했다.

"말씀하시는 시간 내로는 도저히 불가능합니다."

그러나 고다마는 호통을 쳐서 물리치고, 결국은 단기간에 해치웠다는 것은 이미 앞에서 말했다.

"28센티 포를 이 전장에 가져온다."

엉뚱한 고다마의 이 말은, 비유하자면 섬이나 산을 이동시키는 것과 같은 것이다. 원래 영구적인 시공으로 설치되는 28센티 포는 철근 콘크리트 건조물과 같은 것으로 이동할 수 있는 것이 아니다. 그러나 여순 때는 이동을 시켰다.

고다마는 그것에 의지하려는 것이다.

고다마의 이 명령을 관계 포병과 공병이 받아서 놀랍게도 여순의 18문 가운데 6문을, 마치 산이라도 옮기는 것처럼 해서 봉천 정면의 야외 전장에 출현시켰다. 이 작전을 통한 포의 이동만큼 일본군의 성격을 극명하게 말해 주는 '사건'은 없다.

봉천 정면의 러시아군 중앙은 거의 요새화되어 있었다.

특히 노즈군이 담당하는 정면에는 완전히 제1급 요새라 해도 과언이 아닌 시설이 첩첩이 완비되어 있었다. 그 대표적인 것이 만보산(萬寶山)과 탑산(塔山), 그리고 그 부근의 저지대에 있는 유장둔(柳匠屯) 따위의 방어 시설이었다.

포루는 천험을 이용하여 구축되었고, 포는 모두 엄폐되어 적탄을 막는 장치가 되어 있었다. 많은 중포와 야포가 배치된 아래에는 호를 파고, 철조망을 가설한 데다 많은 기관총을 배치하여 일본 보병의 접근을 막고, 각 보루는 서로 연계되어 있어서 사각(死角)을 없애고 있었다. 실로 야전 축성(築城)의 신중함과 교묘함에 있어서는 평판처럼 러시아 육군이 세계 제일이었다.

"도저히 보병의 육박을 허락하지 않는다."

그래서 오야마와 고다마는 노즈군에 많은 중포를 주었다.

"중포병은 신중히 사격 준비를 갖추고 수시로 전황에 대응할 조치를 취하라."

이런 명령이 내린 것은 2월 20일이었다.

이때 27센티 유탄포 이하 각 중포들은 이미 배치를 완료하고 있었다.

그것들은 일본군의 훨씬 후방에 배치되어, 그 소재를 적이 모르도록 복잡한 산골짝에 숨겨 두었다.

만보산까지의 거리는 7,000미터로서, 해군 전함 주포(主砲)의 유효 사정 거리와 맞먹는 먼 거리였다.

중포는 28센티 유탄포 외에, 15센티 카농포, 12센티 카농포, 10. 5센티 카농포로, 포격을 개시한 것은 27일 아침이었다. 단, 전군의 기도를 은폐해야 했기 때문에 가벼운 포격으로 일단 그쳤다.

사격이 정확해서 만보산과 그 밖의 러시아군 포루에 잇달아 명중했으나, 포루가 엄폐되어 있었기 때문에 실제의 피해는 그다지 크지 않았다.

그러나 러시아 군인들의 간담을 서늘하게 만드는 효과는 있었다. 28센티 유탄포의 포탄이 날아오는 소리가 굉장했기 때문이다. 괴상한 소리가 차가운 하늘을 뚫고 남쪽에서 북쪽으로 나는 무시무시함은 반대로 일본 군인들의 사기를 고무시켰다. 특히 만보산에 돌격을 해야하는 제10사단의 장병들은 환성을 질렀다.

"일본군에도 저런 대포가 있었나?"

만보산 능선에 배치된 러시아군의 포루는 곧 응사의 포문을 열었다.

러시아군은 육군의 야전 화포 가운데 가장 거대한 15센티 공성포(攻城砲)를 다수 가지고 있었는데, 그것으로 일본군의 중포 진지를 파괴하려 했다. 중포의 포격전은 해군 함대가 벌이는 포격전과 흡사하다.

우선 적 포병 진지의 소재를 알아야 한다. 러시아군은 그것을 알려고 여러 가지로 목표를 바꿔가며 포격했으나, 회전 동안 끝내 그것을 알지 못했다.

그 점, 일본측은 소재를 훤히 알고 있는 포루를 두들기는 것이어서 수월했다. 그러나 주포인 28센티 유탄포가 그 어마어마한 포탄 소리로 적(敵)을 압도하긴 했으나 효과면에서는 강철의 부족으로 선철의 포탄을 썼기 때문에 적에게 많은 피해를 주지는 못했다.

또 28센티 유탄포가 그 요란한 소리에 비해 큰 효과를 내지 못한 다른 이 유는, 대지가 꽁꽁 얼어 붙은 점도 있었다.

포탄이 낙하해도 꽁꽁 언 대지에 튕겨나가서 적의 엄폐를 파괴하지 못했던 것이다.

28센티 유탄포뿐이 아니었다. 러시아군의 만보산과 그 부근 일대의 진지에 맹공격을 가한 일본군의 화포는 이 거포(巨砲)를 포함해서 대소 250여 문이라는 일본군으로서는 일찍이 없었던 대화력을 집중한 것이었다. 더구나 포탄이 부족한 궁한 처지에 있으면서도 이 방면에 사용한 포탄은 3월 2일 하루만 해도 야포 약 5,000발, 산포 약 3,800발에 이르는 대소비였다. 그래 도 러시아군 진지는 여전히 활발히 움직여서 조금도 타격을 받은 것 같지 않았다. 러시아 공병 작전(工兵作戰)의 승리인 것이다.

만보산을 공격하는 일본군 제10사단 사령부는 결국 일본군의 전매 특허인 육탄 돌격을 감행하는 수밖에 없다고 결심하고 3월 2일 마침내 사단의 전력을 기울여 보병 부대를 진격시켰다.

그러나 결국은 여순 때의 재연이었다.

엄청난 피해였다. 3일, 4일 반복하다가 5일에는 도리어 적의 대역습을 받아 각 부대는 전멸에 가까운 상황이 되었다.

3월 5일 하루만의 전투로, 병력 1만여의 제10사단은 2,362명의 사상자를 내어 앞으로 사단이라는 전투 단위로서의 기능을 감당하지 못할 만큼 타격을 입었다.

이와 함께 중앙을 담당한 오쿠군과 구로키군의 정면 공격도 강력한 방어진에 저지되어 거의 진격을 못하고 있었다. 총사령부의 공기는 점차 무겁게 가라앉아 가고 있었다.

'있으나 마나한 포탄'

이런 말이 총사령부에서 자주 쓰였다. 이 전쟁을 치르는 동안 오야마와 고다마가 속을 태운 것은 포탄의 집적량(集積量)을 보고 작전을 결정해야만 되는 일이었다. 말하자면 그들은 탄약고의 밑바닥을 들여다보면서 줄어드는 탄약의 양에 애를 태우며 작전을 수행한 것이다.

참고로 러일전쟁에서의 양국의 탄약 소비량을 비교해 본다.

먼저 소총탄부터 따진다면, 요양 회전(遼陽會戰)에서는 러시아가 세 배 이상을 썼다. 즉 일본은 900만 발이고 러시아는 3,000만 발이었다. 사하전(沙河戰)에서는 일본이 900만 발이고, 러시아는 2,400만 발, 봉천 회전(奉天會戰)에서는 전 기간 동안 일본의 2,000만 발이라는 일본군으로서는 공전의 탄약을 소비했다. 이에 대해 러시아는 그 4배인 8,000만 발이었다.

포탄은 요양 회전에서 일본이 12만 발이었고, 러시아는 14만 발이었다. 무승부의 고전을 치른 사하 회전에서는 일본이 10만 발이고, 러시아는 6만 발밖에 쓰지 않았다.

봉천 회전에서 일본은 겨울 동안 본국에서 보내오는 포탄을 고스란히 모아두었다. 그래서 35만 발이라는 이 전쟁 중 최대의 소비를 했는데, 이에 대해 러시아는 54만 발이었다.

"가급적 전투를 피하면서 적의 측면 배후로 나간다."

이러한 우회 행동을 취하느라고 노기군은 개미의 행렬처럼 북진을 계속했다.

병사들은 날마다 쉬지 않고 걸었다. 그들은 어째서 날마다 걷기만 하는지 이유를 몰랐다. 자주 이 대열을 날려 버리기라도 할 듯이 눈보라가 치고 삭풍이 불어 대기도 했다. 밤에는 적의 습격에 마음을 졸이면서 얼어붙은 땅 위에서 선잠을 잤다.

보병들의 출신지는 도쿄를 비롯해서 야마나시 현(山梨縣), 지바 현(千葉縣), 홋카이도(北海道), 호쿠리쿠(北陸) 등이었고, 그들의 사단에 협조하는 것은 기병 제2여단과 야포 제2여단이었다.

"가급적 전투를 피하면서."

말은 이렇게 하지만, 날이 갈수록 전투의 빈도가 잦아지고 접촉하는 적은 강대해졌다.

크로파트킨이 노기군의 행동과 의도를 알아버린 것이다.

"총사령부의 작전은 지나치게 교묘하고 치밀하다. 크로파트킨을 속이려 하지만, 그렇게 적이 간단하게 넘어갈 턱이 있나. 작전은 보다 분명한 것이어야 한다."

이런 비판을 계속하는 것은 노기군 참모인 쓰노다 대위였다.

어쩌면 쓰노다의 주장이 옳을지 모른다는 분위기가 형성되기 시작했다.

총사령부가 유도(柔道)의 수법을 쓴다는 것은 앞에서 말했다. 동부 전선에서 압록강군을 진격시킴으로써, 크로파트킨으로 하여금 동부로 우르르 병력을 옮기게 한다. 그런 다음 포병을 집중시켜 놓은 중앙에서 은은한 포성을 크로파트킨에게 들려 준다.

"일본군이 동부로 나오는 줄 알았더니 견제에 불과했구나. 중앙의 저 포성을 봐라. 역시 중앙에서 밀고 나오는 모양이다."

결국 크로파트킨이 당황하여 이런 말을 하면서 허둥거린다면, 그것은 일본군이 기대한 대로이다. 당황해서 압록강군 쪽으로 돌린 병력을 다시 중앙으로 돌린다. 역시 일본군의 기대대로이다. 그렇게 되면 병력이 약한 압록강군은 섬멸을 모면할 수가 있다.

제2막은, 무대 중앙에서 크로파트킨이 허둥대는 장면에서 막이 오른다.

뜻밖에 노기군이 우회를 해서 크로파트킨의 뒤로 나서려는 상황이다. 일본측 대본으로는 크로파트킨의 당황함이 여기서 극에 달한다. 당연히 그는 동부에 보낸 병력을 서부로 옮긴다. 일본측은 그 혼란을 노려 노즈와 오쿠의 두 중앙 담당군을 중앙으로 돌격시켜 봉천을 단번에 뒤집어엎는다는 것이었다.

'글쎄, 그렇게 잘 될까?'

노기군 사령부의 쓰노다 참모는, 주어진 대본대로 전투 행위를 계속했다.

노기군의 전투 행군은 어렵다기보다 처참한 양상을 드러내게 되었다.

특히 제9사단이 그러했다.

이 사단은 노기군이 왼쪽으로 크게 돌아가 오른쪽으로 한 바퀴 획 돈 다음 적의 본영인 봉천의 뒤를 찌르는 우회 작전의 선회축(旋回軸) 역할을 맡으라는 명령을 받고 있었다. 화재에 비유하자면 소방수가 불타는 지붕 위에 서서 자기 소속 표지만 고수하는 것과 같았다.

그런데 크로파트킨은 일본군 총사령부가 기대한 것처럼 당황하지는 않았다. 예비 부대를 허겁지겁 동서로 움직이기는 했으나, 서부 전선에 머리를 내민 것이 일본군의 새 병력인 노기군이라는 것을 알자, 그것에 대해 많은 병력을 풀어 대처하기 시작했다.

그래서 당면 목표는 노기군의 선회축인 제9사단이었다.

노기군이 나가는 데 따라 그 선회축인 제9사단도 나가야 하는데, 그것이 제대로 나가지 못하는 것은 러시아군이 그 사단을 막기 위해 방어망을 쳤기 때문이었다.

노기군도 그랬지만, 제9사단이 날개를 펼치려고 한 10킬로쯤 벌리면, 러시아군도 얼른 날개를 펼쳐서 10킬로 이상을 벌려 안으로 못 들어오게 하는 소위 군사학상의 '연익 운동(延翼運動)'을 벌였던 것이다. 이 운동을 거듭하는 한, 숫자가 많은 러시아군이 유리한 것은 말할 필요도 없다.

또 '선회축'이 제9사단의 임무였지만 실제로는 러시아군의 강력한 방어와 역습에 말려들어 그런 형태를 취할 수가 없게 되었다.

제9사단의 참모장은 포병 출신의 아다치 아이조(足立愛藏) 대령이고, 사단장은 오시마 히사나오(大島久直) 중장이었다.

"아다치 참모장, 적이 덤비고 나오는군."

오시마 사단장은 날마다 감탄하고 있었으나 적은 덤비는 정도가 아니었다. 제9사단은 맹렬한 불길 속을 빠져 나가고 있는 것과 같았다.

오시마 히사나오는 같은 중장인 오시마 요시마사(大島義昌)와 자주 혼동되었는데, 요시마사는 조슈사람이고, 히사나오는 아키타 현 출신으로 막부 말엽에 어린 나이로 육군에 투신할 것을 결심하고 에도에 나와서 서양 학문을 배웠다. 메이지 유신 후 육군에 들어가 고학으로 중위가 되었고, 메이지 10년(1877)의 세이난 전쟁 때는 육군 대신의 참모부장으로 종군한 것을 보면, 사쓰마 조슈 출신은 아니지만 그 능력을 인정받고 있었음을 알 수 있다.

여순 공략 동안 노기군 중에서는 가장 용감한 사단장이라는 평가를 받았고, 부하들로부터도 '털보 영감'이라는 애칭으로 불리고 있었다.

노기군의 선회축인 그는 발가락이 얼지 않도록 때로는 말에서 내려 도보로 행군했다. 도보 행군중에는 방한 조끼 위에 길다란 흰 띠를 칭칭 감고 칼을 거기에 아무렇게나 찔러 꽂아서 흡사 막부 말기에 에도에 나온 시골 무사와 같은 형상이었다.

오시마 히사나오가 이끄는 제9사단의 전투 행군의 비참한 모습은 말이 아니었다. 밤에는 걷고, 낮에는 싸우기를 꼬박 12일간 계속했는데, 그간 적과 대응하는 일이 뜸했던 날은 3월 3일의 하루뿐이었다.

회전 기간 동안 이 사단은 사상자 6,249명이라는 전체의 5할에 상당하는 병력을 잃어, 회전 말기에는 그 전투력의 쇠약이 현저했다.

아무튼 제9사단은 '선회축'이면서도 적의 맹렬한 공격을 받아 그 기능을 잃고 전선을 자꾸만 북쪽으로 넓혀 가지 않을 수 없었다. 그 때문에 어느새 노기군의 각 사단 가운데서 중앙 종대(中央縱隊)가 되었다가 회전의 마지막 단계에서는 가장 좌익으로 나와서, 손실을 거듭하다가 마침내 봉천의 북쪽으로 나왔다.

늘 압도적으로 우세한 러시아군으로부터 살을 베이고 뼈를 깎이면서도 한 걸음도 후퇴하지 않고 때로는 비틀거리면서도 전진을 계속한 것이, 결국은 일본군의 승리를 가져오게 했다.

하기야 승리라고 할 수 있는지, 그 정의를 내리기는 어렵다.

"후퇴하는 러시아군을 조심하라."

이것이 서양 군사학의 통념이었다. 러시아인은 퇴각하면서 적의 손실을 강요하는 것이다.

일본인의 승리의 정의는 겐페이(源平)의 싸움에서 전국시대(戰國時代)를 거쳐 계속 요지부동이었다.

"적의 잔디를 밟는다."

이것은 옛말에 있는 것으로 적지에 쳐들어가서 적의 본진에 이르면 승리자가 된다는 뜻이다.

그래서 노기군은 전진했다. 특히 제9사단은 적의 선혈과 자신의 유혈로 피투성이가 되어, 사단 전체가 흡사 귀신같은 몰골을 하고서도 전진만은 그치지 않았다.

3월 2일, 노기군의 오른쪽에 있던 오쿠군은 고전 끝에 가까스로 전면의 적을 격파할 수 있었다. 포병은 종일토록 러시아군에 포탄을 퍼부었다. 러시아군 포병은 이에 압도되는 듯하다가도 일본군 보병이 전진하면 다시 활기를 되찾아 단번에 일본 군사를 200여 명이나 날려보내기도 했다. 오사카 출신의 제4사단이 북대자(北臺子) 부근에서 겪은 전투였다.

나중에는 공병들까지 수류탄을 쥐고 적의 참호에 돌격했다. 일본군이 폭탄을 던지면 호 속의 러시아군도 폭탄을 던졌다. 마지막에는 서로 총검을 들고 격투까지 벌이는 난전이었다.

이 격투의 결과 러시아군은 시체 500여 구를 남겨 놓고 눈이 내리는 틈을 타서 퇴각하고 말았다. 일본군 총사령부는 이 오쿠군의 전과를 확대하려고, 노기군에 퇴각하는 러시아군의 퇴로를 끊으라는 명령을 내렸다. 아니, 내리려 했다.

그런데, 전화가 불통이었다.

"노기군을 불러내. 아직도 안 나오나!"

총사령부의 참모는 고함을 질렀으나, 전화가 불통인 것은 어쩔 수가 없었다.

3월 2일은 꼬박 하루 동안, 총사령부와 노기군 사령부 사이에 전화가 불통이었다.

총사령부는 노기군 사령부를 무능하다는 선입감으로 대하며 같은 명령을 하는데도 자칫 가혹한 표현을 썼다. 그 한 예로, 2월 말 이후로 노기군의 전진이 늦다고 단정하고는 날마다 재촉하다가 3월 1일에는 명을 내렸다.

"노기군은 맹진하라."

이에 대해 노기 사령관이 격분하여 전화선을 끊고 맹진격 했다는 말이 총사령부에 퍼졌으나, 실제는 포탄에 의해 전선이 끊긴 것이었다.

봉천 회전만큼 러일 양군에 있어 괴로운 싸움은 없었다.

고다마는 날마다 새벽이면 총사령부 밖에 나가서 해뜨기를 기다렸다. 해가 뜨기 시작하면 정성껏 축원을 했다.

"제발 승기를 잡을 수 있도록 도와 주옵소서."

이것이 고다마의 축원이었으나 싸움의 현실은 승기를 잡을 수 있는 상황이 못 되었다.

연일 치열한 포격전이 끝없는 광야에서 전개되고, 30여만의 러시아군에 대해 보병과 공병에 의한 진지공격전이 날마다 계속되었으며, 기병대에 의한 돌격 작전도 반복되었으나, 전황은 조금도 호전되지 않고, 오히려 러시아군의 반격을 받아 일본군의 일부가 무너지는 현상이 잦았다.

"승기(勝機)"

고다마는 복잡한 상황과 혼란만이 계속되는 사태 속에서 혹시 적이 드러낼지도 모르는 파탄을 엿보면서 그것을 승리의 기회로 삼으려 했으나 적의 빈틈은 쉽게 발견되지 않았다.

고다마는 결코 거창한 승리를 바라는 것은 아니었다.

'어떻게든 이 결전으로 우세한 위치를 차지해야 한다.'

이것이 그의 간절한 염원이었다. 전황을 우세로 몰고감으로써 강화 기운을 조성시키고 나아가서 강화 교섭을 유리하게 전개시킬 기초를 만들려는 것이었다.

'이 일전에서 전력은 고갈된다.'

이 사실을 알고 있는 고다마는 강화에 대해 계속 도쿄의 야마가타(山縣)와 연락을 취하고 있었다.

계획을 짜고 또 다진 그의 봉천 작전이었으나, 병력의 약소라는 치명적인 결함은 어쩔 수가 없었다. 러시아군은 그 대병력을 가지고 유유히 대응하는 것처럼 보였다.

그 한 예로 '적의 좌익──동부 전──을 친다'는 구호 아래 움직인 압록강군도 작전 초기에는 적의 전초 병력을 격파하여 기세가 좋았다. 그러나 크로파트킨이 동부 전선에 레넨캄프 부대와 2개 군단이라는 터무니없이 많은 병력을 보강시켰기 때문에, 압록강군의 전진은 마군단(馬群丹)과 구병대(救兵臺) 근처의 고지를 눈앞에 두고 주춤하고 말았다.

그 후부터 전세는 조금씩밖에 발전하지 않고 노기군이 전진하는 시기에는 압록강군이 오히려 적의 역습을 간신히 저지하고 있는 형편이었다.

서부 전선의 러시아군은 당당한 전세를 보여주고 있었다.

가장 좌익의 노기군과 제일 근접한 부대가 오쿠군의 제8사단이었는데, 그들은 3월 1일 노기군의 제9사단과 함께 사방대(四方臺)라는 곳의 적을 공격했다.

사방대라는 중국 지명이 가리키듯이, 고지는 사방에 대해 감시를 할 수 있는 지대인데 러시아군은 이 일대에 견고한 진지를 구축해 놓고, 평원을 진격해 오는 일본군에 대해 커다란 손실을 강요했다. 러시아군은 사방대 상공에 경기구(輕氣球)를 띄워서 일본군의 동정을 살폈을 뿐만 아니라, 그것을 이용해서 포병과 기관총의 사격 지휘까지 했다.

일본군은 이런 적을 향해 오로지 전진하고 또 전진했다. 막무가내의 전진이었다. 설원 위에는 여기저기 일본인의 피가 뿌려졌다. 기구 위에서 내려다보니 새하얀 은세계에 군데군데 붉게 물든 경관은 처절이라는 표현을 훨씬 넘어선 모습이었다.

아키야마 요시후루는 기병 제1여단을 가지고 작전 초기에는 오쿠군에 소속되어 오쿠군의 예하이면서 우군인 노기군의 북진을 도우라는 명령을 받고 있었는데, 3월 2일에는 마침내 임시로 노기군의 예하에 속하게 되었다.

그 이유는 "아키야마를 노기군 북진의 선봉으로 삼아 멀리 봉천 북방의 철도를 파괴시키자"는 작전 때문이었다.

그러기 위해서는 거대한 기병단을 만들어야 하는데, 그 때문에 노기군에 소속된 기병 제2여단과 합칠 필요가 있었던 것이다.

기병 제2여단장은 고치 현(高知縣) 출신의 다무라(田村久井) 소장이었다. 요시후루와 같은 소장이었으나, 요시후루가 소장으로서는 다소 고참이었다.

다무라가 노기군 사령부에서 이 명령을 받은 것은, 3월 2일 오전 9시였다.

"아키야마 부대는 지금 우리 군에 소속되어 오늘 아침에 출발, 군의 좌익에 올 것임."

이러한 내용이었다.

이어서 노기군 사령부는 3월 3일 오전 5시 40분에 다무라 소장에게 다음과 같은 군사령부 명령을 내렸다.

"다무라 부대는 오늘부터 아키야마 소장 지휘에 속하며, 두 부대를 합쳐서 아키야마 부대로 칭한다."

이렇게 해서 이 전쟁에서 최대의 기병단이 구성되었다.

그 내용은 대집단으로, 무려 그 수는 3,000기(騎)였다.

기병 7개 연대
기관포 2개 소대
기포병 1개 중대

이만한 기병 병력을 최고 작전부가 기병의 특질을 잘 알고 활용했다면 역사에 남을 용병 작전이 탄생됐을 것이다.

그러나 일본의 작전 두뇌는 기병이라는, 급습 능력이 지극히 높고 용병에 있어서 비약성이 풍부한 이 병과(兵科)를 충분히 활용할 만큼 우수하지는 못했다.

오야마와 고다마도 그랬고 마쓰카와 대령도 그랬다. 결국은 전황과 피아의 병력에 밀착된 작전을 세우고 비약은 오히려 두려워 했다.

비약에 대한 의구와 공포심은 항상 적보다 적은 병력으로 싸워야 한다는 절박한 상황 때문이었으리라.

비약이라는 도박을 할 경우 만약 실패했을 때는 모든 것을 잃어버린다.

아키야마 요시후루는 1,500기를 이끌고 혼하(渾河)의 기슭을 떠나 다무라 부대와 만날 대방신(大房身)을 향해 가다가, 다행히 중간에서 만났다.

요시후루가 말을 몰아 다무라에게 다가가자 다무라도 멀리 마상에서 경례를 하고 급히 말머리를 돌려 눈을 헤치며 요시후루의 곁으로 왔다.

"다무라, 봉천에서 한잔 하세."

요시후루가 먼저 입을 떼었다.

잠시 두 사람은 작전을 상의한 다음, 다무라의 기병 제2여단을 선두로 대방신을 향해 북진했다.

3월 3일 오전 10시 20분, 그들이 대방신 못 미쳐 소방신(小房身)이라는 마을에 접근했을 때, 그 마을의 토벽을 의지하고 있던 러시아군 보병 200과 기병 60기가 사격을 가해 왔다.

이것을 격퇴하고 대방신 가까이 가자, 가공할 적이 남하해 오고 있었다. 러시아의 비르겔 장군이 인솔하는 1개 사단이었다. 이 사단은 유럽 방면에서 새로 도착한 부대로 모든 장병이 새 피복과 장비를 갖추었고, 무기까지 육군 공창에서 갓 나온 새 것이었다.

당연히 예기치 않았던 조우전(遭遇戰)이 벌어졌다.

한편 이날 아침, 러시아의 제2군 사령관 카울리발스 대장은 기병 척후의 보고에 의해 놀라운 상황을 알았다.

"일본군 약 1개 사단이 신민부(新民府)에서 봉천을 향해 전진하고 있다."

이 보고의 1개 사단은 어림을 잘못 잡은 숫자였으나, 바로 그 기동 중에 있는 부대가 아키야마 요시후루의 부대였다.

카울리발스는 곧 대응 조치를 취하려 했다. 워낙 러시아군 전체가 방어전의 위치에 놓여 있고 게다가 각 방면에서 노기군의 부대가 몰려 오는 듯한 현상이어서, 그것들에 대한 조치에 골몰하던 참이었다. 또한 전투 중인 전방부대와의 연락도 불충분한 상태여서, 어느 부대에 이 '1개 사단'을 상대하게 해야 할지 평소에 냉정한 군사령관인 그로서도 판단을 내리지 못하고 있었다.

"대체 비르겔은 어디 있는 거야?"

그는 막료들에게 고함을 질렀다. 비르겔 중장은 기병을 주력으로 하는 1개 사단 이상의 병력을 가지고 있었다.

비르겔은 주력군에서 멀리 서북방으로 떨어진 고력둔(高力屯)이라는 마을에 있었다. 그곳은 요시후루의 부대 맨 선두에서 측정하여 30킬로 떨어진 곳이다.

카울리발스는 비르겔이 고력둔에 있다는 것은 알고 있었다.

그러나 전날 밤에, 총사령관 크로파트킨한테서 지시가 내려, 확산된 전선을 가급적 축소해서 봉천을 엄호하라 했기 때문에 카울리발스는 그 명령을 자기 휘하의 제16군단장 트포르닌 중장에게 전했던 것이다.

'이 크로파트킨의 지시가 곧 봉천 대전의 패인이 되었다.'

명령을 받은 트포르닌 중장은 곧 비르겔의 부대를 생각했다.

"비르겔 중장의 부대가 너무 떨어져 있다. 잘못하면 일본군에 의해 주력군과 차단될지도 모른다."

그래서 트포르닌은 비르겔에게 봉천으로 가라는 명령을 내리려 했지만 전령으로 보낸 기병이 무사히 도착했는지는 알 수가 없었다.

러시아 기병은 전투를 위한 능력은 세계 제일인지 모르지만, 수색이나 전령면에서는 그 능력이 지극히 낮았다.

그 이튿날 아침에 이런 보고에 접한 것이다.

──일본군 1개 사단 출현.

트포르닌 중장은 상당수의 기병 병력을 전령으로 급파하여 비르겔 중장을 찾으려 했다.

"전면의 적(아키야마 부대)을 저지하여 봉천을 엄호하고, 계속 적의 병력을 살피면서 봉천으로 퇴각하라."

비르겔의 명령은 이런 것이었다. 만약 이 명령이 최후의 한 사람까지 아키야마 부대와 싸우라는 것이었다면, 요시후루와 그의 군사는 하나도 살아 남지 못했으리라.

그런데 비르겔은 그 명령을 받지 못했다. 그러면서 스스로의 적정 정찰에 의해 아키야마 부대의 출현을 알고, 그에 대해 맹격을 가하려 했던 것이다.

요시후루의 아키야마 부대는 큰 병력이 아니었다. 그러나 그 북진 속도는 봉천의 크로파트킨을 당황케 할 만큼 빨랐다.

그래서 그의 부대를 저지하기 위해 3월 2일에는 아카야마 부대의 오른편 측면까지 트포르닌 중장의 주력이 접근하고 있었다.

요시후루는 그것을 묵살하고 계속 진격하여 이튿날인 3일에는 트포르닌의 군단을 멀리 떼어놓고 말았다.

떼어놓아도 뒤가 불안하지 않았던 것은 부대를 따르는 후속 우군이 전진해 오고 있었기 때문이었다.

요시후루의 부대도 그랬지만, 후속 우군도 각각 종대를 이루고 있었다. 그 순서는 다음과 같았다.

아카야마 부대—제1사단—후비 제15여단 및 포병 제2여단—제7사단

트포르닌 중장의 군단에 대해서는 이들이 대응했다.

요시후루는 기병의 본분을 좇아 신속하게 전진만 하면 되는 것이었다.

3월 3일, 대방신에 도착했다.

대방신은 상당히 큰 마을로, 그 북쪽은 이미 러시아군이 점령하고 있었다. 그들과 아카야마 부대의 전위대 사이에 전투가 벌어져 밀고 밀리고 하는 동안 카울리발스 대장이 찾고 있던 비르겔 중장의 부대가 대거 밀어닥쳐 조우전이 전개된 것이다.

비르겔 중장 휘하에는 보병 9개 대대의 병력이 있었으나, 요시후루는 2개 대대밖에 없었고, 비르겔이 포병 3개 중대에 12문의 포를 가진 데 비해 요시후루는 기병포 6문밖에 없었다. 기병만은 요시후루가 많아서 18개 중대인 데 비해 비르겔은 8개 중대밖에 없었다.

요컨대 비르겔의 병력은 요시후루의 3배였다.

그러나 요시후루는 비르겔이 가지지 않은 기관총을 12정이나 가지고 있다.

"일본의 대기병단이 왔다."

비겔은 처음에는 이렇게 생각했다. 사실이었다. 일본군이 만주에서 보유하고 있는 여단 기병이 몽땅 요시후루에게 집결되어 있었던 것이다.

그러나 비르겔 중장은 일본 기병이라는 존재를 거의 두려워하지 않았다.

실제로 러시아의 포로가 말했다는 기록을 살펴보자.

"우리는 일본의 기병에 대해 다음과 같이 교육받았다. 그들의 마술(馬術)은 유치하고 무기 사용이 서툴다. 게다가 기병의 수가 적어서 언제나 약세

를 면치 못한다."

이 점은, 이 대방신 전투에 참가한 와타베 다쓰오(渡部辰雄) 중위의 회고 문에도 나타나 있다.

"러시아 기병은 그 보병보다 탁월하다. 용감하고 전투 기술과 마술에 능하며, 특히 명령을 엄수하는 점은 존경할 만하다. 단, 결점도 있다. 행동이 둔하고 육탄전을 늘 회피한다는 두 가지 점이다."

기병뿐만이 아니라 일반적으로 일본군이 러시아군보다 근소한 차로 우월한 것은, 전술 능력과 와타베 중위가 말한 육탄전뿐이었는지 모른다.

이곳의 예기치 않았던 조우전은 일본의 기병 전투 사상 대방신(大房身) 전투라 하여 기록적인 싸움이 되었지만, 주인공 요시후루는 만년에 가서도 그다지 얘기하기를 좋아하지 않았다. 굳이 질문을 받으면 마쓰야마(松山) 사투리로 대꾸했다.

"그건 달아나지 않았기 때문에 견딘 거지."

그 당시 제2군의 참모였던 고노 히사키치(河野恒吉)가 소장이 되었을 때, 러일 전사(露日戰史) 편찬의 명을 받았다.

그는 각 국면의 상황과 조치를 그 당시의 관계자를 찾아다니며 물었는데, 요시후루만은 상대해 주지 않아서 애를 먹은 모양이다.

"딴 사람이 알고 있을 거네."

대방신 전투에 대해서도 마찬가지 대답이었다. 고노는 하는 수 없이 요시후루의 부하를 만나서 여러가지 얘기를 들었는데, 요시후루의 뛰어난 조치에 새삼 감탄했다고 한다.

특히 고노가 발견한 것은 전선에서의 각 연대의 성격이 그 맡은 임무에 기막히게 적합했던 점이었다. 고노가 다시 요시후루를 찾아가 그 점을 확인하려 하자, 요시후루는 손사래를 치며 상대해 주지 않았다.

"그런 일은 없었네."

요시후루는 본영(本營)을 낡은 사당에 두고 있었다. 그는 테이블 위에 권총과 수통을 얹어 놓고 있었다.

권총끈을 길게 목에 걸고 있었다. 적이 사령부인 이곳까지 나타나면 그것으로 자결할 작정이었다. 이 사나이의 각오는 그의 일상 생활과 마찬가지로 간단명료했다.

수통에는 중국 술이 들어 있었다. 그것을 조달하는 것은 와타누키(綿貫)라는 당번의 일이었다. 현지의 농가에 가서 좋지 않은 농주(農酒)를 사오는 것이다.

요시후루는 늘 알코올도수가 높은 술을 수통 뚜껑에 따라 마셨다.

담배도 피운다. 담배는 노상 물고 있다시피 하면서도 성냥은 지니고 있은 적이 없었다. 불이 필요하면 그때마다 부관을 불렀다.

"어이 기요오카(淸岡), 성냥 좀 빌려 줘."

기요오카 대위는 그것이 이상했다. 저렇게 담배를 피우면 호주머니에 성냥을 가지고 있는 것이 좋을 텐데 하고 생각했으나, 요시후루는 프랑스 유학 시절에도 그랬다.

성냥을 빌려달라는 프랑스어를 제일 먼저 배워서 회합 석상이든, 길을 걷는 중이든, 프랑스인을 불러 세우고 '성냥' 하면서 담배를 꺼냈다.

오직 잘 때만은 머리맡에 성냥을 준비했다.

이 전장에서도 밤에 침대 위에서 연신 담배를 피워댔다. 아무도 부를 수가 없기 때문에 자신이 성냥을 그었다.

"낮에도 그러면 될 텐데."

기요오카는 이상하게 여겼다.

침대 위에서 피우는 요시후루의 담배는 엄청났다. 꽁초를 아무 데나 버렸다. 아침이 되면 마루 위가 온통 꽁초투성이여서 그것을 쓸어내는 것이 당번인 와타누키의 아침마다의 큰 일과였다.

포성이 심해짐에 따라 요시후루의 음주량과 끽연량도 늘어났다.

대방신 때는 특히 더 했던 모양이다.

대방신에서 전투를 지휘하는 동안 우스운 일이 하나 있었다.

사당을 사령부로 정하고 있는 요시후루의 방에 러시아병이 들어온 것이다. 대낮이었으나 방안이 어두워서 요시후루는 책상 위에 촛불을 켜놓고 지도를 들여다보고 있었다. 지도는 러시아 군이 만든 것이었다.

문득 얼굴을 들자 천정까지 머리가 닿을 듯한 러시아병이 서 있었다.

"누구냐?"

요시후루가 탁상의 권총에 손을 댄 것은 얼김에 적이 여기까지 왔나, 하고 착각하여 미리부터 결심하고 있던 대로 권총으로 자기 머리를 쏘려는 것이었다.

그런데 러시아병은 요시후루의 얼굴을 보더니 기겁을 하여 소리를 지르며 달아나고 말았다.

두 사람은 서로 착각을 한 것이다.

러시아병은 며칠 전에 투항해 온 자로 후송편이 없어서 그대로 이곳 진중에 남아 있었다. 마침 당번인 와타누키가 출타하고 없었기 때문에 부관인 기요오카 대위가 그날 그 러시아 병을 당번으로 부리고 있었다.

러시아병은 페트로 바실리비치라는 이름이었다. 그는 기요오카 대위에게 달려가서 호소했다.

"저기서 무서운 사람을 봤소."

기요오카는 러시아어를 알았다. 자세히 물어보니, 이 사내가 본 것은 요시후루 같아서 그는 말해 주었다.

"그 분이 아키야마 장군이시다."

그러자 바실리비치는 더욱 와들와들 떨면서, 이런 데는 더 못 있겠으니 빨리 마쓰야마(松山)로 보내 달라고 졸랐다.

요시후루의 이름은 이미 러시아군 병사들에게 알려져서 무척 무서운 사람이라는 선입감이 있었던 것 같다.

요시후루는 나중에 그런 말을 듣고 웃어 넘겼다.

"아, 그 녀석, 마쓰야마였구나."

'마쓰야마'란 요시후루의 고향인 마쓰야마(松山)에 있는 포로 수용소를 가리킨다.

그 당시의 일본 정부는 일본이 미개국이 아니라는 것을 세계에 알리고 싶다는 외교상의 이유로 전시 포로를 대하는 면에서는 국제법을 준수하는 모범생이었다.

러시아를 특별히 부드럽게 다룬 정도가 아니라 오히려 우대했다.

수용소는 각지에 있었으나, 마쓰야마가 가장 유명해서 전선에 나온 러시아병에게까지 알려져 있었다. 그래서 그들은 투항한다는 말을 마쓰야마라고 하였다.

"마쓰야마, 마쓰야마"

시로 이 말을 외치면서 일본군 진지로 달려오는 러시아 병사도 있었다.

요시후루가 "그 녀석, 마쓰야마였나" 하고 말한 것은 바로 그런 뜻이었다.

실제로 요시후루의 고향인 마쓰야마의 외곽 지대는 거리 전체가 포로를 위한 놀이터처럼 되어 있었고, 주민들도 그들에게 친절해서 포로 모욕(捕虜侮辱)같은 사건은 단 한 건도 발생하지 않았다.

요시후루는 기병의 습격을 좋아했다.

기병은 원래 습격을 위한 병과로, 상급 사령부에서 용병만 잘하면 기회를 잡아 기병을 움직여서 일대 습격을 감행하여 전황 전체를 뒤바꿔 놓을 수도 있었다.

'기병이란 바로 이런 것이다.'

요시후루가 옆 유리창을 주먹으로 쳐 손에 피가 흐르는 것도 모르고 강의를 계속한 적도 있었다.

'알았나?'

그런 그의 동작이 기병의 본질을 후배에게 가장 정확하게 전하는 것이기도 했다.

주먹이 터지는 대신 유리창을 깨는 수도 있다. 적을 부수기 위해서는 용병하는 사람과 실시하는 사람은 기병의 전멸을 각오해야 하지만, 운용의 묘만 터득하면 이것보다 효과적인 병종(兵種)은 없다.

요시후루는 대위, 소령 때부터 일본의 기병을 키우며 그 용병 사상을 육군 간부에게 설득해 왔으나, 러일전쟁이라는 대회전(大會戰)이 연속되는 동안 그가 신념으로 삼는 모험과 습격을 끝내 감행하지는 못했다.

이 대방신의 전투 때도 그러했다.

"이기기 위해서는 방어전을 해야 한다."

그는 철저히 방어전을 채택했다.

그는 기병들을 모두 말에서 내리게 하여 말은 후방에 모아놓고 군사들만 방어 진지에 들게 했다.

방어 진지와 화력을 가지고, 전진해 오는 러시아군을 무찌르겠다는 전법이었다. 이 방법은 러시아군이 즐겨 쓰는 전법이지, 급습과 기습을 기병의 본분으로 생각하는 요시후루의 신념과는 상반되는 행동이었다.

요시후루는 자신의 신념을 양보하고 이기기 위한 길을 택했다.

그의 병력은 늘 미약했고 적의 병력은 항상 강대했다. 그리고 그의 부대가 놓여 있는 위치가 궤란(潰亂)과 패배를 담보로 하는 모험적인 전법을 허용하지 않았다. 만약 아키야마 부대가 무너지면 노기군의 우회 작전도 한꺼번에 무너지는 것이다.

요시후루는 지금까지 늘 그랬던 것처럼 이기기보다 지지 않는 방법을 택했다.

전투는 오전 10시부터 시작되었다.

요시후루는 전군을 배치하여 진지에 들게 했다.

맹렬한 화력전이 4시간 동안 계속되었다.

러시아군의 비르겔 중장은 몇 차례씩 포병의 진지를 전환시켜서 세 방향에서 화력을 집중시키기도 하여, 요시후루가 혀를 내두를 만큼 교묘하게 포병을 잘 활용했다.

러시아군 보병의 진격도 무척 용감하여 한때는 요시후루의 포병 진지 800미터 가까이까지 접근했다. 그때도 요시후루는 보병이나 기병을 내보내지 않고, 전 포병에게 예화 사격(曳火射擊)을 시켜서 그것을 격퇴했다.

또 한때는 러시아 보병 천여 명이 일렬 종대로 요시후루의 좌익에 접근하여 산개했다. 요시후루는 수하의 보병 1개 중대를 그쪽으로 증가시켰을 뿐 끝까지 화력에 의지했다. 기병포와 기관총이 끊임없이 불을 뿜으며 적병의 반을 쓰러뜨리고 격퇴시켰다.

요시후루는 여순에서의 스테셀과 꼭 같은 입장을 취한 것이다.

요시후루는 부하 가운데 도요베 신사쿠(豊邊新作) 대령을 가장 신뢰하고 있었다.

도요베는 기병 제14연대장으로 지략이나 재능은 별로 없었으나, 침착하고 강인하여 흑구대 싸움 때 심단보의 진지를 고수한 인물이었다.

이번의 북진 작전에서도 요시후루는 도요베를 전위로 삼았다. 그래서 당연히 적은 도요베를 가장 강하게 압박했다.

도요베의 부대는 순수한 기병 부대가 아니고, 소위 아키야마식이라 하는 여러 병종의 복합 전투력을 가지고 있었다. 기관총 3정에다 기포병과 공병이 각각 1개 중대씩이어서 화력으로는 규모 면에서 러시아군을 능가하고 있었다.

이날 오후 2시쯤 도요베가 부상당했다는 보고를 받았을 때, 요시후루는 이 전쟁을 통해 단 한 번 경악하는 모습을 보여주었다.

"그게 정말이냐?"

목소리에 살기까지 느껴졌다.

그러나 곧 냉정한 표정으로 돌아가, '이 다음은 나구나', 하고 중얼거렸다.

이때의 공방전이 얼마나 치열했는지에 대해 나중에 부관이 된 핫토리 사네히코(服部眞彦) 대위가 얘기하면서 '그 아키야마씨가 살기등등했으니까', 하는 말로 그것을 증명했을 정도였다.

도요베 대령의 부상은 대단한 것은 아니었다. 도요베는 연대 본부를 나와 제1선 전투를 독려하다가 그만 오른쪽 다리에 소총탄을 맞았다. 총탄은 살만 뚫고 관통했다.

"탄알이 빠져 나갔어."

도요베는 아무렇지도 않은 듯이 말하며 자기 손으로 상처에 붕대를 감고, 그 후에도 끝내 야전 병원에는 가지 않았다.

러시아군은 집요하게 돌격을 반복했다. 대규모 돌격이 세 차례나 있었으나, 요시후루는 끝까지 그들을 진지에 접근시키지 않고 늘 화력을 사용하여 격퇴했다.

이윽고 해가 질 무렵, 러시아군은 공격을 단념하고 대방신 북쪽 창고에 불을 지른 뒤 그 연기에 숨어서 퇴각을 시작했다. 퇴각하는 데는 세계에서 가장 뛰어난 군대인만큼, 후미 부대를 남겨 놓고 차례로 군사를 물리는데 후미에 남는 부대는 화력을 중단하지 않았다. 그 작전은 실로 중후하고 정연했다.

"과연 러시아군이군."

요시후루는 망원경으로 적의 행동을 바라보면서 감탄했다.

전술의 상식으로는 여기서 요시후루가 추격전을 펼쳐 전과(戰果)를 올렸어야 했다.

그러나 요시후루는 그렇게 하지 않았다. 그토록 격전을 치렀으면서도, 요시후루의 작전 덕분에 아군에는 손실이 거의 없었다. 지금 추격하면 러시아군은 그들이 퇴각할 때 상투적으로 쓰는 수단에 따라 거꾸로 반격에 나서서 일본군을 포위 섬멸할 것이 틀림없었다.

요시후루는 포병만 진격시켰다. 포병에게는 그것을 엄호할 기관총대를 붙여 주었다. 말하자면 요시후루는 기병과 보병 같은 피해를 입기 쉬운 병종

(兵種)을 움직여 추격하지 않고 포탄과 기관총탄으로써 적을 맹렬히 추격한 것이다. 그 결과 러시아군은 대혼란을 일으켜 사상자를 거둘 겨를도 없이 동북쪽으로 달아났다.

이때의 타격 때문에 비르겔 중장의 부대는 끝내 봉천 회전의 주력결전에 참가하지 못했다.

밤이 되었다.

적의 대부분이 퇴각 또는 흩어져 달아났는데, 극히 일부 병력이 여전히 대방신 북쪽에 남아 요시후루군을 향해 총포탄을 날렸다.

"적이 어쩌려고 저러는 것일까요?"

부관 핫토리 대위가 요시후루에게 해석을 요청했다.

요시후루에게는 늘 참모라는 것이 없었다. 그 자신이 통수와 작전을 혼자서 맡아 움직였다.

"자네는 어떻게 생각하나?"

요시후루는 오히려 반문했다.

요시후루 자신도 적의 의도를 알 수가 없었다.

세 가지로 생각할 수는 있었다.

내일 날이 밝으면 다시 대거 내습하기 위한 축(軸)으로 남겨 놓은 부대라는 것이 첫 번째이다.

두 번째는 주력 부대의 퇴각을 원호하기 위한 후미 부대인 것이고, 세 번째는 지휘관이 개인적인 신념으로 그곳에 남아 전투를 계속하는 경우이다.

그런데 세 번째의 상상은 온당치 않다. 러시아군의 각급 지휘관과 군사는 명령에 충실하여 자의로 전투를 계속하는 일이 거의 없다.

두 번째의 상상도 다소 무리이다. 퇴각을 원호하는 것이라면 이미 시간적으로 사명이 끝났을 때이다.

"내일 또 한 번 습격해 오겠지."

요시후루는 이렇게 보았다.

적이 공격을 다시 일으킬 때는 지금까지의 예로 보아 그 병력은 오늘의 갑절 이상이 되리라. 게다가 전술도 더욱 교묘해질 것이다. 왜냐하면, 오늘의 전투에서 요시후루의 병력과 부서를 거의 알았으니 더욱 효과적인 공격을 해 올 것이기 때문이다.

'달아나는 게 좋겠다.'

요시후루의 생각이었다. 몸을 피해 다른 곳에 숨는 것이 좋을 것 같았다.

대방신 부락을 비우고 3킬로 내지 5킬로쯤 뒤로 물러나면 조가둔(曹家屯)과 차로구(岔路口)라는 방어에 적당한 마을이 있다. 오늘 저녁에는 거기서 야영을 하며 공연한 손실을 피하는 것이 좋을 것 같았다.

요시후루는 그렇게 결심했다.

그러나 전국시대의 싸움이라면 주장의 뜻대로 진퇴를 결정할 수 있었지만, 근대의 군대는 상급 사령부의 승낙을 받아야만 한다.

요시후루는 노기군 사령부에 전화를 걸어 자신의 의도에 대한 훈령을 청했다. 좋다는 답이 내렸다.

요시후루는 승리자였다. 추격을 하지 않고 거꾸로 퇴각을 했다. 이런 경우의 호흡과 전투 지휘의 융통성은 거의 명인이라 해도 좋았다.

여담이지만 이 요시후루는 평생을 군정(軍政)이나 군령(軍令) 분야에 종사한 일이 거의 없이 순전히 부대 근무로 시종하다가 육군 대장까지 올라간 이례적인 존재가 되었는데, 그것은 모두 이러한 명인의 솜씨가 쌓이고 쌓인 결과이리라.

이날 밤, 요시후루는 현장에 머물면서 서서히 군사를 물렸는데, 그동안 기이한 일이 발생했다.

"적습(敵襲)이다."

전선에서 누가 외친 소리가 금방 전파되어 끝내 요시후루의 사령부에까지 들려왔다. 장병들은 모두 대혼란에 빠졌다.

요시후루는 얼른 밖으로 뛰어나가 고함을 질렀다.

"적습이 아니다. 거짓말이다."

이번에는 이 소리가 순식간에 사방으로 퍼져 전군은 진정을 되찾았다.

요시후루는 대방신 북방에 남아 있는 적 부대가 그 임무와 병력으로 미루어 봐서 야습을 해올 턱이 없다고 판단한 것이다.

이날 밤 10쯤에는 대방신은 텅 빈 마을이 되었다.

그런데 러시아군은 요시후루가 염려한 것처럼 움직이지는 않았다. 이튿날 날이 밝아도 러시아군은 공격해 오지 않았던 것이다.

"안 오는데요."

핫토리 대위가 아직도 어둑어둑한 새벽 하늘을 보며 입을 떼자, 요시후루는 이요(伊豫) 사투리로 대꾸했다.

"무슨 사정이 생긴 거겠지."

웃기기 위해 한 말은 아니었으나, 요시후루의 말에는 어딘지 해학이 담겨 있어서 당번인 와타누키까지 입을 손으로 막고 웃음을 참았다.

요시후루의 교묘한 전법이 전개되었다. 적을 기다리다가 맹렬히 추격하는 행동을 취한 것이다. 지금 추격을 하면 아군은 적은 손실로 적에게 큰 손실을 입힐 수가 있다.

아키야마 부대는 다시 활기차게 북진 행동을 재개했다.

요시후루는 말 위에서 수통을 연신 입에 갖다대었다. 수통에는 중국 술이 들어 있는 것이다.

당번 와타누키에게는 요시후루만큼 수월한 상관도 없었으나, 오직 술을 준비해 두는 일만은 고생이었다.

요시후루는 행군중에도 계속 마셨다. 그 때문에 와타누키는 자기의 수통에도 늘 중국 술을 가득 담아 놓고 있었다.

"와타누키"

요시후루는 수통이 비면 그를 부른다.

와타누키는 얼른 말을 가까이 몰아 수통을 내밀려 하지만, 매사 간편함을 좋아하는 요시후루는 자기 말을 와타누키의 말 가까이 대어 약간 뒤로 돌아가서, 말에 앉은 채 몸을 내밀어 와타누키의 허리에 찬 수통에 입을 대어 마신다. 마신다기보다 빨아 올려서 목구멍으로 넘긴다.

이런 짓을 포탄이 날아오는 속에서도 예사로 했다. 부관들은 요시후루의 꼴이 우스워서 그만 웃음을 터뜨리지만, 요시후루는 개의치 않고 마셔 댔다.

북으로 진격할수록 러시아군의 벽이 두터워지고 저항도 심해졌다.

노기군의 주력은 그 때문에 행동이 가끔 지체되었으나, 요시후루는 화력을 충분히 갖춘 기병단을 거느렸기 때문에, 그 화력과 속력을 가지고 4일 저녁에는 기어이 봉천 서쪽으로 진출했다.

"본관(本官)은 포위되었다."

크로파트킨이 이런 비통한 전보를 페테르스부르크로 타전하게 된 것은 3월 7일의 일이지만, 요시후루가 노기군의 선두에 서서 봉천 서쪽에 진출한 3월 4일 저녁 때, 크로파트킨은 크게 동요했다.

그와 반대로 노기군 사령부는 4일 저녁 때에야 비로소 전도에 낙관적인 전망을 가지게 되었다.

"단숨에 봉천역 가까이 진출하여 적을 격멸한다."

이렇게 결심한 노기는 이날 밤 9시 신민둔(新民屯)에서 예하 각 부대에 최종적인 공격 명령을 내렸다.

"적은 봉천 부근에서 혼란한 상황에 있음. 퇴각 준비를 하는 듯, 벌써 인원과 화물의 철도 소송이 빈번함."

그런데 이 결심과 방침은 잘못된 적정 판단에 기인한 것이었는데, 밤 11시경 정보를 재검토한 끝에 이 명령을 철회하게 되었다.

적의 실정은 퇴각이 아니라 결전 준비를 갖추는 중이었고, 봉천 주위에는 견고한 방어 진지가 구축되어 있음을 알았던 것이다.

봉천에서의 러일(露日)의 결전은, 노기군 사령부가 전도를 낙관한 3월 4일 밤부터 시작되었다고 할 수 있다.

노기군에 대해서는 제2군 사령관 카울리발스 대장이 나섰다. 그는 보병만도 50개 대대의 방대한 병력을 가지고 있었다. 4일 밤, 그는 병력 배치를 끝내고, 5일 예하 각 부대에 대해 명령을 내렸다.

"공격의 중점을 주로 노기군의 좌익에 두어라."

이 작전이 노기군에 때로는 궤란의 상태를 빚게 하고 때로는 참담한 패전을 겪게 했다.

노기군 좌익은 제1사단이었다. 5일 저녁까지 1사단의 위치는 대석교(大石橋) 부근이었다.

"제1사단 전면의 적은 저항력이 극히 약하다."

노기군 사령부는 이렇게 보고, 이 방면에 대해서는 거의 배려하지 않고 있었다.

제1사단장 이다(飯田) 자신도 안심하고 있어서, 대석교에는 약간의 수비병만 남기고, 6일 아침에는 북쪽 평라보(平羅堡)로 전진했다.

노기군 제1사단 전면에 있는 적의 상황에 대해서는 그다지 주의하지 않고, 노기군의 집단 화력인 나가타(永田) 포병 여단을 이끌고 다른 방면인 마삼가자(馬三家子)를 향해 전진했다.

그런데 그 일본군의 맹점인 제1사단의 대석교 수비대에 대해 카울리발스 대장은 대부대로 습격을 감행하여 순식간에 휩쓸고 말았다.

이 대석교에서 일본 병사들은 러일전쟁이 시작된 이래 처음 보는 볼썽사나운 궤란을 연출했다. 현장에 급행한 제9사단장 오시마 히사나오 자신이, 앞에서 삼삼오오 도망쳐 오는 군사를 보더니 옆에 있던 사단 참모장을 돌아보며 중얼거렸을 정도였다.

"이게 일본군이냐?"

일본병의 질은 이미 그 정도로 저하되어 있었다. 사단장이 직접 달려 나가 도망병 하나를 붙들고 실정을 물었다.

"어, 어쩔 도리가 없었습니다."

그 병사는 새파랗게 질려서 더듬거리다가 어디론지 달아나 버렸다.

도망병의 말을 종합해 보니, 방대한 병력의 적이 유가붕(柳家棚) 방면에서 내습했기 때문에, 이것을 막아 싸우다가 간부는 모조리 전사하고 병졸만 남아서, 명령자도 없이 뿔뿔이 흩어져 도망쳐 왔다는 것이었다.

그때, 오시마의 수하에는 호위 기병이 얼마간 있었을 뿐이었다. 이 사단의 최강 부대인 이치노헤(一戶) 소장의 여단은 아직 도착하지 않았으니 손을 쓸 수가 없었다.

이 급보에 접한 노기는 크게 놀라 나가타 포병 여단과 보병 여단을 대석교로 급파했다.

결국 대석교의 참상을 구한 것은 화력이었다.

나가타 포병 여단은 현장에 도착하자 사단 포병의 우측에 150문의 야포와 산포를 배열하고 불과 2,000미터의 거리에서 신속한 포격을 가해 간신히 적을 격퇴했다.

이후 날마다 이러한 상황이 노기군을 덮쳤다.

봉천 회전은 어디로 보나 러시아군이 지는 싸움이 아니었다.

병력과 화력이 모두 일본군보다 월등히 우세했고, 군사의 질도 유럽 방면에서 보충된 팔팔한 병사들이 태반이어서, 일본군처럼 후방의 노병들을 끌어 모아 급조한 것과는 사정이 달랐다.

그런데 작전에서 졌다. 철두철미 작전 때문에 참패한 것이다.

러시아군의 치욕은 사단장 이하에게는 조금도 책임이 없었다. 오히려 사단장 이하의 용감한 전투는 일본군에 비해 손색이 없었다. 그들은 명령에 잘 순종하여, 지키라면 사수했고, 진격하라면 빗발치는 총탄을 무릅쓰고 나아갔다.

질서가 문란한 군대에 있기 마련인 항명 현상도 거의 없고, 멋대로 상황을 판단하여 퇴각하는 부대도 없었다. 퇴각도 명령에 따라 물러났다. 진퇴가 정연한 실태에서 보아도 과연 세계 제일의 육군이라는 소리를 들을 만했다.

이런 러시아군의 패인(敗因)은 오직 한 사람에 기인하는 것이었다.

크로파트킨의 개성과 능력때문이었다.

이런 현상은 고금에 드문 일이다.

국가이든 대군단이든, 또는 다른 어떤 집단이든, 그것이 크게 허물어질 때는 그 원인(遠因)과 근인(近因)이 모두 복잡하게 얽혀있기 마련이다. 한 두 사람의 고위 책임자의 능력과 실책에 귀납(歸納)되는 그런 단순한 것이 아니다. 많은 원인이 보태지기도 하고 곱해지기도 해서 결과가 나오는 것이다.

그러나 봉천 회전에 한해서는 오직 한 사람 크로파트킨한테서 그 이유를 찾을 수가 있다.

그런 뜻에서, 이 만주 광야에서 벌어진 세계 전사상 최대 규모의 회전은 고금의 진귀한 예라 할 수 있을 것이다.

"총사령부의 작전은 지나치게 교묘하고 치밀해서 좋지 못하다."

노기군 사령부의 대위 참모인 쓰노다는 이렇게 비판했으나, 오야마의 견고 무비한 통수력에 의해 뒷받침된 고다마와 마쓰카와의 작전 계획은, 수행 도중에 일어난 많은 예기치 않은 사태에도 불구하고 조금도 동요하지 않고 당초의 계획을 실행했고, 막상 그것이 실행되자 거의 일방적인 바둑을 두어 크로파트킨을 번롱했던 것이다. 그야말로 예술적이라 해도 과언이 아니리라.

크로파트킨은 작전을 세우는 단계에서는 위세가 좋았다. 그러나 실제 전장에 임해서는 일본측이 한 수를 둘 때마다 한 수씩 일본측 뜻대로 말려들었다.

결국 이 작전 기간 동안 단 한 가지도 크로파트킨 자신의 주도적인 작전을 결정한 것은 없고, 끝까지 일본군의 뜻대로 움직여 우왕좌왕했다.

일본측이 압록강군을 양동 작전으로 동부에 움직이면 그는 당황하여 대군을 동부로 보내고, 다시 노기군이 서부에서 움직이면 다시 불난 곳에 달려가듯 동부로 보낸 병력을 다시 서부로 옮기고 해서, 러시아군은 공연히 왔다갔다 지치기만 했다.

또한 군단 속의 단위 부대를 이리로 뺏다가 저리로 보내는 따위의 짓을 해서 통수 질서가 혼란해지고, 부대장 자신이 누구의 명령을 받아야 할지 모를 정도로 지휘 계통의 혼란을 빚어서 군조직이 크게 약체화되었던 것이다.

확실히 크로파트킨과 오야마의 장수(將帥)로서의 자질의 차이가 봉천 회전의 승패를 결정지었던 것이다.

이미 언급한 것과 다소 중복되지만 러시아측 기록을 중심으로 크로파트킨의 작전을 살펴본다.

우선 동부에 압록강군이 나타났을 때, 크로파트킨은 즉시 수하의 총예비대를 그쪽으로 급파했다.

'지나치게 빨랐던 이동'이란 표현으로, 뒷날 오랫동안 러시아의 육군 대학에서 전술 교관들의 비난을 받은 이동이었다.

총수로서, 좀더 그 방면에 있는 부대에 일본군의 공격을 감당하라 했으면 압록강군의 정체——병력이 적고, 노병들이 주력이며, 화력이 약하다——를 알았을 것이다. 그러나 원래 과민한 공포 체질인 크로파트킨은 급한 것을 참는 여유를 갖지 못했다.

크로파트킨이 보낸 동부의 증원군이 도착하기 직전인 2월 27일의 왕부령(王富嶺) 방면의 전투에 대한 러시아군측 기록은 다음과 같다.

"일본군은 26일 밤부터 왕부령 북방 고지의 보루를 공격해왔다. 이 보루를 지키는 러시아군은 제284연대 소속의 2개 중대였다. 이날 밤 전투에서는 러시아측이 이겨서 일본병을 격퇴했다. 그러나 이튿날 27일 아침 7시, 일본군은 다시 공격해 왔다. 러시아측 2개 중대는 잘 싸워서, 장교는 모두 전사하고 소위 후보생 한 사람만 살아 남았다. 병사는 73명을 남기고 모두 전사했다."

결국 전멸에 가까운 손실이었다. 전멸할 때까지 러시아군이 싸웠다는 점에 주목해야 한다.

러시아병이 약했기 때문에 러시아군이 패배한 것이 아니라는 하나의 작은 증거이다.

더구나 병력이 근소하고 화력이 약한 압록강군의 공격력은 이쯤에서 벌써 쇠퇴하고 있었던 것이다. 그것을 러시아군의 기록도 분명히 적고 있다.

"이날 이후부터 일본군은 활발한 움직임을 보이지 않고 종일 포격만 계속할 뿐이었다. 그러나 포화력은 러시아군이 압도적으로 우세했다."

이 압록강군의 공세가 주춤했을 때──그것은 계획적인 것이 아니라 자연적인 쇠퇴였다──크로파트킨이 보낸 증원 대군이 동부에 도착했다.

압록강군은 처참한 몰골이 될 뻔했다.

그런데 이튿날 2월 28일에 중대한 보고가 크로파트킨에게 들어간 것이다.

"일본군이 요하(遼河)를 따라 북진해 오고 있다."

서부에 노기군이 출현한 것이다.

러시아측 기록에 의하면, 크로파트킨은 처음에는 이것을 중시하지 않고, 일본군의 위력(威力) 정찰대가 나타난 정도로 판단했다.

그러다가 3월 1일에야 서부 방면의 사태가 심상치 않은 것을 알고, 동부로 보낸 병력을 이번에는 서부로 돌리는 명령을 내렸다.

우선 시베리아 제1군단을 이동시켰다.

"3월 2일에 현재의 지역을 출발하여, 이틀간의 행군으로 봉천 남쪽의 백탑포(白塔舖)에 도착하라."

이것은 크로파트킨의 명령으로서, 대병력을 거느린 시베리아 제1군단은, 봉천 회전 동안 서에서 동으로, 다시 동에서 서로, 줄곧 행군만 하다가 전투에는 끝내 참가하지 못했다. 군단장은 게른그로스 중장이었다. 그는 용맹하기로 유명한 사람이었으나, 아무런 역할도 하지 못했다.

도브로볼리스키라는 러시아 육군 대학의 교관은 후일 이렇게 기술했다.

"이 군단은 이 전쟁에서, 무력한 전략에 한없는 의심과 주저의 희생이 되었다."

봉천 회전은 정면으로 대적한 쌍방을 따져볼 때 과연 일본군이 우세했는지 의문이 간다. 오히려 반대인 경우가 많았다.

이를테면 크로파트킨의 쓸데없는 병력 이동으로 전멸의 위기를 모면한 일본군의 공격 부대가 무수히 많았다.

"기적의 3월 7일"

이런 말을, 중앙을 담당한 노즈군 사람들이 전쟁이 끝난 뒤 자주 화제에 올렸다.

"어째서 3월 7일에 러시아군이 사라졌을까?"

이것이 의문이었다.

만보산으로 대표되는 러시아군의 중후하고 강대한 방어선에 도전한 노즈군의 경우가 특히 그러했다.

"제10사단의 정예를 가지고 엿새 동안 육박했으나 끝내 그것을 공략하지 못하고 많은 희생을 냈다."

이것이 바로 그 전투이다.

유장둔(柳匠屯)도 만보산 방어선의 일환이었다.

이에 대해서는 이미 앞에서 설명한 일본군의 중포대 특히 28센티 유탄포가 맹렬한 포격을 가했으나, 러시아군의 진지 공사가 견고하여 깨뜨릴 수가 없었고, 적의 화력은 조금도 쇠퇴하지 않았던 것이다.

포격전이 사흘 동안 계속되었다.

사흘 후, 정석대로 보병이 포병의 화력으로 원호를 받으며 돌격을 감행했으나, 손실만 컸을 뿐 효과가 전혀 없었다. 다음날 4일에는 사단 전체가 허리가 부러진 것처럼 전투를 중단해야 하는 형편이었다.

이에 대해 연대(煙臺)의 총사령부는 전화통이 폭발할 것처럼 호통을 쳤다.

"왜 공격을 안하는 거야?"

노즈군 참모장 우에하라유사쿠(上原勇作)가 일단 전선을 정비하지 않으면 움직일 수가 없다고 대꾸했을 때, 총사령부의 전화 목소리가 바뀌었다. 고다마가 직접 전화기를 잡은 것이다.

"이봐, 노기가 기를 쓰고 전진하려 하고 있잖아. 어떻게 해서든 우회해서 봉천으로 나가려 한단 말이야. 봉천의 서쪽까지는 가까스로 도착했는데, 오늘부터 적이 무수히 증강되어 고전이 이만저만이 아니란 말이야. 노기가 봉천의 측면 배후를 찌르고 못 찌르고에 따라 이 작전의 승패가 결정되는 거라고. 노기의 짐을 덜어줘야지. 노즈군이 한 걸음 더 나서서 창을 깊이 찌르면, 그만큼 노기는 한 걸음 더 나갈 수가 있지 않은가. 그러기 위해서 노즈군이 큰 희생을 입어도 하는 수 없어. 노기가 봉천 서쪽에서 쓰러지면 봉천 회전은 끝장이라는 것을 알아야해. 노즈군만 살아 남아도 일본은 망하는 거고."

고다마의 전화로 노즈군의 제10사단은 다시 5일 새벽부터 적의 보루를 향해 강력한 대공격을 개시했다.

그 전투의 처절함을 일일이 묘사할 수는 없다. 제10사단 가운데 보병 제10연대와 보병 제40연대는 거의 연대 구실을 못할 정도로 궤멸했다.

단 하루의 공격에서 사상 100명이었고, 전방의 제8여단——여단장 오타니 소장——과 그 예하인 두 연대 사이에 몇 차례나 전령을 보냈으나 번번이 도중에 전사하는 판이어서, 결국 밤이 되자 퇴각하고 말았다.

6일은 공격을 쉬었다.

그런데 7일이 되자 적이 갑자기 침묵하고 만 것이다. 이해할 수 없는 일이지만, 크로파트킨의 명령에 의해서였다.

만보산 보루를 공격하는 제10사단의 보병 제20여단도 같은 상황이었다.

이 보병 제20여단은, 보병 제20연대와 제39연대로 구성되어 있었다. 이밖에 특과(特科) 부대로서 기병 제10연대, 포병 제10연대, 공병 제5대대, 병참 제10대대에 탄약 운반을 전담하는 1개 대대와 다리를 놓기 위한 병력을 별도로 가지고 있었다.

이들의 공격을 도와 중포 부대가 적의 보부에 포탄을 퍼부었다는 것은 앞에서 말했다.

"연이나, 적의 보루는 근세의 학리(學理)를 응용한 반영구적인 축성이며, 그것을 돕는 부방어물(副防禦物)은 아군 공병의 파괴 작업으로도 쉽게 진로를 열지 못할 정도이다.

당시의 기록문을 원문에 충실하게 옮긴 것이다. '근세의 학리' 따위의 표현은 과연 메이지 시대의 문장 감각이지만, 근대 문명에 대한 두려운 느낌이 이러한 표현을 쓰게 한 것이리라.

보병 공격을 몇 차례나 거듭했으나 번번이 격퇴당하고 말았다. 끝내 제20여단장인 이마하시(今橋) 소장도 쓰러지고, 3월 5일 새벽에도 거꾸로 러시아군의 대역습을 받아, 어떤 중대는 중사 1명과 사병 15명만 남는 큰 손실을 입었다.

5일 하루 동안에 입은 제10사단의 손실은 2,362명의 방대한 숫자였으며, 사단으로서의 힘은 반 가까이나 줄고, 살아 있는 장병도 며칠 동안의 불면과 피로로 일어서는 것조차 힘든 지경이었다.

만약 러시아군이 한 번만 더 역습했다면 제10사단은 전멸했으리라.

그런데 이 방면도 크로파트킨에 의해 살아났다.

7일 밤 러시아군은 천험(天阨)의 보루를 버리고 퇴각하고 만 것이다.

괴이한 일이었다.

만보산 보루 일대의 러시아군이 '근세의 학리를 응용한 반영구 축성'에 의해 보호되고 있었기 때문에 그 손실은 일본군의 반도 안 되었다. 그들은 충분한 힘을 가졌으면서도 퇴각했다. 그 원인은 크로파트킨의 신경과 사고의 혼란에 있었다. 그렇게 만든 것은, 무리를 해서 우회 북진을 감행하고 있던 노기군이었고, 노기군을 그렇게 행동하게 만든 것은 오야마와 고다마의 작전 계획이었다. 결국 그 수행력의 승리였다.

그 어느 쪽이든 크로파트킨은 잠시도 자신의 적극적인 창의력을 발휘할 겨를도 없이, 오야마와 고다마가 설정한 양동(陽動), 위장(僞裝), 함정에 고스란히 걸려 이리저리 끌려다니다 침몰했다.

전술과 전략이 오야마와 고다마의 경우처럼 그 효과를 훌륭히 발휘한 예도 드물지만, 이처럼 적의 전술에 희롱당한 장군도 크로파트킨을 제외하고는 그 예가 흔치 않다는 것은 그 이상으로 드문 일이다.

뛰어난 탁상 전술가였던 크로파트킨은 늘 전술의 요점인 공격을 생각했다. 그는 봉천 회전에 대해서 종이 위에서는 여러 차례 공격 계획을 세웠다. 그의 병력이 강대했기 때문에 만약 그것을 실천에 옮겼다면 일본측으로서는 무서운 결과가 되었을 테지만, 그가 실천가가 아니었던 것이 일본측에 행운을 안겨 주었다.

그의 공격 계획은 실천 단계에서 언제나 방어 계획으로 돌변했다. 일본군의 선제(先制)와 양동작전에 완전히 말려들었기 때문이었다. 결국 크로파트킨은 그 자신에게 패배하고 만 것이다.

그는 일본군의 병력이 러시아군보다 약소하다는 것을 알고 있었다.

나아가서, 요양이나 사하, 흑구대, 봉천 등의 회전을 거듭한 그이고 보면, 일본군의 작전 버릇을 알고 있을 법도 했다.

일본군은 공격이 맹렬하다. 그러나 예비대의 병력이 적고, 전개된 병력은 깊이와 두께가 없다.

만약 크로파트킨이 강대한 병력을 집중시켜 한 방면에 공격의 역점을 두고 강한 의지로 밀어붙였더라면, 좁고 길게 전개한 일본군을 깨뜨리는 것은 간단했을 것이다. 한 곳을 격파하고 뒤로 돌아서 포위 협공을 한다면 예비대가 적은 일본군은 전면적인 붕괴를 면하지 못했을 것이다.

이런 일본군의 고질적인 약점은, 이 전쟁의 처음부터 지휘를 맡은 크로파트킨이라면 알 만한 일이었다.

실제로 그는 "나는 일본군이 어떻다는 것을 알고 있소" 하고, 자기의 경험을 유럽 방면에서 부임해온 그리펜베르그 대장 앞에서 공언하고 과시했다.

그는 확실히 일본군에 대한 경험은 많았다. 그러나 그는 일본군의 장점만 경험했다.

그보다도, 그는 성격상 적의 단점을 얕잡아보기보다 장점을 겁내고 있었으니, 그런 점에서는 나쁜 경험을 쌓은 것이 된다.

장수(將帥)의 세계에서는 반드시 경험이 오래되었다고 훌륭한 장수라 할 수는 없다. 경험에는 나쁜 것과 좋은 것이 있다. 고금의 명장이 반드시 백전의 경험자가 아니라, 오히려 미숙하고 경험이 적은 자인 경우가 많다는 점을 따져본다면, 크로파트킨의 경험 과시가 얼마나 무의미한 것인지 알 수 있으리라.

그는 일본군이 포위 작전으로 나왔을 때 보통 사람의 상식으로 생각해 보았어야 했다.

"그런 엉터리 작전이 있을 수 있나?"

일본군의 인구와 국력에 비추어 만주에 있는 일본의 병력을 대략 산출해 낼 수 있었을 것이고, 그 일본군이 포위 작전을 시작하다니 지나치게 무리를 하는구나, 하고 간파했어야 옳았다.

전술의 원칙으로서 소부대가 대부대를 포위하는 것은 있을 수 없는 일이다.

하기야, 오야마와 고다마는 그 전술 원칙을 무시하고 강행했다.

크로파트킨이 만약 보통 사람이었으면 살필 수 있었으리라.

'오야마가 무리를 하는구나.'

그러나 전술의 원칙을 외고 있는 수재였기 때문에 그만 전문가의 상식에 사로잡히고 만 것이다.

"오야마가 포위 작전으로 나온 것을 보니 상당한 예비 부대를 은닉하고 있는 모양이다."

크로파트킨은 모든 수색과 첩보 기능을 동원하여 일본군 후방을 뒤졌으나 끝내 문제의 예비부대를 찾지 못했다.

"찾지는 못했지만, 틀림없이 예비부대가 있다."

그는 원칙에 얽매여 이렇게 말하면서 스스로 대공세를 삼가고 수세만 취했던 것이다.

이 작전 동안 오야마와 고다마의 마음은 늘 살얼음을 밟는 것 같았다.

두 사람은 모든 병력을 몽땅 전선에 내놓고 예비 부대를 비치하지 않는, 전술상 상식 밖의 일을 감행한 것이다. 다만 그들은 크로파트킨의 성격을 싸움을 거듭하는 동안 충분히 파악한 것 뿐이었다.

"그의 성격으로는 침착하게 이쪽의 약점을 살피려 하지 않고 눈 앞의 현상에 현혹되어 방어전으로 나올 것이다."

바로 이런 판단이었다. 이런 뜻에서 본다면 그들의 작전 계획은 도박이었다. 도박이 아니라 현실적인 계산이 있었다고 하면 크로파트킨의 성격에 대한 작전 계획이었다. 계산의 기초에 심리학적인 요소가 다분히 보태져 있었다.

아무튼 모험은 모험이었다.

소부대가 대부대를 포위한다는 것은 상식을 이만저만 벗어나는 일이 아니며, 작전이 실행되는 동안 그 파탄은 도처에서 나타났었다.

그 한 예가, 작전 후기에 노기군이 대(大)종대를 이루어 봉천 서쪽으로 진출하고 그 뒤를 오쿠군의 대종대가 따르는 단계에서, 우선 노기군 최좌익이 러시아군에 포위를 당할 뻔한 일이다.

위험하기 이를 데 없는 시점이었다.

만약 이때 일본군이 전쟁 초기 때처럼 기관총을 가지고 있지 않았더라면, 노기군은 좌익에서부터 붕괴하고 말았으리라.

이때의 위기를 구한 것은, 최고 사령부의 전술도 아니고 장병들의 용감성도 아니었다. 크로파트킨의 보병 30개 대대의 대기동군을 물리쳤던 것은 총신에 불이 날 정도로 총탄을 쏘아댄 대여섯 정의 기관총이었다.

일본군 기관총의 위력에 꺾인 것이라기보다는, 그 발사음에 놀라 역습을 단념하고 퇴각했다고 할 수 있다. 기관총에 대한 두려움이 양군의 뼈에 사무쳐 있었던 것이다.

어쨌든 오야마와 고다마가 진행한 봉천 포위 작전은, 일본군으로서는 부득이한 모험이었다손 치더라도, 위험하기 짝이 없는 일이었다.

위험했던 예를 하나 보자.

오쿠군은 노기군을 따르기 위해 북진을 계속하여 혼하(渾河)의 오른쪽 기슭까지 나왔다. 그러자 지금까지 서로 연대하여 작전을 벌여 온 노즈군과의 사이에 그만 너무 큰 간격이 벌어지고 말았다.

이 공백은, 러시아의 거대한 기병 수색대에 의해 마땅히 발견되었어야 했다. 그러나 러시아 기병은, 수색에서 만큼은 일본 기병보다 그 능력이 훨씬 모자랐다. 그것은 그 당시의 러시아 국민의 민도(民度)에 그 원인이 있었다고 전후에 분석된 바 있다.

하기야 그 공백을 러시아의 기병 수색대가 발견해서 크로파트킨에게 보고했다 해도, 탄력성이 약한 크로파트킨이 과연 그것을 기회로 인정하고 공세를 폈을지 의심스럽다.

오야마와 고다마가 펼친 모험적인 작전의 결점은 노즈군과 함께 중앙을 담당하는 구로키군에서도 나타났다.

구로키군은 동부 전선에 진출한 우익의 압록강군을 돕는 임무도 띠고 있었기 때문에 담당하는 지역이 넓어져서 전선에 배치된 병력은 자연히 실처럼 가늘었다.

이것을 크로파트킨이 공격했더라면 중대한 사태가 벌어졌을 것이다. 그러나 크로파트킨은 그렇게 하지 않고 노기군에만 정신이 팔려 있었다.

작전은 일본측의 압도적인 주도로 진행되고 있었다.

크로파트킨이 피동적으로 돌아서서 잇달아 전개되는 일본측 작전대로 우왕좌왕하는 꼴은, 마치 일본측이 그런 짓을 시키기 위해 아무 데서 고용해온 장군과도 같았다.

일본측은 포탄이 점차 줄어들기 시작했다.

포병 여단의 여단장도, 각 사단의 포병 연대장도, 잔고가 자꾸만 줄어드는 탄약의 양 때문에 애를 태우면서 사격을 지휘했다.

그런 반면, 보급이 풍부한 러시아군은 아낌없이 포탄을 소비했다.

대소 화포의 명중률에서는 일본 포병이 훨씬 우수한 반면, 소총의 사격 능력은 러시아 보병이 우수했다.

일본 포병이 사격을 잘 하는 것은 계산 능력이 뛰어난 민족의 특수성 때문이리라. 반면 러시아 포병의 계산 능력은 일반적으로 신통치 않았다.

일본 보병이 소총을 잘 못 쏘는 것도 민족적인 성격 때문인지 모른다. 소총 사격에는 계산 따위가 필요없다. 성질이 급한 사람은 대개 못 쏘기 마련이다.

척후를 포함한 전투 동작은 일본의 보병과 기병이 훨씬 뛰어났다. 특히 하사관을 장으로 하는 단위 부대의 활동은 러시아군이 크게 뒤떨어졌다.

러시아군은 언제나 장교라는 두뇌를 필요로 했지만, 일본군은 하사관과 사병도 이미 상황 판단의 능력을 갖추고 있었다.

그 이유는 일본인의 교육 수준이 압도적으로 높다는 점에 기인하지만, 사회의 성격 탓인지도 모른다.

일본의 서민 계급은 에도 시대부터 서로 경쟁심이 강해서 어느 정도 영리하지 않으면 살아남을 수 없다는 본연적인 감각이 발달했지만, 러시아의 서민은 아직도 조상대대의 농노제 관념이 강하게 남아 있어서 소위 인간은 하나의 노동력에 불과하다는, 환경이 낳은 일종의 백치성이 존재했다. 물론 소질에서의 백치성은 아니지만.

그래서 전장에 나와서도 스스로 사리를 판단할 줄 몰랐는데, 그 점이 러시아 육군의 결함이 되고 있었다.

이 점에 대한 예를 하나 든다.

노기군 사령부에 배속되었던 마루야마(丸山)라는 기병이 전장에서 정신을 잃고 쓰러졌다가 포로가 되어, 러시아의 수도 페테르스부르크로 압송되었다.

러시아 육군은 마루야마에게 갖가지 심문을 했다.

마루야마는 군기에 관한 대답은 피하고, 일본군의 고급 사령부 사정을 설명했다.

"장군의 행동과 막료의 집무 일반의 상황에 관하여"
라는, 흡사 학술 논문과 같은 답변을 한 것이다. 마루야마의 답변은 러시아뿐만 아니라 전 유럽의 군사학계를 놀라게 했다.

마루야마의 이 구술(口述)은, 훗날 독일의 군사 주보(軍事週報)에 '일본군 병사의 놀라운 고등 지식'이라는 제목으로 게재되었다.

이야기가 옆길로 샜지만, 일본군은 화력의 열세를 육탄으로 보충하는 도리밖에 없었고, 또 실제로 그것을 수행했으며 병사들도 그것을 감수했다.

적어도 러일전쟁의 단계에서만은, 군대의 질은 일본이 세계에서 제일이었으리라.

"노기군은, 더 나아가라."

연대 총사령부에서 노기군 사령부로 거는 전화는 막료들의 신경을 연일 두들겨대었다.

노기군은 비오듯 하는 총탄을 무릅쓰고 북진하고 있었다.

그러나 총사령부에서는 아직도 부족하다는 것이었다. 일찍이 이 작전이 개시되기 직전에, 총사령부의 작전주임 마쓰카와 대령에게 모욕적인 말을 들었다.

"노기군에는 큰 기대를 걸지 않고 있다."

이 봉천 작전의 승패는 결국 노기군의 북진의 성공 여하에 달려 있는 판이었다.

노기 마레스케의 운은 늘 그러했다.

여순 공략 작전도 육군 참모본부의 애초의 작전 계획에는 들어 있지 않았다. 여순 요새를 버려 두고 평야에서 결전을 한다는 것이 당초의 일본측 기본 방침이었다.

그런데 해군의 요청으로, 여순의 육상 공격안이 짜지게 된 것이다. 그래서 제3군이 편성되고, 마침 군사령관 감으로 조슈사람이 없었기 때문에 누군가 한 사람을 조슈 출신에서 골라야 했던 것이다.

결국 한직에 있던 노기 마레스케가 선임되었다.

그 여순이 러일전쟁을 통한 최대의 격전장이 되고, 여순에서의 승패가 일본의 존망을 좌우할 정도로 중대성을 띠게 되었던 것이다.

그런데 이번의 봉천 회전에서의 북방 우회 임무도 마찬가지였다.

처음에 연대(煙臺)에서 이 작전을 세우는 단계에서도 그렇게 생각했고, 편제도 그렇게 짰다.

"노기군은 적을 자극하기만 하면 되니까 큰 병력이나 화력은 필요없다."

그러나 막상 작전을 개시해 보니, 러시아군의 중앙 진지가 가당찮게 견고했다. 콘크리트와 언 땅은 일본군의 중포탄을 튕겨내었다.

중앙의 적진을 돌파하는 일은 노즈군이 맡고, 노즈군 우측의 구로키군은 그 우측의 압록강군의 이동에 협력하면서 중앙을 치고, 노즈군의 좌측 오쿠군은 그 좌측의 노기군의 이동에 협력하면서 역시 중앙을 공격한다는 작전이었다.

그런데 반영구적인 진지를 세운 러시아군의 중앙은 철벽과 같았다.

중앙 공격에만 전념하는 노즈군이 대화력을 가지고도 뚫지 못하고 제자리 걸음만 하고 있는 이상, 중앙 공격의 보조역인 구로키군과 오쿠군은 머지않아 숨이 끊어질 지경이었다.

형세는 총사령부의 당초 생각과는 상당히 차질이 생겼다.

"노기군이 머리를 내민다. 크로파트킨은 거기에 정신이 팔린다. 그 틈에 노즈와 오쿠와 구로키가 중앙 정면을 뚫는다."

이러한 예정이 실제 상황에서 다소 변형되었다. 중앙은 옴짝달싹 못하고 양동 작전을 맡은 노기군만 자꾸 북진하고 있었다. 이대로 가면 노기군은 버림받고 섬멸당할지 모른다.

그런데 일본측에 천운이 내렸다. 크로파트킨이 총수로서 기량이 모자랐던 것이다. 크로파트킨은 노기군을 일본군의 주력으로 오인했는지, 얼른 부서를 바꾸어 노기군을 상대로 러일의 결전 태세를 취한 것이다.

노기군은 백척간두에 놓이고 말았다. 만약 노기군이 진다면 봉천 회전은 일본측의 패배로 돌아가는 운명의 기로에 서게 된 것이다.

노기가 처한 이러한 극적인 입장이, 그를 오야마와 고다마를 제쳐놓고 러일전쟁의 상징적인 존재로 만들었다.

노기군의 북진은 점차 참담해졌다.

"총사령부가 잘못한 거야."

노기군의 참모 쓰노다 대위는 뇌까렸다.

총사령부의 최초 계획으로는, 노기군은 보조의 역할이 아닌가. 이 회전의 주역은 중앙을 돌파할 노기군이 아니었다. 중앙 돌파가 뜻대로 안된다고 해서 도중에 바뀌게 되었다.

"노즈군을 선두로 해서 오쿠군을 딸려보내 봉천을 서쪽으로 포위한다."

이젠 노기군이 주역이 되었다.

그런데 주역에 어울리는 병력도 주지 않은 채였다.

"러일의 상호 연익 작전(延翼作戰)"

나중에 이렇게 불리는 현상이 양군 사이에 벌어졌다.

노기군이 봉천을 향해 날개를 펼치고 포위 태세를 취하자, 러시아측은 그 이상의 병력으로 날개를 펼쳐 노기군의 길을 막았다. 이러 짓을 거듭하다 보니, 자칫하면 노기군은 한정없이 북으로 밀려갈 우려가 생겼다.

이미 노기군은 동쪽으로 봉천을 바라보고 있었다. 봉천을 눈 앞에 보면서도 그것에 들이칠 수가 없었던 것이다.

"노기군은 어째서 주춤하고 있는가. 아직도 봉천 뒤쪽의 철도를 차단하지 못하고 대관절 뭘 하고 있는 거야?"

고다마 겐타로(兒玉源太郎)가 직접 전화통을 잡고 질타하는 바람에, 전화를 받은 참모 가와이 중령은 억울해서 눈물을 흘리기까지 했다.

현상의 참혹함을 연대의 총사령부는 모르고 있다고 여겨졌다.

"봉천 후방의 철도를 차단하라."

총사령부는 간단하게 명령을 내리지만, 그건 탁상 계획일 뿐이고, 노기군의 눈 앞에는 러시아의 대군이 있었다. 더구나 그 병력이 점점 증강되고 있다. 그것을 격파하고 봉천 후방으로 나아가 철도를 차단하는 것은 전력을 기울여도 어려운 일이다.

그러나, 노기군 사령부는 총사령부의 독촉이 워낙 심하여 이렇게 결정하기에 이르렀다.

"아키야마를 시키자."

아키야마 요시후루의 부대는 기병을 주력으로 하고 보병과 포병까지 거느리는 혼성 군단이다.

기동력이 있고 전투력도 있었으나, 병력이 불과 3,000밖에 없었다. 3,000을 가지고 정면의 러시아군 10만을 뚫고 들어가는 것은 불가능한 일이었다.

그러나 노기군으로서는 형식만이라도 갖추지 않으면 안 된다. 고급 사령부의 명령에 대해, 성공의 전망이 없는 채로 형식만을 갖춘다는, 일본군이 일찍이 한 적이 없는 나쁜 사례가 여기서 생겼다.

'가라고 하면, 하는 수 없지.'

요시후루도 이렇게 생각했다.

그러나 아키야마 부대의 전투 전진도 지지부진했다. 그렇다고 노기군 주력과 동떨어져서 고군(孤軍)으로 돌출하여 적중에서 옥쇄(玉碎), 궤멸한다면 노기군 자체가 송두리째 붕괴할 염려가 있었다.

아무튼 전황은 연대 총사령부가 바라는 것처럼 돌아가지는 않았다.

요시후루는 군 명령과 현실을 현장에서 적당히 조절했다. 그는 무리한 진출을 하지 않고, 전진할 때마다 가능한 한 방어 공사를 하여 지형을 확보하면서, 착실히 적을 향해 접근했다.

퇴각

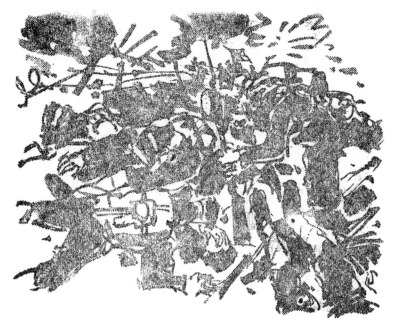

러시아군이 노기군(乃木軍)에 대해 본격적인 공세로 나온 것은 회전 8일째인 3월 6일 아침이었다.

이날 아침 7시 50분께 노기군은 대석교(大石橋)의 참담한 싸움을 경험하고, 노기군 참모의 형용을 빌리면, '후비(後備) 보병 제15여단의 일부는 봇물이 터진 것처럼' 궤란, 패주했다.

대석교를 다시 간신히 수습하자, 그 다음날 가나자와(金澤)의 제9사단은 팔가자(八家子) 부근에서 강대한 적을 만나 나아가지도 물러서지도 못하는 참상에 빠지고 말았다.

이 참상의 일례를 들면 산포(山砲) 제9연대의 일부는 진지를 바꾸는 도중에 러시아군 포병의 집중 포격을 받아 중대장 이하 장교는 깡그리 쓰러지고, 포차는 날아가고 포신은 부서지고 포수는 거의가 전사했다. 이 부대가 예정된 새 진지로 들어갔을 때는 겨우 포차 1문과 한 사람의 하사만 남아 있었을 뿐이었다.

그 하사는 혼자서 포를 진지에 설치하고는 제 손으로 포탄을 잰 다음 스스로 조준하여 맹렬한 사격을 개시했다. 그동안 눈 덮인 벌판 여기저기에 엎드려 피해를 피하고 있던 사단 전체의 보병들은 이 오직 1문밖에 남지않은 우군의 포성에 힘입어 감동하여 우는 자도 있었는데, 마침내 일제히 돌격을 개시하여 적의 거점 팔가자를 간신히 점령하는 장면도 있었다.

다시 3월 8일, 노기군의 제1사단을 정면으로 역습해 오는 러시아군은 마치 곤두서서 몰려오는 성난 파도 같았다. 러시아군은 노기군의 중앙 병단인 제1사단과 좌익의 제9사단에 공격의 중점을 돌렸다.

노기군이 크게 허물어져서 패주하기 시작한 것은 이 제1사단부터였다. 이토록 크게 무너진 것은 청일전쟁 이래 일본 육군에 있어서는 처음 있는 일이었으며, 그 후 오랫동안 세상에는 공표가 금지되어 있었다. 참모본부에서 편찬한 '러일전사(露日戰史)'에도 이 전략 국면에서의 대궤란에 대해서는 줄거리만 씌어 있을 뿐 상세한 묘사는 물론 실려 있지 않다.

노기군 참모 쓰노다 고레시게(津野田是重)가 실제로 본 정경을 그 자신의 문장으로 묘사하면 이러한 상황이었다.

"패병의 거의 전부는 총을 버렸고 칼도 없었으며, 어떤 자는 배낭도 모자도 없었다. 심한 경우에는 각반도 군화도 없는 맨발도 있었다. ……나는 미친 듯이 뛰면서 큰 소리로 질타하며, 퇴각 부대에 정지를 명령했으나 응하는 자가 하나도 없었다. 문득, 보병 제3연대의 특무 조장 하나가 내 옆으로 허둥지둥 퇴각해가는 것이 보였다. 당장 불러 세워 퇴각의 제지와 대오를 정돈하는 데 조력하라고 요구했으나 그는 머리의 부상을 구실로 응하지 않았다. 어느 정도인가 하고 머리의 붕대를 끌러 보니 경미한 찰과상에 불과했다. 내가 분연히 오른손에 들고 있던 군도의 등으로 그의 견갑골에 일격을 가하며 적어도 간부라는 자가 이 꼬락서니가 뭐냐고 호통치자, 겨우 제정신이 든 모양으로, 그는 거듭거듭 사죄하며 패병의 수용에 진력했다."

궤란 패주가 1개 사단이라는 대단위로 행해졌다는 것은 전례가 없는 일이었다.

일본 육군에서는 세이난 전쟁의 오사카(大阪) 진대(鎭臺)가 약병이었고, 그 후의 병제에 의한 오사카 제4사단이 가장 약하고 도쿄의 제1사단이 그 다음인 것으로 되어 있었는데, 러일전쟁에서는 제4사단은 문제가 없고 제1사단이 그런 꼴이 된 것이다.

그 원인은 무수히 있겠지만, 크로파트킨이 보병 72개 대대에 포 120문이라는 대병력을 가지고 노기군을 돌파하려 한 데 있었다. 이 공세 때문에 노기군 후방의 야전 병원까지 러시아 군의 포화로 불타고, 군사령부 참모까지 불 속에 뛰어들어 부상병을 구출하는 소동이 벌어졌으며, 다시 패주하는 병사들은 사단 참모가 뛰어다니면서 제지하기까지 했다.

노기군 제1사단의 궤란 패주라는 이 사실은, 러일전쟁에 있어서 일본군의 공격력이 종말에 이르렀음을 잘 보여주고 있다.

좀 더 상술한다.

궤란의 스타트를 끊은 것은 후비 보병 제1여단(도쿄)이었다. 여단장은 이미 노령의 소장으로, 이날 오른팔에 관통상을 입었으나 이를 참고 지휘하고 있었다. 이 여단은 후비 보병 제1연대(도쿄)와 후비 보병 제15연대(우쓰노미야)의 2개 사단으로 구성되어 있었고, '후비(後備)'라는 명칭이 가리키듯이 모두가 소집되어 나온 노병들뿐이었다.

이미 일본은 병력의 보충력을 잃어 가고 있었으며, 제1사단의 예비로 대기하고 있던 후비 보병 제14여단(아사히가와)은 하사관과 병사의 평균 연령이 45세인, 거의 전투에 견디어 낼 수 없을 정도의 노병 부대였다.

이 후비 보병 제1여단과 협동으로 작전을 벌인 보병 제2여단(도쿄)도, 명목은 현역 부대였으나 사실은 소집을 받아 나온 병사들이 많았고, 전쟁 초의 일본 보병이 보유했던 전력에 비해 무척 뒤떨어져 있었다 해도 과언이 아니다.

게다가 회전 10일째여서 병사의 피로는 한계에 달했고 그들의 동작이 둔해진 것은 비참할 정도였다.

그들은 7일, 8일 전투를 거듭했는데 보병 제2여단의 경우에는 8일 밤의 전투에서 병력이 4분의 1로 줄어들었다. 더욱이 그러한 상황에서 8일 밤 10시 30분, 사단으로부터 야습 명령이 내린 것이다.

협동하고 있는 후비 보병 제1여단에도 같은 명령이 내려졌다. 두 사단은 서로 전진하여 우간툰의 적진지를 향했는데, 후비 보병 제1여단쪽은 사병들의 체력이 다하여 야습에 박력을 잃은 데다 오히려 적의 역습을 받아 사상자가 속출하였다. 이에 제1사단 사령부는 상황이 더 악화되는 것을 우려하여 야습의 중지 명령을 내렸다.

그 후 잠시 쉬었다가 새벽의 어둠 속에서 공격을 재개했지만, 러시아군의 공세가 더욱 치열하여, 보병 제2여단의 두 연대는 극심한 손해를 입고 장교의 사상이 격증했다. 후비 보병 제1여단에서도 이 상황은 다르지 않았다.

그들을 통괄하는 제1사단장은 중장 이다 슌스케(飯田俊助)였고, 참모장은 대령 호시노 긴고(星野金吾)였다. 이다와 호시노는 제일선의 참상을 보고 "예비대를 내지 않을 수 없다"고 하여, 그것을 전진시켰다. 이 예비대가 평균 45세의 후비 보병 제14여단이었다.

이 평균 45세의 노병단은 완만한 전투 동작을 거듭하면서 우간툰의 적앞 300미터까지 접근했다.

그때 전선에 돌풍이 휘몰아쳐 누런 흙먼지가 시계(視界)를 가려 적과 아군을 구별할 수 없는 데다 지리에도 어두운 그들을 러시아군의 육탄 돌격이 덮친 것이다.

궤란의 첫 실마리는, 평균 45세의 노병단에서 시작된 모양이다. 순식간에 노병들로 이루어진 후비 보병 제1여단에 파급되어, 서로 풍진 속을 썰물처럼 달아났고, 적이 그것을 추격했다.

비교적 건병(健兵)이었던 보병 제2여단까지 이에 휘말려 들어갔다. 이 여단은 처음에는 간신히 지탱하고 있었지만 결국 무너지기 시작했다.

그후 사단장의 질타로 오후에야 간신히 후퇴를 중지하고 오후 4시 다시 적을 향해 출발했으나, 오후 5시에 또 다시 크게 흩어져 패주하기 시작했다. 똑같은 사태가 다시 되풀이되었다.

이 제1사단의 전선에서 일어난 일본군의 미증유의 대궤란——그것도 같은 날 두 번이나——이 전군 붕괴로 이어지는 것을 간신히 막은 것은 사단 참모장 호시노 대령 이하의 참모들이었다.

두 번째 패주 때 참모장 호시노는 사령부에서 뛰쳐나가 패병들을 질타했으나, 러시아의 추격군이 바로 눈앞에 다가와 있었기 때문에 모두들 정신이 없었다. 그는 직접 포병 진지로 달려가서 포병의 사격을 지휘했다.

전면은 끝없는 광야다. 차폐물(遮蔽物)도 없다. 일본군 보병의 약진법은 지형 지물을 이용하곤 해서 교묘했으나, 러시아 보병들은 서툴렀다. 그들은 온몸을 노출한 채 터벅터벅 밀려온다. 그것이 구름처럼 땅을 덮는 엄청난 숫자다. 풍진이 땅을 휩쓸고, 하늘로 말려올라가 그 누런 소용돌이가 러시아군의 모습을 겨우 감추어 줄 정도였다.

호시노 대령은 뛰어난 참모장은 아니었다. 그러나 사단 사령부 전방 천 미터까지 다가온 러시아 보병의 대군에 대해서는 이제 작전이고 뭐고 없었다. 포신을 물어뜯을 듯한 기세로 포병들을 질타하는 수밖에 없었다.

포마다 황급히 조준을 수정했다.

포신을 수평으로 내려 포수들은 명령을 기다릴 새도 없이 눈앞의 적병에게 마구 포탄을 퍼붓고, 다시 탄을 재어 방아쇠 끈을 당기는 분주한 작업을 되풀이했다.

쾅, 하는 발사음과 포탄의 폭발음이 동시에 일어났다. 포탄은 모조리 명중했다. 황진 속에 발사 연기와 폭발 연기가 뒤섞이며 불꽃이 튀고 쇳조각이 날고 피보라가 소용돌이쳐서 처참한 정경을 이루었다.

한편 군사령부에서 제1사단 사령부에 파견되어 있던 쓰노다 참모도 기관총 진지로 달려갔다.

이 무렵의 일본군 기관총은 계가식(繫駕式)의 거창한 것이었다. 포차가 달려 있고 총알을 막는 방패판도 붙어 있었다. 구경은 소총과 같았다.

"기관포는 뭘하고 있나?"

쓰노다는 군도를 허리에 차고 뛰어다니면서 외쳤으나, 지휘관도 당황하여 어쩔 줄을 모른다. 쓰노다는 자기가 직접 지휘하는 수밖에 없다는 생각에 군도를 뽑아들고 호령했다.

참모에게는 지휘권이 없다.

쓰노다의 행위는 나중에 다소 문제가 되었다.

그러나, 이때는 사단 사령부를 전멸에서 구한 것이다.

쓰노다는 먼저 사격을 제지하는 호령을 내리고, 이어서 적이 500미터로 접근했을 때 방아쇠를 계속 당겨둔 채 체사(薙射)를 명령했다.

체사라는 용어는 당시의 기관총 조작법에는 없었다. 쓰노다 자신의 수기에 보면 이런 호령을 내렸다고 한다.

"모조리 베어 버려라!"

이 '베어 버려'로 러시아군은 문자 그대로 베어져서 전군이 처음으로 엎드려 자세를 취한 채 움직이지 않게 되었다. 만일 그들이 일본군이었다면 다시 일어나 돌격했을 것이다. 그러나 러시아군은 이것에 공격의 한계를 느끼고 퇴각했다.

북진하는 노기군의 전투는 날이 거듭될수록 참상을 드러내고 있었다. 이 군에는 이제 지난날의 일본군의 영웅적이고 늠름한 모습은 그림자를 감추기 시작한 것이다.

그 이유의 하나는 노기군 사령부의 작전이 서툰 데에도 있을 것이다. 사단과 사단의 간격이 너무 넓어 때로는 그 거리가 40킬로에 이르고 저마다 고립되어 있었다. 그 빈틈을 걸음이 빠른 기병들이 열심히 메우려고 광야를 뛰어다녔으나 그 활동에도 한계가 있었다.

요컨대 노기군은 병력이 적은 데다 전술 지역이 광대하여 각 전투 단위는 저마다 분리된 상태로 나아가지 않을 수 없었다.

더욱이 총사령부로부터는 끊임없이 질책의 전화밖에 걸려 오지 않았다.

"노기군은 뭘하고 있나?"

이 질책 대신 증원 부대를 파견해야 옳은 일인데, 총사령부로서는 보유 병력을 거의 한도껏 풀어 놓고 있었기 때문에 이 이상 노기군에 군대를 할애해 줄 여력이 없었다. 봉천 회전 때 일본측 작전이 아슬아슬했던 것은 이 점에 있었다.

노기군의 참담한 상태는 제1사단에 그치지 않았다. 노기군의 우익에 있던 후비 보병 여단의 일부는 궤란 패주하여 연대 기수까지 달아났으며 한 젊은 소위는 달아날 곳을 몰라 노기군 사령부에 뛰어들기까지 했다. 이때 여단장 스스로 퇴각을 제지하려고 큰 칼을 뽑아 들고 패주를 막으려 했다. 그래도 제지하지 못해, 사단장이 "항명하느냐?" 하고 미친 듯이 병사를 벤 적도 있었다. 지휘관에게는 부하에 대한 생사여탈권이 주어져 있다. 그러나 사실상 지휘관이 달아나는 사병을 베는 것은 거의 없는 일이고, 하물며 소장인 여단장 스스로가 칼을 뽑아 사병을 베는 사례는 없었다. 그러나 잇달아 노기군에게 닥친 상황은 지휘관을 그 지경까지 미치게 한 것이다.

노기군을 뒤따르고 있던 오쿠군의 상황도 크게 다를 바가 없었다. 일찍이 여순 때 노기의 고급 부관으로 있었던 요시오카 유아이(吉岡友愛) 중령은 보병 제33연대(나고야)의 연대장으로 있었는데, 3월 7일 러시아군에게 겹겹이 포위되어 요시오카 이하 연대가 전멸했는데 이때 사병들은 흩어지지 않고 시체가 모두 전진 또는 사격 자세를 취하고 있었다.

또 3월 9일, 북릉(北陵)을 야습하려던 노기군의 보병 제26연대(아사히가와)는 거꾸로 1개 사단의 대군에게 포위되어 마침내 연대장 무라카미 마사미치(村上正路) 대령은 부상하여 졸도하고, 그를 포함한 많은 사람들이 사로잡히고 말았다. 이 연대는 연일 거의 잠을 자지 못하고 전진과 전투를 계속하여 피로가 극에 달해 있었다. 그렇기는 하나, 일본군이 전투중 고급 장교를 포함한 대량의 포로를 낸 것도 이 전쟁이 시작된 이래 처음 있는 일이었다.

이미 실정은 노기군의 졸렬한 작전에 책임을 돌릴 일이 아니었다. 일본군의 예기(銳氣)가 이쯤에서 한계에 도달해 있었다고 보아야 할 것이었다.

한편, 일본군 특히 노기군으로 봐서 참렬한 봉천 회전 후반에, 러시아군은 아직도 여력이 남아 있었다.

3월 6일에 러시아군은 거의 모든 전선에서 극히 무난한 전투를 계속했다.

이날의 러시아군——주로 제1군——의 전투 상황은 대략 다음과 같다.

레넨캄프 지대(支隊)는 용왕묘(龍王廟)를 중심으로 한 장대한 진지를 일본군에 공격당했는데 이를 막아낸다.

다만 그 예하(隸下)인 츠마노프 소장만은 후퇴하는 버릇이 있어, 그가 이끄는 부대는 일본군의 맹공에 견디지 못해 이날 유일한 퇴각의 예가 되었다. 이에 대하여 러시아의 제1군 사령관은 이 방면이 취약함을 걱정하여, 특히 군참모장 하르케비치 중장을 전선에 보내 츠마노프 소장을 지휘하게 하고 다시 이 방면의 여러 부대에 대한 지휘를 통일함으로써 일단 뚫린 구멍을 몇 시간 후에는 막았을 뿐 아니라, 유장둔(柳匠屯) 방면으로 전진하고 있던 일본군을 완전히 제압했다.

러시아측 제3군 방면도 도처에서 일본군을 막았고, 제2군에 이르러서는 적극 공세로 나와 노기군에게 대석교(大石橋)의 참혹한 전투를 경험하게 했다.

혼하(渾河) 좌안에서도 이 방면을 지키는 쿠즈네초프 대령의 부대는 전날 밤 몇 차례에 걸친 일본군의 맹습을 모조리 격퇴했고, 그 밖의 전선에 걸쳐 러시아군의 전선은 견고했다.

다만 봉천에 있는 총사령관 크로파트킨만은 신경이 예민했다.

"신민둔(新民屯)에서 봉천 방면의 일본군은 강대하다."

그는 여러 보고에 입각하여 이렇게 보고 있었다.

노기군을 말하는 것이었다. 노기군의 전투 행군이 너무나 거세어, 그는 그

수를 실제보다 두 배 이상으로 판단하고 있었다.

다만 7일 해질녘까지는 크로파트킨도 자기 군의 방어력이 강인하다는 데 자신감을 갖고 있었으며, 노기군에 대한 심리적 압박감도 약간 가벼워진 모양이었다.

그런데 7일 밤에 들어온 급보가 그를 다시 크게 동요시켰다.

"봉천 북방 20킬로 지점에 일본군 약 6,000진출."

뜻밖의 소식이었다.

이 보고의 실태는 아키야마 요시후루(秋山好吉)의 지대 3,000을 말하는 것이다.

요시후루는 북방에 돌출해 있었다. 그러나 사실은 강대한 러시아군을 상대로 적극적인 전진을 단행하지 못하고 있었다. 그는 공세 자세를 취하면서, 전진 진지를 방어적으로 굳히는 데 신경을 쓰고 있었다.

그러나 크로파트킨의 신경은 그렇게 느끼지 않았다. 크게 동요한 그는 생각했다.

"철도 선로를 차단당할 것이다."

사실 요시후루의 의도는 그러했고, 연대(煙臺)에 있는 일본군 총사령부의 작전도 거기에 있었다.

다만 러시아군의 중후한 벽 앞에서 어쩌지 못하고 주춤해 있는 형편이었다.

"철도를 차단당하면 전군이 궁지에 빠질지도 모른다."

오야마(大山), 고다마(兒玉)가 노린 이 작전을 크로파트킨도 공포심을 가지고 상상했고, '일본군은 아마도 그것을 실현할 것'이라고 생각했다.

그러나 그것은 크로파트킨의 환각에 지나지 않았다.

크로파트킨은 스스로 환각을 만들어 혼자서 날뛰는 사람이었다. 믿기 어려운 일이지만, 그는 이날 밤 이길 수 있는 형세인데도 제1군과 제3군에게 명령했다.

"혼하의 선까지 후퇴하라."

러일전쟁을 통한 최대의 수수께끼가 이때부터 시작된다.

"후퇴"

크로파트킨의 이 명령이 얼마나 현실과 맞지 않는 것이었는지는, 그 명령을 받은 제1군 사령관 르네비치 대장과 제3군 사령관 빌리텔링 대장의 반응을 보아도 알 수 있다.

후퇴는 조금만이다. 혼하까지다. 그러나 현실의 상황은 일본군을 도처에서 격퇴하며 계속 저지하고 있다.

"왜 후퇴하는가?"

빌리텔링 대장은 전령 장교에게 끈질기게 물었으나, 전령 장교는 다만 '북방에 위협이 있다'고 대답할 뿐 까닭을 설명하지 않았다. 빌리텔링 대장은 온화한 성품이었다.

"크로파트킨 각하가 생각하고 계시는 이유를 나는 잘 이해할 수 없다. 명령에 반항하는 것은 아니지만, 하다못해 2, 3일이라도 이 현장에서 싸울 수 있도록, 자네가 간곡히 부탁드려 주지 않겠는가?"

이렇게 우스꽝스럽게도 애걸하는 형편이었다.

빌리텔링 대장은 이치를 따지며 전령 장교를 설득하려 했다.

"그야 봉천 북방에 일본군 6,000명(아키야마 지대)이 나타났을지도 몰라. 그러나 그 정도 병력이라면, 크로파트킨 각하가 갖고 계시는 총예비대와 지금 유럽 러시아에서 오고 있는 저격병 제3여단을 그리로 돌리면 능히 격퇴할 수 있지 않는가? 각하께 꼭 그렇게 하시도록, 자네가 중간에서 잘 말씀드려 주게."

이렇게 간곡히 부탁했으니, 기묘한 광경이랄 수밖에 없었다.

전령 장교는 돌아가서 크로파트킨에게 제3군 사령관의 의향을 전했다. 그러나 크로파트킨은 물러서지 않았다. 그는 다시 전령 장교를 보내 제3군 사령관에게 후퇴를 실행하도록 독촉했다.

"귀관이 말하는 것은 이치에 맞는 듯이 생각되나 최선의 방법은 아니다. 봉천 북방의 위협은 우리를 중대한 곤경에 몰아넣을 것이다. 이에 대처하는 방법으로는, 잠시 혼하의 선까지 물러섰다가 거기서 방어하는 수밖에 없다. 방어 뒤에 기회를 보아 다시 반격하여 적을 격멸하는 것이 상책이다."

이것이 그 이유였다. 이 조치가 나중에 크로파트킨이 면직당하는 이유가 되지만, 그것이 얼마나 부당한 것이었는지는 제1군 사령관 르네비치 대장과 제2군 사령관 카울리발스 대장도 후퇴를 반대하는 의견을 크로파트킨에게 전한 것을 보아도 알 수 있다.

"재고를 바람."

특히 르네비치 대장은, 서열은 크로파트킨 다음이나 용기는 크로파트킨보다 앞서 있었다.

그는 일본군의 공격력이 드디어 한계에 와 있다는 것을 피부로 느끼고 있었다. 이에 반해 러시아군은 유럽 러시아에서 속속 신예 병력이 도착하고 있었다. 지금이야말로 반격의 호기라고 생각했고, 나아가서는 크로파트킨이 말하는 '일시 후퇴한 다음 공세'라는 것은 말의 표현에 지나지 않는다는 것을 알고 있었다. 얼마 안 되는 거리라도 이 시기에 후퇴한다면 그에 의한 사기의 저하는 예측할 수 없다고 르네비치는 보고 있었으며, 실제로 그가 얼마나 분개했는지는 너무나 화가 나서 모자를 내동댕이치며 큰 소리로 외친 것을 보아도 알 수 있다.

"지금부터는 크로파트킨의 지휘에서 벗어나 멀리 조선으로 쳐들어간다."

봉천 회전은 10여 일에 걸쳐 계속되었다.

그동안 전황은 아무리 객관적으로 보아도 어느 쪽이 이기고 있는지 도무지 판단할 수가 없었다.

일본군은 막무가내로 공격을 계속했고, 러시아군은 오로지 방어전에만 전념했다. 그 방어전은 일부 전선을 제외하고는 대부분 성공하고 있었다. 방어전의 성공 예를 덧셈으로 계산한다면 러시아군 쪽이 우세했다고 할 수 있을 것이다. 만약 다른 관찰법을 사용하여 전투 자세의 과감성이라는 점에 중점을 둔다면 일본군이 우세하다고 할 수 있을는지 모른다.

그러나 3월 8일에 이르러 형세에 변화가 나타났다.

"혼하 선까지 후퇴하라."

크로파트킨의 명령이 러시아군의 모든 전선에 변화를 주었다.

동요가 일어났다. 다만 이날은 그래도 질서 있는 동요였다고 할 수 있다. 명령의 이유가 '전선의 정비와 노기군에 대해 더 강력한 타격을 가하기 위해서'라는 것이었고, 전투를 그만두는 것이 아니었기 때문이다. 전선의 장성들은 이 조치에 모두 불만이었으나, 크로파트킨의 안(案)에 의하면 제어 단계에서 일본군에 맹반격을 취한다는 것이었기 때문에 이른바 적극적 후퇴라고도 해석할 수 있다. 후퇴는 정연히 이루어졌다.

이를테면 러시아 제1군은 이날 일본군의 방해를 조금도 받지 않고 후퇴하여, 저녁 때부터 밤에 걸쳐 예정한 대로 혼하 오른쪽 기슭으로 옮겼다. 일본군이 이를 방해할 수 없었던 것은 후퇴를 엄호하는 러시아군 전면의 포화가 맹렬한 데다 러시아군을 추격하여 붕괴시킬 만한 전력을 갖고 있지 않았기 때문이었다.

러시아의 제3군도 이날 아침에 후퇴를 완료했는데, 이 방면에서도 일본군의 다급한 추격을 받는 일은 전혀 없었다.

여기까지는 크로파트킨의 전술이 성공했다고 할 수 있을 것이다. 그가 큰 소리친 것처럼 전선을 긴축하여 나머지 병력을 노기군 쪽으로 돌린다면, 이미 공세력이 뻗을 대로 뻗어버린 노기군을 전멸시킬 수도 있었다.

그러나 크로파트킨은 지력(智力)으로 전술을 생각하기보다 성격으로 전술을 생각하는 인물이었다. 그는 후방에 지나치게 위기를 느끼고 있었다.

"철도에 위기가 닥쳐오고 있다. 우리 철도는 만주군 유일의 후방 연락선이며, 이 위기를 경시하는 것은 전쟁 그 자체를 불가능하게 만드는 것이다."

이렇게 생각한 그는 퇴로와 자기 군의 보급로를 스스로 끊고 건곤 일척의 대승부를 겨룰 만한 장군이 아니었다.

그가 말하는 '후방 연락선인 철도'에 계속 위협을 주고 있는 것은 노기군에 임시로 편입된 아키야마 요시후루의 지대(支隊)였다. 이 지대의 실세력을 그가 알았더라면, 이토록 큰 규모의 작전 변경은 하지 않았을 것이다.

그는 이 철도 방어를 위해 제1군과 제3군에서 많은 병력을 뽑아 제8군단장 무이로프 중장에게 지휘를 맡겼다. 이 때문에 전선의 병력이 엄청나게 줄어들었다.

"노기와 오쿠를 쫓아 버려라. 그러기 위해 봉천 서쪽에 병력을 집중한다."

크로파트킨의 이러한 작전은 아무리 생각해 보아도 졸렬하달 수밖에 없다. 일본측의 작전에 놀아났다고는 하지만, 그는 마치 미친 듯이 전선에서 병력을 뽑아내어 그가 상상한 '위험 장소'에 마구 내보내고, 이 때문에 회전 초기의 방어선에 안정성을 매우 많이 잃어버렸다.

되돌아보건대 회전 초기의 러시아군 병력과 배치를 생각하면 과하다고 여겨질 만했다.

그 병력에 대해 러일 양국을 각 블록마다 비교해 보면 다음과 같다.

1. 르네비치 대장의 제1군은 구로키(黑木)군과 맞서고 있다. 구로키군은 르네비치군에 비해 보병은 3분의 2, 기병은 3분의 1, 포병은 3분의 2에 지나지 않는다.
2. 빌리텔링 대장의 제3군은 노즈군과 맞서고 있다. 노즈군은 빌리텔링군에 비해 보병은 3분의 1, 포병은 3분의 2에 지나지 않는다.
3. 카울리발스 대장의 제2군은 오쿠군과 맞서고 있다. 오쿠군은 카울리발스군에 비해 보병에 있어서는 3분의 1이 조금 넘고, 포병은 2분의 1에 약간 못 미친다.

그야말로 거인과 어린 아이가 맞붙어서 씨름을 하고 있는 것과 같았다. 다만 어린 아이 쪽이 자기의 조그마한 손(오른쪽은 압록강군, 왼쪽은 노기군)을 교묘히 사용하여 온갖 씨름수를 발휘해 보인 점만이 러시아군과 다르다. 봉천 회전에 관한 한 작전 계획이라는 고도의 두뇌 작업은 일본측에만 존재하고 러시아측에는 전혀 없었다고 할 수 있다. 크로파트킨의 어리석음은 세계 전사상 그 유례를 찾기 힘들 정도였다.

아무튼, 3월 8일에 단행한 크로파트킨의 전술적 후퇴——혼하 부근의 제2선에서의 재방비——와 병력의 배치 변경 덕분에 노기군을 제외한 일본군은 정면으로 맞붙었던 씨름의 괴로움에서 크게 해방되었다.

이 '해방'에 관한 몇 가지 중요한 예를 들면, 압록강군은 마군단(馬群丹) 부근에 발이 묶여 있었는데, 7일 밤의 러시아군 후퇴로 그곳에 진출할 수 있었고, 러시아군의 사하(沙河) 진지 목전에서 옴짝달싹 못하고 있던 구로키, 노즈군은 7일 밤에서 8일 아침에 걸쳐 전면의 적이 썰물처럼 물러가기 시작하는 것을 보고 추격 태세에 들어갔다.

다시 오쿠군 가운데 이관보(李官堡)의 러시아 진지를 공격하고 있던 부대는 러시아군에 포위되어 전멸의 위기 속에서도 여전히 후퇴하지 않고 끈질긴 전투를 계속하고 있었는데, 8일 아침 러시아군이 뜻밖에도 포위를 풀고 떠났기 때문에, 오쿠군 가운데 제3사단(나고야)은 즉각 추격으로 옮겨 봉천을 향해 직격(直擊) 운동을 개시했다.

아무튼 일본측의 뛰어난 작전과 운영에 크로파트킨의 작전 오류까지 더하여 3월 7, 8일의 전황에 결정적인 변화를 가져왔다고 해도 무방하다.

3월 8일, 일본군은 전군에 용수철이라도 달린 것처럼 도약하고 추격했다.

회전의 막이 드디어 내리려고 하는 이튿날 9일 아침, 야릇한 기상 현상이 만주 벌판을 휘덮어 이 회전을 더한층 극적인 것으로 만들었다.

"대풍진(大風塵)이 일어나다."

이러한 뜻의 표현이 모든 전투 보고와 기록에 나온다.

구로키군의 근위 사단에 속하는 후방 근무의 일등 군의(군의 대위) 기타하라 노부아키(北原信明)의 구술을 받아적은 저서 '러일의 전쟁서'의 표현을 옮겨 본다.

"아침 9시께——정확하게는 오전 11시쯤——였을까, 정말 무시무시한 바람이 불어와 책(기록류)에도 이때의 일이 나와 있듯이 열풍이 흙먼지의 소용돌이를 일으켜 지척을 가릴 수 없었지. 그야말로 한 치 앞이 보이지 않더군. 옛날 아오야마(青山) 연병장에서 일어난 회오리바람이나 진배없었지. 더욱이 그게 남풍이라서 이쪽은 등에 진 바람이었어. 적도 이쪽을 도무지 보지 못해 그 때문에 포차건 뭐건 다 바로 그 진지——러시아군 진지——옆을 통과할 수 있었단 말이야. 혼하도 얼어붙었더군. 우린 혼하니 어쩌니 해도 대단한 강도 아니구나, 하면서 건너갔는데, 며칠 후에 강물이 한꺼번에 녹으니, 거짓말 같은 얘기지만 스미다 강(隅田川) 정도나 되는 강이 되더란 말야. 놀랐어. 하지만 그때는 그 강도 얼어 있었지. 남풍인 데다가 열풍 속이라 아군이 그——러시아군의——진지 바로 옆에서 강 위를 통과하고 있는데도 적의 눈에는 도무지 보이지 않았어. 그 덕분에 유유히 그 진지를 돌파했지. 아군으로서는 신풍(神風)이라고도 할 수 있는 바람이었지만, 러시아로 봐서는 이게 패인(敗因)이 된 거야. ……강의 얼음이 녹아 버리고 날씨도 좋았더라면 적의 눈에 띄고 말았겠지. 그랬으면 절대로 통과할 수 없었을 거야."

글 가운데 이 대풍진이 일본군으로 봐서 신풍(神風)이었다고 씌어 있는데, 어느 국면에 있어서는 사실이었다. 그러나 노기군의 전선에 있던 후비 보병 여단의 경우는 러시아군이 이 풍진을 이용하여 일대 공세를 취했기 때문에, 노기군은 지휘관의 모습도 옆에 있는 병사도 보이지 않아, 모두 따로따로 흩어져서 커다란 공포에 휩싸여 저마다 도망쳐 버린 예도 있었고, 또 기타하라 일등 군의는 '러시아로 봐서는 이게 패인이 되었다'고 말했지만, 거꾸로 말한다면 크로파트킨의 후퇴전에는 자연적인 연막이 되어 후퇴를 쉽게 만들었다고도 할 수 있다. 적어도 일본 포병은 모처럼의 좋은 목표를 잃어버려 그동안 거의 사격을 할 수 없었다. 광풍은 일몰까지 계속되었다.

또 구로키군에 속하는 한 보병 중위였던 다몬 지로(多門二郎)의 문장에는 이렇게 기록되었다.

"우리 포병이 사격을 시작할 무렵부터 바람이 불기 시작했다. 이 바람은 더없이 기묘해서 불기 시작하자마자 참으로 맹렬한 데다, 황진(黃塵)이 자욱하게 끼어 지척을 분간할 수 없는 광경을 빚었다. 계속된 맑은 날씨로 눈은 아예 없고 토지는 마를 대로 말라서……바람을 향해서는 얼굴을 들지도 못하고, 소리도 얼굴을 맞대지 않고는 들리지 않는다고 해도 과언이 아니었다. ……러시아군을 위해서는 신풍이라고나 할까."

이 광풍과 황진이 천지를 어둡게 만들기 전, 새벽부터 러시아군의 총퇴각이 시작되고 있었다.

이날 아침, 보병 중위 다몬 지로는 그 총퇴각의 장관이라고 할 만한 광경을 목격했다.

다몬들은 추격을 하느라고 전날 밤에는 한잠도 자지 못하고 행군을 계속했다. 그가 소속한 부대는 구로키군의 전위였기 때문에 러시아군에 가장 근접해 있었을 것이다.

오전 6시에 육가자(六家子)라는 부락에 도착하여 날이 새자마자 간밤 이래 처음으로 휴식을 취했다. 아침 식사를 하기 위해서였다. 취사 담당 병사들만 돌아다니고, 다른 병사들은 그 추위 속에서도 밭에 쓰러지거나 길바닥에 넘어져 송장처럼 잠들었다.

다몬 중위는 약간 높은 곳에 올라가 전방의 혼하 왼쪽 기슭을 바라보다가 평생 잊을 수 없는 광경을 보았다.

'운하(雲霞) 같은 대군'이라고 형용할 수밖에 없는 러시아의 대군이 후퇴하고 있었던 것이다. 후퇴군이 땅을 뒤덮고 움직이는데, 그 움직임이 지평선 끝까지 이어져서 어떤 대종대(大縱隊)는 동쪽으로 향하고 어떤 대종대는 서쪽으로 향하여 마치 소용돌이를 이루고 있어서 어느 것이 선두이고 어느 것이 후미인지 분간할 수 없을 정도로 기이한 광경이었다.

전술의 상식으로서 일본군은 마땅히 추격했어야 했다. 그러나 병사는 피로하고, 여기까지 도달한 것이 전투 체력의 한계인 데다 전위 부대의 병력은 적고 포병은 아직 도착하지 않고 있었다. 요컨대 어쩔 도리가 없었다.

이때, 다몬 중위가 실제로 느끼기에는 추격이라는 생각은 한순간도 떠오르지 않았다. 그보다는 동물적 공포심이라고밖에 할 수 없는 충격. 만일 이 대군이 반대로 우리 쪽을 향해 역습해 온다면 일본군은 어떻게 되겠는가, 하는 생각만이 온몸을 사로잡고 말았다.

전위 사령관도 이 광경을 보았다. 그도 추격이라는 말을 하지 않았다. 그는 다음과 같은 방침을 취했다.

"전방 혼하까지는 기껏해야 4킬로이다. 지금은 함부로 전진할 때가 아니니, 본대의 도착을 기다렸다가 행동을 생각한다."

그 후 이 전위 부대는 5시간동안 이 부락에 눌러앉아 피로의 회복과 후속 부대가 도착하기를 기다리는 데 시간을 소비해 버렸다.

그동안 일본군은 침묵을 계속했다. 이를테면 오전 10시에는 기다리던 포병도 모두 도착했는데 한 발의 포탄도 쏘지 않았다. 만일 쏘아서 그들을 자극하면 저 대군이 땅을 휘덮고 역습해 올지 모르고, 그렇게 되면 이 근처는 평지여서 가릴 지형지물이 드물다. 틀림없이 전위는 전멸할 것이다.

이 부대가 추격 행동을 개시한 것은 오전 11시였다. 행동을 일으키자마자 그 광풍이 사납게 불기 시작하고 천지가 어두워지더니 퇴각군과 추격군을 모조리 휩싸며, 피아의 소재를 감추어 버린 이 회전의 괴이한 최종 무대를 연출해 버리고 만 것이다.

이 광풍이 천지에 소용돌이친 3월 9일, 크로파트킨은 총사령부에서 여느 때와 같이 정각 12시에 점심 식사를 했다.

바람이 유리창을 뒤흔들고, 모래와 돌멩이가 벽과 유리를 때려 흡사 소총탄의 연사(連射)를 받는 것 같았고, 건물의 모든 틈새에서 황진이 스며들어 순식간에 식탁에는 먼지가 쌓이고, 우스꽝스럽게도 식사 중인 막료들의 얼굴은 노란 분을 바른 것처럼 되어 버렸다.

크로파트킨은 허겁지겁 나이프와 포크를 움직였다. 황진이 탁상의 요리를 더럽히기 전에 뱃속에 쑤셔넣어야 했으며, 특히 상체를 구부리는 자세를 취한 것은 스며드는 황진으로부터 조금이라도 접시의 음식물을 지키고 싶었기 때문이었다.

'참으로 저주스럽구나'

그가 이렇게 생각한 것은 만주라는 토지에 대해서였다. 황제 측근의 책모가들이 '만주야말로 동양에서 젖과 꿀이 흐르는 땅입니다' 하며 황제에게 계속 속삭이고, 다시 압록강 삼림 지대의 재목과 조선 남해안의 항구가 러시아에 얼마나 큰 행복을 가져다 줄지를 가르쳐서 금세기 초에 최대 규모의 침략을 개시했을 때, 크로파트킨은 개화주의자 비테와 함께 성급한 무력 침략이 결코 러시아에 행복을 가져다주지는 않을 거라고 주장했다. 당시 크로파트킨은 일본의 전력을 아주 경시해서, 설혹 일본과 싸운다 하더라도 갑주의 소매로 한번 슬쩍 스치기만 해도 분쇄할 수 있다고 생각하고 있었다. 그러나 대병력을 극동으로 보냄으로써 유럽에서의 다른 열강과 러시아 육군의 비중이 무너질 것을 극도로 두려워했다. 크로파트킨은 러시아에 있어서 아시아파가 아니라 유럽파였다. 그 크로파트킨이 정략가로서 자신이 바라지 않던 이 극동의 싸움터에 나와 군인으로서 싸우지 않을 수 없는 운명 속에 서 있었던 것이다.

더욱이 싸움은 항상 그가 생각하는 대로 진행되지는 않았다. 그는 그 죄를 이 만주라는 기분 나쁜 토지에 전가하려고 했다.

'이 황진만 해도 그렇다.'

그는 이렇게 생각했다.

또 하나는, 그가 가장 기대했던 만주의 혹한기가 러시아군에 그다지 큰 이익을 주지 않았다는 것이다. 러시아군은 겨울에 강하여 나폴레옹에게도 엄한이라는 기상 조건을 이용하여 이겼다. 따뜻한 나라에서 자란 일본군은 아마도 만주의 혹독한 겨울을 견디지 못할 것이라고 생각했는데, 현실의 일본군은 러시아군조차 몸을 떨 정도의 추위 속을 빈약한 방한구를 몸에 걸치고 산야에서 예사로 기거하며 공격해 왔던 것이다. 원숭이에게는 추위라는 감각이 없는 것일까?

아무튼 이 9일의 대풍진 속에서 크로파트킨의 신경을 움켜쥐고 있던 것은, 염전(厭戰)이라고도 할 수 있는 일종의 쓸쓸한 기분이었다. 그는 이미 7일에 혼하 선까지 얼마 안 되지만 후퇴 명령을 내리고 있었다.

그런데 대풍진이 일던 9일, 전황에 하등의 불리한 요소도 발생되지 않았다.

"차라리 철령(鐵嶺)까지 총퇴각해 버리자."

그런데 이런 결심에 이른 것은 그의 성격과 정신에서 병리적인 이유를 발견하는 것 외에 상식으로서는 도저히 생각할 수 없는 일이었다.

크로파트킨은 이 9일의 점심 식사를 마친 뒤, 총참모장 사하로프 중장에게 물었다.

"나는 오히려 철령까지 후퇴하는 편이 낫다고 생각하는데, 자네 의견은 어떤가?"

철령은 봉천 북방 70킬로에 있는 현성(縣城)으로, 당대(唐代)에 창건되었다는 팔각 십삼 층의 원통사(圓通寺) 백탑이 상업 도시의 상징처럼 되어 있고, 러시아가 철도를 부설하고부터는 러시아군의 군사 기지의 하나가 되어 있었다.

그리고 러시아군을 생각하는 데 있어서 중요한 것은, 러일전쟁이 발발할 경우 예상되는 봉천 결전에서 만약 지면, 북쪽으로 후퇴할 때, 그 후퇴전을 용이하게 하기 위해 후퇴 원호용의 반영구적인 진지를 구축해 두었다는 것이다.

철령은 좁은 고장이다.

이 근처의 지형은 산지와 요하(遼河)로 형성되어 있고, 북방으로의 퇴각군은 철령을 통과할 때 좁은 길을 지나지 않으면 안 된다. 추격군도 좁은 길을 지난다. 이 좁은 길에 강력한 진지를 구축해 둠으로써 한때 추격군을 막고 주력의 북방 후퇴를 용이하게 할 수 있게 되는 셈인데, 러시아군의 전략 사상이 어떤 것이었는지 이 한 가지로도 알 수 있을 것이다.

'한때 추격군을 막는다.'

그러나 그 공사는 견고하고 규모가 커서 작년 5월 초에 착공하여 6월 하순에 제1기 공사를 끝내고, 다시 9월 7일부터 11월 상순까지 제2기 공사를 마쳤다. 그 규모는 능히 2개 군단을 수용할 수 있었고, 만일 이것을 공격한다면 상식적으로는 10만 병력을 필요로 하는 것이었다.

"철령으로 후퇴하는 것입니까?"

온화하고 개처럼 충실한 성격의 사하로프 총참모장도 차마 크로파트킨의 기분 변화에는 따라갈 수 없다는 느낌이었다. 혼하 부근의 진지에서 일본군을 저지하기 위해 전 러시아군을 움직여서 우왕좌왕하게 만든 것이 바로 어제가 아닌가? 혼하에도 강력한 방어선이 미리 구축되어 있었다. 여기서 일본군과 결전한다는 것은, 아직도 결전의 결의를 버리지 않고 있다는 것을 충분히 증명하는 것인데, 봉천에서 70킬로나 더 북쪽인 철령으로 물러난다면, 요컨대 봉천을 버리고 달아나는 것이 된다.

"그 이유는"

크로파트킨이 입을 열었다.

병력과 재료의 소모가 심해졌다는 것이 이유 중의 하나였다. 그러나 전쟁인 이상 그만한 소모는 당연한 것이다. 일본군도 마찬가지로 중상을 입어서 오직 투지만으로 러시아를 몰아세우려 하고 있을 뿐이며, 머지않아 그 공격력도 한계에 달할 것이 틀림없었다. 그러나 크로파트킨은 공포 체질의 인간에게 흔히 있는 안전주의자였으며, 적의 소모는 어떻든 자기 군이 그의 정신을 안정시킬 만한 병력과 재료를 구비하고 있어야만 했다.

두 번째 이유는, 봉천 북쪽과 서쪽에 접근하고 있는 노기군에 대해 과대한 조치를 해버렸기 때문에 봉천 정면의 방어력이 약해져서, 언제 일본군에게 돌파당할지 모른다는 위험을 느끼기 시작한 것이다. 이 위험은 크로파트킨 스스로 작전을 변경함으로써 생긴 것이며, 작전자인 그 자신이 마땅히 이것을 속으로 예상한 상태에서 지켜보아야 할 일인데도, 부서 변경이 끝나자마자 당황하기 시작한 것이다.

'아무래도 위험하다.'

놀라운 장군이었다.

"그렇기 때문에"

크로파트킨은 앞의 두 가지 이유로 후퇴를 정당화하고 관료적 군인이 반드시 하는 관료적 분식(粉飾)을 이에 시도했다.

"북방으로 후퇴함으로써 일본군과의 거리를 크게 벌리고, 그 지점에서 혼란된 군대——그의 빈번한 작전 수정과 변경으로 혼란이 생긴 것인데———를 정비한 다음, 유럽 러시아에서 오는 신예 병력의 증원을 기다렸다가 이미 풍부해진 일본군에 대한 지식과 경험을 살리면서 새로운 공세 작전을 세운다."

크로파트킨은 그의 총사령부에서 어디까지나 전제적 존재로, 사하로프 중장 이하 참모들이 있기는 했으나 다분히 부관적 존재였으며 때로는 전령 장교에 지나지 않을 때도 있었다. 사하로프는 러시아적 관례에 따라 굳이 반론하지 않고 크로파트킨의 기분과 새 방침에 동조했다. 이때의 사하로프 심경이 어땠는지는 짐작도 가지 않는다. 하기야 짐작할 필요도 없을만큼 그는 크로파트킨에게 밀착되어 있었다. 그는 러시아 육군 제일가는 실력자인 크로파트킨에게만 밀착해 있으면 군인으로서의 장래는 걱정없다는 생각을 갖고 있었고, 그것으로 일어날지도 모르는 국가의 붕괴 따위는 거의——관료적 군인은 다 그렇지만——의식하지 않고 있었다.

사하로프는 즉각 철령으로의 후퇴 작전을 짰다. 명령이 전선의 세 군사령관에게 내려진 것은 오후 7시 15분이다. 풍진은 이미 멎어 있었다.

"각 군은 철령으로 후퇴하여 그곳의 개설 진지에 들어가라."

"제3군은 일몰과 더불어 혼하 부근의 진지에서 철수하여, 봉천성에 들어가지 말고 봉천─철령 가도를 따라 후퇴하라."

"제2군은 제3군이 혼하 부근 진지를 철수할 때까지 적을 막고, 다시 서쪽에서 압박하는 적(노기군)에 대해 제3군의 후퇴를 엄호하면서 철도를 따라 후퇴하라."

"제1군은 복릉(福陵) 부근의 진지에 있는 군단으로 제3군 호위의 혼하 진지 철수를 엄호하고, 그런 다음 전군은 영반(營盤), 무순(撫順), 복릉의 선에서 철령에 이르는 도로를 엄호하면서 후퇴하라."

이하 각 군이 이용할 도로를 지시하여 되도록 혼잡을 줄이려고 했다.

크로파트킨이 그래도 역시 불안했던 것은, 그의 옆구리와 등을 찌르려 하고 있는 노기군의 위협이었다. 이 위협은 회전에 대한 크로파트킨 자신의 원안──일본군에는 무서운 작전 계획이었다──을 변경하게 한 동기가 된 것인데, 노기군으로부터의 위협에 그는 마지막까지 사로잡혀 있었다. 이 명령이 전선에 내려진 2시간 후에 크로파트킨은 노기군을 밀어내기 위한 병력──주로 제2군──에 다시 그가 비장의 부대로 소중히 하고 있는 총예비대인 무이로프 혼성 군단과 그레코프 기병 지대(騎兵支隊)를 추가했다. 노기군과 아키야마(秋山) 지대가 봉천 회전의 마지막에 비참한 싸움을 하게 된 것은 이 때문이다.

이상의 면밀한 계획으로 크로파트킨은 정연한 후퇴를 해 보일 참이었다.

"일본군도 지칠 대로 지쳐 있을 것이다."

이러한 계산도 있었다.

확실히 일본군은 크로파트킨이 상상한 이상으로 지쳐 있었을 뿐 아니라, 이 회전 때문에 비축해 두었던 포탄은 이제 거의 바닥이 드러나고 있었다.

연대(煙臺)에 있는 오야마, 고다마 등은 이날 설마 크로파트킨이 봉천에서 아득히 먼 북방의 철령까지 달아날 결의를 한 줄은 몰랐다.

어느 전선도 아교풀로 굳혀 놓은 듯이 교착되어 있어, 작전에서 러시아군에게 이긴다는 자신감 아래 그토록 정밀하게 짠 계획도 현실면에서는 조금도 진척되지 않고 있었다. 이대로 가다가는 마치 장기에서 말하는 손을 턴 상태가 되어 공격측인 일본군 자신이 공세 자세를 갖춘 채 붕괴해 버릴 위험까지 생겼다.

특히 좌익에 봉천을 향해 우회하고 있는 노기군이 아무래도 약했다. 노기군의 전위는 우세한 적 때문에 궤란과 후퇴를 거듭하고 있는 상황으로 "제3군을 멀리 북방으로 돌게 하여 봉천의 측면과 배후를 찌르게 한다"는, 총사령부가 입안 당초 가장 자신 있어 했던 계획의 바로 그 부분에서 와해해 버릴지도 몰랐다.

"노기 각하도 딱한 양반이군."

총사령부에서는 증오와 함께 날마다 이렇게 계속 수군거렸고, 젊은 참모들까지 여순에서의 실수까지 싸잡아 욕을 하곤 했다.

"제3군의 막료들은 언제까지 서투른 싸움을 하고 있을 참인가?"

총사령부의 막료들은 아무도 노기 마레스케(乃木希典)가 나중에 러일전쟁의 공적을 한 몸에 지닐 만큼 상징적인 존재가 되리라고는 꿈에도 생각지 못하고 있었다.

총참모장 고다마 겐타로는, 9일 저녁 때 마쓰카와 도시타네(松川敏胤)를 붙들고 물었다.

"이대로 예정된 작전을 계속해도 되는가?"

예정된 작전으로는 노기가 서쪽에서 봉천으로 뛰어들게 되어 있었으나, 지금 실정으로는 도저히 그것을 바랄 수 없게 되었다. 그보다 중앙에 위치하고 있는 제4군인 노즈군을 맹진시켜, 노즈군과 노기군이 서로 합쳐지면서 봉천 북방으로 나아가 크로파트킨의 퇴로를 위협하는 편이 좋지 않을까, 하고 고다마는 생각한 것이다.

"각하께서도 그렇게 생각하셨습니까?"

마쓰카와의 혈색 나쁜 얼굴에 보기 드문 화색이 돈 것은, 그도 그렇게 생각하고 있었기 때문이었다. 마쓰카와라는 사람은 상당한 자신가이기는 했으나, 직감력에 있어서는 고다마 쪽이 훨씬 뛰어나다고 생각하고 있었다.

그는 자신의 생각을 그런 고다마의 직감력이 보증해 준 것이 기뻤던 것이다.

'이건 되겠는걸.'

마쓰카와는 지도를 펴놓은 테이블로 고다마를 데리고 가서 새로운 배치안을 간결하게 설명했다. 이 두 사람 사이에는 늘 그렇듯 장황한 설명이 필요치 않았다.

일본군의 공격 부서는 크게 변경되었다.

"제4군은 신속히 봉천 북방으로 진출하라."

제4군 사령관 노즈 미치쓰라(野津道貫)가 이 전화 명령을 받은 것은 10일 오전 3시 30분이었다.

노즈는 즉각 각 사단에 새로운 방침을 시달했다.

이보다 한 시간 늦게 제1군 사령관 구로키 다메모토(黑木爲楨)도 새로운 명령을 받았다.

"대체적인 상황은 이렇습니다."

총사령부의 마쓰카와 대령은 제1군 참모장 후지이 시게타(藤井茂太) 소장을 전화로 불러내어 말했다.

"노기군은 최근 며칠 동안 전황이 지지부진할 뿐 아니라 그 좌익은 자주 적의 역습을 받고 고전하는 상태입니다. 그래서 총사령부로서는 노즈군을 끌어내어 봉천 북방으로 진출시킬 작정을 하고 있습니다."

"흠, 노기군과 교체시킬 작정인가?"

후지이 소장이 반문했다. 그는 재자(才子)형의 작전가로 성격도 약간 경솔한 데가 있어서 그만 마쓰카와를 비웃는 어조가 되었다.

"아닙니다. 노기군과 합칩니다."

마쓰카와는 투박한 센다이(仙臺) 사투리로 대답했다.

"합친다. 그것 괜찮겠군."

"후지이 각하, 각하의 감상을 듣자는 것이 아닙니다. 이야기를 계속 들어 주십시오."

"듣고 있어."

후지이가 대답했다.

"노즈군이 빠져 버리면 공백이 생깁니다. 특히 노즈군 우익이 훤히 비어서, 그곳을 적에게 찔리지 않는다고 장담할 수 없습니다. 그러니까 각하

——구로키군——쪽에서는 노즈군 우익을 엄호하고 아울러 북방으로부터의 위협을 경계하면서 수시로 봉천 방면의 새로운 전황에 대응할 수 있는 태세를 취해 주시기 바랍니다."

"알았네. 그런데 우리 쪽의 각 사단은 그전 방침에 따라 추격중이라서, 그것을 멈추게 하거나 옆으로 돌게 하는 데는 상당한 시간이 걸릴 거야."

이렇게 말하고 후지이는 전화를 끊었다.

'명령 전달에 상당한 시간이 걸린다.'

후지이가 말한 대로, 그가 새로운 방침에 의한 군 명령을 써서 구로키의 허가를 얻은 것은 같은 10일 오전 5시 30분이었으나, 전개중인 각 사단에 그것이 도달한 것은 무척 늦은 시간이었다. 이를테면, 멀리 혼하 오른쪽 기슭 방면에 적진지를 공격중인 제12사단(구로메)에 도달한 것은 오후 1시가 지나서인데, 이 사단이 마침 소고가만(小高家灣)의 고지에 있는 러시아군을 격멸하여 혼하 오른쪽 기슭으로 막 진출했을 때였다.

근위 사단은 비교적 빨리 전달받았으나, 지시된 방면으로 전진(轉進)함에 있어서 먼저 신둔(新屯) 동남 고지의 러시아군을 공격하여 이 고지를 빼앗았다. 그런데 이 고지 위에 올라가 보니 눈 아래 러시아군의 대종대(大縱隊)가 봉천·철령을 향해 후퇴 중이었으므로 즉각 야포를 끌어올려 맹렬한 사격을 퍼부었다. 이 때문에 러시아군의 말은 뛰고, 포차는 날고, 병사는 사방으로 흩어져 달아나는 대혼란을 일으켰다.

"봉천 북방으로 진출하라."

명령을 받은 노즈군의 추격은 무시무시한 것이었다.

노즈군에는 일본군 최대의 병력과 화력이 주어져 있었던만큼 적에 대한 타격력이 큰 데다 노기군처럼 처음부터 작전을 명령받지 않고 중앙에서 적을 압박하는 역할뿐이었다는 이유도 있어서, 병사의 피로도 노기군에 비하면 다소 적은 편이었다.

아무튼, 강대한 적에게 계속 압박당하고 있는 노기군 옆을 신예 노즈군이 모래먼지를 일으키면서 뛰어든 것 같은 상황이었다.

특히 노즈군 가운데 제6사단이 노기군에 가장 근접한 지역으로 전진했다.

제6사단은 구마모토(熊本)에 사단 사령부를 두고, 구마모토, 오이타(大分), 미야코노조(都城), 가고시마(鹿兒島)를 위수지(衛戍地)로 하는 남규슈인의 부대로, 일본 최강이라 일컬어지고 있었다.

중장 오쿠보 하루노(大久保春野)가 사단장이고, 대령 고지마 야지로(兒島八二郎)가 참모장이며, 각 연대장은 개전 이래 부상과 전사가 잇달아서 변천이 심했다.

이 사단은 연일 사하보(沙河堡)와 한성보(漢城堡)를 공격하여 3월 7일에 간신히 이를 빼앗은 다음 추격전에 들어가서, 9일 밤에는 장병이 한숨도 자지 못하고 심야에 혼하를 건너 오른쪽 기슭의 적진지를 야습하고 10일 새벽을 맞이했다.

10일 아침, 모가둔(毛家屯) 북방의 고지에 진출한 제6사단의 전위 부대 병사들이 정상에 달려 올라갔을 때, 참으로 경탄스러운 광경을 목격했다.

눈 아래 봉천성이 보였다.

성 밖 북동에 청조(淸朝)의 태조를 모신 동릉(東陵)의 솔밭이 있고, 다시 성 밖 북쪽에는 태종을 모신 북릉(北陵)의 솔밭이 가없는 황토 속에 짙은 군청색 물감을 부어놓은 것처럼 웅크리고 있었다. 그야말로 직례 평야(直隷平野)라고 일컬어질 만한 아름다운 풍경이었으나, 그 대지의 주인인 청국인들로 봐서는 귀찮기 짝이 없게도 그들과 아무런 인연도 없는 두 이민족이 이 풍경을 무대로 사투를 거듭하고 있었던 것이다.

그 광경을 제6사단 병사들은 러시아군의 시체가 흩어져 있는 정상에서 바라보았다. 이윽고 사단장 오쿠보가 도착했다. 오쿠보는 쌍안경을 들고 그 평원을 바라보았다. 평원의 중앙을 철로가 북으로 달리고, 그 아득히 먼 서쪽에서 러시아군과 노기군이 포연과 모래먼지를 일으키며 사투하고 있는 모습이 또렷하게 보였다. 더욱이 노기군의 패색이 짙어 이대로 가면 붕괴는 시간 문제인 것 같았다.

"노기 장군도 고생하시는군."

오쿠보가 중얼거렸는데, 평소에 말이 없는 사람인만큼 묘하게 유머러스하게 들렸다. 아마도 그의 사단이 노기군을 곤경에서 구하게 될 것이었다.

그런데 이상한 것은 러시아군의 움직임이 두 가지로 나누어져 있다는 것이었다. 한쪽 대군은 서쪽에서 노기군과 격투하고 있는데, 다른 대군은 긴 종대를 이루어 철도 선로를 따라 북쪽으로 정연하게 후퇴하고 있는 것이었다. 첫눈에도 노기군과 싸우고 있는 러시아군의 주력의 후퇴를 원호하기 위한 것임을 알 수 있었다.

제6사단은 결국 봉천에 제일 먼저 들어갔다.

이 사단은 불과 1개 사단의 병력을 가지고 후퇴하는 러시아군의 주력에 도전하기 위해, 먼저 병력의 절반은 왼쪽으로 선회하여 북으로 달아나는 러시아군 종대의 머리를 치고, 나머지 절반은 철도 선로를 향해 돌진했다.

이 사단은 하루종일 이 작전으로 싸워 이튿날 11일 저녁때는 봉천을 장악함으로써 퇴로를 잃은 러시아군 가운데 1만여 명이 이 사단에 투항했다.

봉천 작전의 승패는 10일 밤에 결정되었다.

이날 밤 러시아군의 후위 군단이 후퇴를 개시했는데, 이미 일본군의 포위 작전이 활발해져서 먼저 후퇴한 여러 전위 군단처럼 정연하게 되지는 않았다.

"제진십리(蹄塵十里), 광야는 온통 러시아군으로 뒤덮였다."

일본군의 한 장교가 표현한 것처럼, 철령 가도와 철도 선로, 이와 병행하는 도로라는 도로는 모두 러시아군 인마와 포차로 가득 차서 그 혼잡이 이루 말할 수 없을 정도였다.

이에 대해 일본군의 모든 화포가 아래를 내려다보며 예화탄(曳火彈)을 쏘아 댔다. 목표도 거리도 잴 필요가 없이, 대지를 향해 쏘기만 하면 반드시 명중하는 상황에서, 무수한 포탄이 적의 포차를 부수고 인마를 공중에 날려 보냈다. 이 때문에 러시아군은 궤란을 거듭하여 탄약차, 수송차, 위생차, 취사차가 파괴되면서 도로를 막았고, 마침내 군대 질서가 문란해져서 달아나는 자, 집단 투항하는 자, 혹은 대혼란의 소용돌이를 이루면서 허둥대던 집단이 한꺼번에 시체의 산더미로 변하는 등 러시아 전사상 유례없는 패전을 기록했다.

이 10일 밤의 전투만으로도 러시아군의 투항자는 2만 명이 넘었다. 그들 자신이 깨닫지 못했는지는 모르지만, 이 패전은 그들의 전투 방식에 기인한 것이 아니라, 그들이 크로파트킨에게 버림을 받았다고 보는 것이 옳을 것이다.

일본군은 계속 추격하여 철령에 들어가려던 크로파트킨의 결심에 다시 변화를 일으켰고, 16일 오전 0시께에는 센다이의 제2사단이 철령 성내에 들어갔으며, 다시 우메자와(梅澤)여단이 철령 정거장에 돌입했다.

이어 19일 개원성(開原城)을 점령하고, 22일에는 창도성(昌圖城)에 입성했으며, 같은 날 북진해 온 노기군은 법고문성(法庫門城)을 손에 넣었다.

크로파트킨과 그 주력은 멀리 공주령(公主嶺)까지 달아나지 않을 수 없었는데, 일본군에는 벌써 신예의 예비 병력이 없고, 포탄의 저장고도 바닥나 버렸기 때문에 이를 추격하여 전멸시킬 수는 없었다.

"만일 일본군에 아키야마 지대 같은 기병을 주력으로 하는 혼성 병단이 둘만 더 있었더라도 크로파트킨을 추격하여 그를 사로잡을 수도 있었을 것이다."

이 회전을 지휘한 총사령부 참모들 사이에서는 이런 말이 이따금 오고 갔는데, 추격이 철령(鐵嶺) 부근에서 멈추지 않을 수 없었던 것은 일본 육군의 한계라기보다 국가적 체력의 한계라고 해야 했다.

이 회전에서는 일본군 사상자도 많아서 5만명이 넘었다.

러시아군의 손실은 후퇴할 때 가장 심했다. 포로 3만여 명을 포함하여 손실이 16, 7만 명에 이르러 일본군의 4배를 헤아렸다.

"철령의 선으로 후퇴하여 군대를 정비하라."

이것은 이른바 적극적 후퇴 방침을 취한 크로파트킨의 작전은 유럽의 군대와 싸울 경우에는 충분히 통용되었다. 그러나 일본군은 피로와 손실을 거듭하면서도 맹공 자세를 늦추지 않고 끈질기게 쫓아가 공격했기 때문에, 러시아군은 전사상의 상식을 훨씬 넘는 손실을 입었다.

러시아군의 손실 16, 7만을 보충하려면 시베리아 철도의 병력 수송 능력을 하루 2,000명으로 잡고 100일이 필요하므로, 만일 러시아군이 다시 결전을 벌이고자 하더라도 그만한 기간 동안 계속 폐색 상태에 있지 않으면 안 되었다.

과연 이 봉천 회전은 일본군으로 봐서 승리였을까?

그리고 싸움에서 '이긴다'는 것은 어떤 것을 기준으로 성립되는 것일까?

일본측 총사령관 오야마 이와오(大山巖)는 이 세계 전사(世界戰史)가 시작된 이래 가장 큰 규모의 대회전을 일으키면서, 2월 20일 각군의 수뇌를 연대(煙臺)의 총사령부에 모아 이 회전의 주제를 다음과 같이 규정하고 훈시했다.

"다가오는 회전에 러일전쟁의 결과가 달려 있다. 여기에 모든 전투의 승패를 건다."

러일전쟁 자체를 이 일전으로 마무리 지어 버리고 싶다는 것이었다. 아울러 이 당시의 군대 용어에는 그 후의 일본군처럼 '적을 섬멸'한다든가, 맹공, 맹격 따위의 작문적인 형용 과잉의 수사법은 일절 사용되지 않았다. 오야마는 화가가 필요 불가결한 선을, 이를테면 겨우 한 가닥만 긋고 무한한 양감(量感)을 나타내려고 하듯이, 이 담담한 실질적 표현 속에 일본의 운명이라는 형용할 수 없을 만큼 큰 것을 담은 것이다.

그는 이어 금주(金州), 남산(南山)의 싸움 이래 몇 번이나 러시아군 주력과 회전을 거듭한 끝에 결국은 러시아군의 진지를 빼앗은 것에 지나지 않는 이 싸움의 실상을 통렬히 반성하며 훈시하고 있다.

"전략 목표는 적의 누호(壘壕)가 아니라, 적의 야전군에 있다."

지금까지의 경험으로 보면, 일본군이 참렬한 싸움 끝에 간신히 러시아군의 '누호'를 빼앗으면, 러시아군은 서슴없이 달아나 더 북쪽의 누호에서 기다리고 있는 식이었다. 확실히 일본군은 이겨 왔다. 그러나 그 승리는 전략적 관점에서 보는 '승리'라는 필요충분조건을 구비하고 있지 않았고, 말하자면 숨바꼭질을 되풀이하는 한 국력이 빈약한 일본측으로서는 결국 군사적 체력을 소모하여 최종적으로는 대패를 당하게 될 우려가 컸다. 오야마 훈시의 이 대목은 그것을 날카롭게 지적한 것이다.

"적의 야전군 그 자체를 쳐야 한다."

아울러 이 경우에도 격멸이니 섬멸이니 하는 과장 표현은 쓰지 않고 있다. 그러면서도 사실은 크로파트킨의 군대를 박살내는 것 외에 러일전쟁의 승리는 있을 수 없다고 호통치고 있는 것이다.

그러나 이 목적은 결과적으로는 끝내 달성할 수 없었다. 러시아군은 큰 손실을 입었다고는 하지만, 충분한 전력을 남긴 주력이 철령으로 달아났다가 다시 그 북방으로 달아나는 과거의 예를 이때도 되풀이했을 뿐이다.

오야마는 계속해서 말한다.

"견고한 진지를 정면으로 공격하지 말고, 기동 진출하여 적의 배후에서 공격하라."

이 역할을 노기군이 맡았다. 그러나 노기군은 적의 배후를 계속 위협했을 뿐이지 실제로는 배후로 나가지 못한 채 공세가 좌절되어 적의 주력으로 하여금 유유히 북방으로 달아나게 하고 말았다. 요컨대 일본측은(유성광저(流星光底) 하에 장사(長蛇)를 놓친 셈)──일본의 유명한 시에 나오는 말────이다. 이에 대해 노기 마레스케는 개선 후 조정에 나아가 자기가 담당한 싸움에 대한 복명서를 제출했을 때 이렇게 솔직히 전략 목적을 충분히 달성하지 못한 것을 인정했다.

"……봉천 부근의 회전에서는 공격력의 결핍으로 말미암아 퇴로 차단의 임무를 다하지 못했음."

승리에 대한 판단 기준의 하나로, 그 군대가 작전 목적을 달성할 수 있었느냐 없었느냐 하는 것이 있다. 이것을 척도로 한다면, 이 회전에서 일본측은 지지는 않았으나 이겼다고 하기도 어렵다. 왜냐하면, 앞에서 말한 오야마의 작전 목적은 달성되지 않았고, 3월 9일의 대풍진 속에서 주력 결전은 사그라지듯 소멸되어 버렸기 때문이다. 풍진 다음날인 10일 및 그 이후의 추격전에서도, 노기가 복명서에 썼듯이 '공격력의 결핍'으로 일본군 전반이 미미한 에너지를 발휘하는 데 그쳤다.

다시 승리의 몇 가지 척도 가운데, 적의 작전 기도를 분쇄했느냐 하는 것도 들어갈 수 있다. 이 점에서는 일본군은 크로파트킨의 작전 기도를 모조리 분쇄했다. 그런 뜻에서 봉천 대전은 일본군의 대승리가 되는 셈인데, 그러나 이 척도를 사용함에 있어 다만 한 가지 꺼림칙한 것은, 크로파트킨이 호언장담한 하얼빈 결전이라는 전략 방침은 분쇄하지 못했다는 점이다.

크로파트킨은 금주, 남산 이래 연전 연패하여 북으로 북으로 전진(轉陣)해갔다. 이것으로 크로파트킨은 패배라고도 할 수 있으나 관점을 바꾸어 말하면, 크로파트킨으로서는 러시아의 전통적 작전인 "후퇴로 적에게 전력을 소모시키면서 최종 단계──이 경우에는 하얼빈 결전──에서 최후의 승리를 차지한다"고 말할 수도 있다. 사실 오야마와 고다마는 크로파트킨의 이 '전략'을 두려워했다. 그 때문에 봉천 대전에서는 적을 섬멸한다는 의도로 임했으나, 현실적으로는 적의 주력을 놓쳐 크로파트킨의 그 '전략'을 뿌리째 뒤집지 못했다. 그런 뜻에서는 크로파트킨을 좇는 데 지나지 않았으며 이겼다고 하기는 어렵다.

봉천 회전에 의한 러시아군의 손실이 커서, 그것을 회복하는 시간으로 100일이 필요하다는 말은 이미 했다.

일본군의 손실은 러시아군보다 가벼웠다. 그러나 회복 능력이 낮아 만약 100일 후에 다시 결전이 벌어진다면, 일본군의 전력은 봉천 회전 때보다 훨씬 떨어졌을 것이다.

승리에 대한 또 하나의 척도가 있다.

'적의 잔디를 밟는 편이 승리'

이에 대해서는 이미 말했다. 일본 전국시대(戰國時代)의 기준인 이것을 척도로 삼는다면, 봉천 회전은 일본군의 완전 무결한 승리가 된다. 그러나 문명 대 문명의 결전이라고 해야 할 근대전에서는, 보급 능력이 싸움의 운명을 가름하는 최대의 요소이기 때문에 고슈(甲州)땅을 밟은 오다군(織田軍)이 다케다 가쓰요리(武田勝賴)군을 이겼다는 식으로는 되지 않는다.

봉천 회전에서 일본군이 과연 이겼느냐 하는 문제에 대해서는 유럽의 전문가들 사이에서도 상당한 논의가 있었다.

봉천 회전의 결과에 대해 가장 불만을 갖고 앞날의 위험을 느낀 것은 총사령관 오야마 이와오와 총참모장 고다마 겐타로였다. 이 두 사람만은 승리의 공허한 이름에 취하지 않았다.

"이쯤에서 끝내야 해."

고다마는 싸움이 우세한 가운데 끝난 어느 날 마쓰카와 도시타네의 얼굴을 들여다보면서 소곤거렸다. 그는 도쿄로 돌아간다고 했다. 도쿄에서 요인들의 엉덩이를 두들겨 강화 준비를 진행시키겠다고 했다. 그가 두려워한 것은 도쿄의 요인들이 '대승' 기분에 취하여 자칫 강화 공작을 게을리하지 않을까 하는 것이었으며, 이런 때 그들에게 일본군의 전력 실체를 귀띔해 주어 정신을 바짝 차리게 하지 않으면 안된다.

병학상의 정의야 어떻든, 봉천 회전이 일본군의 대승으로 끝났다는 것은 전 세계의 신문이 인정했다.

전쟁의 실체보다 국제 여론이라는, 지난 날의 전쟁에서는 그다지 큰 위치를 차지하지 않았던 요소가 크게 부각되어 주저없이 일본군 쪽에 승리 판정을 내린 것이다.

러시아의 국내 여론도 러시아군의 패배를 인정했다. 하기야 러시아에 공공연한 여론이라는 것은 없고 정부는 잇따른 패전을 감추느라 안간힘을 써왔지만, 외국 신문의 보도로 만주에서 패한 러시아군의 실태를 안 국외의 러시아인들이 그 뉴스를 국내로 가지고 들어감으로써 국민들도 차츰 알기 시작했다.

"제정(帝政)의 위기가 왔다."

혁명가들은 기뻐하고, 정부는 궁지에 몰렸다. 패전 정보가 퍼질 때마다 러시아 국내의 사회 불안은 심각해졌다.

러시아의 구조는 그런 것이었다. 개화주의자 비테조차 이런 뜻의 말을 했다.

'러시아는 강대한 군대로 통제하는 수밖에 다스릴 도리가 없는 나라' 군대의 영광과 광대성이 흔들리면 물리적 작용처럼 국내에 반란이 일어난다. 그 세계 최강의 육군이 극동에서 계속 지고 있다는 것만큼 러시아의 내무 장관에게——육군 대신보다——난처한 일은 없었다.

봉천 회전 전에 러시아 정부가 크로파트킨에게 엄중한 훈령을 내려 말했다.

"내외의 사정은 극히 가까운 장래에 우리 러시아군의 대승리를 필요로 하고 있다."

강화 조건을 유리하게 한다는 대외 사정보다 고조되는 혁명 기운을 누르지 못하게 된 대내 사정 쪽이 더 무거웠다.

봉천 회전 뒤 육군 대신 사하로프는 처음으로 공언했다.

"우리는 졌다."

그리고 크로파트킨을 해임하여 제1군 사령관의 위치로 떨어뜨리고, 제1군 사령관 르네비치 대장을 승격시켜 총사령관에 앉혔다. 이 인사는 러시아가 패전을 인정한 최대의 증거인 동시에, 일본으로서 두려운 것은 러시아 제국 자체가 아직도 전의를 잃지 않고 있다는 증거이기도 했다. 왜냐하면 르네비치는 크로파트킨과는 전혀 다른 공세주의의 맹장으로, 장래의 결전을 이 르네비치의 적극성에 맡긴 것이기 때문이었다.

'승리'에 대해서 다시 언급한다.

봉천 회전에서 일본군은 충분히 이겼다고 할 수 없을지는 몰라도 러시아 군의 군대적 내실(內實)을 보면 감출 수 없는 패색이 드리워져 있었다. 더욱이 병사 개개인의 심정에 나타난 패배감은 엄청난 것이었다. 만일 개개의 병사들이 "우리는 졌다"는 것을 실감하여 전의를 상실하고 군대 질서에 대한 복종심을 잃는 데에 이르는 것을 패전이라고 정의한다면——이것이 정의로서는 가장 확실할지도 모른다——, 러시아군은 분명히 졌다. 아니, 졌을 뿐만 아니라 대패했다. 이 정의가 승리로서 가장 타당한 것처럼 여겨진다.

봉천에서 후퇴하여 북상하기 시작한 러시아군의 대부분은 크로파트킨의 명령으로 도보 행군을 했다. 열차는 고급 사령부나 병원의 후퇴, 또는 기자재의 수송에 충당되었다.

그런데, 도보 행군 종대는 군기가 완전히 해이해져서, 병사들은 진행해 오는 기관차나 차량에 뛰어올라 차량 연결부와 층계에 진드기처럼 매달린 뒤, 다시 열차 안으로 비집고 들어가서 장교의 제지도 듣지 않고 공공연히 노름판을 벌이는 자까지 있었다.

군대에서 질서가 상실된다는 것은 단적으로 말해 장교의 권위가 실추된다는 것이었다. 그 현상은 무수한 사건이 되어 나타났다.

이를테면 어느 병사는 사령부용 차량에 비집고 들어가려다가 어느 소장에게 주의를 들었다. 소장이라고 하면 여단장직의 계급이며, 병사가 본다면 까마득한 구름 위의 존재였는데도, 이 병사는 눈에 쌍심지를 켜고 대들었다.

"장군이면 다야? 싸움에 지면 평등하잖아."

한 하사관은 총을 길바닥에 내동댕이치고 달리는 열차에 매달렸다. 장교가 주의를 주자 대꾸했다.

"총은 도둑맞았네."

후퇴는 당초 '철령까지'로 되어 있었는데, 병사들이 철령에 닿았을 무렵에는 후퇴라는 전술 행동 중의 부대가 아니라 패주 부대로 변하여, 부대라는 최소한의 체면도 유지하지 못하게 되어 있었다. 패병(敗兵)이 무질서하게 철령의 시가를 헤매고, 노청 은행(露淸銀行)의 차량을 강탈하려다가 저희들끼리 서로 총격을 벌이는 사건도 있었으며, 군용 창고를 습격하여 물품을 훔치는 자, 정거장에서 물을 끓여 다른 부대 병사들에게 파는 자까지 생겼다.

"철령의 선에서 방어하라."

크로파트킨이 명령한 당초의 방침이 도저히 실시될 수 없게 된 것은, 각 부대장이 전투는커녕 그 부대를 통솔하는 것조차 곤란해졌기 때문이다.

매일 도망병이 생겼다. 대대에 따라서는 반수가 후퇴중에 행방 불명이 된 예도 있었다.

이에 대해 새로 총사령관직에 오른 리네비치 대장이, 공주령(公主領)에 새롭게 사령부를 두는 동시에 검찰 활동을 명령하고 죄상이 뚜렷한 자를 검거하여 마구 총살해 버렸다.

아무튼 군대라는 것은 군대 질서가 상실되면 이미 군대가 아니라 해도 무방하며, 그런 뜻으로는 봉천 회전 직후 10여 일 동안 러시아군의 대부분은 이미 군대가 아니었다고 해도 과언이 아닐 것이다.

러시아군을 북방으로 쫓아 버린 일본군은 북진 태세를 갖추었다. 일본군은 봉천 회전에서 꼭 3개 사단이 소멸한 정도의 손실을 입었으나, 승전 의식이라는 강력한 전류가 군대 질서를 더한층 견고한 것으로 만들어 사기는 충천했다.

'북진'이라는 말이 총사령부에서도 군사령부에서도 자주 들렸다. 전군의 배치는 그와 같은 태세였다. 그러나 북진은 하지 않았다.

할 수 없었던 것이다.

"우리에게 예비 포탄이 12, 3만 발 있다. 그러나 한 발의 탄환이라도 헛되이 발사하지 마라."

회전 당초에 오야마 이와오가 훈시했던 그 포탄은, 추격전도 제대로 할 수 없었던 것에서 알 수 있듯이, 다 써버리고 없었다.

일찍이 요양 회전에서는 12만 발의 포탄을 쏘았는데, 이 회전에서는 각 포병대가 가졌던 분량과 오야마가 말한 비축분을 합쳐서 30만 발이나 소비해 버렸던 것이다.

"잘한 편이지요?"

젊은 참모가 마쓰카와 도시타네에게 말했을 때, 그는 시무룩하게 입을 다물고 있었다. 그야, 적의 주력을 놓쳐 버린 데다 크로파트킨을 사로잡지도 못했던 것이다. 10만 발의 포탄만 더 있었더라면 마쓰카와의 말대로 만주의 러시아군은 하나도 살아서 본국으로 돌아가지 못했을 것이다.

그러나 젊은 참모가 하는 말도 일리는 있었다. 진지에 버티고 있는 적을 공격할 경우, 공격측은 적보다 3배의 병력을 필요로 한다는 것이 병학상의 상식이었다. 그런데 거꾸로 적보다 훨씬 적은 병력과 화력으로 대담하게도 적을 포위하려고 했으며, 다만 병력이라는 보자기가 작았기 때문에 그것을 싸지 못하고 놓쳐 버린 것이다. 그래도 역시 세계 전사상 보기 드문 대성공이라고 해야 하는 것이 아니냐는 것이 젊은 참모들의 말인데, 마쓰카와는 씁쓸한 표정을 지은 채 한 마디도 이에 대답하지 않았다.

포성이 가라앉은 어느 날 아침, 고다마 겐타로는 여느 때처럼 새벽에 일어나 밖으로 나가서 어둑어둑한 어둠 속에 우두커니 서서 태양이 솟아오르기를 기다렸다.

그곳에 야포가 있었다.

독수리의 각인이 있는 러시아제 전리품으로, 한 마리의 짐승처럼 웅크리고 있었는데, 고다마가 그 포구 언저리를 어루만지고 있는 동안 동녘이 밝아 전리포(戰利砲)는 짙은 감색의 그림자가 되었다. 곧 포신이 빛나고 동녘 하늘이 빨갛게 물들었다.

"도쿄로 돌아가자."

이 조그마한 사나이가 결심한 것은 이때였다. 돌아갔어야 했다.

"러시아에 대한 승산은 대체로 말해서 4대 6정도다. 잘해서 5대 5, 상당히 작전을 잘 한다면 6대 4정도가 되겠지."

이런 생각을 개전을 결심한 뒤 다른 사람에게 실토한 것은 고다마 자신이었다. 지금 그것이 성취되었다. 일본군이 작전 능력에서 압도적 우위에 서고, 병력의 과소를 보충하여 간신히 6대 4로 끌어올린 지금, 이 호기를 포착하여 강화 공작을 진행하지 않으면, 고다마로서는 앞으로도 지금까지처럼 일본군이 상승을 계속할 수 있을지 보장할 수가 없었다.

"도쿄에서는 대체 무엇을 하고 있나?"

고다마는 매우 초조한 기분이 들었다.

'돌아가자. 도쿄에 있는 인간들에게 싸움의 심각함을 설명하고, 채찍을 들고서라도 그들을 강화로 몰아야 한다.'

고다마는 생각난 날이 길일이라는 스타일의 사람이었으므로, 누구에게도 알리지 않고 내일이라도 당장 싸움터에서 살며시 사라져 버려야겠다고 결심했다.

그는 아침 식사를 마치자 오야마 총사령관의 방문을 두들겼다.

"들어오시오."

오야마는 상대편이 당번병이라도 경어를 쓰는 사람이었다. 고다마는 들어갔다.

고다마는 동료들 사이에서야 오야마를 '두꺼비'니 어쩌니 하고 별명으로 부르는 일이 있었지만, 만주의 이 총사령부에서는 일본군 통수의 정점에 있는 그를 하느님처럼 여기며, 단둘이 있을 때도 그 태도가 정중하기 짝이 없었다.

고다마는 바로 용건으로 들어갔다.

오야마는 말이 끊어질 때마다 "예" 하며 고개를 끄덕였다.

오야마도 고다마도 새로 제정된 카키색 군복을 입고 있었다. 개전 당초의 검은 군복이 만주의 황토위에서는 너무 눈에 띄어 러시아군의 좋은 저격 목표가 되었기 때문에 이와 같은 전투복으로 바꾼 것이다. 깃이 서고 단추가 6개 달렸으며 견장은 없었다. 계급은 양쪽 소매의 선과 금 몰로 식별하게 되어 있다. 바지는 승마 바지이며, 발에는 꼭 끼는 승마용 장화를 신었다.

"원수(오야마)는"

오야마의 풍모에 대해 영국의 관전 무관 해밀턴 중장은 말한다.

"현대의 군인이라기보다 봉건 시대의 영주 같은 느낌의 인물이다. ……일반적인 일본인치고는 키가 큰 편이고, 서양인의 눈으로 보면 호남은 아니지만 일본인의 눈에는 늠름하고 훌륭한 남자로 보인다. 얼굴이 온통 곰보여서, 눈, 코, 입이 조그맣게 보인다."

그 곰보 때문에 오야마의 얼굴은 큼직한 속돌 같았다. 막부(幕府) 말엽 '오야마 야스케(大山彌助)'라는 이름으로 교토(京都)에서 뛰어다닐 무렵, 요정에 가도 기생들이 상대해주지 않아 친구들한테서 놀림을 받곤 했다. 야스케는 매우 소탈하고 익살스러운 사람이어서, 뭐 여자 따위는 결국 돈이야, 하면서 밥을 이겨 온 얼굴에 바르고 거기에 금화를 더덕더덕 붙이고는 웃지도 않고 천연덕스럽게 술자리에 나갔다. 기생들은 처음에는 놀라다가, 이윽고 일제히 웃음을 터뜨리고는 앞다투어 그 옆에 가서 술을 따랐다. 사쓰마 번(薩摩藩) 사람들 사이에 '오야마가 우스갯소리를 한다."

이런 말이 생길 만큼 유머가 풍부했으며, 해학을 아는 인물로서는 메이지 시대의 세 사람 중에 들어갈 것이다. 첫째는 사이고 다카모리(西鄉隆盛), 둘째는 그 아우 사이고 쓰구미치(西鄉從道), 그리고 오야마다. 그는 사이고 형제의 사촌동생으로 막부 말에는 다카모리의 가장 유능한 비서로 일했고 그에게서 온후한 인격적 영향을 짙게 받았다.

사쓰마 사람들 중에는 장군의 그릇이 많다.

이에 비해 조슈는 책모에 능한 사람들을 많이 냈다. 고다마 겐타로가 그 대표적인 인물이다. 다만 고다마는 동향인 야마가타(山縣)처럼 자기의 신변 정치의 장에서 책모의 재능을 발휘한 적은 없고, 명랑하고 활달하여 해밀턴으로 하여금 '고다마 대장은 외국어는 하나도 할 줄 모르지만, 내가 본 일본인 가운데 가장 국제적인 사교 감각을 지닌 신사이다'라고 감탄케 한 것도 무리가 아니었다. 해밀턴은 일반적으로 일본인은 약간 둔하고 고지식한데 고다마만은 예외라고 생각했다.

오야마는 해밀턴 중장이 관찰한 것처럼 '봉건 시대의 영주'는 아니었다.

사쓰마에는 전국시대 때부터의 전통으로 대장이 되었을 경우의 처세법이 있었다. 자기가 아무리 현자라도 어리석은 자의 대범함을 연출 연기하는 일종의 마술적 방법이다. 이 처세법만은 일본의 어느 옛 번(藩)에도 없었으며, 사쓰마인만의 전통적인 특이한 재능이었다.

오야마의 사촌형 사이고 다카모리는 동시대의 사쓰마인들로부터 '우도사'라는 애칭을 듣고 있었다. 큰 사나이, 혹은 거인이라는 뜻이다. 어원은 잘 알 수 없지만, '커다란 땅두릅(우도)나무——덩치만 크고 쓸모없는 사람이나 물건의 비유——'라고 할 때의 그 우도가 아닌가 여겨진다. 사라는 것은 두말할 것 없이 경칭인 상(님)이라는 뜻이다.

사쓰마에서는 총수가 되려면 '우도사'가 되지 않으면 안 된다.

그러나 속까지 우도여서는 우도사 소리를 듣지 못한다. 사이고는 젊었을 때 지방 사무소(군청)의 회계 담당으로 일한 적이 있었는데, 무사로는 보기 드물게 주판을 잘 놓았다. 그는 같은 시대의 어느 지사(志士)보다도 계수에 밝았던 듯한 흔적이 있는데, 한 번도 그러한 자신을 보인 적은 없었다. 그러나 막부 말기의 막다른 골목에 이르렀을 무렵, 사이고가 조그마한 주판을 품에 넣고 다닌 것은 사이고의 분부로 요코하마(橫濱)에 무기를 사러 갔던 오야마 이와오가 가장 잘 알고 있었다.

우도사가 되기 위한 최대의 자격은 가장 유능한 부하를 발탁하여 그에게 일을 자유롭게 시키고, 마지막 책임은 자기가 지는 것이었다.

사이고 다카모리의 아우 쓰구미치도 형과 같은 형(型)의 우도사였다. 그는 사이고가 교토에서 분주히 뛰어다니고 있을 무렵, 오야마와 함께 사이고의 모사 노릇을 했을 정도이니 상당히 머리가 잘 도는 사람이었는데, 메이지의 지방관이 되자 우도사가 되어 부하의 능력을 발휘하게 하는 것만 생각했다.

청일(淸日), 러일전쟁을 수행한 메이지 해군은 야마모토 곤노효에(山本權

兵衛)에 의해 성립되었다는 것은 몇 번이나 말했다. 야마모토는 사쓰마 사람이지만 우도사는 될 수 없는 사람으로 온 몸이 창조력의 덩어리 같은 사람이었는데, 사이고 쓰구미치가 그 위에 섬으로써 야마모토는 자유 자재로 능력을 발휘했다. 야마모토가 일개 대령이었을 무렵부터 사이고 쓰구미치는 자기의 인장까지 맡기고 자유로이 일할 수 있도록 했다. 관점을 바꾸면, 메이지 해군은 사이고 쓰구미치라는 우도사가 만들었다고 할 수 있을 것이다.

사이고 형제나 오야마 이와오 등과 이웃하여 자란 도고 헤이하치로(東鄕平八郞)도 우도사였다. 도고의 뛰어난 점은 아키야마 사네유키라는 한 하급 영관(領官)을 발견하여 그에게 작전 전부를 맡긴 데 있지만, 그 이상 뛰어난 점은 도고가 대체 현명했는지 바보였는지 그 시대의 사람들은 물론, 지금도 모른다는 데 있다.

오야마는 포병에 있어서 유수한 전문가였으며, 젊었을 때 야스케 포(彌助砲)라는 것을 발명하고 나중에 프랑스에서 포병을 공부했는데, 그후 우도사가 되었다.

오야마는 고다마가 말하는 '봉천적인 승리 단계에서의 강화'를 출정 전부터 다른 사람들에게도 내비쳤지만, 고다마의 이 제안을 들었을 때 이렇게 말했을 뿐이었다.

"그럼 고다마 장군, 잘 부탁하오."

고다마는 총참모장의 신분이면서 싸움터를 떠나 도쿄로 돌아가는 이 이상한 행동을 당연한 일이지만 비밀에 부쳤다.

총사령부를 비우는 명분은 이런 것이었다.

"잠깐 해군과 협의하러 갔다온다."

그러나 어디로 출장하는지 목적지조차 밝히지 않았다. 이 당시 도고 함대의 일부는 새로 점령한 대련(大連)항에 있었으나, 그 주력이 어디 있는지 총사령부의 참모도 몰랐다. 실은 동쪽으로 항해중인 발틱함대를 기다리기 위해 조선의 진해만 및 쓰시마(對馬)의 아소만(淺海灣) 근처에 숨어 있었는데, 이 잠복 장소가 누설되면 일본에 치명적인 결과를 가져오므로, 이 만주의 야전군 총사령부 참모들에게도 일체 비밀로 되어 있는 일이었다.

"대련(大連)에라도 가시나 보지."

누군가 말하자, 어차피 그 근처쯤이겠지 하고 모두 깊이 따져보려고 하지

않았다. 그럴 필요도 없었다. 전략적으로는 육군과 해군의 연계(連繫) 요소
는 크고도 심각했지만, 만주에 있는 야전군으로 봐서는 우선은 관련이 적었
다. 야전군으로서는 만주 벌판에서 러시아군이나 힘껏 공격하고 있으면 되
는 것이다.

다만 고다마는 자기 참모 가운데 마쓰카와 도시타네에게는 실토했다. 마
쓰카와는 놀라면서 불만스러운 듯이 물었다.

"왜 그런 일을? 야전군의 총참모장이신 각하께서 왜 그런 정략에 관한 일
    로 일부러 도쿄까지 가셔야 합니까?"

강화를 촉진시키기 위해 정부의 엉덩이를 두드리러 간다는 것은 야전군에
참가하고 있는 군인이 할 일이 아니다. 정략의 부류에 속하는 일이 아닌가?
더욱이 적은 궤멸된 것도 아니다. 현재 러시아군은 공주령 부근에서 전선을
정비하고 있으며 이런 적을 버리고 총참모장이라는 자가 전장을 떠나다니,
그런 바보 같은 일은 있어서는 안 된다고 마쓰카와는 말했다.

고다마는 흥, 하고 턱을 치켜들며 말했다.

"마쓰카와 군. 자넨 병정으로서는 재미있는 데가 있는 놈이지만, 그러나
    단순한 병정이야."

병정이란 말은 낡은 용어이다. 메이지 초기에는 정부군을 병정이라고 말
하고, 장교도 하사관도 모두 병정이라는 말로 호칭되었다. 그러나 그 후 '군
인'이라는 엄숙한 말이 생기고부터 '병정'은 사어(死語)가 되었다. 아니 오히
려 사병만을 가리키는 말이 되었다. 고다마는 일부러 그 낡은 뜻의 병정이라
는 말을 여기서 사용하여 마쓰카와를 놀렸다.

"저는 단순한 병정이라도 상관없습니다만."

마쓰카와는 시무룩한 얼굴로 말했다.

"각하께선 즉 단순한 병정이 아니시란 말씀입니까?"

"아니지."

고다마는, 오야마도 그랬지만 막부 말 내란의 탄우(彈雨) 속을 누비며 일
본 국가가 위태위태한 기반 위에 간신히 태어났다는 것을 체험 속에서 목격
한 병정이었다. 그는 일본의 지반이 얼마나 취약한 것인지를 잘 알고 있었는
데, 그 취약한 나라가 전쟁이라는 대모험을 해버린 것이다. 더이상 모험을
계속하다가는 일본은 붕괴해 버린다는 위기감이 오야마에게도 고다마에게도
있었으나, 이에 반해 단순한 군사 관료로서 나온 마쓰카와 대령의 세대에서

는 그 실감이 적었다. 고다마는 그것을 말한 것이었다.

출발 직전이 되어 고다마도 역시 거기까지는 적당히 얼버무릴 수 없다고 생각하여 명분을 만들었다.

"봉천 대회전의 실황을 보고하기 위해 도쿄로 간다."

그가 대련항을 떠난 것은 3월 22일이다. 기선은 '사누키마루(讚岐丸)'였다.

수행원은 참모 다나카(田中) 소령과 아즈마(東) 대위였으며, 이 두 수행원도 고다마의 이번 귀국 목적은 '보고'라는 의례적인 것이라고밖에 생각하지 않고 있었다.

선내의 고다마는 대개 침대 위에 뒹굴고 있었다. 뒹굴면서 노래를 흥얼거리거나, 일어나 앉아 담배를 피우거나, 이 두 가지밖에 하지 않았다. 고다마는 매우 심한 애연가로, 싸구려 파이프에 궐련을 집어넣고 뻐끔뻐끔 피워 댔다. 파이프는 한 번도 청소한 적이 없어 빨 때마다 쭉쭉 소리가 났다.

어느 날 식사 뒤 다나카 구니시게(田中國重) 소령이 고다마의 파이프 소리를 듣다 못해 물었다.

"그 파이프, 청소해 드릴까요?"

그러자 고다마는 입을 크게 벌리고 쓸데없는 일에 신경쓰지 마, 하고 일갈했다.

선원 가운데 옛날 이야기책을 가진 자가 있었다. 어느 날 그것을 빌린 고다마는 어지간히 재미있었던지 온종일 읽었다.

선내에서 한 번은 다나카와 잡담을 나누다가 말했다.

"노기(乃木)의 시는 훌륭해."

그러더니 수첩을 꺼내 연필로 쓴 그 시를 보여 주었다.

동서남북 산하가 그 얼마드뇨
춘하추동 달이 뜨고 또 꽃은 피고
정전 세여(征戰歲餘) 인마는 늙고
장심(壯心) 아직도 집을 생각지 않노라

"그렇군요."

다나카가 모르면서도 감탄하자, 고다마는 내 작품과 비교해서 어떤가 하고 물었다.

다나카가 들여다보니, 고다마의 시는 노기의 시 다음 페이지에 휘갈겨 놓은 것이었다.

주검은 수없이 산하를 뒤덮고
난후(亂後) 촌동(村童)이 들꽃을 판다
봄 가고 가을은 와도 공 아직 못 이루고
사장(沙場)에 두 해나 집을 모르노라

"이건 작년 가을에 지은 거네."

고마다는 호주머니에 수첩을 쑤셔넣었다.

"그런데 봄은 가고 가을이 오기는커녕, 겨울도 가고 다시 봄이 찾아왔지만, 여전히 공을 이루지 못하고 있어. 다나카, 무슨 소린지 알겠나?"

고다마가 말한 진의는, 이번 귀국의 극비 목적에 대해 암암리에 다나카에게 내비치려 한 것이라고 말할 수도 있다.

고다마가 난처해 하고 있는 것은, 신문이 연전 연승을 찬양하고 국민들이 봉천 대승에 취하여, 국력이 이미 다해가고 있는 줄도 모르고 신이 나서 떠들어 대는 일이었다.

"우랄을 넘어 러시아 수도까지 쳐들어가라."

또 고다마가 씁쓸하게 생각하는 것은 정치가들까지 그 대중의 기분에 휩쓸리고 있는 일이었다.

귀국 도상에 있는 고다마의 뇌리를 줄곧 차지한 것은 '3개월 후면 만주의 러시아군은 강해진다'는 것이었다. 고다마는 이 '강대함'을 일본군 병력의 3배로 보고 있으며, 그렇게 되면 아무리 교묘한 작전을 세우고 아무리 일본군이 용맹하게 싸우더라도 앞으로의 승전은 기대하기 어렵다. 하물며 일본군의 전투 능력은 개전 초기를 정점으로 점차 내리막을 내려가고 있다. 그 이유 중의 가장 큰 것은 사관학교 출신의 정규 장교가 이미 대량으로 전사하거나 부상당했기 때문에, 각 전투 단위에 있어서 전투 지휘관의 능력이 두드러지게 저하해 버린 데 있었다.

이 예상할 수 있는 3배의 러시아군에 대항하려면, 일본은 다시 6사단을 신설하여 전비 10십억 엔을 마련하지 않으면 안 된다. 그런데 그것은 일본의 국력으로 보아 꿈 같은 이야기였다. 고다마와 오야마만큼 일본이라는 나라의 힘을 계산적으로 이해하고 있는 군인은 없을 것이다. 배 안에서 다나카 구니시게가 물은 적이 있다.

"발틱함대가 극동에 접근하고 있는 모양인데, 해군은 어느 정도 이길 수 있겠습니까?"

다나카는 누구나 상식으로 생각하고 있는 것처럼, 도고 함대의 절반은 가라앉을지 모른다고 혼자 속으로 생각하고 있었다. 발틱함대는 몇 할인가는 살아 남는다. 그것들이 블라디보스토크로 들어가서 그후 동해나 조선 해협, 황해에 출몰하여 만주에 있는 일본 군대의 수송로를 교란할 것이 틀림없었다. 이에 대해 살아 남은 도고 함대는 유격 전법을 쓰는 러시아 군함을 수색하여 쫓아다니며 미친 듯한 숨바꼭질을 장기간에 걸쳐서 계속하게 될지도 모른다.

고다마는 잠시 대답하지 않았다.

그는 일찍이 개전 전에 당시의 말로 '강로(强露)'를 상대로 싸움을 벌일 것인가에 대해 신문 기자의 질문을 받았을 때, 흥 하고 콧방귀를 뀌며 한 마디로 처리해 버린 적이 있다.

"조선은 러시아가 차지하겠지, 그러면 됐나?"

물론 고다마의 진심은 아니었다. 조선이 러시아의 것이 된다는 것은 나아가서 막부말 이래 자주 러시아가 노려온 쓰시마가 드디어 러시아 영토가 된다는 이야기가 되며, 나아가서는 하카타 만(博多灣)이나 나가사키(長崎) 항구가 러시아의 조차지(租借地)가 된다는 것을 의미했다.

"러시아의 건국 정신은 토지 약탈이다."

고무라 주타로(小村壽太郎)가 이렇게 말한 것은 동시에 고다마의 전율이기도 하며, 그가 이 무리한 싸움에 결단을 내린 유일한 동기이기도 했다. 그가 조선 따위는 러시아에게 빼앗겨 버려라 하고 말한 것은 개전에 대한 진의를 그와 같은 표현으로 위장한 것인데, 다나카 구니시게 소령의 질문에 대해서도 고다마는 똑바로 대답하지 않았다.

"해군은 헤엄을 쳐서라도 러시아 군함에 달라붙을 테지. 육군은 그것만 기대하고 있으면 돼."

배 안에서 다나카 등은 뱃멀미를 앓아 애를 먹었지만, 고다마는 배에 강해서 세 끼 식사도 맛있게 먹었다.

"각하는 배에 강하시군요."

다나카가 말하자 고다마는 나는 칠삭둥이거든, 하고 맥락이 닿지 않는 말을 했다.

3월 26일, '사누키마루'는 히로시마 현(廣島縣) 우지나(宇品) 항에 들어섰다.

고다마는 즉시 열차에 올라 도쿄로 향했다.

그 열차가 신바시(新橋) 역에 닿은 것은 3월 28일 아침이다.

고다마의 귀경은 극비에 부쳐져 있었기 때문에 역에 마중나온 것은 한 사람밖에 없었다. 참모본부 차장 나가오카 가이시(長岡外史) 소장이다.

나가오카의 수염은 전보다 더 많아져서 얼굴 양쪽까지 뻗어 있었다. 그는 층계에서 내려 온 고다마에게 경례했다.

고다마는 답례도 하지 않고 나가오카의 얼굴을 보자마자 소리쳤다.

"나가오카!"

나가오카는 이 고함소리를 평생 잊지 못하여, 고다마의 이야기가 나올 때마다 이 말을 했다. '너는 바보냐', 하고 고다마는 말했다.

"불을 질렀으면 꺼야 하는 게야. 끄는 일이 중요한데도, 멍청하게 불을 바라보고만 있다는 건 바보라는 증거가 아니냐!"

고다마는 어지간히 화가 난 모습으로 역장실을 향해 성큼성큼 걸어가기 시작했다. 나가오카는 그 뒤를 따라갔다. 다행히도 플랫폼에는 사람 그림자가 드물어 이 국가 기밀에 관한 진기한 광경을 눈치챈 사람은 한 사람도 없었다.

고다마는 그 길로 참모본부에 가서 총장 야마가타 아리토모(山縣有朋)를 만나 단도직입적으로 용건을 꺼냈다.

육군 대신 데라우치 마사타케(寺內正毅)도 동석했다. 야마가타는 원래 대러전에 대해서는 신중하다기보다 겁쟁이에 가까운 생각을 갖고 있었고, 데라우치도 물론 고다마에게 반대할 이론은 갖고 있지 않았다. 다만 만주의 야전군이 너무나 산뜻하게 승리를 계속하고 있어서 강화 교섭 개시를 내각에 요청하는 신호기 흔들기——오야마의 표현——를 그만 게을리 했다기보다 기회를 잡지 못하고 있었던 것이다.

고다마는 원로인 이토 히로부미(伊藤博文)와 가쓰라(桂) 수상을 방문하여 역설하고, 다시 해군 대신 야마모토 곤노효에와도 의논했다.

곧이어 육군 수뇌의 비밀 회의가 열렸다. 참석자는 고다마 외에 야마가타 아리토모, 데라우치 마사타케, 나가오카 가이시였으며, 고다마의 복안이 승인되었다.

"러시아가 이쪽 속셈을 눈치채면 곤란하다."

야전군은 오히려 적극적인 자세를 취한다는 것이 기본 방침이었다.

그 첫째는

"앞으로, 만주군은 정략과 일치하여 하얼빈을 점령한다."

실제적인 문제는 당장 그 행동을 취할 수 없다는 것이었다. 하얼빈 결전을 하려면 일본군은 먼저 손실을 보충하지 않으면 안 되며, 그러려면 1년이 필요했다. 그러나 거국적으로 그 자세를 취하지 않으면 러시아는 강화에 응하지 않을 것이다.

둘째는

"북부 조선 주둔군은 신속히 전진하여 조선 내에 러시아군이 한 명도 머물게 하지 말라."

셋째는

"조속히 가라후토(樺太)를 점령할 것."

다시 제1군의 일부를 동쪽으로 이동시킴으로써 러시아로 하여금 블라디보스토크가 습격당하지 않을까 하는 불안을 느끼게 한다. 러시아로서도 블라디보스토크를 상실하는 날이면 회항 중인 발틱함대가 들어갈 둥우리를 잃는 결과가 된다.

고다마는 도쿄에 머무르는 동안 중신들 사이를 분주히 뛰어다녔다. 그의 주장은 오로지 하나였다.

"이 전쟁을 어떻게든 처리하라."

이제는 정략으로 처리하는 수밖에 없으며, 이제 일본 국가의 육전 능력(陸戰能力)은 바닥이 나려 하고 있다는 것이었다.

이 의견은 만주의 연대(煙臺)에서 야전군을 통솔하고 있는 오야마 이와오의 의견과 조금도 다르지 않았다. 오야마는 원래 만주에 출정할 즈음 입궐했을 때 이 문제에 대해 이렇게 대답한 인물이다.

"반드시 러시아군을 만주에서 축출하고야 말겠습니다. 그러나 그 뒷일은 제가 헤아릴 수 있는 일이 못 됩니다."

그 전후에 그가 해군 대신 야마모토 곤노효에게 '신호기를 올리는 일을 잘 부탁한다'고, 전황의 진전을 잘 비추어 보면서 강화 교섭의 정치적 기회를 포착하는 것을 잊지 말아 달라고 다짐하고는 싸움터로 향했다는 것은 이미 말한 바와 같다.

고다마의 보고를 들은 참모총장 야마가타는 전적으로 고다마의 의견에 동의하여, 수상 가쓰라 다로(桂太郎)에게 장문의 편지를 썼다. 그것은 전쟁에 이긴 측의 참모총장이 쓴 편지라고 볼 수 없을 만큼 고충에 찬 것이었다.

"……앉아서 수세(守勢)를 취하는 것이나 나아가서 공세를 취하는 것이나, 모두 앞길이 아득히 멀어 쉽게 평화를 회복할 희망이 없고……"

이처럼 앞으로 평화 회복을 크게 고려하지 않으면 안 된다고 역설하고 있다. 이어 또 말했다.

"……적은 아직 장교의 부족을 느끼지 않고 있는 데 반해 우리는 개전 이래 이미 다수의 장교를 잃어 앞으로 이를 쉽게 보충할 수가 없다."

게다가 봉천 단계를 지난 뒤에는 막대한 전비와 병력을 필요로 한다고 말하면서, 그 일례로 보급 작전의 한 가지 안을 제시하였다.

"봉천에서 하얼빈에 이르는 백여 리 사이에 복선 철도를 부설하여 수송의 편의를 도모해야 한다."

이 복선 철도의 부설에 드는 비용을 일본 국력이 감당할 수 있을지 모르겠다는 고충을 토로하고 있다. 그러나 수세건 공세건 간에 그것은 전쟁 수행을 위해서는 부득이하다는 것이었다.

"……국민의 부담이 그 때문에 매우 가중될 것이라 하더라도, 이것은 부득이한 추세이니 이에 대해 훌륭한 지혜를 짜내야 할 사람은 바로 제군들(내각)이다."

이 말로 끝맺고 있다. 야마가타는 군령의 최고 책임자인 이상, 내각에 '강화를 도모해 주기 바란다'고 노골적으로 쓸 수는 없어서 '제군이 지혜를 최대한 짜내야 할 일'이라는 표현으로 그것을 암시한 것이다.

여담이지만, 전비의 거의 대부분을 공채라는 형식으로 외국에서 빌려와 충당하고 있는 일본의 이 전쟁 수행 방식이 하도 어처구니없었던지, 전에 외상 고무라 주타로의 서생이었던 마스모토 우헤이(桝本卯平) 공학사는 미국

유학에서 돌아와 고무라에게 이에 대해 거의 힐문하듯 물었다. 고무라는 이에 대답하여 다음과 같이 말했다.

"이 나라에 돈과 병력이 갖추어져 있고 충분히 독립이 되어 있다면, 전쟁 따위는 할 필요가 없네. 그렇지가 못하니까 미친 듯이 이런 전쟁을 하고 있는 걸세."

그러자 옆에서 그 말을 듣고 있던 요정 여주인이 '우리들의 살림살이도 그래요. 우리가 이렇게 밤잠도 제대로 자지 않고 일하는 것은 가난하기 때문에 그런 것이지, 돈이 있고 곤란하지 않다면 이렇게 일하지 않을 거예요."

그녀는 고지식한 얼굴로 말했다.

이야기가 바뀌지만, 영국이라는 나라는 영국의 기능 자체가 거대한 정보 조직이라고 해도 무방할 만큼 각국의 정세를 정력적으로 수집하여, 그것을 현실 인식에 대해 가장 적합한 그 국민적인 능력으로 분석하고 있었다.

영국의 정보 조직은 말하자면 외무성이 가장 전문가였는데, 해군성도 정보실에 막대한 기밀비를 주어 해외 정보의 장악에는 그 어떤 나라의 해군보다 뛰어났다.

더구나 '세계의 대표자'라는 아름다운 칭호까지 듣고 있는 신문 〈타임스〉가 있다. 〈타임스〉는 러일전쟁의 취재에서, 이를테면 도고 함대가 여순을 봉쇄하고 있었을 때, 한 사람의 특파원에게 '가이몬 호(海門號)'라는 1,200톤짜리 기선을 전세내어 사용하게 하고, 거기에 무전기를 싣고 위해위(威海衛)에 무선 중계국을 두고는 이 기선을 여순항 어귀에서 황해 부근까지 출몰시켜 현장에서 기사를 그대로 런던에 신속히 보도하는 방법을 취했다.

영일 동맹의 관계도 있고 하여 일본 해군은 타임스 기자에게만 해전의 현장을 자유로이 항해할 수 있도록 허가했던 것이다.

원래 영국이라는 나라는 정보에 의해 떠 있는 섬 제국이라고 할 수 있다. 전통적 외교 방침으로서, 유럽을 주무르는 데 '세력 균형'을 원칙으로 했다. 유럽에서 한 나라만이 강대해지는 것을 두려워하여, 그럴 가능성이 생겼을 경우에는 즉각 손을 써서 그 강국으로부터 피해를 입게 될 약소국을 음으로 양으로 지원해 왔다. 아시아에 대해서도 그러했다. 러시아가 아시아의 패자가 되는 것을 두려워하여, 극동의 약소국에 지나지 않는 일본을 지원하기 위해 영일 동맹을 맺는 외교 사상의 곡예를 해낸 것은, 영국의 전통적 사고방식에서 나온 것이라 해도 무방하며, 그 영국의 전통적 외교 정책을 가능하게 하는 것이 정보였다.

〈타임스〉는, 그 지면 앞에서는 그 어떤 국가도 비밀을 보존하지 못할 만큼 활동이 활발했다.

이를테면, 작년 5월 15일, 도고 함대의 비장의 함정이었던 전함 6척 가운데 2척('하쓰세'와 '야시마')이 여순 어귀의 봉쇄 작업 중 기뢰를 건드려 폭발하여, 도고 함대는 그 주력함의 33퍼센트를 순식간에 잃어버렸다. 이 비극 중의 비극에 대해 일본 해군은 국내에도 국외에도 극비에 부쳤다.

그러나 〈타임스〉의 눈만은 속이지 못해 그것이 보도되고 말았다. 〈타임스〉에 게재되었다는 것은 온 세계가 알게 된다는 것과 같다.

그리고 이번에 고다마가 극비리에 도쿄로 돌아와서 봉천 단계 뒤의 전쟁 수행은 지극히 곤란하다는 사실에 대해 국민에게는 알리지 않고 불과 몇 사람의 요인들을 설득하고 돌아다녔는데, 〈타임스〉는 이에 대해서 봉천 대회전이 시작되기 직전에 예상 기사를 써서, 고다마가 말한 내용을 세계에 알려버렸다. 〈타임스〉는 다가오는 회전의 양상을 분석한 다음

"일본의 현 병력은 적을 분쇄해 버리기에는 불충분하다. 봉천에서는 집중할 수 있는 병력을 다 집중하여 러시아군에 큰 타격을 주겠지만, 봉천 이후에 과연 다시 대군을 북진시킬 수 있을지에 대해서는 의문이 남아 있다."

이 보도는 러시아측에 용기를 주고, 영국 국민들을 실망시켰다. 그것은 러일전쟁이 세계의 눈들이 쳐다보고 있는 가운데 진행되고 있었다는 증거이며, 그러한 상황에서 본다면 야마가타와 고다마가 귓속말을 주고받은 것은 다소 우스꽝스러워 보이기도 한다.

그러나, 일본은 외교상 써야 할 수를 가능한 한 쓰고 있었다. 극동의 외딴 섬에 국가를 가진 이 나라가 그 오랜 역사에서 세계의 외교계를 상대로, 무대 위에서건 무대 뒤에서건 열심히 활동한 최초의 일이며, 그 후에도 이만한 노력을 기울인 예는 일본 외교사에서 찾아볼 수 없을 정도이다.

일본은 외상 고무라 주타로를 지휘자로 하여 움직이고 있는 정식 외교 기관 외에, 원로 이토 히로부미 밑에서 파견된 비밀 무대 연출가도 있었다.

미국에는 가네코 겐타로(金子堅太郎)가 가고, 영국에는 스에마쓰 겐토(末

松謙澄)가 가 있었다.

　가네코는 이 전쟁 동안의 대부분을 워싱턴에 머물러 있었다. 당초 그는 이토의 부름을 받아 그 사명을 들었을 때, 러시아를 상대로 싸우는 것은 도저히 무리한 일이므로 그런 역할은 할 수 없다고 일단 거절했으나, 이토가 그 말은 맞다, 그러나 그것을 충분히 알면서 이렇게 부탁하는 것이다, 만일의 경우에는 나 자신도 총을 들고 일개 병졸로서 싸울 각오이다, 그러니 자네도 그런 마음이 되어 줄 수 없겠는가, 하고 말하는 바람에, 가네코는 그 이상 이의를 내세우지 못하고 이 중대 사명을 수행하게 된 것이다. 그는 루스벨트 대통령과는 하버드 대학 동창이었으며, 그후에도 친교가 깊었다. 이토는 가네코를 그와 접촉시킴으로써 미국에 강화의 실마리를 꺼내는 역할을 맡길 참이었다.

　가네코의 파견과 활동은 성공했지만 영국에 간 스에마쓰의 경우는 성공이라고 할 만한 결과를 얻지 못했다고 해도 무방하다.

　스에마쓰는 막부말의 조슈 번(長州藩)의 혁명사(革命史)인 '방장 회천사(防長回天史)'의 저자로 알려져 있다.

　메이지형의 폭넓은 교양인으로서 문학박사와 법학박사 학위를 갖고 있었다. 그는 '겐지 모노가타리(源氏物語)'를 영역하여 처음으로 일본의 고전 문학을 해외에 소개한 것으로도 알려졌고, 신문 기자 시절에는 많은 명문장을 썼으며, 관계(官界)에 들어가서는 이토 히로부미의 인정을 받아 그의 사위가 되었다. 이어서 중의원 의원이 되었다가 다시 체신 장관과 내무 장관을 역임한, 말하자면 호락호락 넘볼 수 없는 생애를 살았는데, 외교를 하는 데 있어서 최대의 결점은 용모가 너무 빈약하다는 것이었다.

　영국의 지도층과 대중은 이 조그마한 사나이의 주장이 지나치게 과장되었다는 인상을 받았다. 스에마쓰는 '솟아오르는 아침 해'라는 식으로 일본을 선전하고 다녔다. 불행하게도 영국인은 일본이 '솟아오르는 아침 해'처럼 성장하기를 원하지 않았다. 스에마쓰는 그 강연을 기록한 것을 책으로 만들어 간행했다. 순진하고 낙천적인 메이지 사나이의 문장이었으며, 일본이 스에마쓰가 주장하는 영광에 찬 과거를 가졌건 말건, 얼마나 미래의 희망에 찬 나라이건 말건 영국인과는 상관없는 일이었다. 영국인은 그의 순진함을 냉소하고 거의 묵살해 버렸다.

영국 담당의 스에마쓰는 미국 담당의 가네코와는 달리, 정부 자체에 적극적인 활동을 벌일 필요는 없었다.

영국 정부는 과거의 신용을 스스로 자랑하고 있듯이, 일반 타국과 조약이나 동맹을 맺으면 이행자로서는 더할 나위 없이 충실했다.

다만 영국 정부를 뒷받침하고 있는 여론은 그 지배 계급인 신사 숙녀들이며, 바꾸어 말하면 〈타임스〉의 독자들이었다. 그 〈타임스〉가 일본 정부에서 보면 일본에 대해 약간 냉담한 논조가 되어 가고 있는 듯한 경향이 있었다.

영국의 이해와 감정은 복잡했다. 일본의 승리가 계속됨에 따라 동맹국으로서 마냥 기뻐할 수만도 없게 되었다. 말하자면 계속 이렇게 가도 되는 건가 하는 어두운 그림자가 〈타임스〉의 기사에 나타나기 시작한 것이다.

원래 영국은, 당연한 일이지만 일본을 너무 사랑하여 영일 동맹을 맺은 것은 아니었다. 이 20세기 초두의 세계는 열강마다 제국주의를 취하여 국가와 사회가 일본의 전국시대와 흡사했으며, 힘과 권모 술수의 무대 외에 아무것도 아니었다. 러시아가 동아시아에서 멈출 줄 모르는 침략주의를 취해 왔기 때문에, 영국은 자기 나라와 동아시아 시장이 침범당할 것을 두려워하여 러시아에 대한 억제책으로서 일본을 동맹자로 택한 데 지나지 않았다. 영국으로서는, 일본의 존망 따위는 아무래도 좋았고, 다만 일본을 맹진해 오는 러시아라는 기관차를 향해 큰 돌을 안고 뛰어들어 주는 기능적 존재로 보고, 그 때문에 일본을 고른 데 지나지 않았던 것이다.

그런데 일본은 뜻밖에도 자멸하지 않고 그 기관차를 정지시키고자 대견스러운 활동을 보이기 시작한 것이다.

동맹자인 영국 정부로서는 기뻐해야 할 일이기는 했으나, 영국 사교계의 감정은 그렇게 단순하지만은 않았다. 이성적 판단력이 풍부한 영국 정부 요인들은 별도로 치고라도, 대부분의 영국인의 이해와 감정을 일본이 백 퍼센트 만족시켜 주려면 달려오는 기관차도, 날아가는 동시에 돌을 안고 뛰어든 일본인도 박살이 나야만 했다. 이 양자의 잔해 저편에, 영국인으로서는 무한한 탐욕의 대상인 중국 대륙이 살코기처럼 누워 있는 풍경화로 그려지지 않으면 안 되는 것이다.

그런데 러시아와 일본에 의해 영국인을 위한 명화가 그려지는 것이 아니라, 일본의 연승에 의해 독일 카이저(빌헬름 2세)가 노골적으로 표현한 황화론(黃禍論)의 위험을 예고하는 그림이 그려지기 시작하고 있었다. 갓 막이 오른 20세기에는 일본이라는 정체 모를 존재가 유럽인에 대한 아시아 정세를 복잡하게 만들지나 않을까 하는 불길한 예감이 영국 사교계에서 조금씩 감돌기 시작한 것이다. 이것은 차마 〈타임스〉에 직접적으로 표현되지는 않고 '일본은 국력을 잃어가고 있다'고 하는, 투자 대상으로서 적당하지 않은 나라라는 것을 암시하는 기사가 되어 실리기 시작했다.

스에마쓰가 제 아무리 '겐지 모노가타리'에서 로마법에 이르기까지 폭넓은 교양의 소유자라 하더라도, 그가 '솟아오르는 아침 해' 식의 자기 나라 자랑을 내걸고 영국 사교계를 돌아다닌 것은 이러한 영국인의 정서에서는 우스꽝스러운 광경 이외에 아무것도 아니었던 것이다.

봉천 회전의 결과를 보고 가장 당황한 제3국은 프랑스였다.

이미 러불 동맹이 맺어져 있었다. 그 동맹은 프랑스 정부가 국민 몰래 맺은 것으로, 제정 러시아의 폭정을 싫어하는 지식인층에 극히 인기가 없었다.

'러시아의 공채를 사지 말자'는 운동이 프랑스의 진보적 지식인들 사이에서 일어나고 있었다는 것은 이미 아카시 모토지로(明石元二郎)의 대목에서 언급했다.

프랑스 정부는 러불 동맹은 아무래도 외교상의 실패였다고 후회하지 않을 수 없게 되었다. 국민의 불신을 초래했을 뿐 아니라, 러시아가 극동에서 사단(事端)을 일으켜, 유럽과 러시아의 대군을 시베리아 철도로 동쪽에 옮겼다는 것 자체가 프랑스에는 불리했다. 프랑스 공화국의 숙적은 독일 제국이므로, 그 독일을 견제하기 위해 강대한 러시아 육군에 기대했던 것이다.

그런데 프랑스로 봐서 더욱 어처구니없는 일은 러시아 육군의 유럽쪽 러시아 병영이 텅 비었을 뿐 아니라, 세계 제일로 일컬어지던 대육군이 극동에서 연전 연패하더니 마침내 봉천에서 대패를 맛본 것이었다. 봉천의 패전은 러시아의 손실일 뿐 아니라 프랑스의 정략적 군사력이 크게 경감했다는 것을 뜻했다.

"오히려, 일본과 러시아를 강화시킴으로써 이 곤경을 헤쳐 나가는 수밖에 없다."

프랑스 외무성은 이렇게 결정했다. 한편으로 러시아의 비테에게서도 이에 대한 암시를 받고 있었던 모양이었다. 비테로서는 강화에 대한 일본의 속셈을 살피는 데 프랑스 정부라는 촉각을 사용하는 것이 가장 좋다고 생각한 것 같았다. 강화의 탐색이라는 데 대해 비테와 프랑스 외상 델카세의 이해가 일치했다.

델카세가 일본의 주불 공사 모토노 이치로(本野一郎)를 부른 것은, 봉천 회전이 끝난 지 15일이 지난 후의 일이다. 이 델카세의 제안이 러일 간의 강화 문제에 대해 처음으로 올라간 기구(氣球)라고 해도 좋았다.

"어떻소, 내가 러시아의 의향을 은밀히 알아봤더니 만일 일본이 러시아에 굴욕을 주는 조건(영토 할양과 배상금 지불 따위)만 요구하지 않는다면, 러시아는 강화를 해도 좋다고 말하고 있는데?"

델카세가 한 말이다.

비테의 의향은 확실히 거기에 있었다.

이 말을 듣고 모토노 이치로는 일본이라는 나라가 여러 나라로부터 얼마나 얕잡아 보이고 있는 존재인가 하는 것을 새삼 알고 기가 찼다. 패전국이 승전국에 배상금을 지불하고, 때로는 영토를 할애하는 것은 유럽에서의 관례였다. 그 관례를 아시아 국가인 일본에 대해서만은 적용시키지 않는다는 것이며, 이 점에 있어서는 비테도 델카세도 같은 배짱이었다.

모토노가 말했다.

"러시아가 진심으로 강화를 바란다면, 일본은 이의가 없다. 그러나 방금 말한 조건에 대해서는 본국 정부의 훈령을 기다려 봐야겠다."

그후 모토노는 고무라(小村)의 훈령을 받아들고 다시 델카세를 만났다.

"모든 강화 조건은 러일 양국이 회담한 연후에 결정할 일이며, 일본이 미리 담판에 대한 구속을 러시아로부터 받을 까닭이 없다."

당연한 대답이었다. 델카세는 실망하여 이후에는 중재를 할 수 없다고 말했다.

'러일전쟁은 카이저가 만들었다'는 뜻의 말을 비테가 회상록에 쓰고 있는데, 확실히 그런 면은 있었다.

독일의 카이저(황제) 빌헬름 2세는 범용한 자질의 소유자였으나, 허영심이 강한 데다 연극적 기질이 많아서 국가적 연기를 하는 것을 무척 좋아했다.

명재상이라는 말을 들은 비스마르크가 퇴진한 후 카이저는 자기의 의견이나 비위를 거스르는 일이 없는 수상을 뽑았으며, 자기를 보좌하는 다른 문관이나 무관도 모두 자기가 골랐다. 의회가 존재한다고는 하나 독일의 정체 (政體)는 황제의 전제를 허용하고 있다는 점에서, 영국이나 프랑스에 비해 무척 고루했다. 다만 러시아 황제 같은 무제한의 전제 권한은 가지고 있지 않았으나, 그러기에 더욱 카이저는 러시아에 없는 의회라는 국내 세력에 대해 온갖 기략(機略)을 다져 조종하며, 자신을 조금이라도 과시하려고 권모 가적(權謀家的) 성격을 스스로 만들어 냈다. 그 권모가적 성격은 외교에서 도 노골적으로 나타나, 그를 항상 타국을 깜짝 놀라게 하고, 때로는 손아귀에 넣어 주무르는가 하면, 때로는 쓸데없는 속임수를 해 보이고 싶은 욕구를 끝내 누르지 못하는 정치가로 만들어 갔다.

그는 외교의 배경은 무력밖에 없다고 믿는 인물이었으며, 그 때문에 이미 강대한 육군국이었던 독일은 다시 영국과 대결할 만한 해군을 보유하고 싶어했다. 카이저의 국민은 그의 희망을 이루기에 꼭 알맞았다. 독일인은 유례없이 기계를 좋아했고, 군대 운영에 있어서는 국가 목적과는 별도로 전쟁이나 군대같은 논리적인 세계에 열중하는 성격을 가지고 있었다. 게다가 국내에 양질의 철이 생산되고, 그 철 덕분에 중공업이 비약적으로 발전하고 있었으며, 특히 대포왕으로 일컬어진 크루프 병기 공장은 카이저의 권위와 꿈을 채우는 데 충분하고도 남을 만큼의 기술력을 보유하고 있었다.

카이저에게 숙명적인 경쟁 상대는 프랑스였는데, 프랑스를 약체화시키려면 러시아 육군을 아시아로 쫓아 버려야 한다고 생각했다.

그는 사촌뻘 되는 러시아의 니콜라이 2세를 자꾸만 꼬드겨서 마침내 극적인 해상 회담을 실현시켜 정신적으로 다분히 허약한 니콜라이 2세가 황홀해할 만한 말을 그 귀에다 속삭였다.

"자네는 태평양을 제패하게나."

비테의 말을 빌리면, 러시아 황제가 극동에 대한 대모험에 착수한 것은 독일 황제의 선동에 의한 것인 셈이 된다. 하기야 이 두 황제는 모래사장에서 놀고 있는 개구쟁이의 정신 세계와 그다지 다르지 않았지만, 그렇다고 러시아가 동방을 향한 대모험에 뛰어든 원인을 비테처럼 카이저에게서만 찾는 것은 지나친 것이며, 거기에는 러시아 제국의 정치적 원형(原型) 및 그 실정 같은 무수한 요소를 생각하지 않으면 안 된다. 그러나 그것은 이 긴 이야기에서 이미 충분히 언급해 왔다.

그런데, 카이저를 보자.

그는 프랑스 외상 델카세가 아무래도 비테와 은밀하게 접촉하여 일본의 모토노(本野) 공사를 불러내 비밀리에 협의한 것 같다는 정보를 입수하고 소스라치게 놀랐다.

황제 빌헬름 2세의 머리에 떠오른 영상은 물론 망상이었다.
그러나 이 시대의 열강이라는 것이 어떤 성질의 것인가를 아는 데 상징적이라고 할 만한 망상이었을 것이다.
"프랑스도 영국도, 중국을 나누어 가지려 하고 있다."
중국은 러일전쟁에서 러일 어느 쪽에도 가담하지 않았다. 오히려 전쟁 장소를 제공했다는 점에서는 피해자인 셈이다. 러일 쌍방은 개전에 즈음하여 북경의 청국 정부에, 싸움터로 귀국의 영토를 사용하겠다는 신청은 했다. 하기야 빌린다고는 하였지만 러시아는 이미 만주의 철도 부설권을 차지하고 있었고, 그 철도 연선에서 싸우는 것이니 러일 모두 청국의 허가를 얻을 필요까지는 없었다. 인사치례 정도였다. 자연히 싸움터는 만주에 있는 러시아의 세력 범위로 한정되어 말하자면 씨름장이 마련되어 있는 거나 같았다. 이를테면 만주 몽고는 그 한계 밖이었고, 양군이 다 군대를 진입시키는 것은 국제법상 불가능한 일이었지만, 진지를 만들지만 않을 뿐 양군의 기병은 그 씨름장 바깥 부분도 통과하여 저마다 적지로 접근했다. 청국 정부로서는 묵인하는 수밖에 도리가 없었다.
황제 빌헬름 2세로 봐서 중국은 국가라기보다 버려진 대지나 같았고, 열강이 자꾸만 잠식하고 있는 토지였으며, 뒤늦게 통일 제국으로서 성립한 독일로서는 이미 획득한 교주만(膠州灣) 외에도 더 많은 토지가 탐나지 않을 수 없었다. 전 시대의 독일을 운영한 비스마르크 수상은 식민지 획득에 그다지 구미를 돋우지 않았으나, 황제 빌헬름 2세는 대독일의 위대함을 나타내기 위해서도 더 많은 토지를 갖고 싶어했다.
황제는 일본의 존재는 그다지 문제삼지 않았다. 다만 그 소박한 인종론(人種論)으로 세계의 주인은 백색 인종이어야 한다는 전제 아래 황화론이라는 것을 주장한 데 지나지 않았다. 다만, 봉천 회전이 일본의 승리로 끝난 것은 좋다고 치더라도, 영국이나 프랑스가 이 전쟁의 조정자로 끼어들어 혼란을 틈타 싸움터인 만주 땅을 가로채 버릴 것이 틀림없다고 이 황제는 상상한 것이다.

황제는 즉각 미국의 루스벨트 대통령에게 협조를 요청하기 위해 주미 대사 데른베르크에게 훈령을 보냈다. 황제로 봐서는 미국과 손을 잡고 그것을 훼방놓아 잘만 되면 이 강탈단 패거리에 독일도 한몫——러일전쟁에서는 러시아측에 섰지만——끼어들겠다는 속셈이었던 것이다.

이때 주미 대사를 통한 황제의 요청이란 이런 것이었다.

"귀하는 아마 모를 것이오, 파리에서 괴이한 음모가 진행되고 있소. 지금 파리에서 바야흐로 열국 회의(列國會議)가 열리려 하고 있고, 일본과 러시아——어째서 패전한 러시아가 들어 있었을까? ——, 영국, 프랑스, 이 네 나라가 중국을 분할하려는 음모를 계획하고 있소. 우선 귀하에게 알리는 바이오."

한편 이 전쟁을 에워싼 미국의 정세는 다분히 기분파적인 것이었다.

미국의 아시아에 대한 이해(利害)는 항상 필리핀을 소유하고 있다는 것을 중심으로 계산되었지, 중국을 나누어 가짐으로써 이를 식민지화하고 싶다는 생각은 원래 없었다. 다만 '문호 개방'이라는 것을 전통적으로 주창하고 있었다. 중국은 독립국으로서 어느 나라에 대해서나 평등하게 통상하라, 특정 국만이 특정한 이익을 독차지해서는 안 된다는 것이었다.

이 때문에 국내 여론은 말하자면 인력거꾼이나 말구종들이 하는 연극평과도 같아서, 어디까지나 약한 자에게 가담해 주자는 경향이 있었다.

러시아는 이미 그것을 눈치채고 개전하자마자 주미 러시아 대사 카시니에게 미국의 동정 여론을 형성하라고 명령해 놓고 있었다.

카시니의 여론 형성법은 어디까지나 러시아적이었다. 미국의 신문이라는 신문은 모조리 매수하려 한 것이다.

이를테면, 러시아에 매수된 〈월드〉지 따위는 노골적인 반일론을 게재했다. 일본인을 '노란 원숭이 새끼'라 부르면서, 일본인이 얼마나 비열하며 그 국력이 얼마나 보잘것 없는지를 쓰고, 일본인은 우리들 그리스도 교도의 적이라는 식의 일찍이 십자군 시대의 포고문을 연상케 하는 논설까지 썼다.

가네코(金子)가 샌프란시스코에 상륙했을 때는 마침 루스벨트 대통령의 중립 선언이 나왔을 때였다. 가네코는 처음부터 이번 일의 사전 공작에 자신이 없었기 때문에 상륙하자마자 이 선언을 읽고 실망했다.

"도저히 임무를 다할 수 없다."

그는 일본으로서는 최대한 많은 기밀비를 갖고 와 있었지만, 러시아처럼 미국 전체의 신문을 매수할 만한 돈은 못되었으며, 일본 선전의 가장 유력한 무기로서 그가 지니고 온 것은 두 권의 책뿐이었다. 니토베 이나조(新渡戶 稻造)가 영문으로 쓴 '무사도'와 이스트레이크의 '용감한 일본'이 그것이었는데, 단 이 두 권의 책으로 미국 전체에 친일 여론을 불러일으켜야 한다고 생각하니 용기보다 오히려 자기가 초라하게 느껴져 기가 꺾였다.

그는 샌프란시스코에서 시카고로 들어갔다.

시카고는 원래 배일(排日) 분위기가 강한 도시였으며, 신문은 깡그리 러시아편이었다.

도중에 무명의 시민으로부터 격려를 받은 일도 있었으나 거의 실망할 자료가 더 많은 가운데 그는 3월 25일 워싱턴에 들어갔다. 그러나 그 다음날 루스벨트 대통령을 만남으로써 사정은 일변했다.

"신문이 뭐라하든 미국인은 일본 편이오."

루스벨트는 정세를 설명하며, 자기가 일본에 도움이 되고자 한다는 말을 한 다음, 러일 양군을 비교하면서 단언했다.

"일본은 이길 것이오."

루스벨트가 보여 준 숫자나 병기, 군대의 훈련도 등에 관한 비교는 군사에 문외한인 가네코가 아연해질 만큼 정확한 것이어서, 백악관의 정보 수집 능력이 얼마나 큰지 새삼 느끼게 했다.

미국의 여론은 차츰 호전되어 갔다.

"꼭 일본군에 종군하고 싶다."

이를테면 재향 군인들 중에는 이처럼 순진한 희망자도 많았다.

그런 사람이 얼마나 많았는지에 대해서는 러시아 대사 카시니가 국무 장관에게 항의했을 정도이다.

"귀 정부는 군인들의 충동적인 언동을 누를 수 없단 말인가?"

루스벨트가 발표한 중립 선언은 사실 이 의협적인 여론에 브레이크를 걸기 위한 것임을 쉽게 알 수 있다.

날이 갈수록 친러 경향의 신문도 친러 기사만 싣고 있을 수 없게 되어, 일본에 대한 신문의 여론도 부드러워지기 시작했다.

가네코는 전투적인 성격의 사나이는 아니었으나, 이들 활자 여론에 대해 오로지 혼자서 변설(辯舌)로 싸우지 않을 수 없어, 기회를 포착하여 강연을 하고 사교계에 되도록 자주 출입하며 정력적으로 일본의 입장을 설득하고 돌아다녔다. 대통령은 이 고독한 유세가(遊說家)를 은밀히 지원했다. 그는 가네코가 원할 때는 항상 시간을 내주었고, 만나면 일본에 대한 온갖 충고를 아끼지 않았다.

루스벨트는 나중에 '일본의 변호사'라는 소리까지 들었지만, 그의 사고방식은 미국의 위세 좋은 재향 군인처럼 순진하지도 않았고 일본인이 정서적으로 기대하는 야담 속의 의협적인 주인공도 아니었다.

당연한 일이지만, 루스벨트는 러일 전쟁에 대해 미국의 이해를 중심으로 생각하고 있었다.

"러시아가 아시아에서 강대해지면 아시아에 있어서의 세력 균형이 무너진다. 우선 일본이 이를 누르지 않으면 안 된다."

이런 사고방식을 기조(基調)로서 갖고 있었다.

이 점에서 영일 동맹을 맺은 영국은 똑같은 입장이었다.

일본은 도구에 지나지 않았다.

하기야 이것을 원망하는 일본인이 있다고 한다면 사실상 있기도 했고 그 뒤에도 그러한 성질의 러일전쟁관이 있었으나 그것은 세계 정책을 가지지 않은 질적 약자——피해 의식자——의 입장에서 본 히스테리적 발상에 지나지 않을 것이다. 세계의 어느 국가도 제 나름의 세계 정책을 가지고 있어서 때로는 타국의 도구가 되기도 하고 타국을 도구로 삼기도 하면서 그 세계 정책을 성립시키고 있었다.

루스벨트는 그 세계 정책에서 일본이 이길 것을 바라고 있었으며, 동시에 너무 크게 이기는 것은 바라지 않았다. 특히 승리가 너무 클 경우 일본은 러시아가 아시아에 세력을 신장한 분량만큼의 배상이라는 형식을 통해 지난날의 러시아의 자리를 차지하게 되며, 그렇게 되면 일본의 뒤를 밀어 러시아를 굴복시킨 의미를 잃게 된다.

일본에는 작은 승리만 돌아가게 해야 한다.

만일 일본이 대승할 경우에도 배상을 크게 요구하게 해서는 안 된다. 이 때문에 루스벨트로서는 러일의 화평의 테이블을 그 자신이 마련할 필요가 있었고, 일본의 지나친 요구를 자기 자신이 깎을 필요가 있었기 때문에 그는 조종자가 되려고 했던 것이다.

그의 본심은, 당연한 일이지만 미국의 이익에 있었다. 그는 미국의 해군을 확충해야 한다는 정책을 가지고 있었는데, 이 때문에 러일전쟁이 진행 중이던 때부터 이미

"우리 미국의 태평양함대를 확충하지 않으면 안된다."

고 생각하며 전후에 열심히 그 일을 추진했다. 그것은 그가 나중에 미국 해군으로 하여금 일본을 가상적으로 하는 원양 결전 전략을 수립시킨 것을 보아도 알 수 있다. 러일전쟁에 있어서의 루스벨트의 속셈은 일본인이 상상하는 반즈이인 조베(幡隨院長兵衛 : 에도시대의 협객) 식의 의협적인 것은 아니었다.

일본과 일본인은 국제 여론 속에서 항상 무시당하거나, 불쾌하게 여겨지거나, 혹은 뚜렷이 혐오를 받거나 그 어느 쪽이었다.

이를테면, 나중에 일본이 강화 때 배상을 바란다는 의향을 밝히자, 미국의 한 신문은 심한 매도를 퍼부었다.

"일본은 인류의 피를 장사 도구로 삼는다."

일본은 이 전쟁을 통해서 전대미문일 정도로 전시 국제법의 충실한 순종자로 시종일관 행동했고, 싸움터로 빌리고 있던 중국측에 대한 배려도 충분히 했으며, 중국인의 토지 재산을 범하는 일도 없었고, 나아가서는 러시아의 포로를 거국적으로 우대했다. 그 이유의 가장 큰 것은 막부말 이이 나오스케(井伊直弼)가 맺은 안세이 조약(安政條約)이라는 불평등 조약을 개정해 주기를 바라는 데 있었고, 이어 정신적인 이유로서 생각할 수 있는 것은 에도 문명 이래의 윤리성이 아직도 메이지 시대의 일본에 남아 있었기 때문이기도 한 것으로 생각된다.

요컨대 일본은 국제 관습을 지키려 했고, 그 자세의 연장으로서 배상을 생각했다. 유럽에 있어서는 승전국이 패전국으로부터 전비를 거둬들이는 것은 당연한 일로 되어 있었다. 하물며 유럽 각국이 19세기말 이래 중국과 그 밖의 아시아 제국에 대해서 행한 것, 이를테면 영국이 홍콩을 빼앗고, 프랑스가 베트남을 영토화하고, 러시아가 요동 땅을 차지했으며, 독일이 교주만(膠州灣)을 가로챈 것은, 모두 조그마한 트러블을 구실로 트집을 잡아 때로는 전쟁에 호소하고 때로는 무력으로 위협하여 한 짓들이었다. 막부말의 일본에서도 조슈 번이 네 나라 함대와 싸우고 사쓰마 번이 영국 함대와 싸웠을 때도 막부는 오히려 그 배상금을 지불했으며, 막부가 와해된 후에는 메이지

국가가 그 잔금을 지불했다.

그런데 일본이 러시아와 싸워 이기고 배상금을 받으려 하자 미국의 신문은 이렇게 극론하며 공격한 것이다.

"일본은 인류의 피를 장사 도구를 삼고, 토지와 돈을 얻을 목적으로 세계의 인도(人道)를 파괴하려 하고 있다."

미국 신문이 말하는 '인류의 피'란 백인인 러시아인의 피를 가리키는 모양이다. 중국 등이 흘린 아시아인의 피에 대해서는 유럽이나 미국의 감각으로는 아무래도 '인류의 피'로 인정하기 어려운 모양이었다.

일본의 육전에 관전 무관으로 종군한 영국의 육군 중장 이언 해밀턴조차, 일본군에 그토록 호의를 가지면서도, 전사한 일본 병사를 애도한다는 글은 없고 오히려 젊은 러시아 병사의 전사체를 보고는 그 용모의 아름다움을 찬양하면서 같은 아리안 인종으로서 느끼는 슬픔을 마치 친척이라도 되는 것 같은 감정으로 표현했을 정도였다.

그러한 속에서 루스벨트 대통령의 태도는 극히 공평했다. 그는 일본해 해전 직전인 5월 13일부로 조지 오토 트레벨센에게 보낸 편지에서 다음과 같이 썼다.

"나는 러시아인을 사랑하지만 러시아의 국체(國體)는 좋아하지 않는다. 한편, 일본인에 대해서 나는 장차 문명의 중요한 분자(分子)로서 존중해 주고 싶다."

문명이라는 백인만의 국제적인 특별 집단에 아시아인인 일본인을 받아들이고 싶다는 것을 문장으로 표현한 열강의 수뇌는 아마도 루스벨트가 최초라고 보아야 할 것이다.

미국은 루스벨트 외교 감각의 기조 위에 세계 정책의 논리가 견고한 형태로 짜여져 있었다고는 하나, 미국이 일찍이 유럽의 외교 문제에 대해 자발적으로 발벗고 나선 일은 한 번도 없었다.

아마도 러일전쟁의 조정자로서 루스벨트가 나선 것이 미국 외교사상 세계 정책적 행동의 최초의 사건이라고 보아야 할지도 모른다.

그래도 여전히 루스벨트는 자기 행동에 강한 제어력을 가지고 있었으며, 나중에 강화 회의가 열렸을 때도 회담 장소를 미국으로 하는 것을 주저하여, 가네코 겐타로에게 이렇게 말했다.

"그렇지 않아도 미국이 이번 러일 양국의 화평 문제에 지나친 관심을 갖는다고 유럽 제국은 의혹의 눈길로 보고 있소. 그것은 미국으로서 바람직한 일이 못되므로, 가능하면 회담 장소는 유럽으로 했으면 하오."

결국은 가네코가 특별히 희망하고 러시아도 우연히 같은 생각이어서 포츠머스에서 갖게 되었지만, 요컨대 루스벨트는 가네코와 격의없이 이야기를 나누기는 했어도, 표면상으로는 어디까지나 중립을 굳게 지킨 것이다.

한편 독일 황제(카이저) 빌헬름 2세는 미국을 자기의 권모 도구로 끌어넣으려고 자꾸 편지를 보내기도 하고 주미 대사를 보내 루스벨트와 접촉시키기도 했다.

"카이저는 거의 편집병자 같은 느낌이 있다."

루스벨트가 봉천 회전 후 외유중(外遊中)인 태프트 국무 장관에게 보낸 편지에서 한 말이다.

루스벨트에 의하면, 독일 황제는 이웃 나라인 프랑스가 이 전쟁을 기화로 돈벌이를 하려 하고 있으며, 열국 회의를 개최함으로써 이 전쟁의 처리를 매듭짓고 아울러 이 혼란을 틈타 열국이 중국 땅을 나누어 갖기로 하는 한편, 이 회의에서 독일을 따돌리려고 프랑스 외교통이 은밀히 활동하고 있는 것으로 믿고 있었다. 망상이었다. 황제의 망상이라고 루스벨트가 판단한 것은, 이 시기에는 미국 자체의 정보망이 유럽에서 충분히 작동하여 프랑스와 그 밖의 나라에 그러한 저의가 전혀 없다는 것을 너무나 잘 알고 있었기 때문이다. 루스벨트의 이 편지에 의하면 카이저의 망상은 더욱 무서운 것이었다.

"러일전쟁을 기회로 영국은 독일을 공격하여 건설중인 독일 함대를 파괴하고, 다시 영불 동맹을 맺어 독일을 사지로 몰아넣을 계획이라고 카이저는 믿고 있다."

모두 4월 24일자 국무장관에게 보낸 편지이다.

이 카이저의 망상에 의한 '활동'은, 당연한 일이지만 일본 외무성의 정보망에도 걸려 들었다.

"카이저라면 능히 그러고도 남을 것이다."

고무라 주타로가 이러면서 수상쩍어한 것은, 카이저 자신이 이 전쟁의 강화 단계에서 끼어들어 일본에 주어져야 할 토지를 가로챌지도 모른다는 것이었다.

그것은 일찍이 청일전쟁 뒤 독일, 러시아, 프랑스 3국이 일본과 청국의 교섭에 간섭하여 '일본이 청국으로부터 받은 요동 반도를 청국에 돌려주라'고 강요하여 그것을 반환케 한 다음, 저희들 자신이 요동과 그 부근의 땅을 나누어 차지해 버린 선례가 있었기 때문이다. 이번에도 황제가 그렇게 할 것이라고 일본 외무성이 의심한 것도 무리는 아니었다.

"카이저가 루스벨트 대통령에게 무슨 서한을 보낸 모양이다."

외상 고무라 주타로는 미리 가네코 겐타로에게 훈령을 보내 알렸다.

"어쩌면 독일은 이 전쟁에서 한몫을 차지하고 싶은데, 단독으로는 할 수 없으므로 미국을 유혹하고 있는 것 같다. 귀관은 즉각 대통령과 접촉하여 사실 여부를 확인하라."

이 서한의 내용은 주미 공사 다카히라 고고로(高平小五郎)의 귀에도 들어가 있었다.

가네코는 즉각 루스벨트에게 회견을 신청했고 여느때나 다름없이 곧 허락을 받았다. 가네코는 단도 직입적으로 질문했다.

"황제한테서 비밀 친서가 대통령께 와 있다지요?"

루스벨트는 황제에 대한 신의 때문에 그것을 밝히고 싶지 않아, 그런 친서는 오지 않았다고 시치미를 뗐지만, 가네코는 끈질기게 매달렸다.

"독일은 전에 일본에 해로운 짓을 한 적이 있습니다. 이번에 또 그런 짓을 되풀이할지 모른다고 일본은 두려워하고 있습니다. 그것은 우리나라의 안위에 관계되는 일이니, 꼭 좀 그 친서를 보여 주셨으면 합니다."

루스벨트는 거부하면서, 그대는 황제를 나쁜 인물로 생각하고 있으나 결코 그렇지 않다. 그것만은 말할 수 있다고 말했다.

가네코는 비장한 표정으로 다시 부탁했다. 루스벨트는 마침내 뜻을 굽혀 그에게 황제의 비밀 친서를 보여 주었다.

황제에게 프랑스에 대한 망상이 있다고 하지만, 친서에는 황제 자신의 속셈도 적혀 있었다.

"나는 한 치의 땅도 바라지 않는다."

가네코는 다 읽고 나서 크게 안도의 한숨을 내쉬면서, 먼저 루스벨트에게 사과했다. 루스벨트가 말한 '카이저에게는 악의가 없다'는 말을 믿지 않고, 그 말의 보장으로서 남에게 보여 줄 수 없는 비밀 친서를 보여달라고 졸라 댄 것은 '참으로 친구를 믿지 않는 태도였다'고 사과한 것이었다.

가네코는 곧 본국에 전보를 쳤다.

'독일 황제에게 사심 없음.'

이번 전쟁 중에 이 전보만큼 일본의 원로와 수상, 외상을 안심시킨 것은 없었다. 국제 무대에서 일본 외교의 취약함을 이보다 더 단적으로 보여주는 일은 없었을 것이다. 루스벨트가 말하는 '편집병자 같은 황제'의 망상은 다시 일본 정부를 망상에 빠지게 했다.

"황제와 같은 인물은 무슨 짓을 할는지 모른다. 이를테면, 러시아와 별안간 군사 동맹을 맺고 러시아·독일 두 나라가 일본을 공격하여 나중에 만주 땅을 러시아와 함께 나누어 갖게 되지 않을까?"

야마가타 같은 사람은 이렇게까지 걱정했을 정도였다. 만주 땅을 나누어 갖는 것보다, 국력이 궁핍해진 오늘날 만주의 광야에서 러시아군뿐 아니라 독일군을 상대로 싸워야 한다면 일본의 멸망은 거의 틀림없었다. 가네코 겐타로의 '안심하라'는 뜻의 전보가 일본 당국을 얼마나 기쁘게 했는지는 가쓰라가 일부러 이 전보를 들고 궁으로 달려가 메이지 천황에게 보여준 것만 보아도 알 수 있다.

루스벨트 대통령은 러시아의 주미 대사 카시니에게도 자주 강화를 권고했다.

"러시아인에 대한 나의 애정은 언제나 변함이 없다. 그리고 나는 문명 세계의 일원으로서 문명을 지키지 않으면 안 된다고 생각하고 있다. 강화는 러시아를 위한 것이기도 하고, 세계를 위한 것이기도 하다. 어떻게 생각하는가?"

이런 뜻의 말을 테프트 국무 장관으로 하여금 말하게 하기도 하고, 자기 스스로 말하기도 했다. 그러나 카시니는 고집이 세었다.

'카시니의 성격'이라는 말을 루스벨트가 이따금 사용할 만큼, 그는 오만하고 완고한 성격이었다. 이를테면, 미소를 미소로 표현하지 않고 거꾸로 증오나 살의로 표현하는 식으로, 표정이나 말에서 그 인물의 진실이나 진의를 파악하기 어려운 사람이었다. 외교의 본질은 책략보다 성실성에 있다는 것은 어느 나라에서나 통용되는 원칙이었는데, 일반적으로 러시아인의 외교에는 성실도 성의도 없고, 표리(表裏)의 속임수만으로 움직인다는 말을 듣고 있었다.

이것은 때로 러시아인 가운데 유례없이 성실하고 소박한 인물이 있다는 말과 이율배반적인 것 같지만, 러시아인이 국가를 등에 지고 있을 때는, 그와같은 러시아의 훌륭한 민족성이 나오지 않았다.

그 이유는 전제 국가의 폐해라고밖에 할 말이 없다. 문관이건 무관이건 러시아의 관리들이 가장 무서워하는 것은 그 국가의 전제자——황제——와 그 측근(황후도 포함)들이며, 그들은 항상 대내적인 일에만 관심을 가지고 전제자의 의향이나 비위를 건드리는 것만 두려워하여, '누가 뭐라고 하든 러시아를 위해서는 이것이 최선의 방법이다'라는 사고방식을 가진 고관이 드물었다. 전제의 폐해는 여기에 있었고, 러시아가 패전한 이유도 여기에 있었으며, 나아가서는 황제 니콜라이 2세가 마침내 가족과 더불어 혁명에 희생되어 사라지는 까닭도 여기에 있었다.

"나는 러시아인을 사랑하지만, 러시아 제국의 정체(政體)는 싫어한다. 나아가서 러시아 정부 당국자의 말은 언제나 믿을 수 없다."

루스벨트가 5월 13일자로 조지 오토 트레벨센에게 써보낸 편지 속에 있는 말도, 러시아라는 나라와 그 고관이 어떤 것인가를 잘 나타내고 있다.

주미 대사 카시니도 개인으로서는 결코 악인이 아니었다. 그러나 공적인 입장이 되면 러시아식의 복잡한 가면을 썼다.

하기야 그가 루스벨트의 측근에게 실토한 말 중에는, 그로서는 예외라 할 만한 정직한 말도 있었다.

"개인적으로는 지금 이 봉천의 단계에서 강화를 하는 데 찬성한다. 그러나 황제가 그것을 용납하지 않는다."

전제의 무서운 면이라고 할 수 있는 것이다.

세계의 역사 속에 무수한 전제자가 나왔지만, 그 가운데 불과 2, 3명만이 뛰어난 정치적 업적을 남겼을 뿐 나머지는 모두 전제때문에 국가를 망치고, 자기 일신의 파멸을 초래했다. 그러나 존재 그 자체가 이미 악(惡)인 전제자들은 항상 역사상 몇 가지 예밖에 없는 영웅적인 선례를 신성시함으로써 자기의 전제를 정당화하는 버릇이 있었으며, 정상인 이하의 능력 밖에 가지지 못한 니콜라이 2세조차, 즉위하자마자 다음과 같이 선언했다.

"짐은 짐의 부제(父帝)가 하신 것처럼, 전제의 원리를 흔들림 없이 지켜나갈 생각이다. 이것을 국민에게 알리도록 하라."

위대한 러시아는 한 사람의 어리석은 자에게 이끌리고 있었던 것이다. 물론 그 어리석은 자가 용감한 영웅적 현자였다면, 전제의 폐해는 더욱 더 끔찍한 것이 되었을 것이 틀림없지만……,

루스벨트 대통령만큼 러시아 제국의 정치적 본질을 통찰하고 있었던 정치가는 그 시대에 드물었다고 할 수 있다.

"내 마음은 페테르스부르크의 고관(高官)에까지는 전해지고 있네. 그러나 황제에게는 전해지지 않고 있단 말이야."

이 무렵 그는 일본의 주미 공사 다카히라에게 실토한 적이 있다. 루스벨트는 이렇게 말했다.

"페테르스부르크에 부임한 우리 러시아 주재 대사가 황제를 알현하고 내 의도를 전했지. 대사는 일본과 강화하는 편이 러시아의 이익이라고 온갖 말로 간곡히 설득하면서, 미국은 항상 러시아의 이익을 위해 일할 것이니 미국을 이용하라고 말했지만 황제는 우유부단한 사람이라 대답을 주저하고 계속 침묵을 지켰다는군. 공교롭게도 그 옆에 황후가 있었던 거야."

그 황후란, 나중에 괴승 라스푸틴에게 놀아나 러시아 궁정을 혁명의 불길 속에 던져넣는 데 중요한 역할을 한 히스테리 체질의 여성이다.

그녀는 그녀 나름대로 대일 전략 같은 것을 갖고 있었다. 그 근거는 신하들이 귓속말한 것이나 측근인 안나 비르보바 부인이 감정적으로 그녀에게 주입한 것 등으로 성립되어 있었다. 아무튼 그녀는 강화하는 것에 반대하며 전쟁을 계속해야 한다고 생각하고 있었을 뿐 아니라, 의지가 약한 황제에게 항상 그 의지를 공고히 하도록 설득시키고 있었던 것이다.

황제가 침묵한 까닭의 하나는 곁에 있는 황후 알렉산드라에 대한 주저 때문이었다. 러시아 황제는 일본 천황과 달라서 전쟁을 그만두려고만 하면 당장이라도 뜻대로 그만둘 수가 있었다. 미국 대사가 그렇게 제언했을 때, 이를테면

"경에게 맡기노라."

하고 한 마디만 하면, 미국은 강화 조정을 향해 움직이는 것이다.

러시아의 운명은 이 전제 황제의 성대(聲帶)에서 나오는 육성에만 맡겨져 있었던 셈이다.

이 러일 전쟁이 러시아 제국에 얼마나 불리한 것인지, 이 제국의 앞날을 염려하는 관리들은 다 알고 있었다.

상기하면——메이지 투의 말이지만——그 여순 요새 공방전 때 러시아측의 콘드라첸코 소장은 병사들에게 가장 인기있는 장군이었으며, 더욱이 적확한 전투 지휘를 하여 일본군이 나중에 그를 위해 전사 장소에 위령탑을 세

위주었을 정도였다.

"이 싸움은 러시아에 이익이 되지 않는다."

이 용감한 장군도 줄곧 생각했다. 그리고 그 의견이 황제에게 전달되도록 상관인 스테셀 장군에게 글로 써 올린 적이 있었다. 비테도 이 사실을 나중에야 알고, 다음과 같이 그 회상록에 쓰고 있다.

"우리 여순의 영웅 콘드라첸코 장군은 용기를 다하여 스테셀에게 애원투의 편지를 보내, 폐하께 사태를 솔직하게 상주하여 일본과의 강화를 통해 러시아를 큰 불행에서 구할 수 있도록 진언해 달라고 했다."

러시아 제국을 사랑하는 이성적인 사람들은 크건 작건 콘드라첸코와 같은 생각이었는데, 미국 대사와의 알현 때 황제는 곁에 있는 황후의 눈치를 보느라고 끝내——루스벨트의 표현을 빌리자면——침묵을 지키고 말았던 것이다.

황후가 전쟁 계속론을 주장하는 이유는 몇 가지나 있었는데, 그 중에서 가장 큰 것은 저 웅대한 규모를 가진 발틱함대가 극동에 접근하고 있다는 것이었다. 이 대함대가 승리에 들뜬 일본에 크게 철퇴를 내릴 것으로 믿고 있었던 것이다.

봉천 회전에서의 일본 국력 쇠퇴에 대해 루스벨트 대통령은 너무나 잘 알고 있었다.

동시에 일본인이 자만하기 시작했다는 것도, 도쿄의 공사관에서 일본의 신문 논조를 종합한 것을 보고받아 알고 있었다.

일본에서는 신문이 반드시 예지와 양심을 대표하지 않는다. 오히려 유행을 대표하는 것이며, 신문은 만주에서의 승전을 방자하게 보도하여 국민을 선동하는 동안 선동된 국민들로부터 오히려 더욱 선동되는 궁지에 빠져 일본은 무적이라는 비참한 착각을 품게 되었다. 일본을 에워싼 국제 환경이나 일본의 국력 등에 대해 논하는 일이 어쩌다 있어도, 자기 성찰이 전혀 없는 논조가 되어 있었다. 신문이 만들어 낸 이때의 분위기가 나중에는 일본을 태평양 전쟁에까지 끌어 가게 되고, 또 끌고 가기 위한 바탕 체질을 신문 자신이 이 승전 보도 속에서 만들어 버렸으면서도 신문은 자신의 체질 변화를 조금도 깨닫지 못하고 있었다.

전후, 루스벨트가 '일본 신문의 우익화(右翼化)'라는 말을 사용하여 이를 경계했는데, 이미 봉천 회전 전인 2월 6일자로 이탈리아 미국 대사 마이어에게 이렇게 써보냈다.

"일본인은 전쟁에 이기면 우쭐해져서 뻐기며 미국이나 독일 그 밖의 나라에 반항하게 될 것이다."

일본의 신문은 외교 문제에서는 어느 시대에나 냉정을 잃었는데, 그것은 일본 국민성이 짙게 반영된 것이기도 하다. 그처럼 항상 한쪽으로 기울어지기 좋아하는 일본 신문과 그 국민성이 그 후에도 일본을 항상 위기에 몰아넣었다.

루스벨트는 일본에 호의를 가진 세계 역사상 최초의 외국 원수였는데, 그가 얼마나 정치적인 천재였는지, 일본이 근대 국가로 출발한 지 30여 년밖에 안 되는 데도 그 원형의 본질을 통찰하고 있었던 것이다. 그는 일본을 위해 미국 대통령이라는 한계를 넘어서면서까지 계속 호의를 보여 주었지만, 동시에 그가 무서운 인물인 것은 마이어에게 보낸 편지로도 알 수 있듯이, 그는 전후 미국은 일본의 위협을 받게 될 것이라고 예언하고, 미국의 존립을 위해서는 해군을 강대하게 키워야 한다고 역설한 뒤 "우리 해군은 해마다 강력해지고 있다. 이 우수한 해군력이 일본 및 그 밖의 나라와의 부질없는 분쟁을 미연에 막아줄 것이다."
라는 뜻의 말을 했다는 점이다.

그는 5월 15일, 상원 의원 로지에게 보낸 편지에서
"나는 러시아에 여순 함락 후 즉각 강화에 들어가는 편이 유리하다고 설득했으나, 러시아는 이 충고를 물리치고 봉천 회전의 뼈아픈 고통을 맛보고 말았다. 러시아는 그것을 후회하고 있는 것 같다."
고 말하고, 이어 일본에 대해서도 다음과 같이 말한다.

"일본은 지금까지 나에게 강화의 알선을 맡기려고 노심초사해 왔다. 그런데 봉천 회전의 승리가 일본인을 흥분시켜 버려서, 이 회전 후 내가 강화하라고 권고했더니 거꾸로 이를 거부하는 과실을 범했다. 나의 추리로는 일본의 군인들은 배상금과 토지 분할을 요구해야 한다고 주장하고 있는 것 같다."

다시 루스벨트는 러시아의 태도에 대해 이렇게 말했다.

"그런데 러시아는 일본에 배상금을 지불하거나 토지를 분할해 주는 굴욕을 싫어하여, 지금 항해 중인 로제스트벤스키 제독의 함대가 일본 해군에 타격을 줄 것을 기대하고 있다."

루스벨트가 조정이라는 것의 어려움을 이때처럼 통감한 적은 없었을 것이다. 그리고 제삼자인만큼, 일본 국민성의 천박한 부분과 러시아 제국을 움직이는 암흑의 한 집단——궁정——의 성격을 절실하게 느꼈을 것이 틀림없다.

일본의 외교에도 소홀한 점이 많았다.

가장 중대한 것 중의 하나는 고다마 겐타로가 이미 말한 것처럼 봉천 전선의 포연 속에서 도쿄로 돌아가 '왜 평화의 깃발을 흔들지 않는가?'하고, 정략·군략의 중추부에 제의한 것이다. 또 한 가지는 이 고다마의 신호로 이른바 고무라 외교가 강화 공작에 본격적으로 착수하기 시작했을 때, 그 실무를 맡은 주미 공사 다카히라 고고로가 빚어낸 실수였다.

다카히라는 어학에 능통한 미국통이라는 장기밖에 없는 외교관으로, 뛰어난 외교관의 불가결한 조건인 경륜이 없었다. 외교관은 아무리 말단의 일을 담당하고 있더라도 언제든지 일본 수상직을 맡을 만한 경륜과 구상을 준비하고 있어야 하는 성격의 직무인데 비해, 다카히라는 유능한 심부름꾼 타입의 인물로, 워싱턴에 주재하고 있어도 도저히 루스벨트의 상대가 될 만한 사나이가 아니었다.

그는 외상 고무라로부터 훈령을 받자 엉뚱한 억측을 했다.

"일본은 해전을 피하고 싶은 모양이구나."

다카히라는 러일 양국의 해군에 대한 연구가 부족했다. 실로 이 시대에 해군을 가진 나라로 해군에 대한 소양이나 지식을 갖지 않은 외교관이 존재한다는 것도 불가능한 일인데, 다카히라뿐 아니라 일본 외교관에게는 그런 조건을 필요로 하는 전통조차 없었다. 그런 탓도 있어서 다카히라는 발틱함대가 극동에 나타나면 일본 해군은 진다고 생각하고 있었으므로, 그 선입관 때문에 이 훈령을 보자 당연히 '일본은 해전을 피하고 싶은 모양이다'라고 해석한 것이다.

뿐만 아니라 이것을 국무 장관 태프트에게 얘기하고 말았다.

말한 내용은 대략 이런 것이었다.

"일본 정부는 무척 겁이 많아졌다. 나한테는 분명한 말을 털어놓지 않았지만, 내가 짐작건대 일본 정부는 발틱함대가 내항하기 전에 강화를 맺으려는 속셈인 모양이다."

러시아의 스파이라면 모르되 일국의 외교관이 타국의 외정 담당 장관에게 이런 말을 할 수는 없는 일이다. 더욱이 그 발언 내용이 터무니없는 것이고, 일본 정부의 속셈도 뭐도 아니었다. 다카히라가 왜 이와 같은 말을 했는지 불가해하다고밖에 할 말이 없지만, 그것은 일본인 기질의 한 전형인 아첨을 포함하여 친한 척 하기 위해——아니, 상대편에게 고양이 새끼처럼 응석을 부리기 위해, 말하자면 상대편의 마음을 이러한 방식으로 붙잡기 위해—— 자기가 속한 상부 구조의 무지와 두려움을 비굴한 웃음으로 털어놓아 버리는 심리에서 나온 것 같다. 다카히라는 일종의 쓸쓸함을 담은 겸허한 표현이랍시고 한 말이었는지 모르지만, 결국은 그런 종류의 아첨을 해보인 건지도 모른다. 그러나 일본이야말로 꼴불견이 되고 말았다. 고다마도 고무라도 그리고 해상(海相) 야마모토도 발틱함대의 동방 항해가 두려워서 그 전에 허둥지둥 강화를 하고 싶다고는 털끝만큼도 생각해 본 적이 없었던 것이다.

태프트는 깜짝 놀랐다.

마침 루스벨트는 여행 중이어서 워싱턴에 없었다. 태프트는 곧 루스벨트가 가 있는 곳으로 편지를 썼다. 루스벨트는 그것을 읽고 생각했다.

'뜻밖의 일이다. 일본 해군이 그 정도밖에 안된단 말인가?'

그는 일본 해군의 실력에 대해 그때까지 높은 점수를 주고 있었는데, 이 다카히라의 발언 이후 달리 보게 되었다.

루스벨트는 확실히 일본 해군의 실력을 높이 평가하고 있었다.

그는 러일전쟁이 시작되자 러일 두 나라의 전력 실태를 파악하려고, 육군 관계의 조사를 참모본부의 채프 소장에게 명령하고, 해군 관계는 뉴욕의 해군 대학에 명령하여 각기 상세한 보고를 입수하고 있었으므로, 이를테면 가네코 겐타로나 다카히라 고고로보다 군사면에서 본 일본을 더 잘 알고 있었던 것이다.

"러시아 해군에게 이길 것이다."

해군에 대해 당초 루스벨트는 가네코에게도 이렇게 말했다. 그는 가네코와 같은 법학과 출신으로 변호사 경력을 갖고 있었는데, 그 해군 지식의 해박함은 이만저만한 것이 아니었으며, 가네코가 거기에 놀라자, 자네, 잊으면 곤란해, 나는 전에 해군성 차관을 지낸 적이 있다네, 하고 웃었다.

발틱함대와의 결전에 대해서도 작전론까지 피력한 적이 있었다.

"내가 일본 해군을 위해 작전안을 생각한다는 것은 참으로 무례한 얘기지만 한번 들어보겠나?"

"정면으로 도전해서는 안 되네. 일본이 갖고 있는 함선은 얼마 안 되니까 한 척이라도 헛되이 잃는 일이 없어야 해. 일본 해군의 목적은 극동에 돌입해 오는 로제스트벤스키 함대의 진행을 막으면 되는 것이니까, 정면으로 충돌해서는 이득이 없어. 알겠는가, 일본 함대를 둘로 나누어 로제스트벤스키 함대를 협공하는 것처럼 측면에서 공격하는 것일세. 끝까지 측면 공격으로 나가면 절반은 가라앉힐 수가 있지."

물론 도고와 아키야마는 그러한 안을 취하지 않고 세계의 해전사와 해군 전략을 일변시키는 새로운 안을 은밀하게 세워두고 있었는데, 루스벨트의 안도 결코 비전문가의 안이라고는 할 수 없었다. 다만 그는 세계 해군의 전통인 '해군은 전술은 없다, 군함끼리의 상호 공격이 있을 뿐'이라는 낡은 사상 위에서 그와 같은 생각을 한 것뿐이다.

아무튼, 루스벨트는 일본 해군을 높이 평가하고 있었는데, 주미 공사 다카히라가 실언해 버린 데서, 사고방식이 조금 바뀐 것이다.

'아니, 대단치 않습니다. 일본의 원로들은 해전 전에 강화를 맺고 싶어하고 있습니다.'

더욱 중요한 것은 다카히라가 태프트에게 한 이 말이 러시아측으로 새어나가서, 페테르스부르크가 일체 강화에 응하지 않는다는 태도를 점점 더 굳힌 것이다.

어쨌거나 다가오는 러일 해전에 대한 루스벨트의 예상은 큰 변화를 가져와 이런 말까지 하게 되었다.

"일본 해군의 훈련과 사기는 러시아의 그것보다 뛰어나다. 그러나 해군은 기계에 달려 있다. 도고 함대의 세력은 40척으로 된 발틱함대에 비하면 훨씬 못 미치므로, 설혹 러시아 함대를 절반쯤 가라앉히더라도 결국은 군함의 수가 많은 러시아측에 유리한 결과가 나타날 것이다."

게다가 다카히라의 발언 때문에 루스벨트가 그토록 기대하며 열심히 러시아측을 설득해 온 강화 문제는 러시아측의 굳은 방침으로 말미암아 멀리 사라져 버렸다.

루스벨트는 국무 장관 태프트에게도 말했다.

"조정의 가능성은 멀어졌다. 일본에 불리해질지 모르지만, 해전 결과를 기다려서 중재에 들어가는 수밖에 도리가 없을 것 같다."

러시아는 봉천까지 겪은 육전의 실패를 외교면에서는 끝내 인정하지 않았고, 때문에 러일 양국의 운명은 다가오는 해전에 달려 있게 되었다. 이 전쟁은 전쟁이라는 것이 극적 구성을 가졌던 시대에 있어서 최후이자 최대의 실례로서 역사적 위치를 차지하지만, 사태는 그 중에서도 가장 극적으로 전개되고 있는 것 같았다.

동으로

'세계가 시작된 이래, 군함이 지나간 적이 없는 항로'

로제스트벤스키와 그 함대는 기함 승조원인 젊은 조선기사 폴리투스키가 두려운 듯한 필치로 이렇게 표현한 항로를 따라 동쪽으로 나아가고 있었다.

약 8노트로 나아가지만 도중에 해상 급탄을 위해 전함대가 정지하기도 하고, 구축함을 끌고 가는 로프가 끊어지거나 함선이 고장나면 수리도 해야 했기 때문에 자주 항해를 멈추곤 하여, 이 함대가 인도양을 횡단하는 데만도 20일이나 걸렸다.

다만 그들이 하느님의 은총을 입고 있다고 느낀 것은 그 20일 동안 인도양이 내내 맑은 날씨였다는 것이다.

러시아인들은 지구의 표면에 이토록 무표정한 공간이 있었던가 하여 거의 염세적이 되기까지 했다. 풍경이라야 번쩍이는 태양과 푸른 하늘, 그리고 파도라기보다 단조로운 주름에 지나지 않는 수면이 끝없이 펼쳐져 있고, 육지는 전혀 보이지 않았다.

도중에 겨우 작은 군도를 보았을 뿐이었다. 차고스 제도였다.

'차고스 제도에 일본 순양함이 숨어 있는 것이 아닐까?'라는 소문이 승조원들의 신경을 건드렸으나 그런 일도 없었다. 이따금 파도 위를 날치가 떼지어 뛰어올랐다. 그것이 이 단조로운 풍경을 깨뜨리는 유일한 구경거리였다.

인도양 항해에는 옛날부터 투신 자살자가 나온다는 말이 있었는데, 이 항해 때도 그랬다. 기선 '키예프'의 수병이 바다에 뛰어들었는데 이를 구조하려고 '키예프'는 기함에 신호하여 함대의 정지를 부탁했으나, 로제스트벤스키는 투신한 이유가 아마도 자살 같다는 것을 알자 "자살자의 희망대로 하자"고 신호하여 함대를 정지시키지 않았다. 로제스트벤스키의 이 항로는 러시아 해군성이 정한 것도 아니고 동맹국인 프랑스 해군성이 조언한 것도 결코 아닌, 그 자신이 정한 것이었다.

"다음의 세 항로가 전략적으로 가장 좋을 것이오."

원래 프랑스 해군성은 함대가 노시베에 있을 때 로제스트벤스키에게 이렇게 조언한 일이 있었다. 셋 중의 하나는 론보크 해협과 셀레베스 해를 건너는 항로, 두 번째는 티모르 해와 트레스 해협을 빠져나가는 항로, 세 번째는 오스트레일리아 남쪽과 산호해를 건너는 항로이다. 이 셋이라면 약간 성가신 우회 코스이기는 하나 이 함대를 눈에 불을 켜고 수색하고 있을 일본 해군의 눈을 속일 수 있다.

"이 셋 중에서 하나를 선택하시면 각하에게 이익이 있을 것입니다."

프랑스 해군의 드 프레이시네 중장은 일부러 문서로 이렇게 가르쳐 준 것이다. 하기야 이 충고에는 프랑스 나름의 계산도 섞여 있었다. 이 세 항로라면 프랑스 식민지를 지나가는 일도 없고, 프랑스가 급탄항을 제공할 필요도 없으며, 따라서 국제 분쟁에 말려드는 것을 면할 수가 있다. 그러나 로제스트벤스키 제독은 독자적인 항로를 잡았다.

이 함대가 20일간에 걸친 인도양 횡단을 거친 뒤 제일 먼저 좌현 전방에 희미한 섬 그림자를 본 것은 4월 5일의 태양이 그 섬 저편에 막 솟아올랐을 때였다. 줄곧 육지를 그리워하고 있던 각 함의 승조원들은 앞다투어 왼쪽에 있는 뱃전으로 몰려갔다.

아마 대(大)니코바르 섬이었던 모양이다. 이윽고 오른쪽 뱃전에 육지가 보였다. 수마트라 섬의 북단이었다.

이 함대는 말라카 해협을 빠져나가려 하고 있었다.

"무슨 소리야!"

이 함대의 침로가 그렇다는 것을 현지로부터의 전보로 안 프랑스 외상 델카세는 외무성 비밀 첩보부의 러시아 담당관 모리스 팔레올로그에게 투덜거렸다.

"하는 수 없군요. 러시아인이 그걸 좋아하고 있으니까."

팔레올로그가 말했다. 말라카 해협은 수마트라 섬과 영국령 말레이 반도에 끼어 있는 좁은 골목 같은 해협으로, 그 골목은 400마일이나 계속된다. 다시 말해 말레이 반도라는 영국 거류지에 바짝 붙어서 해협을 밀고 나아가는 것이다. 영국인에게 이 함대를 봐 달라고 하는 것처럼 나아가는 꼴이라, 침로를 감춘다는 전략적인 고려는 거의 없는 것과 같았다. 그 말레이 반도 끝에 영국의 동남아시아 지배의 근거지인 싱가포르가 있다.

"온 세계 사람들이 이 대담성에 놀랄 거요."

폴리투스키도 이 해협을 통과할 때 조금은 자포자기하는 심정으로 자기 아내에게 보내는 편지에 그렇게 썼다. 말라카 해협은 세계의 항해자들이 오가는 번화가였다. 당연히 다른 나라 기선과도 마주칠 것이다. 그것으로 온 세계의 신문들이 발틱함대가 있는 곳을 보도하게 될 것이었다.

더 무서운 상상은 이 좁은 해협의 어느 곳에 일본 수뢰정들이 숨어 있을지 모른다는 것이었다.

상상은 허위보도를 낳았다.

"네덜란드 영토인 어느 군도를, 일본 해군이 네덜란드의 묵인 아래 잠복지로 사용하고 있다."

기함의 막료들까지 이것을 절반은 믿었다고 하니, 그것으로도 그들의 심리 상태를 짐작할 수 있을 것이다. 대체 네덜란드라는 나라가 러시아의 미움을 살 것을 알면서 굳이 이해관계가 거의 없다고 할 수 있는 일본에 과연 이익을 줄 것인가를 생각하면 그것이 허위보도라는 것은 뚜렷해진다.

이런 허보가 나온다는 자체가 러시아 해군이 얼마나 외정(外政) 감각이 없느냐 하는 것을 입증한다.

"이 좁은 해협에서 수뢰정의 야습을 받으면 어떻게 되지? 포는 선수와 선미에 있는 것밖에 사용할 수 없게 되잖아."

그런 대화가 막료들 사이에서 나왔다. 당연한 일이었다. 현측의 포를 사용하면 양쪽의 육지에 포탄을 퍼붓게 되어 다시 북해에서 빚었던 국제 사건을 되풀이하게 된다.

이 말라카 해협을 다 통과할 때까지 함대의 사관과 병사들은 녹초가 될 정도로 신경을 썼다. 로제스트벤스키도 일본의 불의의 수뢰 공격을 예상하고 진형을 바꾸어 항해했다. 어느 날, 순양함 알마즈로부터 '구축함 비슷한 것 10척 발견'이라는 신호가 기함에 들어와 전함마다 함내가 어수선해졌으나 확인되지 않았다.

결국 그들의 상상력은 모두 허사가 되었다.

함대는 무사히 해협을 통과했다.

발틱함대가 극동으로 가는 마지막 모퉁이라고 할 수 있는 싱가포르 앞바다에 도달한 것은 4월 8일 낮이었다.

백주의 당당한 태도라고 할 수 있었다. 영국의 지배 하에 있는 싱가포르는 세계의 항해자들로 봐서는 중심지였고, 나아가서 일본의 동맹국인 영국의 해군 시설이 여기에 있는 한, 이 함대가 사람의 눈에 띄지 않게 그 앞바다를 지날 수는 없었다.

사실상 사진까지 촬영되어 그 위용을 후세에 남겼다. 함대가 이열 종대를 지어 나아갔다. 각 함이 하얀 항적을 그리고 검은 연기가 하늘을 가렸으며, 이따금 구축함이 분주히 함대 사이를 누비고 다녔다. 그것은 보는 자로 하여금 숨을 삼키게 하는 장관을 이루었는데, 적어도 싱가포르의 역사 이래 이만한 대함대가 그 앞바다를 통과한 것은 처음 있는 일이었다.

"일본 해군에게는 미안한 말이지만 이 대함대에 저항할 방법이 있을까?"

마침 그 전날 〈타임스〉지는 이런 식의 의문과 불안을 곁들여 군사 기고가가 쓴 일본 해군에 대한 충고를 싣고 있다. 그 취지는 보르네오 섬이나 어딘가에 육상 포루를 구축하고 발틱함대를 포격하여 그 힘을 약화시키라는 것이었는데, 〈타임스〉지 답지 않은 논설이었다. 보르네오 섬은 영국령과 네덜란드령으로 나뉘어져 있는데, 만일 일본이 포루 설치를 계획한다 하더라도 영국이나 네덜란드가 그런 중립위반을 허가할 까닭이 없었다. 게다가 발틱함대는 4월 8일 싱가포르를 통과하고 있어서 곧 보르네오 섬의 서쪽 끝에 접근한다.

일본은 설혹 영국과 네덜란드가 허가하더라도——어림도 없지만——포루를 구축할 시간적인 여유가 전혀 없었다. 그런데도 〈타임스〉가 일부러 이와 같은 충고를 실은 것은 도고(東鄕) 함대가 반드시 질 것으로 내다보고 이런 암시를 줄 셈으로 그랬는지도 모른다.

"어떻게든 결전을 피하여 해군력을 지켜내는 방법을 강구하라."

이 관측이나 충고의 배후에는 아마 영국 해군성 계통이 관계하고 있었던 것이 틀림없고, 그렇다면 영국 해군성 계통에서는 일본 함대의 승리가 어려워진 것으로 보기 시작했다고 할 수도 있다.

미국의 해군성도 마찬가지였다. 미국 해군성은 처음에는 일본의 승리에 낙관적이었으나 발틱함대의 내용을 알게 되자 차츰 비관론으로 기울였고, 따라서 루스벨트 대통령의 관측도 미묘하게 변화하기 시작하고 있었다.

"어딘가 원양에서 잠복 대기하시오."

일본에 호의를 가진 해군 전문가라면 누구나 도고에게 이렇게 충고하고 싶었을 것이다.

그런데 우스꽝스럽게도——어쩌면 당연한 일이지만——항해 중인 발틱함대의 막료실에서도

"도고는 반드시 보르네오나 어디 그 근처에 잠복하고 있다."

라고 생각했고, 그 공포의 예상을 누구 하나 부정할 수 없었다.

막료들의 공포는 로제스트벤스키의 공포이기도 했다.

그는 간밤에 말라카 해협을 항해할 때, 전함대의 탐조등으로 수역을 비추게 하여 일본의 수뢰 공격에 대비했다.

"왜 일본 해군은 말라카 해협에 잠복해 있지 않았을까?"

날이 새고 점심때쯤 싱가포르를 통과할 때도 간밤에 한숨도 자지 않았던 막료들은 이것에 대해 서로 이야기하였다. 아마 나투나 제도——보르네오 섬의 서북 앞바다——근처에 잠복하고 있는 것이 아닐까 하는 관측에 거의 의견이 일치했다.

이러한 의혹과 공포에서 나온 상상을 결정적인 사실로 만들어 버린 사건이 있었다. 함대가 싱가포르 앞바다를 통과할 때, 육지에서 한 척의 론치가 검은 연기를 토하면서 전속력으로 다가왔다. 선미에 러시아 국기가 나부끼고 선수에는 몸집이 큰 남자가 서 있었으며, 그 옆에서 열심히 수기신호(手旗信號)를 하고 있는 남자도 있었다.

정지하라는 신호인 것 같았다.

로제스트벤스키는 기함 '스바로프'의 사령관실에서 나와 망원경을 들여다

보더니 내뱉듯이 말했다.

"바보 같은 놈이군."

'함대를 정지시키는 바보가 어디 있어', 하고 중얼거리며 계속 응시하고 있는 동안 수기 신호가 뚜렷해졌다. '본선에 러시아 영사가 타고 있다. 개인적으로 사령관과 면회하고 싶다'는 것이었다.

로제스트벤스키는 받아들이지 않고 구축함 '베드위'에 신호하여 론치 곁으로 가라고 명령했다.

베드위가 론치에 가까이 가자, 큰 몸집의 러시아인이 외쳤다.

"나는 루다프스키다, 싱가포르 주재 러시아 영사다! 굉장한 정보가 들어와 있다."

베드위의 함장은 함에서 상반신을 내밀고 영사가 외치는 내용을 들었다. 과연 몸이 오싹해지는 무서운 내용이어서 베드위는 부랴부랴 론치에서 떨어져 제1전함전대를 향해 흰 파도를 헤치고 달리기 시작했다. 허둥대는 강아지 같았다.

이윽고 베드위가 제1전함전대를 따라가 배후에서 합류하면서 메가폰으로 외쳤다.

"3주일 전, 일본 함대 22척이 싱가포르에 내항했다. 그 후 출항하여 보르네오로 향했다. 보르네오 부근에 라브안이란 작은 섬이 있는데, 거기서 우리 함대를 잠복 대기하고 있다."

이런 것이었는데, 오늘날 이것을 생각해보면 기괴하다고 할 수밖에 없다.

'일본 함대 22척'이 싱가포르에 들어간 사실이 전혀 없는데 첩보 의무를 띤 싱가포르 영사가 어쩌자고 이런 허위정보를 중대한 듯이 발틱함대에까지 전해주러 갔을까? 항간의 낭설을 믿었거나 아니면 일본 간첩이 발틱함대의 신경을 소모시키려고 이런 허위정보를 러시아 영사의 귀에 들어가도록 흘렸거나 둘 중의 하나일 것이다.

영사도 우스꽝스러웠지만, 이런 종류의 미확인 정보를 사령관에게 직접 전하지 않고 메가폰으로 해상을 외치고 다닌 베드위 함장도 미숙한 사람이었다.

다시 구축함 베드위의 메가폰은 "봉천 회전은 아군의 패전으로 끝났다"며 별로 급하지도 않은 내용까지 외치기 시작했다. 싱가포르 영사는 이것도 뉴스라고 전한 것이다.

"크로파트킨 장군은 좌천되었다. 후임 총사령관은 리네비치 장군이다."

파도를 헤치면서 이렇게 외치고 다녔다.

이런 종류의 일반 전황을 부하에게 알리느냐 마느냐 하는 것은 원래 사령관의 통솔에 관한 일일 것이다. 먼저 사령관 자신이 그것을 알고 그런 다음 부하들에게 알릴 것인가, 그만둘 것인가, 만일 알린다면 어떤 내용과 방법을 택해야 할 것인지, 사령관 자신이 판단할 필요가 있었다. 일개 구축함의 함장이 떠들고 다닐 일이 아닌 것이다.

로제스트벤스키 제독은 그렇게 생각했다. 그러나 그는 베드위 함장을 나무라는 것보다 보르네오 근해에 있다는 일본 함대에 대비하는 일이 급했기 때문에 즉각 온 함대에 임전 태세(臨戰態勢)를 명했다.

각 함에 소동이 일어났다. 의자와 테이블 같은 불에 타는 물건은 모조리 부수어서 선창에 운반되었다. 전함 스바로프의 조선 기사 폴리투스키 같은 사람은 포전에 대비해서 고막을 보호하기 위해 솜을 준비했을 정도였다.

이날 밤 함대에는 잠을 자는 사람이 아무도 없었다.

그러나 이튿날 오후, 돌아온 초계함의 보고로 아무래도 싱가포르 영사가 전한 말은 거짓말 같다는 것을 알았다.

함대는 다시 무표정으로 돌아갔다. 여전히 침로를 북으로 잡고 항해를 계속했다. 함내의 더위는 참기 어려웠고 더욱이 야간 경계 때문에 사관도 병사도 체력과 신경이 지칠 대로 지쳐 버렸다. 생각해 보면 노시베를 나온 이래 이미 20일 이상 대양을 떠돌며 한 번도 기항하지 않았으므로 신선한 야채와 날고기도 바닥이 드러나 있었다.

"우리 제독의 식탁에도 이미 보드카, 날고기, 커피가 나오지 않게 되었다."

폴리투스키는 이렇게 쓰고 있다.

병사들은 이 혹서의 항해가 지긋지긋해져서 막료 세묘노프 중령이 들은 바로는 이렇게 말하는 자까지 있었다.

"하루빨리 도고의 포탄에 맞아 죽고 싶다."

모두가 육지를 원했다.

4월 11일, 함대에 선행하고 있던 초계 부대가 영국 기선과 마주쳐 버렸다. 영국 기선은 다가와서 신호를 내걸었다.

"우리는 일본 구축함 몇 척을 목격했다. 어쩌면 오늘 밤 수뢰 야습이 있을지 모른다."

이렇게 친절히 가르쳐 주었는데, 이런 종류의 허위정보만큼 이 함대에 해로운 영향을 미치는 것은 없었다.

그러나 그 다음 12일은 아무 일도 없었다.

다시 그 다음날, 캄란 만 근처에서 전 함대가 정지하여 석탄을 싣기 시작했다. 이윽고 해가 졌으나 함대는 만에 들어가지 않았다. 해도가 부정확해서 소함정으로 미리 측량하지 않으면 안 되기 때문이었다.

이 함대가 조국을 떠난 것은 지난해 가을이었다. 10월 15일, 리바우 항을 떠나온 뒤 헤아려 보면 이 캄란 만에 도달하는 데 6개월이 걸린 셈이었다.

캄란 만은 남베트남(프랑스령)의 동쪽 해안에 있는 만으로 수심이 충분하고 꼭 여순항의 지형을 닮아 내항과 외항으로 나뉘어 있었다.

하기야 엄밀히 말해서 그것은 작은 만이지 항이라고 하기는 어려울지도 모른다.

왜냐하면, 프랑스 해군은 그곳을 기지로 삼고 있다고는 해도, 실제로는 항만 시설을 거의 만들지 않고 있었던 것이다.

만의 자연은 황량했다.

열대이면서도 식물이 적고 회색 암석이 두드러졌으며, 해안이라고 해도 태양에 바싹 말라 푸석푸석해진 것 같은 잿빛 모래사장이었다. 낮은 지대 여기저기에 메마른 관목 숲이 있는 것이 이 만을 죽음의 풍경에서 간신히 구해 주고 있었다.

사람은 거의 살고 있지 않았다. 전신국이 있는 곳에 프랑스인 몇 사람이 살고 있는 것과 베트남인이 50명쯤 오두막을 짓고 살고 있을 뿐이었다.

4월 14일, 함대는 외양에서 만으로 들어갔다. 만안에는 프랑스 군함과 기선은 없었다. 함대는 빈집에 들어간 것 같아서 어쩐지 마음이 놓이지 않았다.

그러나 여러 가지 이유가 이 함대를 이 만에 묶어 두었다.

식량과 석탄의 적재는 물론이고 그밖에도 네보가토프 소장이 이끌고 온다는 제3태평양함대를 여기서 기다리지 않으면 안 되었다.

"네보가토프가 끌고 오는 낡은 전함은 아무런 쓸모가 없다."

이것이 노시베에 있을 때부터 품고 있던 로제스트벤스키의 사고방식이었다. 일본 근해를 고속으로 돌파할 경우, 고철과 같은 네보가토프의 전함들은 오히려 방해만 될 뿐이었다.

이 함대가 캄란 만에 다다른 지 나흘 만에 처음으로 프랑스 군함이 한 척 입항했다. 장군기를 내건 순양함이었으며, 기함 '스바로프'와 서로 예포를 교환했다.

동맹군인 프랑스의 제독은 드 종키에르라는 소장이었다. 그는 스바로프로 찾아와서 로제스트벤스키에게 경의를 표하고, 로제스트벤스키도 상대방 순양함을 예방했다. 종키에르 제독은 전쟁에 대해서는 언급하지 않고 줄곧 고상한 대화를 마련하여 시종 우호적인 태도와 미소를 끊이지 않고 내보였다.

그런데 이날부터 닷새 뒤의 아침, 다시 그가 찾아왔을 때 들고온 용건은 로제스트벤스키로서는 참으로 불쾌한 것이었다.

"퇴거해 주기 바란다."

이런 내용이었다. 프랑스로서는 자국 군항을 러시아 함대에게 빌려주는 것은 중립의 입장상 난처하다는 것이다. 러시아 함대가 캄란 만에 주저앉아 있는 데 대해 영국이 시끄럽게 항의해 오고, 일본도 파리의 모토노(本野) 공사가 외무성에 항의했다는 것이다.

"본관으로서는 본의가 아닙니다만 워낙 본국 정부의 명령이라서."

종키에르는 미소와 더불어 이렇게 말했다.

'러시아 함대가 프랑스령 베트남의 캄란만에 들어가 있다.'

이 소식은 확실히 파리의 외무성을 놀라게 했다. 외상 델카세는 이런 일이 일어나서 이제 동정할 필요가 없는 러시아 때문에 프랑스가 국제 분쟁에 휘말려 들어가는 것을 전부터 두려워하고 있었다.

이 정보를 델카세에게 전한 것은 당시 외무성 첩보부에서 근무하다가 뒤에 외교사에 관한 많은 저서를 남긴 모리스 팔레올로그로, 그가 나중에 발표한 일기에 의하면 그 날은 4월 19일이다.

델카세는 거의 당황했다고 해도 좋을 정도였다.

"캄란 만? 대체 캄란 만이라는 만이 우리 속령에 존재하고 있었던가? 나는 지명조차 들은 적이 없어. 더욱이 그 장소에 프랑스 관헌이 주재하고 있었다는 것도 처음 듣는 일이야."

팔레올로그는 캄란에는 프랑스 관헌이 주재하고 있지 않지만, 러시아 함대가 그곳에 들어가 있다는 것은 이미 국제적인 화제가 되어 있습니다, 하고 말했다.

아울러 팔레올로그는 당시의 일반적인 프랑스 지식인과는 달리 일본에 대해 조금의 호의도 가지고 있지 않았으며 반면에 러시아에 대해서는 깊은 이해와 애정을 갖고 있었다.

그는 외상 델카세의 곤혹에 동정하고 동시에 로제스트벤스키도 동정했다.

"로제스트벤스키는 캄란 만에서 네보가토프 소장의 제3함대와 만날 작정입니다. 그들이 도착할 때까지 2주일은 걸릴 것입니다. 만일 우리나라가 로제스트벤스키에게 퇴거를 명령하여 그것으로 말미암아 그가 본국으로부터 오는 증원 부대를 기다릴 장소를 잃고, 또 충분한 식량을 실을 기회를 잃는다면 그 이유로 하여 두고두고 러시아로부터 불평이 쏟아질 것입니다. 우리는 프랑스의 냉혹한 태도 때문에 졌다고 말입니다. 만일 진다면 모든 책임을 우리나라에 덮어 씌울 것입니다."

"바로 그래."

델카세는 화가 나서 말했다. 묘안은 하나밖에 없었다. 다행히 현지인 사이공에 인도차이나(베트남) 분견대 사령관인 드 종키에르 제독이 있었다. 그는 오히려 외교관에 적합한 기지와 부드러운 태도를 가진 군인이었으므로, 이 처리를 그에게 일임하는 것이 나을 것 같았다. 본국에서 그에게 내린 훈령은 이런 것이었다.

"러시아 함대를 되도록 부드럽게 24시간 이내에 퇴거시키라. 그 다음에는 러시아 함대가 어디로 가든 관심이 없다는 표정으로 사이공으로 돌아가라."

물론 외상에게는 지휘권이 없으므로 해군성에 그와 같은 조치를 취하도록 의뢰했다. 해군성은 그럴 줄 알고 있었다.

발틱함대는 4월 22일 캄란 만을 떠나 외양으로 나가 앞바다에 표박하기 시작했다. 표박은 오래 지속되었다. 놀랍게도 25일까지 줄곧 떠있었던 것이다.

그러나 함대는 멀리 가지 않았다.

26일에는 캄란 만 북쪽 50해리에 있는 반퐁 만에 기어들어 가고 만 것이다.

물론 반퐁 만도 프랑스령이었다.

이 보고를 내각 회의 석상에서 들은 수상 루비에는 테이블을 두들기며 분개했다.

"우리 해변을 마치 러시아령인 것처럼 작전 근거지로 삼고 있는 뻔뻔스러운 함대 같으니!"

그리고 당장 러시아 수도 페테르스부르크에 항의하라고 말했으나, 외상 델카세는 항의 문제를 그대로 묵살해 버렸다.

발틱함대의 승조원이 매일 보고 있는 육지는 두말할 것도 없이 아시아 최대의 반도였다.

'인도차이나 반도'

이 러시아 함대의 막료들은 막연히 그렇게 부르고 있었으나, 막료들조차 사이공이나 캄란 등이 프랑스령이라는 것 말고는 이 광대한 대지와 장대한 연안에 대한 지리적 내지 정치적 상식은 갖고 있지 않았다. 요컨대 몽고족 계통의 날씬한 몸매를 가진 원주민의 거주지라는 것밖에 아는 것이 없었다.

국명도 이전부터 확실치 않았다.

"월남(베트남)"

이처럼 일컬어지는 것은 엄밀히 말하여 지역 이름일 것이다. 중국에서는 옛날부터 한민족 문명의 중심 지역은 황하 유역이며 양자강 이남은 아득한 남방의 오랑캐의 땅인 것처럼 생각하고 있었다. 양자강 이남의 땅에 한민족 문화의 아류가 정착하게 된 것은 춘추전국시대쯤일 것이다. 그 무렵, 강남땅은 막연히 '월(越)'이라 불리고 있었다. 월이라는 글자에는 멀다는 뜻이 있다. 화북의 문명 지대에서 본다면 가시 범위 밖에 있었기 때문이리라. 또 월(粤)이라고도 쓴다. 황하 중심의 한민족으로 본다면 오랫동안 이민족으로 간주되어 왔다. 나아가서 이 종족이 잡다한 데서 백월(百粤)이라고도 불렸다. 인도차이나 반도는 그 월보다 더 남쪽에 있다. 이 때문에 월남이라 불렸으며 베트남이라 불리기도 했다. 베트남이라는 것은 요컨대 타민족이 그렇게 부른 호칭이지 베트남인들이 지은 이름은 아니다.

이밖에도 호칭이 무척 많다. 대월(大越)이라 부른 적도 있었고, 안남(安南), 대남(大南), 남진(南晉), 대구월(大瞿越), 교지(交趾)라고도 불렀다. 주민은 온화하고 가족 제도 아래서 벼농사로 안주하고 있었으므로 이 반도를 통일하는 대제국의 출현을 보지 못한 것이 근대에 이르러 이 지방에 커다란 불행을 초래하게 된 것이다.

러일전쟁의 이 시기보다 120년 전쯤 일본의 덴메이 연간(天明年間), 프랑스인 선교사가 이 땅에 정치적 관심을 갖고 응우옌푹안(阮福映)이라는 통일의 야심을 가진 영웅을 지원하여, 프랑스 후원 아래 베트남 통일을 성취시켰고, 그것으로 베트남에서 특권적인 지휘를 차지했다. 이러한 예는 일본 역사의 어느 시기와 매우 닮았다. 막부 말, 프랑스는 도쿠가와(德川) 막부를 철저히 지원했다. 특히 오구리 고즈케노스케(小栗上野介)를 포섭하여 신국가를 구상하도록 도와 주었다.

"도쿠가와 집안은 무력으로 300제후를 정벌하여 전제 정권을 확립하고 장군을 대통령으로 만드시오. 그러기 위한 자금과 병기, 그리고 군대는 우리가 제공하겠소."

오구리는 이 구상의 신봉자가 되었다. 이 시기까지는 프랑스의 구상은 성공하는 듯이 보였으나 결국은 정적(政敵)인 가쓰 가이슈(勝海舟)의 반대 운동——가쓰는 이 운동을 위해 사쓰마 번 등 반막부 세력을 선동하는 것도 서슴지 않았다——때문에 좌절되고, 또 장군 요시노부(慶喜)도 최종적으로 받아들이지 않아 일본은 베트남과 같은 비극을 면할 수 있었던 것이다.

프랑스는 그 후 1세기에 걸쳐 베트남에 세력을 침투시켜 이 발틱함대의 기항으로부터 22년 전에 이 광대한 지대를 보호령으로 삼았으며, 특히 코친차이나 부분을 직할령으로 만드는 데 성공했다.

요컨대 이 땅은 프랑스령인 것이다. 러시아는 그러한 서구 열강의 흉내를 내고 싶었다. 그래서 만주와 조선을 차지하여 늦게나마 프랑스령 베트남의 흉내를 내려 한 것이다. 그 결과가 러일전쟁이 되었고, 이 전쟁의 승기를 잡을 수 있는 최후의 희망으로 대함대가 정박하고 있는 것이다.

'정박하고 있다.'

이 표현은 함대의 실정으로 말하면 적당하지 않다. 표박하고 있다고 해야 마땅할 것이다.

"24시간 이내에 캄란 만에서 나가라."

이런 프랑스 측의 통고를 받은 것은 4월 20일이었다. 물론 프랑스 정부를 대표하는 종키에르 제독은 그 태도나 말투가 파리의 사교계가 평가하더라도 최고의 점수를 받을 만큼 우아한 것이었다.

부하에게는 화를 잘 내는 성급한 로제스트벤스키도 종키에르에 대해서는 결코 불쾌한 태도를 보이지 않았다. 로제스트벤스키도 함대 안에서는 폭군이었는지 모르나, 페테르스부르크의 궁전에서는 프랑스풍의 범절을 터득한 세련된 궁정인이었다. 그러기에 시종무관으로서 황제와 황후의 평가도 높았던 것이다.

"같은 해군으로서 종키에르군의 입장을 동정하고 싶다."

그리하여 그 다음날 외양(外洋)으로 나갔다. 바로 영해 경계 해상에서 이열종진(二列縱陣)을 짜서 정지하기도 하고, 때로는 느린 속도로 떠돌다가 다시 크게 움직이기 시작하여 반퐁 만으로 들어가기도 했으나, 거기서도 축출당하여 다시 외양으로 나간 뒤 정지와 느릿한 움직임을 되풀이하며 문자 그대로 표박했다.

아무런 목적도 없이 전함대가 제자리걸음을 되풀이하고 있었던 것이다. 군함을 움직이고 있는 병사들로서 이처럼 권태와 초조를 자아내는 함대 행동은 없었다.

"대체 사령관은 뭘 하고 있는 거야?"

모두 불평을 해댔다.

이윽고 그것이 동맹국 프랑스의 냉혹한 조치라는 것을 알자 공격형의 성격을 가진 자들은 말했다.

"프랑스는 봉천 회전에서 러시아가 진 뒤부터 손바닥 뒤집듯이 냉혹해졌다. 이런 벽지의, 이름도 없는 만을 사용하는 것조차 거부한단 말이냐. 우리는 일본보다 프랑스를 미워해야 한다."

내향적인 성격인 사람은 이렇게 말하여 의기소침했다.

"우리는 온 세계에서 미움을 받았다. 마지막 친구인 프랑스에게까지 이런 대우를 받는다면 과연 전쟁에 이길 수 있을지 어떨지?"

그리고 불평파 병사들은 이런 실수는 모두 러시아 제국의 무능함, 나아가서 로제스트벤스키와 그 분신인 사관들의 무능으로 빚어진 것이라고 해석하고 비난했다.

특히 이 견해는 병사들의 대다수를 사로잡았다. 아울러 말하자면 러시아에 혁명의 기운이 일어난 원인은 수없이 많으나 러시아 시민들이 정부, 구체적으로 관리의 능력에 절망적인 불신감을 갖게 된 것도 그 하나로 들 수 있다. 관리의 무능과 그에 대한 민중의 불만은 재정 러시아에서 뿌리뽑을 수 없는 병의 근원이었다. 군대의 경우는 사관의 무능이 그것이라, 거기에 생명을 맡겨야 하는 병사로서는 페테르스부르크나 모스크바의 시민보다 불만이 더 심각했다.

바꾸어 말하면 전시에 있어서 병사의 지속적인 복종심은 오로지 사관의 유능함에서 성립되는 것이다. 그러므로 사관 계급의 존엄성이 엷어지고 병사의 사관에 대한 복종심이 눈에 띄게 저하된 이 무렵에 캄란 만에서 쫓겨나 표박하기 시작한 이 함대에서 항명 사건이 빈발한 것은 어쩔 수 없는 일이었다.

결국 로제스트벤스키의 함대는 혹서의 반퐁 만 앞바다에서 20여 일에 이르는 장기간을 표박한 셈이 된다. 대함대의 해상 표박이 이토록 장기간에 달한 기록도 사상 처음이었다. 이 때문에 만 수천 톤의 석탄을 헛되이 소비해 버렸고 더욱이 프랑스측은 석탄의 공급마저 거부했다.

그 동안 로제스트벤스키는 순양함을 사이공에 보내 페테르스부르크와 부지런히 교신했다. 로제스트벤스키가 보낸 전보의 취지는 다음과 같다.

"지금 우리는 해상에서 곤경에 빠져 있다. 도저히 네보가토프 소장의 함대를 기다릴 수 없으며 또 기다리는 것에 대한 전략상의 필요성도 인정할 수 없다."

즉, 단독으로 블라디보스토크로 가는 것을 허락해 달라는 탄원에 가까운 것이었다. 그때마다 페테르스부르크에서는 기다리라는 대답만 되풀이할 뿐이었다.

로제스트벤스키에게 이 페테르스부르크의 훈령이 얼마나 불쾌했는지는, 훈령이 올 때마다 그가 식욕을 잃은 것만으로도 알 수 있다. 그는 식탁에 나온 것을 거의 그대로 남겼다.

그는 황제의 속셈을 이해할 수 없었다. 함대운동을 위해 거추장스러운 존재에 지나지 않는 그 어처구니없는 노후 함대를 왜 장기 표박이라는 큰 희생을 치르면서까지 기다려야 하는가. 이에 대해서는 막료들도 같은 의견이었다.

문외한이라도 알 수 있는 일이었다. 함대가 걸음을 나란히 하여 움직일 경우, 속력이 늦은 함에 모든 군함이 보조를 맞춘다. 즉 전함대가 노후함이 되는 셈이며, 단순히 네보가토프 함대가 불필요할 뿐 아니라 전 발틱함대가 큰 손실을 초래하게 되는 것이다.

그런데 페테르스부르크의 해군성은 전혀 견해를 달리하고 있었다.

"낡았어도 전함은 전함이다. 그 거포는 크게 위력을 발휘할 것이다."

이렇게 포력만 평가했다. 이 견해에는 해군에 아무런 지식도 없는 알렉산드라 황후가 가장 강력한 태도로 찬성하고 있으며, 따라서 황제도 이 파견을 중지할 생각이 없었다. 황제의 의사 하나로 전 러시아의 운명이 좌우되는 러시아적 전제의 폐해가 이 한 가지 일에도 짙게 드러나 있었다.

확실히 페테르스부르크의 궁정과 해군성은 해군 전략에 대해 아무것도 모른다고밖에 생각할 수 없었다. 아직도 범선시대의 두뇌로 있거나, 해전이란 한 척 한 척의 함정끼리 서로 치고받은 다음 더하기 빼기의 총계로 승패가 정해진다고 생각하고 있는 모양이었다.

이 때문에 로제스트벤스키가 그 대함대를 조직할 때 제쳐 놓았던 노후함들을 긁어모아 로제스트벤스키의 함대를 보강하려 한 것이다. 네보가토프 소장이 그 사령관이었다.

네보가토프 함대는 다음의 다섯 척이 주력이었다.

니콜라이 1세 9,594톤

아프락신 4,126톤

세냐빈 4,960톤

우샤코프 4,126톤

모노마프 5,593톤

이 함대가 대항해를 하기 위해 정비하고 있던 1월 9일 페테르스부르크에서 유혈 사건이 발생했다. 이 때문에 해군 공창의 노동자들이 동요하여 조선소에서도 파업이 일어났다. 뿐만 아니라, 함대의 출진으로 봐서는 불길한 사건이 빈발했다.

이를테면 세냐빈——불과 4,960톤이지만 한 시대 전에는 전함이었다——에서는 수병이 식사가 나쁘다고 하여 폭동 직전의 소동을 일으켰는데, 이때 당직 장교인 한 소위가 호통을 쳤다고 해서 수병 하나가 뛰어나와 소위의 옆구리를 칼로 찔렀다. 소위는 빈사(瀕死 : 금방이라도 죽을 것 같은 모양)의 중상을 입었다.

이 노후 함대의 사령관에 임명된 네보가토프 소장은, 눈처럼 새하얀 수염이 얼굴을 절반이나 덮고 있어서 아직 55살인데도 나이보다 훨씬 늙어 보였다.

그러나 해군이 어떤 것인가를 체험적으로 잘 알고 있다는 점에서 그가 궁정의 수재였던 로제스트벤스키보다 뛰어난 뱃사람이라는 평판이 일부에 나 있었다. 제독의 최대의 자질이 인격적인 매력에 있다면, 네보가토프는 지도자로서 수병들에게서까지 아낌없는 경애를 받았다.

그들이 리바우 항을 출항한 것은 그 해 2월 15일이다. 전송도 앞서의 로제스트벤스키 출발 때에 비해 만주에서의 전황의 악화며 갑자기 높아진 사회 불안 등으로 전혀 화려하지 않았다. 더욱이 그들이 출항한 날은 바람이 강하고 해상은 거칠어, 사나운 파도를 무릅쓰고 나아가는 그 외로운 모습은 사람들에게 비장감을 넘어 불길한 인상마저 주었다.

그들은 발틱함대가 희망봉을 도는 코스를 취한 데 비해 지중해 코스를 잡았다. 이유는 간단하다. 네보가토프 함대는 중형함뿐이었기 때문에 수에즈 운하를 통과할 수 있었기 때문이다.

이 함대는 수에즈 운하를 지나 홍해를 거쳐 중간에 노시베 등에 들르지도 않고 인도양을 횡단했다.

네보가토프 소장의 군대 통솔은 그 당시의 러시아 육해군 장군들 가운데서 썩 훌륭한 편이었다.

그의 신조에 의하면 타고난 병사라는 것은 있을 수 없으며, 병사는 훈련으로 만들어지는 것이라 생각하고 있었다. 이 때문에 이 항해 동안 쉬지 않고 병사들의 훈련을 거듭했다. 그는 그 긴 함대 근무 경험으로 병사에게 용감함과 비겁함이란 없으며, 오직 훈련에 의한 움직임의 견실함과 허약함이 있을 뿐이라고 믿고 있었다. 또 그에 의하면 병사는 아무리 엄격한 훈련도 견딜 수 있다는 것이었다.

그들이 사기를 잃는 것은 병사의 심리를 전혀 이해하지 못하는 상관과, 일종의 군대악이라고 할 수 있는 여러 종류의 악습 때문이라고 생각했다. 그는 이 항해를 시작할 때, 사관들에게 이런 사고방식을 철저히 주입했다.

네보가토프의 신망과 이러한 방법은 항해를 거듭함에 따라 차츰 수병들의 반항심을 없애는 데 성공했다.

그가 로제스트벤스키와 합류할 때까지의 84일 동안 그 함대는 내부 통제가 참으로 잘되어서 거의 사고를 일으키지 않고 지낼 수 있었다.

그러나 그에게는 큰 고민이 있었다.

'이 노후 함대가 싸움터에서 얼마만한 존재 가치를 발휘할 수 있겠는가.'

이런 이유 때문이었다. 이 점에 대해서 그는 절망적인 기분을 가지고 있었으나, 막료들에게까지 자기 고민을 실토한 적은 없었다. 다만 '훈련 뒤에 전투가 있을 뿐이며 그 결과에 대해서는 하느님만이 아시는 일'이라고 말할 뿐이었다.

다만 네보가토프 소장으로서도 곤란한 것은 로제스트벤스키 함대가 어디에 있는가 하는 것이었다.

노시베까지는 알고 있었다.

그러나 그 이후는 알 수 없었다.

이미 말한 것처럼, 1월 18일 프랑스 외무성을 찾아가 외상 델카세 등을 만난 러시아 해군의 총참모부 참모 표트르 바실리예비치 두바소프 소장은, 화제가 발틱함대로 옮겨갔을 때 물었다.

"아아, 그 친애하는 페트로비치(로제스트벤스키), 그분의 함대는 지금 어디를 항해중인가요?"

이처럼 프랑스 측에 거꾸로 질문하곤 하여 프랑스 외무성과 해군성 관계자들을 아연실색하게 만든 일이 있듯이, 러시아의 관료 기구는 운영 능력이 없어서 함대를 내보낼 때 그냥 내보내기만 할 뿐, 진행 중인 함대를 유도해 주거나 정보를 제공해 주는 일은 거의 없었다.

네보가토프 소장의 경우도 마찬가지였다. 항해중의 석탄은 독일의 석탄회사로부터 보급을 받았고, 항로에 대해서는 각지에 주재하는 프랑스 해군무관의 도움을 받았을 뿐, 러시아의 재외 공관은 거의 도움이 되지 않았다. 러시아는 세계에서 가장 철저한 관료 국가이면서도, 관료 기구 자체는 녹이슬고 썩어 있어서 아무 소용도 없었다.

네보가토프의 항해는 침묵의 항해라고 할 만한 것이었다. 국제적인 사건도 일으키지 않고 함대에 대해 그는 큰 소리 한번 낸 적도 없었다.

"로제스트벤스키와 합류하라."

이런 명령은 받았으나, 그 본대가 어디 있는지 아무도 가르쳐 주지 않았다. 5월 1일, 말라카 해협에 들어가 4일 이른 아침 싱가포르 부근에 이르렀다. 이날 오후 1시, 함대 전방에 증기선 한 척이 가까이 오고 있는 것을 발견했다. 배 위에서 흰 옷을 입은 사람이 자꾸만 두 손을 흔들고 있었는데,

함대로서는 그걸 묵살해도 상관없는 일이었으나 네보가토프는 무언가를 직감했다. 그는 신호병에게 명령하여 기함의 앞 마스트에 검은 공을 올리게 하여 전함대의 기관을 정지시켰다.

함대는 섰다.

증기선은 겁을 먹은 듯이 때때로 방향을 바꾸었다. 이윽고 다가와서 기함 '니콜라이 1세' 옆에 댔다. 코르크 헬멧을 쓴 커다란 사나이가 올라왔다.

함상에 오르자 그는 군대식으로 경례를 했다. 턱 언저리에 화상 자국이 있고 오른쪽 눈썹 위에도 상처 자국이 있었다.

'주정뱅이 선원이 아닌가.'

네보가토프의 막료들이 그렇게 생각했을 만큼 그는 비틀거리며 간신히 서 있었다. 나중에 안 일이지만 극도의 피로로 인한 것이었다. 그는 방서모(防暑帽) 챙에 손가락을 갖다대고 거수경례를 했으나, 그 동안에도 줄곧 아랫입술이 축 처지고 굵은 눈물방울을 떨어뜨리고 있었다. 이 이상한 거동에서 사람들은 그를 주정뱅이라고 여긴 것이다. 이 시대의 식민지 거주자에게는 알코올 중독자가 많았다.

그러나 주정뱅이는 아니었다.

이 표류자는──믿을 수 없는 일이었지만──러시아 제국 해군의 수병이었던 것이다.

'러시아 군인들의 사기는 떨어지고 있었다.'

전반적인 관찰로서는 그렇게도 말할 수 있었으나, 다방면에 걸쳐 있는 전선이나 전투 단위를 세부적으로 관찰해 보면 결코 그렇지 않은 예도 수두룩했다.

이를테면 이 수병이 그러했다.

그는 비야토스크 현의 농촌 출신으로 바실리 표드로비치 바브시킨이라고 했다.

그는 개전 때 여순에 있었다.

여순함대──제1태평양함대──소속의, 비렌대령을 함장으로 하는 일등 순양함 '바얀'(7,726톤)의 기관병이었다. 바얀은 프랑스제 신예함으로 여순 전투에서는 에센 중령의 '노비크'와 함께 가장 용감히 싸운 군함이었다.

"바얀은 일본 함대의 항구 봉쇄 작전 중에 이따금 맹견처럼 도전해 왔다."

이 봉쇄 작전에 참가한 일본 해군 장병들의 기억에 생생히 남아 있었는데, 결국 바얀은 노기군이 203고지를 점령하고 육상에서 항내를 사격했을 때 격파되어 버렸다.

하기야 그 무렵에는 바얀뿐 아니라 항내의 군함은 텅 빈 것과 마찬가지였다. 각 함의 승조원들은 포를 육지에 올려놓고 포대를 신설하여 요새 방위를 위해 싸웠다. 수병 바브시킨도 그 중의 한 사람이었다.

그러나 항내에서 바얀이 포격되어 불이 났을 때, 그는 사관들과 함께 달려가 불을 껐다. 그때 일본군의 28센티 유탄포의 포탄이 떨어져 윗갑판에 구멍이 뚫렸고, 이어서 함은 바다 밑으로 침몰해 버렸다.

바브시킨이 다른 사람들과 함께 보트로 달아나 다시 육상 포대에 이르렀을 때, 일본군의 포탄이 제3방벽 옆에서 작렬했다. 바브시킨은 그 파편으로 온 몸에 18군데나 상처를 입고 여순 시가의 병원에 옮겨진 뒤, 이윽고 스테셀의 항복과 함께 포로가 된 것이다.

노기군의 군의가 그를 진찰했다.

"폐병이군. 다시는 군무에 종사하지 못할걸."

그는 포로수용소에 보내지는 대신 본국 송환 리스트에 올라갔다. 부상병으로서 본국 송환이 정해진 자는 외국선으로 러시아에 보내진다. 바브시킨은 배에 태워졌다.

배가 싱가포르에 기항했을 때 그 러시아 영사 루다프스키가 배까지 문병하러 왔다. 이때 바브시킨은 영사한테서 '며칠 뒤에 네보가토프 소장의 함대가 싱가포르 앞바다를 통과한다'는 이야기를 들었다. 이 영사는 두뇌의 구조가 어떻게 된 건지 도고가 보르네오에 잠복해 있다는 정보를 아직도 믿고, '네보가토프 각하에게 이것을 알려야 하는데 영국 경찰이 자기를 감시하고 있기 때문에 바다 위에서 접촉할 방법이 없다'고 걱정했다.

"제가 그 일을 맡지요."

19군데에 상처를 입은 이 여순 수병이 그 모험을 하겠다고 자청한 것이다.

수병 바브시킨은 증기선을 빌렸다.

동행자는 러시아 영사 대리 노릇을 하고 있는 프랑스 상인이었는데 지저분한 콧수염을 기르고 있었다. 그리고 인도인 운전사도 동행했다.

그들은 사흘이나 바다 위에 떠 있었다. 음료수가 모자라고 석탄도 바닥이 낮을 때 수평선상에 네보가토프 함대의 연기를 보았다.

함대는 5척의 군함으로 되어 있었고, 이밖에 7척의 기선을 이끌고 있었다. 공작선 '크세니아'(3,773톤), 병원선 '카스트로마'(3,507톤)와 5척의 석탄선인데, 그것들이 내걸고 있는 성 안드류스 기를 확인했을 때, 바브시킨의 흥분은 절정에 달하여 거의 실신할 지경이었다.

사실 그는 기함 '니콜라이 1세'의 윗갑판에서 자신의 신상에 대해 이야기하고 모든 것을 보고한 다음 싱가포르 주재 러시아 영사 루다프스키의 '밀서'를 네보가토프에게 건네주었을 때, 그만 의식이 몽롱해져서 요란한 소리를 내며 쓰러지고 말았다.

그러나 곧 정신을 차리고 자기 힘으로 다시 일어난 네보가토프에게 간청했다.

'다시 한번 극동의 싸움터로 데려다 주십시오.'

군의가 그를 의무실로 데려가 상처를 진단해보니 모두 나아가고 있었다.

네보가토프는 그의 재종군을 허락했다.

그런 다음 증기선에 물과 식량, 그리고 석탄을 주고 함대는 다시 항적을 끌면서 나아가기 시작했다.

네보가토프는 막료실에서 밀서를 읽으면서 고개를 갸웃거렸다.

도고가 보르네오 근해에 잠복하고 있다는 것이었다. 만일 일본군이 남방 해상에서 잠복작전으로 나온다면 이미 로제스트벤스키와 일전을 나누었어야 한다. 그것을 하지 않고 자기의 함대 같은 노후함만 노린다는 것은 이해할 수 없는 일이었다. 왜냐하면 잠복으로 일어날 국제분쟁이라는 커다란 대가를 치르기에는 예상되는 성과가 너무나 작은 것이어서 네보가토프로서는 아무래도 이 정보에 현실감을 느낄 수 없다는 생각이 드는 것이었다.

"모노마프(순양함)를 초계에 내보낼까요?"

막료 한 사람이 말했으나 네보가토프는 내보내 봐야 별 수 없을 걸, 하고 말했다. 행동 중인 함대가 무엇을 살피러 내보낼 때는 매우 빠른 군함이 필요한데, 네보가토프의 함대는 모두 저속인 데다 가장 잘 달리는 순양함(모노마프)조차 기껏해야 13, 4노트밖에 내지 못했다. 도고가 쥐고 있는 제3전대——순양함의 함대——의 '가사기(笠置)', '지토세(千歲)', '오토와(音羽)', '니타카(新高)' 등이 저마다 20노트로 달릴 수 있다는 것을 생각하면 네보가토프 함대의 성능을 알 수 있을 것이다.

"만나면 만나는 대로 그때 형편 봐서 하지 뭐."

네보가토프는 말했다.

그보다도 네보가토프에게 수병 바브시킨이 고마웠던 것은 그가 러시아 영사로부터 '로제스트벤스키 함대는 캄란 만이나 반퐁만에 있다'는 말을 들었다는 사실이었다. 만일 수병 바브시킨의 자발적인 행동이 없었더라면 네보가토프 함대는 아마 세상 끝까지 헤매지 않으면 안 되었을지도 몰랐다.

네보가토프 함대가 말라카 해협을 지난 뒤에도 로제스트벤스키 함대는 여전히 반퐁 만 3해리 앞바다에서 마치 어릿광대처럼 전진과 후퇴, 혹은 표박이라는 기묘한 거동을 되풀이하고 있었다.

전략이라는 점에서 보아 이보다 어리석은 행동은 없으리라. 전 세계의 냉정한 관찰자들이 모두 그렇게 보고 있었다.

네보가토프 함대가 기다릴 만한 가치 있는 함대인지에 대해서도 전 세계 전문가들은 부정적이었다.

그러나 로제스트벤스키가 스스로 좋아서 이 어릿광대 짓을 하고 있는 것은 아니었다. 그에게 그런 짓을 시키고 있는 것은 황제 니콜라이 2세와 황후 알렉산드라였다. 다시 말하면 황제에게 절대적 전결권을 주어 버린 러시아의 체제 자체가 그렇게 시키고 있는 셈이었다. 만일 이 나라 국민과 장병들이 이 어리석음에서 빠져나오려면 혁명을 일으키는 수밖에 없었다. 러시아의 전제 체제는 반퐁 만의 3해리 앞바다에서 갈대로 다 가버렸다는 느낌이었다.

더욱이 전제 국가의 관료 기구라는 것은 기능성을 잃고 있었다.

"네보가토프 함대가 언제 어느 근처를 지나 대략 언제쯤 반퐁 만 부근에 도달할 것인가?"

이런 일조차 로제스트벤스키와 막료들의 귀에는 전혀 알려지지 않고 있었다. 그들은 아무것도 모르고 있었다.

로제스트벤스키가 자기가 처한 상황을 이해하는 데 있어서 아무런 정보도 갖고 있지 않았다는 증거로 '네보가토프는 순다 제도나 보르네오 근처에서 일본 해군의 공격을 받을 것'이라고 확신하고 있었다는 것이다.

오히려 공격당하는 것을 로제스트벤스키는 바라고 있는 듯했다. 한 척도 남김없이 바다 밑에 가라앉아 버리면 성가시고 거추장스러운 존재가 없어져서 홀가분하게 블라디보스토크로 달릴 수 있고, 그것이 가장 좋은 패인지도 몰랐다. 만일 몇 척쯤 손상을 입더라도 나쁜 패는 아니다. 손상된 함은 이 반퐁 만 바깥 해상에서 수리해야 할테니, 그 때문에 날짜가 꽤 걸릴 것이다. 그렇게 되면 황제의 마음이 변해서 명령을 변경할지도 모른다. '내버려 두고 가라.'

"네보가토프 함대는 과연 올 것인지. 만일 온다면 일본의 습격을 받지 않고 무사히 도착할 수 있을지. 이 과제를 에워싼 내기와 담론이 함내를 가득 채우고 있었다."

로제스트벤스키의 기술 막료인 폴리투스키는 5월 6일자로 이렇게 쓰고 있다.

그런데 프랑스 외상 델카세의 첩보 비서관인 모리스 팔레올로그의 일기에 의하면, 프랑스 외무성은 네보가토프 함대의 그날그날의 위치를 그날로 알고 있었던 모양이다. 프랑스가 이 방면에 식민지를 몇 개 갖고 있다는 것이 정보 수집의 이점도 되고 있었는데, 러시아 외무성은 하다못해 그 정도의 정보나마 동맹국으로부터 내밀히 얻어듣는 재치도 없었고 노력도 하지 않았다.

5월 7일 오후에 이르러 캄란 만 북방의 나트랑에 나가 있던 구축함이 부랴부랴 되돌아왔다. 나트랑에는 전신국이 있어서 거기서 어떤 정보를 얻을 가능성이 있었다.

그 구축함은 싱가포르의 러시아 영사한테서 받은 전보를 들고 돌아왔다. 거기에는 이렇게 씌어 있었다.

"네보가토프 함대가 5일 4시 싱가포르 앞바다를 통과했다."

실제로는 4일 이른 아침에 싱가포르 앞바다를 통과했는데, 러시아 영사는 숫자에 엄밀하지 못한 두뇌의 소유자인 모양이었다.

5월 8일 밤, 네보가토프 함대를 찾으러 초계에 나가 있던 순양함 '젬추그'의 무선기가 그 함대의 송신을 처음으로 감지했다.

5월 9일 정오 조금 지나서 북진 중인 네보가토프는 그의 함대 중에서 가장 강력한 무선기를 싣고 있는 순양함 '모노마프'로 하여금 로제스트벤스키의 거함 '스바로프'를 불러내게 하여 교신에 성공했다.

"보아하니 그 패들은 무사히 온 모양이군."

로제스트벤스키는 사령관실에서 이 보고를 받자 마치 부양해야 할 친척

할머니가 찾아왔을 때와 같은 반가움과 당혹함이 교차되는 미소를 지으면서 침로를 가르쳐 주라고 명령했다.

같은 날 오후 2시, 아득히 남쪽 수평선상에 한 가닥의 연기를 발견했을 때 함대 장병들의 기쁨은 이루 말할 수 없었다. 함교에 앞다투어 뛰어올라가서 망원경을 서로 빼앗으며, 연기가 두 줄 세 줄로 늘어날 때마다 함대가 흔들릴 정도로 함성을 올렸다.

수병에 이르기까지 네보가토프의 노후 함대를 '떠 있는 다리미'라느니, '자동의 침몰함'이라고 욕을 했는데, 지금은 그런 것은 까맣게 잊어버린 듯 했다. 그들의 환희는 자기들을 증강하기 위한 부대가 왔다는 전술적인 든든한 마음에서 나온 것이 아니라, 러시아의 고향 자체가 이 낯선 바다로 이동해온 것 같은 인간적인 기쁨인 것 같았다. 7개월이나 되는 정처없는 항해는 그토록 그들을 고독하게 만들어 놓았다. 네보가토프 함대와의 해후는 그들의 고향에 대한 굶주림을 울고 싶은 감정으로 채워 주었다.

이윽고 네보가토프의 기함 '니콜라이 1세'가 날카롭게 튀어나온 충각으로 파도를 헤치며 두 개의 굴뚝에 연기를 뿜으면서 다가왔을 때, 로제스트벤스키가 타고 있던 기함 스바로프에는 '무사히 도착함을 축하함'이라는 신호가 올랐다.

네보가토프는 단종진으로 따라왔으나 이윽고 삼열 종진으로 바꾸어 로제스트벤스키 함대와 나란히 섰다.

스바로프의 함상에서 군악대 연주가 시작되고 또 각 함마다 윗갑판에 전원이 정렬하여 환성을 지르며 이 먼 길의 전우를 환영했다.

"와아!"

네보가토프 함대에서도 똑같은 소리가 들려와 함성과 음악으로 온 바다가 들끓는 것 같았다.

'이제 이길 수 있다.'

이 순간 함대의 거의 모든 사람들은 이런 생각으로 감동을 느꼈다.

이윽고 네보가토프 함대는 정지했다.

오후 4시, 기함 니콜라이 1세에서 증기선이 내려져 네보가토프 소장과 그 막료들을 태우고 해면을 미끄러지기 시작했다. 이날 하늘은 파랗게 개고 태양은 거리낌 없이 해면에 빛을 뿌리고 있었으나, 배 그림자가 만드는 해면의 빛은 암록색을 띠어 증기선은 그 반짝이는 해면과 암록색 바다를 누비면서 달렸다.

"저 굴뚝은 색을 칠해야겠군."

로제스트벤스키는 함교에서 네보가토프 함대를 바라보며 말했다.

어떤 까닭인지——그 이유는 어느 전사 연구에도 밝혀지지 않았다——로제스트벤스키는 자기 함대의 모든 굴뚝을 노란색으로 칠하게 했다. 이 황색 굴뚝만큼 도고 함대의 사격 때 도움이 된 것은 없었으며, 일본 측은 그 덕분에 적과 아군을 식별하는데 고심할 필요가 전혀 없었다.

그는 막료들에게 그렇게 지시해 두라고 명령했다. 정말 믿을 수 없는 일이었지만, 로제스트벤스키가 작전에 관해 네보가토프 소장에게 명령하거나 협의한 사항은 이것뿐이었다.

이윽고 네보가토프 소장과 그 막료가 기함 '스바로프'에 올라왔다.

트랩 위에서 러시아의 국운을 짊어진 두 제독이 얼싸안고 뺨에 키스를 나누었다. 이 극적인 광경을 온 함대의 승조원들이 지켜보았다.

이윽고 로제스트벤스키는 네보가토프와 그 막료를 사령관실에 초대하여 샴페인으로 건배했다. 스바로프의 막료들도 동석했다. 그 뒤 식사가 시작되었다.

식사 중에 누군가가 질문했다.

"항해는 어땠습니까?"

네보가토프는 간결하게 대답했다. 그의 석 달에 걸친 항해는 노후함을 이끌고 온 셈치고는 완전한 성공이었다고 할 수 있었다. 배의 고장도 없었고 수리가 필요한 손상을 입은 배도 없었으며, 지금 당장이라도 싸움터로 들어갈 수 있었다.

더욱이 네보가토프는 야간에 불을 끄고 항해했다. 로제스트벤스키는 야간에 해상 도시가 나타났다고 착각할 만큼 휘황하게 전등을 켜고 달렸으나, 네보가토프는 그 점에 있어서도 노련했다.

"용케도 충돌 사고를 일으키지 않았군요."

누가 말하자, 네보가토프는 '하느님의 가호가 있었지요', 하며 미소 지었다. 언동에도 여유가 있고 그 관활함과 소탈함은 러시아의 시골 면장을 연상케 했다.

"그런데, 앞으로의 침로와 작전에 관한 일인데……."

그런 말이 로제스트벤스키한테서 마땅히 나와야 했으나 그는 끝내 말하지 않았다. 다만 편성에 대해서만은 참모장을 통해 지시를 내렸다. 네보가토프가 이끌고 온 제3태평양함대(정식명칭)는 그 주력인 장갑함만으로 제3전함대가 편성되었다. 조그마한 함선, 즉 순양함 '모노마프'는 따로 떼어 순양함전대에 편입시키고 운송선은 일괄하여 수송선대 지휘관인 라트로프 대령의 휘하에 넣었다.

휴식은 한 시간 반 정도로 끝났다.

네보가토프는 스바로프에서 물러나 증기선을 타고 돌아갔다.

결과적으로 본다면 네보가토프는 버림을 받은 것과 마찬가지였다. 일본 함대와 어떻게 싸운다든가, 일본 함대의 소재는 어디라든가, 혹은 더 중대한 일로서 지금부터 어떤 침로를 택한다든가, 하는 것을 로제스트벤스키는 일체 말하지 않았다.

요컨대 검은 굴뚝을 노랗게 칠하라는 말을 들었을 뿐이었다.

함영 (艦影)

반퐁 만은 캄란 만의 약간 북쪽에 있는 황량한 해변이다.

발틱함대가 신과 황제의 뜻에 따라 일본을 응징하기 위해 이 만을 나선 것은 5월 14일 아침이었다.

이 아시아의 해역에 출현한 사상 최대의 함대 규모는, 네보가토프 함대와 합류했기 때문에 총수 50척, 배수량은 합쳐서 16만 200여 톤이라는 어마어마한 숫자로 부풀어 올라 있었다.

해전에서 승패를 결정하는 전함은, 일본 측이 '미카사(三笠)'이하 4척 밖에 갖고 있지 않은 데 비해 이 함대는 8척이나 갖고 있었다. 더욱이 이 함대의 주력을 이루는 4척의 전함 '스바로프', '알렉산드르 3세', '보로지노', '아료르' 등은 자매함 사상(思想)에서 생긴 신예함(新銳艦)으로 '미카사'급보다 새것이어서, 배의 나이로 강약을 판단한다고 하면 일본 측의 '미카사', '시키시마(敷島)', '아사히(朝日)', '후지(富士)'보다 충분히 우위에 서 있었다.

새로 합류한 네보가토프 소장의 함대는 워낙 노후함이라서 로제스트벤스키는 당초 계산 밖에 두고 있었으나, 그래도 역시 그 대구경포들이 해전 수역에서 떠있는 포대로서의 역할을 다할 수 있도록 그 위력을 냉정히 계산한 막료도 많았다.

전후, 익명으로 감상을 발표한 한 인물은 다음과 같이 쓰고 있다.

"네보가토프 함대의 출현이 전함대를 기쁘게 한 것은, 그 대구경 17문의 대포가 함대의 장래에 큰 희망을 불어넣어 주었기 때문이다. 싸움터에서 일본 함대는 그 우수한 속력을 이용할 것이다. 게다가 그들은 러시아 함대와의 사이에 큰 거리를 둘 것이 틀림없다. 그 큰 거리의 사격전에서는 네보가토프 함대의 포력이 충분히 의의 있는 것이 될 것이다."

로제스트벤스키도 네보가토프 함대를 보기 전에는 그것을 거추장스러운 존재로 취급했지만, 이 함대가 합류하고 그 숫자상의 전력이 일본 함대를 크게 능가했을 때부터 생각을 바꾸었다. 원래 러시아인은 암산 능력은 없으면서도 수량이 큰 것을 좋아하고, 무슨 일의 가치를 수량적으로 정하기를 좋아하는 버릇을 가지고 있었다.

그는 이 기쁨을 표현하기 위해 전함대에 난해한 신호를 내걸었다.

"신은 우리의 정신을 강화해 주시고, 일찍이 없었던 이 대원정을 극복하기 위한 힘을 빌려 주셨다. 신은 우리들로 하여금 황제의 희망을 이루게 하시고, 나아가서는 조국의 치욕을 피로 씻기 위한 힘을 주셨다."

"우리 제독은 신부님이신가?"

입이 험한 수병이 빈정거렸다.

아무튼 이 대함대는 5월 14일 마지막 정박지를 출발하여 축로 천리(舳艫千里), 싸움터를 향한 항해에 나선 것이다.

발틱함대가 5월 14일, 프랑스령 안남을 떠났다는 것은 함대에 있어서는 중대한 기밀이었으나, 파리 외무성에서는 대강의 추정을 할 수 있을 정도의 정보는 얻고 있었다.

프랑스 외무성은 이미 함대가 출항하기 며칠 전, 아니 함대가 그 무거운 엉덩이를 들려고 들썩거리고 있는 단계에서부터 정보를 파악하고 있었으며, 5월 12일에는 델카세 외상의 정보 비서관인 팔레올로그가 델카세에게 자기의 추측을 보고하고 있다.

"안심하십시오, 장관님. 함대는 현재 대만을 향해 침로를 잡고 있는 것으로 추정됩니다. 이것으로 이제 우리는 이 귀찮은 문제 때문에 골머리를 앓지 않아도 될 것입니다."

"러시아 함대가 일본 함대와 며칠 후에 조우할 것으로 보이는가?"

"프랑스 해군성에 문의해 보았습니다만, 적어도 10일 이내에는 회전이 일어날 수 없을 것 같습니다."

이것은 정확했다. 해전은 5월 27일에 일어났다.

"그리고 또, 우리에게는 도고 제독의 의향이 무엇인지 뚜렷하지 않습니다."

팔레올로그는 대답했다.

여기서 경탄할 만한 일이 있다.

로제스트벤스키가 각 함장에게 출항 후에 봉하라고 명령해 두었던 기밀——함대의 침로——에 대해서도, 팔레올로그의 5월 16일자 일기에 의하면 프랑스 외무성은 알고 있었다는 것이다.

"러시아 함대는 지금 조선 해협을 거쳐 블라디보스토크에 집결할 목적으로 동북을 향해 나아가고 있다……."

이렇게 명기하고 있다.

이 침로의 수수께끼만큼 일본 측을 괴롭힌 것은 없었다. 해군성이나 연합 함대 사령부뿐 아니라, 온 일본이 이 함대의 방향을 몰라 숨을 죽이며 걱정하고 있는 형편이었다. 화제가 바뀌는 것 같지만, 황후의 꿈에 흰 옷을 입은 무사가 머리맡에 나타났다는 소문이 항간에 나돈 것도 이 무렵이었다. 이름을 사카모토 료마(坂本龍馬)라고 했다. 그는 막부 말엽의 지사로 나가사키(長崎)에서 사설 해군을 만들어 일본 해군의 한 원류를 이루었는데, 이 꿈속에서 그는 이번 발틱함대의 동방 항해에 대해 걱정하실 것 없습니다, 하고 말했다 한다. 온 일본이 이것 때문에 노이로제 환자처럼 되어 있었던 무수한 사례의 하나였다.

일본은 정보가 늦었다.

5월 14일에 발틱함대가 반퐁 만을 떠나 극동으로 향했다는 것을 진해만의 도고 헤이하치로(東鄉平八郎)가 알게 된 것은 18일이었다.

즉각 활발한 초계 활동이 개시되었다.

이 초계 계획은 전부터 아키야마 사네유키(秋山眞之)가 입안하여 가토 도모사부로(加藤友三郎) 참모장을 거쳐 도고의 승인을 얻은 것으로서, 일본 해군이 낳은 독창적인 작전 행동이었다. 조선의 제주도와 4세보(佐世保)에 선을 그어 이것을 한 변으로 하는 커다란 정방형을 만든다. 이 정방향을 바둑판처럼 조그맣게 구획하여 수십 개로 나누고, 그 눈 하나하나에 초계용 함선을 배치하여 운용하는 것이다. 초계에는 비결전용 함선이 동원되었다. 그 수는 73척이라는 엄청난 숫자였다.

요컨대 로제스트벤스키는 함대를 이끌고 블라디보스토크로 들어가 버리면 된다. 그것으로 그의 작전 목적은 달성하는 셈이며 도중의 해전은 없을수록 좋았다.

전략적인 견지에서 보아도, 블라디보스토크 항에 러시아의 대함대가 가득 차 있다는 것만으로도 일본에 있어서 일본해는 이제 안전한 바다가 아니게 되고 만주로의 보급로에도 위협을 받게 되는 것이다.

그런데 도중에 일본 함대가 잠복하고 있는 것이다. 이것을 따돌리고 혈로를 뚫어 곧장 블라디보스토크로 도주하면 되는 것이지만, 역시 최상의 방법은 일본 함대와 만나는 일 없이 목적지에 도달하는 것이었다. 그것이 불가능하다면 비교적 손실이 적은 방법으로 달아날 수 있는 길을 생각해야 한다.

일본 함대를 태평양으로 끌어내는 방법이 있었다.

오가사와라 제도(小笠原諸島)를 점령하는 것이다. 오가사와라 제도를 미끼로 삼아 찾아오는 일본 함대를 도처에서 두들기고, 틈을 보아 전대마다 달아나 북방으로 우회해서 블라디보스토크로 향한다. 태평양은 워낙 넓어서 모습을 감추는 데는 안성맞춤이었으나, 이 방법의 난점은 항로가 낯선 데다가 도중에 연료가 떨어질 불안이 있었다.

"함대를 둘로 나누면 어떨까?"

이런 안도 나왔다. 쾌속 전함의 전대인 제1전함전대만으로 최단거리인 쓰시마 해협을 돌파하고 그 밖의 전대는 북방을 천천히 돌아 블라디보스토크로 들어간다는 안(案)이다. 이 두 방면의 작전은 일본 함대를 분산시킨다는 이점은 있었으나, 동시에 만일 일본 함대가 이쪽이 바라는 대로 분산해 주지 않을 경우, 쓰시마 해협을 가는 제1전함전대는 고스란히 포위되어 몰매를 맞을 위험이 컸다. 그러나 이 방법은 위험의 분산법으로서는 묘미가 있고, 살아남아 블라디보스토크로 들어갈 수 있는 함선 수는 여러 안 가운데 가장 많을지도 모른다.

또 하나의 안은 일본 측의 눈을 속이기 위해 소단위마다 가짜 항로를 취하기도 하고, 서로 양동작전으로 나가기도 하여, 적의 판단을 혼란시키고 그것에 이끌려 소부대씩 달려드는 일본 함대와 닥치는 대로 불시의 조우전을 벌이면서 따로따로 흩어져 블라디보스토크로 향하는 방법인데, 이것은 스스로 혼란을 빚는 것과 다름이 없어서 명예로운 러시아 제국의 해군으로서는 취할 방법이 아닐지도 모른다.

요컨대 결정적인 안이 없었다.

러시아 제국의 운명을 결정할 이 작전에 대해, 로제스트벤스키는 5월 8일 단 한 번 회의를 열었을 뿐 끝내 두 번 다시 열지 않았다.

믿을 수 없는 일이었지만 다음날 9일에 합류한 네보가토프 소장에게도 로제스트벤스키는 가장 중요한 이 화제를 꺼내지 않았고 지시도 하지 않았다.

그리고 14일에 닻을 올리고 출항한 것이다.

다만 로제스트벤스키는 각 사령관과 함장들에게 밀봉 명령을 내려 놓고 있었다. 출항 후 그들은 그 명령서의 봉인을 뜯었다.

"쓰시마로——"

이렇게 씌어 있었다. 더욱이 전속력으로 가라는 것이었다.

'발틱함대는 어디를 통과할 것인가?'

이 문제에 대해서는, 발틱함대 자체에서도 로제스트벤스키의 개인적인 결단 이외에 정견이 없었던 것처럼, 일본 측 수뇌들도 적의 의도에 대해 확고한 관측을 하지 못하고 있었다.

"쓰시마 해협을 빠져 동해 코스를 취해 주면 제일 좋지만, 태평양을 돌아 쓰가루 해협(津輕海峽)이나 소야 해협(宗谷海峽)을 지나갈 공산도 크다."

이런 무의미한 논의가 거듭되고 있었다.

만일 일본이 함대를 두 개쯤 갖고 있었다면 그 양쪽에 나누어 배치했을 것이다. 그러나 하나밖에 없는 이상 적이 태평양을 돈다면 되도록 조기에 그 정보를 입수하여 남부 조선의 진해만에서 재빨리 달려 나와 북방으로 돌지 않으면 안 되며, 쓰시마 코스를 택한다면 진해만에서 계속 잠복해야 한다. 이 행동에 조금이라도 착오가 생기면 러일전쟁 자체가 중대한 위기에 처하게 되고 만다.

아키야마 사네유키도 적이 쓰시마 해협으로 올 확률이 8할은 된다고 보고 있었다.

'북해 우회를 절대로 해서는 안 된다는 것은 물론이며……'

이렇게, 오가사와라 조세이(小笠原長生 : ^{당시}_{대본영 막료})가 훗날 쓴 글에도 있듯이, 여기서 있는 돈을 다 털어 어느 쪽이든 한쪽에 걸어 버리는 것이 과연 좋은지 어떤지, 그 자신이 이 도박의 입안자라 결단을 선뜻 내리지 못하고 그 궁리 때문에 인상이 바뀔 만큼 초췌해졌다.

"아키야마 군은 무척 주저하고 있는 것 같았으며, 퍽 근심스러운 얼굴을 하고 있었다."

당시 사네유키의 인상을 제4구축함대 사령이었던 스즈키 간타로(鈴木貫太郎) 중령——나중에 대장——은 이렇게 말하고 있다.

사네유키가 진해만에서 기선을 타고 쓰시마의 다케시키(竹敷) 요항부에 왔을 때의 일이다. 스즈키의 제4구축함대는 이등순양함 '이쓰쿠시마(嚴島 : 4,210톤)'를 기함으로 하는 제3함대와 함께 쓰시마를 근거지로 삼고 있었다.

밤에 요항부에 묵을 때 스즈키가 찾아와서 식사를 했다. 스즈키는 메이지 17년의 병학교 입학생으로 제14 기생이며 사네유키보다 3기 선배가 된다.

"아무래도 결정하기가 어렵습니다."

사네유키는 잔의 술을 마시는 것도 아니고 그저 잔을 입술에 갖다 댄 채 중얼거렸다. 안색은 맑지 않고 스즈키의 눈에도 거동이 기묘했다.

'이 사람이……'

스즈키가 의외로 생각했던 것은 병학교에 입학했을 때부터 묘하게 건방지고 졸업 후에는 해군을 혼자 짊어지고 있는 것처럼 자신만만했던 이 후배가, 처음으로 이러지도 저러지도 못해 난처해하는 표정을 보인 것이다.

"함대의 함장이나 사병들 가운데도 적이 태평양을 돌아 소야 해협이나 쓰가루 해협을 통과하는 것이 아닐까, 하고 생각하는 자가 많아 진해만 같은 곳에서 잠복해 있을 것이 아니라 얼른 하코다테(函館)로 도는 편이 좋다고 건의하고 있습니다. 그 말에도 조금은 일리가 있어요."

사실을 말하면 이틀 전(5월 21일), 오키섬(隱岐島) 부근에 블라디보스토크 함대의 일부가 나타났다가 곧 모습을 감추었다는 정보가 진해만에 들어와 사네유키 등 도고의 막료들을 고민하게 한 것이다.

블라디보스토크 함대는 지난해 8월 14일의 울산 앞바다 해전에서 거의 궤멸했을 텐데, 만으로 달아났던 군함이 혹시 수리가 끝나서 발틱함대의 동방항해를 쓰시마 부근까지 마중할 생각인지도 몰랐다.

'만일 오키섬 부근까지 나와 있다면 발틱함대의 도착이 가까운 것이 아닐까?'

그런 관측도 있었다.

하기야 일본 측은 이 블라디보스토크의 적에 대해 항 밖에 기뢰를 부설하거나 초계 병력을 증강하여 외양으로 나오지 못하게 하는 수는 써놓았지만 ......

그건 그렇고, 5월 14일에 프랑스령 안남의 항구를 떠나온 발틱함대가 아직도 일본 근해에 나타나지 않는다는 것이 일부 함장들이 주장하는 '태평양 우회설'의 유력한 근거가 되고 있었다.

"쓰시마를 지난다면 이제 나타날 만도 한데 도무지 모습을 보이지 않는단 말입니다."

사네유키가 말했다. 초조한 마음은 억측을 낳았다. 이미 로제스트벤스키와 그 일행은 도고 등이 모르는 사이에 태평양 우회 코스를 더듬고 있는 것이 아닐까 하는 것이었다. 만일 그렇다면 유신 이래 30여 년에 걸쳐 이 가난한 나라가 대해군을 구축해 놓은 보람은 완전히 물거품이 되고 마는 것이다.

"나는 그렇게 생각지 않는데."

스즈키는 서일본 출신자가 많은 그 당시의 해군 사관으로서는 보기 드물게 분명한 간토(關東) 사투리로 말했다. 스즈키는 역대의 영주인 구제(久世) 집안의 가신의 아들로, 아버지의 임지인 센슈(泉州 : 오사카부) 구제 마을에서 태어났으나 유신의 와해로 에도에 돌아갔다가 다시 군마현(群馬縣) 마에바시(前橋)로 옮겼다.

"쓰시마 코스라면 벌써 나타났어야 할 텐데 오지 않는다고 생각하는 사람들은, 아마 발틱함대가 10노트의 속도로 오고 있는 줄 아나 보지."

스즈키는 말했다.

"그야 10노트의 속도라는 정보가 먼저 들어와 있으니 무리도 아니지만, 마다가스카르 섬에서 달려온 속력을 줄곧 살펴보면 아무래도 7노트 정도 같아. 설혹 목격자가 본 어느 시간대의 속력이 10노트였다면 도중에 해상에서 함대를 정지시키고 석탄을 싣기도 해야 한단 말이야. 그러니 평균 7노트를 계산의 기초로 삼는 것이 온당하지 않을까?"

"예?"

사네유키는 뜻밖의 말을 들은 것처럼 스즈키의 얼굴을 들여다보다가 재빨리 술을 들이키고 암산을 시작했다. 만일 적이 평균 7노트로 온다면 초조해할 필요가 조금도 없었다. 그들이 일본 근해에 나타날 때까지 아직도 닷새나 엿새는 더 걸린다.

이쪽은 그것을 기다리기만 하면 된다.

실제로 발틱함대는 8노트 내지 9노트로 오고 있었다. 도중에 세 번이나 장시간의 전투 훈련을 했는데 이때 함대 속력을 5노트로 떨어뜨렸다. 다시 스즈키가 말하는 것처럼 해상에서 석탄 적재 같은 성가신 작업을 하기도 하고, 18일 밤에는 네보가토프가 데리고 온 장갑 해방함 '아프락신'이 기관 파손을 일으켜 전함대가 밤새도록 서행을 하는 등의 일이 있고 해서, 평균으로 따지면 스즈키가 관측했듯이 7노트가 약간 넘을 정도였을 것이다.

발틱함대는 4척의 초계함을 선행시켜 두 줄의 종진을 짜고 은밀히 항진하고 있었다.

"이만한 대함대가 일본 근해에 접근할 때까지 적에게 발견되지 않고 항해할 수 있을까?"

이것이 전함대 사관들의 걱정거리 중 하나였다.

야간에는 등화 관제를 했다.

원래는 네보가토프 소장의 제3태평양 함대가 본국을 떠나 반풍 만에 도착할 때까지 줄곧 야간에 불을 켜지 않고 항해해 온 것처럼, 로제스트벤스키도 그렇게 해야 할 일이었다. 그러나 이만한 대식구로 불어난 대함대가 야간에 불을 끄고 나아가는 것은 충돌과 그 밖의 위험이 있어서 무리였다.

각 함마다 갑판이나 현창의 불은 전부 껐다. 다만 현등만은 빛을 약하게 하여 바로 옆에 있는 함선끼리 서로 상대편의 소재를 알 수 있도록 배려했다. 무전 사용은 물론 금지되었다.

야간 통신은 발광 신호에만 의존했다. 이따금 기함 '스바로프'의 마스트 위에 발광 신호가 깜박거렸다. 로제스트벤스키의 신경은, 곧 일본의 경계 구역으로 들어간다는 무거운 기분 속에서 태연히 있기에는 너무 섬세하고 약했는지도 모른다. 그는 그다지 필요하지도 않은 일도 이 발광 신호로 전함대에 의사를 전했다. 각 함의 함장들은 이에 대해 '알았다'는 대답을 보내야 했고, 그럴 때마다 암흑의 바다 여기저기서 섬광의 언어가 명멸했다.

19일 새벽, 함대는 대만과 루손 섬 사이의 바탄 제도 부근에서 영국 기선을 붙잡았다.

영국 기선은 '올드 헤미야'라고 했다. 현장에 가서 조사해 보니 주요한 화물은 석유였고 뉴욕에서 홍콩으로 향하는 도중이었다. 로제스트벤스키는 계획을 은닉해야 할 필요 때문에 나포를 명령했다.

이 영국 기선의 승조원을 각 함에 분리해서 승선시키고 기선에는 러시아 사관과 병사들을 태웠다. 기선의 속도는 느렸다. 이에 보조를 맞추기 위해 함대의 속도는 더욱 느려졌다.

"어쩌자고 저런 짐스러운 동행을 데리고 가지?"

일부 병사들은 불만을 터뜨렸다. 그러나 로제스트벤스키의 이 조치는 전술적으로는 당연히 해야 할 일이었다.

그런데 같은 19일 오전 9시에 조사한 노르웨이 기선 '제2오스카르'호는 조사만 하고 석방해 버렸다.

이 기선은 마닐라에서 일본의 나가사키 현 시마바라 반도(島原半島)의 구치노쓰(口之津)로 가는 중으로, 실은 미쓰이(三井) 물산에서 전세 낸 배였다. 이 배는 석방된 뒤 도쿄의 본사로 전보를 쳤다.

그 전보는 대본영에 보고되고 대본영은 진해만의 도고에게 알렸다.

그러나 이 지점에서의 발틱함대 동향을 알아 봐야 일본 측은 여전히 적함이 쓰시마로 오느냐, 아니면 태평양 앞바다로 빠져 나가느냐, 하는 것은 알수가 없었다.

나포한 영국 기선 '올드 하미야'호는 함대로 봐서는 귀찮은 존재였다. 19일부터 함대의 속도는 이 기선과 동행하는 바람에 불과 3노트로 떨어졌다.

로제스트벤스키는 이 영국 배의 사용법을 생각해 냈다.

참모장 코롱 대령을 불러 명령했다.

"저 영국 기선을 단독 항해시키게!"

태평양을 돌아서 멀리 소야 해협을 거쳐 블라디보스토크로 들어가게 하려는 것이다. 만일 일본 초계함이 러시아 군함기를 단 이 기선을 태평양에서 발견할 경우, 그들은 발틱함대의 항로 예상에 혼란을 일으키게 될 것이다.

22일, 이 기선은 함대에서 떨어져 북북동으로 향했다. 선장과 기관장은 승객으로서 같이 탔고 러시아 사관과 수병이 배를 몰았다.

로제스트벤스키의 책략은 적중했다. 이 기선 때문에 일본 측의 관측에 다소 혼란이 일어났다. 하기야 이 기선의 최후는 비극적이었다. 지시마(千島)

에서 소야 해협에 걸친 바다는 짙은 안개의 발생지로 알려져 있는데, 이 배가 지시마의 우루프 섬 부근까지 왔을 때, 시계는 우윳빛이 되어 결국 이 섬 동쪽 기슭에서 좌초해 버렸다.

로제스트벤스키는 이 나포 기선뿐 아니라 자기의 함대 중에서 2척의 무장기——가장 순양함——을 골라 일본의 태평양 연안으로 향하게 했다. '테레크'와 '크바니' 두 척의 무장 기선이 도쿄 만에서 50마일이나 떨어진 앞바다까지 나타난 것은 확실하나, 그 후 로제스트벤스키에게 명령받은 대로 쓰가루 해협을 거쳐 블라디보스토크에 가지 않고 태평양의 어느 지점에서 되돌아 본국으로 가버린 모양이었다. 이 2척의 기선도 일본 측의 적정 판단을 약간이나마 혼란시켜 놓았다.

5월 22일부터 3일에 걸쳐 함대는 벌써 동지나해에 들어가 있었다. 폭풍우라고 할 것까지는 없었으나, 구름이 수평선을 가리고 이따금 가느다란 빗줄기가 뱃전을 때렸으며, 파도를 헤치고 가는 각 함의 밧줄과 마스트에서 울리는 바람소리가 무시무시했다. 동양의 시정(詩情)으로 이 함대를 본다면 그야말로 현군만리(縣軍萬里), 비풍정의(悲風征衣)를 방불케 하는 정경이었을 것이다.

그 23년, 제2전함전대 사령관 페리켈잠 소장이 병사했다. 그는 솜씨 있는 배꾼인 동시에 부하의 신망도 높았으나, 본국을 출발할 때부터 건강이 좋지 않아 특히 마다가스카르 섬에서 동쪽으로 항행하는 동안 줄곧 병상에 누워 있었다.

발틱함대의 주력은 3개의 전함전대로 구성되어 있었다. 최우수함으로 편성된 제1전함전대는 사령관 로제스트벤스키가 직접 통솔하고, 제2전함전대는 페리켈잠이 지휘했다. 그 기함은 '오스라비아'였는데, 군의가 소장의 임종을 알리자 그가 타고 있던 오스라비아는 암호를 내걸었다.

'제독은 신의 부름을 받으셨다.'

로제스트벤스키는 즉각 '그의 죽음을 비밀로 하라'고 명령했다.

로제스트벤스키는 해전을 앞두고 사기가 저하되는 것을 두려워하여, 그를 대신하는 임시 사령관도 선발하지 않았다. 오스라비아 이하의 제2전함전대는 시체가 된 사령관을 받들고 싸움터로 향하지 않을 수 없었다.

일이 여기에 이르렀으니 러시아 황제는 로제스트벤스키 중장을 사령관으로 택한 것을 후회했어야 옳았다.

왜냐하면 사기를 떨어뜨린다 하여 페리켈잠 소장의 죽음을 감추었기 때문에, 이미 언급한 것처럼 제2전함전대는 사령관을 잃은 채 운명을 향해 나아가기 시작한 것이다. 지휘자 없는 군대라는 것을 착안한 역사상 유일한 인물이 바로 로제스트벤스키였다.

제2전함전대는 다음의 4척이었다.

오스라비아(12,674톤)
시소이 벨리키(10,400톤)
나바린(10,206톤)
아드미랄 나히모프(8,524톤)

속력은 오스라비아의 18노트를 제외하고는 모두 15노트나 16노트의 저속이었다. 이 4척이 함께 전술 단위가 되어야만 비로소 작전을 할 수 있는데, 사령관이 없으면 그것은 불가능에 가깝다.

로제스트벤스키는 자기가 직접 지휘하는 제2전함전대를 따라오기만 하면 된다는 대범한 기분으로 있었는지 모르나, 단순한 항해라면 모르되 혼란이 예상되는 싸움터에서는 로제스트벤스키의 장악력이 거기까지 미칠 까닭이 없고, 그것이 설령 가능하더라도 이 4척이 한 조가 되어 있는 제2전함전대로서는 싸움터에서 임기응변의 전술 행동을 정확하게 취할 수 없다고 보는 것이 상식이다.

그리고 로제스트벤스키는 페리켈잠 소장의 죽음을——역시 믿을 수 없는 일이었지만——제3전함전대의 네보가토프 소장에게도 통지하지 않았다. 네보가토프 소장이 페리켈잠 소장의 죽음을 안 것은, 해전이 끝나고 일본군의 포로가 되었을 때 일본 측으로부터 들어서였다. 이 항해 중에도, 그리고 그 항해 끝에 치열한 전투가 벌어지는 동안에도 페리켈잠의 건재를 믿어 의심치 않았던 것이다. 왜냐하면 제2전함전대의 기함 '오스라비아'에는 줄곧 페리켈잠의 장군기가 걸려 있었기 때문인데, 로제스트벤스키는 그 깃발을 내리지 못하게 하였다.

싸움터에서는 당연히 예측할 수 없는 일이 많다.

사령관 로제스트벤스키의 죽음을 생각할 수 있는 일이었다. 그런 경우 즉각 사령관을 대행할 수 있는 서열이 정해져 있었다. 제2전함전대 사령관 페리켈잠이 그 대행자가 된다. 이 사람이 살아 있는 이상 제3전함전대 사령관 네보가토프가 서열을 뛰어넘어 로제스트벤스키의 대행을 할 수는 없다.

역시 믿기 힘든 일이지만, 로제스트벤스키라는 인물은 자기의 전사를 전혀 생각지 않고 있었던 것 같은 흔적이 있다. 보통 사령관은 자기 차석 이하의 사람들에게 자기의 전략 전술 방침을 잘 일러 놓고 자기가 전사했을 경우 금방 대행할 수 있도록 해두는 법인데, 로제스트벤스키는 페리켈잠이나 네보가토프에게 방침이나 전술의 협의를 끝내 한 번도 하지 않았던 것이다.

"사령관 회의도 없었고, 함장 회의도 없었다."
로제스트벤스키의 익명 막료가 쓴 기록에 의하면 이 문구(文句)를 집요할 만큼 여러 번 써놓았다.

사령관이 된 자는 자기의 방침이나 계획을 휘하 각 사령관과 함장에게 충분히 이해시켜 놓아야 비로소 함대가 일심동체가 되어 움직이는 것인데, 로제스트벤스키가 수병들까지 다 알고 있어야 할 군대 통솔의 이 초보적인 사항을 이행하지 않았던 것은 '자기만 천재라고 믿고 다른 사람은 모두 어리석다고 생각하는 자기 비대적 성격 때문'이라며 그에 대해 자주 거론되는 성격론적인 이유를 이 중대 문제와 연관시킨 것은 너무나 단순한 것으로 여겨진다. 로제스트벤스키가 설혹 편집병적이라 해도 경력이 오랜 해군인 이상 거의 습성화된 조치로서 그런 종류의 회의쯤은 한두 번은 가져야 했을 것이었다.

이상과 같이 생각해 볼 때, 로제스트벤스키는 자기만 쓰시마 해협을 돌파하여 블라디보스토크로 달아날 생각이 아니었는가 하는 의심이 짙어진다.

그는 약 50척이나 되는 대함대의 사령관이었으나, 그 자신이 믿음직스럽게 생각하고 있는 군함은 '미카사'보다 훨씬 신예인 그의 제1전함전대의 각 전함과 '오스라비아'를 포함한 5척뿐이었다. 즉, '스바로프', '알렉산드르 4세', '보로지노', '아료르', '오스라비아'는 도고가 갖고 있는 4척의 전함——'미카사', '아사히', '시키시마', '후지'——에 비해 몇 가지 점에서 뛰어났다. 더욱더 중요한 것은 속력에 있어서 세계 해군 가운데 두드러진 특징을 가진 일본 해군에 대해 이 5척만은 충분히 대항할 수 있었다. 이들 5척은 미카사 이하 4척과 마찬가지로 중후한 장갑과 커다란 포력을 가지고 있었고 더욱이 18노트의 속도로 달릴 수 있었다.

만일 로제스트벤스키의 마음에 악마가 숨어 있었다면 이렇게 속삭인 것이 틀림없었다.

"전투가 시작되거든 자네는 다른 일은 생각지 말게. 자네가 갖고 있는 스바로프 이하 5척의 신예 전함에만 의지해야 해. 자네는 마구 포를 쏘아 대면서 전속력으로 달아나는 것만 생각하면 돼. 자네가 직접 인솔하는 4척과 오스라비아에 따라오지 못하는 네보가토프의 13노트짜리 제3전함전대 따위는 전투 해역에 내동댕이쳐 버리란 말이야. 다른 일등 순양함 이하의 각 함에 대해서는 그 운명을 저마다 신의 뜻에 맡기고, 자네는 러시아가 자랑하는 5척의 신예 전함으로 일본해를 달려 블라디보스토크 항으로 달아나게나. 그것만 블라디보스토크에 존재하더라도 일본의 재해권은 충분히 위협을 받을 것이고, 황제가 자네에게 기대하시는 일에 절반이나마 부응할 수 있지않은가."

사실, 로제스트벤스키가 진지하게 해전을 벌여 도고 함대의 6할이라도 가라앉히자는 의사를 갖고 있었다는 증거는 극히 적지만, 이 악마의 방침을 그가 몰래 받들고 있었던 것처럼 여겨지는 증거도 극히 많다. 사령관 회의나 함장 회의를 열지 않고 막료들에게도 방침을 알리지 않았다는 것은, 그럴 필요가 없었을 뿐 아니라 그렇게 하면 이 방침이 잘 실행되지 않을 우려가 있었기 때문인 것으로 생각된다.

동지나해에 들어와서 더위가 가셨다. 서늘한 공기가 함대를 감싸자, 아프리카 정박 이래 윗갑판에서 자는 습관이 붙은 기함 '스바로프'의 수병 몇 사람은 그만 감기에 걸리고 말았다.

많은 사관들은 할 일이 거의 없었다. 사관실은 잡담실이 되어 담배 연기가 자욱했다.

잡담실에는 늘 모여드는 단골들이 죽치고 있었는데, 조토프라는 일등 대위가 어쩌다 모습을 나타내면 모두 이야기를 하다 말고 그의 입을 바라보면서 그가 무슨 말을 꺼낼까 하고 기다리는 자세를 취했다.

조토프는 막료가 아니다. 그러나 그 탁월한 항해솜씨가 인정되어 이 기함 스바로프——함장 이그나티우스 대령——의 항해장을 지내고 있었다. 함대가 동지나해에 들어선지 이틀째 오후, 열 명쯤 되는 사관들이 이 기함의 호화로운 사관실에서 이 문제를 중심으로 고물 시장 같은 토론 가게를 벌여 놓고 있었다.

"우리 함대가 쓰시마 해협을 통과하는 것이 과연 옳은 일인가, 그릇된 일인가?"

이와 같은 함대의 운명이 걸려 있는 전략, 전술의 대과제가 로제스트벤스키가 주재하는 정규 회의에서 논의되는 일이 없었기 때문에, 길거리의 노점처럼 여기저기서 가게를 벌이지 않을 수 없었던 것이다. 토론을 해도 그 결론이 상부에 올라가는 것도 아니어서 자칫 자조나 자포자기의 기분이 섞여 있었다.

"왜 우리 제독은 태평양을 돌아서 소야 해협을 거쳐 블라디보스토크로 들어가지 않는가?"

이런 의견이 소리높이 주장되고 있을 때, 조토프 대위가 들어섰다.

모두들 자연히 입을 다물었다.

만일 이 사관실에 있는 사람들이 일찍이 초원을 유목하며 돌아다닌 카자크였더라면 그 습관에 따라 대장을 뽑았을 것이다. 그랬을 경우 결코 로제스트벤스키를 고르지 않고 이 조토프를 골랐을 것이 틀림없다. 조토프는 전투 지휘관으로서 믿을 만한 경험과 능력과 타고난 육감을 갖추고 있었다.

조토프는 숙련된 항해 사관으로서 소야 해협을 도는 항해가 얼마나 어려운 일인지 알고 있었다. 이만한 대함대의 사령관을 맡은 자라면, 거의 끊임 없이 바다를 덮고 있는 북해의 짙은 안개와 프랑스제 해도에 기입되어 있지 않은 암초, 게다가 섬과 섬 사이를 몸을 움츠리고 빠져나가는 곡예 같은 조합 능력을 필요로 하는 해역을 선택해서는 안 된다고 생각하고 있었다. 이 점에서 조토프는 쓰시마 해협을 고른 로제스트벤스키의 결단을 지지하고 있었다.

그가 말했다.

"우리 함대가 택해야 할 최선의 항로는 쓰시마(對馬)야. 이에 대해서는 재론의 여지가 없어."

왜냐하면 이 해협은 폭이 넓고 수심이 깊어서 함대가 마음대로 움직일 수 있고, 날씨가 아무리 나쁠 때라도 항해에 지장이 없으며, 오히려 악천후의 경우야말로 도고 함대의 눈을 속일 수 있어서 안성맞춤이므로, 해군을 조금이라도 알고 있다면 누구나 이 해협을 선택할 것이라고 조토프는 말하는 것이다.

"쓰시마!"

조토프는 두 손바닥을 가슴팍까지 들어올렸다.

"이 해협에 어떤 운명이 기다리고 있든 우리는 감수하지 않으면 안 돼. 이유는 하나다. 이 항로 외에는 취할 길이 없다는 거야."

싸움을 생각하려면 먼저 적의 입장이 되지 않으면 안 된다고 조토프는 말을 이었다.

"도고가 우리보다 바보가 아니라면 그는 우리에게 이 항로가 유일한 것임을 알고 있을 거야."

"그러나"

누군가가 말했다.

"우리는 지금부터라도 방침을 바꿀 수 있잖아? 이를테면 제1, 제2전함 함대는 쓰시마 코스로 나가고 나머지는 태평양 코스로 돈다는 식으로. 요컨대 블라디보스토크로 들어가는 것이 전략상의 주안점인 이상 위험을 분산하는 것도 결코 나쁘지 않아. 도고는 우리가 그렇게 할 줄 알고 고민하고 있을 게 아닌가?"

"고민하고는 있겠지."

조토프가 대답했다.

"그러나 도고에게 컴퍼스를 손에 들고 수학의 간단한 응용문제를 풀 능력만 있다면, 설혹 우리가 태평양 우회라는 전략으로 나가더라도 이것을 항로 변경 이전에 짐작하는 것은 어렵지 않으며, 짐작하기만 하면 즉각 전함대를 그 방향으로 달리게 하는 것도 쉬운 일이야."

조토프는 다시 말했다.

"도고는 어디서 기다리고 있을 것인가."

조토프는 책상에 있는 해도의 한 점에 검지를 세워 동그랗게 원을 그리고는 쓰시마 북방 근처의 해역을 가리켰다.

"이 근처일 거야."

항해사의 한 사람으로 아름다운 눈썹을 가진 바리 소위가 잠깐 해도를 들여다보고 재빨리 말했다.

"이를테면 조선의 마산포"

참으로 정확한 추측을 한 셈이다. 마산포라는 항구는 도고가 기다리고 있는 작은 진해만에 임해 있기 때문이다.

진해만 일대는 만입부에 풍부한 리아스식 해안을 이루고 있으나, 대체로 수심이 얕다는 결함이 있다. 그러나 오직 마산포만은 수심이 깊고 큰 배의 출입이 자유로워서 옛날 몽고, 고려군의 수군이 일본을 습격했을 때도 이 마산포에서 출발했다.

다만 한국이 메이지 32(1899)년에 이곳을 개항했기 때문에 무역항으로서 번창하여, 특히 러시아인 거류민이 많다는 점 때문에 이 지명이 널리 알려지게 되었다. 더욱이 인가가 많아 일본 함대가 여기에 숨기에는 방첩상 좋지 않았고, 이 때문에 도고는 마산에서 불과 8해리밖에 떨어지지 않은 진해 부근을 잠복 장소로 택한 것이었다. 그러나 항해사 바리 소위의 추측은 대체로 과녁에서 빗나가지는 않았다.

"일일이 지명까지 정확히 할 필요는 없어."

조토프 대위는 바리 이상으로 올바른 태도를 보였다. 즉, 쓰시마 부근이라고 말하기만 하면 된다. 요컨대 '도고는 쓰시마 부근에 없을지 모른다'는 달콤한 기대나 예상을 해서는 안 되며, '우리의 운명을 가름하는 전투는 쓰시마가 보이는 장소에서 벌어진다는 각오만은 해 두어야 한다'고 조토프는 말하는 것이다.

일본 해군의 불안은 정점을 향해 치닫고 있었다.

도고는 아마 그 자리에서 꼼짝도 않았던 모양이다. 이 연합함대 사령장관은 자기가 주저앉아 있는 진해만에서 움직일 생각을 조금도 하지 않으니 이것이 그를 세계 해군 사상의 명장으로 만들었다.

그러나 도고의 두뇌를 담당하고 있던 아키야마 사네유키 중령은 동요했다. 그의 동요에 관해서는 그가 쓰시마에서 스즈키 간타로 중령과 만난 대목에서 이미 언급했지만, 이런 점이 심장의 담당자인 도고와 두뇌의 담당자인 사네유키의 차이였으리라.

두뇌는 심장과는 달리 모든 가능성을 줄곧 생각하지 않으면 안 되기 때문에, 그 궁리의 진폭운동은 당연한 일이지만 크고 또한 심하다. 이 시기의 사네유키는 도고에 비하면 매우 미미한 존재였다.

이 무렵 일본 해군은 사네유키 외에 또 하나의 두뇌를 갖고 있었다. 제2함대 사령장관 가미무라 히코노조(上村彦之丞)의 선임 참모인 사토 데쓰타로 (佐藤鐵太郎) 중령이다.

사토는 만년에 '대일본 해전사담'이라는, 전사를 중심으로 한 해군 전술론을 썼는데, 그 속에서 이 시기에 대해 언급하고 있다.

"러시아 함대가 캄란 만을 출발한 이래 그 소식이 묘연하여 들을 길이 없었다. 그 후 다행히도 대만 남방을 통하여 동으로 항해했다는 정보를 얻고부터 불안감은 더 심각해져서, 과연 태평양으로 진출하여 우리 혼슈(本州)를 왼쪽에 보면서 쓰가루 혹은 소야 해협에 들어설 것인지, 아니면 곧장 쓰시마 해협을 통과, 일본해를 북으로 달려 블라디보스토크에 이를 것인가, 전혀 알 수 없는 상태가 되어 버린 것이다."

사토 데쓰타로라는 두뇌 담당자로서는 사고의 진폭이 커서 그는 이에 대해 다음과 같이 고백하고 있다.

"이는 실제로 결정하기 어려운 문제로, 아무리 사려 깊은 사람이라 하더라도 확실히 단정하는 것은 도저히 할 수 없는 일이다."

사토는 아직 제2함대의 선임 참모이기 때문에 심리적 중압감은 연합함대의 선임 참모인 사네유키보다 입장상 약간 가벼웠다. 이 무렵 사네유키의 태도는 태연자약이라는 표현과는 거리가 멀었고, 불안이라는 에테르 속에서 사고의 추가 계속 흔들리고 있는 형편이었다.

20일이 지났을 무렵부터 그는 마침내 생각을 거의 결정하게 되었다.

"이런 진해만에 주저앉아 있다가는 대사를 놓치고 만다. 적이 도무지 초계함에 걸려들지 않는 것을 보면 아마 태평양으로 우회해버린 건지도 모른다. 그렇게 되면 항해에 어려움이 있는 소야 해협은 통과하지 않을 것이다. 쓰가루 해협을 통과할 것이 틀림없다. 얼른 닻을 올려 진해만을 떠나 쓰가루 해협의 출구에 잠복하지 않으면 안 된다."

그의 상관인 참모장 가토 도모사부로는 전임자인 시마무라 하야오(島村速雄)로부터

"항상 아키야마로 하여금 심사숙고하게 한 다음 그 결과를 채택하는 게 좋다."

이런 말을 듣고 있어서 이 의견을 참모장의 의견으로 삼았다.

여기서 약간 혼란이 일어난다. 제2함대의 선임 참모였던 사토 데쓰타로가

쇼와(昭和) 5(1930)년에 발행한 저서에서 "당시 연합함대 막료의 의견으로는" 하고 아키야마 사네유키의 이름은 들지 않았으나 이와 같이 쓰고 있다.

"적 함대는 아마 쓰가루 해협을 통과할 것이다. 무슨 일이 있어도 무쓰 해협(陸奧海峽)에서 요격하여 이를 격파하지 않으면 안 된다 하여, 그 결론에 따라 진해를 떠나 북상하기로 한 것이다."

다소 사실의 음영이 달라진 듯하지만, 사토는 이 당시부터 쇼와 5(1930)년까지 그렇게 믿고 있었다. 그것도 무리가 아니었으니 그런 인상을 줄 만큼 사네유키는 동요하고 있었던 것이다.

사토뿐만이 아니었다.

도쿄의 대본영 자체가 이렇게 떠들었던 것이다.

'연합함대는 진해를 떠나 일본해를 북상한단 말인가. 농담 마라.'

대본영 해군부라는 것은 해군 군령부의 전시 호칭이다.

당시 군령부장은 대장 이토 스케유키(伊東祐亨), 차장은 중장 이슈인 고로(伊集院五郎)로 모두 사쓰마 사람들이다.

그 아래에 작전반장으로 대령 야마시타 겐타로(山下源太郎)가 있고, 대령 다카라베 다케시(財部彪), 중령 나카노 나오에(中野直枝)와 모리 에스타로(森越太郎), 다카기 시치타로(高木七太郎), 소령 오가사와라 조세이(小笠原長生), 다나카 고타로(田中耕太郎), 마스다 다카세(增田高瀨), 히라가 도쿠타로(平賀德太郎), 다니구치 나오사네(谷口尙眞), 대위 이슈인 도시(伊集院俊) 등이 있었다.

"발틱함대는 반드시 쓰시마 해협으로 온다."

작전반장 야마시타 대령은 처음부터 예측을 견지하고 있었다.

야마시타는 대위 시절에 '무사시(武藏)'의 항해장을 지냈으며, 특히 홋카이도(北海道) 경비에 종사하여 일본 북방의 바다가 얼마나 항해하기 어려운지 몸소 겪어서 알고 있었다.

야마시타는 그 당시의 일에 대해 후년에 많은 말을 하지 않았으나 해군에 내려오는 전설의 하나로 '적이 쓰시마에 온다'는 신념을 계속 견지한 것은 야마시타 대장――야마시타는 나중에 대장이 되었다――이었다, 라는 말이 전해진다. 이에 대해 야마시타 만년에 고지마 히데오(小島秀雄)라는 해군학교의 학생이 야마시타에게 질문하여 다음과 같은 대답을 들은 적이 있었다.

"상대편 입장이 되어 생각해 보면 알 수 있는 일이네. 내가 만일 발틱함대

사령관이라면 그렇게 안개가 짙은 계절에 그 좁은 물길——쓰가루 혹은 소야 해협——을 지날 까닭이 없어. 더욱이 그것은 훈련이 불충분한 데다 동양의 지형에 어두운 함대야. 태평양을 도는 것이 무리라는 것쯤은 당연히 생각하게 되지. 더욱이 해전은 아무리 피하려 해도 피할 수 없는 상황에 있었으니까, 어차피 통과한다면 지름길이고 항해상 안전한 쓰시마 해협을 고를 수밖에 없지 않겠는가.”

그런데 5월 24일, 진해의 연합함대 사령부로부터 놀라운 전보가 들어온 것이다.

“만일 상당한 시기까지 적함을 보지 못할 때는 함대는 수시로 이동한다.”

이 중간의 이야기는 좀 복잡하다.

“상당한 시기까지 적함을 보지 못할 때는 함대는 수시로 이동한다.”

이 전문은 ‘진해만을 떠나 북상하여 북방에서의 잠복 태세로 전환한다’는 뜻을 포함하고 있었다.

물론 대본영 작전반의 야마시타 겐타로 등은 그렇게 해석했다.

그러나 일의 진상은 아키야마 사네유키 등 함대 막료들 쪽에서는 다소 달랐다. 사네유키 등이 이 전보를 도쿄에 친 것은 도고의 의사를 통고하기 위한 것이 아니고, 그들 함대 막료들이 대본영 막료인 야마시타 등과 의견을 교환하고 싶다는, 말하자면 의견 전보로서 이런 뜻이 들어 있었다.

——귀관들은 어떻게 생각하는가?

이것이 막료들 사이의 의견 교환을 위한 전보였다는 것은 사네유키 등이 도고의 허가를 얻지 않았다는 것만 보아도 알 수 있다.

그러나 도쿄의 야마시타 등은 ‘통고’로 받아들여 버렸다.

“이것은 중대한 사태다.”

야마시타는 다카라베 다케시 대령을 불러 의논했다. 대본영은 군령부장 이토 스케유키, 차장 이슈인 고로 이하 모두가 “적은 쓰시마 해협에 온다”는 판단 아래 동요는 하고 있지 않았다. 다만 열에 하나 쓰가루 해협에 올지도 모른다는 것을 상정하고 기뢰를 부설해 놓았다. 하기야 기뢰에 관해서는 진해만의 연합함대에 알리지 않고 있었다.

“진해만에서 계속 대기해야 한다는 것을 명령하거나 조언하여, 그 어떤 조치를 취해야 하지 않을까?”

야마시타가 다카라베에게 신중한 태도로 의논한 것은, 후방인 대본영이 전선 출정 부대의 행동에 일일이 참견해서는 안 된다는 것이 그 당시의 원칙이었기 때문이다.

다만 이 경우에는 일이 일이니만큼 특별히 참견을 해야 했다. 다카라베는 야마시타의 의견에 찬성했다. 다만 참견으로 오해하지 않도록, 만년의 다카라베 대장의 표현을 빌리면 '뜻이 매우 복잡한 장문의 전보' 문안을 둘이서 작성한 것이다.

두 사람은 곧 이 초안을 상관인 이슈인 차장에게 보여 서명을 받고, 이어 벌써 퇴근한 군령부장 이토를 찾으려고 다카나와(高輪)의 집으로 다카라베가 자전거를 타고 달렸다. 때는 해거름이었는데, 참모 현장을 단 해군 사관이 다급한 표정으로 자전거를 달리는 모습을 사람들은 기이한 눈으로 바라보았다.

이토도 찬성했다. 다만 야마모토의 동의를 얻어두는 게 좋을 거라고 말했다.

야마모토 곤노효에(山本權兵衛)는 군정을 담당하는 해군 대신으로 군령면에서는 관계가 없지만, 이 무렵의 야마모토는 군령부의 창설자일 뿐 아니라 사실상 해군을 만든 사람이었기 때문에 하나의 특별한 존재였다.

자전거를 탄 다카라베 대령이 다카나와 다이마치(高輪臺町)의 야마모토 대신 관저에 들어간 것은 이날 밤 8시께였다.

"이건 안 돼."

야마모토는 응접실에서 다카라베에게 요지를 듣자 즉각 그 전보를 치지 못하게 했다.

야마모토의 사상은 젊었을 때부터 만년에 이르기까지 그러했지만, 자기가 관장하는 일 외의 직무에 참견하는 것을 이상하리만치 싫어했다.

"대러 작전은 전부 도고에게 맡겨놓고 있어. 만일 그 일에 대해 후방에서 이러쿵저러쿵 참견하는 일이 있어서는 싸움은 못하는 법이야."

'장수는 밖에 있어서는 군명도 받들지 아니한다'는 옛 말을 꺼내어 군령부의 참견을 금했다. 그러나 다카라베는 항변했다.

"우리들 후방 쪽이 사태의 절박함을 덜 느끼기 때문에 눈앞의 구구한 현상에 현혹되지 않는 이점을 갖고 있습니다. 그리고 도쿄 쪽이 정보도 많습니다. 또 쓰가루 해협에 연계수뢰——많은 기뢰를 줄로 연결한 것으로 사네유키가 고안하여 개전 후 실용화되어 있었다――를 부설해 두었다는 것을 진해만에 있는 사람들은 모릅니다. 원칙은 원칙이고, 지금은 비상사태입니다."

"비상사태이니까 더더욱 원칙을 지켜야 하는 거야. 아무튼 오늘 밤에는 치지 말게. 내일 사무실에서 다시 얘기를 들을테니."

그리고는 다카라베를 쫓아 보내 버렸다.

그 당시 전시 해상인 야마모토의 차관은 사이토 마코토(齋藤實)였다. 사이토는 이때 현장에 있지 않았으나, 이튿날 아침 이 경위를 듣고 야마모토 곤노효에의 사람됨을 이야기하는 에피소드로서 평생 두고두고 사람들에게 이야기했다.

이튿날 아침, 해군성 대신실에서 군령부 차장 이슈인과 야마시타, 다카라베 두 사람이 거의 야마모토에게 대들 듯이 하며 담판을 벌였다.

야마모토는 적이 쓰시마로 오든 태평양으로 돌아가든 아무래도 상관없었다.

"나한테는 아무 주장도 없어. 나는 도고를 믿을 뿐이야. 도고가 적이 쓰시마 해협으로 오지 않는다고 판단하여 진해만을 떠난다면, 그것도 괜찮아. 나는 도고의 입장을 지지한다."

그렇게까지 말했으나 평소 얌전한 이슈인이 이때만은 물러서지 않고, '적은 쓰시마로 온다'고 역설했다.

"이슈인, 자네가 멋대로 하는 이야기가 전쟁에 도움이 될 까닭이 없어. 전쟁은 도고들이 하는 거야. 거기에 맡겨두는 것이 자네 입장이야."

야마모토는 이번에는 거꾸로 질문했다.

"이슈인, 자네가 만일 러시아의 사령관이라면 어디로 들어오겠나?"

이슈인은 테이블 위로 상반신을 내밀고 야마모토의 뻣뻣한 수염에 얼굴을 갖다대며 말했다.

"일본의 연합함대 사령장관이 만일 야마모토 곤노효에 대장이라면 저는 쓰시마 해협으로 들어갈 겁니다."

이 고집에 야마모토도 쓴 웃음을 지으면서 허락했다.

"알았네, 정 그렇다면 전보를 치게. 다만 전문을 더 부드럽게 해서 어디까지나 막료가 막료에게 말하는 투로 해야 해."

이와 같은 경위로 '계속 진해만에서 대기하는 것을 상책으로 한다'는 취지의 전보가 현지에 보내어졌다. 그런데 진해만의 '미카사'로부터 이와 엇갈려서 앞서의 전보가 거듭 도쿄로 날아왔다. 전문은 '26일 정오까지 이 방면에서 적의 그림자를 보지 못하면 우리 함대는 저녁때부터 북해 방면으로 이동함'이라는, 노골적으로 초조감을 드러낸 것이었다.

전함 미카사는 진해만 바닥에 닻을 내리고 뿌연 해면을 도려낸 것 같은 짙은 암록색 그림자를 드리우고 있었다.

올봄에는 벚꽃과 복사꽃이 한꺼번에 피었다. 봄이 지나고 햇살은 나날이 강해져서 바다에 반사하는 태양은 벌써 초여름의 것이었다.

미카사의 흘수선이 평소보다 가라앉아 있는 것은 석탄을 가득 실어 윗갑판까지 쌓여 있었기 때문이다. 미카사 옆에는 전함 '시키시마'가 있었다. 다시 그 부근에 '아사히'도 있고 '가스가(春日)'도 있었다. 모두 현이 낮아질 만큼 석탄을 가득 싣고 있었다. 진해만에서 가덕 수도에 걸쳐 점점이 떠 있는 크고작은 함선은 모두 같은 상태였다.

"적이 태평양을 돌 공산이 크다."

이러한 아키야마 사네유키 등 함대 막료들의 불안감이 이 석탄 만재의 상태를 낳은 것이다. 적이 그 불행한——도고 함대로 봐서——코스를 취하면 부랴부랴 동해를 북상하여 아오모리 현(青森縣)의 일본해 앞바다에 잠복하기 위한 연료였다. 만일 적이 쓰시마 코스로 온다면 불필요한 연료이다.

"그때는 바다에 버리면 돼."

사네유키는 그렇게 생각하고 있었다.

사네유키의 심기는 이 무렵 헝클어질 대로 헝클어져서, 적의 코스를 예측하는 데 분명한 판단이라는 것이 없었다. 그가 이 무렵에 겪은 신경과 두뇌의 극도의 피로가 그 후의 짧은 여생을 줄곧 지배하게 되는데, 이 무렵의 고민은 상궤를 벗어난 행동으로 나타났다.

이를테면 그는 구두를 신은 채 잤다.

그의 상관 가토 참모장이 보다 못해 충고했다.

"그런 건 몸에 좋지 않아."

그러나 사네유키는 가토의 얼굴을 멍청히 쳐다볼 뿐, 그의 말이 귀에 들어가지 않는 것 같았다. 그 가토도 신경성 위통이 심하여 밤중에 자주 잠이 깼으며, 또 어떤 참모는 소변이 나오지 않게 되는 기묘한 생리 현상을 일으켰다.

"차라리 노토 반도(能登半島) 앞에서 기다리는 게 어떻습니까?"

이렇게 말하는 젊은 참모도 있었다.

하기야 노토 반도라면 적이 북쪽으로 돌건 남쪽으로 오건 꼭 한가운데쯤 되어 어느 쪽으로 달려가더라도 편리한 위치였다.

그러나 거기에는 치명적인 결함이 있었다. 해전의 시간이 짧아진다는 것이다. 적이 쓰시마로 올 경우, 블라디보스토크까지 갈 동안에 7단계의 작전으로 합전——전투의 해군 용어——을 되풀이하여 적을 전멸시킨다는 목적을 달성할 수 있게 된다. 노토 반도에서 출발하면 기껏해야 한두 번의 항전밖에 하지 못하게 된다.

'적은 반드시 쓰시마로 온다'라는 신념을 견지한 것은 도쿄의 대본영과 재2함대의 막료, 또는 제4구축함대 사령인 스즈키 간타로 등, 말하자면 작전 중추에서 먼 자리 혹은 훈수 장기를 둘 때 훈수꾼 위치에 있었던 사람들로, 그들은 그런 위치에 있었기 때문에 객관적 판단도 가능했고 사물을 거시적으로 볼 수도 있었으며, 나아가서는 조그마한 현상에 미리 겁을 내는 일이 적었다. 그러나 도고 곁에 있는 막료들은 그렇게 되지 않았다. 결정은 도고가 한다 해도, 그들 막료들의 판단에 따라 국가의 존망이 정해져 버린다는 심리적 중압감이 그들을 나침반의 바늘처럼 계속 떨게 만들고 있었던 것이다.

로제스트벤스키가 쓰시마 코스를 택하느냐, 아니면 태평양을 도는 항로로 가느냐, 이것을 에워싼 일본 측의 추측에 대한 이야기를 계속한다.

여담이지만, 사네유키가 해군 병학교 시절, 시험 출제 예상 문제 같은 것을 배우곤 한 사이인 모리야마 요시사부로(森山慶三郎) 중령은 이 무렵 제2함대에 소속되어 그 제4전대——사령관 우류 소토키치 중장, 기함 '나니와'——의 참모로 있었다.

모리야마는 거칠다고 할 만큼 활달한 성격으로, 상대가 누구건 주저 없이 그의 결점을 노골적으로 지적하는 버릇이 있었으나 그 대신 자기의 결정이나 실패도 숨기거나 감추지 않았다.

그는 만년에 중장이 되고 난 뒤 당시를 회고하며 자기의 어리석음을 다음과 같이 정직한 태도로 밝히고 있다.

"우리 참모들의 다수는 쓰시마 해협에 주저앉아 있어서는 안 된다고 강조하곤 했었지. 나도 그런 주장이었는데, 마쓰이 겐키치(松井健吉)는 그렇지 않았어."

마쓰이는 중령이었으며, 제1함대 제1전대——사령관 미스 소타로 중장, 기함 '닛신'——의 참모였다. 그 마쓰이가 끝까지 발틱함대는 쓰시마 코스로 온다고 회의 때마다 열심히 주장했다.

모리야마도 응수하여 마침내 내기를 하게 되었다. 이긴 편이 밥을 산다는 것이었다.

결국은 마쓰이의 쓰시마 코스가 이겼다. 해전이 끝났을 때 '나니와(浪速)' 에 타고 있던 모리야마가 마쓰이의 '닛신(日進)'을 향해 신호를 보냈다.

"마쓰이 참모는 건재한가?"

그런데 돌아온 신호는 이런 대답이었다.

"전사했음."

마쓰이는 활의 명수로서 대기하는 동안 닛신의 상갑판에서 열심히 활 연습을 하고 있었다.

"제일 훌륭한 참모가 전사하고 우리들 멍텅구리들만 살아남은 셈이야."

모리야마는 이렇게 말했는데, 아키야마도 전함대로부터 그 두뇌를 신뢰받고 있었으면서도 임무의 무게에서 오는 압박감 때문에 생각이 항상 헝클어져서 모리야마가 말하는 '멍텅구리'의 하나였던 것은 틀림없었다.

"아키야마군은 적이 쓰가루 해협을 통과할 것으로 보고 있었지."

이렇게 증언한 것은 후일 중장이 된, 당시 제1함대 제3전대——사령관 데와 시게토오 중장, 기함 '가사기'——의 참모 야마지 가즈요시(山路一善) 중령이었다.

이 데와(出羽) 중장의 제3전대는 이 시기보다 3개월 전에 발틱함대를 수색하기 위해 멀리 남방을 돌고 온 적이 있었다.

이것은 '남견 지대(南遣支隊)'라고 불렸다. 그 구성은 22노트의 쾌속을 자랑하는 '가사기' '지토세(千歲)'의 이동 순양함 외에 가장(仮裝) 순양함 '아메리카마루', '하와타마루(八幡丸)' 및 특무선 '히꼬산마루(彦山丸)' 등이었다. 3월 4일 마공(馬公), 5일에는 홍콩 앞바다, 다시 해남도 부근을 순시하고, 삼위 8일에는 나중에 발틱함대가 기항하는 반퐁 만과 캄란만에 이르렀고, 15일에는 싱가포르에도 기항했다.

"일본의 대함대가 싱가포르 앞바다에 출현했다."

이 소문이 한때 로제스트벤스키를 괴롭혔는데, 그 연기의 불씨는 이 남견 지대였던 것이다.

이 남견 지대에 참가한 야마지 가즈요시는 이렇게 말했다.

"싱가포르 근처의 항해는 워낙 덥고 힘이 들었는데 특히 석탄 적재 때는 정말 괴로웠다. 이때의 체험으로 미루어 발틱함대의 고생을 상상할 수 있으며, 특히 도중에 석탄 탑재라는 대단한 작업을 거듭하면서 오므로, 일본 측에서 계산하고 있는 예정보다 훨씬 늦게 올 것이라고 생각했다. 그래서 나는 적은 반드시 쓰시마 해협으로 온다고 생각했던 것이다."

다시 2일——적의 항로 예측——에 대해 언급하고 싶다.

"그 일은 전선의 도고에게 일임하고 있어 후방의 대본영이 도고의 생각을 이것저것 제한하는 것은 좋지 않아."

그렇게 단언한 해군 대신 야마모토 곤노효에는 후일까지 일본 해군 통솔의 논리를 명쾌히 밝힌 사람으로 찬양받았다.

그러나 그 이상으로 야마모토가 명쾌했던 것은 후년에 이렇게 말한 일이었다.

"적의 항로 예측에 대해 나에게 좋은 생각이 있어서 그와 같이 말한 건 아니야. 다만 원칙을 제시했을 뿐이지."

말한 상대는 그 당시의 제2함대 참모였고, 나중에 중장이 된 사토 데쓰타로였다. 사토가 나중에 이 무렵의 야마모토가 보인 태도에 대해 '참으로 후세에 전할 만한 가치가 있다'는 뜻의 글을 썼는데, 당시 아직도 살아 있던 야마모토는 사토가 그런 저술을 하고 있다는 말을 듣고 집으로 초청했다.

'그 초고 좀 보여 주지 않겠는가?'

야마모토는 원고를 한 번 읽고 나더니 이렇게 말했다.

"나는 그때 거기까지 뚜렷한 판단을 갖고 있었던 게 아니었는데, 뭔가 훌륭한 판단을 했던 것처럼 쓰는 것은 후세 사람들의 판단을 그르치는 일이야. 이 점을 다시 써주게나."

다음은 추측에 지나지 않지만, 야마모토는 군정 담당자이기 때문에 작전에 간섭할 입장은 아니라 하더라도, 그 개인으로서는 적이 쓰시마 코스로 오지 않고 태평양을 돌아 쓰가루 해협을 통과하지 않을까, 하고 속으로 생각하고 있었던 것 같다. 야마모토는 메이지 시대의 인물로는 청일전쟁 때의 외상이었던 무쓰 무네미쓰(陸奥宗光)와 나란히 굵직한 구상력과 뛰어나게 치밀한 분석력을 가지고 있었다. 분석력이 치밀하면 할수록 사고가 막다른 골목에 들어가거나 지엽에 구애되기 쉬운데, 진해만 현장에 있는 아키야마 사네유키의 경우도 그러했다.

그가 사로잡혀 있는 또 하나의 문제는 거리에 대한 것이었다. 쓰시마 해협에서 블라디보스토크까지는 600마일이다. 한편 쓰가루 해협 동쪽 어귀에서 블라디보스토크까지는 470마일로 100마일 이상이나 차이가 있다.

"만일"

이러면서 사네유키는 몇 번이나 생각했을까? 만일 도고 함대가 이대로 쓰시마 해협에 주저 앉아 있다가는 '적이 쓰가루 해협 동쪽 어귀에 출현했다'는 무전을 받았을 때 아무리 열심히 달려도 100마일 이상의 차이가 있기 때문에 적이 블라디보스토크에 들어가기 전에 그것을 누를 수 없다는 것을 사네유키는 신경병 환자처럼 생각하면서, 그렇다면 쓰가루 해협 서쪽 어귀에서 기다리는 편이 나을는지 모른다는 수학적 사고에 사로잡혔다. 쓰가루 해협 서쪽 어귀에서 기다리면 설혹 적이 쓰시마 코스를 지나오더라도 블라디보스토크 바로 앞에서 누를 수가 있다. 쓰가루 해협 서쪽 어귀에서 기다릴 경우에는, 그가 입안한 '칠단계 태세의 전법'이라는 장대한 구상은 허물어져서 한두 차례 하찮은 실랑이를 벌이다가 밤을 맞이하지 않을 수 없게 될지도 모르며, 그렇게 되면 적을 전멸시킨다는 목적 자체를 잃어버리고 만다. 사네유키는 해답이 없는 수식(數式)에 사로잡혀 있는 것과 같았다.

"미카사 함상에서 회의"

이런 식의 표현이 당시의 신문이나 잡지에 이따금 등장했다.

도고 참모장 가토도 격식을 차린 회의는 열지 않았다. 다만 의견이 있는 자가 '미카사'에 찾아와서 소신을 피력하고 막료들과 의견을 나누는 일은 있었다.

"특별한 회의는 열지 않는다."

사네유키가 이렇게 명언하는 것을 들은 사람도 있다. 연합함대의 차석 참모였던 이다 히사쓰네(飯田久恒 : 나중에 중장) 등이었다. 장관이 소집하는 형식적인 회의를 열어 봐야 신통한 수가 나올 까닭이 없다는 것이 그 이유였다. 다만 의견을 가지고 미카사를 찾아오는 자는 사네유키도 기꺼이 만났고, 또 스즈키 간타로의 경우에서도 볼 수 있듯이 사네유키 자신이 찾아가는 일도 있었다. 육군은 정규 수속을 밟지 않고 의견을 올리는 것은 금지되어 있었으나 해군의 경우는 수속같은 것은 필요 없었고 어떤 상급직에 대해서도 자유로이 의견을 말할 수 있었다.

이러한 관측의 혼미 속에서 방침의 통일에 다소의 역할을 한 것은 가미무라 히코노조가 이끄는 제2함대 막료단의 의견 상신(上申)이었다고 할 수 있다. 이 함대의 참모장은 후지이 가쿠이치(藤井較一) 대령이었다.

후지이는 아키야마 등 연합함대 막료들이 아무래도 진해만을 떠나서 북상할 생각인 것 같다는 소식을 듣자 천만부당하다고 생각했다. 후지이는 적이 쓰시마 코스를 더듬으리라는 것을 확신하고 있었다.

후지이는 먼저 자기의 선임 참모인 사토 데쓰타로 중령에게 의논했다.

"연합함대 막료들은 아무래도 이동론으로 기울고 있는 모양인데 자네는 어떻게 생각하나?"

사토의 의견은 수재답게 조심스러웠다.

오키섬(隱岐島) 부근으로 옮기는 편이 낫다는 것이었다. 연합함대는 현재 진해만에서 쓰시마에 걸쳐서 대기하고 있다. 오키섬까지는 얼마 안 되는 거리로 그 정도라면 일부러 이동하지 않아도 될 텐데, 사토의 두뇌는 항상 모조(毛彫) 세공처럼 예리한 감각을 사랑하는 버릇이 있었다. 오키섬 부근에서 기다린다면, 적이 쓰시마 코스를 취하는 태평양 코스를 취하는 임기응변으로 대처할 수 있다는 것이 그 주장의 근거였다. 그러나 이것은 손칼 세공까지는 아니더라도, 예부터 작전이라는 것에 필요한 큰 칼로 쫙 쪼갠 듯이 큰 줄거리를 밀고 나가는 태도는 아니었다.

"그러면 자네도 이동론인가?"

사토와는 달리 약간 거친 후지이는 그의 이와 같은 생각을 '이동설' 쪽으로 사사오입해 버리고는 탐탁지 않은 듯이 목소리가 거칠어졌다.

"아닙니다. 조금만 이동하는 것뿐입니다."

"조금만?"

후지이는 고개를 갸웃거렸다.

"더욱이 지금 당장 이동하라는 말은 아닙니다."

사토에 의하면 지금 움직여서는 안 된다. 그러나 26일이 되어도 적의 소식을 알 수 없을 경우에는 오키섬으로 움직이는 수밖에 없다는 것이었다.

"그러면 당분간은 이동해서 안 된다는 점에서 나하고 의견이 같단 말이지?"

"바로 그렇습니다."

"좋아. 그렇다면 제2함대의 의견으로서 이동 불가설을 연합함대 막료부에 제출해도 이의 없겠지?"

후지이는 이 부하 수재에게 다짐을 두어 그의 응낙을 받은 다음 '미카사'를 방문한 것이다.

이날, 진해만 부근에는 부슬비가 내리고 있었다. 후지이 가쿠이치 대령의 증기선이 미카사에 가까이 갔을 때, 이슬비 속에 대형 보트 한 척이 나타났다.

"누구시오?"

후지이가 묻자 그 배의 수병이 대답했다.

"시마무라(島村) 각하십니다."

제2함대 제2전대 사령관인 소장 시마무라 하야오(島村連雄)였던 것이다. 시마무라는 극히 최근까지 도고의 참모장으로 있다가 지금은 가토 도모사부로(加藤友三郎)에게 자리를 넘겨주고 전대(戰隊) 사령관이 되어 있었다.

후지이는 시마무라의 보트로 옮겼다.

"저는 이런 의견을 상신할 생각입니다."

후지이가 자기 주장을 말하자, 시마무라도 같은 의견이었다며, 그것을 상신하기 위해 미카사를 찾아가는 중이라고 했다.

두 사람은 미카사로 올라갔다. 시마무라는 씨름꾼이라도 능히 될 수 있을 만큼 거구였는데 몸에 맞게 마음도 넓었다. 그가 참모장일 때 모든 것을 사네유키에게 맡겼다는 것은 이미 말했지만, 그 시마무라가 이미 전대 사령관으로 전출했으면서 일부러 미카사를 찾아와 의견을 상신하는 것은 예삿일이 아니었다.

시마무라는 사네유키 등 연합함대 막료들이 도쿄의 대본영에 전보를 쳤다는 말을 들었다.

'적은 아무래도 태평양으로 돌 모양이다. 이대로 진해만에 주저앉아 있다가는 큰일 난다. 우리는 이동한다.'

이 거구의 사나이는 마치 당나귀처럼 펄쩍 뛰며 놀랐다.

'아키야마는 너무 지나친 생각을 하고 있다.'

"일본해 해전의 작전은 모두 아키야마 군이 세운 것입니다."

고별식 때 이처럼 언명까지 한 이 사람이, 이 순간에는 아키야마 사네유키를 믿을 수 없게 되었다.

'아키야마는 신경이 너무 지쳐 있는 건지도 모른다.'

그는 이렇게 생각하기도 했다. 또는 이런 생각도 했다.

'해상 체험에 익숙하지 않아서일까?'

아무튼, 이동이 불가능하다는 것을 도고 그 사람에게 건의하려고 한 것이다.

도고는 장관실에 있었다. 시마무라와 후지이가 들어갔다. 자리를 권하는 바람에 후지이는 앉으려고 했으나 시마무라는 그대로 선 채 입을 열었다. 그는 어떤 경위보다도 가장 중요한 결론만 들으려고 했다.

"장관께서는 발틱함대가 어느 해협을 통과할 거라고 생각하십니까?"

체격이 작은 도고는 앉은 채 시마무라의 얼굴을 이상한 듯이 바라보았다. 질문의 배경을 생각하고 있었는지도 모르고, 아니면 이 매우 과묵한 군인은 질문에 금방 대답하지 않는 습관이 있었는지도 모른다. 그는 이윽고 입을 열어 한 마디로 단언했다.

"그건 쓰시마 해협이지 뭐."

도고가 세계의 전사(戰史)에서 부동의 위치를 차지하게 되는 것은 이 한 마디 때문인지도 모른다.

도고(東郷)의 이 한 마디를 듣자 시마무라 하야오는 절을 했다.

그도 많은 말은 하지 않았다.

"그런 생각이라면 아무 말씀도 드릴 것이 없습니다."

도고의 대답에 대해 그는 이 말만하고 후지이를 재촉하여 장관실에서 나와 미카사를 떠나 버렸다.

이 일에 대해서는 나중에 오카사와라 조세이가 도고 본인과 시마무라 등에게서 직접 취재하여 자세하게 확인했다.

오가사와라가 이 무렵 도쿄의 대본영 막료였다는 것은 이미 언급했다. 그는 도고한테서 온 그 전보에 대해서도 도쿄의 현장에서 알고 있었다. 그 때문에 의심이 남았다. 그토록 도고의 결의가 굳다면 왜 도쿄에 '진해만에서 이동하고 싶다'는 전보를 쳤을까?

이에 대해 후년에 오가사와라는 도고에게 물었다.

도고의 대답은 간단했다.

"나는 그런 전보 치지 않았네."

그토록 대본영을 떠들썩하게 만든 전보건에 대해 당사자인 도고는 아무것도 몰랐던 것이다. 결국 그것은 전선과 도쿄의 막료들 사이에 의견을 교환하는 전보에 지나지 않았다는 것을 알았는데, 도고 자신은 어디까지나 적이 쓰시마 해협으로 온다고 믿고 있었다.

이 도고의 관측은 후년에 그가 아베 신조(安部眞造)라는 질문자에게 대답한 것처럼 세 가지 이유에 의한 것이었다.

첫째로, 북쪽의 소야 해협 근처는 안개가 짙어 대함대의 항해가 용이하지 않다. 둘째로, 발틱함대는 장기간 항해를 계속하고 있기 때문에 함정에 굴 따위가 들러붙어 속도가 느려져서 자칫 태평양을 잘못 돌다가는 속력이 빠른 일본 함대의 추격을 받을 뿐이며, 그것은 적도 알고 있을 것이라는 것. 셋째로 도고가 든 이유는 연료였다. 석탄을 각 함이 아무리 만재해도 한계가 있고, 그 석탄을 대량으로 사용하여 태평양을 돌 경우, 만일 일본 함대와 부딪치면 며칠씩 싸우지 않으면 안 되므로 전투 중에 연료가 떨어져 결국은 자멸할 우려가 많다는 것이었다.

이에 대해서는 시마무라 하야오가 이 전후에 다른 사관에게 말한 것도 유명하다.

"적이 항해에 대해 조금이라도 알고 있다면, 반드시 쓰시마 해협을 통과한다."

그 이유는 도고가 든 세 가지 이유와 별로 다르지 않았다.

또 도고는 해도 위의 쓰시마 해협을 가리키면서 이 말을 했다.

"적이 여기를 통과한다니까, 통과한다고."

이 말은 당시 도고와 가까운 사관들 사이에서 화제가 되었다. 아키야마를 위시한 막료들이 도고 앞에서 갑론을박하고 있던 자리에서 누군가가 도고의 의견을 물었을 때 한 말이다.

이와 같은 경위 끝에 연합함대는 계속 진해만에서 대기하게 되었다. 다만 도고도 이 대기 방침을 고정화하지는 않았다.

"다음 정보가 올 때까지 기다리자."

그는 이 의견을 가토 참모장과 아키야마 등에게 알렸다. 이상의 얘기는 5월 25일까지의 경위이다.

궁고도(宮古島) 미야코지마

"5월 25일 흐린 날씨, 남풍이 심했다."

발틱함대의 어느 막료의 수기에 씌어 있다. 확실히 이날은 바람이 심했다. 그러나 서풍이었다. 비단 장막을 드리운 듯이 가느다란 빗줄기가 끊임없이 해상에 내리고 있었다. 파도가 드높고, 물빛은 누렇게 흐려졌으며, 각 함의 뱃머리에서 부서지는 물보라가 그대로 안개가 되어 흩날렸다.

"오전 9시를 기해 함대의 항로를 동북 70도 즉, 조선 해협 방향으로 돌렸다."

수기에 이렇게 씌어 있다. 보기에 따라서는 이대로 일본 열도의 태평양 연안을 통과할 듯이도 보이는 침로였다.

이 25일에는 함대로 봐서는 특기할 만한 변화가 있었다. 아침 8시, 북위 31도, 동경 23도 11분 지점에서 로제스트벤스키 제독이 6척의 수송선을 분리한 것이다.

"상해항으로 가라."

제독은 명령했다.

이 함대의 사병들이 결전을 앞두고 충분한 투지를 갖고 있었다는 것은, 이

기선의 분리가 함대의 승조원들을 매우 기쁘게 했다는 것으로도 알 수 있다.

기선은 함대의 긴 항해를 위해서 없어서는 안 되는 것이었다. 그들은 항해를 위한 석탄, 탄약, 기재, 식량 등을 싣고 함대를 따라왔다. 그러나 결전이 내일 모레——로제스트벤스키는 쓰시마 해협 통과를 27일 정오로 보고 있었다——로 다가온 지금, 기선을 이끌고 가는 것은 거추장스러운 일이었다.

그런데 로제스트벤스키의 배려로 일본 측에게는 거의 운명을 좌우했다고 할 만한 행운을 가져다주었다. 일본 측은 발틱함대의 침로에 대해 머리를 싸매고 있다가 26일, 이 기선단이 상해 항에 들어갔다는 상해발 전보를 받고 나서 그들이 쓰시마 해협으로 온다는 것을 확신하게 된 것이다.

아무튼 25일 아침 8시 로제스트벤스키는 그 먼 거리의 항해를 함께 해 온 6척의 기선과 결별했다. 결별하면서 싸움을 앞둔 때라 음악도 연주하지 않고 호포도 쏘지 않았다. 다만 기함 '스바로프'가 로제스트벤스키의 이별사를 엮은 신호기를 올렸다. 그 편이 전송하는 자나 전송받는 자에게 더 정감적이었다. 마스트에 나부끼는 깃발은 비에 젖은 채 색채의 배합으로 인간의 언어를 표현했다.

기함 스바로프의 함교에는 로제스트벤스키 이하 사관들이 서서 6척의 기선이 부슬비 속으로 사라질 때까지 지켜보았다.

그러나 이 감상적인 풍경은 반드시 전술적으로 바람직한 풍경만은 아니었다. 나중에 로제스트벤스키는 이것 때문에 공격을 받았지만, 그가 분리한 기선은 6척뿐이었다.

이밖에도 기선이 남아 있었다. '아나드이' '이르토이시', '코레아', 그리고 공작선 '캄차카' 등이었다. 이들 기선단은 곧장 직행하여 쓰시마 해협을 돌파한 뒤 해전을 벌일 경우 거추장스러운 존재가 될 뿐이었다. 그들은 스스로 전투력을 갖추지 않은 데다 속력도 느렸다. 더욱이 코레아 같은 것은 어뢰를 대량으로 싣고 있었다. 만일 이것에 포탄이 맞으면 해상에 대규모 폭발이 일어나 부근에 있는 아군의 배에 피해를 줄 위험성이 컸다. 그래도 로제스트벤스키는 이들을 이끌고 결전장으로 나아가려 하고 있었다. 이유는 단 하나뿐이었다. 무사히 블라디보스토크 항으로 달아날 수 있을 경우 당장 이들 특무선이 필요했기 때문이다.

로제스트벤스키는 왜 모든 기선을 분리하여 전투 부대만 이끌고 결전장

속으로 달려들지 않았던 것일까?

더욱이 그는 상해로 가는 기선단을 전송한 뒤 함대의 진형을 바꾸어 함대에 잔류시킨 기선단에 대해서는 순양함을 전부 동원하여 호위시켰다. 이로 말미암아 순양함들은 제일선의 전투력에서 물러나 기선이라는 움직이는 물자의 경호원이 되었다. 이 조치에 대해 그 익명 막료의 수기는 다음과 같이 표현했다.

"이로 말미암아 함대는 6인치 포 32문, 4·7인치 포 29문을 스스로 줄여 버린 셈이 된다."

확실히 해군 전술의 상식으로 본다면 상궤를 벗어난 조치였다. 전투력의 집중은 전술의 철칙이며 전투력의 분산은 가장 기피해야 할 일이었는데 로제스트벤스키는 감히 그렇게 한 것이다.

그는 러시아에서 가장 뛰어난 해군 지휘관으로 지목되고 있는 만큼 이와 같은 원칙을 모를 까닭이 없었다. 그러나 인간이란——최고 지휘관이라고 하더라도——책상 위에서의 생각은 논리적이더라도 절박한 경우에 당면했을 때 여전히 이성을 잃지 않고 논리에 따라 움직이는 것은 어려운 일인 모양이었다. 오히려 공포라든가 희망적인 기대같은 감정에 따라 행동을 결정하는 일이 많은 것 같으며, 특히 극단적인 독재가인 로제스트벤스키의 경우에는 그런 경향이 강했다. 독재자는 반드시 강자가 아니며, 오히려 남의 의견 앞에 자기의 공허함을 폭로하는 것을 두려워하거나 극단적으로 자기 보존 본능이 강한 정신의 소유자가 많다. 로제스트벤스키가 이 5월 25일 아침에 펼친 그 기묘한 진형은 그의 지성의 표현이라기보다 그의 성격의 노골적인 표현이라고 할 수 있었다.

이에 대해 미국의 해군 대령으로서 당시에 세계적인 해군 전술 연구가였고, 아키야마 사네유키도 도미 중 그 가정을 방문한 적이 있는 A.T. 머핸은 그의 저서 '해군전략'——1909년 미국 해군 대학에서 한 강의 초고——에서 다음과 같이 말했다.

"로제스트벤스키는 해전 전, '이 함대 가운데 이십 척만이라도 블라디보스토크에 도착한다면 일본군의 수송선은 크게 위협을 받게 될 것이다'라고 말했다."

로제스트벤스키는 해군의 전략용어에서 말하는 함대 보존주의자였다. '함대가 보존되어 있는 한 그 존재 자체가 전력이며, 적군에 대해 중대한 영향력을 끼친다'는 것인데 머핸은 '로제스트벤스키는 이 주의의 극단적인 신봉자인 모양'이라는 의미의 말을 하고 아울러 머핸 자신은 '함대의 본무는 공세에 있다'라는 반대의 입장을 취하고 있다.

그런데 러시아 본국의 해군 군령부는 함대가 블라디보스토크로 달아나리라는 것을 시사했으면서도, 이 함대가 캄란 만에 있을 때 로제스트벤스키를 당황케 하는 전보를 보냈다.

"블라디보스토크는 설비가 불완전한 군항이다. 그러므로 함대는 그 항에서의 보급을 기대해서는 안 된다. 아울러 시베리아 철도에 의한 보급도 기대해서는 안 된다."

이 때문에 로제스트벤스키는 함대가 짊어질 수 있는 만큼의 짐을 지고 가야 한다는 주관적인 상황에 몰려 버렸다.

A.T. 머핸은 로제스트벤스키의 대항해에 대해서는 칭찬을 아끼지 않았으나, 전투 지휘자로서의 이 제독에 대해서는 냉정히 분석하여 특히 그가 결전 전 4일 동안 범한 과오를 집요하게 지적했다.

"그에게는 목적의 단일성이 결핍되어 있었다."

적에게 이겨야 한다는 목적을 위해 모든 것을 집중해야 할 이 지적(知的)인 작업에서 로제스트벤스키는 두 마리의 토끼를 쫓았다는 것이다.

두 마리의 토끼란 '블라디보스토크로 도주함으로써 설혹 잔존 병력이 20척이 되더라도 극동의 전국에 중대한 영향을 준다'는 목적과, '도고와 쓰시마 부근에서 만나게 될 것이다. 이들과 당연히 전투를 벌인다'는 목적이다. 한 행동이 두 가지 목적을 가지고 있었던 것이다. 한 행동이 한 가지 목적만을 가지지 않으면 싸움에서 이기지 못한다는 것이 머핸의 전략 이론이었다. 그는 목적의 단일성이야말로 승리의 길이라는 자기 이론의 구축을 위해 모든 재료를 사용하고 있었는데, 그러기 위해서 독일의 역사가 랑케(1759~1886)의 정략론까지 인용하고 있다.

'윌리엄 3세(1650~1702)가 잉글랜드에서 제임스 2세를 압도할 수 있었던 까닭은, 그가 자기 주변의 번거로운 상황들이 자신의 주요 목적 추구를 방해하지 못하게 했기 때문이다. 그는 모든 순간에 있어서 적절한 결심을 했는데, 그 결심은 모두 그가 구하고 있었던 단 하나의 목적을 관철하기 위해서 이루어진 것이다'라고 말했다. 머핸은, 도고가 이 '목적의 단일성'이라는 원칙에 충실했는데 반해서 로제스트벤스키는 두 마리의 토끼를 쫓기 위해서 그 행동 원리가 극히 모호해졌다는 것을 지적했다.

"로제스트벤스키 제독이 그 목적의 하나를 블라디보스토크로의 도주에 둔 것은 별로 나쁘지 않다. 그러나 그 실현이 확실히 가능했느냐 하면 당시의 상황으로 보아 개연성은 존재하지 않았다. 도중의 전투가 불가피했다. 전투가 불가피한 이상, 제독으로서는 도주의 전투를 상정하여 모든 군함으로 하여금 전투에 방해가 되는 것은 어느 시기에 버리게 했어야 했다. 그러나 그는 도주와 전투라는 두 마리의 토끼를 쫓기 위해 그것조차 하지 않았다."

이 말을 약간 해설식으로 바꾼다면, 전투를 위해서는 군함의 기동성을 높여 두지 않으면 안 된다. 그러기 위해서는 달아나기 위해 만재한 석탄——기함의 사령관실에까지 석탄을 쌓아 놓고 있었다——을 적당히 줄여 운동의 경쾌함을 되찾아야 하는데도 로제스트벤스키 제독은 그렇게 하지 않았다. 그 때문에 함마다 석탄을 너무 적재하여 흘수가 비정상적으로 내려가 있었다. 이를테면 감자를 가득 채운 자루를 온 몸에 묶고 링 위로 올라가는 권투 선수와 같은 것으로, 전투를 목적으로 하는 군함으로서는 자살 행위에 가까운 일이었다.

하기야 전후에도 줄곧 로제스트벤스키를 변호한 그의 막료——작전 막료가 아니라 기록 문학을 쓰기 위한 막료——세묘노프 중령은 이 점을 부정하고, 이런 사실의 지적을 중상이라면서, '우리 각 함이 석탄을 과도하게 적재한 채 쓰시마 해전에 임했다는 말——승조 사관들의——이 있지만, 어쩌면 그렇게 철면피한 거짓말을 할 수 있단 말인가' 하고 말했으나, 이 점에 대해서만은 세묘노프 자신은 너무 억지스러운 변호자였다. 각 함마다 석탄을 만재한 것은 사실이었고, 적어도 전투 전에 여분의 석탄을 버리려 하지 않았다. 로제스트벤스키는 끝내 두 마리의 토끼를 쫓고 있었던 것이다.

5월 25일은 발틱함대로서는 무사히 해가 저물었다. 그러나 진해만에 있는 도고의 사령부는 이날 밤 극도의 초조에 싸여 있었다.

'아직도 발틱함대의 모습을 포착하지 못하고 있다는 것은 역시 그들이 이미 태평양 방면으로 도주해 버렸다는 증거가 아닐까?'

사네유키는 줄곧 그런 생각을 하며 이날 밤 거의 잠을 자지 못했다. 그는 이제 모든 생각을 다해 보았으니 이제는 신에게 의지하는 수밖에 없다고 뇌까리곤 했으나, 정작 그가 말하는 신 자신이 '적은 태평양으로 돌아갔다'고 쉴 새 없이 그의 대뇌에 속삭이는 통에 그의 불안을 갈수록 커지기만 했다.

한편 도고의 모습에는 변화가 없었다. 그는 적이 쓰시마로 온다, 그 밖의 방법은 적이 취하지 않을 거라는 점에서 처음부터 요지부동이어서 식욕도 줄지 않았고 일정한 시간이 되면 소리 없이 취침하여 잠도 잘 잤다. 25일, 그는 종일 말이 없었다. 밤에는 푹 쉬었다. 도고는 온 세계 제독 가운데 전투 경험에서는 가장 충실한 이력을 가지고 있었다.

소년의 몸으로 사쓰마와 영국의 전쟁에 나간 이래 보신 전쟁(戊辰戰爭)에서는 스물이 될까 말까 하는 나이로 사쓰마 번의 군함 '가스가(春日)'의 포술사관으로서 막부 해군과 싸웠다. 당시 도고는 아와 앞바다에서 막부의 대함 '가이요(開陽)'와 근대 일본 사상 최초의 해전에 참가했고, 다시 오슈 미야코 만(奧州宮古灣)에서는 구막부 군함 '가이텐(回天)'과 교전했으며, 하코다테(函館) 및 고료카쿠(五稜郭) 공격 때는 함포 사격으로 육상의 적군과 싸웠다. 청일전쟁에서는 '나니와'의 함장으로 종군하여, 특히 풍도 해전의 주역이라고 할 수 있는 역할을 했다.

그는 메이지 유신 초기부터 군인보다 철도 기사가 되기를 희망했다는 말이 있지만, 그의 반생은 포화와 포연 속에서 이루어졌다 해도 좋으리라. 더욱이 한때 진수부 사령장관으로 있었을 때를 제외하고는 항상 바다 위에서 함대 근무자로 시종한 보기 드문 경력의 소유자였다. 그러한 그의 반생의 경험이 그 자신을 '할 만큼 준비를 다한 이상 애태워도 소용없는 일'이라는 전문가만이 가질 수 있는 심경——제2함대 사령장관 가미무라 히코노조는 도고의 그와 같은 인품을 남성적인 신앙가라는 말로 표현하고 있다——에 이르게 했는지도 모른다.

한편, 로제스트벤스키는 이런 도고와는 되도록 만나고 싶지 않았다. 만나더라도 극히 짧은 시간이 되기를 바랐다.

로제스트벤스키가 '쓰시마로'라는 운명적인 침로를 택한 것은 25일 오전 9시 부슬비 내리는 속에서였다. 함대는 5노트의 저속으로 나아갔으며, 때로는 8노트가 될 때도 있었으나 곧 신호를 하여 5노트로 되돌렸다.

25일 오후 5시 30분, 기함 '스바로프'의 마스트에 신호기가 올랐다.

"내일 새벽부터 12노트의 속력을 낼 수 있도록 준비하라."

이런 신호였다. 내일 26일부터 일본의 초계 해역으로 들어가기 때문이었다. 25일 밤에는 줄곧 5노트의 저속으로 함대는 항진했다. 이 저속은 로제스트벤스키 자신이 좋아하는 시간에 도고와 만나고 싶다는, 시간 조정을 위한 것이었다. 하기야 그밖에 기관 관리상의 이유도 있었다. 하나는 전투를 앞두고 보일러를 때는 관부원의 피로를 덜어두고 싶다는 것, 그리고 드디어 전투가 벌어질 경우를 대비해서 석탄을 절약하고 싶다는 것 등이었으나, 전투를 앞둔 사령관으로서 과연 이것이 고려해야 할 중요한 요소인지 어떤지
……

이야기는 바뀐다.

일본인으로서 제일 먼저 발틱함대가 진항해오는 모습을 본 사람이 있었다. 오키나와(沖繩)의 아구니 섬(栗國島) 출신으로, 오쿠하마 규(奧浜牛)라는 29살의 청년이었다. 그의 고향 아구니는 주위가 30리 정도밖에 안되는 섬으로 인구는 오천 명 정도밖에 되지 않았다. 마을 사람들 대부분 타향으로 벌이를 나가기 때문에 진취적인 기상이 짙었으며 오쿠하마도 그런 사람이었다.

그는 이 무렵 나하(那覇)에 살면서 얀바루 선(山原船)에 잡화를 싣고 미야코지마(宮古島)로 팔러 가는 일을 하고 있었다. 그는 아직도 선주가 될 만큼 부유하지 못하여 배는 미야기 지로(宮城次郎)라는 사람에게서 빌려 선장 노릇을 하고 있었다. 적은 인원으로 배를 몰아 대해에 나간다는 것은 쉬운 기술이 아니었으나, 아구니 섬에서 소년 시절을 보낸 그는 변덕스러운 바다를 달래고 속이면서 조그마한 배를 목적지까지 끌고 가는 데 익숙해 있었다.

이날, 나하 항을 나가는 배에 대해서는 나하 경찰서의 수상 파출소로부터 주의서가 나와 있었다.

1. 러시아 함대가 지금 회항 중이라 하니, 항해 중 군함 비슷한 것을 발견할 경우에는 가까운 경찰 또는 관청에 신고할 것.

2. 해상에서 상자형의 물체를 발견할 때는 그것은 수뢰이니 위험하므로 접근하지 않도록 주의할 것.

오쿠하마도 주의서가 나와 있다는 것은 알고 있었으나 출범을 중지하지는 않았다. 그의 기억은 날짜나 시간에 대해 약간 흐릿하다. 그의 기억에 의하

면 그가 돛을 올려 나하 항을 미끄러져 나간 것은 5월 25일이었다.

그는 미야코지마로 향했다. 미야코지마까지는 서남 300킬로 가까이나 되었다.

도중에 흐린 날씨이기는 했으나 얀바루 선의 돛대에는 절호의 풍향이었는데, 더욱이 바람에 힘이 있어서 이런 정도라면 예정보다 빨리 미야코지마에 도착할 수 있겠다고 오쿠하마는 생각했다. 밤에도 물론 계속 나아갔다.

26일 아침 안개 속에서 날이 밝았다.

오쿠하마는 아침 식사를 하기 전에 먼저 머리를 빗으로 꼼꼼하게 빗었다. 그는 몸가짐이 단정한 청년이었다. 본토에서는 단발령이 내린 지 30년이 지났으나 오쿠하마는 아직도 머리를 깎지 않고 류큐(琉球)식으로 머리를 땋고 있었다. 다른 선원들도 그랬다. 이것이 그 뒤 몇 분 후에 일어난 사태에서 그들을 구하게 되었다.

전방의 안개 속에서 무언가 그림자를 보았을 때 그는 그것이 미야코지마(宮古島)인 줄 알았다. 그러나 섬이 자꾸만 움직여서 그것이 배라는 것을 깨달았다.

그것도 보통 배가 아니라 군함이었다. 깃발도 보였다. 해가 솟아오르는 일본 군함기가 아니라 한번도 본 적이 없는 깃발이었다.

'러시아 군함이다.'

이렇게 생각했을 때 함정이 자꾸만 불어나 좌우에서도 보여 아무래도 대함대 속에 끼어든 것임을 알 수 있었다.

오쿠하마의 얀마루 선을 발견한 것은 발틱함대를 선행하고 있던 초계 순양함 가운데 한 척이었다. 뱃전에 많은 러시아인 수병과 하사관들, 그리고 사관 같은 남자들이 몸을 내밀고 오쿠하마를 향해 소리치고 있었다.

"중국사람——?"

그렇게 소리치고 있는 모양이었다. 그들이 오쿠하마를 일본인이라고 보지 않은 것은 머리를 땋았다는 것과 얀마루 선에 나부끼는 깃발 때문이었다. 깃발은 지네 모양이 그려져 있어서 용의 문양을 좋아하는 중국풍의 외장과 비슷했던 것이다.

여담이지만 이 오쿠하마의 나하 출항은 24일이었으며, 그 후의 항설에는 25일에 발틱함대를 본 것으로 되어 있으나, 향토사가 미나모토 다케오(源武

雄)씨의 연구로 나하 출항이 25일, 함대 발견은 26일 아침이라는 것이 밝혀졌다. 하기야 전체의 시간관계로 본다면 다소의 주석이 필요하다. 오쿠하마규가 목격한 것은 함대 항진의 시간적인 추리로 미루어 아마 26일이었을 것이다. 그가 보고한 것은 26일 아침이었는지도 모른다.

미나모토 다케오씨는 그 당시 미야코지마의 도청에 산업 주임으로 근무했던 오노 난세이(大野楠生)라는 사람의 일기를 발견했다. 그 일기의 5월 26일에 보면 이렇게 되어 있다.

"오늘, 얀바루 선이 하리미즈 항(漲水港 : _{미야코지마}_{의 항구})에 입항. 그 선장(오쿠하마)의 말에 의하면 미야코지마와 게라마지마(慶良間島)의 중간쯤에서 이섬으로 항해해 올 때 적함 46척을 만났다고 신고해왔음."

이렇게 되어 있다.

오쿠하마가 미야코지마의 하리미즈 항에 입항하여 도청에 보고한 것은 오전 10시쯤이다.

도청이 술렁거렸다.

이 당시 도사(島司)는 히사구치 군로쿠(橋口軍六)라는 사람이었다. 오노사쿠지로(小野朔次郎)라는 사람이 도사였다는 설도 있으나, 무언가 잘못된 모양이다.

도청에 경찰관도 주재하고 있었다. 그 경찰관이 매우 고지식한 인물이었다.

"네 말이 사실이냐? 만약 허위 신고를 했다가는 그 죄가 가볍지 않다. 단단히 각오하고 사실을 말하라."

그는 그런 식으로 모처럼의 신고자를 죄인 다루듯이 힐문했다. 오쿠하마는 순박한 성질이어서 화도 내지 않고 말했다.

"제 목을 걸고 말씀드리는데 사실입니다."

이 때가 26일 오전 10시라고 한다면, 도고 함대의 초계함 '시나노마루(信濃丸)'가 보낸 저 유명한 '적 함대가 보인다'라는 제1보의 발신은 이튿날인 27일 오전 4시 45분이다. 약 20시간 오쿠하마의 보고가 빨랐던 셈인데, 이 당시 미야코지마에는 무선 시설이 없었다. 그리고 경찰관은 속보보다 완벽한 수속을 더 중시했다. 그의 성격에 의한 것이 아니라 그만큼 당시의 일본 국가의 관(官)이라는 존재가 무거웠으며, 관의 말단에 있는 이 경찰관에게는 나하에 있는 상사의 존재가 일본 열도의 중량과 맞먹을 만큼 무거웠던 것이다.

경찰관은 지도를 펼쳐놓고 오쿠하마에게 발견지점을 확인시킨 다음, 붓을 들어 오쿠하마가 구술한 것을 바탕으로 조서를 꾸며 오쿠하마에게 보여주면서 물었다.

"이에 틀림이 없느냐?"

다시 다짐을 받은 다음 명령했다.

"날인하라."

오쿠하마가 도장 따위를 가지고 있을 리가 없었다. 경찰관은 그래서는 서류의 형식이 갖춰지지 않는다고 호통을 치고 오쿠하마에게 도장을 만들어 오라고 명령했다.

오쿠하마는 히라라(平良) 마을로 달려가서 도장을 주문했으나 완성된 것은 그 다음날이었다. 이튿날, 새로 만든 도장을 가지고 경찰관에게 가서 조서에 날인하여 형식을 완전하게 갖추었다. 그러나 서류가 완성되었을 때는 이미 발틱함대는 지나가 버린 뒤였다.

그렇지만 발틱함대가 일본 해역에 접근했을 때, 그것을 발견한 최초의 일본인이 오쿠하마였다는 것은 변함이 없다. 오쿠하마는 혼자 이것을 자랑으로 삼으면서 그 영광이 세상에 널리 알려지지는 않았지만, 이때의 도장을 소중히 간직하여 다이쇼(大正) 말년에 병사할 때 자식들에게 이 도장을 내주면서 유언했다.

"이 도장은 내가 일찍이 목숨을 걸고 중대한 임무를 완수한 명예로운 기념품이다. 두고두고 소중히 간직하도록 해라."

이 시대의 서민이 어떠했는지 이 오쿠하마를 보아도 상상할 수 있다.

이 무렵 미야코지마에는 무선 시설이 없었다.

또 나하(那霸)에서 신문이 오는 일도 없었기 때문에 미야코지마의 정보 환경은 태곳적과 그다지 다를 것이 없었다. 러일전쟁이 벌어지고 있다는 것은 알려져 있었으나, 본토의 관심이 발틱함대의 동향에 집중되고 있다는 것은 알지 못했다. 더구나 이 함대가 미야코지마 부근을 통과할지도 모른다는 가능성을 추측하는 자도 없었고, 추측하고 싶어도 기초 지식이나 거기에 필요한 정보가 없었다. 미야코지마의 시간은 신화시대처럼 한가롭게 흐르고 있었다.

그 한가로운 시간 의식의 흐름이 이 엄청난 정보의 상륙으로 혼란을 일으키고 말았다.

"어떻게 해야 하지?"

도사(島司)는 당황했다. 알리지 않으면 안 된다는 것은 알고 있었으나, 어디로 알리면 되는 것일까? 도쿄일까, 도쿄라면 도쿄 어느 기관의 누가 이런 정보의 담당일까, 정말 구름을 잡는 듯한 심정이었다.

"야에야마 군도(八重山群島)의 이시가키 섬(石垣島)에 전신국이 있다."

누군가가 말했다. 이것은 하나의 구원이었다. 그 전신을 사용하면 나하건 도쿄건 즉각 통신할 수 있을 것이다. 그런데 이 미야코지마에서 이시가키 섬까지 어떻게 가느냐가 문제였다.

미야코지마에서 이시가키 섬까지는 보통 서쪽의 외딴 섬들을 따라가는데 거리는 170킬로쯤 된다.

170킬로라고 하면 요코하마(橫濱)에서 보트를 저어 나간다고 쳐서 미우라 반도(三浦半島)의 돌출부를 돌아 사가미 여울(相模灘)을 서쪽으로 돌파하고 이즈 반도(伊豆半島)의 돌출부를 지나 다시 스루가 만(駿河灣)을 바라보는 지점까지의 거리이다.

"누가 야에야마의 이시가키 섬까지 가줄 사람이 없을까?"

도사는 슬쩍 물어보았다. 무엇 때문이라는 목적은 말하지 않았다. 발틱함대의 발견이라는 이 국가 존망의 대정보는 도사 같은 낮은 신분의 관리들에게는 너무 무거운 짐이었다. 이것을 비밀로 해두지 않으면 나중에 관에게 얼마나 질책을 당할 지 모르는 일이었다. 그러나 목적을 말하지 않고 사람을 부탁할 수는 없었다. 야에야마의 이시가키 섬까지의 항해라면 목숨을 걸어야 한다. 목적도 모르면서 목숨을 건 항해를 할 만큼 인간은 호기심이 많지 않다.

이 무렵, 날치잡이가 한창이었다. 어부들의 대부분이 고기잡이에 나가 있었다. 날치잡이는 조별로 나누어서 했고, 조끼리 경쟁을 했다. 얼마나 많이 잡고 얼마나 빨리 항구로 돌아오느냐 하는 경쟁이었는데, 항구에 돌아오면 아낙네들이 물가에 나와서 기다리고 있었다. 배에서 고기를 내리면 아낙네들은 그것을 짊어지고 10킬로나 15킬로쯤 떨어진 부락으로 팔러가는 것이다. 그 때문에 고기를 잡아 돌아오는 것이 빠르면 빠를수록 좋은 값으로 팔렸다. 좋은 값일 뿐 아니라 가까운 부락에서 팔 수 있다는 이점도 있었다.

"누가 이시가키 섬까지 가줄 사람이 없을까?"

이러한 고기잡이가 한창 때였으므로 이런 따위의 한가한 도사의 말에 귀를 기울이는 사람은 아무도 없었다.

이렇게 도사는 연락자를 찾는 데 반나절 이상이나 시간을 허비하지 않으면 안 되었다.

그때 마침 도사 앞에 가키바나 젠(垣花善)이라는 젊은 어부가 얼굴을 내밀었다. 그가 몇 시쯤 도사를 찾아 왔는지, 시간에 대해서는 잘 모른다.

가키바나 젠은 그 당시 마쓰바라(松原)마을의 부장――마을의 뒷바라지꾼――을 하고 있었을 정도니까 도사와의 접촉이 빈번했다. 도사는 가키바나에게 모든 사정을 밝히고 야에야마의 이시가키 섬까지 가주지 않겠느냐고 부탁했다.

가키바나는 깜짝 놀랐다. 어부로서의 경험에 비추어 불가능에 가까운 일이지만, 하지 않을 수 없잖겠느냐고 승낙했다. 가키바나는 원래 의협심이 강한 용감한 인물로 알려져 있었으나, 만일 그가 100년 전에 태어났더라면 아무 일도 없는 평온한 서민의 생애를 보냈을 것이다. 온 일본의 서민들이 그러했다. 근대 국가라는 엄청나게 무거운 것이 출현하는 바람에, 농어촌의 청년들이 생각지도 못한 만주 벌판까지 끌려나가 러시아인과 대치하고 있듯이, 가키바나 젠도 스스로 자진한 일이기는 했으나 이시가키 섬까지 목숨을 걸고 배를 저어가지 않으면 안 되게 된 것이다.

그는 마쓰바라 부락에 살고 있었다. 집으로 돌아오자 동생 기요시(淸)와 사촌간인 요나하 가마(與那霸蒲)와 요나하 마쓰(松) 형제에게 동행을 부탁하고, 다시 구가이(久貝) 부락에 사는 친구 요나하 마쓰――마쓰바라의 요나하와 동성동명――에게 사정했다. 참고로, 마쓰바라 부락과 구가이 부락은 나중에 하나가 되어 지금 히사마쓰(久松)라고 불리고 있다. 미야코지마의 읍(邑)인 히라라에 가장 가까운 어항으로, 요나하 만에 임해 있다.

"좁쌀을 내놔."

가키바나 젠은 아내에게 이렇게 말했을 뿐, 무슨 목적으로 어디에 간다는 말은 일체 하지 않았다. 좁쌀은 식량이었다. 그것을 자루에 넣어 배에 실었다.

배는 통나무배다.

큰 삼나무의 속을 긁어내고, 배 전체에 고래 기름을 칠하여 방수 처리를 한 것으로, 오키나와에서는 '사바니'라고 불리고 있다. 길이 약 오 미터, 폭은 제일 넓은 데가 180센티밖에 안된다.

다섯 사람은 이 배를 모래사장에서 밀어내어 파도 사이에 뛰어든 여세로 노를 젓기 시작했다. 노는 통나무를 깎은 정도의 조잡한 것이었다.

파도를 헤치고 나아가는 뱃머리에는 구가이 부락의 요나하 마쓰가 앞을 보고 앉아 노를 저었다. 이어서 가키바나 기요시와 그의 사촌 요나하 마쓰, 지휘자인 가키바나 젠의 순서로 앉아 저마다 노를 바다에 꽂고 힘차게 저었다. 배 꽁무니에는 방향 감각이 뛰어난 요나하 가마가 키잡이로 앉아 있었다. 일행은 나침반을 갖고 있지 않았고, 오직 요나하 가마의 방향 감각에만 의지하여 나아갔다.

이시가키 섬으로 가는 코스는 평소라면 서쪽의 동지나해로 외딴섬을 따라 내려간다는 것은 이미 말했다. 그러나 그들은 도중에 외딴섬이 없어서 모험적인 코스로 알려져 있는 동쪽의 태평양쪽을 택했다. 그쪽이 거리가 가까웠다.

이 원고를 쓰면서 필자는 오키나와 현 미야코 사이조(西城) 중학교 교장 마쓰바라 세이키치(松原淸吉) 씨에게 문의하여 여러 가지를 배웠다.

그런데 마쓰바라 씨는 그 다섯 사람 가운데 요나하 형제의 생질이 되는 분이다.

당시 요나하 가마는 이미 결혼해서 3살된 아들도 있었다. 아내는 가마도라고 했다. 가마도는 26살이었다.

가마도는 이때의 관계자 가운데 가장 장수하여, 몇 해 전 86살로 세상을 떠났는데, 그녀가 살아 있을 때 마쓰바라 씨가 가마도가 한 얘기를 기록해 두었다.

시간에 대해서는, 그녀의 기억으로는 26일 오전 9시쯤이라고 한다. 그녀가 우물에서 물을 길어 집으로 돌아가니 남편의 심부름꾼이 달려와서 전했다.

'지금 당장 먼 곳에 나가니까 좁쌀을 갖고 나오라.'

그녀는 이상한 일이라고 생각했다. 고기잡이에서 금방 돌아왔는데 또 어디로 가려는 것일까 하고 생각했으나, 아무튼 좁쌀을 들고 오도마리(大泊)라는 해안으로 갔다.

해변에서는 남편 외에 네 사람이 통나무배를 타고 막 떠나려 하고 있었다. 그녀는 좁쌀을 건네주고 배를 전송했으나 무슨 일인지 통 알 수가 없었다.

"어디로 갔는지도 모르고. 할미는(나는) 밭으로 갔지."

그녀는 마쓰바라 씨에게 말했다. 밭일을 마치고 점심때쯤 집으로 돌아올 때였다.

"여기저기서 사람들이 모여서 떠들고 있기에 무슨 일이냐고 물었더니, '그 양반들, 군함 있는 데로 갔대. 그 양반들 죽으러 갔대. 그 양반들 야에야 마(八重山)로 갔대' 하잖겠어."

그 뒤 그녀는 집으로 달려가서 엉엉 소리 내어 울어 버린 모양이었다.

"그날도, 그 다음날도, 울기만 했지. 정말이지 자식 하나 만들어 둔 것뿐 인데 하면서……."

그만큼 비탄에 잠겼던 그녀가 , 좀 믿기 어려운 일이지만 29년이 지난 쇼 와 9(1934)년까지 남편들이 그때 무엇을 하러 갔는지, 남편한테도 그 친구 들한테서도 듣지 못했다고 한다. 5명의 젊은 어부들은 출항할 때 도사로부 터 "이것은 국가 기밀이니까 아무한테도 말하면 안 된다"는 주의를 들었는 데, 그 후에도 그것을 충실히 지켜, 쇼와 9(1934)년 〈마이니치 신문(每日新 聞)〉이 이 사실을 알고 전국적으로 보도할 때까지, 아무에게도 말하지 않고 아내들에게조차 알리지 않았다. 그래서 그 놀라운 사실이 미야코지마뿐 아 니라 온 일본에 알려질 수가 없었던 것이다.

놀라운 사실이라는 것은 그들의 기록적인 결사의 항해뿐 아니라, 그것을 국가 기밀이라고 하여 아무에게도 말하지 않았다는 데도 있을 것이다. 이미 변화해 버린 사회에서 되돌아보면 오히려 그 편이 훨씬 이상하게 보인다. 러 일전쟁은 일본인이 이와 같은, 즉 국가의 무게에 대한 순진한 순종심을 가지 고 있었던 시대에 치러졌고 그 순종심 위에서만 성립된 전쟁이었다고 할 수 있다.

그들은 무려 15시간 동안 계속 노를 저어갔다.

5사람 모두 출발할 때 날치 잡이에서 금방 돌아온 터여서 무척 지쳐 있었 다는 것을 생각하면, 이 15시간의 항해는 인간의 체력 한계를 훨씬 넘어선 것이었다.

갈 때는 바다도 고요했고, 이따금 돛으로 잡을 수 있는 바람도 불어왔다.

그런 바람이 오면 재빨리 돛을 올리고, 바람이 달아나면 저마다 노를 공중에서 반동을 주면서 바닷물에 꽂아 젓고 또 저었다.

그러나, 돌아올 때는 순풍이 아니었다. 강한 북풍이 휘몰아치고 바다가 거칠 대로 거칠어졌을 뿐 아니라, 몇 킬로쯤 저어왔는가 하면 그 이상 뒤로 밀려가곤 했다.

"시동생 마쓰(요나하 마쓰)가 울기 시작하고!"

가마도는 요나하 가마한테서 들은 이야기를 이같이 했다. 마쓰는 노를 버리고 뱃바닥에 주저앉아, 죽기 싫다고 울기 시작한 것이다. 피로와 심한 풍랑, 아득히 먼 미야코지마의 거리를 생각하니 아무래도 살아서는 처자를 다시 만날 수 있을 것 같지 않았다. 요나하 마쓰에게는 두 아이가 있었다.

"애새끼도 둘이나 있는데, 아이고, 지금 죽어선 안 돼. 마누라와 애새끼들은 어떻게 살라고."

이렇게 줄곧 넋두리를 하면서 마쓰는 배가 미야코지마에 도착할 때까지 끝내 노를 손에 잡지 않고 뱃바닥에 웅크리고 앉아 있었으나, 나머지 네 사람은 마음이 순한 사람들이라 마쓰를 나무라지도 않고 묵묵히 그의 몫까지 저었다.

이 동안 지휘자인 가키바나 젠은 이런 말만 되풀이하며 일동을 격려했다.

"천지신명께서 지켜주실 거니까 걱정마."

이야기가 뒤바뀐다.

그들이 15시간 동안 노를 저어 야에야마 군도의 이시가키 섬 동쪽에 있는 이바루마(伊原間)에 도착한 것은 한밤중이었다. 해안에 대려고 하다가 배가 얕은 여울에 올라앉아 버렸다.

어쩔 도리가 없다, 육로를 달리는 수밖에 없다고 가키바나 젠은 결단을 내리고, 요나하 가마와 둘이서 상륙하여 심야의 산길을 달리기로 했다.

이시가키 섬은 주걱 모양을 하고 있다.

주걱의 손잡이가 북쪽인데, 그들은 그 손잡이 근처에 상륙한 셈이었다. 목적지인 이시가키——지금의 이시가키 시——는 주걱의 머리 쪽에 해당되며 거리는 약 30킬로나 되었다.

밤새도록 육로를 달린 두 사람이 섬의 수읍(首邑)인 이시가키에 있는 야에야마 우편국에 뛰어들어 숙직원을 깨운 것이 아침 4시였다고 한다. 그들은 미야코지마의 도사가 준 문서함을 직원에게 넘겨주고는 더 이상 서 있지 못하고 주저앉아 버렸다.

즉각 이 야에야마 해저 전신소로부터 '적함을 보았음'이라는 전신이 나하의 현청과 도쿄의 대본영으로 날아들었다.

이 발신 시간에 대해 여러 설이 있는데, 아무튼 가키바나 일행은 시계를 갖고 있지 않았고, 자기들 얘기가 나중에 기록될 만한 일이라는 생각도 하지 않았기 때문에 애매해져 버렸다. 쇼와 9(1934)년에 이르러 세상이 떠들어대기 시작했을 때, 야에야마 우편국에서도 타전 기록을 찾았으나 나오지 않았다. 도고 함대의 초계함 '시나노마루'가 '적함대가 보인다'를 타전한 것보다 약간 늦었던 것만은 확실하다.

이 미야코지마의 5명에 대해서는, 처참하다고밖에 할 수 없는, 가는 길 열다섯 시간의 항해도 항해지만, 그 이상으로 이 시대 일본의 시골 마을 사람들이 어땠는지를 보여 주는 극단적인 예를 거기서 볼 수 있다.

그들은 그 후 입을 다물어 버렸다고 한다. 그들이 자기 아내들에게조차 말하지 않았다는 것은 이미 말했다. 출발할 때 목적과 행선지를 아내에게 알리지 않은 것은 그들이 도사로부터 '국가 기밀'이라면서 전문 원고를 넣은 문서함이라는, 매우 귀중한 것을 맡았다는 긴장감 때문이었는지도 모른다. 그러나 그 긴장도 기밀성도 무효가 되어버린 전후에도 여전히 입 밖에 내지 않은 것을 보면, 그 시대의 시골 사회에 사는 사람들이 거의 다 그러한 정신이었을 거라는 생각이 든다. 겸허함도 있었을 것이다. 겸허하기 이전에, 사람들의 행위라는 것은 국가로부터 표창받음으로써 가치가 생긴다고 생각하는 서민이 많았던 시대이며, 반면에 표창도 받지 않는데 자기 스스로 자신의 행위에 가치를 발견하여 과시하는 서민도 시골에서는 드물었다.

요컨대 이 5사람의 내력은 미야코지마의 히사마쓰 근처의 어촌에 파묻혀 있었다. 당시 전보를 받은 대본영도, 오키나와의 야에야마 우체국에서 전보가 와 있었다는 정도의 인식밖에 없었고, 그 전보가 타전되기까지의 경위에 대해서는 알지 못했다. 당시 대본영의 해군 참모였던 오가사와라 조세이 소령도 만년에 퇴역 중장으로서 여생을 보내고 있을 무렵 이것이 화제에 올랐을 때, 사람들의 질문을 받고 이렇게 대답했다.

"글쎄, 이제 와서는 그 전보가 몇 시에 들어왔는지 도무지 생각이 나지 않는군. 워낙 '시나노마루'의 제1보를 비롯해서, 도처에서 속속 전보가 들어

왔거든. 야에야마에서 온 것도 그 가운데 하나였을 거야."

이 5사람의 이야기는 다이쇼(大正)시대에 들어와 시마부쿠로 겐이치로(島袋源一郞)라는 사람이 간단히 종합해서 기록해 두었으나 세상 사람들의 눈에는 띄지 않았다.

다이쇼 6(1917)년, 이나가키 구니사부로(稻垣國三郞)라는 사람이 히로시마(廣島) 고등 사범학교 부속 소학교에서 오키나와 현 슈리(首里)에 있는 오키나와 현 사범학교 주사로 전임하여 부임하자마자 지방 사람들한테서 이 이야기를 들었다. 학교의 여가를 이용하여 미야코지마에 가서 생존해 있는 사람들의 이야기를 듣고 '결사대 다섯 용사의 비화'라는 짤막한 글을 써서 교육 관계 간행물에 실었다.

그 문장이 쇼와(昭和) 2(1927)년에 이가라시 쓰토무(五十嵐力)가 엮은 중등 국어 교과서에도 전재되었다. 그래도 역시 세상에는 그다지 알려지지 않았는데, 이 국어 교과서를 채택한 여자 학습원 교수 반 시게코라는 사람이 교과 내용의 연구에 열심이어서 교과서에 씌어 있는 것 외의 사실을 조사하고 싶은 마음이 들었다. 그래서 미야코지마 히라라의 동장 나카소네 가쓰미(仲宗根勝米)와 몇 번 편지를 주고받는 동안, 오키나와 현 지사도 이 일을 그냥 내버려둘 수 없게 되어, 쇼와 5(1930)년 이미 손자를 볼 나이가 된 다섯 사람에게 금일봉을 보냈다. 그들이 미야코지마(宮古島)에서 이시가키 섬(石垣島)까지 결사의 항해를 한 지 25년의 세월이 흐른 뒤다.

이 사실이 일본 전체에 알려지게 되는 것은 쇼와 9(1934)년 5월 18일자 오사카 〈마이니치 신문〉이 크게 보도하고부터이다.

'일본해 해전 비사(秘事)'라는 컷이 들어가고, '네 청년 결사의 모험, 늦었던 한 시간'이라는 표제가 붙어 있었다. 늦었던 한 시간이라는 것은 시나노마루(信濃丸)의 제1보 발신에서 계산해서 한 시간이 늦었다는 뜻이다. 5명이 4명으로 되어 있는 것은 이미 한 사람이 병사하여 4명만 살아 있었던 때였기 때문에, 당시의 인원수도 4명인 줄 알았는지 모른다. 일찍이 다이쇼 초기에 이 이야기를 처음으로 취재한 오키나와 현 사범학교 주사 이나가키 교사가 이 무렵에는 오사카 시립 아이지쓰(愛日) 소학교 교장이 되어 있었다. 기자는 아마 이나가키 씨에게서 취재한 모양이었다.

이 기사가 나오자 해군성이 놀라 당장 표창 수속을 밟았기 때문에 미야코지마에 건재하던 4사람이 비로소 당시에 대한 이야기를 하기 시작했는데, 그러나 4사람의 기억으로도 시간 관계는 모호했다.

가키바나 젠은 이미 60이 다 되어가고 있었다. 그는 원래가 명랑한 성격이었으므로, 섬 여기저기서 당시의 이야기를 해달라고 부탁하면 찾아가서 술대접을 받고는 되풀이하여 그때 이야기를 했다.

"그 때문에 죽을 때까지 술만 마셨지요."

필자가 미야코지마에 찾아갔을 때 그곳의 청년이 유쾌한 듯 가키바나 젠에 관한 이야기를 전했다. 보통 인간의 일생에서 남에게 되풀이하여 이야기할 만한 가치가 있는 체험이 하나만 있어도 좋은 편이다. 필자는 그것을 들었을 때, 여생을 그 이야기를 하기 위해 술을 마시고 살았다는 가키바나 젠의 일생이 그의 청춘 시절에 있었던 한 체험만으로 날카롭게 결정(結晶)되어 버렸다는 점에서 무척 유쾌하게 느껴졌다.

그러나 여전히 시간 관계는 분명치 않다.

"늦었던 한 시간"

오사카 마이니치 신문의 이 표현은 아마 이나가키 교사의 글에서 딴 것이겠지만, 미나모토 다케오(源武雄) 씨가 면밀히 시간 관계를 맞추어 본 바에 의하면 5사람이 이시가키 섬에 상륙한 것은 28일 오전 9시 이후가 되며, 이것을 믿는다면 거의 28시간 늦은 셈이 된다. 그렇다면 이미 일본해에서의 러일 양해군의 주력 결전은 다 끝나고 난 뒤이며 미나모토 씨의 고증이 정확하다면, 야에야마 우편국이 아무리 벽지 우체국이라도 그런 때늦은 '적함을 보았다'는 전보는 치지 않았을 것이다. 혹은 라디오가 없는 시대라 전날의 일본해 해전 결과를 야에야마 우편국에서는 그 다음날이 되도록 알지 못한 채 그런 전보를 쳤는지도 모른다.

아무튼 가키바나 젠 이하 5명의 미야코지마 청년들이 이를 알리기 위해 스스로 통나무배를 타고 대해를 저어 나간 것만은 확실하며, 돌아오다가 풍랑을 만나 몇 번이나 표류 직전의 사태에까지 이르러 요나하 가마의 아내 가마도가 집에서 "그 양반들은 죽으러 갔다"면서 울부짖고 있었듯이, 살아서 돌아오기를 기대하기 어려웠던 거사였던 것도 확실하다. 또 그들이 이 모험을 함으로써 명성이나 금전의 보수를 전혀 기대하지 않았다는 것도 확실하다. 그 후의 사회에서 본다면 도무지 괴상하기만 한 이 사람들이 아무래도 그 당시 이 나라의 일반적인 서민상이었던 것 같다.

5월 26일, 미지근한 남풍이 집요하게 불어댔다. 이 때문에 파도가 높아서 조그마한 함정은 파도를 타기가 바쁘게 파도 사이로 미끄러져 앞뒤로 느릿하게 흔들렸다. 이른 아침, 각 함은 5노트의 저속으로 나아갔다.

"제독은 무슨 생각을 하고 있는 건지, 도무지 알 수가 없단 말이야."

기함의 수병 가운데서 불평을 터뜨리는 자가 있었다. 무리도 아니었다. 어제 오후 5시 30분에 로제스트벤스키는 명령했다.

'내일은 여명부터 12노트의 속력을 낼 수 있도록 준비하라.'

전 함대에 명령을 내려 놓고서 그 26일 여명이 되었는데도, 여전히 간밤과 마찬가지 5노트로 함대를 항진시키고 있었다.

그런데 26일 오전 8시 15분이 되자 다시 명령을 내렸다.

"속력 9노트"

12노트는 아니었지만 그런 긴장감을 장병들에게 주었다.

'드디어 전투 해역에 돌입하는구나.'

그러나 그렇지도 않았다. 선단에 대해서만은 여전히 5노트를 지정한 것이다. 그 후 로제스트벤스키가 전함대에 명령한 것은——믿기 어려운 일이지만——함대 운동의 훈련이었다. 공전의 대전투가 다음날로 박두해 있는데 유유히 함대 이동 훈련을 한다는 것은 대체 무슨 뜻일까?

더욱이 지난번 반풍 만에서 네보가토프 함대와 합류했을 때 한 번 이 훈련을 형식적으로 했을 뿐, 그 후 로제스트벤스키는 이들 크고작은 함정을 하나의 함대라는 유기체로 만들기 위해, 어느 나라 해군에서나 열중하는 유일한 방법인 함대 훈련에 아무런 관심도 보이지 않는 듯했다. 그런데 몇 번이나 되풀이하는 말이지만, 적을 만나지 않으면 안 되는 날이 내일로 다가온 이날에야 그는 갑자기 그것을 시작하려는 것이었다.

그러나 용장(勇壯)한 광경이었다.

차츰 강해지는 남풍 속에서 신호기가 펄럭이고, 각 함은 하얀 파도를 차내며 달리는 가운데, 각 함장은 개개의 함이라기보다 하나의 함대라는 유기성을 함께 하기 위해 온 능력을 다했다. 각 함의 승조원도 함장의 가장 민첩한 수족이 되고자 열심히 움직였다.

'과연 사기를 올리기 위해서는 좋은 방법인지도 모르겠군.'

많은 사관들이 로제스트벤스키를 다시 보았다.

연습은 정오에 끝났다. 함대는 속도를 늦추어 선단이 도착하기를 기다렸다. 연습이 끝나고 선단을 기다리는 멍한 시간 속에, 사관들은 다시 로제스트벤스키의 머리를 의심하기 시작했다. 연습은 훌륭했지만 결국은 전진이 아니라 제자리걸음이 아닌가.

그 후 같은 연습이 또 한 번 되풀이되었다.
명백한 제자리걸음이라는 것을 누구나 알게 되었다. 로제스트벤스키는 예상 전장에 도착하는 것을 고의로 늦추고 있었던 것이다.
이대로 가면 26일 심야에 쓰시마 해협에 접근하고 말 것이다. 심야에 예상 전장에 도착하면 반드시 일본 측 구축함이나 수뢰정에 의한 어뢰 공격을 받을 것이다. 그들 소함정은 대낮에는 대함에 접근하기가 곤란해서, 야음을 틈타 접근하여 어뢰를 발사하고 달아난다. 로제스트벤스키는 싸움터에서의 이런 종류의 자객을 싫어하여, 27일 낮에 쓰시마 해협을 통과하려고 26일에 시간 조정을 한 것이다.
저녁 때 연습은 끝났다. 함정은 5노트의 느린 속력으로 항진했다.
다만 그 동안 로제스트벤스키와 그 막료들의 신경을 날카롭게 한 것은 전함 '니콜라이 1세'가 신호를 올린 것이다.
'적함이 보인다.'
낮 12시 15분이었다. 하기야 이것은 잘못 본 것이었지만 오인이라는 것을 안 것은 그 전후(戰後)였으며, 이때는 전함대가 극도로 긴장했다.
오후 1시 30분, 로제스트벤스키는 신호를 올렸다.
"오늘밤 어뢰 공격이 빈번할 것임을 예상하라."
그러나 이 예상은 빗나가, 26일 밤에는 일본 함대가 한 척도 출현하지 않았다. 일본 함대는 26일 밤에는 발틱함대를 발견하지 못했던 것이다.
그날 저녁 때가 되자 바다는 조용해졌다. 오후 4시 30분, 기함 '스바로프'의 마스트에 '전투 준비' 신호가 올라갔다.
다만 그 동안 각 함의 무전실에서는 전율적인 고동이 계속 들리고 있었다. 함대의 전방에서 일본 초계함 비슷한 것이 몇 척 해상을 경계하면서 끊임없이 무전을 교환하고 있는 것이 수신기에 잡힌 것이다. 들어봐도 무슨 내용인지는 알 수 없었다.
발틱함대에는 일본 해군의 암호를 풀 능력도 일본어를 이해하는 능력도 없었다.

"적에게 발견되었다."

막료들까지 그렇게 믿었다.

이 무렵의 발틱함대의 사기에 대해 특기할 만한 것은, 긴 항해 중에 발생한, 군대로서는 가장 기피해야 할 중상인 권태와 상관에 대한 반항심이 일시에 사라져 버렸다는 것이다. 특히 기함 스바로프의 하사관과 병졸들의 고양된 정신은 반퐁 만에서의 이 함대와는 별개의 군대인 것 같은 느낌조차 들었다. 로제스트벤스키의 통수에 대해 회의적이었던 익명의 막료도 수기에 이렇게 쓰고 있다.

"전원 모두 정신이 고무되어, 내일은 드디어 운명을 송두리째 결정짓고 말겠다는 마음으로 충만된 분위기가 함내 곳곳을 뛰어다니는 병사들의 표정에도 나타나 있었다."

이것은 로제스트벤스키의 통수가 훌륭했다는 증거가 아니라, 이미 내일이어떤 날이라는 것을 장병들 모두가 알았기 때문에 그로 말미암은 자각에 의한 것이었던 같다.

"오늘밤에는 격렬한 수뢰 공격을 받을 것이다."

누구나 이러한 각오로 가득 차 있었다. 이 때문에 사관의 다수와 수병들은 예상할 수 있는 일본 측 육박전에 대비하여 거의 밤새도록 자지 않았다.

그 26일 밤, 전함대의 항진은 원칙적으로 불을 끈 채 행하여졌다.

다만 로제스트벤스키는 예외로 각 함의 조명 설비 가운데 기함을 향한 등화만 불을 켜게 해놓았다. 이 신경질적인 제독이 함대 장악을 위해서 취한 조치였으나, 만일 일본의 고속 구축함이 자객처럼 살며시 끼어들어 온다면 매우 불리한 일이었다. 그들은 깜깜한 밤이지만 이 등화를 목표로 어뢰를 발사할 것이다. 이열 종진 속을 자유자재로 헤엄쳐 달릴 것이 틀림없었다. 막료의 일부는 이것을 우려했다. 그러나 그 우려는 막료실에서의 사담으로 그쳤다. 참모장 코롱 대령조차 사령관실 문을 두드리는 것을 두려워하는 이 함대에서는, 로제스트벤스키의 방침에 거역하는 자는 한 사람도 없었다.

이 조치는 로제스트벤스키로서는 당연한 것이었다. '자기만 천재이고 다른 사람은 아무짝에도 쓸모없는 머저리로 알고 있다'고 막료들이 쑥덕거리고 있었는데, 그들의 비판대로 그는 자기 휘하의 함장들 중, 일부 구축함의 함장을 제외하고는 일체 신용하지 않았다.

"완전히 불빛을 없애면 미숙한 인간들(함장들)이 서로 오인하여 아군끼리 싸우게 될 것이 틀림없다."

로제스트벤스키는 그렇게 생각한 것이 틀림없었다. 그러나 그것은 로제스트벤스키의 생각이지 사실은 아니었다. 그가 생각하고 있는 그런 서툰 함장은 한 사람도 없었다. 그의 휘하에는 제독 자신보다 뛰어난 승조원이 무수히 많았다. 단지 제독 자신이 그것을 믿지 않았기 때문에, 혹은 믿기를 두려워하는 성격 때문에 그들은 마치 주인의 안색만 살필 뿐 독자적인 판단 능력을 갖지 않은 잡견들처럼 순순히 따라오고 있을 뿐이었다.

또 하나 로제스트벤스키의 조치 가운데 기괴한 것이 있었다.

'전투 준비'라는 신호를 올린 이상, 보통의 함대 사령관이라면 불타기 쉬운 목재 기구를 바다에 던지게 했을 것이다. 막상 전투가 시작되면 당연히 함정에 불이 일어나 일일이 불을 끄게 되는데, 의자나 테이블 따위의 가연물이 있으면 손도 못 댈 큰 화재가 된다는 것은 과거의 전훈이 증명하고 있었고, 전투 전에 그런 것을 버리는 것은 해군의 상식이었다. 그러나 로제스트벤스키는 그것을 아껴 버리기를 허락지 않았다. 그는 블라디보스토크에 들어갈 경우 그 항구에는 보급능력이 없기 때문에 그런 것을 다 버리면 함내 생활을 할 수 없게 된다고 생각하고 있었던 것이다.

이 점만은 어느 함장이고 다 불안을 느꼈다.

어떤 함장은 마침내 비상한 결단을 내려 '내가 책임진다.'고 부하에게 말하고 밤중에 몰래 바다에 집어던져 버렸다. 그 함장의 의견으로는 이제 결전을 눈앞에 두고 있는 이상 결전만이 목적이지, 블라디보스토크로 달아나는 조건까지 계산에 넣으면 승리의 수식이 성립되지 않는다는 것이었다.

물론 이 함대의 조치를 로제스트벤스키는 몰랐다. 만일 알았다면 설혹 전투 직전이라도 항해 도중에 그가 줄곧 해 온 것처럼 사정없이 처벌했을 것이다.

5월 26일 밤의 이 함대에 대해 좀더 이야기하겠다. 이날 저녁때, 로제스트벤스키는 사령관실에서 혼자 저녁 식사를 들고 있었다. 그의 식욕은 지난 한 달 동안 그다지 왕성했다고는 할 수 없었다. 그의 항해에서 마지막 평화로운 식사가 될 이날 저녁 식사의 경우에도 아주 맛없는 듯이 나이프와 포크를 움직였다. 이윽고 식사를 끝내더니 시중을 들고 있는 두 당번병에게 드물게 부드러운 어조로 물었다.

"내일은 전령이냐?"

그는 사령관이면서도 망원경으로 수병을 때리는 난폭한 데가 있었으나, 한편으로는 또 그들에게 러시아적인 계급적 차별 관념을 거의 보이지 않는 이상한 점도 있었다. 그 이유는 잘 알 수 없었으나, 그가 귀족 출신의 제독이 아니라 서민 출신의 제독이라는 것과 다소 관계가 있는지도 몰랐다. 그는 이 장기간의 항해 동안 개개의 수병들에게는 심하게 대하여 무수한 일화를 만들었지만, 수병이라는 일반적인 계급에 대해서는 이해심을 보여서 그들의 급여나 휴양, 위생상태 등에 늘 신경을 썼다. 그러나 그런 좋은 점이 있기는 했어도 여순에서 전사한 마카로프 제독처럼 인망의 한 요소가 될 만한 것은 아니었다.

그가 수병의 인망을 얻지 못하고 있는 것은 난폭하고 거칠고 화를 잘 내기 때문이 아니라 마카로프 중장처럼 유능하고 희생정신을 가진 제독이 아니라는 것을, 수병들이 그 날카로운 후각으로 냄새맡고 있었기 때문이리라.

싸움터에 끌려 나가는 수병들로서 자기들의 제독에게 기대하는 것은 친절함도 애교도 아니고 오직 하나 유능함이었다.

"우리 제독은 아무래도 믿음직스럽진 못한 것 같아."

이런 귀엣말이 고참 하사관들 사이에서 속삭여지고 있었다. 러시아 해군에서 최고라고 할 만한 수려한 용모를 가진 이 제독이 그 수재로서의 뛰어난 경력과 황제의 열렬한 신임에 달할 만큼 유능한 인물은 아무래도 아닌 것 같다는 사실을 그의 신호기 아래에서 장기간 일해 온 하사관들은 어슴푸레 느끼게 된 것이다.

그는 모든 함장들에게 마구 욕설을 퍼부었으나 오직 한 사람 구축함 '베드위'의 함장 니콜라이 바실리예비치 바라노프 중령만은 예외였다. 앞에서도 잠깐 언급했지만, 그는 바라노프 중령을 구축함 함장의 모범이라고 칭찬하며 '바라노프를 본받으라'는 신호를 올려 다른 함장들을 꾸짖은 일조차 있었다. 그러나 실제로 바라노프 중령이 얼마나 신통찮은 사람인지는 전 함대가 다 알고 있었다. 바라노프는 금전에 편집적으로 집착했고, 하사관 이하는 아예 죄수로 취급하며 엄청나게 센 완력으로 수병들을 늘 두들겨 패는 이상한 사람이었다. 함대의 사병들은 바라노프를 미워하기보다 바라노프를 모범 함장으로 여기는 로제스트벤스키를 미워하며 그의 안목을 경멸했다.

"저런 제독으로 도고를 이길 수 있을까?"

승조원들이 제독의 능력을 평가하는 기준에는 이런 요소도 있었던 것이다.

"예, 전령입니다."

당번병 두 사람은 꼿꼿이 서서 대답했다. 제독은 수고가 많겠다는 따위의 말은 하지 않았다.

"전투 중 내 곁에서 떠나지 마라."

그런 의미 없는 말을 했을 뿐이다. 듣기에 따라서는 전령의 임무 따위는 보지 말고 만일의 경우 자기를 보호하라는 식으로도 들리는 말이었다.

오후 6시, 로제스트벤스키는 기함 '스바로프'의 상갑판을 산책했다. 작업 중인 병사들은 이 제독의 발소리를 들으면 쥐새끼처럼 달아나 숨는 것이 보통이었다. 피가 나도록 걷어차이는 일이 흔했기 때문이다.

이때도 그의 전방에는 사람의 그림자가 사라졌다. 그는 목재 바닥에 딱딱한 구두 소리를 정확한 간격을 두고 울리면서 뱃머리 쪽으로 향했다.

그의 최대의 관심사는 기상이었다.

바람은 그다지 세지 않았으나 그 바람이 얼마간 우기를 품고 있지 않은가 하는 기대가 로제스트벤스키의 마음을 밝게 해주었다. 그 증거의 하나로 수염이 약간 마음에 걸릴 정도로 무거웠는데 습기 탓인지도 몰랐.

태양은 오후 6시 조금 지나서 져버렸다. 일몰 후에 뚜렷하게 나타나는 현상으로서 바다 위에 안개가 끼었다.

오후 7시, 로제스트벤스키는 다시 사령관실에서 나왔다. 안개가 짙어지고 있었다.

'내일은 비냐, 아니면 안개냐.'

로제스트벤스키는 신에게 빌고 있던 이 기상의 징후를 보고 기쁨을 누르지 못했다. 거친 날씨까지는 아니더라도 화창하지는 않을 것 같았다. 안개가 끼든 비가 오든, 그것은 모두 신의 은총이라고 할 수 있는 것이어서 해상의 동양인들의 눈으로부터 이 함대를 감추어 줄 수 있을 것이었다. 쓰시마 수도의 그 좁은 해역을 돌파할 때 그런 종류의 날씨면 된다. 그 뒤는 다소 개더라도 넓은 일본해를 달릴 경우 모든 함정이 다 도고 부하의 눈에 포착되지는 않을 것이다. 요컨대 쓰시마 부근에서만이라도 뿌연 안개가 하늘과 바다에 잔뜩 끼어 주기만 하면 되는 것이다. 그 가능성은 충분했다.

밤 12시가 지나서 로제스트벤스키는 다시 사령관실 밖으로 나갔다. 함이 흔들리고 있는 것 같았다. 파도가 높아지고 있었다.

"신이여!"

로제스트벤스키는 중얼거렸다. 별은 없었다. 달이 12시쯤 떠올랐을 텐데, 안개와 구름에 가려진 모양인지 해상은 그 빛의 은혜를 입지 못하고 여전히 젖은 듯한 어둠에 덮여 있었다. 이런 식으로 나가면 내일은 시계(視界)가 더욱 나빠질 것이다.

또 한 가지 로제스트벤스키의 마음에 조그마한 안도감이 번진 것은 예상했던 일본군의 수뢰공격이 도무지 그 징후를 보이지 않는 것이었다. 이제 겨우 12시가 지났으니 아직 마음을 놓을 수는 없었다.

'만일 내가 도고라면 일몰 후부터 밤새도록 한숨도 못 자도록 함대에 공격을 퍼부었을 텐데.'

그는 생각했다. 구축함이나 수뢰정을 띄워 함대를 어뢰로 큰 혼란에 빠뜨리는 것은 결코 나쁜 일은 아니었다. 잘만하면 주력함 몇 척은 가라앉힐 수 있고, 그렇게 되면 내일의 결전 병력이 줄어드는 것이다.

'왜 그들은 그렇게 하지 않을까?'

로제스트벤스키가 이렇게 생각함에 따라 도고의 전술 능력은 그렇게 대단치 않은 것같이 여겨져 낙관하고 싶어졌다. 내일의 큰 도박을 위해서 이보다 감미로운 관측은 없었다.

'놈들은 별것 아니다!'

그러나 도고와 작전을 담당하는 아키야마 사네유키의 계획은 그런 것이 아니었다. 그들은 구축함, 수뢰정과 같은 수뢰(어뢰) 공격력을 새로운 적에게는 사용하지 않고, 새로운 적에게는 어디까지나 전함, 일등 순양함에 의한 주력 결전으로 타격을 준 다음, 적이 이윽고 사방으로 흩어져서 패주하기 시작할 후반에 가면 거기에 육박하여 마지막 타격을 주려고 수뢰 공격력을 아끼고 있었던 것이다.

적함 출현

이 무렵 도고 함대가 있었던 위치에 대해 언급해 둔다.

도고의 연합함대는 3개의 함대로 구분되어 있었다.

제1함대는 도고가 직접 지휘했고, 그 중 제1전대가 주력 부대였다. '미카사' 이하 4척의 전함 외에 장갑 순양함 '가스가' '닛신' 그리고 통보함 한 척이 끼어 있다. 이 두 척의 장갑 순양함은 일찍이 전함 '야시마(八島)' '하쓰세(初瀨)'가 어뢰에 맞아 침몰했기 때문에 전함을 대신하는 형태로 주력 부대에 참가하고 있었다.

이 시대의 함대 결전 방식은 전함의 거대한 포력과 방어력이 담당하는 것이 상식이었다. 그런 경우 가스가와 닛신이 문제였다. 이 두 함은 장갑 순양함이면서도 전함의 대용 역할을 하고 있었다. 이 두 함에는 적의 전함에 준하는 공방력이 있다고 간주되어, 말하자면 좀 무리를 해서 제1함대 제1전대라는 전술 단위에 편입되어 있었던 것이다. 이 때문에 그들은 결전장에서 전함을 따라가기 위해 무척 고생을 했다.

이 제1전대는 조선 남해안에 있는 가덕 수도에 그림자를 드리우고 있었다.

가덕 수도(加德水道)에서의 대기반에는 제2함대의 주력도 섞여 있었다. 제2함대의 사령장관이 가미무라 히코노조 중장이라는 것은 앞에서도 자주 언급했다. 그 주력은 제2전대였다. 기함 '이즈모(出雲)' 이하 6척의 장갑 순양함과 한 척의 통보함으로 구성되어 있었다. 이밖에 제2함대 제4전대도 가덕 수도에 있었는데, 제4전대는 '나니와'를 기함으로 하는 4척의 순양함 전대이다.

이 가덕 수도 안쪽에 진해만이 있다. 거기에 기함 미카사만이 임시로 정박하고 있었다. 육상과의 연락 편의를 위한 것으로, 만일 출동하게 될 때는 제일 뒤쪽 끝에서 달려가 제일 앞쪽에 서지 않으면 안 될 것이다.

제3함대는 사령장관이 중장 가타오카 시치로(片岡七郎)이며, 기함은 이등 순양함 '이쓰쿠시마'이다. 그 주력은 제5전대로 '이쓰쿠시마' '진원' '하시타테' '마쓰시마' 등이며, 모두 청일전쟁 당시에는 스타급 주력함이었으나, 지금은 나이도 성능도 늙어 버렸다. 이 제3함대의 대부분이 쓰시마 부근에서 대기하고, 특히 쾌속을 가진 제6전대('스마' '이즈미' '아키쓰시마' '지요다')와 같은 이삼등 순양함들과, 제1함대 제3전대(이등 순양함 '가사기' 이하 4척)의 각 함이 저마다 초계 담당 구역을 밀도 높게 순항하면서, 적이 쓰시마 코스에 출현할 경우 즉각 발견하려고 애쓰고 있었다.

이밖에 '부속 특무함대'라는 것이 있었다.

이것은 '다이추마루(臺中丸)'를 기함으로 하는 크고작은 기선으로 편성되어 있다. 모두 24척이었으며, 그 중 10척은 가장 순양함이다. 그 10척은 저마다 조그마한 포를 싣고는 있었으나 실체는 기선이어서 적의 군함과 대결할 만한 힘이 없었다. 이들은 모두 초계 임무를 맡고 있었다.

이 가운데 '시나노마루(信濃丸)'라는 것이 있었다. 마스트 2개에 높다란 굴뚝 1개를 가진 총톤수 6,388톤의 강철선으로, 대령 나리카와 하카루(成川揆)가 함장으로 지휘하는데, 연일 그 길쭉한 굴뚝으로 연기를 뿜으면서 지정 수역을 경계하고 있었다.

시나노마루는 메이지 33(1900)년에 준공된 화객선(貨客船)이며, 니혼 유센(日本郵船)이 소유한 최대의 선박으로서 요코하마와 시애틀 사이의 정기 항로에 사용되고 있었다.

이야기가 갑자기 후년으로 건너뛰지만, 일본 선박 사상 시나노마루만큼 일을 잘한 배는 없었다. 이 배는 러일전쟁 후 다시 미국 항로로 되돌아갔으나, 그 후 선박의 진보 때문에 제2선의 일을 맡게 되어 근해 항로에서 일했다. 다시 거기서도 밀려나 어선이 되어 북양의 연어, 송어 어업의 모선(母船)으로 일했는데, 태평양 전쟁의 패전과 더불어 북양의 현장에서 돌아와 남방의 복원 군인을 모국으로 운반하는 일을 했다.

오오카 쇼헤이(大岡昇平) 씨의 명작《포로기(捕虜記)》의 주인공을 필리핀 까지 데리러 가는 것도 이 '시나노마루'였다. 쇼와 26(1951)년에는 마침내 해체되어 고철이 되어 버리지만, 이 극적인 요소로 가득 찬 활동의 생애는 거의 50년에 이른다.

초계함(哨戒艦)으로서의 시나노마루는 그 동료함과 함께 4월 9일 이래 줄 곧 이 해상에서 일하고 있었다.

나가사키 현의 고토 열도(五島列島)에 시라세(白瀬)라는 조그마한 섬이, 열도에서 서쪽으로 멀리 떨어져 동지나해로 툭 튀어나와 있다. 전에는 고토 섬의 어부밖에 몰랐던 이 암초에는 이 시기에 등대도 설치되어 항해자에게 는 중요한 섬이 되어 있었다.

이 '시라세(白瀬)'라는 암초는 이 방면을 담당하는 초계 부대가 위치를 표 시하는 하나의 기준이 되어 있다.

이를테면, 초계 임무를 맡은 제3전대는 이때 시라세의 북서쪽을 경계하고 있었다.

기선에 포를 얹었을 뿐인 가장순양함(假裝巡洋艦)들은 이 시라세 서쪽에 서 염주알이 늘어선 것처럼 각 함의 지정 구역 안을 돌아다니고 있었다.

'아메리카마루' '사도마루(佐渡丸)' '시나노마루' '만슈마루(滿洲丸)' '야하 타마루(八幡丸)' '다이난마루(臺南丸)'가 그 그룹이다. 다시 이것과 극히 근 접한 동방에는 삼등 순양함 '이즈미(和泉)'와 '아키쓰시마(秋津洲)'가 부옇 게 거품을 일으키면서 돌아다니고 있었다.

시나노마루는 북동쪽으로 나아가고 있었다. 5월 26일, 밤이 깊어지자 파 도가 높아졌다. 27일 오전 2시쯤 되자 남서풍이 상당히 심해져서, 감시원들 은 마스트와 로프를 울리는 바람 때문에 목소리가 날려 웬만큼 소리지르지 않으면 바로 옆에 있는 사람에게도 의사를 전달할 수 없었다.

안개도 짙어졌다. 이따금 안개가 옅어져도 달빛이 간신히 검은 구름 사이 에 스며들어 있을 뿐, 별도 보이지 않았다.

26일, 진해만의 '미카사(三笠)'는 러시아의 수송선 6척이 상해 항에 들어

갔다는 정보를 얻고, 발틱함대가 쓰시마 코스로 오고 있다고 거의 확신했지만, 시나노마루 함장 나리카와 하카루는 그것을 모르고 있었다. 그는 초계만 하고 있으면 될 뿐, 그러한 정보를 알 필요도 없었다.

그는 착실히 근무를 계속하고 있었다.

오전 2시 45분, 브리지에서 졸고 있던 그는 누군가가 깨우는 바람에 벌떡 일어났다.

브리지에는 무거운 침묵이 흐르고 있었다. 모두가 외치고 싶은 충동을 억누르며 좌현 어둠 속에 동그랗게 떠오른 불빛을 응시하고 있었다.

'발틱함대가 아닌가?'

누구나 똑같이 이런 의심을 품었다. 그러나 모두 숨을 죽이고 소리도 없이, 바늘로 찌르면 터질 듯한 긴장을 안간힘을 다해 견디고 있었다.

이것이 발틱함대의 병원선 '아료르'——우연한 일이지만 진함 아료르와 같은 이름——라는 것을 이 순간의 시나노마루는 물론 알지 못했다. 발틱함대는 이 야간 항해 때 전함대에 등화를 켜지말라고 명령했다. 무전도 금지했다. 그런데 병원선 아료르만은, 부주의해서인지 아니면 어떤 까닭이 있어서 인지 등화관제 명령을 따르지 않았다.

이유가 있어서 한 일이라면, 아마 병원선은 헤이그 조약에 의해 중립을 침범하지 않도록 되어 있기 때문인지도 모른다. 만일 그렇다면 이 병원선은 전함대의 존재를 일본 측에 알리기 위해 항해하고 있는 거나 같았다. 왜냐하면, 병원선이 있다는 것은 그 주변에 거대한 함대가 항진하고 있다는 증거이며 그러한 추측은 어린애도 할 수 있는 일이었다.

시나노마루의 응시는 길었다.

그 불빛의 정체를 알려고 함장 나리카와 대령은 접근을 명령했다. 가까이 다가감에 따라 그 등화가 뒤쪽 마스트에 가지런히 걸려 있다는 것을 알았다. 빛깔은 '백' '홍' '백'이었다.

"적입니다."

누군가가 나직하고 날카로운 소리로 말했으나, 나리카와(成川)는 침묵으로 밀어냈다. 그는 조심스럽고 신중했다. 그 어둠 속의 등화의 정체를 이렇게 알아보기 어렵게 만들고 있는 이유의 하나는, 앞서 숨어 있던 달이 밝아졌기 때문이었다. 달은 동쪽 하늘에 있고 시나노마루는 달빛을 등지고 있었다. 이 때문에 목표물이 잘 보이지 않아 함(艦)인지 선(船)인지 분명치 않았던 것이다.

나리카와는 속력을 높일 것을 명령했다.

"저 배의 후방으로 돌아서 좌현으로 나가 보자. 상대편을 달 아래에 두면 잘 보일지 모른다."

상대편 등화도 달리고 있고 나리카와의 '시나노마루'도 달리고 있었다. 게다가 속력이 느린 배라 상대편 후방으로 돌아 좌현으로 나가는 동작이 간단할 까닭이 없었다. 오랜 시간이 걸렸다. 발견이 27일 오전 2시 45분인데, 이 동작이 끝난 것은 오전 4시 30분쯤이다.

과연 어둠 속에 검은 배의 그림자가 얼룩처럼 떠있다. 마스트 3개에 굴뚝이 2개였다.

"가장순양함일까?"

나리카와가 옆을 돌아보며 말했다. 누군가가 가장순양함 '즈네이플'이 아닐까요, 하고 말했으나 나리카와는 대답하지 않고 다시 접근을 명령했다.

이 시나노마루가 한 가장 용감한 행동은 상대편 뱃전에 닿을 만큼 배를 접근시킨 일이다. 상대편이 군함이라면 시나노마루는 한 발에 격침될 판이었다.

접근해 보고 대포가 없다는 것을 알았다.

"역시 병원선이군."

나리카와는 그제야 단정했다. 그런데 상대편——병원선 '아료르'——은 시나노마루를 한편으로 알았는지 전등을 명멸시켜 신호를 보내왔다.

"이쪽을 한패로 알고 있구나."

나리카와가 말했다. 그렇다면 어딘가에 동료함선들이 있다는 증거다. 즉 함대라는 얘기이다.

시나노마루의 모든 승조원들이 눈을 동그랗게 뜨고 사방을 돌아보았다. 나리카와도 야간 쌍안경으로 주변을 살폈다. 그러나 해상에 낀 자욱한 수증기 때문에 아무것도 보이지 않았다.

나리카와는 여전히 조심스러웠다. 상대편 배를 정지시켜 임검을 해 보려고 생각했다. 그는 먼저 보트를 내릴 준비를 시켰다. 이제는 정선(停船) 명령을 내릴 뿐이었다.

이때 하늘이 부옇게 밝아왔다.

어렴풋하게나마 적선의 갑판 위라든가 그 밖의 상태를 볼 수 있게 되었다.

모든 사람들의 시선이 그 배 위로 쏠렸다.

이때 누군가가 소리쳤다.

놀랍게도 시나노마루는 발틱함대의 한가운데에 들어와 있다는 것을 깨달은 것이다. 크고작은 무수한 군함들이 연기를 뿜으면서 저마다 거성처럼 해면에 늘어서서, 갑판을 쳐들고 파도를 파헤치면서 똑바로 북동을 향해 항진하고 있었던 것이다. 시나노마루의 우현과 뱃머리 쪽에 있는 함정들은 한층 더 컸다. 좌현 뒤에도 대함이 바싹 다가와 있어서 가장 가까운 함정과의 거리는 불과 1,000미터 정도에 지나지 않았다.

나리카와는 전사(戰死)를 각오한 모양이다.

초계(哨戒)에 너무 열중한 나머지, 어이없게도 정신을 차렸을 때는 적의 대함대 한가운데에 들어가 있었다는 것은, 세계의 해전 사상 유례가 없는 일이었다. 이미 형태로서는 포위선 안에 들어가 있는 이상, 탈출은 불가능하다고 생각하는 수밖에 없었다.

나리카와는 브리지(船橋)에 있는 사관들에게 말했다. 그 자신은 깨닫지 못했으나 어조가 한문투가 되어 있었다.

"방심한 탓으로 이미 우리는 적지에 들었노라. 전력을 다하여 탈출을 시도하되 혹 불가능할 수가 있으리라. 그때야말로 이 선박이 비록 미력하나마 적의 일함(一艦)을 좇아 맹렬히 추격하여, 그와 함께 가라앉으리라."

다만, 이 발견을 진해만의 도고 각하에게 알리지 않으면 안 된다고 나리카와는 말했다. 송신을 개시하면 당연히 적은 전파로 방해하는 한편, 포를 쏘아 시나노마루 자체를 무전기와 함께 가라앉힐 것이 틀림없었다.

"배가 떠있는 한 끝까지 송신을 계속하라."

그는 최대한 전타(轉舵)할 것을 명령했다. 배가 기울고 파도가 우현에 솟아 금방 갑판을 씻어 내리면서 좌현으로 폭포처럼 흘러내렸다. 배는 이탈하기 위해 전속력을 냈다.

그와 동시에 '적 함대 보임'이라는 전파가 사방으로 날아갔다. 이 부근을 해군에서는 미리 203지점으로 정해 놓고 있었다. 이 전신은 정확히 말하면 "적의 함대가 203지점에 보임. 시간 오전 4시 45분"이었다. 203이라는 숫자는 여순 요새 공격의 최대 난소(難所)이며 동시에 그것을 해결시킨 고지의 표고와 같은 숫자였다. 나리카와의 배는 이 숫자를 계속 타전했다. 미신은 아니지만 이 숫자로 보아 그날 막을 올리게 될 러일 양 해군의 결전은 쉽지 않은 것이 되지 않을까, 하는 생각이 들었다.

그의 배에는 해군 기사 기무라 슌키치(木村駿吉)가 중심이 되어 완성한, 세계에서도 가장 성능이 좋은 선박용 무전기로 알려진 36식 무선전신기가 실려 있었는데, 그 통신 거리는 60해리였다. 기무라는 무전을 빨리 치는 것보다 늦더라도 확실하게 칠 것을 해군에 권고하고 있었다. '시나노마루'의 무전은 천천히 확실하게, 같은 말을 거듭거듭 타전하고 있었다.

시나노마루의 행동이 재미있는 것은, 무전을 친 다음 달아나 버리지 않았다는 점이다.

이 배는 어느 지점까지 탈출하자 발틱함대와 끈질기게 접촉을 갖기 시작했다.

제2보에서는 적의 침로를 알렸다.

"적의 침로 동북동. 쓰시마 동수도(쓰시마 해협)로 향하는 듯이 보임."

시나노마루는 그 후에도 줄곧 집요하게 물고 늘어져 오전 6시 5분에 다시 무전을 쳤다.

"적의 침로 북동. 쓰시마 동수도를 향함."

이것이 결정적인 보고가 되었다.

이 시나노마루의 제1보 타전과 급전 이탈 행동을 발틱함대는 알지 못했던 모양이다. 그것은 첫새벽의 어둠 속에서 있었던 일이라는 것과, 발틱함대의 감시원들이 연일의 긴장으로 눈이 피로해 있었기 때문인지도 몰랐다.

사실 시나노마루의 승조원들은 구축함 2척이 쫓아오는 광경을 모두 보았다. 그러나 짙은 안개가 흘러와 시나노마루를 감쌌기 때문에 탈출할 수 있었다. 그러나 전후에 발틱함대의 포로는 시나노마루를 보지 못했다고 증언했고 이 구축함 두 척의 추적은 수수께끼로 남아 있다. 어쩌면 환각이었는지도 모른다.

시나노마루와 가장 가까운 장소에서 초계를 맡고 있었던 것은 삼등 순양함 '이즈미(和泉)'(2,950톤)이다.

이 무렵 이삼등 순양함 가운데 선령이 짧은 몇 척은 일본산이었다. '니다카(新高)' '쓰시마' '오토와(音羽)' '아키쓰시마' '아카시(明石)' '스마(須磨)' 등이 그것인데, 이미 선령 21년이 되도록 늙어 버린 이즈미는 영국제였다.

이즈미의 함장 이시다 이치로(石田一郎) 대령은 시나노마루에서 온 제1보를 수신했을 때 자기의 함정이 시나노마루에 가장 가까이 있다는 것을 생각하고 결단을 내렸다.

"우리 함이 전함대의 희생이 되어야 한다."

그리고 속력을 높여 발틱함대와 교차할 것 같은 지점을 찾아 항진을 시작했다.

이시다(石田)로 보면 시나노마루는 기선에 지나지 않았다. 그러나 이즈미(和泉)는 보호 갑판의 두께가 0.5인치에서 1인치의 양철 같은 소형 순양함이기는 해도 군함은 군함이었다. 속력도 신형 국산함 만큼은 못해도 적의 순양함과 대항할 만한 포력을 갖고 있었다. 이즈미는 시나노마루와 그 위험한 임무를 교대해야 했다. 물론 적 함대와 접촉하면 격침당할 공산이 크지만, 이시다는 이렇게 생각했다.

"우리 연합함대로서는 이즈미 하나를 잃더라도 전력에 그다지 마이너스가 되지는 않는다. 그보다 이즈미가 적 함대와 접촉함으로써 그 상황을 하나하나 사령부에 보고하는 편이 훨씬 플러스가 된다."

이즈미는 마스트가 2개, 굴뚝이 2개로 아주 간결한 모양을 하고 있었다. 파도가 높아 함이 흔들렸다. 뱃머리에 부서지는 파도는 앞갑판을 분주하게 씻고는 다시 바다로 사라졌다. 당시 소위 후보생으로 이즈미에 타고 있던 시마다 시게타로(嶋田繁太郎 : 뒤에 대장)는 '롤링이 심한 배였다'고 술회하고 있다.

적을 찾는 데는 오랜 시간이 걸렸다. 오전 4시 45분에 시나노마루의 무전을 수신하고부터 거의 2시간, 이른 아침의 바다를 돌아다녔다. 달려감에 따라 해상의 안개가 때로는 짙어지고 때로는 옅어졌다. 하늘은 나무랄 데 없이 맑게 개어 있었다.

이즈미가 전방에 자욱한 검은 연기를 올리면서 항진하고 있는 발틱함대를 발견한 것은 오전 6시 45분이다.

북위 30도 30분, 동경 18도 50분, 고토 섬의 북서쪽 약 30해리 지점에서였다. 때마침 안개가 짙어 전망은 불과 5, 6해리였다. 이 안개 때문에 이즈미는 더욱 접근하는 수밖에 없었다. 접근하면 적에게 사격 당할지도 모르지만 이즈미는 용감하게 접근해 갔다. 거리가 좁혀져 마침내 8, 9천 미터에 지나지 않게 되었다.

이시다는 망원경으로 진형(陣形)을 보고 함수를 세었다.

망원경에 비친 적의 대함들은 이미 이즈미를 깨닫고 있었을 뿐 아니라, 그 거포(巨砲)들을 빙그르르 돌려 이 조그마한 사냥개에 조준을 하고 있었다.

그러나 이시다는 관찰과 보고에 몰두하여 함을 적의 함대와 병진시켰다.

그동안 발틱함대의 세력, 진형, 침로 등을 참으로 면밀하게 보고했다. 도고는 나중에 이렇게 말했다.

"나는 적 함대의 모든 것을 적을 만나기 전에 손에 잡힐 듯이 훤히 알고 있었다. 그것은 '이즈미'의 공적(功績)이다."

이즈미는 도고를 위해 충실한 눈이 되려 하고 있었다. 단 한 척을 가지고 세계 유수의 연합함대와 맞서고 있었던 것이다. 이 이즈미의 행동을 그 당시 대본영 참모였던 오가사와라 조세이가, 고마키(小牧)와 나가쿠테(長久手) 싸움 때의 도쿠가와(德川)편 혼다 헤이하치로(本多平八郎)가 시도한 과감한 접근(도요토미군과의)에 비교했는데, 확실히 상황과 행동이 매우 흡사했다.

발틱함대의 익명 막료가 남긴 수기에 의하면, 이즈미는 러시아 측에 이날 오전 6시에 발견되었다.

8,524톤의 장갑 순양함 '나히모프'가 이것을 발견하고 부랴부랴 신호를 보냈다.

"오른쪽 바로 옆(시계의 3시 방향)에 적함을 발견함."

이어 다른 함으로부터도 이즈미의 발견이 보고되었다.

그러나 로제스트벤스키 중장은 이것을 쫓아 버리라고도, 격침해 버리라고도 말하지 않았다. 다만 오전 8시쯤 되어 기함 '스바로프'에 신호기를 올려, 이즈미에 대한 처치를 다음과 같이 명령했다.

"우현 부포 및 후부 포탑을 돌려 조준을 지속하라."

이즈미의 이시다 이치로 대령의 망원경에, 적함의 포가 움직이기 시작하더니 자기함에 정확히 조준을 맞추는 것이 보였다는 것은 이때였던 모양이다.

로제스트벤스키는 그 이외의 조치는 아무것도 강구하지 않았다. 기껏해야 초계용 소함에 지나지 않은 것을 상대함으로써 진형이 흩어지거나 함대의 속도가 느려지는 것을 우려했는지도 모른다.

로제스트벤스키는 이즈미가 나타나기 전에 이미 자기들이 발견되었다는 것을 깨닫고 있었다. 이쪽의 무전이 포착한 일본 측의 암호 통신이 오전 5시까지는 단조로운 되풀이——일본 측 초계의 점호일 것이다——였는데, 5시경을 경계로 크게 변하여 복잡한 내용을 타진하기 시작한 것을 보아도 알 수 있었다. 로제스트벤스키가 말하는 오전 5시라는 시간은 아마 '시나노마루'가 제1보를 발신한 오전 4시 45분이 틀림없었다. 그 이후 확실히 일본 측의 통신 상황은 급변했다. 러시아 측으로 본다면 발견되었다고 보아도 틀림없었다.

로제스트벤스키는 조타실에 있었다. 기함 스바로프의 함장 이그나티우스 대령을 돌아보며 말했다.

"아무래도 우리는 발견된 모양이야."

그는 이 일본 측 무전의 변화 단계에서 이같이 말하며 해도를 들여다보았다.

속력과 거리를 계산한 후, 그는 현해탄에 떠 있는 산꼭대기를 잘라버린 것 같은 삼각형의 조그마한 암초를 가리키면서 말했다.

"아마 해전은 저 섬의 서쪽에서 벌어질 것 같다. 시간은 오후 2시."

이야기가 바뀌지만, 진해만의 도고가 시나노마루의 무전——쓰시마의 오자키 만(尾崎灣)에 있는 제3함대 사령부에서 받아 친 것——을 받은 것은 오전 5시 5분이었는데, 이때 즉석에서 사네유키가 계산하여 해전 예상 지점을 오키노시마(沖島) 서쪽으로 보았다. 해군으로서는 지극히 당연한 계산이기는 했으나, 기분 나쁠 만큼 양쪽의 계산 결과가 일치했다.

로제스트벤스키는 이미 해전이라는 피할 수 없는 운명권 안에 돌입해 버린 이상, 이즈미의 존재 따위는 묵살해 버리자고 생각한 모양이었다.

이때 그가 취한 조치로서 알 수 없는 수수께끼로 여겨지고 있는 것은, 이즈미에게 계속 무전을 허용하고 있었다는 것이다.

이 기함의 가장 순양함 '우랄'에는 700마일까지 도달한다는 마르코니 회사 제품인 세계 제일가는 무선 전신기가 한 대 설치되어 있었다. 이 강력한 전파라면 이즈미의 무전을 끝까지 방해하는 것은 손쉬운 일이었다. 사실 우랄은 참다못해 제독에게, 그렇게 해도 되느냐고 허가를 구했다. 그러나 제독은 해상 신호기로 막아 버리고 말했다.

"일본의 무전을 방해하지 마라."

이 함대의 막료들조차 이 조치의 뜻을 알지 못해 괴이하기 짝이 없다면서

두고두고 비판했는데, 일본 측 전함 '시키시마'의 함장이었던 데라가키 이조 (寺垣猪三) 대령은 전후에 '그런 것도 천우신조의 하나였다고 생각한다'고 말했다. 일본 측으로서도 이해할 수 없었던 것이다.

몸집이 작은 이즈미는 발틱함대를 남쪽에서부터 줄곧 따라가 북동으로 향하고 있었다. 함장 이시다 대령은 좌현 해상에 전개되는 적 함대의 장관을 계속 지켜보았다.

시간이 지남에 따라 안개가 걷히고 해상이 환해지면서 물빛이 진한 감색으로 변했다. 그 울렁거리는 파도 저편으로 나아가는 적 함대의 모습은 '얄미운 그 원숭이를 혼내 주라'던 니콜라이 황제의 명령이 그대로 장관을 이룬 군용(軍容)으로 바뀌어, 극동의 섬나라를 정복해 버리겠다는 위엄과 예기(銳氣)에 차있었다. 시시각각 이 상황을 보고하고 있는 '이즈미'의 이시다 함장에게는 발틱함대가 함마다 굴뚝을 모두 노란색으로 칠한 것이 이상했다.

"굴뚝은 모두 노란색"

그는 타전했다. '미카사'의 사령부는 틀림없이 기뻐할 거라고 생각했다. 해전에서 겪는 어려움의 하나인 적과 아군의 식별을 저쪽에서 해결해 주고 있는 거나 같았다. 이쪽에는 아무튼 노란 굴뚝의 함을 노리고 쏘면 되는 것이다.

다시 이시다 함장은 자기에게 주어져 있는 밀봉 명령을 떠올렸다. 이 명령 형식은 해군의 관례였으며, 비밀의 누설을 막기 위해 출항 직전에 함장에게 주어진다. 출항 후 지령을 기다려 함장이 뜯는 것이다.

"만일 적 함대가 오지 않을 경우에는 쓰가루 해협의 지정 장소로 가라."

이런 요지의 명령이 씌어 있었다. 연합함대 사령부를 줄곧 휩쓸고 있던 무거운 불안이 이 명령에도 잘 나타나 있었다. 예측한 대로 만일 이 방면으로 적이 오지 않으면 적은 태평양을 도는 것으로 보고, 예상 전장을 재빨리 변경하여 쓰가루 해협의 서쪽 출구에서 대기하라는 것이었다. 그러나 이 밀봉 명령은 다행히도 무효가 되었다.

적은 이미 이즈미의 좌현 앞바다의 하늘을 매연으로 뒤덮으면서 아우성치듯이 동해를 향해 몰려가고 있는 것이다.

이키 섬(臺岐島)에서 멀지 않은 지점에서 기묘한 일이 일어났다.

이즈미의 우현 함수 방향에 느닷없이 기선이 나타난 것이다. 육군의 수송선이었다. 하카타 만(博多灣)에서 나와 쓰시마 방면으로 향하고 있는 모양인데 배이름은 '교도마루(共同丸)'였다.

이시다 함장은 부랴부랴 신호를 올려 이를 피신시켰다. 이어서 육군 병원선 '도요마루(土洋丸)'라는 것이 나타났다. 이즈미는 다시 부리나케 신호를 올려 '위험하니 피하라'고 명령했다.

다시 이시다를 당황시킨 것은 육군의 보충 부대를 가득 실은 육군 수송선 '가고시마마루(鹿兒島丸)'가 파도를 헤치고 달려온 것이다. 이 배는 이시다가 울린 신호도 이해하지 못했을 뿐 아니라, 발틱함대를 일본 함대로 여겼던지 갑판에 넘치는 육군 병사들이 "만세, 만세"를 외치면서 발틱함대에 바짝 접근하기 시작했다.

이시다는 하는 수 없이 이 수송선에 접근하여 메가폰으로 '저것은 적이다, 달아나라'고 외쳤으나, 만세 소리에 묻혀 들리지 않고 적 함대에 더욱 더 접근하려 했다. 이시다는 비상조치로 기적을 울리기도 하고, 가고시마마루 앞을 가로지르기도 하여 간신히 적이라는 것을 알릴 수 있었다. 가고시마마루에서는 아마 선장과 수송 지휘관 이하 모두 까무러치게 놀랐을 것이다. 그들은 허겁지겁 달아나 버렸다.

출동

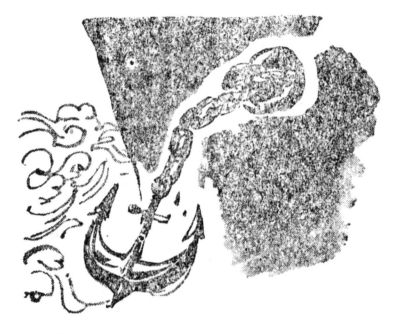

　온 세계가 이 해전의 결과를 지켜보고 있었다. 이를테면, 5월 19일자로 간행된 영국 잡지 〈엔지니어링〉에는, 다가올 러일 해전이 얼마나 주목할 만한 세계사적 사건이 될 것인가를 논하고 있다.

　"다가올 이 해전은 사상 유례없는 큰 영향을 미치게 될 것이다. 이 해전의 쟁점은 해상권에 있다. 섬나라인 일본의 지리적 조건은 우리 영국의 그것과 같으며, 만주에서 일본 육군이 거둔 승리의 가치를 결코 작게 평가하는 것은 아니나, 러일전쟁의 육전은 어디까지나 부차적인 싸움이다. 일본 해군이 해상권을 보유함으로써만 육전의 전과가 평가되기 때문이다. 러일전쟁에서의 일본의 단계는, 이를테면 나일의 싸움에 이기고 아직 트라팔가의 해전을 거치지 않은 것과 같다. 만일 넬슨 제독이 프랑스의 비르느브 제독에게 패배했다면 이베리아 반도에서 영국 육군의 작전은 실효를 거두지 못했을 것이고, 또 워털루에서 웰링턴 공작의 승리도 기대할 수 없었을는지 모른다. 만일 도고가 이 해전에서 로제스트벤스키 제독에게 진다면 어떻게 될까? 만주에서의 일본 육군의 승전은 명예만의 헛된 것이 되어 버리는 것이다."

그리고 노일 양 함대를 비교하고 있다.

그 논평은 결전 병력인 쌍방의 전함부터 비교했다. 러시아 측이 전함 8척
──그 중 신예함은 5척──인 데 비해 일본 측은 전함 4척 밖에 가지지 않
았다는 것이 일본 측의 약점일 것이다. 물론 일본의 전함 가운데 '미카사(三
笠)' '시키시마(敷島)' '아사히(朝日)'는 1만 5천 톤의 거함이어서, 러시아
측 5척의 신예 전함의 1만 3,516톤보다 약간 앞선다. 다만, 일본의 그 전함
4척의 함령이 러시아의 신예함 5척보다 많다는 점에서 일본 측이 뒤진다.

요컨대 러시아 측은 전함의 수와 10인치 이상의 거포에 있어서 일본보다
우위에 있다. 이에 대해 일본은 순양함의 수와 8인치포 이하의 속사포에 있
어서 뛰어나므로, 양쪽의 물적 전력은 거의 비슷하다고 할 수 있다고 이 논
평은 말했다. 바로 그러했다.

이 논평은 이 해전을 '근대적 함대가 서로 전멸을 각오하고 싸우는 결전'
이라고 규정했으며, 근대적 대함대끼리의 결전으로서는 강철 방어판과 거포
를 갖춘 증기 군함이 출현한 이래 최초의 결전이 될 것이다. 따라서 목조 범
선으로 치른 과거의 대해전──이를테면 트라팔가 해전──과 어떤 점에서
원칙이 일치하느냐 하는 것은 실제로 해전이 벌어지지 않으면 모른다. 그러
므로 결과를 속단할 수는 없다고 말했다.

이 논평은, 또한 양군의 물질력이 거의 같다고 한다면 나머지는 이것을 운
영하는 양군 장병의 자질과 기량이 승패를 가름하는 열쇠가 될 것이라고 말
했다. 그러면서도 그것을 수량화하여 비교할 수 없기 때문에 이에 대한 논평
은 하지 않고 있다. 그러나 이렇게 말했다.

"러시아 장병의 자질이나 기량이 세상에서 상상하고 있는 것처럼 형편없
는 편은 아니라고 생각하는 것이 옳다."

일본 측도 이 점에 대해서는 결코 경시하고 있지는 않았다. 다만 일본이
의지하는 것은, 세계 해군 사상 일본이 은밀하게 처음으로 개발한 대함대 전
술이라는 두뇌적인 면과 포탄을 실제로 명중시키는 병사들의 포술 능력에
있어서 적보다 뛰어날 것이라는 어렴풋한 기대였다.

'시나노마루'가 발신한 '적 함대 보임'이라는 무전은 쓰시마에 정박 중인
제3함대 기함 '이쓰쿠시마'로부터 진해만의 미카사 앞으로 오전 5시 5분에
중계 타전되었다.

이미 암호가 정해져 있었다. '타' 자를 연속 일곱 번 치는 것이다.

"타타타 타타타타"

그 이른 새벽, 진해만에서 가덕 수도에 걸쳐 닻을 내리고 있던 모든 군함의 무전기가 일제히 울렸다.

물론 미카사의 무전기도 울렸다.

이때 군함수 가와이 타로(河合太郎)는 다른 세 사람의 군악수와 함께 무선 조수 일을 보고 있었다. 무전기를 조작하는 조수가 아니라 전령이었다. 무전 계획이 수신하면 그 암호를 번역하여 봉투에 넣는다. 그 봉투를 들고 사령부로 달려가는 것이 그의 역할이었다.

네 사람이 한 사람씩 당번으로 이 일을 하는데, 이날의 당번은 운 나쁘게도 가와이 타로가 아니라 가와이보다 두 살 아래인 일등 군악수 가세 준이치로(加瀬順一郎)였다.

수신은 해군 군령부가 펴낸 《공간전사(公刊戰史)》에는 '오전 5시 5분께'로 되어 있는데, 가와이의 기억으로는 가세가 달리기 시작했을 때 병사들은 갑판에서 체조를 하고 있었다. 매일 아침 오전 9시쯤 '총원 기상'이라는 것이 있었다. 함내는 일제히 일어나 할 일이 없는 자들은 전부 갑판에 나가서 약 10분쯤 체조를 하는 것이다. 거기에 가세가 달려오면서 소리쳤다.

"왔다, 왔어!"

체조를 하던 팔다리가 일제히 멈추고 모두 소름이 쫙 끼치는 듯한 충격 속에서 이 말을 듣고는 일제히 자기 부서를 향해 흩어졌다.

이때 아키야마 사네유키는 뒷갑판에서 혼자 체조를 하고 있었는데, 가까이에 이 기함의 포술장 아보 기요카즈(安保清種) 소령이 있었다. 아보의 기억으로는 사네유키의 동작이 갑자기 바뀌더니 한쪽 발로 서서 두 손을 춤을 추듯이 흔들면서 뛰기 시작했다고 한다.

"옳거니! 됐어!"

"아키야마님은 좋아서 펄쩍펄쩍 뛰셨지."

아보(安保)는 두고두고 이렇게 말했다.

적이 쓰가루로 돌지도 모른다는 의구심이 정체 모를 괴물처럼 지난 일주일 내내 사네유키를 무겁게 덮치고 있었다. 만일 적이 쓰가루로 돈다면 그가 세운 7단 태세의 전법은 밑바닥에서부터 무너지지 않을 수 없으며, 재빨리 쓰가루로 달려간다 하더라도 시간과 공간이라는 물리적 제약 때문에 적을 얼마 격침시키지 못한다. 쓰시마 코스로 와주기만 하면 사네유키는 예정한 작전 계획대로 적을 맞이할 수 있고, 블라디보스토크까지 가는 동안 충분한 시간과 넓은 공간을 전투에 사용할 수 있게 되는 것이다.

전술가는 '적이 예상한 대로 온다'는 그 이상한 순간에 도박을 하고 있는 것과 같으며, 전술가로서의 일은 대부분 그 순간에 완성된다.

그렇다면, 사네유키(眞之)가 승리감을 맛본 것은 이 '적 함대 보임'의 순간이었다. 그 뒤는 도고라는 용병자의 용병 능력과 연합함대 구성원의 훈련도 및 사기가 승리를 구체적인 것으로 만들어 갈 것이다.

아무튼 사네유키는 미칠 듯이 기뻐했다.

그가 고뇌 끝에 느낀 이 미칠듯한 기쁨은 그로 하여금 불가사의한 힘을 느끼게 했다. 이 '이상한 순간'은 인간을 초월한 힘이 가져다준 것이 아닌가 하는 것이었다.

참모장 가토 도모사부로(加藤友三郎) 소장은 어떤 경우에도 냉정을 잃은 적이 없는 인물이었다.

그는 게이슈(藝州) 번사의 아들로, 형 다네노스케(種之助)는 우에노(上野)의 쇼기 대(彰義隊) 토벌 때 번병의 소대장을 지냈다.

가토는 메이지 6(1873)년 10월 27일 도쿄 쓰키지(築地)의 해군병학교에 입학했다. 만 열두 살이었다. 참고로, 10월 25일에는 가쓰 가이슈(勝海舟)가 해군경이 되었다. 당시 병학교에는 예과와 본과가 있었는데, 졸업하여 해군 소위보가 된 것은 만 열아홉 살 때였다. 재학 중의 성적은 그다지 좋지 않았으며, 별로 눈에 띄지 않는 존재였으나 졸업 때는 2등이었다.

대주가라는 것 이외에 말이 없고 표정이 별로 없어서 그다지 재미있는 사람은 아니었으나, 사물의 분석 능력이 뛰어난 데다 사물을 종합적으로 파악하는 능력이 있어서, 하나의 결론을 끌어내는 데는 비상한 배짱이 있었다.

몸은 허약한 편이었으나 정신력이 강하여 버텨낼 수 있었다.

그가 냉정하고 과묵하다고 해서 냉혈한이 아닐까 하는 인상도 있었으나, 사실은 그렇지도 않다는 것을 그의 주변에서 목격한 사람들이 있었다.

이를테면, 러일전쟁 초기 단계에 그는 제2함대인 가미무라(上村) 함대의 참모장직을 맡고 있었는데, 기함 '이즈모(出雲)'에서 함장 이지치스에요시(伊地知季珍) 대령과 한 함내에서 기거하고 있었다. 이때 유명한 여순 항구 봉쇄 대원 모집이 있었다.

어느 기관병이 응모했으나 떨어졌다.

그는 함장실에 찾아와서 탄원했다. 이지치 함장은 이미 끝난 일이므로 어쩔 수 없다고 달래면서 간신히 단념시켰다. 그동안 가토는 같은 방에서 그 대화를 무표정하게 듣고 있었는데, 기관병이 나가자 얼굴을 가리고 목을 놓아 통곡했다.

"그 통곡이 얼마나 요란스러웠던지!"

가토와는 동기생이며 그 일에 대해 잘 알고 있는 이지치는, 가토가 죽은 뒤에 하나의 일화(逸話)처럼 말하곤 했다.

그날 아침 가토는 창백한 얼굴로 의자에 앉아 있었다. 지난 일주일 동안의 걱정이 신경성 위통 형태가 되어 그를 괴롭히고 있었던 것이다. 그는 격통을 견디기 위해 두 손으로 테이블 끝을 움켜잡고 다리에 힘을 주어 버티는 자세로 앉아 있었다.

거기에 무전 조수인 가세가 뛰어든 것이다.

가토는 가느다란 손가락으로 봉인을 뜯었다. 내용을 주욱 훑어보더니 가세(加瀨)에게 고개를 끄덕였다.

"좋아!"

가세는 사라졌다. 가토는 아무리 보아도 평소의 표정 그대로였다.

그리고 그는 장관 공실로 들어갔다.

도고는 이미 장관 사실에서 나와 그의 공적 집무실인 공실의 의자에 앉아 있었다.

가토는 번역문을 내보였다.

도고는 그것을 보고 곧 얼굴을 쳐들었다. 그래도 이 말 없는 노군인은 아무 말도 하지 않았으나, 다만 표정은 이루 말할 수 없는 미소로 빛나고 있었다. 가토는 이토록 희색이 만면한 도고의 얼굴을 처음 보았다.

함대의 장병들은 모두 함에서 보이는 진해만의 산과 가덕 수도의 물빛, 거제도의 경질의 지면을 만들어 내고 있는 이 정박지의 풍경에 진저리를 치고 있었다.

진해만은 주위가 높이 70미터 전후의 나무 없는 산으로 둘러싸여 있었다.

어느 산이고 초록빛이 연하게, 날에 따라서는 밝은 황토색으로 보이곤 했다. 이날 아침이 그러했다. 그 황톳빛 기복이, 배경을 이루고 있는 무섭도록 짙은 감색으로 빛나는 초여름의 하늘에 밀려나와 바다로 다가가고 있었다. 갓 솟아오른 신선한 태양은 육지에 온갖 광선의 얼룩을 만들었다. 그 때문인지 이른 아침의 바다 빛은 거룩함을 느끼게 할 만큼 깊은 무언가를 띠고 있었다.

전함 '후지'의 포원이었던 니시다 스테이치(西田捨市) 삼등 병조는 지금도 오사카 부(大阪府)에 건재하다.

니시다 씨는 오사카 부 셋쓰 시(攝津市) 하마거리(濱町) 태생이며, 그의 말을 들어 보면, 메이지 34(1901)년에 대규모적인 해군 지원병 모집이 있었다고 한다. 당시 셋쓰 시는 미시마 군(三島郡) 마시타 촌(味舌村)이라고 했는데, 그 마시타 촌의 촌장이 응모를 권했다.

"내 명예를 위해서 꼭 부탁한다."

이러한 기분은 미야코지마의 도사와 다섯 청년의 관계와 약간 닮았다. 니시다 씨는 굳건한 젊은이로, 보기에도 해군에 적당한 체격이었다. 미시마 군 내에서 39명이 응모하여 3명이 합격했다. 훈련은 구레(吳) 해병단에서 5개월, 요코스카(横須賀)의 해군 포술 연습소에서 6개월을 받았다. 그의 부서는 전함 후지의 후부 주포——12인치 포——의 포원으로, 함 밑바닥의 탄약고에서 106관이나 되는 포탄을 양탄기로 끌어올려 탄을 재는 일이었다.

적의 함대가 보인다는 소식이 전해졌을 때 그는 몸을 웅크리고 포의 정비 작업을 하고 있었는데, 머리가 윙윙 울려 손이 움직이지 않았다.

"만일 일본이 지면 어떻게 될까?"

이렇게 생각하니 눈물이 나와 견딜 수가 없었다고 한다.

가토 참모장은 여전히 장관 공실에 있었다. 전보의 번역문을 보여준 다음 창백한 이마를 번쩍이면서 도고의 양해를 구했다.

"함대에 출항을 명령하겠습니다."

"음."

도고가 고개를 끄덕였다. 도고가 민족의 흥망을 판가름할 운명의 싸움을 시작함에 있어서 의사 표시를 한 것이라고는 오직 이것뿐이었다.

그는 잘 다듬어진 품위 있는 용모를 지니고 있었는데, 그 표정에서 조금 전의 기쁜 빛은 사라지고 평소의 그 도고의 표정으로 돌아와 있었다. 마침 양지바른 곳이어서 밭을 바라보고 있는 늙은 농부처럼 평범하고 조용하며 아무런 극적 요소도 없는 얼굴이었다. 일본인은 정경이 극적이면 극적일수록 그 주관적 요소를 내면에 담아두는 데가 있는데, 이 광경은 마치 노오가쿠(能樂 : 일본 고유의 가면 음악극)와 흡사했다.

각 함은 다만 명령을 기다리기만 하면 되었다.

각 함에는 미리 '문서에 의한 사전 영달'이 나가 있었다. 출항 순서 같은 것도 알고 있었고, 석탄은 이미 2일 전에 보충이 완료되어 있었다. 게다가 기관도 가동되어 있어 함마다 굴뚝에서는 연기가 솟아오르고 있었다.

명령만 내리면 전 함대가 소리 없이 미끄러져 나가게 되어 있는 것이다. 이 점도 노오가쿠와 비슷했다.

전문을 받았을 때 사네유키는 뒷갑판에 있었다는 것은 이미 말했다.

그는 그 기묘한 춤을 그치고 무섭게 빠른 걸음으로 걷기 시작했다. 그가 막료실에 있지 않으면 곤란하다. 뛰고 싶었으나 참모가 심상찮은 안색으로 달린다면 사람들이 무슨 일일까 의심할 테니 사기에 영향이 미칠지도 모른다고 생각했다. 그래서 성큼성큼 빠른 걸음이 되었는데 마치 전속력을 내는 수뢰정처럼 엉덩이가 좌우로 몹시 움직였다. 사네유키는 이제 만 37살이 되어 있었는데, 허리둘레도 변화가 없고 몸무게도 병학교 시대와 별로 다르지 않았으며, 근육질의 단단한 몸집은 오히려 군살이 너무 없는 것이 흠이라 할 수 있을 만큼 균형이 잘 잡혀 있었다.

그는 막료실로 돌아가자 책상 위에 두 팔꿈치를 세우고 상체를 앞으로 내밀면서 성깔이 있어 보이는 날카로운 눈을 번들거리며 주위를 돌아보았다.

작전참모인 사네유키가 해야 할 일의 9할까지는 이 일이 있기 전에 이미 끝나 있었다. 나머지는 싸움에 임하여 그 결과를 신 앞에서 테스트 받는 것뿐이었는데 그러나 지금 당장에 해야 할 일이 적어도 한 가지는 있었다.

대본영에 전보를 치는 일이었다.

연합함대 사령장관인 도고가 결전장으로 향하면서 고국에 그 결의를 전하는 전보인데 그 초안을 잡지 않으면 안 되었다.

사네유키는 후일까지 두고두고 일본 해군의 신비적인 명참모로 일컬어졌다. 그 때문에 이 유명한 전문의 기초자도 그로 알려져 있다. 그가 아키야마 문학이라는 말을 들을 만큼 명문장가였던 것도 그러한 오해를 나았다.

그 전문은 사네유키가 초반을 잡은 것이 아니었다.

지금 그의 눈앞에서 이다 히사쓰네 소령과 기요카와 준이치(清河純一) 대위가 열심히 연필을 움직이고 있다.

이윽고 이다 소령이 사네유키 앞에 와서 초고를 내밀었다.

'적함을 발견했다는 경보에 접하여 연합함대는 즉각 출동, 이를 격멸하고자 함'이라고 되어 있었다.

"좋아!"

사네유키는 고개를 끄덕였다. 이다는 즉각 가토 참모장에게 갖다 주려고 뛰려했다. 그때 사네유키가 '기다려' 하고 불러 세웠다.

벌써 연필을 쥐고 있었다. 그 초고를 돌려받더니 앞의 문장에 이어 다음과 같이 덧붙였다.

'금일 날씨는 맑으나 파도 높음'이라고 덧붙였다.

훗날 이다는 중장이 되었는데, 사네유키의 회고담이 나올 때마다 말했다.

"그 한 마디를 덧붙인 것 한 가지만으로도 우리는 아키야마님의 두뇌에 미치지 못한다."

확실히 이것으로 문장이 완벽해질 뿐만 아니라 단순한 작전용 문장이 문학이 되어 버린 느낌이 있었다. 그리고 그 이상의 뜻도 포함되어 있는데 그것은 나중에 말하기로 한다.

사실을 말하면 이 '날씨는 맑으나 파도 높음'이라는 문장은 아침부터 사네유키의 책상 위에 놓여 있었다. 도쿄의 기상관이 대본영을 거쳐 아침마다 전해 주는 일기 예보 문장이었던 것이다.

일본의 기상학과 기상 행정은 메이지 8(1875)년 도쿄 아카사카(赤坂)에서 기상이 관측되었을 때부터 시작된다. 메이지 15(1882)년에 도쿄 기상학회가 설립되었고, 17(1884)년에는 전국을 일곱 지역으로 나누어 각 지역의 일기 예보가 나갔다.

그러나 일본의 기상학을 실제로 일으킨 인물은 오카다 다케마쓰(岡田武松)(1874~1956)이다.

오카다는 메이지 32(1899)년에 도쿄 제대 이과대학 물리학과를 졸업하고 중앙 기상대에 근무했다. 연표식으로 말하면 오카다의 은사인 나가오카 한타로(長岡半太郎)가 그 전 해에 원자핵의 존재를 예언했다.

오카다가 중앙 기상대에 들어간 지 얼마 안 되어 러일전쟁이 시작되었기 때문에 그는 예보과장 겸 관측과장으로서 대본영의 기상 예보를 담당하게 되었다.

기상이 때로는 전쟁의 운명을 결정한다는 것은 예부터 전해오는 말이다. 이 때문에 일본은 개전 전후부터 싸움터 주변에 측후소를 설치하기 시작했다. 조선 안에는 부산, 인천 등 몇 군데에 설치하고 화북은 천진에 설치했다.

일본은 기상학과 그 행정면에서 열심히 발돋움을 하고 있었다.

"일본은 러시아를 상대로 선전 포고를 했으나 전 세계는 일본을 후진국으로 생각하고 있다. 그러니 세계의 기상대와 기상학회에 영문보고를 보내야 한다."

오카다는 이렇게 말하고 전시 예보 때문에 매일 녹초가 되어 있으면서도 〈중앙 기상대 구문(歐文) 보고〉라는 해외용 잡지를 발간했다. 오카다 자신이 편집하고 논문도 썼다. 제대로 된 기상 연구자가 몇 사람 없었기 때문에 한 호에 오카다가 너덧 편씩 논문을 썼다. 그 가련함은 앞서의 미야코지마의 젊은 어부 다섯 명과 흡사했으며, 사심이 없는 작업이라고 할 수 있었다.

드디어 발틱함대와의 충돌이 가까워질 무렵이 되자, 오카다는 매일의 기상 예보를 위해 문자 그대로 노심초사했다.

특히 5월 26일에 오카다는 어쩌면 해전은 내일이나 모레쯤이 아닐까 하는 예감이 들었다. 그래서 26일 오전 6시의 일기 판단에는 참으로 고심했다. 이 일기도의 자료는 전선의 측후소에서 보내온 것이었다.

그 26일 오전 6시라는 시한에 있어서 중심 시도(示度) 997밀리바의 저기압이 규슈(九州) 해상에 형성되었다. 또 하나 989밀리바의 우세한 저기압이 여순, 대련이 있는 요동 반도 부근에 있었고, 이 때문에 규슈 방면에서 조선 반도, 요동반도 근처에 비가 내리고 있었다.

그런데 내일 27일의 일기가 문제였다.

특히 문제가 되는 것은 해전이 예상되는 해역에서의 일기였다.

그것과 오늘의 일기도를 들여다보면서 예상을 해내는 것은 학문적 논리 외에 경험이 필요했다. 오카다는 6년의 경험이 있었다.

오카다는 곰곰이 생각한 끝에 하나의 결단을 내렸다. 그 뒤에 또 문장화하는 작업이 뒤따랐다. 오카다는 펜을 들고 '날씨는 맑지만 파도 높겠음' 하고 썼다. 단숨에 썼다고 한다.

이것이 대본영의 무선실에서 진해만의 '미카사'에 보내졌다. 그 일기 예보가 사네유키의 책상 위에 놓여 있었던 것이다.

그는 물론 도쿄에 있는 오카다라는 기사를 알지 못했다. 이 군소리 없는 예보문을 집어 들고 다시 간명하게 '날씨는 맑으나 파도 높음'이라고 덧붙인 것이다.

이 전문에 대해 좀 더 계속한다. 이 전문에서 '이를 격멸하고자 함'이라는 표현이 사용되고 있다. 여기에는 이 시대를 아는 데 있어서 중요한 과제가 포함되어 있다. 이 시대 군인들의 군대 문장은, 육해군을 막론하고, 현실 감각이라는 군인에게 가장 중요한 요소에 있어서 결코 뛰어나지 않았다. 요컨대 이런 극단적이고 과격한 용어는 그 전에 사용된 적이 없었던 것이다. 아울러 이런 종류의 과장된 표현이 군대 속에서 일상적으로 사용되기 시작한 것은 군인이 관료화되고 혹은 우국지사인 척하면서 현실 감각을 잃어버린——이렇게 밖에 말할 도리가 없다——쇼와 시대에 들어오고부터이다. 쇼와 시대, 특히 중일 사변을 전후한 군인에게서 보이는, 이와 같이 현실 감각과 동떨어진 과장된 문장을 쓰는 경향은 쇼와 군대의 가장 중심부의 퇴폐에 뿌리박고 있다고 생각해도 무방할 것이다. 쇼와 시기의 육군에서는 중대장쯤 되는 소단위 부대의 대장 보고문에도 이런 종류의 과장된 표현이 군데군데 끼어 있었다.

그러나 러일전쟁의 도고 사령부가 감히 사용한 이 '격멸'이라는 말에는 말하자면 법리적이라고까지 할 수 있는 배경과 전략적 타당성, 그리고 충분한 현실 인식이 있었다.

그 전해인 12월 하순에 여순함대를 궤멸시킨 뒤 도고는 보고를 하기 위해 귀경했다. 이때 메이지 천황을 알현했을 때, 천황이 물었다.

"러시아의 중견 함대——발틱함대——가 온다는데, 전망은 어떠한가?"

이때 도고는 해군 대신 야마모토 곤노효에와 군령부장 이토 스케유키와 동행하고 있었다. 도고는 이 일행 가운데 가장 몸집이 작았다.

더욱이 평소에 말이 없고 신중한 성격으로, 청년 시절부터 겪어 온 수많은 전투에서는 이따금 통쾌한 지휘를 보여 왔지만 호언장담과는 도무지 거리가 먼 성격이었다. 그러한 도고가 조용히 뜨문뜨문 말한 것이다.

"반드시 이를 격멸하겠습니다."

이 '격멸'이라는 극단적인 표현에 이토와 야마모토는 어지간히 놀란 모양으로, 나중에 몇 번이나 중얼거렸다.

'도고 저 사람, 큰일 날 말씀을 드렸어.'

두 사람은 다 도고와 같은 사쓰마 사람이었다. 사쓰마에서는 옛날부터 과장된 표현이나 관념적인 표현을 사용하는 습관이 없었고, 그것을 천시하는 경향이 강했다. 도고가 감히 천황에게 허풍을 떨 셈인가 하는 메이지 사람다운 두려움과 그것과는 별도로 은근히 '이 멍청한 도고가, 뜻밖에……' 하는, 다시 말해 믿음직하게 생각되는 기분이 아우러져 두 사람에게 엇갈리고 있었다. 훗날 이 화제가 나올 때마다 두 사람은 그때의 도고를 우스꽝스럽게 생각했다지만, 그토록 메이지 군인의 감각에서 과장된 표현은 거리가 멀었다.

그러나 대본영에 보낸 도고의 전문에서 도고로서는 메이지 천황에게 약속한 말을 그대로 사용할 수밖에 없었다. 도고가 천황에게 한 말은 젊은 막료들까지 다 알고 있었기 때문에 이런 초고가 나온 것이다.

전문에 관해 계속한다.

'격멸'이라는 용어가 사용된 동기의 일면에 대해서는 이미 말했다.

또 다른 일면에서는 전략적으로 그렇게 하지 않으면 일본해 해전의 의미가 없어지는 것이다. 이쪽이 설혹 절반쯤 가라앉더라도 적을 한 척도 남김없이 가라앉히지 않으면 전략적으로 뜻이 없다는 절박한 요구를 도고와 그 함대는 짊어지고 있었다.

"발틱함대는 전함, 순양함 가운데 다만 몇 척이라도 블라디보스토크로 달아나 일본의 해상권을 교란할 가능성을 남기기만 하면 그것으로 충분히 로제스트벤스키의 승리이다."

이러한 전문가의 논평마저 외국 신문에 실렸을 정도였다. 로제스트벤스키는 블라디보스토크로 달아나는 것이 전략 목적이었다. 자기의 전략 목적을 달성한다는 것은, 설혹 절반의 승리에 지나지 않더라도 성공임에는 틀림없었다. 그 '성공'으로 러시아는 앞으로 일본의 해상 교통을 위협하고, 만주의 일본 육군을 바짝 말려 버린다는 중대한 전략적 우위에 설 수 있는 것이다. 이것을 거꾸로 말하면, 도고의 경우, 로제스트벤스키가 갖고 있는 군함이란 군함은 깡그리 가라앉히지 않으면 안 된다는 것이다. 전략상 도고는 이를 '격멸'하도록 요구되고 있었던 것이다.

이어서 사네유키가 덧붙인 '날씨는 맑으나 파도 높음'에 대해 나중에 해상 야마모토 곤노효에가 평했다. 원칙적으로는 야마모토의 말이 옳았다.

"아키야마의 미문은 좋지 않다. 공보문장의 안목은 실정을 있는 그대로 서술하는 데 있다. 미문은 자칫 잘못하면 사실을 장식함으로써 진상을 놓치고 후세를 현혹시키는 일이 있다."

그러나 이 경우 사네유키 쪽이 더 일리가 있다.

아키야마는 미문을 덧붙일 생각은 없었다.

일찍이 블라디보스토크 함대의 순양함 3척이 일본 근해에 출몰하며, 육군 수송선을 몇 척이나 가라앉혔을 때, 이것을 쫓아낼 의무를 진 가미무라 함대가 중요한 시기에 짙은 안개를 만나 그 때문에 종종 적을 놓친 적이 있었다. '날씨 맑음'이라는 것은 그런 걱정이 없다는 뜻이며, 시계가 멀리까지 이르기 때문에 놓칠 염려가 적다는 것을 짙게 암시하고 있다.

그리고 포술 능력에 대해서는 일본 쪽이 훨씬 뛰어나다는 것을 대본영도 알고 있었다. 시계가 맑으면 명중률이 좋아져서 격멸의 가능성이 크게 올라간다는 것을 시사하고 있다.

'파도 높음'이라는 물리적 상황은, 러시아 군함에는 크게 불리했다. 피차의 함정이 파도로 동요할 때, 파도는 사격 훈련이 충분한 일본 측에 유리하고 러시아 측에 불리함을 가져다준다.

'우리 측에 매우 유리하다'는 것을 사네유키는 이 한 마디로 상정한 것이다. 이것은 전문을 받은 도쿄의 군령부도 이해했다. 군정가 야마모토는 아마도 세계 해군 사상 최대의 해군을 구성한 사람이지만, 전투나 작전의 경험이 거의 없었기 때문에 사네유키의 문장을 단순히 미문이라고만 생각했는지도 모른다.

가토 참모장이 도고에게 함대에 출항을 명령하겠다고 허락을 구한 뒤, 항해 참모가 뜻을 받아 신호장에게 큰 소리로 그것을 전달했다.

"예정된 순서로 각대 출항"

이 전달 속도는 참으로 빨랐다. 신호장으로부터 신호병에게 전해져서 신호병이 마스트에 최초의 기를 올릴 때까지 1분도 채 걸리지 않았다.

이들 각 함에 대한 명령 전달에 무전은 사용되지 않고 모두 기류(旗旒) 신호가 사용되었다. 전달은 함대에서 전대로, 전대에서 단함으로 전해져 간다.

신호장은 미카사 함교의 기갑판에 서 있었다. 찬란하게 펼쳐지는 기류 신호에 대해 이를 받는 각 함은 응기(應旗)를 절반만 올렸다가 이윽고 미카사가 할 말을 다 마치면 각함은 응기를 끝까지 올려 알았다는 대답을 한다.

"전달 완료!"

기갑판에서 신호장이 소리쳤다. 항해 참모가 바닷바람 속에서 그것을 받아 그대로 가토 참모장에게 복명하면, 가토 참모장이 도고에게 전했다. 도고가 고개를 끄덕이자 항해 참모는 다시 신호장에게 신호기를 내리라고 지시했다.

"내려"

이때 이미 각 전대에서는 명령을 내리고 있었다.

"출항 준비. 닻을 올려!"

함마다 똑같은 풍경이었는데, 나팔 소리가 울리고 전령이 호각을 불며 함내를 뛰어다녔다.

어느 함에서나 닻을 감아올리는 기계(캡스턴)가 덜거덕덜거덕 요란한 소리를 내면서 함체를 흔들어 놓았다.

"전원, 석탄을 버려라"라는 전대미문의 명령이 이때 각 함에 전달되었다.

이 무렵에는 각 함마다 갑판 위까지 석탄을 실어, 포 옆에도 포탑이 간신히 움직일 정도로 쌓여 있었고, 산더미 같은 윗갑판의 석탄 부대는 사람의 키를 가릴 정도였다. 되풀이하는 것 같지만 이것은 적이 쓰가루 해협으로 돌 경우를 위한 준비였다. 그것을 '전원'이 마구 바다에 버렸다. 다만 이 탄가루가 나는 작업에 포원들만은 참가하지 않아도 좋다는 지시가 내렸다. 석탄 가루로부터 포원의 눈을 보호한다는 것이 그 이유였다.

'미카사'의 윗갑판에서는 가와이 타로 등 군악수들도 이 석탄 버리기 작업에 뛰어들어 미친 듯이 일했다. 가마니를 던지는 자, 받는 자, 짊어지는 자, 바다에 던져 넣는 자, 정말 이상야릇한 작업이었다. 이 무렵의 영국산 무연탄은 1톤에 25엔이나 하는 비싼 것이었다. 초중등학교 교원의 월급과 맞먹는 액수였으며, 가와이 타로는 이 '버리기' 작업에 참가하면서 생각했다.

'이것으로 튀김덮밥을 몇 그릇이나 먹을 수 있을 텐데.'

이 무렵의 음식점에서 가장 호화로운 것이 튀김덮밥이었다.

일등 순양함이면서 '가스가(春日)'와 함께 전함의 전대에 편입되어 있던 '닛신(日進)'은 갑판에만 해도 160톤의 석탄을 싣고 있었다. 이것을 모조리 버리지 않으면 안 되었으며, 그것도 신속을 요했다. 전원이 석탄가루로 새까맣게 되어 뛰어다닌 끝에 불과 한 시간만에 전부 버리고 말았다.

그 뒤에 석탄가루로 더러워진 갑판을 깨끗이 씻고 전투 준비가 완료된 것은 오전 8시 반이었다.

물론 전함은 달리고 있었다.

그 무렵, 발틱함대에 접촉중인 '이즈미'로부터 적의 상황에 대한 상세한 전보가 들어오기 시작했다. 적의 함수, 진형, 위치를 모조리 알아냈다. 이것은 중대한 일이었다. 발틱함대는 로제스트벤스키조차 도고 함대의 상황을 알지 못했는데, 일본 측은 이즈미 덕분에 각 함이 모두 적의 상태를 미리 알고 있었던 것이다.

적과 만나는 것은 정오 이후가 될 것이라는 것은 닛신에서는 누구나 다 알 수 있었다. 이 함의 부장은 히데지마 나리타다(秀島成忠)라는 인물이었다.

히데지마는 아직 시간의 여유가 있다고 보고 함내에 일본 해군이 건설된 이래 일찍이 없었던 호령을 내렸다.

"술 외엔 매점 사용을 허가한다. 돈은 필요 없다. 마음대로 먹어라."

함의 매점은 전부 무료다, 다만 술만은 안 된다는 것이다. 어차피 함이 가라앉으면 매점도 함께 고스란히 가라앉고 마는 것이다. 설혹 가라앉지 않더라도 살아서 다시 고향에 돌아갈 수 있는 자가 몇이나 될지 알 수 없다. 매점이 무료라는 것은 그런 의미에서는 재미있는 조치였고, 나아가서는 그러한 조치로 해전 전의 날카로운 신경이 누그러질지도 모른다. 실제로 병사들 사이에 환성이 오르더니 매점에 몰려가서 여기저기서 팥고물을 넣은 빵이며 콩으로 만든 과자를 먹는 모습이 보였다. 이 시대 일본의 농촌은 소박하여 육해군에 들어가서 처음으로 구두를 신었다는 자가 많았으며, 과자도 해군에 들어와서 처음 먹어 봤다는 자도 있었다.

히데지마 부장은 먹고 싶은 대로 실컷 먹으라고 선언하기는 했으나 다소 불안해져서 나중에 조사해 보니, 한 사람 앞에 과자 한 봉지 꼴에 지나지 않았다는 것을 알고 오히려 가슴이 아팠다고 한다.

이 닛신은 제1전대──전함의 전대──의 꽁무니를 차지하고 있었다. 역순이 되면 선두함이 된다. 그 때문에 중장인 미스 소타로(三須宗太郎)가 사령장관으로서 타고 있었다.

오전 9시 15분 미스 중장이 사관 일동을 사관실에 모아 놓고 격려의 훈시를 한 다음 샴페인을 터뜨려 전승을 빌었다.

전원에 대해서는, 함장 다케우치 헤이타로(竹內平太郎) 대령이 사령관 훈시를 전달한 다음 '제아무리 강풍이라도'라는 해군 군가를 부장이 선창하고 승조원들이 제창했다.

'러시아의 함정은 검은 색, 굴뚝은 노란 색'이라고 '이즈미'가 가르쳐 준 것은 이제 모두의 상식이 되어 있었다. 일본 군함은 짙은 회색으로 바다 위에서는 가장 알아보기 어려운 색채로 통일되어 있었다. 러시아 함의 매연은 일본 함이 사용하는 무연탄과 달라 하늘을 짙게 물들였다. 그 거뭇거뭇한 대규모 해상 세력이 지금 바다를 제압하며 일본으로 다가오고 있었다. 그 무서운 정경이 모든 사람들의 뇌리에 그려져 있었으나 '우리에게 어려운 일은 없다' 하고 노래를 다 마쳤을 때는 마음이 일시에 가라앉는 느낌이었다고 한다.

연합함대의 전속 군의총감인 스즈키 시게미치(令木重道)는 기함 '미카사(三笠)'에 타고 있었다.

도고도 이 스즈키 군의 군의총감을 신뢰하여 "도고님은 스즈키님에게 유언을 해 두셨다"는 소문까지 났다.

통보함 '미야코(宮古)'가 가라앉았을 때 일이다. 개전하자마자 대련만 부근에서 미야코가 기뢰에 접촉하여 가라앉아 많은 전사자가 났을 때, 대량의 관이 필요해졌다. 해군은 관까지는 준비해 두지 않았기 때문에 조달에 애를 먹었다. 도고는 이때 스즈키에게 다음과 같이 유언했다.

"내가 전사하면 시체를 고향에 돌려보낼 필요 없습니다. 그 자리에서 수장해 주십시오. 이것은 당신에게 부탁해 둡니다."

"그러나 나도 같이 전사했을 때는 실행이 곤란하다는 것만은 양해해 주십시오."

스즈키는 양해했으나 도고에게 이렇게 말해 두었다.

그런데——

'석탄 버리기'가 미카사에서 완료되었을 때, 총원(總員)은 즉시 석탄가루로 더러워진 함내를 청소했다.

스즈키는 전투 전에 다시 전함대를 소독해야겠다고 생각하고 있었다. 그 것을 미리 각 함의 군의장에게 통지해 두었다. 전투에 나가는 군함이 함내를 깨끗이 소독하는 것은 세계의 해전사에서 유례가 없는 일이고, 환경 위생의 역사에서 보아도 보기 드문 예라고 할 수 있었다.

즉 적탄의 작렬과 더불어 함내 구조물의 자잘한 파편이 장병들의 몸에 들어간다. 만일 치료가 늦을 경우 그것이 곪아서 목숨을 잃는 경우가 많은데 그것을 조금이라도 막자는 것이었다.

전함 '시키시마'의 함장 데라가키 이조(寺垣猪三)가 전하는 바에 의하면, 먼저 함내를 비누로 깨끗이 씻게 했다. 그런 다음 분무기로 소독약을 뿌리고 다닌 것이다. 그 덕분에 항주 중인 군함은 '소독필'을 받은 청결한 용기가 되었다.

소독의 면밀함은 이루 말할 수 없는 것이었다. 전원을 목욕하게 했다.

함내에 설치된 욕조만으로는 모자랐다. 임시 욕조로 사용된 것은 해먹(釣床)을 넣어 두는 철상자(鐵箱)였다. 사병들이 자는 해먹은, 군함이 전투에 임할 때 함교나 대포 옆, 그밖에 필요한 부분에 가득 늘어놓아 방어물로 사용되는데, 그 때문에 빈 철상자가 무용지물로 놓여 있었다.

그 철상자——라고 해도 상자에 구멍이 뚫려 있어서 정확하게는 상자의 크기에 맞춘 캔버스 자루——를 안에 넣고 거기에 펌프로 바닷물을 담아 그 속에 증기를 불어넣는다. 그렇게만 하면 간단히 물이 끓는 것이다.

아울러 말하면, 일본 해군의 특징으로서 전투복은 속옷에 이르기까지 신품이 준비되어 있어서 전투에는 새로운 복장으로 임한다——러시아 측은 전투 때 가장 더러운 옷을 입는다——.

스즈키의 지시로 전함대의 신품 전투복은 미리 소독되어 준비되어 있었다. 목욕 후 이 '소독필'의 신품 피복을 꺼내 전원이 갈아입었다. 이만하면 외상을 입을 경우 상처가 곪을 가능성이 상당히 줄어들 것이다.

모든 것이 끝난 뒤 각 함의 부장은 갑판에 모래를 뿌리라고 지시했다. 이것은 비장한 작업이었다. 갑판이 피투성이가 될 경우 병사들이 미끄러지지 않게 하기 위한 배려였다.

전쟁이 인도(人道)와 악마의 작업을 동시에 행하는 것이라는 뜻에서는 이것이 최후의 전쟁이라고 할 수 있을지도 몰랐다.

'닛신'에서는 술이 나오지 않았으나, '시키시마(敷道)'에서는 술이 나왔다.

함장 데라가키(寺垣)가 사비로 사둔 네 말들이 술통이었는데, 청소, 목욕, 그리고 옷 갈아입는 작업이 끝난 다음 데라가키는 윗갑판에 전원을 모아 놓고 이 술통을 열어 결별의 술잔을 들었다.

데라가키가 말하는 결별이란 '시키시마는 적과 더불어 가라앉을 것'이라는 그의 말에 이어서 나온 말이다.

데라가키의 말로는, 이 싸움은 승패가 반반이 되어서는 대전략으로 볼 때 아무 소용이 없다. 요구되는 것은 적함을 한 척도 남김없이 격멸해 버리는 것이며, 그 때문에 무척 무리한 싸움을 하지 않으면 안 된다. 이를테면 소구경의 대포도 전부 사용하고 싶은데, 그러기 위해서는 적함이 아주 가까이 접근해야 한다. 그렇게 되면 서로 찔러 죽이고 죽는 상황이 된다. 따라서 서로 살아서 승리의 기쁨을 나눌 수 없게 될지도 모르며 그러기에 전투에 앞서 이 세상에서의 작별의 잔을 나눈다는 것이었다.

데라가키는 각 계급에서 한 사람씩 대표를 뽑아 결별의 잔을 주고받았다. 먼저 병사의 대표가 나오고, 이어 하사관, 준사관, 마지막으로 사관의 순서였다.

함대가 진해만 및 가덕 수도(加德水道)로 나아갈 때, 만의 제일 안쪽에 있던 기함 미카사는 다른 함이 움직이기 시작한 뒤에도 움직이지 않는 것처럼 보였다.

"아마 육상과의 연락이 있어서 늦어지는 것이겠지."

분주하게 출항해 가는 각 함 속에서 혼자 꼼짝도 하지 않는 미카사의 인상을 당시의 순양함 승조원이 이렇게 써놓고 있다.

이윽고 기함 미카사가 움직이기 시작했다. 앞의 함을 따라가서 선두에 서려고 차츰 속력을 내기 시작했다.

사람들이 함내를 바쁘게 뛰어다니며 출항에 수반되는 모든 작업을 끝낸 무렵에는 하얀 새 전투복을 입은 모습들이 함내에 늘어나기 시작했고, 사람들의 움직임도 완만해졌다.

아키야마 사네유키는 다른 막료와 마찬가지로 감색 군장 차림이었다. 다만 그는 그 군복 윗도리 위에 칼을 찰 때 쓰는 가죽 띠를 둘러 배를 꽉 조르고 함교에 나타났다.

그 기묘한 모습에 젊은 사관들은 고개를 숙이고 웃음을 삼켰지만 사네유키는 모르는 체했다.

'훈도시론(褌論)'이 사네유키의 지론이었다. 그는 훈도시를 뜻하는 곤(褌)이라는 글자를 옷[衣]의 변에 군(軍)이라고 쓰는 것은 배꼽 밑의 단전을 단단히 조여 담력을 발휘하기 위한 것이며, 싸움에는 그런 자세로 임하지 않으면 안 된다고 늘 말하고 있었는데, 가죽 벨트로 훈도시를 대신하여 나타난 모습은 누구의 눈에도 뜻밖이었다.

도고는 단정한 복장을 좋아했다. 사네유키의 그 이상한 복장을 보고 좀처럼 감정을 내색하지 않던 그도 역시 언짢은 얼굴을 했다.

그러나 사네유키는 시치미를 떼고 모르는 체했다. 이 사람은 역시 상당한 괴짜였던 모양이다.

여담이지만, 이 함대가 진해만을 떠나갈 때 수뢰정의 한 정장이 '이순신 제독의 영령에 빌었다'고 기록한 사람이 있었던 것으로 필자는 기억하고 있는데, 그것이 어느 자료에 있었는지 좀처럼 찾을 수가 없었다.

당시 수뢰정 제41호의 정장이었던 미즈노 히로노리(水野廣德)라는 사람이 글을 잘 써서 전후인 다이쇼 3(1914)년에 '어느 해군 중령'이라는 익명으로 《전영(戰影)》이라는 책을 썼고, 그보다 앞서 메이지 44(1911)년에 '이 일전(一戰)'이라는 저자명을 명기한 책을 낸 바 있다. 이 두 권의 어딘가에 있었던 것 같아서 찾아보았으나 없었다.

또 한 권, 이 미즈노 히로노리와 매우 닮은 문체의 책으로 《포탄 속을 뚫고》라는 것이 있다. 저자는 가와다 이사오(川田功)라는 해군 소령으로 그 무렵 수뢰정 소속 소위였다. 이 '포탄 속을 뚫고'를 보면 정말 주인공이 이순신 장군의 영령에 비는 대목이 나온다.

"세계 제일의 해장"

이라고 저자가 말하는 이순신 장군은 도요토미 히데요시(豊臣秀吉)의 군대가 조선을 침략했을 때, 해전에서 이를 보기 좋게 격파한 조선의 명장이다. 이순신은 당시의 조선 문무 관리에서 거의 유일하다고 할 만큼 청렴한 인물이었으며, 그 통어(統御)의 재주와 전술의 능력, 혹은 그 충성심과 용기에 있어서도 실제로 존재했다는 것 자체가 기적이라 할 수 있을 만큼 이상적인 군인이었다. 영국의 넬슨 이전에 바다의 명장은 세계 상 이순신을 제외하고는 없었으며, 이 인물의 존재는 조선에서는 그 후 오랫동안 잊혀졌으나 오히려 일본인에게 그에 대한 존경심이 계승되어 메이지 시대에 해군이 창설되자 그 업적과 전술이 연구되었다.

진해만에서 부산 앞바다에 걸친 수역은 일찍이 이순신이 수군을 이끌고 일본 수군을 끝까지 괴롭힌 옛 전장이며, 우연한 일이지만 도고 함대는 그 근처를 빌리고 있었던 것이다.

그 시대의 일본인은 러시아 제국을 동아시아를 삼켜 버릴 야망을 가진 세력으로 보고, 동진해 오는 발틱함대를 그 최대의 상징으로 보고 있었다. 이 것을 한 척도 남기지 않고 침몰시키는 것은 동아시아의 방위를 위한 일이라고 믿고, 동아시아를 위하는 일인 이상, 일찍이 아시아가 낸 유일한 바다의 명장 이순신의 영령에 빌었다는 것은 당연한 감정이었는지도 모른다.

아울러 말하지만, 수뢰정군은 연합함대의 출동과 더불어 대함의 좌우에 붙어서 출항했는데 외양에 나가자 파도가 생각한 것보다 높아, 불과 100톤 남짓한 조그만 수뢰정으로는 나뭇잎처럼 흔들려 어찌할 도리가 없었다. 선 채가 때로는 6, 70도로 기울고 뱃머리가 큰 파도를 덮어 쓰면 사람도 배도 물 속에 파묻혀 굴뚝만 파도 사이에 보이는 순간도 있었다. 때로는 그 굴뚝에 큰 파도가 덮쳐 바닷물이 배 안에 들어가 기관의 불이 꺼질 우려도 있었다. 하는 수 없이 도고의 명령으로 수뢰정은 모두 풍랑이 가라앉을 때까지 쓰시마 연안에서 대기하고 있었다.

오키노시마(沖島)

기함 '미카사'는 제1전대의 선두에 서려고 속력을 올리고 있었다.

제2함대의 가미무라 히코노조(上村彦之丞)는 기함 '이즈모'에 탑승하여 가덕 수도에 정박하고 있다가 도고의 출항 명령이 떨어지자 주변에 산재한 전함대에 출항 명령을 내렸다.

각 함이 일제히 움직이기 시작했다.

그 중간을 전함 전대인 제1함대 제1전대의 '시키시마' '후지' '아사히' '가스가' '닛신'이 나아가고 이윽고 도고의 미카사가 따라와서 선두에 섰다. 미카사의 뒤쪽에 비스듬히 붙어서 조그마한 통보함 '류우덴(龍田)'이 따라갔다. 거대한 전함군이 일으키는 파도 때문에 류우덴은 심하게 흔들렸다.

이 제1함대에 속하는 구축함 및 수뢰정은 '하루사메(春雨)' '후부키(吹雪)' '아리아키(有明)' '아라레(霰)' '아카쓰키(曉)' '오보로(朧)' '이나즈마(電)' '이카즈치(雷)' '아케보노(曙)' '시노노메(東雲)' '우스구모(薄雲)' '가스미(霞)' '사자나미(漣)' '지도리(千島)' '하야부사(隼)' '마즈루(眞鶴)' '가사사기(鵲)' 등이다.

제2함대 제2전대는 5척의 일등 순양함이 파도를 헤치며 미끄러져 나가고 있었다.

'이즈모' '아즈마(吾妻)' '도키와(常磐)' '야구모(八雲)' '이와테(磐手)' 등이며, 야시로 로쿠로(八代六郎) 대령을 함장으로 하는 '아사마(淺間)'가 이 편제에 가담하고 있었으나 다른 임무가 있어 출항 때는 모습을 보이지 않고, 오전 10시 지나서야 전속력으로 달려와 이들 속에 끼어들었다. 통보함은 '지하야(千早)'이다. 지하야는 이즈모와 나란히 달리고 있었다.

이어 제2함대에 소속하는 이등 순양함 '나니와'(3,650톤)를 기함으로 하는 4척의 제4전대가 흰 파도를 헤치며 나아가고 있었다. '나니와' '다카치호(高千穂)' '아카시' '쓰시마' 등이다.

이 제2함대에 소속하는 구축함 및 수뢰정은 다음과 같다.

'아사기리(朝霧)' '무라사메(村雨)' '아사시오(朝潮)' '시라쿠모(白雲)' '시라누이(不知火)' '무라쿠모(叢雲)' '유기리(夕霧)' '가게로(陽炎)' '아오타카(蒼鷹)' '가리(雁)' '오오토리(鴻)' '기지(雉)' '쓰바메(燕)' '하토(鴿)' '가모메(鷗)'

이 가운데 아사기리 이하 4척은 쓰시마의 오자키 만(尾崎灣)에서 대기 중이라 이 만에는 없었다.

중장 가타오카 시치로(片岡七郎)를 사령장관으로 하는 제3함대는 거듭 말했듯이 쓰시마에서 대기하고 있었으나, 이날 재빨리 발틱함대와 접촉하여 그것을 도고가 이끄는 주력 세력 곁으로 유도하려고 이동을 시작하고 있었다. 제3함대의 기함은 이등 순양함 '이쓰쿠시마(嚴島)'(4,210톤)이며, 청일전쟁 때의 전리 군함인 진원이 뒤를 따르고 '마쓰시마(松島)', '하시타테(橋立)'라는 한 시대 전의 구식 주력함으로 제5전대가 편성되어 있었다. 통보함은 '야에야마(八重山)'였다.

마찬가지로 제3함대의 제6전대는 '스마(須磨)' '지요다(千代田)', '아키쓰시마', '이즈미'이며, 이즈미의 활약으로도 알 수 있듯이 이 전대(戰隊)는 지난 일주일 동안 초계와 색적(索敵)을 위해 매우 분주했다.

이어서 제3함대의 제7전대는 노후함(老朽艦)으로 편성되어 있었다. '후소(扶桑)' '다카오(高雄)' '쓰쿠시(筑紫)' 그리고 '조카이(鳥海)', '마야(摩耶)', '우지(宇治)' 등이며 조카이 이하는 600톤 정도밖에 되지 않았다.

이 제3함대에 소속된 수뢰정은 다음과 같다.

'히바리(雲雀)', '사기(鷺)', '하이타카(鷂)' '우즈라(鶉)' 그리고 제43호정

등 번호가 붙은 수뢰정이 16척 있었고, 거기다가 다케시키 요항부와 구레 (吳) 진수부에 속한 구식 수뢰정 14척도 참가했다.

당시의 수뢰정은 도무지 형편없는 물건이었다.

기관에 불을 때어 연통 하나로 돌아다니는 거룻배와 같은 것이었으며, 어뢰를 몇 개씩 안고 있었다. 서로 죽이고 죽는 각오로 적의 대함 뱃전에 부딪칠 만큼 접근하여 어뢰를 발사해 놓고 달아나는 것인데, 그 성공에는 상당한 용기와 행운이 필요했다.

"평소에는 군함 부근의 포구 구석구석이나 섬 사이의 좁은 여울을 누비고 다니다가, 이따금 그 근처의 바위에 키가 걸려 휘어지거나 하면 배를 방파제 같은 데 갖다 붙여 놓고 해변의 시골 대장장이를 불러다가 두들겨서 바로잡아 달래서는 다시 달리곤 하는 그런 물건이었다."

마사키 이쿠도라(正木生虎) 씨는 말하고 있다. 그의 아버지는 마사키 요시타(正木義太) 중장으로, 러일전쟁의 여순 봉쇄 때 대위로 참가하여 부상당했다. 마사키 요시타는 메이지 34(1901)년께 구레(吳)에서 수뢰정의 정장(艇長)을 지냈다. 그때의 추억을 나중에 해군 대령이 되는 아들에게 말한 것이 앞에 든 내용이다.

그 당시 일본 해군에서는 수뢰정을 타는 것을 '거지 같은 직업'이라고 불렀다. 복장도 더럽고, 식사도 형편없고, 변소도 없어서 생활의 공간으로서는 참담한 것이었다. 그러한 그들을 지탱하고 있는 것은 단도 한 자루로 적함을 껴안고 찔러 죽이는 바다의 자객이라는 긍지뿐이었다.

일본 측에는 수뢰정의 수가 많았다.

이 5월 20일까지 특히 쓰시마의 오자키만에 대기하고 있던 수뢰정들은 긴 세월을 초계 근무에 소비해 왔기 때문에 선체의 도료가 다 벗겨져서 굴뚝과 꽁무니의 일본 군함기가 없으면 썩은 통나무가 떠있는 것 같아 보였다.

쓰시마의 오자키 만에 대기하고 있던 이들 수뢰정에 출항 준비 명령이 내린 것은 27일 이른 새벽이었다.

"전원 기상, 출항 준비."

수뢰정마다 호령이 내렸다. 오전 5시 40분, 일제히 닻을 올렸다. 캡스턴 (揚錨機)이 덜그렁덜그렁 울려대고 기관이 달아오르기 시작했다.

외양으로 나가자 바람이 심하고 배를 삼킬 듯한 큰 파도가 쉴 새 없이 밀어 닥쳐 배는 전후좌우로 흔들렸다. 배 위의 컴퍼스 대에 서 있는 사관은 기둥에 매달려서 지휘를 했는데, 손만 놓으면 그대로 바다에 곤두박질쳐질 지경이었다. 물보라가 끊임없이 온몸을 씻고 가는데 보통 같으면 비옷과 고무장화를 신지만, 그런 복장들은 전투동작을 둔하게 하므로 대부분의 사관들은 에도 시대의 도둑처럼 수건으로 얼굴을 동여매고 바지를 걷어 올린 발에 양말을 신고 바닷물이 목덜미에 들어가지 않도록 수건을 목에 둘둘 감고 있었다.

제3함대 사령부에서는 이 풍랑을 무릅쓰고 수뢰정들을 데리고 가느냐 안 가느냐에 대해 상당한 논의가 있었다. 주력이 먼저 나가고 파도가 가라앉기를 기다렸다가 나중에 출발시키면 되지 않겠느냐는 의견도 있었으나 사령관 가타오카 시치로는 결단을 내렸다.

"안됐지만, 데리고 가자."

기함 '이쓰쿠시마(嚴島)'에서 보니, 수뢰정들이 파도 사이에서 기어 나오기도 하고 스크루를 하늘로 치켜들기도 하며 열심히 따라오는 것이 보였다.

"너무나 딱해서 되도록 보지 않도록 했다."

이쓰쿠시마의 참모 햐쿠타케 사부로(百武三郎) 소령은 나중에 말했다. 이 제3함대의 제5, 제6전대는 노후함뿐이어서 도저히 발틱함대에 대항할 수 없었다. 다만 수뢰정을 데리고 있으면 적이 얕잡아보지 않기 때문에, 도중에 몇 할쯤 풍랑으로 침몰하는 한이 있더라도 데리고 가지 않을 수 없었던 것이다.

기함 '미카사' 이하가 진해만을 나서자 풍랑이 심해졌다.

'날씨는 맑다'고는 했으나 실제로는 농무(濃霧)에 가깝도록 김이 서려 시계(視界)가 선명하지 않았다.

"이 안개는 곧 걷힐 겁니다."

아키야마 사네유키가 참모장 가토 도모사부로 소장에게 말했다. 가토는 불쾌한 듯이 잠자코 있었다.

사실 개전 시간이 되었을 무렵에는 맑다고는 할 수 없어도 안개는 많이 엷어졌으나, 가토로서는 사네유키가 '맑음'이라고 대본영에 타전한 것이 다소 불쾌했다. 조금도 맑지 않았다.

그러나 사네유키는 기도하는 심정으로 속으로 열심히 빌고 있었다.

'안개는 반드시 걷힌다. 천운은 우리 함대에 미소를 지을 것이 틀림없다.'

그는 후년, 이날 연합함대에 은총을 베푼 천우신조의 연속 때문에 신령을 믿는 사람이 되어 야마모토 곤노효에로 하여금 이맛살을 찌푸리게 하는 인물이 되어 버렸다.

'아키야마는 너무 천우신조를 들먹인다. 후세에 신비적인 힘으로 이긴 것처럼 착각하는 자가 나온다면 일본의 운명이 염려된다.'

그러나 사실에 있어서 그는 이 해전의 설계 단계에서 지혜 주머니를 짤 대로 짜버렸다. 나머지는 천우신조를 기다리는 것뿐이었으며, 그것을 생각하니 미쳐 버릴 만큼——아니 미쳐 버리는 편이 자연스러울 만큼——애를 태워왔던 것이다. 그는 이 무렵 신불의 이름을 몇 가지밖에 몰랐다. 어릴 때 어머니한테서 들은 신의 이름, 부처의 이름을 가슴 속에 외고, 다시 온 일본의 여러 신들이 머지않아 함대가 적과 조우하게 될 오키노시마(沖島) 상공에 내려와 주십사고 빌었다.

"러일전쟁에서……."

누군가가 말했다.

"작전상의 걱정이 지나쳐 수명을 줄여 버린 사람이 육전의 고다마 겐타로이고, 미쳐 버린 사람이 해전의 아키야마 사네유키이다."

그러나 사네유키는 발광한 것은 아니었다. 하기야 머리를 짤 대로 다 짜버린 뒤, 전후의 사네유키는 그 전의 그와 딴 사람같이 된 것만은 확실하다. 전후 사네유키의 말은 비약이 흔했고, 그는 평소에도 신령을 믿는 사람이 되었다.

안개가 짙게 끼면 낭패라는 것을 사네유키는 물론 알고 있었다. 안개에 숨어서 발틱함대가 달아나버릴 가능성이 커지기 때문이다.

그러나 너무 맑아도 곤란했다.

맑다면 로제스트벤스키가 원거리에서 도고의 함대를 발견하게 될 것이다. 그러면 침로를 바꾸어 달아나는 것도 불가능하지 않았다.

실제로 양군이 충돌했을 때 안개는 아직 남아 있었다. 이 때문에 발틱함대가 도고 함대를 발견했을 때는 이미 진퇴유곡의 근거리가 되어 버렸던 것이다. 로제스트벤스키로서는 전력을 다해 싸우는 수밖에 도리가 없었다. 맑기보다 오히려 엷은 안개가 끼었던 것이 도고의 함대에는 오히려 이로웠다.

"도고는 젊은 때부터 운 좋은 사람이었으니까요."

이 말은 야마모토 곤노효에가 메이지 천황에게 도고를 함대의 총수로 선택한 이유로 한 말이지만, 명장의 절대적인 요건은 재능이나 통솔 능력 이상으로 그가 적보다 좋은 운을 타고 나야 한다는 것이었다. 비운의 명장이라는 것은 논리적으로 있을 수 없는 표현이므로 명장은 반드시 행운아여야 했다.

다만 사네유키가 우스꽝스러웠던 점은 자기 옆에 있는 노인이 보기 드물게 운이 좋은 사람인 줄은 꿈에도 생각지 못했던 일이다.

승조원마다 나무 명찰을 어깨에서 비스듬히 걸치고 있었다. 그 명찰은 겉에는 전투 배치가 씌어 있고 뒤에는 본적과 성명이 적혀 있었다. 몸이 으스러져 전사하더라도 이것으로 누구인지 인식하기 위해서였다.

"전투 중에는 전투 위치를 떠나지 마라. 대소변도 그 자리에서 해결하라."

이런 명령이 내린 함도 있었다.

대함은 그다지 심하게 흔들리지 않았으나, 조그마한 순양함이나 구축함 등은 빨간 뱃바닥이 보일 만큼 요동쳤다.

이윽고 흑조로 들어갔다.

이 남쪽에서 북으로 흘러오는 거대한 난류가 규슈 서쪽에서 갈라져서 동해 코스를 잡는 지류를 쓰시마 난류라고 부르는데, 규슈의 어민이 구로세 강(黑瀬江)이라고 부르듯이 빛깔이 검었고, 어느 경계에서는 다다미의 빛깔이 바뀌듯이 뚜렷하게 변했다. 함대는 흑조를 가로지르기 시작했다.

브리지에 있는 참모장 가토 도모사부로(加藤友三郎)의 안색이 심상치 않게 창백해져 있었다.

위통이 시작된 것이다.

그는 원래 위가 튼튼하지 않았으나 지난 몇 주일 동안 신경피로 때문에 간헐적으로 위가 아프기 시작했다는 것은 이미 언급했다. 그런데 이때의 통증은 배를 도려내는 것 같아서 서 있을 수가 없었고, 어떻게든 의지력으로 누르려고 했으나 사고를 유지하는 것도 자신이 없어졌다.

'하필이면 이 마당에 이게 무슨 꼴인가!'

가토는 눈앞이 캄캄해지는 느낌이었다. 그는 어떤 경우에도 당황한 적이 없으며 자타에 대해 항상 얼음 같은 이성으로 움직인다는 말을 듣는 인물이었지만, 동시에 행동적이기도 했다. 그는 곧 브리지에서 내려가 스즈키 군의 총감을 찾아갔다.

"위통이 또 시작이오."

그는 미소 한 번 보인 적이 없는 얼굴을 스즈키에게 갖다대며 말을 이었다.

"무척 심해요. 앞으로 다섯 시간이면 돼요. 다섯 시간만 살아 있으면 되니까 극약이건 뭐건 좀 주시지 않겠소?"

"다섯 시간이면 됩니까?"

스즈키는 일부러 웃음소리를 냈다. 스즈키는 가토의 위통이 다분히 신경성이라는 것을 알고 있었다.

스즈키는 조치를 해 주었다.

가토는 아픔을 달래듯이 천천히 걸어서 사라져 갔다. 스즈키 군의총감은 그 뒤에 브리지로 올라갔다. 그의 일은 주로 외과였고 이 당시의 군진(軍陣)의학에는 정신과의 요소는 적었으나 브리지에서 망진(望診)으로나마 각 요인의 건강 상태를 살펴보자고 생각한 것이다.

아키야마는 해도를 들여다보면서 오른손을 이따금 윗옷 호주머니에 찔러 넣었다. 호주머니 속의 잠두 볶은 것을 꺼내서는 입안에 털어 넣고 요란한 소리를 내며 씹었다.

"대단한 사람이야."

스즈키는 생각했다. 사네유키가 이 무렵 줄곧 구두를 벗고 잔 적이 없다는 것을 그는 알고 있었다. 그 얼굴에 기름이 빠진 것이 분명히 수면 부족을 입증하고 있었지만, 무슨 일에나 이상한 집중력을 발휘할 수 있는 사람이라 적어도 앞으로 다섯 시간 정도는 걱정 없을 것 같았다.

도고는 평소와 똑같은 얼굴이었다. 잠깐 스즈키의 얼굴을 보았으나 아무 말도 없이 천천히 호흡하고 있었다. 장검의 칼끝이 약간 바닥에 닿아 있고, 칼을 장식하고 있는 황금 쇠붙이가 웬일인지 파르스름하게 녹슬어 보였다.

중장 가타오카 시치로(片岡七郎)가 이끄는 제3함대가 청일전쟁의 노후함을 끌어 모아서 편성되어 있다는 것은 이미 말했다. 그들이 예상되는 싸움터에 가장 가까운 쓰시마에서 대기하고 있었다는 것도 이미 말한 대로다.

도고가 이 노후 함대에 맡긴 역할은 재빨리 발틱함대와 접촉하여 그 접촉을 유지하면서 적함대를 도고가 이끄는 주력 함대에게 인계하는 일이었다.

"제3함대는 로제스트벤스키 제독을 안내하여 도고 제독과 만나게 한다는 것이 주된 역할이었다."

이런 표현으로 이 제3함대의 참모 햐쿠타케 사부(百武三郞)로 소령은 뒤에 말했다.

이 함대의 기함 '이쓰쿠시마' 이하가 파도에 시달리며 나아가 이윽고 오전 9시 55분 간자키(神崎)의 남미동 7해리 반 지점에서, 남쪽 하늘을 시커멓게 물들이고 있는 연기를 보았다.

"적이군요."

햐쿠타케는 쌍안경을 들여다보면서 나직하게 말했다. 가타오카가 고개를 끄덕였다. 이쓰쿠시마의 브리지에 잠시 침묵이 흘렀다.

이미 이에 앞서 제2함대에 속한 제4구축함대 ──'아사기리', '무라사메', '아사시오', '시라쿠모'──는 적과 접촉하고 있었다.

이 4척의 구축함이 보인 대담성은 앞서 단독으로 접촉한 '이즈미' 이상이었다. 이 구축함대 사령관은 일본 해군의 구축함대 지휘관 가운데 가장 뛰어난 사람의 하나로 일컬어진 스즈키 간타로(鈴木貫太郞) 중령이었다. 참고로, 그의 생애는 기구해서 만년에 태평양 전쟁의 전황이 최악의 상태에 들어가 일본의 멸망이 예상되던 시기에 내각 총리대신으로 기용되어 4월 7일(1945년) 내각을 성립시켰으며, 8월 15일의 종전 당시에는 내정상 쉽지 않은 문제를 시원하게 해결한 것으로 알려져 있다.

스즈키는 아사기리(朝霧)에 타고 있었다. 그가 인솔하는 4척의 구축함은 모두 배수량이 불과 375톤이고, 속력은 29노트에서 31노트였다.

"그날 아침 우리는 쓰시마의 오자키 만에 있었다. 그 '시나노마루'의 무전은 받지 못하고 '야하타마루(八幡丸)'와 '이즈미'의 무전을 받았다. 즉각 닻을 올려 출동했는데 때는 오전 5시께였다고 생각한다."

4척의 조그마한 구축함은 20노트의 속력으로 남쪽으로 쭉쭉 내려갔다. 뱃머리로 파도를 들이받는가 하면 꽁무니의 스크루가 파도 사이에서 공전하기도 하고, 때로는 옆으로 쓰러질 만큼 기울곤 해서 이날 아침의 풍랑은 작은 함정에는 참으로 힘겨운 것이었다. 날씨는 결코 맑지 않았다. 해상의 수증기 때문에 시계는 5, 6해리를 간신히 내다볼 수 있을 뿐이었다.

이 4척의 구축함이 오전 9시, 동쪽에서 적의 그림자를 발견했다.

그들은 훨씬 더 접근하여 마침내 좌현 전방 7, 8000미터 거리까지 다가갔고, 그때부터 밀착하여 떨어지지 않으면서 심할 때는 3,000미터까지 접근했다. 만일 전함의 주포를 맞으면 박살이 날 거리였다.

이 스즈키의 제4 구축함대가 친 무전 덕분에 가타오카의 제3함대 주력은 도중에 허둥거림이 없이 오전 9시 55분 발틱함대와 만날 수 있었던 것이다.

가타오카의 제3함대는 발틱함대에 밀착했다.

침로(針路)는 발틱함대와 마찬가지로 북동쪽이다.

청일전쟁에서 살아남은 그 함정들은 발틱함대의 좌현 전방 4내지 5해리에 자리를 잡고 마치 그 함대의 한 구성원처럼 나란히 항진해 갔다.

기함 '이쓰쿠시마'를 선두로 '진원' '마쓰시마' '하시타테'의 순으로 단종진(單縱陣)을 이루어 나아간다.

"마쓰시마"

이등 순양함, 4210톤, 16노트, 함장은 대령 오쿠미야 마모루(奧宮衛)였다.

그는 줄곧 망원경을 적의 함영에 대고 적이 언제 포문을 여는지 주시하고 있었다. 만일 적이 이 순양함군을 격침하려고 한다면 쉬운 일이었다. 오쿠미야는 원래 땀을 많이 흘렸지만, 이때는 망원경에서 물이 뚝뚝 떨어질 만큼 손바닥이 땀에 젖었다. 그는 함을 통솔하는 책임자로서 그 사기가 걱정이었다.

'흥분한 자도 있지 않을까?'

브리지를 떠나 상갑판을 한 바퀴 돌아보니 오히려 그런 자신이 부끄러울 만큼 하사관이나 수병들은 침착했다. 소정 위치에서 휴식하며 명령을 기다리고 있는 자, 몇 사람씩 모여서 적의 세력이나 진형을 평가하고 있는 자 등, 평소와 별로 변함이 없었다. 여순 공격 이래 많은 해전을 치러온 일본 측 장병들은 발틱함대의 승조원들보다 전투를 앞둔 이 이상한 긴장에 더 익숙해져 있었다.

마침 한 군의가 지나갔다.

오쿠미야는 문득 그 군의가 사쓰마 비파에 능하다는 것이 생각나서 물었다.

"비파를 갖고 있나?"

군의는 사관실에 있다고 대답했다. 오쿠미야가 한 곡 부탁한다고 말하자 군의는 사관실 쪽으로 사라졌다.

이윽고 군의는 상갑판에 나와 브리지 아래 앉았다.

뱃머리에 파도가 부서지고 이따금 안개를 뿜듯 물보리가 흩어졌다. 상갑판은 가냘프게 상하로 움직였다. 그 속에서 군의는 발목을 치며 '가와나카지마(川中島)'의 곡을 뜯기 시작했다.

함장 오쿠미야는 사기를 진정시킬 작정으로 비파를 뜯게 했는데 듣고 있는 동안 그 자신이 몹시 흥분하기 시작했다. 함은 풍랑을 헤치며 달리고 있었다. 빨라졌다 느려졌다 하면서 이윽고 비파곡이 가경으로 빠져들어 우에스기 겐신(上杉謙信)이 장검을 쳐들고 혼자 말을 몰아 적진으로 돌입하는 대목에 이르자, 함 여기저기서 사관들이 소리 내어 가락을 맞추곤 했다. 마쓰시마의 입장은 마치 단기로 적진에 돌입하는 겐신과 흡사했다. 단지 돌입하는 것이 임무가 아니라 적이 아무리 미워해도 도고의 주력 함대가 출현할 때까지 발틱함대에 밀착하는 것이 이 제3함대의 일이었다. 밀착이라고는 하나 적의 사정거리 내외에 위치하고 있는 이상, 돌입 이상으로 위험했다.

이어 중장 데와 시게토오(出羽重遠)가 이끄는 제1함대의 제3전대도 제3함대의 제5, 제6전대에 후속하는 형태로 접촉하고 있었다. 그들은 적이 공격해 오지 않자 차츰 뻔뻔스러워져서 다시 적과의 거리를 더 좁혔다. 불과 3, 4천 미터까지 접근했을 때, 오른쪽 바로 옆 정면의 적함에서 번쩍번쩍 불빛이 번쩍이더니 곧 바다를 덮치는 듯한 포성이 들리면서 '가사기'와 '오토와'의 전후좌우에 포탄이 떨어지기 시작했다.

제3전대는 순양함의 집단이라 적 주력과의 포전은 도저히 감당하지 못하고 부랴부랴 물러섰다. 그러나 너무 물러나도 적을 놓칠 우려가 있어서 그 간격의 균형이 어려웠다.

한편, 발틱함대의 기함 '스바로프'의 브리지에서는 아침부터 로제스트벤스키가 자리를 떠나지 않고 함대를 지휘하고 있었다.

이 5월 27일은 니콜라이 1세의 대관 기념일이었다.

"제독은 해전을 이날 치르기 위해 함대의 속력을 조정하고 있었다."

이것은 위로는 막료에서 아래로는 사병에 이르기까지 일치한 추측이었다.

원래 같으면 이날은 함내의 사관 집회실에서 성대한 축하연이 벌어질 예정이었다. 실지로 현재 그 준비가 진행되고 있었다. 그러나 로제스트벤스키는 말했다.

"일동이 알아서 하도록. 나는 브리지를 떠날 수가 없다."

물론 함장 이그나티우스 대령도 브리지를 떠날 수 없었다.

이른 새벽 '이즈미'가 출현했을 때도 로제스트벤스키는 묵살해 버렸다.

4척의 구축함이 나타났을 때도 묵살했고, 다시 3개 편대의 순양함 전대가 좌현에 나타났을 때도 그는 이렇다할 지시를 내리지 않았다.

"'진원(鎭遠)'이 있구나."

그는 망원경을 들여다보면서 중얼거렸다. 막료가 번갈아 함명을 댔다.

"'마쓰시마', '이쓰쿠시마', '하시타테'가 있습니다."

"내버려 둬."

로제스트벤스키가 말했다. 그는 이미 박두하고 있는 주력 결전에 전력을 기울이려 하고 있었다. 그때까지 적의 졸개 같은 함정이 나타나더라도 묵살하는 편이 낫다. 그런 것들에 관여하여 포탄과 그 밖의 전투 에너지를 낭비하는 것은 부질없는 짓이라고 생각했다. 여기에 대해 로제스트벤스키의 태도는 시종 일관했다는 점에서 옳았다.

그런데 오전 11시 20분께 일본의 데와 시게토오(出羽重遠)가 지휘하는 제3전대의 순양함들이 지나치게 접근해 온 것이다. 특히 전함 '아료르'에 가까웠다.

싸움터에 가까워짐에 따라 전함대의 사기가 올라 나태했던 항해 중의 모습과는 아주 딴판인 함대가 되었다. 특히 전함 아료르는 사기가 높아 포원들은 동작 구석구석에 투지가 넘쳐서, 사람마다 날 때부터 신이 그와 같이 만들어 낸 이상적인 전사처럼 보였다.

특히 좌현 중간의 6인치 포를 다루는 포원들은 눈앞에 일본 순양함이 하얀 파도를 헤치면서 달리고 있는 것을 보자 더는 참을 수가 없었다.

"어째서 사격 명령이 내리지 않는거지?"

이렇게 저마다 떠들어댔다.

조준수는 머리가 터질 것처럼 긴장해 있었다. 그는 당장 명령이 내릴 것으로 믿고 있었다. 그 때문에 주위의 노성이 그의 귀를 착각시켰다.

"사격 개시! ──"

그에게는 이렇게 들린 것이다.

포성이 요란하게 울리고 포갑판은 연기에 휩싸였다. 모두 순발력있게 움직였다.

그러나 사관이 명령을 내린 것이 아니었다. 다만 조준수의 착각이 사격 명령을 기정사실로 만들었다. 이 전함 아료르의 제1탄은 무연 화약이 사용되었기 때문에 주변의 각 함은 어느 함이 발사했는지 알지 못한 채, 아마 기함 '스바로프'가 전투를 개시했나보다 하고 저마다 포문을 열었다. 특히 제3전함전대의 사격은 지나치게 활발했다.

순식간에 일본 순양함 주위에 물보라가 치솟았다. 일본 순양함들도 응사하면서 멀어져 갔다. 이윽고 기함 스바로프에 로제스트벤스키가 질책하는 신호가 올랐다.

"포탄의 낭비를 중지하라."

이 오사(誤射)는 뜻밖의 효과를 가져왔다. 달아나는 일본의 제3전대를 보고 발틱함대의 사기가 크게 오른 것이다.

"일본의 함대 따위, 대단치도 않구먼."

저마다 이렇게 말하면서 떠들어댐으로써 그 갑갑했던 개전 전의 긴장에서 빠져나오려 하는 것 같았다.

원래 발틱함대의 승조원들은 전부터 러시아의 현역병으로 편성되어 있던 여순함대에 비해 훈련도나 기량 면에서 강한 열등감이 있었다. 그 강력한 여순함대를 도고 함대가 가차없이 공격하여 침몰시켰다.

'우리는 도고를 도저히 이기지 못하는 것이 아닐까?'

모두 이런 기분이었고, 그러한 불안이 이 함대의 사기를 떨어뜨리고 있었는데 그 불안이 일시에 가신 것 같은 느낌이 전함대에 넘쳐났다.

포전은 10분 정도로 끝났다. 오사로 발사된 러시아의 포탄은 제3전대에 상처를 입히지는 않았으나, 그 대신 응사한 일본 측의 포탄도 맞지 않았다.

"대단한 솜씨는 아니야."

모두들 그렇게 안심했다.

하기야 일본 측의 포탄이 수중에 낙하했을 때의 그 이상한 모양을 많은 사람들이 깨닫고 있었다. 포탄이 바다에 빨려 들어가는 동시에 폭포가 역류하듯 해면이 부풀어 오르는 것은 어느 나라 해군의 포탄이나 마찬가지다. 다만 일본 포탄의 물보라에는 검은 연기가 막을 친 것같이 소용돌이치고 있었던 것이다.

"저것이 시모세(下瀨) 화약인가?"

전함 아료르의 융 함장이 놀라서 소리를 질렀다. 닿는 것은 모조리 불로 만들어 버린다는 시모세 화약의 이상한 위력에 대해 많이 듣기는 했으나 눈으로 보기는 처음이었다.

기함 스바로프의 브리지에서는 이 일본 포탄의 낙하 상황이 잘 보이지 않았다.

다만 귀찮게 따라오던 일본 순양함군이 허겁지겁 달아나버린 것은 로제스트벤스키도 불쾌하게 여겨지지 않았다. 그래서 그는 이 명령 없는 사격에 여느 때처럼 질책을 보내는 대신 "포탄의 낭비를 중지하라"는 정도로 그친 것이다.

기함 '스바로프'의 사관 집회실에서는 니콜라이 2세의 대관 기념 축하파티가 열렸다.

축배의 선창은 마케돈스키라는 중령이 했다.

"폐하의 신성한 대관 기념일인 오늘 우리는 미련 없이 조국을 위해 진실한 마음으로 정성을 다하고자 한다. 신의 가호가 있으시기를. 황제 폐하 및 황후 폐하, 러시아 제국 만세!"

그가 크게 소리를 치자 이에 화답하여 참석한 사관 일동이 외쳤다.

"우라(萬歲)!"

우라는 세 번 외쳐졌다.

이 세 번째 우라가 끝났을 때, 윗갑판의 한 모퉁이에서 전투 준비 나팔 소리가 울려퍼졌다. 일본의 순양함군이 다시 돌아온 것이다.

"저 봐, 되돌아왔잖아."

기함 스바로프의 브리지에서 막료의 누군가가 비명을 지르듯이 좌현 전방을 가리켰다. 확실히 '이쓰쿠시마'를 선두로 그 순양함군이 다시 나타났다. 엷은 안개를 통해 그림자처럼 흐린 함영(艦影)을 하나 둘 드러내기 시작했다.

더욱 놀라운 것은 그 일부가 발틱함대의 전방을 막으려고 속력을 내기 시작한 것이었다. 설마 전투를 할 작정은 아닐 테지, 하고 발틱함대의 막료들은 생각했다. 그대로 포화를 연다면 저 작고 늙은 일본의 순양함들은 계란껍데기처럼 박살나고 말 것이다.

확실히 '적 함대 앞을 돌파한다'는 이 명령은 제3함대 사령장관 가타오카 시치로가 자기 휘하의 제6전대(이즈미 제의)에 내린 것이었다.

그는 적의 전방으로 나아가서 정확히 감시할 수 있도록 배려했다. 아니 구체적으로는 이보다 앞서서, 발틱함대가 일본 측이 소정 침로를 알지 못하게 하기 위해 이따금 침로를 바꾸곤 했기 때문에, 가타오카는 이즈미가 앞서 보고한 대로 과연 침로가 북동인지 그것을 적의 전방에서 들여다보고 확인하고 싶었던 것이다. 이 정확을 기한다는 것과 정확을 위한 용의주도한 태도는 도고가 갖고 있는 버릇이기도 했다. 그러나 그것을 실행하려면 전멸의 위험을 무릅쓸 용기가 필요했다. 하기야 제3함대는 전멸해도 상관없었다. 그들에게 도고 사령부가 요구하는 사명은 탐색과 보고와 적의 유도이며, 머지않아 막이 오를 '미카사' 이하의 주력 결전장에서는 그다지 소용이 없기 때문이다. 만일 위와 같은 사명만 완수할 수 있다면 제3함대는 전부 가라앉더라도 일본 측으로는 극히 미미한 손실에 지나지 않았다.

한편, 이른 아침부터 적 함대의 다른 한쪽——적의 우현——에 달라붙어 떨어지지 않고 있는 이즈미는 적의 침로에 관해 계속 무전을 치고 있었다.

그런데 적의 침로라는 것은 그 옆구리에서 멀리 보고 있으면 작은 차이를 알기 어려울 경우가 많다. 가타오카가 굳이 제6전대를 적의 전방으로 보내려고 한 것은 그 때문이었다.

가타오카의 제3함대 지휘 아래가 아니라 제2함대에 속한 제4구축대——사령관 스즈키 간타로 중령——도 이 현장에 있었다는 것은 이미 말했다.

4척의 구축함을 이끌고 가는 스즈키도 가타오카와 같은 생각을 했다.

'차라리 적의 전면을 통과해 버리자.'

스즈키의 구축함 '아사기리' 이하는 29노트나 되는 쾌속을 자랑한다. 적은 12노트였다.

스즈키는 차츰 적을 앞질러 마침내 전면을 가로질렀다.

"앞에서 보면 잘 알 수 있으니까, 그보다 정확한 측정은 없었지."

스즈키가 후년에 한 말이다. 앞으로 나와 보니 놀랍게도 이즈미의 측정은 틀리지 않았다.

그런데 이 아사기리 등의 행동이 로제스트벤스키를 경악시켰다.

"그들은 우리의 진행 방향에 기뢰를 뿌렸다."

고 오인한 것이다.

스즈키로서는 적의 침로를 한 치도 어긋남 없이 확인하고 싶다는 오직 그 목적, 또는 그 자신의 용의주도한 성벽에서 나온 전면 돌파의 행동이었지만, 로제스트벤스키와 그 막료들은 설마 일본 해군에 그러한 성벽이 있어서 이 생사의 갈림길에서까지 그 버릇이 나타난 것이라고는 생각지 않았다.

"저 4척의 구축함이 기뢰를 뿌렸다."

그러고서는 갑자기 진형을 변경했다. 기뢰를 뿌렸을지도 모르는 수역을 피해 통과하려고 한 것이다.

러시아 측의 자료에도 그것에 대한 기록이 있다.

"일본인은 8월 10일(황해 해전)에도 그렇게 했다. 기뢰를 뿌렸을 가능성이 높다."

그때까지 일본의 이리들——늙다리들이기는 했으나——에게 관대했던 로제스트벤스키는 "가라앉혀 버리자"고 생각하고 기함 '스바로프' 등 최우량 전함 4척의 포화를 사용하는 동시에, 기뢰 현장을 피하기 위해 우선 제1전함전대를 우현 정면으로 전개시키기로 했다.

이 목적을 위해서 발틱함대는 서둘게 함대를 움직이기 시작했다. 먼저 제1전함전대의 각 함에 우8점으로 정면 변환하라는 명령을 내렸다. 우8점이라는 것은 우현 90도라는 뜻이다. 각 함은 차례로 이동하기 시작했다. 함마다 우현에서 큰 파도가 상갑판으로 밀려왔다. 보기에도 웅장한 광경이었다.

그러나 오른쪽으로 꺾기만 해서는 소용이 없으니까 침로를 원상으로 돌리기 위해 좌8점으로 일제히 진로를 바꾸지 않으면 안 된다.

그런데 이 후단의 진로변경에서 혼란이 일어났다.

즉 '알렉산드르 3세'가 기함 스바로프에 오른 신호를 오인——훈련도가 높아야 할 대해군국의 전함으로서는 있을 수 없는 일이지만——한 것이다. 알렉산드르 3세는 그대로 기함 스바로프의 꽁무니에 달라붙어 달리기 시작했다.

"알렉산드르 3세가 스바로프에 들러붙어 있잖아?"

다른 후속 전함의 함장들은 깜짝 놀라 오히려 자기들이 신호를 오인한 줄지레 짐작해 버렸다.

그들은 모처럼 잘하고 있던 좌8점 운동을 부랴부랴 중지하고 잘못된 알렉산드르 3세의 뒤에 가서 붙는 침로로 정정한 것이다.

"이런 바보들 같으니!"

로제스트벤스키는 함교에서 소리쳤다.

서쪽에서 불어오는 강한 바람이 그 목소리를 흩날려 버렸다.

이 진형(陣形)의 혼란은 어쩔 도리가 없었다. 특히 항해 중인 함대의, 그것도 수뇌부라고 할 제1전함전대가, 뒤따르는 제2전함전대 및 제3전함전대보다 겨우 약간 전방에 위치하면서 마치 병항하는 것 같은 뭐라 말할 수 없는 진형이 되고 말았다. 이것은 전쟁을 할 수 있는 꼴이 아니었다.

이윽고 로제스트벤스키는 이 혼란을 수습하여 전투를 위한 진형으로 돌리려고 신호를 올렸지만, 이 진형의 혼란은 곧 돌입하게 될 주력 결전의 장면에서 심한 손실을 가져오게 된다.

"함대는 군함의 집합 상태가 아니다. 함대는 함대 훈련을 쌓아올림으로써만 성립된다."

이런 세계 해군의 일반 원칙이 이 로제스트벤스키 함대에 냉소를 보냈을 것은 의심할 여지가 없다.

이 해역에 외딴섬이 있었다.

'오키노시마(沖島)'라고 부른다.

역사 이전의 고대에, 지금의 한국 지역과 일본 지역을 천조선(天鳥船)이라는 통나무배를 타고 왕래했던 사람들은, 말하자면 이 절해의 고도가 무척 신비로운 것으로 생각되었던 모양인지, 이 섬 자체를 신이라 하여 제사를 지냈다. 극동의 연안에서 고기잡이를 한 종족들은 문자가 생기고부터 그 명칭을 아즈미(安曇) 또는 무나카타(宗像) 등으로 불렀던 모양이다.

중국의 상대(上代)에는 아마 일본에서 말하는 아즈미니 무나카타니 하는 사람들과 매우 닮은 사람들로서 요동 반도나 조선 서해안에 사는 어로 집단을 예(濊)라고 불렀던 것 같다. 지금은 사라져서 흔적도 없지만, 일본의 경우 그 집단이 신앙하던 오키노시마는 아직도 규슈의 무나카타 신사의 바다의 신체(神體)로 숭배되고 있다. 금년에 학술 조사가 이루어져서 제사나 생활에 사용된 야요이식(彌生式) 토기가 많이 발견된 것으로 유명하다.

오키노시마는 섬이라기보다 해상에서 보면 거대한 암초처럼 보인다. 섬 주위는 4킬로 정도이며, 모두 깎아지른 단애를 이루고 있고, 주변 섬을 흐르는 것이 쓰시마 난류(對馬暖流)인 탓인지 이 섬은 식물학에서는 아열대수의 나무로 간주되며 빈랑나무 등의 원시림으로 덮여 있다. 무나카타의 신체 섬이기 때문에 지금도 여인은 금제되어 있고 남자만이 살고 있다. 그 거주자도 신사의 직원 한 사람과 등대지기 두 사람에 지나지 않는다. 등대는 다이쇼 10(1921)년에 건설된 것이니 러일전쟁 때는 아직 없었다.

러일전쟁 당시 이 오키노시마의 주민은 신관 한 사람과 소년 한 사람, 오직 두 사람뿐이었다.

두 사람 다 신(神)에 봉사하고 있었다.

신관은 본토의 무나카타 신사에서 파견된 무나카타 시게마루(宗像繁丸)라는 주전(主典)으로 제사를 주관한다. 소년은 잡역을 한다. 무나카타 신사의 직급으로 말하면 '사부(使夫)'이다.

소년의 이름은 사토 이치고로(佐藤市五郎)라고 했다. 메이지 19(1886)년 지쿠젠 오시마(筑前大島) 태생이고, 바다 속에서 태어난 것처럼 헤엄을 잘 쳤다. 메이지 35(1902)년 3월 후쿠오카 현(福岡縣) 오시마(大島) 고등 소학교를 나오자 곧 이 신체 섬의 사부(使夫)가 되었다.

이 두 사람만 사는 섬에, 하사관을 우두머리로 한 다섯 명의 수병이 찾아온 것은 러일전쟁이 시작됨과 동시였다.

그들은 현재 등대가 있는 이치노가쿠(一岳)——섬의 최고봉 243미터——에 망루를 만들었다. 근처를 통과하는 선박을 감시하기 위해서였다.

하기야 개전 첫해 6월 15일 미명에, 육군 부대를 실은 히타치마루(常陸丸)가 이 섬의 서남해상에서 러시아 순양함에 격침되었기 때문에 다른 설비도 설치되었다. 이를테면 시모노세키(下關)에서 오키노시마를 거쳐 쓰시마의 이즈하라(嚴原)로 통하는 해저 전선이 부설되었다. 이 때문에 통신 계원 1명, 통신 기사 2명, 전신공 1명, 여기에 망루장을 포함하여 모두 5명이 상륙한 것이다. 또 등대 대신 등간(燈竿)이라는 항로 표지도 설치되었다. 그리고 사무소 앞 바위에 8센티 해군포 일 문(一門)도 장치되었다.

이 소년 사토 이치고로(佐藤市五郎)가 이 오키노시마의 정상 가까운 커다란 나무 위에 올라가서 눈 아래 전개되는 일본해 해전을 목격한 것이다.

이 원고를 쓰고 있는 현재 사토 이치고로 씨는 병중이지만, 만 18세였던 당시의 일을 잘 기억하고 있다.

그가 매일 쓰도록 되어 있던 사무소의 일기가 남아 있다. 그 5월 27일자를 보면, 날씨는 이렇게 되어 있다.

"서풍이 강함, 흐리고 안개."

"이날은 전날 밤부터 서풍이 강하게 휘몰아쳐서 해상이 몹시 거칠었어요."

이치고로 씨의 말이다.

이 거친 해상 때문에 정오 전에 쓰시마의 오징어 배가 섬에 표착해 왔으므로, 이치고로는 어부들을 섬에 올려놓고 그 사실을 신설된 해저 전선으로 쓰시마의 이즈하라에 알려 주어야겠다고 생각했다.

"제가 해군 아저씨들에게 부탁드리겠습니다."

그 이치노가쿠 위의 망루까지 산길을 올라갔다.

망루의 병사에 들어가니 전원이 긴장된 얼굴로 뭔가 의논하고 있었다. 그는 망루장 가사기 료마(笠置龍馬) 일등 하사관에게 귀여움을 받고 있었다. 가사기에게 표착 어선 이야기를 하자 가사키는 난처한 표정으로 말했다.

"이치고로야, 오늘은 민간 전신을 칠 수가 없단다."

그리고 테이블 위의 전신 번역문을 집어 이치고로에게 보여주었다. 이치고로가 읽어보니 이렇게 적혀 있었다.

'적의 함대, 쓰시마 동수도를 통과하는 듯함. 경계를 요함.'

즉 발틱함대가 이 오키노시마 부근을 통과한다는 것이었다. 이치고로는 뜻 모를 외마디 소리를 지르며 망루 병사에서 뛰쳐나와 아래쪽 사무소까지 뛰어 내려가서, 주전인 무나카타 시게마루에게 알렸다. 이치고로는 단 한 사람의 상사인 이 주전을 '무나카타 선생님'이라고 부르며, 이 세상에서 가장 훌륭한 인물로 알고 있었다. 무나카타 시게마루는 점심 상을 앞에 놓고 빈 공기에 차를 따르는 중이었다. 이치고로의 보고를 듣더니 응, 하고 고개를 끄덕이고는 묘하게 태연자약했다.

그 직후 사무소의 전화가 울렸다. 산꼭대기의 망루와 전화가 가설되어 있었다. 무나카타 시게마루(宗像繁丸)가 수화기를 집어 들자 망루의 수병 목소리가 튀어나오더니 곧 끊어졌다.

"발틱함대가 오키노시마 근해에 접근했습니다."

무나카타는 우뚝 선 채 서서히 안색이 변하더니 그 자리에서 옷을 훌훌 벗어 던졌다.

"이치고로, 가자."

그는 외치기가 바쁘게 해변으로 달려 내려가 바위 위에서 바다에 뛰어들어 목욕재계한 다음 외관을 차려입고 신전으로 달려 올라갔다. 언덕을 다 올라갔을 때, 서남 앞바다 쪽에서 섬광이 한번 번쩍 하더니 사라졌다. 이어서 몸이 오그라드는 듯한 포성이 들려왔다.

"그것이 그 대해전의 첫 포성이었지요."

그가 말했다. 시간으로 보아 발틱함대가 귀찮게 달라붙는 일본의 순양함을 향해 쏜 포성이었던 것 같다.

무나카타는 신전에서 열심히 축문을 외었다. 그동안 포성이 잇달아 울려왔다. 무나카타의 뒤에 앉아 있는 이치고로는 몸이 자꾸만 떨리고 왠지 눈물이 쏟아져서 어찌할 바를 몰랐다.

운명의 바다

연합함대는 계속 남하하고 있었다.

기함 '미카사'의 함장 이지치 히코지로(伊地知彦次郎) 대령은, 이 당시 해군에서 가장 우수한 뱃사람이라는 말을 듣고 있었다. 그는 발틱함대의 기함 '스바로프'의 함장 이그나티우스 대령과 단 한 가지 공통되는 점이 있었다. 해전(海戰)이 벌어지면 저편과 이편의 포탄이 서로의 기함에 집중되어 아마 살아서 고국 땅을 밟지 못할 것이라는 점이다.

이지치는 싸움터로 가는 항해 중에 전원에게 작별 인사를 해두어야겠다고 생각했다.

그는 전원을 뒷갑판에 모아놓고 한 단 높은 자리에 섰다.

이때 풍력은 6이었다. 풍향은 편서였으며 파도는 여전히 높아, 미카사와 같은 전함도 옆으로 심하게 흔들릴 정도였다. 그 때문에 뒷갑판에 정렬한 전원은 모두 두 다리를 버티고 서 있어야만 했다.

이지치는 모음을 길게 끄는 사쓰마 억양이 강한 말투로 소리쳤다.

"지금부터 본관이 최후의 훈시를 한다."

바람이 목소리를 날려버려서 뒷줄에 선 사람들은 잘 들리지 않았다.

이지치의 훈시는, 우리 함대는 지금부터 2, 3시간 후에 발틱함대와 맞서게 되었다, 오랫동안 진해만에서 거듭한 훈련은 오로지 이 일전(一戰)을 위한 것이었다, 온 국민이 우리에게 기대하는 바가 매우 크다는 내용이었으며 마지막으로 "이 세상에서의 마지막 만세를 외치자" 하고 말하자 모든 사람들이 목청껏 조국의 영원을 위한 만세를 외쳤다. 그 목소리는 일본해의 노도 위를 달려갔는데 기묘하게도 그것이 메아리가 되어 돌아왔다. 모두들 그 메아리를 들었다. 산도 섬도 없는데 메아리가 울릴 까닭이 없으니, 사람들의 환청이거나 아니면 우연히 다른 함의 만세 소리가 희미하게 들려온 건지도 모른다.

전함 '아사히'의 기관실에서는 기관장 세키 시게타다(關重忠)가 사진기를 손질하고 있었다.

그는 당시로서는 보기 드물게 사진에 취미가 있어서 사진관에 있는 그 큼직한 카비네형 삼각대가 딸린 기계를 갖고 있었다. 일본 해군에서 개인적으로 사진기를 갖고 있는 사람은 10여 명이었으나 촬영 기술이 확실한 사람은 이 세키 시게타다 정도였고, 그 당시 작전 중인 군함의 사진은 거의 다 그가 찍은 것이었다. 그러나 막상 전투가 시작되면 세키는 기관실에서 나올 수 없기 때문에 정작 중요한 전투 실황을 촬영할 수는 없었다.

"자네가 꼭 찍어주게."

세키는 한 서양인에게 부탁했다.

그 서양인은 W. 페케넘이라는 영국 해군 대령으로, 관전 무관이라고는 하나 아무래도 전사할 확률이 매우 높다는 것을 각오하고 있었다.

세키 시게타다는 전에 7년 동안 영국에 유학했기 때문에 영어가 유창했다. 그래서 페케넘 대령을 위해 줄곧 통역을 맡아주었다.

세키는 해전 실황을 찍을 수 없게 된 것을 원통하게 생각하고 이에 앞서 페케넘에게 권하여 코닥을 사게 했다.

"함교 위에 서 있으면 날아오는 포탄도 찍을 수 있을 거야."

페케넘은 명랑하게 웃었으나, 관전이라는 목적만으로 전투 중에 함교에 올라간다는 것은 여간 용기가 필요한 일이 아니었는데, 이 영국인은 그런 것은 예사인 듯했다.

'오키노시마 서쪽'이 도고 사령부가 산출한 적과 만날 지점이었다. 그런데 도고의 남하군은 너무 빨리 예정 싸움터 부근에 와 버렸다. 정오경 도고의 장대한 단종진의 선두에 선 '미카사'가 오키노시마 북방 15해리 지점에 이르고 만 것이다.

"이제 올 때가 됐는데."

함교 위에서 참모인 이다 히사쓰네(飯田久恒) 소령이 같은 참모인 기요카와 준이치(淸河純一) 대위에게 소곤거렸다. 이다(飯田)도 기요카와(淸河)도 당시 외눈 안경으로 통칭되고 있던 고정된 망원경으로 우현 쪽 수평선을 계속 지켜보고 있었다. 이 망원경은 배율이 낮았는데, 이 무렵에는 세계 어느 해군에서나 일반적으로 이 망원경이 사용되고 있었다.

도고만이 개인 소유이지만, 독일의 차이스가 개발한 배율이 높은 '뿔모양 안경'――프리즘 쌍안경――을 목에 걸고 있었다.

도고는 그 쌍안경을 사용하지도 않고 묵묵히 우현(右舷) 쪽을 바라보았다. 안경을 사용할 것도 없이 자욱한 수증기의 커튼이 드리워져 있어 시계는 여전히 5해리 정도였다. 이 정도라면 안경이 필요 없었으며 육안으로 충분했다.

그래도 그만 초조한 마음에 쌍안경을 들여다보게 되었다. 어떤 경우에도 냉정한 태도를 흐트러뜨린 적이 없다는 참모장 가토 도모사부로 소장조차 눈을 망원경에 갖다 댔다.

"무리군요."

부관 나가타 야스지로(永田泰次郎) 중령이 중얼거렸다.

'그는 뭐랄까, 좀 이상한 사람이었어.'

그 기행으로 해군에 두고두고 전설 같은 이야기를 남긴 아키야마 사네유키(秋山眞之)만이 두 눈을 부릅뜨고 좌현(左舷) 앞바다를 쏘아보고 있을 뿐이었다. 그는 망원경을 사용하지 않았다. 망원경을 아예 갖고 있지도 않았다.

그것은 그의 지론에 의한 것이었다.

'응시만 하면 육안으로 충분하다.'

평소부터 이렇게 말하고 있었으며, 이때도 육안으로 주변을 두리번거리고 있었던 것이다.

함교는 무척 높은 곳에 있었다. 눈 아래에 전부(前部) 주포의 포탑이 있고, 두 개의 주포가 튀어 나와 있다. 함교의 바닥은 나무였으며 공간이 좁아 함교 주변은 간단한 난간으로 둘러쳐져 있고 해먹으로 방어되어 있었다. 그

뿐이었다. 주위는 바람이 그대로 휘몰아치고 허전해서, 고소 공포증이 있는 자라면 아찔해질 정도의 높은 노천대였다.

정오가 좀 지나서 발틱함대를 '마중'하고 있는 가타오카 시치로의 제3함대로부터 전신이 들어왔다.

"적은 이키노쿠니(壹岐國)"

무전은 옛 호칭을 사용하고 있었다.

"이키노쿠니 냐쿠지마(若宮島) 북방 12해리에서 북동미동(北東微東)으로 항해 중, 속력은 20노트."

이 제3함대의 유도는 참으로 효과적이었다.

그 덕분에 미카사의 항해 참모는 적절히 침로를 바꾸어 가기만 하면 적과 만날 수 있는 것이다. 이번 경우에는 침로를 오른쪽으로 꺾어 서쪽으로 향했다.

파도가 높아졌다.

산더미 같다는 관용 표현이 그대로 들어맞는 큰 파도로, 마치 산맥을 이룬 듯한 파도가 뱃머리에 격돌하여 부서지고 흩어져서 앞 윗갑판을 씻을 뿐 아니라 열풍이 불어내는 물보라가 아득히 높은 함교에까지 튀어 올랐다.

함교에 있는 도고는 이치몬지 요시후사(一文字吉房)의 장검 끝을 마룻바닥에 소리 내어 떨어뜨리고는, 두 다리를 조금 벌린 채 꼼짝도 하지 않았다. 발아래 바닥은 물보라로 흠뻑 젖어 있었다. 참고로 도고는 전투가 끝난 뒤에야 겨우 함교에서 내려왔는데, 그가 사라진 뒤 그 구두 자국만이 말라 있더라는 목격담이 있다.

해전사상, 이 가타오카의 제3함대만큼 수색 부대로서의 능력을 고도로 발휘한 예는 없었다.

'적을 보기 전에 적의 진형 및 그 밖의 것을 알 수 있었다'는 뜻의 보고문을 나중에 아키야마 사네유키가 초안하여 도고가 대본영에 제출했다.

"적은 2열 종진으로 오고 있다."

이러한 뜻의 무전이 가타오카한테서 들어왔다.

그러나 정연한 2열 종진이라고 할 수 있을 것인지?

로제스트벤스키는 실은 정석대로 단종진으로 싸우고 싶었다.

그런데 이미 말한 것처럼 그가 데와(出羽)의 제3전대를 쫓아 버리려고 함대에 진형을 지시했을 때, 전함 '알렉산드르 3세'가 신호를 잘못 본 데서 대혼란이 일어나 진형이 묘하게 되어 버렸다.

'스바로프' 이하의 제1전함전대가 선행하고, 그 좌익에 병행하여——즉 두 줄이 되어——'오스라비아' 이하의 제2전함전대가 달리고, 이어서 제3전함전대가 허겁지겁 뒤를 따르는 식이 되었다. 두 줄이었다.

아니 두 줄도 아니었다.

이들 외에 제1순양함전대가 약간 떨어져서 좌우에 전함의 장사진을 바라보며 한가운데로 끼어든 것이다.

"적은 무리를 지어 다가왔다."

이 뒤에 실제로 발틱함대를 보았을 때 일본 측이 느낀 대체적인 인상이었다. 확실히 무리를 짓고 있었다.

기함 스바로프의 함교에 있던 로제스트벤스키의 배후에 그가 이른 새벽까지 앉아 있던 안락의자가 놓여 있었다.

그는 자기 함대의 이 혼란에 다소 초조해졌다. 그러나 이전의 그 같으면 미친 개처럼 고래고래 소리를 지르고 날뛰었을 테지만, 전투를 앞두고 있는 상황에서는 역시 제독답게 침착을 유지했다.

그는 데와(出羽)의 제3전대가 자욱한 수증기 저편으로 달아난 뒤, 목적했던 단종진을 만들기 위해 신호기를 기함 스바로프의 마스트에 올리게 했다.

"제2전함전대는 제1전함전대의 후미로 돌아가라."

그러나 12노트의 속력으로 항진 중인 함대가, 달리면서 단시간에 진형을 바꾸는 재주는 웬만큼 훈련이 잘된 해군이 아니면 불가능에 가까웠다. 이 고도의 재주를 부릴 수 있는 함장들을 가진 것은 지구상에서 영국 해군과 일본 해군뿐이었는지도 모른다.

'2열'을 해체하고 단종진을 만들기 위해서는 먼저 로제스트벤스키가 직접 인솔하는 제1전함전대가 속력을 높이지 않으면 안 된다. 제1전함전대는 명령대로 속력을 높였다.

이와 더불어 좌익에서 나아가는 제2, 제3전함전대는 똑같이 속력을 줄여야 한다. 로제스트벤스키는 그들에게 '2노트를 줄이라'고 명령했다. 그러나 어찌된 까닭인지 좌익에서 가고 있는 제2, 제3전함전대가 쉽게 속력을 줄이지 않았다. 이유는 알 수 없다.

굳이 말한다면, 심리적인 것이었는지도 모른다. 이미 일본해의 현관에 들어와 있었다. 목적지인 블라디보스토크까지 전력을 다해 도주하는 것이 항해의 주목적인 이상, 감속하면 처져서 적지에 남게 된다는 공포를 느꼈을지도 모른다.

"적의 2열 종진 가운데 좌익 종진이 약한 것 같군요."

'미카사'의 함교에서 아키야마 사네유키(秋山眞之)는 가타오카(片岡)가 보낸 전신을 통해 보이지 않는 적을 상상하여 말했다. 확실히 좌익은 제2, 제3 전함전대이므로 전함의 질이 제1전함전대보다 낮다.

"좌익을 칩시다."

가토도 동의하고, 그렇게 함대를 움직이도록 침로를 지시했다.

'적인가?'

기함 미카사의 함교에서 이런 소리가 나온 것은 오전 1시 15분이었다.

확실히 남서미서에 수 척의 군함의 모습이 보였다. 그러나 곧 적이 아니라는 것을 알았다. 적 수색에 나가 있던 일본국의 배였으며, 해군 전술을 최초로 개발한 야마야 다진(山屋他人)을 함장으로 하는 가사기 이하의 순양함 4척(제3전대)이었다.

여순 봉쇄로 유명한 아리마 료키쓰(有馬良橘)를 함장으로 하는 오토와(音羽), 그리고 '지토세(千歲)'와 '니타카(新高)' 등이었다.

그들은 도고의 전열에 부랴부랴 참가하려고 빠른 속도로 다가왔다.

곧 서쪽 앞바다에 점점이 군함의 모습이 떠오르기 시작했다. 함교는 다시 긴장했으나 이것도 우군이었다.

발틱함대를 유도하려고 접촉을 계속하고 있던 가타오카의 제3함대 주력 제5전대였다. 기함 '이쓰쿠시마(嚴島)'가 보였다. '진원', '마쓰시마', '하시타테'와 나란히 오는 그 모습이 차츰 커졌다. 다시 2, 3천 톤의 작은 3등 순양함도 나타났다. 제3함대의 제6전대였다. 이날 이른 새벽부터 적에게 끈질기게 접근해 있던 '이즈미'가 재빨리 되돌아오고 있고 그밖에 '스마(須磨)', '아키쓰시마', '지요다'가 뒤따르고 있었다. 지요다의 함장은 히가시 후시미노미야 요리히토(東伏見宮依仁) 친왕이라는 황족이었다.

"제3함대 뒤에 발틱함대가 따라오고 있다."

미카사의 함교에서 누군가가 소리쳤다. 아직 적의 모습은 보이지 않았으나 제3함대가 그들을 유도하고 있다는 것은 쉴 새 없이 들어오는 전신으로 잘 알고 있었다.

제3함대의 임무는 이 유도로서 절반은 끝났다고 할 수 있었다. 그들은 말하자면 적 전함의 주포를 맞으면 단숨에 박살이 나버릴 노후함과 소함의 집단이었으며 주력 결전에 도움이 될 만한 군함이 아니었으므로, 유도임무가 끝나면 무대를 미카사 이하의 주력 함대에 물려주고 후방으로 물러나게 되어 있었다. 이러한 역할의 배치는 모두 사네유키의 구상에 의한 것이며 그것은 모두 기대 이상으로 잘 되고 있었다.

일본해 해전 때 일반인으로서 유일한 목격자인 오키노시마의 사토 이치고로 소년에 관해서는 이미 말했지만, 이치고로는 이 무렵 섬의 커다란 나무 위에 올라가 가지에 걸터앉아 바다 위를 살펴보고 있었다.

지금은 80살의 노인이 된 이치고로 씨의 말이다.

"그러는 동안에 '이즈미'와 또 한 척의 작은 순양함이 섬에 밀려오듯 다가 왔지."

이즈미 등이 도피해 왔던 모양이다. 이치고로 소년의 눈에는 아직 도고의 주력 함대는 보이지 않았다. 그보다 먼저 서북 해상에 출현한 발틱함대가 보인 것이다.

"두 줄로, 마치 바둑돌을 나란히 놓은 것처럼 저렇게도 정연하게 대오를 짤 수도 있구나, 하는 생각이 들더군. 그 함대의 위용을 본 놀라움은 지금도 온 몸에 남아 있어."

시간과 공간이 차츰 압축되어 갔다. 시시각각 좁아져 가는 그 시공은 그날 그 순간만 성립되었던 것이 아니라 역사 자체가 과열되어 돌을 녹이고 쇠마저 타오르게 할 정도로 압축열을 높이고 있었다고 할 수 있지 않을까?

일본 역사를 어떻게도 해석하고 논할 수 있겠지만 일본해를 지키려는 이 해전에서 일본 측이 졌을 경우 그 결과에 대한 상상만은 한 가지밖에 없다는 것은 확실하다. 일본도, 그 후의 오늘날의 일본도 존재하지 않았으리라는 것이다.

그 틀림없는 개연성은, 먼저 만주에서 잘 싸우고 있으면서도 결과적으로 전력을 소모하고 있는 일본 육군이 단번에 고군(孤軍)의 운명에 빠져 반년도 못 가 전멸하고 말리라는 것이었다.

당연히 일본은 항복한다. 그 당시 일본 정부는 일본 역사 속에서 가장 외교 능력이 뛰어난 정부였기 때문에, 아마 열강의 균형 역학을 이용하여 반드시 전국이 러시아 영토가 되지는 않는다 하더라도, 최소한 쓰시마 섬과 함대 기지인 사세보는 러시아의 조차지(租借地)가 될 것이고 홋카이도(北海島) 전역과 지시마(千島) 열도는 러시아령이 되리라는 것은, 그 당시의 국제 정치의 관례로 보더라도 충분히 가능성이 있었다.

물론 동아시아의 역사도 그 후와는 다른 것이 되었을 것이 틀림없다. 만주는 이미 개전 전에 러시아가 사실상 주저앉아 버린 현실이 그대로 국제적으로 인정될 것이고, 또 이씨 조선도 거의 러시아의 속국이 되어 적어도 조선의 종주국이 중국에서 러시아로 바뀌었을 것이 틀림없으며, 더 말하면 일찍부터 러시아가 눈독을 들이고 있던 마산항 이외에 원산항, 부산항이 조차지가 되고, 인천 부근에 러시아 총독부가 출현했을 것이라는 상상을 막을 수 있는 것은 거의 없다.

일본해 해전은 막부 말에서 메이지 초기의 혁명 정치가인 기도 다카요시(木戶孝允)가 생전에 입버릇처럼 말하던 '계축 갑인 이래'라는 역사의 한 시대의 획기적인 완성 현상이라고도 할 수 있는 것이었다.

계축년은 페리가 온 가에이(嘉永) 6년(1853년)을 말하며, 갑인년은 그 다음해인 안세이(安政) 원년을 말한다. 이 시기 이래 일본은 가열된 국제 환경 속에 뛰어들어 존망의 위기를 부르짖는 지사들을 대거 배출했으며, 한편 막부나 여러 번은 에도 시대 과학의 전통에 서양 과학을 접목하여, 마침내 메이지 유신의 성립과 더불어 그 급속한 전환이라는 점에서 세계사상의 기적이라 일컬어지는 근대 국가를 성립시킨 것이다.

동시에 해군 제도를 도입하여 국산 함선을 만드는 한편, 해상으로 오는 열강의 침입을 막을 수 있는 전략을 철저히 검토하고 확립해서 야마모토 곤노효에(山本權兵衛)를 정점으로 하여 승리를 위한 함대의 정비를 이룩했다.

요컨대 모든 의미에서 이 순간부터 펼쳐질 해전은 계축 갑인 이래의 일본이 비축한 에너지의 실험장이라고 해도 무방하며, 또한 두 나라가 서로 세계 최고 수준에 있는 해군의 전력을 쏟아부어 일정 수역에서 결전을 벌인다는 것은 근대 세계사상 유일한 사례로 그 이후에도 그런 예를 보지 못한다.

기함 '미카사'가 마침내 로제스트벤스키의 대함대를 발견하게 된 것은 오후 1시 39분이었다.

"좌현 남방"

엄밀하게는 남서일 것이다. 그 앞바다의 자욱한 젖빛 수증기 속에 점점이 검은 얼룩이 번지는가 싶더니, 자욱한 수증기의 캔버스를 찢듯이 뜻밖에 커다란 군함의 모습이 잇달아 나타났다. 시계(視界)가 넓지 않았기 때문에 발견했을 때는 이미 지척의 거리에서 서로 마주치고 만 것이다.

미카사의 함교에서는 "왔다!" 하는 말조차 하는 자가 없었다.

불그스레한 얼굴에 뻣뻣한 턱수염을 기른 함장 이지치 히코지로는 처음에 잠깐 쌍안경을 들여다보았을 뿐, 눈을 가늘게 뜨고 적의 모습을 줄곧 지켜보고 있었다.

나침반 옆에 있던 항해장 누노메 미쓰조(布目滿造) 중령은 해도를 들여다보며 적과 아군의 위치를 재고 있었고, 그 약간 뒤쪽에 포술장 아보 기요카즈(安保淸種) 소령이 탄도의 시간을 재기 위한 크로노그래프(초시계)를 쥐고 적을 응시하고 있었다.

참모장 가토 도모사부로(加藤友三郎) 소장은 쌍안경을 눈에 댄 채 미동도 하지 않았다.

도고 헤이하치로는 이들 막료들보다 반 걸음쯤 앞에 나가 서 있었다. 따라서 그는 연합함대의 누구보다 적에 가까운 위치에서 자신의 몸을 노출하고 있는 셈이었다. 도고는 목에 건 그가 자랑하는 쌍안경을 잠깐 들여다보았을 뿐 남보다 월등히 시력이 좋은 육안으로 적을 포착하려 하고 있었다. 그는 두 다리를 쉬어 자세로 약간 벌리고 왼쪽에 장검 손잡이를 쥔 채 몸을 움직이지 않았다. 그의 통솔에 관한 신조는 아무래도 사령장관은 전군의 선두, 더욱이 노출된 공중(空中)——앞 함교——에서 미동도 하지 않는 데 기본을 두고 있는 듯했으며, 그 모습은 일종의 움직이지 않는 마리지천(摩利支天 : 불교의 수호신)을 보는 것 같았다고 한다.

이 함교에서 크로노그래프를 쥐고 있던 아보 기요카즈는, 뒷날 이렇게 되풀이하여 말하고 있다.

"그 순간의 미카사 함교에서의 광경은 뭐라고 할까, 장엄하다고밖에 형용할 수 없는 것이었다."

선임참모인 아키야마 사네유키는 그들보다 왼쪽으로 약간 뒤에 떨어져서, 아키야마 집안의 용모상의 특징인 높은 코에 바람을 맞으면서 고개를 숙이고 노트에 적의 상황을 기록하고 있었다. 그런 점에도 무언가 색다른 사람이라는 냄새가 풍겼다. 자리에서 노트에 기록하는 것이 과연 필요한 일인지 다른 사람들은 잘 알 수 없었다.

이들 막료 뒤에 레인지파인더(測距儀)를 들여다보며 적과의 거리를 재고 있던 사관이 이따금 큰 소리로 거리를 외쳤다.

쌍안경으로 확대해 보니 발틱함대의 함체는 일본 군함이 진한 회색인 데 반해 새까맣게 칠해져 있어 하늘색과 구별하기 쉬웠고, 게다가 연통이 노란 색인 것도 일본 측의 식별을 도왔다. 이 노란색은 보는 사람에 따라 다소 색깔이 달라 보였던 모양이다.

이를테면 '미카사'와 '시키시마'에 이어 파도를 헤치고 있던 전함 '후지(富士)'의 후부 포탑의 포원이었던 니시다 스테이치(西田捨市) 삼등 하사관의 느낌으로는 '어딘지 희끄무레한 적토색'이었다고 한다.

'적은 자욱한 수증기의 벽을 뚫고,'
이 표현을 사용한 인상기(印象記)도 있다.

확실히 자욱한 수증기의 벽을 뚫고 한 척씩 차례로 도고의 시계에 들어왔다는 형용은 인상으로서 정확했는지도 모른다.

그 발틱함대 전부가 자욱한 수증기의 커튼을 배경으로 꽁무니는 약간 어렴풋하지만 주력의 전체 모습을 도고의 시계에 다 드러낸 것은 오후 1시 45분쯤이었던 것 같다.

쌍방의 거리는 대략 1만 2천 미터 정도였다.

도고는 전부터 막료들에게 거듭 말해 왔다.

"전투는 7천 미터 이내에 들어가지 않으면 포화의 효과가 오르지 않는다."

그것은 막료들의 방침이라기보다 각오같은 것이었다. 적은 9천 미터 정도라도 마구 쏘아올 것이다. 도고는 그 포탄을 덮어 쓰면서 침묵 속에 접근하여 명중률이 높은 사정거리 안에 들어갔을 때 맹렬히 사격을 개시할 작정이었다.

함교에 있는 기함 포술장 아보 소령은 미카사의 전포화를 지휘할 뿐 아니라 사실상 함대 자체의 사격을 지휘하지 않으면 안 되는 책임을 지니고 있었다. 그는 이미 도고의 그런 말을 듣고 각오하고 있었다.

'오늘은 과감한 접전을 하실 방침인 게 틀림없다.'
'과감한 접전'

아보(安保)의 상상은 그 후에 실현되는 도고의 지휘에 의해 상상과 상식을 초월한 접전임을 알게 된다.

아무튼 이날 오후 1시 40분쯤 쌍방의 거리가 대략 1만 2천 미터쯤 됐을 때 도고가 중얼거린 말을 곁에 서 있던 참모장 가토는 오래도록 기억하고 있었다.

"이상한 모양새군."

도고는 태연했으며 그 표정과 목소리도 평소와 조금도 다르지 않았다.

그의 해군 생활은 막부 말에 시작되어 40년에 가까웠고, 그 실전 경험은 사쓰마와 영국의 전쟁 이래 전 세계 어느 군인보다도 풍부했으며, 이 막다른 순간에 이르러서도 흥분하는 일이 없었다.

'모양새'라는 것은 진형을 말한다. 확실히 도고의 배율 10배의 쌍안경에 비친 발틱함대는 묘한 진형을 취하고 있었다.

'당당한 2열 종진'이라는 인상을 받은 목격담이 많은데, 그러나 실제로는 그렇지 않았다. 로제스트벤스키는 러시아 해군 비장의 수재 제독이었다고는 하지만 도고와 같은 실전 경험을 갖고 있지 않았다.

해전을 하는 경우 단종진으로 하지 않으면 자기편의 포화 효력을 충분히 올릴 수 없다는 것을 로제스트벤스키는 잘 알고 있었다. 다만 이 수재는 일본해의 현관에 들어가려는 마지막 단계에서 귀찮게 붙어 다니는 일본의 수색 함대——데와의 제3전대——인 보잘 것 없는 순양함들을 쫓아 버리려고 쓸데없는 짓을 하여 진형을 바꾸었다. 이것이 로제스트벤스키의 중대한 실수였다는 것은 이미 말했다. 2열 종진이 되었다. 그것을 단종진으로 바꾸려고 부랴부랴 신호를 올리기도 하고 속력을 조정하는 동안, 결전의 시간과 장소에 돌입하고 만 것이다.

엄밀히 말하면, 2열도 아니었다. 제1전함전대의 우현에서 그의 시중이라도 들 듯 제1구축함대가 나란히 항진하고, 그 제1구축함대 뒤에 특무선대가 있었으며, 특무선대 후미 좌현에 제2구축함대가 나란히 나아갔다. 다시 제1전함전대의 좌현에서 좀 쳐져서 제2전함, 제3전함전대의 종진이 달리고 그 전체의 중앙 후방에 제1순양함전대가 있었으니 확실히 '이상한 모양새'였고, 진형이라기보다 한꺼번에 몰려서 항진하고 있다는 것이 정확한 표현일 것이다.

러시아 측으로 눈을 돌린다.

제2전함전대의 최후미를 달리고 있는 장갑 순양함 '나히모프'의 사관이었던 자초르츠이의 수기에는 이렇게 씌어 있다.

"일본 함대가 우리 좌현에 출현한 것은, 1905년 5월 27일 오후 1시 30분──실제는 29분──이었다. 그때 발틱함대는 해협의 가장 좁은 곳에 있었다."

'해협의 가장 좁은 곳에 있었다.'

어디까지나 우연이었던 것처럼 말했지만, 도고와 그 막료들은 적과 이 장소에서 만나기 위해 일부러 계산하고 행동했던 것이다.

"병사들은 오래 전에 점심 식사를 마쳤다. 좀 침착한 자들은 식후 한때의 휴식을 취하고 있었다."

확실히 러시아인의 신경은 거대한 운명을 앞두고 뜻밖이라 할 만큼 여유를 갖고 있었다.

이를테면 제1전함전대의 전함 '아료르'에서는 러시아 해군의 습관인 점심 식사 후의 낮잠까지 자는 자도 있었다. 그 습관이 이날도 지켜진 것이다. 낮잠에서 깨어난 것은 오후 1시 20분이었다. 호령으로 종료가 알려졌다. 낮잠 뒤에는 러시아인의 일상생활에서 빼놓을 수 없는 차 마시는 시간이다. 러시아 군함에는 러시아의 어느 가정에나 있는 구리 주전자가 있었다. 낮잠 종료의 호령 뒤에는 차를 마시라는 호령이 내려진다.

병사들은 저마다 찻잔을 손에 들고 차 끓이는 거대한 기계 앞으로 달려간다. 인간이 그 정신의 질서와 안정을 지키기 위해서는 어떤 경우에도 습관에서 멀어지면 안 된다는 철칙이라도 있는 것처럼, 호령도, 호령에 따라 달려가는 병사도, 그리고 뜨거운 액체를 식도에 부어넣는 생리적인 작업도 평소와 조금도 변함이 없었다.

다만 그때에는 아직 일본 함대는 출현하기 전이었고, 병사들이 찻잔을 입에 댄 뒤 적어도 10분 후에 나타났던 것이다.

"일본 함대는 단종진을 짜고 굉장한 속력으로 우리 제2전함전대 후방의 수송선 방향으로 진행해 오고 있었다."

요컨대 도고 함대는 남하해 왔고 발틱함대는 북상하고 있었다. 그 도고 함대는 자초르츠이가 '우리 제2전함전대'라고 말하는 발틱함대의 취약부로 보이는 좌익──제2제3전함전대──을 향해 다가왔다.

전함 '아료르'의 전부 상갑판에는 일본 함대를 보기 위해 사관과 병사들이 모여 있었다.

"저건 '미카사'잖아."

이렇게 소리친 사관의 목소리가 인상적이었다.

아직 일본 함대의 세력을 다 볼 수는 없었고, 선두의 군함과 그에 이은 10척 가량이 보이는 정도였다. 그 선두에 미카사가 파도를 박차고 있는 것이 모든 사람들에게 무언가 환상을 보는 듯한 이상한 느낌을 주었다.

미카사는 여순 봉쇄 작전 때 기뢰에 닿아 가라앉은 것으로 믿고 있었던 것이다.

"설마!"

믿지 못하는 사관도 있었으나, 일본의 함형을 기억하고 있는 사람들은 모두 그것이 미카사라는 것을 인정하지 않을 수 없었다. 그때 하늘을 덮고 있던 구름이 약간 걷혀서 강한 햇빛이 해면을 비추었다. 틀림없는 미카사였다. 진한 회색의 미카사는 때마침 내려쬐는 광선 아래에서 파랗게 빛나는 것처럼 보였다.

기함 '스바로프'의 전부 함교에 있던 로제스트벤스키는 도고가 그를 발견한 것과 같은 시간에 그도 도고의 미카사를 자욱한 수증기 저편에서 발견했다.

"각하 보십시오. 도고는 8월 10일과 같은 진형으로 오고 있습니다."

로제스트벤스키에게 이렇게 소리친 것은 기록 담당 막료로 다른 사람의 3배나 되는 지방분을 몸에 지니고 있는 블라디미르 세묘노프 중령이었다.

세묘노프 중령은 다소 문필의 재능은 있었으나 불행하게도 함대 작전과 그 밖의 함대근무에 없어서는 안 될 인물로 여겨지고 있지는 않았다. 그는 작전 회의에서 소외되었을 뿐 아니라 어떤 임무도 맡겨지지 않았다. 그는 이 불명예를 분노의 형태로 항상 간직하고 있었으며 그의 동료 전원을 저주스럽게 생각했을 뿐 아니라, 그것을 평생 잊지 않은 놀라운 집요함을 갖고 있었다.

그러나 이 고독한 해군 작가의 구원은, 오직 한 사람의 인간에 대해서만 그 모든 결점을 오히려 장점으로 봐 주는 애정을 가지고 있다는 점이었다. 단 한 사람의 인간이란 사령관 로제스트벤스키를 말한다.

러시아 해군성이 그에게 기대하고 있는 것은 이 함대가 연출하고 있는 세계사적인 거사를 그 명문으로 후세에 남기는 일이었다.

그러나 결과적으로는 기록자로서의 그의 재능은 빈약했다고 하지 않을 수 없다. 그의 문장은 조선기사 폴리투스키가 젊은 아내에게 계속 적어 보낸 편지의 문장보다 훨씬 조잡하고 기록성도 더 적었다.

'로제스트벤스키의 항해'라고 부르는 이 장기간의 대항해에 관한 기록을 세묘노프는 아예 게을리 해 버렸고, 또 러시아인이 군함이라는 근대 기술의 정수를 모은 물체를 타고 바다에 떴을 때의 무수한 과제에 대해서도 언급한 것이 아무것도 없었다.

세묘노프는 군인으로서도 기록자로서도 분석 능력은 없었으나 오직 한 가지 정신은 완고하게 간직하고 있었다.

'이 함대는 반드시 이긴다'는 신념이었다. 이 신념은 황제에 대한 충성심과 애국심에서 나왔겠지만, 엄밀한 뜻에서의 애국심이 아니라 단순히 자기애가 확대된 것이었는지도 모른다. 그는 냉정한 관찰자라기보다 뜨뜻한 서사시적 글재주의 소유자로 어쩌면 영웅시를 쓰기에는 적당한 사람이었는지도 몰랐다. 사실 그는 이 일본해에서 로제스트벤스키를 찬양하는 영웅시를 쓸 작정이었고, 지금부터 일어날 해전은 그에게 있어서는 일어나기 전부터 주제가 정해져 있는 것이었다. 말하자면 위대한 통솔자인 로제스트벤스키가 도고와 그 함대를 바다 밑에 가라앉혀 버린다는 것이었다.

세묘노프 중령이 그런 웅대한 시를 쓸 예정으로 있다는 것은 대 영웅의 예정자인 로제스트벤스키 자신은 물론 알고 있었고, 그러한 시인을 군대가 거느리고 가는 것은 러시아의 관습이기도 했으며, 그 때문에 로제스트벤스키도 별로 겸연쩍음 같은 것은 느끼지 않았다.

이 함대의 군함마다 세계를 정복할 의무를 상징하는 성 안드레예프의 군함기가 나부끼고 있었는데, 그 군함기에 가장 적합한 인물은 바로 이 시인 중령이었으며, 그는 자기의 시를 완성시키면 아무튼 그의 제독이 이겨주지 않으면 안 되었다.

"도고는 8월 10일과 같은 진형으로 오고 있습니다."

세묘노프 중령이 외친 그 진형은 그의 말과는 달랐다. 도고는 8월 10일――황해 해전――과는 다른 진형으로 왔다.

그러나 세묘노프는 그렇게 외치지 않을 수 없었다. 막료 가운데 그만이 일찍이 여순함대에 속하여 그 치열했던 황해 해전에 참가한 생존자였다. 그의 입버릇에 의하면 "시모세 화약 냄새를 알고 있는 사람은 나뿐이다"라는 것이었다. 게다가 그는 그 문장으로 사관학교에서 1등이니 2등이니 하는 이력을 가진 다른 막료들을 저주하며, '그들은 책상 위의 수재인지 모르지만 실전을 모른다. 하물며 도고의 버릇도 모른다. 그런 것을 모두 알고 있는 나를 제쳐놓고 어떻게 도고와 싸울 수 있단 말인가'라고 말한 것처럼, 그에게는 8월 10일이 자신의 의지처이자 자기현시를 위한 공간의 의미였다.

메이지 37(1904)년 8월 10일의 황해 해전은 도고에게는 괴로운 싸움이었다. 여순함대가 6척의 대전함을 갖고 있는 데 비해 도고는 '하쓰세(初瀨)'와 '야시마(八島)'를 기뢰로 잃었기 때문에 미카사 이하 4척의 전함밖에 없었으며, 싸움의 운명을 가름하는 전함 주포의 수는 러시아의 24문에 비해 일본은 17문밖에 없었다.

게다가 도고로서 치명적인 것은 전함을 보조할 장갑 순양함 4척——가미무라 함대의 '이즈모' '아즈마' '도키와' '이와테'——이 없다는 것이었다. 이 때문에 도고가 8월 10일에 짠 주력의 진형은 '미카사', '아사히', '후지', '시키시마'의 4척 외에 가스가, 닛신의 신예 일등 순양함 두 척을 보태어, 이를 준전함으로 간주한 단종진으로, 모두 합쳐서 6척이었다.

'도고는 8월 10일처럼 왔다.'

이렇게 말한 세묘노프의 말은 이랬다.

"역시 내가 생각했던 그대로야."

이것은 자기 경험에 사로잡혀 그 경험을 과시하려고 했기 때문에 생긴 착각이었다. 아니, 착각이 아니라 확실히 이날도 도고의 주력은 6척이었다. 그러나 8월 10일과 다른 것은 준주력이라고 할 가미무라 함대를 후방에 이끌고 온 것이다. 세묘노프의 눈에는 도고의 후방이 보이지 않았다. 아니, 보이지 않았다기보다 미카사 이하의 6척을 보자마자 자기의 예상을 자랑하듯이 외쳐 버린 것이다.

그러나 세묘노프가 영웅시의 주인공으로 삼으려는 로제스트벤스키는 역시 그의 궁정 시인보다 냉정한 군인이었다.

"아니야, 6척만이 아니야. 그 뒤를 봐. 도고는 모두를 이끌고 오고 있어."

그는 망원경을 눈에서 떼고 세묘노프를 묵살한 채 다른 막료 전원에게 몰아세우듯이 말했다.

"자, 모두들 자기 위치로."

그리고 함교에서 내려간 뒤 함장과 막료들과 함께 두꺼운 장갑으로 보호된 사령탑 안으로 들어갔다.

평소의 성격으로 보아 로제스트벤스키는 전투가 벌어지면 미친 듯이 날뛰지 않을까 하는 의구심이 다소 느껴지고 있었는데, 그는 의외로 냉정했다. 등이 약간 굽은 그는 사령탑 안에서 다시 바깥을 내다보았다. 이미 가미무라 함대의 '이즈모(出雲)'의 모습이 뚜렷하게 보였다. 그 뒤에 '아즈마(吾妻)'가 따르고 다시 '도키와(常磐)', '야구모' '아사마', '이와테(磐手)' 등 대 순양함이 육중한 모습으로 접근해 오고 있었다.

바람이 마스트 꼭대기에서 비명을 지르는 듯한 소리를 냈다.

기함 미카사의 요동이 심해지고 간신히 엔진 소리가 마룻바닥에 전해져 왔다.

함내는 아무도 없는 숲처럼 고요했다. 부서에 배치되어 있는 병사들은 얼어붙은 듯이 꼼짝도 하지 않았고 잡담을 나누는 자도 없었다. 신참 수병들은 입속이 바싹 말라 목구멍을 적실 침마저 없었다. 황해 해전을 경험하지 않은 자도 많았다. 그들은 이 답답한 긴장을 견디지 못하고 자기의 다음 행동과 생사를 결정해 줄 호령을 고대했다.

전부 함교에서는 사람들의 위치가 조금 전과 변함이 없다. 도고는 여전히 두 다리를 약간 벌린 채 적의 기함 '스바로프'를 바라보면서 이따금 가슴팍의 쌍안경을 올렸다 내렸다 하고 있었다.

나중에 도고와 가까이하여 그 감화를 받은 오가사와라 조세이는 이날 오후 1시 50분 조금 지났을 때의 정경을, 함교에 있던 사람들에게서 상세히 취재했다. 그의 글을 빌리면 이때 아키야마 사네유키가 도고에게 다가가 물었다고 한다.

'아까 그 신호, 준비됐습니다. 즉시 올릴까요?'

'아까 그 신호'라는 것은 미리 마련한 특별 기류 신호였으며 뒤에 유명해지는 Z기가 그것이다.

함대의 각 함은 모두 신호서를 가지고 있다. 그 신호서에는 이번 출동 며칠 전에 네 가지 색의 Z기 한 벌이 올라갔을 경우의 신호문이 연필 글씨로 기입되어 있었다. 그 문장은 각 함의 항해장이나 항해사 정도가 알고 있을 뿐, 함대의 전원이 다 아는 것은 아니었다. 이미 전투의 개시는 분초를 헤아릴 정도로 박두해 있다.

사네유키가 허락을 구하자 도고는 고개를 끄덕였다.

사네유키는 곧 신호장에게 눈짓을 했다. 4색의 Z기가 이윽고 표연히 부는 바람 속으로 올라갔다.

황국의 흥망이 이 일전에 있다. 각원은 더욱 분투 노력하라.

각 함마다 이 신호문이 즉각 육성으로 바뀌어 각 부서의 전성관(傳聲管)을 통해 전원의 귀에 전해졌다.

기함 '미카사'에서 전령 노릇을 하고 있던 가와이 타로 옹(洞合太郎翁)도 자기 곁에 있는 전성관에서 울려 나오는 이 목소리를 들었다. 그는 재빨리 파이프에 입을 대고 그것을 전달했다.

당시 전함 '후지'의 후부 12인치 포함의 포원(砲員)이었던 니시다 스테이치(西田捨市) 옹도 이 신호문을 들었다. 전성관의 목소리는 드높았고, 더욱이 문어체였기 때문에 뜻은 잘 알 수 없었으나, 이 해전에 지면 일본은 망한다는 것만은 이해하고 까닭 없이 눈물을 흘렸다.

도고 함대가 운동해 감에 따라 풍향이 바뀌었다. 도고는 바람을 등지고 섰다. 도고로 말하면 의도적으로 한 것인데 한 수병에 지나지 않았던 니시다 옹의 눈에는 그것이 기적의 현상처럼 느껴졌던 모양이다.

"정말 이상하더군. 갑자기 검은 구름이 일더니 적 쪽으로 강풍이 불기 시작하더란 말이야. 바람을 등지면 포의 명중률은 좋아지게 마련이지."

니시다 옹이 오사카 셋쓰(大阪府攝津) 시 하마 거리의 자택에서 한 말이다.

그 직후, 미카사의 함교 풍경이 바뀌었다. 도고는 여전히 그 자리에 서 있었다.

그에게 붙어서 참모장 가토 도모사부로와 아키야마 사네유키가 바람 속에 서 있고 다른 막료들은 한 단 아래로 내려가 장갑으로 보호된 사령탑 안으로 들어갔다.

그 전후의 일을 좀 더 상세히 말하면 Z기가 올라가자 뒤따르는 각 함이

'알았다'라는 대답을 나타내는 응기(應旗)를 올렸다. 참모 기요카와 준이치 대위가 기갑판에서 Z기를 내리는 것을 지휘하고 있을 때, 최상 함교에서는 아키야마 사네유키가 도고에게 부탁하고 있었다.

"사령탑 안으로 들어가 주십시오."

도고는 고개를 저으며 말했다.

"여기 있겠네."

부관 나가타 야스지로 중령이 도고에게 거의 붙어서서 거듭 부탁했다. 가토 참모장도 제발 들어가시라고 함께 권했다.

그러나 도고는 움직이지 않았다. 함교는 말하자면 노대(露台)여서 바람이 마구 휘몰아치는 데다 전투 중에는 포탄이 날아 작렬한 파편이 주변을 싹 쓸어버릴 공산이 크다. 그 때문에 사령탑이라는 장치가 있는 것이다. 사령탑에 들어가면 시야가 제한되기는 하나 그것을 둘러싼 두꺼운 장갑(14인치)이 전투 중에 지휘관의 생명을 지켜준다.

그러나 도고는 움직이지 않고 명령투로 말했다.

"나는 나이를 먹었으니 이제 어디서 어떻게 되건 아쉬울 것이 없어. 그러니 여기 함교에 있겠네. 모두들 사령탑 안으로 들어가."

싸움이 벌어지면 적의 포탄은 선두함인 이 '미카사'에 무더기로 집중될 것이다. 도고는 과거의 제독들 중에서 존경할 만한 사람은 넬슨밖에 없다고 생각하고 있었는데 넬슨은 싸우다가 전사했다. 도고도 아마 이 전쟁의 최종 결전에서 자기의 생명은 끝난다고 각오하고 있었던 모양이다.

참모장 가토는 도고의 그 심정을 잘 알고 있었다.

"그럼."

그는 막료들에게 분산하자고 말했다. 일찍이 황해 해전 때는 미카사의 막료들이 함교에 몰려 있다가 한 발의 포탄에 몇 사람이나 부상당하는 사태가 발생했다. 분산해 있으면 누군가는 살아남을 것이라고 가토는 생각한 것이다.

"아키야마와 내가 장관 곁에 남겠다. 이다 히사쓰네 소령과 기요카와는 사령탑 안에서 일하라."

이다와 기요카와는 시키는 대로 했다. 부관도 들어갔다.

함교에는 도고와 그 두 사람의 막료만 남게 되었다. 이밖에 함의 포술을 지휘해야 하는 아보 소령과 측거의(測距宜)를 조작하고 있는 하세가와 기요시(長谷川淸) 소위, 다마키(玉木)라는 소위 후보생 등이 남았다.

Z기가 올라간 시간은 오후 1시 55분이었다.

러시아 측은 곧장 북상해왔다.

일본 측은 북쪽에서 내려와 러시아 측에 반항(反航)하는 형태를 취했다. 반항이란 적과 서로 스쳐 지나가는 형태를 말한다.

도고 함대는 이 무렵, 전에 미카사의 포술장이었던 가토 간지(加藤寬治) 소령의 제안으로 '통일된 조척 거리를 사용하는 사격법'이라는, 세계 최초의 방법을 채택하고 있었다. 이것은 앞에서 언급한 바 있다.

그 사격법이란 한 함의 모든 포화를 함교에 있는 포술장의 지휘로 발사하는 방식이었다.

그때까지는 각 포마다 지휘관의 판단과 호령에 의한 독립사격이라고 할 수 있는 방법이 사용되고 있었고, 그래서 포화 지휘는 말하자면 제멋대로였다.

그런데 황해 해전의 경험에서 이 방법은 결전에는 적당치 않다는 것이 밝혀졌다. 특히 반항전이라는 순식간에 지나가 버리는 전투시간 안에 포전을 할 경우, 이 독립된 방식으로 포탄을 적함에 명중시키려는 것은 요행을 기대하는 것과 같았으며, 적에게 결정적인 타격을 주는 것은 불가능에 가까웠다.

가토 간지는 황해 해전에서 미카사의 포술장을 하면서 쓰라린 경험을 했다. 그는 이 해전에서 가벼운 부상을 입었는데 전부터 생각하고 있던 이 사격법을 입안하고 도고에게 진언하여 채택되었고 후임을 아보 소령에게 물려준 것이다.

그 골자는 이러하다.

"각 함의 포화 지휘는 함교에서 장악하고 사격거리도 함교에서 호령하며, 각 포대에서는 일체 이를 수정하지 않는 것을 원칙으로 한다."

과연 격전 중에 이 호령 전달이 잘 될지 다소의 의문은 있었으나, 아무튼 현 포술장 아보 소령은 이 방법을 답습하여 그것 때문에 함교를 떠나지 않고 있었던 것이다.

"나는 여간 조마조마하지 않았다."

아보는 나중에 이렇게 술회했다.

그는 보기에도 포술과 장교답게 듬직한 풍모를 가진 사나이였는데, 평소에는 무슨 일에도 좀처럼 구애되지 않는 인상을 주는 인물이었으나, 이때만은 직책상 초조하지 않을 수 없었다.

어떤 진형으로 싸우느냐 하는 것을 도고나 가토가 이 막다른 곳에 이르러서도 명시하지 않았기 때문이었다.

말하자면 적을 오른쪽으로 보고 전투를 하는 것인지 왼쪽으로 보고 하는 것인지, 아니면 적과 나란히 항주하면서 단숨에 싸워 버리는 것인지, 혹은 서로 스쳐지나가는 순간에 쏘아 대는 반항전을 하는 것인지, 사격 지휘를 한 몸에 지고 있는 아보 기요카즈로서는, 때마다 사격전이 무척 달라지는 것이었다.

이 당시의 사격 지휘는 그 후에 발달한 것과 같은 편리한 도구나 이론이 없었기 때문에 아보 자신의 머리로 갖가지 요소를 생각하고 자신의 머리로 조척량을 산출하여 각 포에 호령해야 했다. 여러 요소란 이를테면 자기함의 속력과 대포의 사선, 적함의 속력과 방향, 풍향, 풍력 같은 것으로서 그것들을 순식간에 계산하여 순식간에 조척량을 계산하고 그것을 각 포에 호령하는 것이다.

쌍방의 함대는 시시각각 접근하고 있었다. 아보 기요카즈는 되도록 침착해지려고 스스로 마음을 다잡고 있었으나 쌍방의 속력이 상당히 빨라 기분 탓인지 눈을 깜빡거릴 때마다 적의 군함이 커지는 듯한 느낌이 들었다.

아보의 부하는 측거의에 두 눈을 갖다 대고 있는 하세가와 기요시 소위였다.

"거리 8,500미터——"

그 하세가와가 이렇게 말했을 때, 아보 포술장은 참다못해 도고와 가토에게 말했다.

"벌써 8,500미터입니다."

말하지 않아도 될 것을 진형 결정을 재촉하고 싶은 마음에서 저도 모르게 소리치고 말았다.

가토 참모장은 뒤를 돌아보며 창백한 얼굴로 불렀다.

"포술장"

가토의 위통은 이때도 여전히 계속되고 있었다.

"자네가 한번 스바로프를 재 주겠나?"

이런 점이 어떤 경우에도 기분 나쁠 정도로 냉정해질 수 있는 가토의 신비한 점이었다. 적 기함 스바로프와의 거리는 하세가와 소위가 측거의를 들여다보면서 막 보고한 직후였으니, 아보 소령이 새삼 다시 잴 것도 없었다. 그러나 가토는 이 마당에 이르러서도 그 용의주도한 태도를 잃지 않고 있었다.

아보 소령은 사네유키 옆을 빠져 뒤로 가서 하세가와 소위와 교대했다. 그는 들여다보자마자 놀라 버렸다. 이미 거리는 8,000미터에 가까워지고 있던 것이다.

"벌써 8,000미터."

이렇게 외치고 나서 한 마디 더 소리쳤다.

'어느 쪽에서 싸움을 하실 겁니까?'

좌현인지, 우현인지, 정해 주지 않으면 사격 지휘를 준비할 수가 없다.

이때 아보라 해도 도고가 생각하고 있는 진형을 짐작할 수가 없었다.

"……나는 큰 소리로 중얼거렸어."

아보는 나중에 말한다. 중얼거렸다는 것은 도고와 가토에게 큰 소리를 지르는 무례한 짓을 한 것은 아니라는 뜻인 모양이었다.

그런데 그가 그렇게 중얼거렸을 때, 아보 포술장의 기억으로는 그의 눈앞에 등을 보이고 있는 도고의 오른손이 높이 올라가더니 왼쪽으로 반원을 그리듯이 한바퀴 돌았다고 한다.

순간, 가토는 도고에게 물었다. 도고가 고개를 끄덕였다. 이때 세계의 해군 전술의 상식을 깨뜨리는 이상한 진형이 지시된 것이다.

"함장, 키를 한껏 왼쪽으로——"

가토는 한 번 들으면 아무도 잊을 수 없을 만큼 우렁찬 소리로 외쳤다.

함장 이지치(伊地知) 대령은, 한 단 아래의 함교에 있었다.

그의 상식으로는 이 호령은 믿을 수 없는 일이었다. 왼쪽으로 돈다는 것이다.

'한껏'이라는 것은 키를 극도를 잡아 뱃머리를 왼쪽으로 급회전시키는 것을 말한다.

이지치가 놀란 것은 이미 적의 사정거리 안에 들어와 있는데 적에게 커다란 옆구리를 보이면서 유유히 좌회전하는 법이 어디 있느냐 하는 것이었다.

이지치는 저도 모르게 반문했다.

"옛? 왼쪽으로 도는 것입니까?"

머리 위의 함교에 대고 이렇게 소리치자 가토는 되풀이했다.

"그렇다, 왼쪽으로."

즉각 '미카사'는 크게 흔들리면서 함체가 삐걱거리도록 무서운 기세로 함수를 왼쪽으로 급전하기 시작했다.

뱃머리의 왼쪽 뱃전에 흰 파도가 치솟더니 바람이 물보라를 함교에까지 불어 올렸다. 유명한 적전 회두(敵前回頭)가 시작된 것이다.

요컨대 도고는 적 앞에서 U턴을 한 것이다. U라기보다 α이동이라고 하는 편이 더 정확할지 모른다. 러시아 측의 전사에는 이 표현을 사용하고 있다.

"이때 도고는 그가 흔히 사용하는 알파 이동을 했다."

거듭 말하면, 도고는 오후 2시 2분 남하를 시작하여 다시 145도쯤 왼쪽 (동북동)으로 돈 것이다. 뒤따르는 각 함은 미카사가 좌회전한 지점에 오자 잘 훈련된 무용수처럼 정확하게 왼쪽으로 돌아갔다.

이에 대해 로제스트벤스키 함대는 2개 혹은 2개 이상의 화살 다발이 되어 북상하고 있었다. 그 화살 다발에 대해서 도고는 한 일자로 차단하여 적의 머리를 누르려 한 것이다. 일본의 해군 용어에서 말하는 'T자 전법'을 채택한 것이다.

T자 전법은 아키야마 사네유키가 고안했다. 사네유키가 전에 입원해 있었을 때, 친구인 오가사와라 조세이의 가장본(家藏本)인 수군서(水軍書)를 빌려 읽고, 그 속의 노지마식(能島式) 수군서에서 힌트를 얻었다는 것은 전에도 말했다. 다만 이 전법은 실제의 용병이 극히 곤란하며 경우에 따라서는 일본군의 파멸을 초래할 우려도 있었다.

지금도 적과 너무 접근해 버린 이 상황에서는 사네유키도 그 사용을 주저했다.

'미카사' 이하의 각 함이 차례로 회두하고 있는 동안 일본군은 사격이 불가능에 가깝고, 적은 극단적으로 말해 정지한 목표물을 쏘는 것만큼이나 쉽게 포격할 수 있다. 설혹 전함이 15노트의 속력으로 움직이더라도 전함대가 이 운동을 완료하는 데 15분은 걸린다. 그 15분 동안 적은 도고 함대에 무수한 포탄을 퍼부을 수 있다.

전함 '아료르'의 함상에서 도고 함대의 이 기묘한 거동을 보고 있던 노비코프 플리보이도 이렇게 쓰고 있다.

"로제스트벤스키 제독에게 단 한 번 운명이 미소를 지은 것이다."

전함 '아사히'에 타고 있던 영국의 관전 무관 W. 페케넘 대령은 도고에 대한 존경심이 무척 두터웠던 인물이지만, 이 인물도 이때만은 도고의 패멸을 예감하고 혀를 찼을 정도였다.

"좋지 않아, 정말 좋지 않아."

희대의 명참모라 일컬어지는 사네유키조차 그가 만일 사령장관이었더라면 이렇게 했을지 의심스럽다. 아마도 이 대모험을 피하고, 그가 마련한 '블라디보스토크까지의 7단 태세'라는 방법으로 시간을 들여 적의 세력을 점점 줄여 가는 방법을 취했을지 모른다.

그러나 도고는 그렇게 했다.

그는 풍향이 적의 사격에 불리하다는 것, 적은 원래 원거리 사격에 능하지 않다는 것, 파도가 높기 때문에 그렇지 않아도 원거리 사격이 서투른 것으로 봐서 높은 명중률을 얻기는 곤란하다는 것 등을 순간적으로 판단한 것이 틀림없었다. 나중에 도고는 이렇게 말했다.

"해전에서 이기는 방법은 적절한 시기를 잡아 맹공격을 가하는 것이다. 그 시기를 가늠하는 능력은 경험으로 얻어지는 것이며 책에서는 배울 수 없다."

용병자로서의 도고는 이때 정확하게 그 시기를 느꼈다. 그 육감은 그의 풍부한 경험에서 솟아난 것이었다.

기함 '스바로프'의 후부 함교에서 '미카사'의 기묘한 운동을 본 세묘노프 중령은 마침 옆에 있던 우현부포의 후부 포탑 지휘관 레드킨 대위를 돌아보고 소리쳤다.

"도고가 미친 게 아닌가?"

레드킨도 기뻐했다.

"일본인이 무슨 짓을 하려고 저러나?"

레드킨으로 하여금 말하게 한다면, 도고 함대는 지금 회두 이동을 하고 있는 미카사와 마찬가지로 잇달아 그 장소에서 움직이지 않는 한 점이 된다. 러시아 측은 그 한 점에 조준을 맞추어 쏘기만 하면 사격놀이처럼 손쉽게 일본의 주력함을 하나씩 무찔러 버릴 수 있는 것이다.

스바로프의 사령탑 안에서 도고의 이 변화를 본 로제스트벤스키는 즉각 사격 명령을 내렸다. 미카사가 막 회두를 끝내고 새 침로에 들어가려 했을 때였다. 때는 오후 2시 8분, 거리는 7,000미터였다. '스바로프'의 전부 주포 12인치 구경의 거포가 일본해를 뒤흔들면서 미카사를 향해 최초의 포탄을 발사했다. 함체가 꿈틀 흔들리더니 포연이 등 뒤로 사라졌고 사람들은 포탄의 행방을 지켜보았다.

그 첫 포탄은 포전에서 초탄의 대부분이 그렇듯이 헛되이 미카사 위를 날아 두 개의 굴뚝 저편에서 물보라를 일으켰다.

그 뒤 발틱함대의 주력함이라는 주력함은 모두 주포와 부포를 마구 쏘아댔다.

그러나 미카사는 응사하지 않았다. 다른 함들도 노비코프가 말하는 '깜짝 놀랄만큼 산뜻한 솜씨'로 진형 이동을 조용히 전개하고 있을 뿐이었다. 진형을 바꾸느라 응사를 하려야 할 수 없었던 것이다. 확실히 운명의 신은 이 도고의 진형이 완료될 때까지 15분 동안 일방적으로 로제스트벤스키에게 계속 미소를 보냈다.

명중탄도 많았다. 그 대부분을 기함 미카사가 얻어맞았다. 도고는 처음부터 그것을 각오하고 있었다.

사네유키는 뒷날 이렇게 말하고 있다.

"적이 처음으로 포문을 연 것은 오후 2시 8분이었다——사네유키는 함교 위에서 그것을 노트에 기록하고 있었다——. 그 뒤 적의 각 함이 맹렬히 포탄을 퍼부었다. 이 최초의 3, 4분 동안 날아온 적탄은 적어도 300발 이상이었을 것이다."

그동안 '미카사'의 피해는 엄청난 것이었다. 미카사는 이날 하루의 해전에서 우현에 40개, 좌현에 8개의 탄흔을 남겼는데, 그 대부분은 이 첫 번째 회두 직후에 입은 것이었다.

미카사는 일방적으로 맞았다. 그 무시무시한 작렬음은 거대한 망치로 함체를 마구 두들기는 것 같았으며, 비포(備砲) 가운데는 한 발도 쏘기 전에 파괴된 것도 있었다. 포탄의 파편이 함내에 튀어 병사들을 쓰러뜨리고 갑판을 순식간에 유혈로 물들었다.

이하의 사태는 응사 이후에 일어난 일이지만 우현의 16발째 명중탄은 병사용 변소 바깥쪽 철판을 꿰뚫고 내벽에 크게 폭발을 일으켜 주변에 있던 병사들을 싹 쓸어 버렸을 뿐 아니라 무수한 파편이 사방으로 튀었다.

파편이 사령탑에까지 이르렀다. 장갑으로 둘러 싸여 있는 사령탑 안까지 튀어 올라, 그곳에 있던 참모 이다(飯田) 소령과 수뢰장 스가노 유시치(菅野勇七) 소령 및 하사관 두 명에게 상처를 입히고, 이어서 다른 파편이 부장 마쓰무라 다쓰오(松村龍雄) 중령 이하 여덟 명에게 부상을 입혔다.

그동안 도고는 망원경을 눈에 댄 채 함교의 자기 위치에 그대로 서 있었다. 수중에 떨어진 낙하탄의 물보라로 이 함교도 흠뻑 젖었고 머리 위에서는 포탄이 날아가는 소리가 끊임없이 윙윙거렸다. 그러다가 포탄의 큰 파편이 도고의 가슴 앞 불과 15, 6센티 공간을 스쳐 옆에 있는 나침반에 가서 꽂혔다. 나침반은 해먹으로 빈틈없이 감싸여 있었는데 그 해먹의 하나에 꽂힌 것이다. 해먹의 끈이 끊어져 그 중 하나가 도고의 발밑에 뒹굴었다.

도고가 감행한 적전 회두에 대해서는 '해군 전술 일반의 원칙이 되기는 어렵다. 도고가 처한 모든 상황 안에서만 성립될 수 있는 특이한 예로 생각해야 할 것이다'라는 것이 각국 해군 관계자들의 일반적인 견해였다. 규범 외의 방식으로 보는 것이다.

확실히 도고 자신이 말한 것처럼 실전의 경험에서 나온 육감이 그에게 이 방법을 쓰게 한 것이리라.

러시아 측은 원거리 사격이 서투른 데다 바람을 마주하고 서 있기 때문에 파도의 비말을 덮어써서 포의 조준이 어려웠다. 이에 반해 일본 측의 주력은 러시아 측의 주력보다 속력이 빠르고 더욱이 함장들이 함대 이동에 능숙해서 어떤 상황 아래서도 도고의 호령 하나로 그가 의도하는 대로 이동을 전개할 수 있었다. 도고는 적의 불리함과 아군의 유리함을 불과 8,000미터라는 한계 순간에 수학적으로 종합하고 판단하여 순식간에 결론을 내리고 단행한 것이다. 이때 그의 계산에는 자신의 전사와 미카사의 침몰 가능성도 들어가 있었다.

이 적전 회두라는 목숨을 건 이동 중 미카사 이하 모든 함대는 속력을 있는 대로 다 냈다. 이동에 필요한 시간을 되도록 줄이고 싶었던 것이다. 이에 소요된 15분이라는 시간은 생과 사를 가르는 마(魔)의 시간으로서 무한히 긴 것처럼 여겨졌다. 미카사는 하나의 북이라도 된 것처럼 러시아제 포탄에 계속 두들겨 맞았다.

물론 포탄을 맞은 것은 미카사 뿐만이 아니었다. 뒤따르는 '시키시마', '후지', '아사히', '가스가', '닛신' 등도 그동안 마구 얻어맞아야 했다. 이들 제1 전대의 후방에서 파도를 헤치며 따르는, 가미무라가 직접 인솔하는 제2전대는 장갑이 약해서 더욱 심하게 포탄을 맞았다.

제2전대의 주력은 기함 '이즈모' 이하 6척의 일등 순양함이었다.

배수량은 9,000톤대였으며 모두 전함처럼 장갑판이 둘러쳐져 있었기 때문에, 이 당시 특히 장갑 순양함(裝甲巡洋艦)이라고 불렸다. 장갑은 물론 전함보다 얇고 주포의 크기도 전함보다 작다. 그러나 속력은 빨랐다. 일본의 전함이 18노트인데 비해 20노트 이상 낼 수 있어서, 그 이동성이 높이 평가되고 있었다.

이 6척의 장갑 순양함을 주력 결전의 주요한 단위로 넣은 것은 일본의 독창적인 점이다. 야마모토 곤노효에가 이것을 결정했다. 그 당시 각국에서는 순양함은 방어력이 약하다 하여 주력 결전을 위한 요소로 평가하지 않았고, 그 명칭처럼 유격용으로 사용했다.

각국은 10년 전, 일본이 전함과 같은 수의 장갑 순양함을 갖추어 가는 것을 보고 기이하게 생각하여 영국 해군 계통에서는 전략상 불합리하지 않느냐고 충고했을 정도였다. 그러나 실제로 이것이 주력 세력의 부세력으로 그 위력을 이 해상에서 발휘하고부터 야마모토의 계획이 틀리지 않았다는 것이 실증되었고, 그 뒤 전 세계의 해군이 유력한 주포를 가진 장갑 순양함을 중시하여 마침내 순양 전함이 출현하게 된 것이다.

다만 그러기 위해서는 운용이 웬만큼 교묘하지 않으면 안 되었다. 도고와 가미무라는 이것을 잘 운용했으나, 동료인 '아사마'는 25분 사이에 함미 가까운 곳에 12인치의 거포탄을 맞아 그 폭발에 의한 격동으로 조타기에 고장이 생겨 키를 조종할 수 없게 되었다. 아사마는 순식간에 함대의 대열에서 탈락하여 고함(孤艦)이 되어 버렸다.

기함 미카사가 휙 방향을 틀어 새로운 정면으로 뱃머리를 돌렸을 때, 미카사로 봐서는 발틱함대의 군함 40여 척이 우현쪽의 바다에 펼쳐지게 되었다.

쌍방의 거리는 불과 6400미터에 지나지 않았고 미카사 이하가 미친 듯이 급항하기 때문에 그것도 금방 좁혀지는 듯이 여겨졌다.

함교에 있는 포술장 아보 소령은 왼손에 초시계를 쥐고 오른손으로는 망원경을 들여다보거나 함교의 어딘가를 붙잡기도 했다. 함이 흔들렸다. 파도

뿐 아니라 적탄에 맞아 함체가 동요하는 것이다. 이따금 시계(視界)가 차단되었다. 포탄이 작렬하는 연기 때문이었다.

그가 이 운명의 싸움에서 최초의 사격 명령을 내린 것은 오후 2시 10분이었다.

우현의 크고작은 함포가 일제히 불을 뿜고 수많은 포탄이 라인 댄스를 추는 것처럼 보기 좋게 균형을 맞춰 동시에 튀어나갔다. 그 반동으로 함체가 휘어질듯이 삐걱거렸다.

목표는 적의 기함 '스바로프'였다.

뒤따르는 '시키시마'가 회두를 마치고 직진로에 들어가자 미카사와 마찬가지로 우현 사격을 개시했다. '후지'와 '아사히' '가스가' 그리고 맨 뒤에 붙은 '닛신'도 마찬가지였다. 다시 '이즈모' 이하의 제2전대가 그것을 완료했을 때, 도고의 전 주력은 각 함의 한쪽 현에 있는 모든 포를 합쳐서 127문의 주포와 부포가 발틱함대의 선두에 선 기함 스바로프와 '오스라비아'를 겨누어 집중포격하는 셈이었다. 그런 뜻에서 이 전술은 수학적 합리성이 극히 높은 것이라고 할 수 있었다.

'해전의 시초에 전력을 다하여 적의 선봉을 치고 당장 2, 3척을 무찌른다.'

이것이 아키야마 사네유키가 일본의 수군 전술서에서 뽑은 전법이었다. 외국 해군에는 없는 전술이었다.

도고는 사네유키가 세운 전술의 원칙대로 함대를 운용했다. 아키야마 전술을 수군의 원칙으로 돌리면 '먼저 적의 기함을 격파한다. 우리의 전력으로 적의 분력(分力)을 친다. 항상 적을 포위하듯이 이동한다'는 것이었다.

이 때문에 로제스트벤스키의 기함 스바로프와 그와 병항(並航)하는 것처럼 보이는 전함 오스라비아는 눈 깜짝할 사이에 일본의 시모세(下瀨) 화약에 휩싸여 버렸다. 이 두 척 주변의 조그마한 공간은 짙은 암갈색 포연에 싸였고, 쉴 새 없이 명중탄이 작렬하자 포연 속에서 연거푸 불꽃이 번쩍이더니 이윽고 불길이 치올랐다.

러시아 측도 쏘고 또 쏘았다.

'미카사'가 목표였다.

미카사가 사격을 개시한 지 3분 후에 러시아 측 6인치 포탄이 앞 굴뚝에 명중했으나, 신관(信管)이 둔했던지 폭발하지 않은 채 저편으로 날아갔다. 이어서 1분 후에 전함 주포인 12인치 포탄이 무시무시한 비상음을 내면서 떨어져 3번 포 포곽의 덮개를 뚫고 포곽 안에서 대폭발을 일으켜 포원 한 사람만 제외하고 나머지는 모두 중경상을 입고 전멸했다.

곧 쌍방의 거리가 5,000미터로 좁혀졌다.

'7,000미터 이내가 아니면 사격의 효과가 오르지 않는다'는 것이 도고의 지론이었는데, 5,000미터라면 이제 접전해볼 만한 위치였다.

갑판에서 움직이고 있는 사병들의 모습까지 서로 보인다. 해면은 끊임없이 낙하탄으로 출렁거리고, 물기둥이 즐비하게 치솟았다. 특히 러시아의 12인치 포탄이 일으키는 물기둥은 함교를 넘을 만큼 높이 솟아 폭포수처럼 갑판에 쏟아졌다. 해면을 때리고 흩어지는 발사음과 폭발음의 처절함은 영락없이 대기 자체가 찢어지는 소리였고, 하늘은 무너져 내리는 것처럼 느껴졌다.

도고 함대를 각 함별로 보면 함마다 패배의 양상을 띠고 있어서 생지옥이 따로 없었다.

세 번째를 달리고 있는 전함 '후지'의 후부 주포의 포탑 안에서 일하고 있던 니시다 스테이치는 양탄기 조작 담당이었다. 함정의 탄약고에서 거대한 12인치 포탄을 양탄기로 끌어 올려 포에 재는 일이다.

후부 주포의 포탑에는 앞의 그것과 마찬가지로 그 문의 대포가 돌출해 있었다. 이 포탑의 지휘자는 데라니시 마스지로(寺西益次郎)라는 준위였다. 데라니시 이하 9명이 이 포의 모든 것을 조작하고 있었다. 30분쯤 계속 쏘아 대자 양탄기가 고장이 나서 포탄이 올라오지 않게 되었다.

당시 젊은 삼등 하사관이었던 니시다는 즉각 고장을 수리하려고 함정의 양탄기실로 내려갔다. 그것이 기이한 운명이 되었다.

"머리 위에서 무어라 형용할 수 없는 마치 뱃속까지 도려내는 듯한 굉음이 들렸다."

내려간 순간 그는 말했다. 얼른 위로 올라가 보니 포탑이 절반쯤 사라지고 없었다. 주변에는 무서운 기세로 불길이 일고 발밑은 피바다가 되어 있었다. 팔다리가 날아가고 몸뚱이가 뒹굴었으며, 중상을 입은 포탑장을 제외한 전원이 전사해 버렸다.

12인치 포탄이 명중한 것이다. 포탄은 포안공을 뚫고 들어와 탑 안에서 폭발하여 오른쪽 포신을 뿌리에서부터 분질러 놓았다. 탑 안에서는 마침 포원들이 탄환을 재는 중이었으므로 불이 발사 장약에 인화하여 순식간에 탑속이 용광로가 된 것처럼 불길에 휩싸여 버렸다.

6번함인 '닛신'의 상황도 심각했다.

이 함은 맨 뒤에 있었기 때문에 '미카사'에 다음 가는 포탄량을 덮어썼다.

개전 30분 후에 12인치 포탄이 날아와 전부 주포의 포탑에 명중했다. 이 때문에 오른쪽 포의 포신이 흩날려 바다에 떨어지고, 탄편이 사방으로 흩어져서 그 일부가 함교에 있던 참모 마쓰이 겐키치(松井健吉) 중령의 아랫도리를 앗아가서 즉사시키고, 상갑판, 중갑판, 하갑판을 휩쓸어 17명의 사상자가 났다.

그 뒤에 다시 9인치 포탄이 이미 폐허가 된 전부 주포의 포탑에 낙하하여 대폭발을 일으켜서 그 파편이 사령탑 안까지 날아와 사령관 미스 소타로(三須宗太郎) 중장과 항해장이 부상당했다. 그리고 당시에는 다카노(高野)라고 불렸던 야마모토 이소로쿠(山本五十六) 후보생 등 약 90명도 피투성이가 되었다. 이 부서진 전부 주포 포탑은 마치 자성을 가진 것처럼 이따금 적의 포탄을 끌어당겼다. 세 번이나 포탄이 날아왔다. 세 번째에는 12인치 포탄이었다. 포탄은 남아 있던 왼쪽 포신마저 박살내 버렸다.

또 6인치 포탄이 큰 마스트에 명중했다.

이때 닛신의 큰 마스트에 올라가 탄착을 관측하고 있던 자는 나카지마 후미야(中島文彌)라는 목소리가 우렁찬 삼등 하사관이었다. 그는 떨어지지 않도록 몸을 마스트에 묶어 놓고 상부 활대에 걸터앉아 씩씩한 목소리로 탄착을 알리고 있었는데, 이때의 명중탄으로 오른쪽 다리가 허벅지에서 잘려 나가는 바람에 온몸의 피가 그 큰 상처를 통해 함상으로 쏟아지고 있었다. 그는 마스트 위에서 마치 책형을 당한 듯한 꼴이 되어 절명했다.

'가스가'와 '닛신'은 불행한 군함이었다.

이 두 척은 불과 7,700톤의 장갑 순양함인데도 미카사 이하의 전함전대(제1전대)에 편입되어 있었다. 지난 해 여순 앞바다에서 기뢰 때문에 가라앉은 두 척의 전함——하쓰세, 야시마——대신 편입되었다는 것은 이미 말했다.

전함은 주포가 크고 장갑이 두껍다. 이 공격력과 방어력을 기초로 하여 전함전대의 전술이동이 성립되는데, 전함에서 본다면 어린아이인 가스가와 닛신이 어른들의 이동을 따라가야 하는 셈이다. 다만 그 주포는 10인치와 8인치 포이면서 올려본 각이 크고, 15,000미터나 되는 최대 사정거리를 갖고 있었다. 또 부포를 한쪽 현에 각각 6문이나 갖고 있어서 전함의 대용이 될 수 있을 것으로 판단되었다.

개전 전, 이 두 함은 이탈리아의 제노아 조선소에서 거의 다 준공되어 가고 있었다. 주문자는 일본이 아니라 아르헨티나였다.

이 두 함이 다 준공되어 가고 있다는 것을 영국 해군이 눈치 채고 일본에 사지 않겠느냐고 권했다. 러시아도 이것을 알게 되어 아르헨티나를 에워싼 구입 경쟁이 벌어져서 마침내 일본이 큰맘 먹고 매수 가격을 올렸기 때문에 개전 직전에 일본의 손에 떨어진 것이었다.

이 두 함을 지중해에서 인수해 온 것은 지금 이 해역에서 구축대 사령을 맡고 있는 스즈키 간타로 등이었다. 그 회항을 지중해 해상에서 갖은 방법으로 방해한 것이 지금 이 해역에서 러시아 측 선두에 서 있는 전함 '오스라비아'였다.

이 가스가, 닛신은 그 설계에 일본 측이 참여하지 않은 배이기 때문에 일본해의 거친 파도가 계산에 들어있지 않았다.

그래서 러시아의 군함 대부분이 그러한 것처럼 흘수에 가까운 현측의 포는 파도를 덮어 써서 조준이 어려웠다.

특히 '가스가'는 더했다. 막 포전이 개시되려고 할 때 현측에 있는 포의 '포문'은 당연히 밖으로 열려 있었다. 그 문은 계지련(繫止鏈)이라는 쇠사슬로 걸어 매어 움직이지 않게 되어 있었다. 문 바로 아래는 바다였다. 성난 물결이 들끓어 올랐다. 그 중 12번 6인치 포의 포문이 파도에 줄곧 두들겨 맞아 그 튼튼한 쇠사슬이 끊어져 버렸다. 즉각 수리해야 했다. 그러나 함 내에서 손을 뻗어 문을 잡으려고 해도 문이 무거워서 도저히 힘이 미치지 않는다. 그러는 동안 노도가 포문까지 쓸어버려 접근조차 못하게 되었다. 이때 평소에 힘을 자랑하던 이등수병 이케다 사쿠고로(池田作五郞)라는 병사가 자기 몸을 로프로 묶어 포문에서 뱃전 밖으로 나갔다. 그는 뱃전 밖에서 문에 매달려 끊어진 쇠사슬을 연결하려고 했다. 간신히 연결되었을 때 큰 파도가 이 수병을 덮쳐 로프가 끊어졌다. 수병은 만세를 부르는 소리를 남기고 뒤쪽으로 흘러가 버렸다.

한편 선두함 '미카사'의 피탄 상황은 시시각각 참상을 더해 갔다.

포탄 하나가 큰 마스트의 상부에 맞아 탄편이 사방으로 흩어졌다. 함교에 있던 사네유키가 뒤돌아 보니 그 순간까지 전함대의 상징으로 나부끼고 있던 대장기와 전투기가 사라지고 없었다.

그때 이 큰 마스트의 장루를 지키고 있던 신호 담당 하사관 가시와모리 겐지로(栢森源次郎)가 전부터 개인적으로 준비해 두었던 전투기를 꺼내 즉각 마스트 꼭대기에 달았다.

"재미있는 녀석이군."

사네유키는 소리 내어 혼잣말로 중얼거렸다.

도고는 힐끗 쳐다보았을 뿐 다시 적함 쪽을 바라보았다. 전투기가 한 번 사라졌다가 다시 올랐을 때, 뒤따르는 각 함의 함장 이하는 모두 감동에 휩싸였다. 그러나 바로 그 미카사에서는 거의 대부분이 마스트가 부러진 것도 기가 다시 올라간 것도 모르고 조함, 사격, 전령의 전투 동작에 정신이 없었다.

"해전에서는 적이 얼마나 피해를 입고 있는지 알 수 없다. 아군의 피해만 알기 때문에 언제나 자기 쪽이 지고 있는 듯한 느낌을 받는다. 그러나 적은 아군 이상으로 괴로워하고 있다."

도고는 일찍이 자신의 경험에서 나온 교훈을 병사에 이르기까지 철저히 인식시키고 있었기 때문에, 이 전투 중에도 병사들은 모두 이 말을 생각하고 스스로 마음을 달랬다.

사네유키도 이 전투 중 도고의 말을 떠올리면서 마음을 가다듬었다. 어쨌든 도고는 그를 보좌하는 사네유키가 태어났을 때는 이미 막부 말부터 보신 전쟁에 걸친 몇 차례의 전투를 경험한 사쓰마 번의 해군 사관이었다.

동서고금의 장수로서 이 수라장 속에서 도고만큼 침착할 수 있었던 사나이도 없었을 것이다.

함교에 있는 포술장 아보 기요카즈 소령은 누구보다 바빴다. 그는 목표인 적함에서 눈을 떼지 않고 이쪽이 발사하는 포탄의 탄착 상황을 신속 정확히 포착해서는 전령을 내보내고 모든 포화의 사격 지도를 하고 있었는데, 그동안 그가 신경을 쓴 것은 함정에서 근무하는 병사들이었다. 함정의 배치에는 기계실, 탄화약고, 기관실 등의 근무가 있다. 그들은 전투를 보지 못하기 때문에 불안이 더 컸다. 아보 소령은 그것을 헤아리고 그의 권한 밖의 일이었지만 사격 지도중 틈을 내어 전령을 보내 전투 상황을 함 내 구석구석에 알려주었다.

이를테면 이렇게 외친 적이 있었다.

"방금 미카사의 12인치 포탄이 보르지노에 맞았다."

이때 아보 뒤에 있던 도고가 웃음띤 목소리로 사쓰마 사투리로 말했다.

"포술장, 방금 그건 맞지 않았어."

실은 아보도 그것을 알고 있었다. 그는 도고에게 웃는 얼굴을 돌리면서 말했다.

"실은 사기를 돋우기 위해서 그렇게 말한 겁니다."

도고의 가슴팍에 걸려 있는 쌍안경에 대해선 이미 몇 번이나 언급했다. 그의 쌍안경은 유일하게 차이스제의 배율이 높은 프리즘이며 함대의 어느 사관의 쌍안경보다도 잘 보였다.

"메이지 37(1904)년 2월 러일전쟁 개전 때, 칼 차이스제 프리즘 쌍안경이 우리나라 군부에서 처음으로 채용되었다. 그 전에 군부를 비롯하여 일반용으로 사용된 것은 프랑스의 르메아제 쌍안경이었다."

가타야마 산페이(片山三平) 씨가 그의 저서 《측량기의 발전사》에서 한 말이다. 그러나 '처음으로 사용'했다고 하지만, 실제로 이 쌍안경은 도고와 또 한 사람 구축함을 타는 쓰카모토 가쓰쿠마(塚本克態)라는 젊은 중위가 갖고 있었을 뿐이었다.

가타야마 씨는 메이지 18(1885)년 3월 오카자키(岡崎) 시에서 태어났으며, 메이지 33(1900)년 긴자의 안경 가게 '다마야(玉屋)'에 견습 점원으로 들어가 그 후 광학 기계 판매의 개척자로서 후지 측량기의 중역 등을 거쳤는데, 이 원고를 쓰고 있는 지금(쇼와 47(1972)년) 86살의 고령이면서도 아직 정정한 모습으로 이렇게 술회했다.

"그 무렵 나는 다마야에서 기거하고 있었는데 도고님 댁까지 그 쌍안경을 배달한 것은 바로 나였지."

"우리의 전력을 다하여 적의 분력을 친다."

이러한 도고의 전법은 그 발상이 기발했을 뿐 아니라, 그 발상을 실현하기 위해 연출한 함대 운동(적전 회두)도 기발했다.

되풀이하는 것 같지만 이 광경을 목격한 기함 '스바로프'의 막료들이 느낀 감상은 세 가지로 크게 나눌 수 있다.

"도고는 미쳤다."

그러면서 기뻐한 자.

"도고는 이번에도 '알파 이동'을 했다."

이와 같이 감동 없는 설명식의 감상만으로 그친 자도 있고, 또 하나는 이렇게 전술적 과제로 생각한 자도 있었다.

"이 이동이 던지는 수수께끼는 과연 무엇일까?"

주장인 로제스트벤스키도 그렇게 생각한 한 사람이었다. 그러나 답이 나오지 않았다. 답이 나오지 않으면 생각할 것이 아니라 돌진해야 했다. 만일 로제스트벤스키가 뛰어난 전사였더라면 싸움의 의지가 명령하는 대로 변침(變針) 이동 중인 도고 함대를 향해 돌진해야 했다.

어쨌든 이 제독은 도고의 '미카사'보다 함령이 어린 신예 전함——제1전함 전대——을 이끌고 있는 것이다. 만일 이 신예 전함들을 거느리고 전속력으로 도고 함대의 후미를 향해 돌진했더라면, 도고의 이 마술적인 이동도 모처럼의 마술 효과를 발휘하지 못하고 전투가 시작되자 마자 그 진형이 흐트러졌을지도 모른다.

그러나 기함 스바로프의 사령탑 안에 있던 로제스트벤스키는 도고에 대항하는 데 알맞은 전술을 사용하려 하지 않았다. 다만 포원들에게 사격을 명령하는 데 그쳤다. 개전의 막이 오후 2시 8분 러시아 측의 포화로 올랐다는 것은 이미 말했지만 러시아의 각 함의 포원들은 개별적으로 활동하고 개별적으로 일했다.

그러나 이 함대는 이를테면 포원이라는 팔다리만 존재하고 사령관이라는 뇌수는 존재하지 않는다고까지 말할 수 있을 것 같았다. 아니 그보다 해전에 대한 개념에 있어서 로제스트벤스키는 도고보다 엄청나게 뒤졌다. 그는 해전이라면 여전히 옛날식대로 단함으로 서로 때리고 맞는다는 개념에서 약간 벗어난 데 지나지 않았던 것이다. 도고와 그 막료들에 비해 기본적으로 해전이라는 동태의 파악 방법이 달랐다.

로제스트벤스키의 이 해전에 임한 사고방식은 지금 추측한다면, 신과 각 함의 함장 및 포원의 활동에 완전히 맡겨 놓고 있었다고 할 수 있다. 다시 말하면 로제스트벤스키가 이 자리에서 가진 사고에는 심한 편집이 있어서 그것이 항상 순수하고 투명해야 할 그의 전술적 사고를 방해하여 왜곡시키고 흐리게 한 것이다.

'도고의 틈을 발견하여 이 전투 해역에서 발을 빼고 블라디보스토크로 달아난다.'

이것이 그것이다.

도고와 이 해역에서 순수하게 지(智)와 용(勇)과 성실함을 다하여 싸움의 항적을 그릴 대로 그려보자는 생각이 그에게는 없었다. 만일 그가 그러한 각오로 이 해역을 가장 중요한 무대로 보고 사력을 다해 싸웠더라면, 서로 그 휘하의 여러 함을 가라앉히면서도 남은 함은 블라디보스토크로 들어갈 수 있었을지도 모른다.

그는 물론 몇 척은 블라디보스토크에 도달할 수 있다고 생각하고 있었다. 그러나 그의 편집은 그 도주에 성공하는 몇 척 속에 자기 자신이 타고 있어야 한다고 생각한 것에 있었다. 그 편집이 그의 전술 사고에서 첨예함을 앗아가고 그의 결단을 둔중하게 만들었다.

도고의 기술 앞에 거의 속수무책이었던 그의 사정은 그런 데 있었던 것 같다.

도고와 그 함대가 스바로프에 포탄을 집중시키는 모습은 처절할 정도였다. 포전을 개시한 이래 수차에 걸친 전투 중 스바로프에 명중한 일본 포탄은 수백 발이 넘었을 것이다. 여기에 비하면 '미카사'가 입은 명중탄의 수는 비교도 되지 않았다.

기록을 담당하는 세묘노프 중령은 되도록 이 전투를 망막에 새겨 두려고 생각했다.

세묘노프는 처음에는 후부 함교에 있었다.

구경꾼인 세묘노프 옆에는 아직은 한가한 레드킨 대위도 있었다. 레드킨은 함미의 우현 6인치 포의 대장이어서 포전이 좌현포에서 치러지는 동안에는 할 일이 없는 것이다.

세묘노프의 쌍안경에 비친 일본 측의 첫 포연은 '미카사'가 침로를 바꾸어 새 침로를 잡고, 이어서 '시키시마', '후지', '아사히'가 회두했을 때 '미카사'에서 오른 것이었다.

일본의 포탄은 세계의 어느 포탄과도 달랐다. 시모세 화약을 잰 이슈인 신관(伊集院信管)을 사용했기 때문에 가늘고 길쭉했다.

일찍이 이 포탄을 상대로 싸운 여순함대에 탔던 사람들은 이 포탄에 '가방'이라는 별명을 붙이고 있었다. 이에 관해서는 이미 말했다. 이전에 여순함대에 속해 있었던 세묘노프 중령은, 이 가방의 모습과 위력을 잘 알고 있었다.

그런데 지금 다시 눈앞에서 보자 참으로 기묘하다는 것을 새삼 인식했다.

'마치 장작을 집어 던지는 것 같다'고 세묘노프는 그 인상을 설명했다. 장작이 빙글빙글 공중에서 돌면서 날아오는 모습인 데다 그 날아오는 모습이 육안으로도 보이는 것이다. 비상음도 대단치 않았다. 러시아의 포탄은 열차가 철교를 통과하듯 요란한 소리를 내는데, 이 독특한 장형탄은 부웅하는 참으로 부드러운 음향을 낼 뿐 굉음이라고 할 만한 정도는 아니었다.

"저게 바로 그 가방이라는 놈인가!"

레드킨이 어이없다는 듯이 말했다.

최초의 가방은 스바로프를 넘어 바다 가운데 떨어졌다. 이런 경우 러시아의 포탄이라면 물에 가라앉아 장대한 물기둥을 일으킬 뿐인데, 일본 포탄은 그 예민한 이슈인 신관에 의해 해면에 부딪치는 순간 대폭발을 일으킨다. 이때문에 함체에 명중하지 않더라도 탄체가 무수한 파편이 되어 함상을 휘덮었다. 그 파편이 뱃전과 갑판 위의 구조물에 맞으면 짧고 날카로운 소리가났다. 제2탄은 너무 가까웠다. 제3탄은 전부 굴뚝 근처에 명중했다.

이어 제4탄이 함미 좌현의 6인치 포탑에 명중했고 곧 대화재가 일어났다. 시모세 화약의 특징은 함의 장갑을 깨뜨리고 함 내에서 폭발하는 식이 아니라, 접촉한 부분이 쇠건 나무건 깡그리 불로 만들어 버린다는 데 있었다.

앞 굴뚝 근처에 거대한 불기둥이 서고 함미도 타기 시작했다.

전함 '아료로'의 함상에서 일본 전함이 쏘아대는 포탄을 보고 있던 노비코프 폴리보이는 말했다.

"날아오는 수뢰 같잖아."

순양함 '올레그'의 함상에 있던 S 포소코프라는 사관은 이렇게 쓰고 있다.

"이것은 포탄이라는 기뢰다. 작렬하면 사라지지 않는 성질을 가진 연기가 확 퍼지는데, 바다 속에 떨어져서도 파편이 날아 우리에게 피해를 주었다."

스바로프의 후부 함교에 있던 세묘노프는 개전 후 몇 분도 안 되어 함미에 있던 12, 3명의 신호병들이 우현 6인치 포탑 주위에 살점을 뿌리며 전멸해 버린 것을 알았다.

'불과 몇 분 사이에'

세묘노프는 전율을 느꼈다. 일본 함대의 사격 능력이 능히 러시아 함대의 3배 이상이 된다는 것을 안 것이다. 일본 측은 설치한 포의 수만 갖고 있는 것이 아니었다. 그 능력 때문에 그 3배의 포문을 갖고 있는 것과 같았다.

세묘노프 중령은 후부 함교에 더 이상 머물러 있는 것은 위험하다고 느꼈다. 그러나 곧 위험은 함 내 어디에 있어도 똑같다는 것을 깨닫고 말했다.

"차라리 앞쪽 사령탑으로 가자."

무엇보다 기록자로서 로제스트벤스키와 기함의 함장 이그나티우스가 분투하는 모습을 보아 두자고 생각한 것이다.

그는 뚱뚱한 상체를 둥그렇게 웅크리고 가느다란 다리를 바쁘게 움직여 상갑판에서 앞으로 달렸다.

도중에 많은 주검을 보았다. 특히 불과 10분 전에도 말을 하던 신호장이 사지를 상갑판에 흩뜨린 채 쓰러져 있는 것을 보았으나, 별로 이렇다 할 감정은 일어나지 않았다. 다만 그 피 때문에 발이 미끄러워 자칫하면 넘어질 뻔했다.

사령탑은 두꺼운 장갑의 벽과 쇠뚜껑으로 덮여 있었다. 그 창문으로 로제스트벤스키는 약간 등을 구부린 자세로 내다보고 있었다. 타륜 옆에 두 사람이 쓰러져 있었다. 하나는 조타원이고 하나는 포술장 베르세네프 중령이었다. 베르세네프는 머리가 깨져 있었다. 즉사한 것 같았다.

이 함대 가운데 가장 뛰어난 함장인 이그나티우스 대령은 타고난 기질인 쾌활함을 잃지 않고 있었다.

"어떻게 할까요?"

이그나티우스 함장은 쌍안경을 들여다보고 있는 로제스트벤스키에게 말을 건넸다.

"각 함의 간격을 좀 바꾸는 편이 좋지 않을까요? 적탄을 너무 맞는 것 같으니까요."

그러나 로제스트벤스키는 찬성하지 않았다. 그는 진형에 수정을 가하는 것이 자기 함대로서 얼마나 귀찮은 일인가를 알고 있었다.

"우리 포탄도 맞고 있어."

제독이 말했다. 러시아의 철갑탄은 일본군 함에 꽂혀 함 내로 파고 들어가서 폭발하기 때문에 연기도 불길도 보이지 않는 경우가 많았다.

'태평이군.'

로제스트벤스키의 찬미자인 세묘노프도 이때만은 좀 화가 났다. 이 사령탑의 인간들은 지금 함내가 얼마나 비참한 상태에 있는가를 모르는 거라고 생각했다.

세묘노프는 사령탑에서 나와 함교로 올라갔다. 거기서는 싸움터가 한눈에 바라보였다.

그가 이 함교에 올라갔을 때, 도고 함대는 15분이 필요한 그 회두 이동을 막 완료했을 때였다. 도고가 아직도 본격적인 포전을 벌이지 않은 그 15분 동안에도 기함 스바로프는 벌써 위와 같은 상황이 되어 있었던 것이다.

세묘노프 중령이 스바로프의 함교로 올라가서 해역을 휘둘러보았을 때는 도고 함대가 막 시사(試射)의 단계를 마쳤을 때였다.

발틱함대는 도고의 시사 단계에서 이미 앞에서 말한 것 같은 침상을 빚었다. 그렇다면 본격적인 사격이 시작되면 어떻게 될 것인가?

세묘노프가 함교에 올라갔을 때, 기함 스바로프를 따르는 전함 '알렉산드르 3세'와 '브로지노', 러시아 제국의 위신의 상징이라고도 할 수 있는, 이 2척의 전함에서 불이나 담황색 연기에 싸여 있었다.

'이게 무슨 꼴이람!'

세묘노프는 속으로 생각했다. 그러나 그때 그의 감상을 날려버리듯 예의 장작이 날아왔다. 어느 장작이고 다 육안으로 보였고, 장작마다 모두 그가 서 있는 함교를 겨냥하여 날아오는 것 같았다. 함교 같은 데서는 도저히 서 있을 수가 없었다. 그는 허둥지둥 함교에서 내려갔다.

그러나 어디로 가야 할지 알 수가 없었다.

'함미로 가자.'

그는 노트를 들고 달리기 시작했다. 갑판에는 발 디딜 곳이 없을 만큼 낙하물이며 시체들이 뒹굴고 있었다. 신호소도 거리 측정소도 착탄 관측소도 모두 포탄에 맞아 박살났고 기함 스바로프는 군함으로서 갖추고 있는 눈과 귀의 기능을 모두 잃었다는 것을, 세묘노프는 깨달았다.

한편 '미카사'의 함교에서는 아키야마 사네유키도 노트를 기록하고 있었다. 이 일본 해군의 문장가는 세묘노프처럼 영웅 예찬의 이야기를 쓸 의무를 가지고 있는 것이 아니라, 나중에 상세한 전투보고서를 써야 하기 때문에 시시각각으로 변해가는 전황을 메모하고 있었던 것이다.

전함 '오스라비아'가 화염에 휩싸인 것은 미카사가 사격을 개시한 지 불과 5분 후인 2시 15분이었다.

마침내 도고 함대는 피아의 거리 5,000미터 이내로 뛰어들었다. 이 육박 상황은 사네유키가 일찍이 만들어 낸 '뱃전이 서로 맞닿을 정도'라는 표현에 약간 가까워지고 있었다. 5,000미터 이내로 들어가니 도고 함대에서 발사되는 포탄의 명중률이 비약적으로 높아졌다.

사네유키는 여전히 쌍안경을 쓰지 않았다. 이제는 육안으로도 적 함대의 상황이 잘 보였다.

전함 오스라비아의 손실은 엄청나서 큰 마스트는 부러지고, 굴뚝은 날아가고 함내 곳곳에서 화재가 일어나고 있었다. 더욱이 수선부(水線部)가 포탄에 의해 종횡으로 구멍이 뚫려 그곳에서 대량의 물이 쏟아져 들어오고 있었다.

"오스라비아 기울다."

사네유키는 그렇게 메모했다.

기함 스바로프의 마스트도 부러졌고 함체는 불길에 싸여 있었다. 사네유키의 육안에는 보이지 않았으나, 가토 참모장의 쌍안경에는 스바로프의 갑판 위를 뛰어 다니는 소화대원의 모습이 바로 눈앞에 있는 것처럼 잘 보였다.

화재가 가장 심각한 것은 전함 '알렉산드르 3세'였다.

불을 짊어지고 허둥대는 각 함의 무서운 연기가 해상에 비단처럼 드리워진 자욱한 수증기와 뒤섞여 뜻하지 않은 연막을 이루었다.

이 때문에 일본 측은 조준이 곤란해져서 잠시 동안이지만 사격을 중지하는 조치까지 취해졌다.

그동안의 도고의 지휘는 거의 흠잡을 데 없었다고 해도 좋았다.

도고는 적에게 타격을 주면서, 이따금 함대의 침로를 바꾸었다. 그 목적은 항상 적의 전면을 계속 제압하기 위해서였다.

'미카사는 항상 우리 전면에 있었다'고 러시아 측의 여러 기록이 전하고

동을 하지 않으면 안 되었다.

도고는 적전 회두로 한 번은 발틱함대의 머리를 눌렀으나 발틱함대도 항주하고 있는 이상 쌍방이 언제나 같은 위치를 유지할 수는 없는 일이었다. 당초 도고 함대는 북쪽에서 왔다. 그리고 온갖 진형 이동을 거듭한 끝에 적전 회두하여 동북동으로 항진했다. 이에 비해 로제스트벤스키의 함대는 일단은 머리를 동으로 돌려 좌현에서 포전을 펼쳤다. 이 형태는 도고에게는 바람직한 것이었다.

도고는 더욱더 적의 머리를 누르려고 오후 2시 45분에 '남동 2분의 1동쪽'으로 변침하여, 완전한 형태로 전면을 압박하는 진형을 취했다. 이 진형으로 도고가 직접 지휘하는 제1전대와 뒤따르는 가미무라의 제2전대는 적에게 맹렬한 종관(縱貫) 사격을 가할 수 있었다.

기함 스바로프의 사령탑에 있는 로제스트벤스키는 어찌할 바를 몰랐다.

스바로프의 속력은 떨어지지 않았으나 맹렬한 불길에 싸여 사람들은 불을 끄는 데 정신이 없었다. 겨우 불을 끄고 나면 또다시 포탄이 날아와 새로운 화재를 일으켰다.

도고가 제1, 제2전대에 명령한 오후 2시 45분의 '남동·2분의 1동'의 변침 때 스바로프의 함상에 있던 세묘노프 중령이 느낀 것은 이것이었다.

"도고는 다시 새로운 침로로 항진해왔다. 미카사는 단종진을 이끌고 우리 함대의 전면을 가로지르려고 오른쪽으로 돌았다."

로제스트벤스키에게 보통의 전의(戰意)라도 있다면 그의 함대도 마땅히 도고에 맞춰서 오른쪽으로 꺾지 않으면 안 된다. 그러면 좌현의 포로 싸우게 된다.

'아마 그렇게 하시겠지.'

세묘노프는 생각했다. 그러나 로제스트벤스키는 여전히 침로를 바꾸지 않고 곧장 나아갔다. 아마도 그는 도고를 오른쪽으로 보내고 그 꽁무니 근처를 돌파할 작정이었는지 모른다.

그러나 로제스트벤스키가 전술로 함대를 이끌고 나가는 것은 그의 함대 상태로 봐서 너무 늦었다. 그러한 지적인 작업은 개전 전후에 재빨리 했어야 했다. 이제는 사령관의 전술보다 각 함, 각 포의 포원의 눈과 손과 기력에 달려 있었다. 서로의 거리는 얼마되지 않았다. 포원들은 적의 함영을 발견하는 대로 마구 쏘아대서 계속 명중시키지 않으면 안 되었다. 그런데 발틱함대의 전함 중 대부분은 이미 불꽃이 솟구치고 있었고 포는 파괴된 것이 많았으며 살아남은 포도 함을 뒤덮은 불길과 검은 연기 때문에 포원들의 사격 조작이 저해되어 엄청나게 명중률이 떨어졌다.

이에 반해 불에 붙은 함이 하나도 없는 도고 측은 항상 바람을 등지는 유리한 위치에 있어서 명중률이 갈수록 더 정확해졌다.

기함 스바로프는 불타고 있었으나 사령탑만은 아직 안전했다. 사령탑은 공중에 있는 조그마한 강철제 원통이라고 생각하면 된다.

우산 모양의 튼튼한 지붕이 이것을 덮어 낙하탄을 막고 있다. 둥근 벽은 두께 10인치나 되는 강철판으로 되어 있어서, 함대 수뇌들의 생명을 지켜 준다. 바깥을 보기 위한 가느다란 틈이 꼭 사람의 눈높이에 뚫려 있다. 로제스트벤스키도 막료도 해전 중 줄곧 그 틈새로 내다보고 있었다.

'미카사'가 오후 2시 45분에 침로를 변경했을 때 전형적인 귀족인 참모장 코롱 대령은 이 마당에 이르러서도 여전히 조심스럽게 로제스트벤스키의 주의를 촉구했다.

"각하 미카사가 이쪽으로 접근해 오고 있습니다."

제독은 등을 굽히고 틈새를 들여다보면서 '알고 있어' 하고 외쳤다. 그러나 당장 이 이변에 적응하기 위한 명령은 내리지 않았다. 이 독재자는 막료의 조언을 잡음 정도로밖에 생각하지 않았다. 그는 자기의 두뇌만을 신뢰하고 있었다. 그러나 이 착잡한 전투 장면의 지휘에서는 두뇌가 차지하는 부분은 극히 적다. 그보다 용기에 의해 행동을 결정해야 마땅했다. 그런데 로제스트벤스키에게 부족한 것은 바로 그것이었는지도 모른다.

이 무렵 놀랍게도 스바로프와 미카사의 거리가 불과 2,400미터까지 좁혀져 있었다. 이것은 이 전투 중 도고와 로제스트벤스키가 가장 접근한 순간으로 주장끼리 일대일로 맞붙어 서로를 찌르는 듯한 형세를 나타냈다. 미카사의 함교에서 움직이고 있는 사람의 그림자까지 보였다. 로제스트벤스키는 흥분했다. 너무 흥분해서 자신도 모르게 생각하고 있었다.

"도고를 죽여라!"

그가 얼마나 흥분했는지는 제독 자신이 일개 포술장——중령이나 소령급——이 된 것처럼 직접 사격 명령을 내린 것만 보아도 알 수 있다.

그는 포까지 지정했다. 포는 전부 좌현의 6인치 포였다. 목표는 물론 도고다.

"미카사를 가라앉혀라."

이러한 신호를 로제스트벤스키는 이 전투 중의 어느 시기에 이미 내걸고 있었다. 지금이야말로 가장 좋은 기회였다. 스바로프의 전부 좌현에 있는 6인치 포가 무시무시하게 불을 뿜고 검은 연기를 올리며 철갑탄을 발사했다. 함대의 각 함이 이에 따랐다.

미카사의 전후좌우에 무수한 물기둥이 치솟아 함체를 물로 뒤덮었다. 그러나 로제스트벤스키가 쳐든 칼은 불행히도 빗나갔다. 포탄은 미카사에 명중되지 않았다. 러시아는 사격 이론에서 일본보다 크게 뒤져 있었다. 일본의 가토 간지가 개발한 사격 지휘법 같은 것은 갖고 있지 않았다. 러시아 측의 각 포는 제멋대로 쏘아댔다. 이 때문에 미카사 부근에 물기둥이 수없이 치솟아도 어느 물기둥이 자기 포의 것인지조차 알지 못하여 가까운 거리인지 먼 거리인지 조준을 수정할 수도 없었던 것이다.

한편 미카사를 비롯한 일본 측의 포는 변침 이동 중에는 침묵을 지켰다. 그 이동이 끝났을 때, 엄밀히 말하면 러시아 측에 사격을 당한 지 2분 후에 무시무시하게 불을 뿜기 시작한 것이다. 물론 일본식 사격법에 의해서다. 즉 먼저 미카사가 시사를 한다. 그 물기둥을 보고 탄착을 확인한 다음 미카사의 함교에 있는 아보 기요카즈가 각 포대에 거리를 알려 주는 것이다. 이 합리적인 방법이 정연한 통제 아래 이루어졌다.

미카사가 적에 대한 사격 거리를 다 파악했을 때 하늘도 바다도 캄캄해졌다. 각 함에서 맹렬한 사격이 개시된 것이다. 이제는 사격이라기보다 포탄의 대집단이 폭풍우를 불러일으키는 듯했다. 이 불과 연기의 폭풍은 적의 기함 스바로프에만 쇄도했다.

포화지휘

도고가 연출한 훌륭한 전술에 대해 노엘 부시라는 사람은 '일본 함대는 적의 장갑을 관통시키기 위해서 철갑탄으로 전환했다'고 쓰고 있다. 일본 함대가 도고가 연출하는 댄싱 팀처럼 정연히 행동한 것이 이 짧은 문장에 잘 나타나 있다. 적전에서의 순차적인 회두(回頭)도 그러했고, 각 함의 포술장이 함교에서 모든 포화의 지휘를 한손에 장악하는 새로운 방법도 그러했으며, 각 함이 적과 근거리에 뛰어들자 그때까지 단강(鍛鋼) 유탄을 쏘던 것을 철갑 유탄으로 전환한 것도 그러했다.

그런 뜻에서 이 해전은 적과 아군의 각 함의 성능이나 각 사병의 능력과 사기보다 일본 측의 두뇌가 러시아 측을 압도했다고 말하는 편이 정확할 것이다.

그런데 이 경우의 '두뇌'란 당연히 천성적인 것을 가리키는 것이 아니다. 사고방식이라는 정도의 뜻이다. 더 정확하게 말해서 약자 쪽에 선 일본 측이 강자를 이기기 위해 약자의 특권인 생각에 생각을 거듭하여, 다시 그 생각을 즉흥적인 생각에 그치게 하지 않고 그것으로 전함대를 기능화했다는 것이다.

특히 도고는

'해전의 핵심은 포탄을 적보다 많이 명중시키는 것 말고는 없다.'

이런 평범한 주제를 철저히 인식시켜 전략과 전술을 오직 이 한 점에 집중시킨 것이다. 그 어느 나라의 해군에서도 이 시기의 도고만큼 그것을 철저히 실행한 예는 없었다.

잠시 포화(砲火)에 대해서 살펴본다.

도고가 진해만에서 대기하는 동안 전함대에 실성했다는 의심을 받을 만큼 사격 훈련을 심하게 시켰다는 것은 이미 말했다.

"포탄은 그리 쉽사리 맞는 것이 아니다."

이러한 쓰라린 경험이 도고에게는 있었다. 일본 역사상 양식 군함끼리 싸운 최초의 해전은 메이지 원년(1868년) 1월 4일의 '아와(阿波) 앞바다 해전'이었다. 막부의 군함 '가이요(關陽)'와 사쓰마 군함 '가스가(春日)'가 교전했다. 가이요에는 네덜란드에서 돌아온 에노모토 다케아키(榎本武揚)가 탑승하고 가스가에는 아직 소년티가 가시지 않은 사쓰마의 번사 도고 헤이하치로가 좌현의 40근짜리 시조포를 담당하고 있었다. 쌍방이 2,800미터에서 포문을 열어 1,200미터에서 절정에 달했다. 결국은 가스가가 우세한 속력을 이용하여 가이요를 뿌리침으로써 전투는 끝나는데, 이 교전에서 쌍방은 한 발의 명중탄도 없었던 것이다.

해상의 사격은 그토록 어려운 것이었다. 적과 아군의 배가 모두 움직이고 있을 뿐 아니라 풍랑 때문에 포구가 항시 흔들리고 있어서, 겐페이(源平) 시대의 나스 요이치(那須與市)가 파도 위에서 다이라 가문(平家)의 부채를 쏜 것만큼이나 어려운 조건이 아와 앞바다 해전 때뿐만 아니라 러일전쟁 때도 기본적으로 따라 다녔다.

러일전쟁 때의 황해 해전은 도고 함대와 여순함대의 첫 번째 전력 대결이었는데, 사격 능력은 두 나라가 거의 같은 수준이었고 쌍방이 모두 성적이 좋지 않았다. 일본 측이 간신히 이길 수 있었던 것은 '운명의 일탄'이라 일컬어지는 일본의 12인치 포탄이 적의 기함 사령탑 부근에서 폭발하여, 비트게프트 사령관 이하를 흩날려 적의 지휘가 혼란에 빠진 덕분이며, 아키야마 사네유키가 뒷날 늘 말했듯이 '그때는 이길 것이라고 생각지 못했다. 천운이라고밖에 할 말이 없다'는 것이 솔직한 실상이었다.

포화 지휘에 대해서 계속 이야기하겠다.

진해만에서 대기하던 초기에는 도고 함대의 사격 능력이 결코 교묘했다고는 하기 어려웠다.

당시 미카사에서 12인치 포와 3.5인치 포 2문을 담당하고 있던 야마모토 신지로(山本信次郎) 대위가 나중에 소장이 된 뒤 회고한 말이 남아 있다.

"한번은 진해만 안에 있는 작은 섬을 표적으로 삼고 사격을 했지. 그런데 좀처럼 맞지 않았어. 그럴 까닭이 없다고 생각했지만, 아무리 해도 맞지 않더란 말이야."

그 원인은——나중에 안 일이지만——사격 능력의 졸렬함에 있었던 것이 아니라 장약이 변질됐기 때문이라는 것이 밝혀졌는데, 그렇다 하더라도 훈련의 초기에는 좀처럼 잘 맞지 않았다. 그 증거로 이 함대에 종군하고 있던 영국의 관전 무관 페케넘 대령이 훗날 야마모토 신지로가 런던에 갔을 때 이렇게 술회했다고 한다.

"진해만에서의 어느 날 나는 일본 함대의 사격이 졸렬한 데 놀라 이런 함대와 함께 전쟁에 나간다면 목숨을 버리러 가는 거나 다름없다고 생각하고 도쿄에 있는 해군성의 사이토 마코토(齋藤實) 차관에게 편지를 써서 퇴함시켜 달라고 부탁할 생각까지 했다."

"그런데 막상 해전에 참가해 보니 일본 함대의 명중률이 얼마나 대단한지 놀랐다."

마치 다른 함대를 보는 것 같았다고 한다.

이 변화는 도고가 진해만에서 오로지 포원의 훈련에 전념한 데 주요 원인이 있지만, 관점에 따라서는 도고와 그 막료 및 포술 관계자가

"포원의 능력도 중요하지만 사격 지휘법이 더 중요하다. 포원의 능력에 의지해서는 비약이 없다."

고 깨닫고 지휘법을 연구하여, 세계의 해군 상식과는 다른, 아니 오히려 완전히 독창적인 방법을 진해만에서 개발한 것이 이 해전에 중대한 결과를 가져왔다고 볼 수 있다.

여기서 다른 얘기를 끼워넣는 것 같지만, 역시 언급해 두어야겠다. 로제스트벤스키 함대의 포원 능력에 대해서이다. 낮았다고 한다. 이것이 러일 쌍방의 정설처럼 되어 있지만 그들의 능력이 특히 낮았다는 데 대해서는 결정적인 증거를 찾기 힘들다. 함포의 사격이 얼마나 어려운 것인가는 이미 말했

다. 그 어려움이라는 절대 조건에서는, 도고의 포원이 로제스트벤스키의 포원보다 뛰어나다 하더라도 (실제로 뛰어났지만) 미미한 차이일 뿐이다.

결정적인 요인은 도고와 그 부하가 개발한 지휘법에 있었을 것이다.

'기비(旗秘) 제497호'

이런 명령으로 도고는 이미 새로운 방법의 골자를 각 함장 및 주무 장교에게 알려 놓고 있었던 것이다.

"사격의 지휘법이 사격술의 중대 요소임은 이제 의심할 여지없는 일이다."

포화 지휘에 대해서 계속한다.

이 도고의 '기비 제497호'에서

'사격 거리는 함교에서 장악한다.'

이것에는 '1함의 조척(照尺)의 통일'이라는 새로운 사상이 명시되어 있다.

이 새로운 사상은 우연히 영국에서도 거의 동시에 개발되어 일제 사격법이라고 이름 붙여졌는데 영국은 그 효력을 시험할 기회(해전)가 없었기 때문에 도고 함대가 개발의 영광을 차지한 것이다.

도고의 통솔의 기묘함은 그 원칙만 명시할 뿐 실제상의 운영법에 대해서는 각 함의 함장과 포술장에게 일임했다는 것이다.

도고의 원칙은 이랬다.

"포화 지휘는 되도록 함교에서 장악하고 사정거리도 함교에서 호령하며 포대에서는 추호도 이를 수정하지 않는 것이 좋다."

각 포대는 그것을 조금도 수정하지 않는다. 러시아 측이 각 포대마다 사정거리를 정하여 같은 함 내에서도 저마다 따로따로 쏘았던 것과는 완전히 다르다.

'함교에서 장악.'

'미카사'의 포술장 아보 기요카즈는 그와 같이 했으나 전함 후지의 야마오카 도요이치(山岡豊一) 포술장은 전투 중 앞 마스트의 꼭대기에 올라가 거기서 사정거리를 정해서는 낭랑하게 울리는 목소리로 메가폰을 통해 직접 각 포탑에 호령했다. 일찍이 미카사의 포술장이었던 가토 간지가 최고의 관측 위치는 앞마스트 꼭대기라고 말했으니, 후지 쪽이 한층 더 합리적이었는지도 모른다.

물론 후지의 야마모토는 메가폰만으로 전한 것이 아니라 나팔 소리로 숫자를 정하기도 하고, 지시반을 사용하거나 라이드 통신기를 이용하기도 하여 여러 가지의 전달법을 병용함으로써 신속과 정확을 기했다. 피아의 요란한 포성 속에서 전달하는 것이니만큼 그와 같은 주요한 배려가 필요했는지도 모른다.

도고의 '기비 제497호'는 원칙이었음에도 구체적인 설명도 들어 있었다. 그 일부를 구어로 고치면 다음과 같다.

"함교로부터의 사격거리 명령은 신속을 요한다. 그것이 뒷갑판 포대에 도달하는 데 만일 20초 이상이 걸린다면 그것은 이미 죽은 명령이 될지도 모른다. 왜냐하면 실전에 있어서 사격거리의 변화는 10초 동안에 100미터 이상이 되는 경우가 흔하기 때문이다."

그러면 포화에 대해서 좀 더 계속 말하겠다. 다만 이야기를 약간 바꾸기로 하겠다.

"일본 함대는 유탄에서 철갑탄으로 바꾸었다."

이것은 노엘 부시의 기술인데 이것도 도고가 미리 정해 놓은 방법이었다.

단강 유탄이라는 것은 작렬하여 다만 사람과 그 밖의 것을 살상하기 위한 포탄이다. 철갑 유탄은 살상력은 약하지만 문자 그대로 함체의 장갑부를 꿰뚫어 큰 구멍을 내기 위한 포탄이다. 단강 유탄으로 보통 군함은 가라앉지 않는다.

도고 함대가 처음에 단강 유탄을 사용한 것은 원거리에서는 아무리 철갑탄을 쏘아도 관통력이 둔하다는 것을 알고 있었기 때문이다.

"피아의 거리가 3,000미터가 될 때까지는 단강 유탄을 사용한다. 그 이내로 들어가면 철갑 유탄으로 바꾼다."

그래서 이 방법을 썼다. 철갑탄은 갑을 뚫는다고 하여 그런 명칭을 얻었는데 2,500미터 이내가 아니면 도저히 적의 장갑을 뚫을 수 없다는 계산을 일본 측은 하고 있었던 것이다. 러시아 측은 그러한 것은 전혀 생각하지 않았다. 이상의 것을 아울러 생각하면, 문제는 포원의 우열이라는 차원보다 도고 및 그 막료와 로제스트벤스키 및 그 막료의 우열이라는 차원에서 생각해야 할 것이다.

해군 포술사의 권위자인 마유즈미 하루오(黛治夫) 씨와 시마 이키치로(志摩亥吉郎) 씨의 담화나 논문에 힘입은 바가 크다.

마유즈미 씨는 해군 대령 출신이지만 물론 러일전쟁 때의 사람은 아니다. 그러나 포술의 연구자로서 도고의 지휘를 분석하여 그것에 뛰어난 일가견을 갖고 있다.

도고를 성공으로 이끈 그의 적전 회두의 전술은 영국의 관전 무관 페케넘이나 로제스트벤스키와 그 막료들의 눈에 미친 짓으로밖에 비치지 않았지만, 나중에 이 대용단이 그의 이름을 후세에 길이 남는 것으로 만들었다.

그런데 마유즈미 씨는 이렇게 말했다.

"그것은 포술상으로 보면 대용단이 아니다."

그러나 모든 주장은 이것을 대용단으로 보고 있다. 적의 사정거리 안에서 한 함씩 일정한 시간적 간격을 두고 규칙적으로 왼쪽으로 방향을 꺾는다. 왼쪽으로 꺾일 때는 러시아의 포원 편에서 보면 정지 상태와 마찬가지이다. 그것을 순차적으로 한 함씩 격파하는 것은 기량 여하에 따라 가능한 일이기 때문에 도고는 대담하기 짝이 없는 짓을 한 것이 된다. 지난날의 일본의 해군대학교도 이것을 용단이라고 하여 찬미하는 것이 이른바 전사(戰史) 강의의 스타일이 되어 있었다. 또 이 해전 당시 아키야마 사네유키와 쌍벽을 이루고 전술가로 지목되었던 사토 데스타로(제2함대 참모)도 후일 두고두고 대모험설을 취했다. 그러나 마유즈미 씨는 극히 평범한 사실을 깨달았다.

당시의 해군은 일본이건 러시아이건 혹은 다른 나라이건 간에 회두중인 목표물에 대해 즉각 유효탄을 보낼 기술을 갖고 있지 않았다는 것이다. 사격에 대한 여러 가지 측정이나 조준을 하는 시간이 아무래도 몇 분은 걸린다.

여기에 마유즈미 씨의 글 중 일부를 인용한다.

"전사(戰史)를 조사해 보면 도고 사령관이 좌선(佐旋)을 명령하고 145도 회두할 때까지 약 2분이 걸렸다. 그동안 스바로프 이하 적의 신식 전함 5척은 대구경포는 고사하고 중소 구경포 한 발도 발사하지 못하고 2번 함 시키시마가 새 침로에 들어갔을 무렵에 겨우 발사하기 시작했다. (중략) 미카사가 좌선하고 나서 3분간은 전혀 사격을 받지 않았다. 그리하여 처음으로 15센티 포의 조그마한 탄환이 미카사에 명중한 것은 회두 개시로부터 실로 8분이 지난 오후 2시 13분, 30센티 탄이 명중한 것은 그로부터 다시 1분 후이다. (중략) 목표가 회두(回頭)할 때 한 점에 집탄시키는 것은 자이로컴퍼스가 없었던 구식 군함으로서는 할 수 없는 기술이다."

이렇게 말하면서 마유즈미 씨는 도고의 위대함은 대모험을 한 것이 아니라, 그것을 환히 알고 '불안 없이 회두를 명령한 뛰어난 지혜'에 있다고 하였다.

전술상의 평가론은 별개로 치고, 순전히 포술적으로 말하면 그 권위자인 마유즈미 씨의 말이 옳을 것이다.

이 마유즈미 씨의 글을 여기에 인용한 것은 도고의 적전 회두에 대한 평가를 하고 싶어서가 아니다. 그것은 이미 이 원고에서 언급해 두었다. 다만 당시 군함이 군함에 포탄을 명중시킨다는 것이 얼마나 어려운 일이었는지를 마유즈미 씨의 문장을 통해 알려고 한 것뿐이다.

도고는 그의 명령인 '기비(旗秘) 제497호'에서 백발백중을 바란다는 따위의 과대한 표현은 쓰지 않고 만약으로 가정하여 '훈련에 의해서 백발 칠십중'의 수준에 이르게 할 수 있다면 일본 함대의 현 세력에 새로 몇 척의 전함과 장갑 순양함 등을 추가한 것과 같은 결과가 된다면서, 이는 결코 어려운 일이 아니라고 보았다.

포화 지휘에 대해서 더 계속한다.

이 무렵, 전함의 장갑판의 방어 능력은 참으로 높아서 이것을 공격하기 위한 최대의 포탄인 12인치 포탄조차 전함을 가라앉힐 수가 없다는 것이 세계 해군의 정설이었다.

"전함은 가라앉지 않는다. 특히 '스바로프' 이하 5척의 신예 전함의 장갑은 그 어떤 포탄에도 견딜 수 있다."

로제스트벤스키와 그 막료들은 그렇게 믿고 있었다. 그때로서는 당연한 상식이었다. 이를테면 기함 스바로프에서 관전과 기록의 의무를 맡은 세묘노프 중령도 함 내 여기저기를 뛰어다니면서도, 이 전함 스바로프가 가라앉는다는 생각은 한순간도 해보지 않았다.

"포탄만으로는 도저히 적의 신예 전함을 가라앉힐 수 없다."

아키야마 사네유키도 이렇게 말하며 주간에 포탄으로 괴롭혀 놓고, 야간에는 구축함과 수뢰정을 만신창이가 된 적함에 육박하게 하여 어뢰로 끝장을 낸다는 계획을 세우고 있었다.

이 때문에 구축함들도 어뢰를 품고 거센 파도와 싸우면서 싸움터에 따라 나와 있었던 것인데 주간의 전투는 대함이 하기 때문에 말하자면 해상에서 차례를 기다리고 있었다.

요컨대 12인치 포탄으로 전함을 가라앉힐 수 없다는 것이 정평이면서도 이 해전에서는 결과적으로 러시아의 전함이 일본의 포탄 때문에 자꾸만 가라앉았다.

그 이유에 대해서는 나중에 여러 가지 의견이 나왔다.

"일본의 시모세(下瀨) 화약과 이슈인 신관(伊集院信管) 때문이다."

이러한 의견은 러시아 측에 많았다. 사실 일본이 개발한 이 기묘한 포탄은 세계의 일반적인 해군 포탄과는 달리 뒷날의 소이탄에 더 가까운 것으로, 무쇠도 태운다는 것이었다.

그러나 전함은 설혹 타더라도 가라앉지는 않는 법이다. 그리고 시모세 화약과 이슈인 신관을 특징으로 하는 일본 포탄은 철갑탄에서 오히려 단점을 드러냈다. 이 포탄은 적함의 장갑에 명중하더라도 포탄 자신의 압축발열 때문에 적함의 장갑 표면에서 자폭해 버리고 철갑 능력을 잃어 관통은 거의 하지 못했다. 관통하지 못하면 전함을 가라앉힐 수 없는 것이다.

군함의 장갑 구성은 함의 흘수선 부근에 두껍게 되어있지만 흘수선 위는 얇다. 흘수선 아래는 전혀 장갑이 되어 있지 않다. 그 까닭은 흘수선 아래는 바닷물 자체가 육상에서의 토루처럼 방탄력을 가지고 있기 때문이다.

그런데 이날은, 사네유키가 대본영에 친 전문에도 있듯이 "파도가 높았다."

풍랑 때문에 러시아 군함이 줄곧 동요하여 선복——흘수선 아래 무방어 부분——을 드러내기 때문에 거기에 일본 포탄이 명중하면 바닷물에 의한 방탄력에 의지할 수가 없다. 그래서 거기서 바닷물이 들어갔고 또 한편으로는 파도가 들끓어서 흘수선 위의 얇은 부분에 일본 포탄이 명중하여 큰 구멍이 뚫린 경우에도 바닷물이 한꺼번에 쏟아져 들어갔다. 이 때문에 함은 기울고 마침내 뒤집혀서 바다 밑에 가라앉는 물리적인 결과를 낳은 것이다.

만일 이날 파도가 높지 않았더라도 야간의 어뢰 공격으로 비슷한 결과가 나왔을지 모르지만, 일본 포탄의 위력이 경이적으로 높아진 것은 거센 파도의 득을 본 것이 많았다. 더욱이 도고가 바람을 등지도록 바람이 불어오는 곳으로 함대를 몰고 간 것은 일본의 모든 포문이 조준을 쉽게 하는 데 크게 효과적이었다.

사투

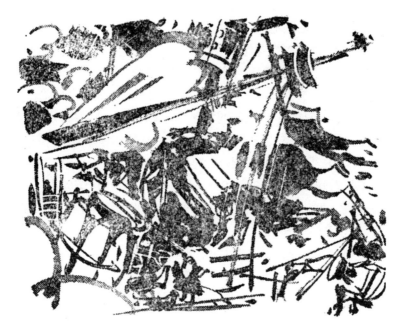

일본해 해전은 이틀동안 계속되었다. 그러나 아키야마 사네유키는 평생토록 말하면서 이렇게 덧붙였다.

"최초의 30분간이었다. 그것으로 대국은 결정되었다."

"페리 내항 이래 50여 년, 국비를 투입하여 부지런히 해군을 길러 온 것은 그 30분을 위한 것이었다."

미카사(三笠)는 여전히 장사진을 이끌고 선두에서 나아가고 있었다.

해면은 낙하하는 적의 포탄 때문에 끓어오르고, 수없이 솟아오르는 물기둥 속에서 미카사의 함교는 허공에 떠 있는 듯한 느낌이었다. 도고는 여전히 처음 서 있던 장소에서 움직이지 않았다. 물방울이 이따금 그의 쌍안경을 적셨다. 그때마다 도고는 작은 헝겊 조각을 꺼내어 닦았다. 그것만이 도고의 동작 가운데서 유일한 변화였다.

"우리 전선의 포화를 적의 선두에 집중시킨다."

이러한 작전 주제를 도고는 이 치열한, 때로는 심리적 동요 때문에 바꾸고 싶어질지도 모르는 전황 속에서, 집요하다고 할 만큼 바꾸지 않았다. 그가 이 전투 동안 전후 5시간에 걸쳐서 같은 자리에 같은 자세로 있었다는 것은 그 최선의 주제에 대한 집착을 상징했다고도 할 수 있을지 모른다.

이에 비해서 러시아 측 진형에는 강한 주제성이 없었다. 믿기 어려운 일이지만 러시아가 국운을 건 이 주력 결전의 첫 단계에서 포전에 참가할 수 있었던 것은 앞쪽의 대여섯 척에 지나지 않았다.

'제아무리 완강한 적이라도 격파되는 것이 당연하다.'

사네유키는 이 전장을 이야기할 때 항상 감정을 섞지 않고 수식을 설명하는 듯한 태도로 말했다. 도고의 방식은 수식대로였다. 제1, 제2전대의 한쪽 현 127문의 주부포를 항상 가동할 수 있도록 함대를 이끌었다.

러시아 측의 익명 막료의 수기에도 이렇게 씌어 있다.

"흉악한 포화가 '스바로프'와 '오스라비아'의 두 함에 집중되었다."

일본 측은 경이적인 명중률을 보여주었다. 스바로프에 타고 있던 세묘노프도 이처럼 표현했다.

"황해 해전 때는 나는 체자레비치에 명중하는 대구경 포탄의 수를 셀 여유가 있었다. 그러나 이번에는 그럴 정도가 아니었다. 일본 측의 명중률이 얼마나 좋았던지, 내가 일찍이 듣지도 보지도 못했고 상상도 하지 못한 정도였다. 포탄이 하나씩 명중하는 것이 아니었다. 비 오듯이 쏟아져서 명중하고 작렬했다."

기함 스바로프의 참상도 대단했지만, 특히 제2 기함이라고 할 수 있는 오스라비아는 더욱 심했다. 이 함은 일본 측의 첫 집중 사격으로 화염과 검은 연기에 휩싸이고 말았다. 두 번째의 집중 사격이 해상에 울려퍼졌을 때, 이 함은 폭연과 함께, 불꽃이 치솟고 검은 연기가 바다를 뒤덮어 함의 모습이 보이지 않게 되었다.

이 함은 스바로프형의 신예 전함 4척보다 속력이 빠른 대신 장갑이 얇았다. 그러나 이 당시 '어떠한 포탄도 하비식 장갑을 꿰뚫지는 못한다'는 말을 듣고 있던 하비식 장갑을 함체에 두르고 있다는 점에서 스바로프형과 같았다. 참고로, 하비는 미국 사람으로 니켈강(鋼)을 사용하여 장갑의 강도를 비약적으로 높였다. 일본 전함 중에는 미카사 외에 아사히와 시키시마가 그것을 사용하고 있었으나 후지는 그렇지 않았다. 후지에는 하비강(鋼)에 비하면 구식 합성 갑판이 사용되었고, 그것 때문에 오스라비아나 시키시마 등이 장갑 9인치의 두께에 그친 데 비해 18인치의 두께를 필요로 했으며, 그래도 9인치의 하비강과 동등하거나 그 이하의 방어력밖에 없었다.

오스라비아의 하비강 장갑은 일본 포탄에 잘 견뎠으나 소각성이 높은 시모세 화약이 함체 자체를 불덩어리로 만들어 버린다.

전함 오스라비아는 이윽고 거대한 복부를 드러내며 다른 함보다 먼저 바닷속으로 가라앉았다.

장갑판으로 충분히 방어된 전함이 포전에서 가라앉는 것은 보기 드문 일이었다. 이 당시 전함은 가라앉지 않는다는 것이 상식이었고, 사실 포탄에 의해서는 가라앉지 않는다고 세계의 해군들은 믿고 있었다.

이 전함에는 모국의 리바우 항을 떠날 때부터 불길한 그림자가 따르고 있었다. 출항한 이튿날 아침 이 전함이 종자처럼 거느리고 있던 구축함 '비스트루이'(350톤)가 갑자기 접근해 와서 충돌해 버린 것이다. 파손된 것은 구축함 쪽이었다고는 하지만, 출발에 즈음한 사건이고 길흉을 잘 따지는 러시아인으로선 유쾌한 사고는 아니었다.

그 후, 긴 항해 중 함대에서 병사자가 몇 사람인가 나왔는데, 이 오스라비아에서 나온 수가 가장 많았다. 조선 기사 폴리투스키의 수기에도 이렇게 씌어 있다.

"오스라비아에는 사망자가 자주 생겼다."

이 함은 제2전함전대의 기함으로 페리켈잠 소장이 타고 있었는데, 이 소장은 3척의 전함과 1척의 장갑 순양함의 사령관을 지냈다. 그러나 소장은 출항하자마자 건강 상태가 나빠져서 항해 중에는 거의 사령관 사실에서 줄곧 누워 있어야 했다. 반풍 만을 출항하고부터 병세가 악화되어 해전 나흘 전에 함대가 대만 동북 앞바다에 이르렀을 때 사망했다. 유해는 하얀 떡갈나무로 만든 관에 안치되었다. 그러나 장례는 치러지지 않았다.

로제스트벤스키는 함대의 사기에 영향이 미칠 것을 염려하여 그 죽음을 감추고 여전히 오스라비아의 마스트 높이 사령관기를 나부끼게 했다. 따라서 새 사령관도 임명되지 않았다. 믿을 수 없는 일이지만 제2전함전대는 사령관을 잃은 기함으로서 스바로프와 함께 선두에 서서 싸움터로 들어온 것이다.

이 전함은 다른 전함이 굴뚝이 2개인 데 비해 보기 드물게 굴뚝이 3개였다. 이 때문에 일본 측은 목표물을 식별하기가 쉬웠다.

도고는 오후 2시 10분에 처음으로 사격명령을 내렸는데, 불과 10분 후 오스라비아에는 참담한 상황이 빚어졌다.

먼저 큰 마스트가 날아가서 절반만 남고, 후부 굴뚝은 사라져서 2개가 되었다. 뱃전에 무수한 구멍이 뚫려 가장 큰 것은 직경 20피트나 되었다. 게다가 포탑이 전부 통째로 바닷속으로 날고 뱃머리도 부서졌다. 부서진 장소에 포탄이 떨어져 마침내 커다란 구멍이 뚫리고 거기서 바닷물이 세차게 들어왔다. 함은 앞으로 고꾸라질듯이 하며 닻을 내리는 쇠사슬 구멍 부근까지 가라앉았다. 이윽고 함체가 왼쪽으로 기울었다. 더 기울어 15도가 되었을 때 맹렬한 불길에 싸인 채 비틀거리며 함대의 열 밖으로 나왔다. 그래도 여전히 함미에 남은 두서너 개의 소구경포가 번쩍번쩍 불꽃을 발하며 사격을 계속하고 있었다.

오후 2시 50분쯤에는 완전히 전투력을 잃었다.

하갑판은 침수되고, 상중 갑판은 무시무시한 불길에 휩싸여 병사들은 이리 뛰고 저리 뛰며 달아났다.

오후 3시 10분, 갑자기 함수를 바닷속에 쑤셔 넣는가 싶더니 함미를 높이 쳐들고 해면에 검은 연기를 남긴 채 빨려 들어 갔다. 함장 베르 대령은 담배를 입에 문채 함교에 서 있다가 그대로 함과 더불어 운명을 같이 했다. 부근에 있던 구축함 '브이누이' 외에 한 척이 침몰 장소를 돌아다니면서 바다에 떠 있는 사병들을 건져 약 400명을 구조했다. 원래 승조원의 수는 850명이었다. 구조 작업 중 일본 함대는 이들 구축함에 대해 군인으로서의 정을 보여주었다. 어느 함이나 한 발도 쏘지 않았다.

기함 스바로프가 자유를 잃을 때까지는 30분도 걸리지 않았다.

도고 함대가 최초의 포탄을 퍼부었을 때 앞 굴뚝이 날아가고, 두 번째 사격 때는 12인치 포탄이 사령탑에서 밖을 내다보는 구멍에 맞아 탑 안의 인원 일부가 즉사하고 대부분이 부상을 입었다.

이때 로제스트벤스키는 요행히 경상을 입었을 뿐이었다. 그러나 그는 자기가 사령관이라는 것에 절망하지 않을 수 없었다.

왜냐하면 함대의 유력한 지휘 수단인 무전 장치가 파괴되고 무전 기사인 칸다우로프도 시체가 되어 그의 발밑에서 뒹굴고 있었기 때문이다. 각 함에 대한 의사전달이 어려워졌다. 하기야 이 제독은, 도고가 그 우수한 일본제 무선기를 좋아한 만큼 슬라비아르코 무선기를 좋아하지 않아 거의 기류 신호에 의존하고 있었다.

그 까닭의 하나는 슬라비아르코가 고장이 잦았기 때문이라고도 하지만, 진짜 이유는 이 제독의 보수적 성격에 있었는지도 모른다. 그는 무선 지휘를 처음부터 비능률적인 것으로 믿은 흔적이 있다. 이 무선 지휘에 대해서는 일본 측과 대조적이었는지도 모른다. 일본 측은 가장 우수한 장교를 골라 통신과의 수준을 높이고 있었는데 비해, 러시아 측은 그렇게 하지 않고 통신은 군인 대신 기사가 담당했다. 이에 대해서는 아키야마 사네유키가 이 싸움이 끝나자 제일 먼저 36식 무선 전신기의 개발자인 기무라 슌키치(木村駿吉)를 일부러 찾아가 '일본의 승리에 그 36식의 도움이 컸다'고 인사한 것에도 두 함대의 성격이 잘 나타나 있다.

로제스트벤스키는 얼굴이 피투성이가 되었다. 경상이기는 하지만 조그마한 쇳조각에 이마가 깨졌기 때문이다.

그 뒤 불과 5, 6분 후에 다시 사령탑에 맞은 12인치 포탄은 사령탑의 모든 틈새로부터 탑 안으로 쇳조각을 쏟아 넣었다. 로제스트벤스키는 다리에 맞아 쓰러지고, 이그나티우스 함장도 톱니 같은 작은 조각을 두 팔 가득히 맞았다.

제독은 전시 치료실로 운반되었다. 함장은 그 뒤 잠시 상처를 견디고 있었으나 다시 머리에 맞고 말았다. 함미에 있던 세묘노프 중령이 다시 함수로 가려고 사령탑에 가까이 접근했을 때, 마침 함장이 난간을 붙들고 비틀비틀 내려오는 참이었다.

이 함장의 명랑한 성격을 누구나 좋아하여 친밀히 여겨 왔는데, 이때도 평소와 다름없이 큰소리로 말했다.

"별 것 아니야."

그 등 뒤에서 불길이 치솟았다.

세묘노프가 사령탑에 들어가 보니 그곳은 온통 시체실이 되어 있었다. 타륜(舵輪)도 원형을 알아볼 수 없을 만큼 파괴되어 있었다.

그 무렵 후부 주포의 포탑에 잇달아 두 발이나 명중하여, 좌포가 밑에서부터 찌그러지고 말았다. 그러나 포탑 자체는 여전히 선회하며 이따금 생각난 듯이 오른쪽 포가 포효했다.

이 무렵에는 흘수선 부근에 큰 구멍이 뚫려 바닷물이 폭포처럼 쏟아져 들어오는 바람에 함이 왼쪽으로 기울었다. 전시 치료실은 중갑판에 있었는데 이 만원(滿員) 병실에도 포탄이 명중하여 주변이 온통 불바다가 되었다. 조선 기사 폴리투스키는 이 전투가 있던 날, 군의관의 조수로서 흰 옷을 입고 부상자를 치료하다가 그 불속에서 전사한 모양이었다. 로제스트벤스키는 마침 전시 치료실에서 막 빠져 나온 뒤여서 아슬아슬하게 살았다. 그러나 나오다가 왼쪽 복사뼈가 바스러져서 나뒹굴었다.

　그래도 러시아 측은 간신히 진형을 유지하며 나아가고 있었다. 주력함의 거의 대부분이 화염에 싸여 있었고, 검은 연기가 함대를 뒤덮었다. 어떤 함은 열(列) 밖으로 비틀거리며 빠져나가고 어떤 함은 떠 있는 폐허같은 모습으로 몸체만은 항주하고 있었다. 그러나 사격이 가능한 포는 여전히 불꽃을 토하면서 발사를 그치려 하지 않았다.
　'기록을 위해서.'
　이러한 목적으로 기함 스바로프 함내를 여기저기 뛰어다니던 세묘노프 중령은, 한때는 다시 한번 상갑판에 나가 일본 함대를 봐둬야겠다고 생각했다.
　그래서 상갑판으로 뛰어나간 그는 먼저 불과 싸우지 않으면 안 되었다. 시체도 피해야 했고 다 부서진 구조물 사이를 빠져나가야만 했다. 그는 군함의 머리쪽으로 나가려 했다.
　'일본 함대도 상당히 당했겠지.'
　그의 고참 사관으로서의 견고한 상상력이 그렇게 예상하게 한 것이다.
　그는 함수로 다가갔다. 12인치 포와 6인치 포 사이의 우현으로 나가자 전방의 바다를 바라볼 수 있었다. 일본 함대가 있었다.
　"그런데 적의 함대는 처음 보았을 때와 똑같은 모습으로 우리의 전방에 있었다. 화재도 일어나지 않았고, 기울어진 함도 없었다. 함교가 파괴된 것도 한 척도 없었다. 그들에게는 이것이 마치 전투가 아니라 사격 연습 같은 것이었다."
　다시 세묘노프는 말한다.
　"우리 함대에서는 30여 분 동안 은은히 포성을 울리고 있었다. 그 동안 대량의 포탄을 발사했을 텐데, 그 많은 포탄은 대체 다 어디로 간 것일까?"
　세묘노프는 그 원인을 포탄의 위력에서 찾으려고 했다. 그에 의하면 러시아제 폭탄은 조악해서 불발탄이 많았던 것이 아닌가 하는 것이다. 확실히 일본 측에서 보기에도 러시아 포탄에는 불발탄이 많았다. 그러나 세묘노프가 저주할 만큼 많지는 않았다.

세묘노프는 게다가 일본이 발명한 새 포탄의 위력을 지나칠 정도로 과대 평가했다.

"일본 포탄은 보통의 면화약이 아니라 시모세(下瀨) 화약을 사용하고 있다. 대체로, 작렬하는 일본 포탄 한 개의 파괴력은 러시아 포탄 12개의 위력을 갖고 있었다."

세묘노프는 이렇게 일본이 가진 물리적인 힘에 모든 원인을 귀착시키려 했는데, 그 동기의 하나는 그가 로제스트벤스키의 기록자로서 이 제독의 전술이 졸렬했다는 것을 덮어주고 싶은 생각에서 나왔다.

이에 대해 도고는 너무나 교묘했다.

두 함대는 이동하고 있었다. 쌍방이 항주하면서 싸우고 있는 이상 도고로서는 웬만큼 이동을 잘 하지 않으면 적을 놓칠 우려가 있었으나, 그는 쌍방의 형태 변화에 따라 계속 이동해가면서도 항상 적의 전면을 제압한다는 원칙을 굳게 지켰다. 이 이동 방법을 아키야마 사네유키는 옛 수군서의 말을 빌려 이름 지었다.

'을(乙)자 전법'

함대 자체가 을(乙)자 이동을 되풀이하는 것이다. 이 때문에 러시아의 어느 막료는 비명을 지르듯이 마치 마술이라도 본 것처럼 말했다.

"미카사는 언제나 우리의 전면에 있었다."
고 마치 마술이라도 본 것처럼 말했다.

그러나 그 도고도 실패할 때가 왔다.

도고뿐이 아니었다. 가토 도모사부로, 아키야마 사네유키를 포함한 미카사 함교위의 세 사람이 모두 적정(敵情)에 대해 중대한 오인을 한 것이다.

오후 2시 50분이 지난 단계에서였다.

맹렬한 화염을 뿜어 내고 있던 기함 스바로프가 별안간 왼쪽으로 회두했던 것이다.

'침로(針路)를 바꾸었다.'

이렇게, 미카사의 도고 이하는 적의 이런 변화를 로제스트벤스키의 뜻에서 나온 것으로 보았다. 이때 쌍방 함대의 형태는 11자 형태가 되어 포격전을 벌이고 있었다. 모두 동쪽을 향해 나란히 항행하고 있었는데 스바로프의 움직임이 변하였다. 왼쪽(북방)으로 함수를 돌렸다. 미카사의 함교에서는 그것을 나란히 항행하는 도고 함대를 앞으로 보내 버리기 위해 북으로 침로를 돌려 함대를 이끌고 달아나자는 것인가 하고 생각했다.

그런데 스바로프의 실정은 단순히 타기(舵機)가 파괴되었기 때문에 일어난 좌회두였고, 로제스트벤스키가 의도한 것이 아니었다.

이 사령관은 방어 갑판 아래의 거주 갑판에 있는 전시 치료실에서 치료를 받은 다음, '하부 발령소'라고 하는 방으로 옮겨가 있었다. 사령탑은 이미 용도를 상실해 버렸던 것이다. 하부 발령소라는 것은 이런 경우를 위해 함의 흘수선부 아래에 만들어 둔 예비 지휘소였다.

중상을 입은 함장과 항해장 필리포스키 대령도 제독과 함께 그 방으로 들어갔다. 이 항해장도 부상을 입었으나 경상이었다.

"적정에 특별한 변화가 없는 한, 잠시 이 침로를 유지하라."

로제스트벤스키는 항해장에게 명령했다. 이것으로 보더라도 좌회두라는 것은 로제스트벤스키의 뜻이 아니다.

이때 이미 타기가 파괴되었다는 것을 제독은 알고 있었다.

그러나 참모 크리지자네프스키 대위가 '어떻게 응급 수리를 할 수 있을지도 모르겠습니다'라고 말하며 현장에 가 있었다. 제독은 그 말에 기대를 걸었다. 그러나 대위는 돌아와서 고개를 저었다.

"안 되겠습니다."

설혹 타기를 수선할 수 있다 해도 타기 조종의 기관부에 명령을 전할 통신 시설이 모조리 파괴되었음을 안 것이다. 전성관도 함내 전화기도 모두 못쓰게 되어 있었다.

이 전후에 기함 '스바로프'가 마치 무슨 의도가 있는 것처럼 천천히 왼쪽으로 돌기 시작한 것이다.

그러나 그 회두가 어쩐지 비틀거리며 부자연스러운 데가 있다는 것을 깨달은 것은, 스바로프의 뒤를 따르고 있는 전함 '알렉산드르 3세'의 함장 부프보스토프 대령이었다. 그는 기함의 수상쩍은 거동을 보고 정확히 판단했다.

"타기에 고장이 생겼다. 따라갈 필요 없다."

그리고 그는 스스로 선두에 서기로 결심했다.

가토 도모사부로(加藤友三郞)는 '미카사(三笠)'의 함교에서 줄곧 몸의 위치를 옮기고 있었다. 여전히 신경성 위통이 간헐적으로 그를 엄습했기 때문에 몸을 움직여서 아픔을 달래려고 했다. 가토는 계속 쌍안경을 들여다보고 있다가, 이때 렌즈에 확대되어 비친 적의 기함 스바로프의 뱃머리가 약간 왼쪽으로 움직이는 것을 보고 당황했다.

그는 후년에도 마치 냉혈 동물처럼 표정을 바꾸지 않는다는 말을 들었으나, 이때만은 그 조그마한, 마치 억새로 벤 듯한 두 눈에 핏발이 섰다. 이것을 그는 예감하고 있었던 것이다. 그 예감하고 있었던 것이 그만 그의 선입관이 되었다. 적의 함대가 북쪽으로 도망치려는 것이 아닐까 하는 것이었다. 그런데 그 예감대로 스바로프가 왼쪽으로 회두하기 시작한 것이다. 가토같은 사람도 이 진행 중인 사실을 냉정히 관찰하기에 앞서 자기의 예감만으로 상황을 판단해 버린 것이다.

가토는 홱 사네유키를 돌아보았다. 일이 안 되려고 그랬는지 사네유키는 쌍안경을 가지고 있지 않았다.

"육안으로 보는 편이 더 확실하다."

이 천재적인 사나이의 일종의 신비성을 가진 육안에 대한 신앙도 이 경우에는 아무 소용이 없었다. 스바로프의 뱃머리에서 일어나고 있는 미세한 변화가 육안으로 포착될 까닭이 없었다.

가토가 사네유키의 동의를 얻으려고 뒤돌아보았을 때, 사네유키는 두 눈을 날카롭게 빛내고 있었으나, 턱만은 줄곧 움직이고 있었다. 예의 볶은 누에콩을 호주머니에서 꺼내 입안에서 우두둑 씹어먹고 있었던 것이다.

'이 바보가——'

가토는 두고두고 이때를 생각하면 화가 났다. 사네유키는 확실히 천재적인 설계자였다. 그러나 천재란 한편 어딘가 삐딱한 데를 아울러 가지고 있는지도 모르며, 그것은 현장에서 운영하고 지휘하는 것과는 별개의 것인 모양이었다.

가토는 도고의 옆얼굴을 쳐다보았다.

도고는 그 프리즘 쌍안경으로 스바로프를 더 큰 상으로 포착하고 있었다. 도고 또한 가토와 같은 생각을 했다. 적은 우리 함대의 대열 뒤로 돌아 북으로 달아나려는 것이 아닐까?

그것을 막을 필요가 있었다.

"우리도 좌8점으로 일제히 회두를 할까요?"

가토가 포성 속에서 외쳤다.

도고는 쌍안경을 들여다보면서 고개를 끄덕였다.

"좌8점, 일제 회두——"

가토는 우렁찬 소리로 외쳤다.

미카사의 마스트에 기류 신호가 천천히 올라갔다.

그 신호의 뜻은 각 함이 동시에 왼쪽으로 90도 침로를 바꾸라는 것이었다. 뒤따르던 각 함이 같은 신호를 잇달아 올렸다.

그런데 도고의 휘하에서 단 두 사람만은 그렇게 생각하지 않았다.

'스바로프는 좌회두한 게 아니다. 타기의 기능을 잃어 비틀비틀 벗어난 데 지나지 않는다.'

이렇게 인식한 것이다. 두 사람만이 아니었는지도 모르지만, 그것을 인식하고 동시에 의아한 단독 행동을 단행한 사람이 둘 있었다.

제2함대의 기함 '이즈모'의 함교에 있던 참모 사토 데쓰타로 중령과 그 옆에 있던 사령장관 가미무라 히코노조였다.

'아키야마냐, 사토냐?'

해군부대 내에서는 일찍부터 두 사람을 전술의 천재로 평가하고 있었다. 만약 사네유키가 없었다면, 연합함대의 선임참모 자리에 이 사토가 앉았을 것이 틀림없었다.

그는 게이오(慶應) 2년(1866년), 데와(出羽) 쇼나이 번(庄內藩)의 번사 요시가(芳賀) 집안에서 태어나, 중신인 사토 집안을 이었다. 사네유키의 이요 마쓰야마 번(松出藩)도 그러했지만, 보신 전쟁 때는 막부 지지파에 속하여 같이 고생했다. 이 당시, 해군은 '사쓰마의 해군'이라고 일컬어진 것처럼 도고도 가미무라도 보신 전쟁 때의 관군인 사쓰마 출신이었다. 사네유키와 사토가 그 후 관군 출신자 밑에서 근무하게 되었다는 것은 어딘가 숙명적인 것을 느끼게 한다.

사토는 메이지 12년(1879년), 만 13살 때, 쓰루오카(鶴岡)에서 도쿄까지 걸어가서 쓰키지의 해군병학교 주니어 코스에 들어갔다.

그는 검도가라고 할 수 있을지도 모른다. 위관 시대에 일찍이 막부 신하의 무술 유파였던 신교토류(心形刀流)를 그 종가인 이바 소타로(伊庭想太郎)에게서 배웠다. 이바는 요쓰야(四谷)에서 분유관이라는 도장을 차려놓고 있었다.

이바는 처음 사토의 몸집을 보고, 아무래도 자네의 그 몸집으로는 아무리 연습을 해봐야 뻔하다며 연습을 시켜주지 않았다.

"연습을 해봐야 밤낮 머리만 두들겨맞을 테니, 혼자 연습해서 비결을 터득하는 방법을 가르쳐 주지."

그러고는 기묘한 방법을 가르쳐 주었다.

실을 옆으로 잡아 당겨 놓는다. 그 앞에 서서 칼을 뽑아 높이 쳐들고 힘껏 내리친다. 그때 실에 닿을락말락하게 칼을 멈춘다. 이 연습을 되풀이하라는 것이었다.

사토는 그렇게 했다.

사토가 소령이 되었을 때, 이바는 칼을 쓰는 데 있어서의 실례를 몇 가지 들며 얘기했다.

"자네는 참모관이라니까, 신교토류의 비결을 가르쳐 주지. 칼뿐 아니라 무슨 일에서 모든 방법을 다해도 궁지에 몰릴 때가 있다. 그때는 순식간에 적극적인 행동으로 나가라. 불합리하건 말건 상관없다. 자신의 몸을 버리는 살신의 행동으로 나가는 것이다. 이것이 무술의 비결이다."

사토는 이 말을 잘 기억하고 있었다. 이윽고 그의 제2함대는 제1함대——전함의 함대——의 적정(敵情) 오인 행동에 의해 궁지에 빠지게 되는데, 이때 이즈모의 함교에서 사토의 뇌리를 스쳐간 것은 이바가 전해준 그 비결이었다. 사토는 즉각 난폭에 가까운 적극적 행동을 일으킴으로써 하마터면 적함대를 놓칠 뻔한 연합함대를 구한 것이다. 기묘하게도 사토의 이때의 행동은 그 후 오래도록 해군부대에서 비밀에 붙여지고 있었다.

사토는 기함 '스바로프'를 계속 주시하고 있었다. 스바로프가 북쪽으로 머리를 흔들었을 때 '미카사'의 도고 등과는 달리 생각했다.

'키의 고장이다.'

사토가 저도 모르게 구두 뒤꿈치로 함교의 바닥을 찬 것을 보면 어지간히 기뻤던 모양이다. 스바로프가 의도적으로 좌회두하고 있는 것이 아니라는 증거로, 그 절반쯤 부러진 마스트에 신호기 비슷한 것도 올라가 있지 않았다.

"키의 고장이군요."

사토는 데와 사투리의 삐걱거리는 듯한 발음으로 옆에 있는 가미무라(上村)에게 말했다. 가미무라도 쌍안경을 들고 주시하다가 그 자리에서 천천히 그러나 큰 소리로 말했다.

"틀림없어."

가미무라는 그림에서 보는 듯한 맹장이었으나, 개전 때부터 운이 나빴다. 제2함대로 불리는 그의 장갑 순양함의 함대는 한때 적의 해상 교통 파괴전을 봉쇄하기 위한 임무를 띠고 있었는데, 블라디보스토크를 근거지로 하는 '류리크'등의 순양함은 항상 가미무라의 시선이 닿지 않는 곳에 출몰하여 마침내 육군 수송선 '히타치마루'를 격침하기도 했다. 가미무라의 평판은 나빠져서 국회의 단상에서 가미무라가 해상에서 활약이 없음을 '무능'하다고 공격하는 의원도 있었다.

마침내 지난해 8월 14일 이른 새벽, 울산 앞바다에서 남하해 오는 류리크 이하 3척의 블라디보스토크 함대를 발견하고 가미무라는 즉각 이즈모 이하 4척으로 추적했다. 추적 1시간 수십 분 후에 제1탄을 발사했다. 적도 달아나면서 응사하여 맹렬한 포전 끝에 류리크는 격침되었다. 나머지 '그롬보이', '러시아' 2척은 다시 활동할 수 없을 만큼 파괴되었으나, 간신히 블라디보스토크에 이르러 항 내로 도주해 들어갔다.

"그 2척을 놓치지 말아야 했는데."

아키야마 사네유키는 두고두고 가미무라의 철저하지 못한 추적을 전략적 입장에서 보아 중대한 과오였다고 비난했지만, 그런 것은 어려운 과제였다.

이유는 여러 가지 있었지만, 가미무라는 그롬보이, 러시아의 추적을 도중에서 단념하고 류리크의 침몰 현장으로 돌아와 바다 위에 떠도는 승조원들을 구조한 것이다. 건져 올린 러시아 병사가 무려 627명이나 되었다. 각 함마다 어뢰 발사관이 있는 방까지 포로들로 가득 찼다.

"전략 목적을 희생하면서까지 표류하는 적병을 구하는 것은 송양의 인(宋襄之仁)이다."

사네유키는 그렇게까지 말했지만, 가미무라에게 전쟁은 인간 표현의 장소이며, 패적에 대한 온정이 없으면 군인이 아니라는 완고한 철학이 있었다. 그는 청일전쟁 때도 적의 포로들을 함에 수용할 때, 그들의 체면을 생각하여 도열한 수병들에게 '뒤로 돌아'를 호령하여 등을 돌리게 했다.

그러한 가미무라는 그 울산 앞바다의 해전 때 오전 6시 30분 류리크의 타기가 고장을 일으키는 순간을 똑똑히 보았다. 그때의 광경이 지금 '스바로프'의 모습과 꼭 같았던 것이다.

스바로프의 좌회두가 타기의 고장에 의한 것임을 안 사토는 육박 추격할 수 있는 절호의 전기로 보았다. 그리고 당연히 도고도 그렇게 할 것이라고 생각했다. 그런데 도고는 각 함에 일제히 왼쪽으로 90도 침로를 바꾸라는 명령을 내린 것이다.

"좌8점, 일제 회두"

도고는 신호기를 내걸고 명령했다. '미카사'가 신호를 올리자 뒤따르는 각 함도 차례로 올려 후방으로 전달해 갔다. 제1전대는 맨 뒤에 있는 닛신으로 끝난다. 그 닛신의 신호를 뒤따르는 제2전대의 기함 이즈모가 받아 올렸다.

이즈모의 항해 참모는 야마모토 에이스게(山本英輔) 대위였다. 야마모토는 닛신의 신호대로 '좌8점, 일제 회두'라는 신호를 마스트에 올렸다.

그런데 사토 데쓰타로는 그것을 알지 못했다. '기함'이 내건 신호기는, 신호기를 내렸을 때 각 함에서 그 명령이 행동에 옮겨진다. 그래서 야마모토가 물었다.

"사토 참모님, 신호기를 내려도 좋습니까?"

이때 사토는 뒤돌아보고 신호기가 올라가 있는 것을 비로소 깨달았다. 동시에 도고가 명령한 제1전대에 대한 신호 내용이 뜻밖의 것임을 알았다. 더욱이 전방의 제1전대는 그 신호대로 각 함마다 벌써 함수를 왼쪽으로 돌리고 있지 않은가.

"안 돼, 내리지 마라."

사토는 당황했다.

왜냐하면 제2전대만은 명령된 행동을 그대로 유보하는 것이 되기 때문이다.

"유보하면 오히려 제1전대를 오해하게 하지 않겠습니까?"

차석 참모인 시타무라 노부타로(下村延太郎) 소령이 말했다. 사토는 혼란을 느꼈다. 그러나 곧 냉정해져서 명령했다.

"이동기를 하나 올려 둬."

이동기를 올린다는 것은 '나를 따라오라'는 의미였다.

그러나 사토는 몇 초 동안 그 이상은 아무 생각도 떠오르지 않았다. 사실 그런 궁리가 날 만한 상태도 아니었다. 그동안에도 제2전대는 종전대로 곧바로 나아가고 있었다. 그 전방에서 제1전대가 함마다 빙글 돌아 왼쪽으로 90도 회두하고 있었다. 제2전대는 그 속으로 돌진해 들어가고 만 셈이다.

사실 잠시 동안이지만 그렇게 되었다.

군함과 군함이 한군데로 모여 겹쳐졌다. 즉 제1전대의 사격을 제2전대가 막게 되고, 따라서 적으로서는 일본 군함들이 겹쳐져 있기 때문에 조준하기가 쉬워진다. 전투 중의 함대 이동에서 가장 경계해야 할 나쁜 진형이 된 것이다.

사토는 후회했다.

그러나 이미 어쩔 도리가 없었으며 자신의 전술 행동으로 자신을 묶어 버리는 결과가 되었다.

이때 사토의 머리에 떠오른 것이 이바 소타로한테서 전수받은 신교토류의 비결이었다. 즉 궁지에 빠졌다고 생각되면 즉각 적극적으로 행동을 개시하라는 것이었다.

사토는 가미무라에게 붙어서면서 말했다.

"장관님, 이렇게 되면 하는 수 없습니다. 오른쪽으로 키를 돌려 적의 머리를 누릅시다."

함대를 오른쪽으로 돌리면 각 함이 저마다 왼쪽으로 일제 회두를 하고 있는 제1전대와의 간격을 그만큼 넓히게 되며, 제1, 제2전대가 한 덩어리가 되는 것만은 피할 수 있다. 이 장갑 순양함 전대는 도고의 전함 전대보다 앞으로 나가게 되어, 해전의 주역을 전함이 맡는 상식을 깨는 형태가 된다.

오른쪽으로 돌리면 적이 더욱 접근해 오는 형태가 되기 때문에 위험하기 짝이 없었다.

이쪽은 장갑 순양함의 전대에 지나지 않았다.

적은 전함의 전대가 전면으로 밀고 나와 있다. 순양함이 그 얇은 장갑과 약한 공격으로 전함에 대항한다는 것은, 육전에서 말하면 두터운 흙벽으로 둘러싸인 요새에 공격 측이 맨몸으로 경포를 이끌고 다가가는 것과 같은 것이었다.

무모하다고밖에 할 수 없었다.

가미무라 함대가 앞으로 밀고나가서 이렇게 무모한 진형을 취한 것은 가미무라와 사토의 결단과 용기도 있겠지만, 원인은 '미카사' 수뇌부의 착각에 있었다. 전후, 가미무라와 사토도 끝내 이 '착각'에 대해 발설하지 않은 것은 도고가 세계 전사에 유례없는 완전한 승리를 거두어 비할 데 없는 명장이 되었기 때문이다. 사실, 도고는 전혀 실수가 없었다고 할 수도 있으나 그것을 더욱 완벽한 존재로 만든 것은 가미무라와 사토 등의 예절이었던 것 같다.

사토는 나중에 중장이 된 다음『대일본 해전사담』이라는 해전사를 써서 여기에 대해 언급하고 있다. 그러나 이 책에서도 도고의 '오인'에는 언급하지 않았다. 다만 제2전대가 제1전대처럼 '좌8점의 일제 회두'를 했더라면 "적 함대에게 탄착거리 밖으로 달아날 기회를 주게 되었을 것이다"라고 조심스럽게 말하고 있다. 극단적으로 말하면 러시아측의 대부분은 전장에서 벗어나 블라디보스토크로 달아날 수 있었을지도 모른다는 것이다.

아울러 말하지만, 쇼와 10년(1935년)대에 당시 신초사(新潮社) 직원이었던 야하타 료이치(八幡良一) 씨가 은거 중인 사토 데쓰타로를 만났을 때, 우연히 이 '오인'에 대한 이야기가 나왔다. 야하타씨는 깜짝 놀라면서, 그 얘기를 써도 상관없습니까, 하고 묻자 사토는 세차게 손을 내저으면서 말했다.

"그건 안 돼. 꼭 쓰고 싶거든 내가 죽은 다음에 쓰게."

이 대목은 필자가 야하타 씨에게서 들은 이야기다.

사토 데쓰타로는 쇼와 17년(1942년) 3월 4일에 병사했다. 만일 이 5월 27일 오후 2시 50분 조금 지난 단계에서 가미무라와 사토가 '이즈모'의 함교에 없었더라면, 이 해전은 좀 더 다른 양상으로 진행되었을지도 모른다.

가미무라의 제2전대가 단행한 이 모험은 성공했다.

적의 향도함(嚮導艦) 스바로프와 오스라비아는 불타고 있어서 조그마한 가미무라 함대의 접근에 충분히 대항할 수 있는 상태가 아니었다. 심지어 스바로프는 북쪽으로 회두하여 다시 큰 각도로 조그만 원을 그리면서 빙빙 돌기 시작했다.

그것을 보고 2번 함 '알렉산드르 3세'의 함장 부프보스토프가 기민하게 스스로 향도함이 되기 위해 선두로 나왔다.

그 콧등을 가미무라 함대가 꺾은 것이다.

"오른쪽으로 회전"

이렇게 가미무라가 적전에 쇄도하라는 명령을 내렸기 때문에 적과의 거리가 순식간에 좁혀져서 마침내 약 2,500미터의 근거리가 되어 버렸다.

물론 그동안 러시아 측에 맹렬한 사격을 퍼부었다.

새로 향도함이 된 알렉산드르 3세는 순식간에 타올라 대열 밖으로 벗어났다. 이어서 3번 함 '보르지노'가 향도함으로서 앞으로 나왔으나 진형은 혼란에 혼란을 거듭했다. 이 '보로지노형'이라는 이름으로 세계에 신예를 자랑한 전함도, 이런 혼란 아래서는 하찮은 장갑 순양함 함대의 맹렬한 사격에 대항하기 어렵게 되어 있었다.

그동안 가미무라 함대가 독단전행을 한 행동에 대해 경탄하는 내용이 러시아 측 해전 참가자의 수기 속에 있었으나, 필자는 그것이 어느 자료였는지 찾아 내지 못했다.

프랑크 츠이스라는 독일인이 《쓰시마》라는 제목으로 이 해전에 관한 책을 썼는데, 그는 그 책에서 이렇게 말하고 있다.

"쓰시마에서 싸운 일본인은 모두 작은 도고였다고 해도 과언이 아니다."

이처럼 가미무라 함대의 이 행동은 제1전대와의 구성에 있어서 처음부터 각본으로 미리 짜둔 집단 무용을 하고 있는 것 같은 느낌이었다. 왜냐하면 '미카사' 이하의 제1전대는 적의 행동을 오인하여 오후 2시 58분 '좌8점 일제 회두'를 해버렸기 때문에, 이 무렵에는 싸움터에서 멀리 떠나 있었다. 참고로 말하면 한번 멀리 떠나 버린 제1전대가 다시 적과 접근하는 데는 함대 이동상 대단한 어려움이 따랐다. 적에게 접근하기 위해서 미카사는 오후 3시 5분 전대를 다시 왼쪽으로 회전시켰다. 한번만으로는 맨 뒤에 오는 '닛신'이 선두에 서게 되기 때문에 다시 한번 그 운동을 되풀이하여 미카사를 선두로 하는 단종진으로 되돌아간 것이다. 무척 시간과 수고가 드는 작업이었다. 이것을 거듭 말하면, 도고가 오후 2시 58분에 "좌8점 일제 회두"를 하는 실패를 범했기 때문에, 이것을 나중에 두 번 되풀이하지 않으면 원상으로 돌아가지 않고 적에게 접근할 수도 없는 꼴이 된다. 한창 싸움을 하면서 적을 놓치느냐 섬멸하느냐 하는 가장 중대한 국면인데도 도고는 태평스러운 함대 댄스에 열중하지 않으면 안 되었던 것이다.

도고가 그 쓸데없는 함대 댄스에 열중하고 있을 때, 미카사 이하의 전함 제1전대는 사격을 중지하고 있었다. 첫째, 사격을 하고 싶어도 이미 적에게서 멀리 떨어져 버렸기 때문에 원거리 사격으로 쉽게 명중시키는 것은 거의 불가능했다.

　그동안 러시아의 전함 전대와 정면으로 맞붙어 싸운 것은, 전함에 비해서는 약간 무력한 것으로 간주되고 있는 장갑 순양함으로 편성된 가미무라의 제2전대였다. 그것도 '아사마'가 해상에서 타기를 수리하는 중이었기 때문에 '이즈모' 이하 불과 5척이었다. 이것은 가미무라와 사토의 모험이 성공했다기보다 연합함대라는 입장에서 말한다면 말없이 기능을 발휘하는 팀워크 때문이었다고 해야 할지도 모른다. 또는 가미무라와 사토 등이 해전에 이기기 위한 요령을 잘 터득하고 있었다고 할 수 있을지도 모른다. 넬슨이 '만일 기함의 신호가 보이지 않을 경우에는 뒤따르는 각 함은 주저하지 말고 적에게 돌진하라'고 함장들에게 늘 강조했다는데, 그 승자를 위한 교훈의 실례가 보기 좋게 가미무라의 행동에 나타나 있다.

　노비코프 플리보이는 가라앉아 가는 전함 오스라비아의 상황에 대해 다음과 같이 쓰고 있다.

　"상갑판에는 적탄이 계속 떨어졌다. 본 함에는 적어도 6척의 일본 순양함으로부터 포탄이 날아오고 있었다."

　이것은 가미무라의 함대가 이 이동을 했을 때의 일이다. 가미무라의 함대는 오스라비아의 급소를 찌르려 하고 있었다.

　노비코프가 쓴 것을 보면 오스라비아 주변의 해면은 낙하탄으로 들끓었고, 상갑판과 최상갑판도 무시무시한 소리를 내며 솟아오르는 불길과 포탄의 작렬음, 무수히 흩날리는 쇳조각 때문에 사람들은 잇달아 전투 능력을 잃었고, 마침내 대포도 거의 대부분 못 쓰게 되었다. 이를테면 어느 포의 분대장이었던 네데르미레프라는 대위는 '이제 더 이상 전투를 할 수 없다'면서 해군에서는 보기 드물게 포원을 전부 해산하고 자기는 포 옆에서 머리에 권총을 쏘아 자살해 버렸다. 사나운 불길은 소화대가 아무리 바쁘게 뛰어다녀도 꺼질 것 같지 않았고, 이윽고 함수가 물에 처박히더니 이어서 오후 3시 7분부터 약 10분 사이에 우현으로 기울어 곧 해면에 커다란 소용돌이를 그리면서 침몰하고 말았다.

　이즈모의 함교에 있던 사토는 오스라비아의 침몰과 거의 같은 시간에 다른 직감을 느꼈다.

'적은 북쪽으로 달아날 생각이 아닐까?'

그 움직임을 보고 판단하여 다시 적의 머리를 누르기 위해 진형을 바꿨다.

"좋아."

가미무라는 그 안에 동의했다. 함대는 즉각 좌16점의 정면 변환을 결행했다. 이것은 각 함이 차례차례 왼쪽으로 180도 회전하는 것으로, 이로써 함대의 좌현 포화를 전부 적에게 퍼부을 수가 있었다. 함대는 서북서로 새 침로를 잡았다.

이때 적의 기함 '스바로프'는 맹렬한 불길과 타기의 고장으로 인해 고립 상태에 빠져 있었는데, 가미무라의 메신저 노릇을 하고 있는 통보함 지하야(1,238톤)라는 조그마한 배가 별안간 달려 나와서 순식간에 스바로프에 접근하여 어뢰 두 개를 발사했다. 어떻게 보면 우스꽝스러운 광경이기도 했다.

러시아 측은 참담한 상황이 되었다.

'이즈모'의 함교에 서 있는 사토가 '적은 북쪽으로 달아날 생각이 아닐까?' 하고 판단하여 재빨리 진영을 바꾼 것은 정확한 행동이었다. 사토의 작전에는 약간 기벽성이 있어서 대작전 계획의 입안이라는 점에서는 사네유키에 미치지 못했으나, 현장에서의 임기응변적인 처리에서는 검객 같은 신비로운 순발력이 있었다.

사실 러시아 측은 북으로 달아나려 하고 있었다.

그 사정은 약간 복잡하다. 러시아의 제2전함전대 쪽은 기함 오스라비아가 가라앉았기 때문에 2번 함인 '시소이 벨리키'가 교대했다. 그러나 이 함도 곧 대화재(大火災)를 일으켜 대열 밖으로 떨어져 나갔다.

제1전함전대로 말하면, 기함 스바로프가 이미 물에 떠 있는 폐허가 되어 버렸다. 교대로 2번 함 '알렉산드르 3세'가 선두에 나왔으나, 그것도 집중 사격을 받아 열(列) 밖으로 비틀비틀 벗어났다.

다시 3번 함 '보로지노'가 선두에 나섰다. 보로지노의 함장 세레브렌니코프 대령은 판단했다. 블라디보스토크로 가는 방향의 직항 침로를 처음으로 버린 것이다.

"이제는 손쓸 방도가 없다. 차라리 일본 함대의 후미를 돌파하여 북방으로 도주하자."

그리하여 그는 별안간 좌8점 정면 변환을 단행하여 침로를 북으로 잡았다.

이 때문에 적과 아군의 형태가 바뀌었다. 가미무라 함대는 보로지노의 함대에서 보면 우현 앞바다 쪽에 있게 되었다. 보로지노 등은 우현의 포를 미친듯이 발사하면서 북으로 달리기 시작했다. 사토가 판단한 대로였다.

사토는 민첩했다. 그보다 빨리 '좌16점 정면 변환'을 시도하여 도주하는 적을 쫓았다. 강아지가 표범 떼를 쫓는 것과 같았다. 그러나 표범 떼는 상처를 입고 있었다. 대열은 흐트러졌고 속력은 제멋대로였다.

약 4분 후에 가미무라 함대가 따라가고, 사격 명령이 내렸다. 좌현 전투였다.

"좀 멀군."

가미무라가 함교에서 말했다. 거리는 6,000미터이다. 그러나 가미무라 함대는 순양함이기 때문에 속력이 빨라 차츰 접근하여 '멀군'하고 말한 지 6분 후에는 3,100미터 거리가 되었다. 사격하기에 적당한 거리였다.

'치솟는 연기 때문에 적이 보이지 않았다.'

당시 이즈모의 포원들은 애를 먹었다고 한다. 보로지노 등에서 피어오르는 연기와 불길이 어찌나 대단한지 그들의 행동을 가려버릴 정도였다. 가미무라의 포원들은 겨우 적의 마스트에 나부끼는 깃발을 보며 쏠 뿐, 함대의 형태는 도저히 알 수 없었다. 구름은 짙고 바다는 뿌연 색이었다. 젖빛의 자욱한 수증기가 점점 짙어지고 있었다.

'이러다간 적을 놓칠지도 모르겠다.'

사토는 불안해지기 시작했다.

사실 그 동안 30분쯤 일본 측은 발틱함대의 주력을 앞바다에서 놓쳐 버렸다.

그러나 다행히도 싸움터를 멀리 떠나 있던 도고가 직접 인솔하는 제1전대가 오후 3시 58분 도주하는 적 함대와 딱 마주친 것이다.

"'미카사' 이하가 다시 출현했다.'

이것은 러시아 측으로서는 악마와의 해후와 같은 것이었다.

해전은 드넓은 해역 안에서 함대가 고속으로 뛰어다니는 것으로, 더욱이 서로의 인식은 망원경 따위에 의존하게 되어 있어 일단 적이 떨어져 나가 수평선 저편으로 사라져 버리면 다시는 쉽게 만날 수 없는 것이다. 하물며 수증기가 자욱하게 시계를 가로막고 있었다. 게다가 러시아 측은 이쪽을 뿌리치고 어떻게든 달아나려고 하는 중이다. 이러한 절대적인 혹은 상대적인 조건 아래에서 다시 마주치는 것은 기적에 가까웠다.

더욱이 우연한 만남이 아니었다. 가미무라의 순양함 전대는 큰 파도를 함수로 헤치면서 남쪽에서 쫓아오고 있었다. 거기에 도고의 미카사 이하의 전함 전대가 서쪽 앞바다에서 나타난 것이다.

러시아 측은 협공당하는 꼴이 되었다.

이 일본 측의 광경을 타오르는 기함 스바로프에서 바라보고 있던 세묘노프 중령은, 일본의 전술 운동은 신기(神技)라고밖에 할 수 없다고 감탄했다.

그러나 '이즈모'의 함교에 있던 사토 데쓰타로는 전후에 냉정하게 말했다.

"운이었다."

사토가 전후 해군 대학교의 교관으로 있을 때, 나시바 도키오키(梨羽時起)라는 해군 소장이 놀러와서 그 자신도 실전에 참가했으면서도 도무지 이상해서 못 견디겠다는 듯이 물었다.

"사토, 어떻게 그렇게까지 이길 수 있었나?"

확실히 너무나 기묘했다. 과학적으로 탐구할 수 있는 승리의 원인은 무수히 추출하여 조직화할 수 있다. 그러나 그래도 여전히 분명치 않은 부분이 크게 남는다. 어쨌든 인류가 전쟁이라는 것을 체험한 이래, 이 싸움만큼 완벽한 승리를 완벽한 형태로 만들어 낸 것은 없었으며, 그 후에도 없었다.

"6할 정도는 운(運)일 거야."

사토가 말했다. 나시바는 고개를 끄덕이며 나도 그렇게 생각해, 하지만 나머지 4할은 뭘까, 하고 다시 물었다.

"그것도 운이겠지."

사토의 대답이었다. 나시바는 웃으며, 6할도 운, 4할도 운이라면 모두 운이 아닌가, 하고 말하자 사토는 앞의 6할은 진짜 운이야, 하지만 나머지 4할은 인간의 힘으로 개척한 운이지, 하고 말했다.

사토는 결코 자기의 공훈이라고도 아키야마 사네유키의 공훈이라고도 말하지 않았다. 사네유키 자신도 '천우신조의 연속이었다'고 말했다.

다만 사토가 이 설명할 수 없는 '6할의 운'에 대해 해군 대학교의 강의에서 말한 것이 남아 있다.

"도고 사령장관은 이상할 만큼 운이 좋은 사람이었다. 싸움에서는 주장의 선택이 중요하다. 묘한 말을 하는 것 같지만 주장이 아무리 천재라도 운이 나쁜 사람이면 어떻게 할 도리가 없다."

만일 이 해전에 승리를 가져온 무수한 사람 가운데서 단 한 사람의 이름을 들라고 한다면 이 해역에 있지 않은 야마모토 곤노효에를 들었을 것이다. 그는 마이즈루(舞鶴) 진수부 장관이라는 한직에 있으면서 그저 예비역 편입을 기다리고 있던 도고를 발탁하였다. 메이지 천황이 놀라며 그 이유를 묻자 이렇게 대답했다.

"도고는 운이 좋은 사람이기 때문입니다."

야마모토는 역사를 결정하는 것에는 사토가 말하는 '4할의 운' 이외에 '6할의 운'이 있다는 것을, 그것을 알았다는 자체가 신기한 일이지만, 알고 있었던 것이다.

다분히 우연한 일이지만 도고와 가미무라의 연계 태세가 성립된 것은 오후 3시 58분이었다.

"7,000미텁니다."

'미카사'의 함교에서 포술장 아보 소령이 말했다.

불과 3분 후에는 500미터가 줄었다. 이 6,500미터의 사정거리에서 미카사 이하 전함전대의 우현 포문이 요란하게 불을 뿜었다.

가미무라의 순양함 전대는 왼쪽 전방으로 나가서 적을 에워싸듯이 하며 사격을 개시했다.

러시아의 전 함대는 이미 함대의 형태를 이루지 못하고 사분오열했다.

미카사는 다시 접근하여 마침내 2,000미터라는 믿기 어려운 거리까지 다가가 화포뿐 아니라 어뢰까지 발사했다.

이윽고 러시아 측은 견디지 못해 다시 북방으로 달아나는 듯한 형세를 보였다. 이 수라장에서 탈출하기 위한 위장 침로였다.

"모조리 침몰시켜라."

이것이 도고에게 부과된 전략적 요청이었다.

일몰까지 시간은 많지 않았다. 러시아 측은 일몰을 고대하며 그때까지 견디기 위해 침로를 이리저리 바꾸며 달아나려고 했다. 도고는 무슨 일이 있어도 이를 제압하지 않으면 안 되었다. 그때부터 도고는 서커스처럼 어지러운 함대 이동을 되풀이했다.

이를테면 오후 4시 35분 도고는 신호기를 올려 함대에 대해 좌8점 일제 회두를 명령하여 산뜻하게 횡진(橫陣)을 만들었다. 그리고 북쪽을 향해 나아갔다.

그런데 러시아 측은 그들을 빼돌리듯 반대로 남쪽을 향해 달렸다. 도고는 즉각 우8점의 일제 회두를 실시하여, 단종진으로 돌아갔다. 남진했다. 엄밀히 말하면 남동미동으로 침로를 잡았다. 해는 기울고 있었다.

적에게 유리했던 점은 연기와 안개가 더욱 짙어졌다는 것이다. 러시아 측 함대가 하나씩 회백색 수증기 저편으로 사라지기 시작했다. 오후 4시 40분이 좀 지난 시간이었다.

"수뢰를 냅시다."

사네유키가 참모장 가토에게 소곤거렸다. 적의 주력을 두들겨 전투력을 잃게 한 다음, 구축대를 내보내 어뢰에 의한 육박 공격으로 격침시키는 것이 사네유키의 전법이었다. 물론 공격은 야간까지 계속하여 밤새도록 쉬지 않고 몰아붙인다. 좋겠지, 하고 가토는 고개를 끄덕였다.

"구축대와 정대(艇隊)는 극력 적을 습격하라."

신호기가 '미카사'의 마스트에 올랐다.

이 해역에 나와 있던 일본의 이런 육박용 전력은 구축함이 21척, 수뢰정이 약 40척이었다. 그들은 주력 결전이 치러지고 있는 동안에는 싸움터 외곽에서 풍랑과 싸우며 대기하고 있었다. 그들이 움직이기 시작했다.

물론 이 자객 같은 함정들은 해가 있는 동안에는 바짝 다가오지 않는다. 일몰과 더불어 적함을 발견하는 대로 그에 달라붙듯이 접근하여 어뢰를 쏘는 것이다. 중장갑의 전함을 가라앉히려면 포탄을 아무리 집중시켜도 불가능하며, 흘수선 아래에 어뢰를 부딪쳐야만 가능한 것으로 알려져 있었다.

그 동안 구식 장갑함과 소형 순양함으로 구성되어 있는 제3함대는, 주로 적 가운데서 비슷한 함정을 노려 공격하고 있었다.

도고, 가미무라의 주력 함대는 그 뒤 몇 번이나 적을 놓치거나 발견하며 전투를 거듭하다가, 오후 7시 10분 마침내 해가 져서 발포를 중지했다. 주력에 의한 주간 전투에서 구축함과 수뢰정에 의한 야전으로 바뀌었다. 전투는 전부 계획한 대로 진행되었다.

오후 5시 지나서 기함 '스바로프'는 일찍이 그 마스트에 성 안드레예프의 군함기와 황제의 지휘권을 대행하는 사령관기가 나부끼던 영광의 신예 전함이라고는 도저히 생각할 수 없는 모습으로 해면에 웅크리고 있었다.

갑판 위는 쇳조각이 산더미처럼 쌓여 있었다. 포탑은 찢어지고 함교는 불길에 싸여 있었으며 마스트는 날아가고 없었다. 함체는 왼쪽으로 기울어져 있었으나 그래도 침몰하지는 않고 있었다. 그것은 마치 전함의 불침성(不沈性)을 목표로 한 이 시대의 조함 기술이 어떤 수준에 있었는지 그 견본을 보는 듯한 광경이었다.

이 무렵, 로제스트벤스키는 우현 중부 포탑 안에서 칼싸움에 진 투사처럼 누워 있었다. 온 몸에 무수한 찰과상을 입고 두 다리도 움직이지 못했다. 머리에 임시로 붕대가 감겨 있었는데 두개골의 일부가 부서져 엄청난 출혈이 붕대를 붉게 물들이고 있었다. 의식은 있었지만 이따금 흐려졌다.

스바로프는 외로운 함이 되어 있었다. 하지만 공작선 '캄차카'만은 옆에 붙어 있었다. 캄차카는 이 근처를 우연히 지나가다가 기함을 만났는데, 어떻게 할지 몰라 팔짱을 끼고 우두커니 바라보고 있는 꼴이었다. 캄차카 자체도 굴뚝이 날아가서 검은 연기를 뿜어내고 있었다.

이 해역에는 무수한 충성과 용기와 두려움과 배신이 발생했지만, 로제스트벤스키는 자기에게 충실한 사람으로서 아끼고 있던 50살의 한 함장에게 배신당하고 있었다. 구축함 베드위의 함장 N.W. 바라노프 중령이었다.

로제스트벤스키 제독이 왜 그 많은 구축함의 함장 중에서 이 사람만을 사랑했는지는, 그가 러시아 황제의 대리자로서 연출한 대해전이라는 서사시 속에서 의문의 몇 행 속에 담겨 있다. 그는 베드위를 통보함으로 골랐다. 전령자로서 혹은 비서로서 통보함 함장은 무능한 사람은 해내지 못하는 것이었다. 또 해전 중에는 기함에 적의 포탄이 집중하기 때문에, 그 기함 곁에 붙어 있어야 하는 의무를 가진 통보함의 함장은 여간 용기 있는 사람이 아니면 안 되었다. 가미무라의 통보함 '지하야'의 함장 에구치 린로쿠(江口鱗六) 중령은 충실하게 임무를 다했지만, 로제스트벤스키의 구축함 베드위의 바라노프는 어디로 사라졌는지 행방을 감추고 만 것이다.

바라노프 중령은 함대 간부 가운데 가장 평판이 나쁜 사람인데도 로제스트벤스키 제독에게만은 물건을 파는 장사치 같은 태도로 아첨하고 있었다. 로제스트벤스키 제독도

"모든 함장은 바라노프를 본받기 바란다."

고 말할 정도로 격찬하는 유일한 함장이었지만, 바라노프는 실은 기계인 군

함에 대해서는 아마추어였고 함장급으로는 드물게 해군 사관학교도 나오지 않았다. 포술도 어뢰도 모르며, 믿을 수 없는 일이지만 함장의 주요 임무인 조함도 서툴러서 함을 계류하는 데 언제나 2, 30분씩이나 걸렸다.

로제스트벤스키가 그런 사람을 총애한 것은, 어쩌면 그 해전 중 기함이 당했을 경우 자기를 수용해 줄 수 있는 사람으로 기대하고 있었는지도 모른다. 물론 그 기대가 터무니없는 것은 아니었다. 시녀처럼 기함에 붙어서 따라오는 베드위에는 간호사로서의 의무도 당연히 있었던 것이다.

이 해전은 로제스트벤스키로 말하자면 다분히 극적인 인간 표현이라고 할 수 있었지만, 그 어떤 극작가라도 다음과 같은 우연은 설정하기를 주저할 거라고 생각되는 사태가 그를 찾아오고 있었다.

로제스트벤스키 제독이 가장 싫어한 구축함의 함장이 있었다. '브이누이'의 N.N. 콜로메이초프라는 겨우 38살의 중령이었는데, 군함을 타는 데는 함대 제일이라는 말을 들었고, 해군 지식이나 기술은 그대로 영국 해군에 편입돼도 승조원으로 기용될 것이라는 평을 듣고 있었다. 다만 자신의 실력에 자신감을 가진 인물에게 흔히 있는 오만함——상관에 대한——을 갖고 있어서 병사들에게 가장 인기 있는 함장의 한 사람이면서도 로제스트벤스키한테서는 늘 무능한 자, 진열을 문란시키는 자, 제멋대로 행동하는 자라는 욕설을 듣는 대상이었으며, 항해 중에 이따금 신호기로 지명되어 욕을 듣곤 했다. 로제스트벤스키 제독에게는 베드위의 바라노프 중령은 선한 인간이고, 콜로메이초프 중령은 그와 대조적인 악한 인간이었으며, 더욱이 일반 사관이나 병사들의 눈에는 그 반대였으니, 싸구려 시골 신파 연극이라도 이 정도로 뻔뻔스러운 설정은 하기 어려울 거라고 여겨질 정도의 상황 아래 그들은 존재하고 있었던 것이다.

콜로메이초프 중령이 지휘하는 구축함 브이누이는 참으로 잘 활동해주었다. 물론 전투를 한 것은 아니었다. 원래 구축함은 적에 바짝 다가가 어뢰를 쏘는 병기지만, 로제스트벤스키 제독의 전법에서는 이 병기를 그와 같이 사용하지 않고 오로지 구조용으로만 사용했다. 브이누이는 난전 속에서 용감한 구조자로서 참으로 잘 싸웠다.

브이누이는 제일 먼저 전함 '오스라비아'가 가라앉자 포탄의 비를 무릅쓰고 접근하여 바다에 떠도는 204명을 건져 불과 350톤의 조그마한 함에 수용했다. 승조원과 구조된 자로 함은 만원이었다. 그 뒤 브이누이는 자기편 순양함대를 발견하여 그 뒤를 따라가려고 달리다가 해상에 떠도는 기함 '스바로프'의 잔해를 발견했다. 물론 형태는 잔해지만 아직도 호흡을 하고 있다는 증거로 스바로프는 느린 속력이나마 침로를 남쪽으로 잡고 움직이고 있었다.

기쁨의 함성이 스바로프에 솟아올랐다.

중앙 6인치 포의 포탑 폐허 옆에 있던 세묘노프 중령은 오른쪽 다리가 뼈까지 바스러져 있었지만, 이 기쁨을 로제스트벤스키 제독에게 전하려고 뒤꿈치로 걸어 간신히 우현 중부 포탑에 이르렀다. 안에 들어가 보니 로제스트벤스키 제독이 머리를 숙이고 앉아 있었다. 그 모습은 인간이라기보다 누더기 같았다.

"사령관님, 구축함이 왔습니다."

세묘노프가 끌어안듯이 달라붙듯이 하면서 소리쳤다.

로제스트벤스키는 이 기함과 이 싸움터에서 달아날 생각이었다. 그러나 혼자 달아나면 군법 회의에서 비판을 받을지도 모른다. 그러므로 사령부를 브이누이에 옮기는 형태를 취하면 되는 것이다. 그를 영웅으로 만드는 역할이었던 세묘노프조차 이를 언급하지 않을 수 없었다. 로제스트벤스키가 이때 한 말은 이 말뿐이었다.

"필리포스키를 데려오게."

이 대령은 항해 참모였는데 항해 참모만 데리고 있으면 제독은 여전히 전함대를 지휘할 의사를 갖고 있었다는 증거를 훗날까지 남기게 된다. '제독은 형식적으로라도 전함대를 지휘하지 않을 수 없게 되었다'고 세묘노프는 쓰고 있다.

생각해 보면, 로제스트벤스키는 세계사에서 최대 규모의 해전에서 한쪽 편의 주장으로서 지휘다운 지휘도 거의 하지 않았고, 또한 도고 때문에 출연 시간조차 조금밖에 주어지지 않았으며, 지금은 오직 운반될 뿐인 물체가 되고 말았다.

그 운반은 지극히 어려운 작업이었다. 부서진 포탑문으로 이 거구의 사나이가 들려 나왔을 때, 작업에 종사한 사람들은 이미 녹초가 되었다.

이 작업을 지휘한 사관은 함장이 아니었다. 그 쾌활했던 함장은 이미 시체가 되어 있었다. 부장도 없었고, 그밖에 두서너 명의 대위가 주변에 웅크리고 있었지만, 부상 때문에 움직이지 못하는지 아니면 함을 버리고 탈출하려는 사령관과 막료들을 좋게 생각하지 않았는지 지휘를 하려고도 하지 않았다.

솔선하여 이 지휘를 맡은 것은 소년처럼 앳된 얼굴의 소위 후보생 크루셀리였다. 폰 크루셀리라는, 장난기가 많고 민첩하며 약간 모자란 데가 있는 것 같은 이 청년은 이 기함의 모든 사관들의 마스코트 같은 존재였다. 그는 어릴 때부터 상선을 탔으나, 해군의 정규 사관 양성 코스를 거치지 않았고 그 점 때문에 평소에는 그다지 도움이 되지 않았다. 그런데 전투가 치열해짐에 따라 그는 믿기 어려울 만큼 침착해져서 함내 여기저기를 제비처럼 뛰어다니며 소화 지휘를 하기도 했다.

세묘노프 중령은 사람들이 그다지 좋아하는 인물이 아니었는데, 크루셀리만은 이 사람을 매우 잘 따르며 항상 농담을 지껄이고 장난을 치기도 했다. 세묘노프가 함이 한창 두들겨 맞고 있을 때 자기의 방을 살펴보러 간 적이 있었다. 도중에 크루셀리를 만났다.

"제가 안내해 드리겠습니다."

그는 웃으면서 방향 감각에 혼란이 올 정도로 파괴된 장소를 앞장서서 안내하고는 방 앞에 이르자 한 손을 내밀었다.

"부디 천천히 휴식하시기를."

방은 한발짝도 들어서지 못할 만큼 파괴되어 있었다. 세묘노프는 이 마당에 이르러서도 농담을 그치지 않는 크루셀리에게 화가 나서 호통을 치고 떠나려 하자, 크루셀리는 따라와서 세묘노프의 손에 잎담배를 한 개 쥐어주었다.

"이거 맛이 참 좋습니다."

그는 이 말을 남기고 달려가 버렸는데, 그 크루셀리가 로제스트벤스키의 운반을 지휘하고 있었다. 그는 날개 달린 천사처럼 제독의 전후좌우를 뛰어다니면서 운반 작업을 독려했다.

크루셀리는 제독을 그을은 해먹에 눕히고 해먹 채 로프로 묶었다. 그리고 만일 바다에 떨어졌을 때를 생각해서 뗏목 같은 것을 함께 몸에 묶었다.

그는 제독과 함께 묶은 뗏목을 함의 뒤쪽으로 들고 가서 후부 6인치 포탑 앞의 절단현이라는 낭떠러지 같이 된 곳까지 내렸다. 거기서 구축함 '브이누이'가 파도를 타고 솟구쳐 오르기를 기다렸다. 구축함은 작기 때문에 전함의 우현 현문에 도달하려면 큰 파도에 실려 솟구쳐 올라오지 않으면 안 되는 것이다.

마침내 로제스트벤스키를 옮겼다.

살아남은 막료들——참모장, 항해장, 세묘노프 중령 등——도 옮겨탔다.

이 기회에 몇 사람의 사관과 병사들도 뛰어 내려 옮겼으나 800명 이상의 승조원들은 함에 남았다. 물론 그 대부분은 제독이 함을 버린 것도 모르고 불 속과 전시 치료실, 그 밖의 자기부서에 남아 있었다. 크루셀리도 함을 떠나지 않았다.

이윽고 구축함 브이누이는 힘차게 뒤로 물러가 기함 '스바로프'에서 떨어졌다.

"그때가 오후 5시 30분이었다."

세묘노프 중령은 자신의 손목시계로 그 시간을 기록했다.

브이누이는 함수를 북동쪽으로 돌려 전 속력으로 블라디보스토크를 향해 달렸다.

싸움터에는 스바로프가 외롭게 남겨졌다.

좌현을 기울인 채 바다를 떠돌고 있었다. 함 내에는 아직 수백 명의 생명이 남아 있었다. 그리고 수백 명의 사망자도 남아 있었다. 그 사망자 속에 조선 기사 폴리투스키도 끼어 있었다. 그가 고국의 젊은 아내에게 끊임없이 써 보낸 방대한 양의 편지는 로제스트벤스키 항해의 귀중한 기록으로서 후세에 남았다.

폴리투스키의 전투 중의 직무는 '의무보조'로 되어 있었다. 전투 중 세묘노프 중령이 목격한 바에 의하면, 폴리투스키는 수술실에서 흰옷을 입고 적십자의 붕대를 손에 들고 있었다. 그는 그 모습으로 수술실 부근에서 전사한 모양이었다. 그러나 폴리투스키의 아내는 전후에 누구한테서 들었는지, 이 기사는 함체에 뚫어진 구멍을 막기 위해 함저에 기어들어가 지휘를 하고 있었다고 말했다. 로제스트벤스키 제독이 구축함으로 옮겨 탔을 때 살아남은 막료들은 모두 따라갔지만 이 기술 막료에게는 알려지지 않았다. 만일 그의 아내가 얻은 소식이 확실하다면, 그는 함저에서 함을 구하기 위해 작업을 하고 있었으며 그대로 함과 더불어 가라앉은 것이 된다. 폴리투스키는 아내에게 로제스트벤스키가 얼마나 냉혹한 제독인가에 대해 꾸준히 써 보냈는데, 마지막으로 그것을 증명하는 것 같은 처사에 의해 삶에서 죽음으로 보내진 셈이다. 다만 이 젊은 조선 기사는 죽어서 이 제독에 대한 통렬한 고발자가 되었다. 그의 아내가 남편이 보낸 편지를 모조리 출판했기 때문이다.

저녁 어둠이 내리기 시작할 무렵 일본 구축함과 수뢰정이 어뢰를 품고 전장을 누비기 시작했다.

그 무렵 일본 해군에서는 수뢰선의 특수한 시스템이 고안되어 실시되고 있었다. 개개의 수뢰정은 마치 손가락 한 개처럼 약하지만, 다섯 개의 손가락을 쥐고 주먹을 만들면 적에 대한 타격력이 강해진다는 사고방식으로 4척쯤이 한데 몰려 행동하게 되었다.

후지모토 우메지로(富士本梅次郎) 소령은 제73호정을 타고 4척의 조그마한 수뢰정을 지휘하고 있었다. 그들은 적과 싸우기 전에 먼저 풍랑에 뒤집힐 수도 있는 위험과 싸우다가 오후 7시 지나서 '스바로프'를 발견했다. 그 무렵 일본 측의 제3함대에 속한 조그만 순양함들도 이미 스바로프를 발견하여 중소 구경포로 사격하고 있었다. 그 중소 구경포는 '캄차카'를 파괴하고 나중에 어뢰로 가라앉힐 수 있었지만, 이미 떠돌고 있는 폐허가 되었다고는 해도, 전함 스바로프는 좀처럼 가라앉지 않았다.

후지모토의 수뢰정 4척은 파도를 헤치며 곧장 항진하여 300미터밖에 안 되는 매우 가까운 거리까지 접근한 뒤 어뢰를 몇 번 쏘았다. 두 개가 명중했다.

그때 스바로프 위에 단 한 문이 남아 있던 함미의 3인치 포가 마지막 불을 뿜었다. 소위 후보생 폰 크루셀리가 발포한 것으로, 이 마지막 포효가 끝나자 함체는 좌현부터 물속으로 들어가고 이어서 뻘건 밑바닥을 드러내는가 하자 거대한 소용돌이를 남기고 모습을 감추었다. 후지모토는 보고에서 '스바로프 최후의 포화'에 대해서 인상적인 한 마디를 적어 넣고 있다.

'미카사'의 도고가 이날 주간 전투의 종료를 명령한 것은 오후 7시 10분이었다.

미카사가 먼저 포격을 정지했다.

뒤따르는 각 함이 차례로 사격을 그치고 7시 20분 예정대로 야전 배치로 옮기기 위해 북쪽으로 침로를 돌렸는데, 그 직전에 '후지'가 쏜 12인치 포탄이 6,000미터를 날아 전함 '보로지노'에 맞아 기관이 폭발하고 화약고에 불이 붙어 마침내 대폭발을 일으키며 거의 순식간에 가라앉고 말았다. 이미 보로지노는 함내의 장교가 거의 전사하여 지휘자도 없었다. 이 함은 문자 그대로의 굉침이었기 때문에 산 사람도 죽은 사람도 깡그리 함과 더불어 가라앉아 침몰 수역에서 일본 구축함이 구조한 사람은 단 한 사람의 수병밖에 없었다.

그리고 이날 줄곧 화재와 좌현 경사에 몸부림치고 있던 전함 '알렉산드르 3세'는 보로지노보다 20분쯤 전에 침몰했다.

이것으로 발틱함대의 결전 병력이었던 신식 전함 5척 가운데 4척이 가라앉고, 노비코프 플리보이가 타고 있는 전함 '아료르'만이 간신히 저녁 어둠을 틈타 달아날 수 있었다. 물론 아료르는 2문의 소형 포를 제외하고 비포가 대부분 파괴되어 이빨이 부러진 늑대와 다름없이 되어 있었다.

네보가토프 소장이 인솔하는 제3전함전대 구식 전함 4척은 요행히 현장을 탈출할 수 있었다.

"나를 따라 속항하라. 침로 북 23도 동"

네보가토프는 기함에 신호를 올렸다.

네보가토프는 밤새도록 증기를 올려 블라디보스토크로 달아날 작정이었다. 모두 구식 또는 소형 전함이어서 장갑은 약하고 속력은 느렸지만 만일 신이 은총을 베풀어 주신다면 블라디보스토크 도착은 가능할지도 몰랐다. 이 5월 27일 낮에는 신보다도 도고가 은총을 베풀었다. 제3전함전대는 구식이기 때문에 도고의 주력은 이를 거의 묵살하고, 제1, 제2의 전함대에만 공격을 집중한 것이다.

도고는 오후 7시 20분, 이날 줄곧 서 있었던 함교에서 처음으로 구둣발을 뗐다. 사네유키도 몸을 움직였다.

가토도 피로가 드러난 옆얼굴을 보이면서 좌현 앞바다를 잠깐 바라보고는 이윽고 도고를 선도하듯 함교를 내려갔다.

해상은 이미 해전이 불가능하도록 어둠이 짙어지기 시작했다. 미카사는 아직도 맹렬하게 파도를 헤치고 있었고, 2번 함이 일으키는 하얀 파도가 어둠 속에서 보였다. 3번 함은 보이지 않았다.

침로는 북쪽을 가리키고 있었다.

'철단 태세'

해전은 사네유키가 말하는 제1단계를 마쳤다.

제2단계는 야습이다. 야습은 50여 척의 구축함 수뢰정의 담당이었다. 그들은 날이 샐 때까지 한숨도 자지 않을 것이다.

날이 새면 그들 소함정은 물러가고 다시 주력함대가 무대에 나와 제2일째의 결전을 전개한다. 그 때문에 도고의 주력 함대는 오늘밤 고속으로 블라디보스토크 방향으로 달려 적의 잔존 함대가 나아갈 앞길을 막지 않으면 안 되는 것이다. 그것이 3단계다.

'제3단계만으로 끝날 것 같군.'

사네유키는 함교를 내려오면서 생각했다.

'미카사'에 타고 있는 스즈키 시게미치 군의 총감(소장)은 하갑판의 후부 거주구에 가득차 있는 부상자의 치료에 눈코 뜰새없이 바빴다.

이날의 사상자는 미카사가 기함이었으니만큼 다른 함에 비하면 압도적으로 많아서 사상자가 111명에 이르렀다. 이어서 맨 뒤의 함인 '닛신'이 많아서 사상자가 96명이었다.

스즈키가 뒷날에 한 말을 들어보면 그가 치료를 하고 있는데 전투를 마친 도고가 함교에서 내려와 하갑판 후부의 거주구를 지나갔다. 좌우에 부상자가 가득 누워 있고, 한 사람이 간신히 지나갈 만한 통로가 트여 있었다. 도고는 장관실로 돌아가는 도중 이 근처에 들렀다. 경탄할 만한 일이지만, 이 인물의 표정은 전투 중이나 지금 좌우의 부상자들 사이를 헤치면서 지나갈 때나 조금도 변함이 없었다.

한 부상자의 곁에 쪼그리고 앉아 있던 스즈키가 일어나서 말했다.

"꽤 많은 부상자가 생겼습니다."

도고는 겨우 걸음을 멈추고 스즈키에게 말했다.

"더 생길 줄 알았는데……"

그것은 자신에게 말하고 있는 것 같은 나직한 중얼거림이었다. 도고의 실감이었으리라. 이날의 전법에서는 적의 주포는 미카사에 집중적으로 포탄세례를 퍼붓게 되어 있었다. 그 자신도 함교에서 죽을 생각으로 계속 서 있었고 최악의 경우에는 미카사와 더불어 가라앉을 각오였다.

'비상한 결의를 하고 계시는 것을 이때 처음으로 느꼈다.'

이때 스즈키는 말하고 있다.

도고는 장관실에 들어가자 녹차를 한잔 마셨다. 이것이 그가 어마어마한 해전을 해치운 뒤에 가진 유일한 종료 의식이었다.

사네유키는 막료실에 들어가서 전투 개보를 정리하기 시작했다. 다른 젊은 참모들은 도쿄로 보낼 전문(電文)의 초안에 착수했다.

참모장 가토는 해도를 들여다보았다. 실내는 은행의 점포 안처럼 조용해서 사람들의 움직임도 모두 사무적이었다. 아무도 큰 소리를 내지 않았고 또한 전과에 대한 구구한 감상도 늘어놓지 않았다. 모두 지칠 대로 지쳐 있었다. 사네유키가 누구보다 먼저 두 다리를 길게 뻗고 소파에 드러누울 것 같았는데 책상에 앉아 쉬지 않고 연필을 움직이고 있었다. 그만한 해전이 마치 한낱 백일몽처럼, 누구의 마음에도 아무런 감동도 주지 않은 것처럼 보였다.

이런 기분 나쁠 만큼 고요한 공기는 그들의 몸에 배어 있는 규율이라는 것으로는 설명이 되지 않았다.

이유는 그들의 일이 아직 막 시작된 데 지나지 않았기 때문이리라. 그 해전에서는 확실히 5척의 막강한 전함 가운데 4척까지는 가라앉거나 가라앉은 것과 마찬가지 상태가 되었는지도 모르지만 확실한 것은 아직 알 수 없었다. 적은 40척 남짓 있었지만 그들이 함대의 형태를 이루지 못할 만큼 혼란에 빠진 것만은 확실했다. 아마 드넓은 일본해 여기저기에 흩어져 있을 것이다. 그것을 하나하나 포착하는 것은 오늘밤 수뢰공격의 성공 여하에 달려 있고, 다시 내일의 제 2일째 결전에 달려 있는 것이다.

'묘한 사람이야.'

참모장 가토 도모사부로는 사네유키의 거동을 보고 씁쓸하게 생각하지 않을 수 없었다.

사네유키의 거동은 아무리 보아도 군인답지 않았다. 첫째, 전투 종료 후에 가토에게 한 마디도 말을 건네지 않았다. 책상에 앉아 무언가를 쓰는 것은 좋다 하더라도 사병이 식사를 날라 오자 식기를 서류 옆으로 끌어 당겨 음식을 먹으면서 연필을 움직였다.

이윽고 일을 마치자 가토에게 인사 한 마디 없이 휙 자기 방으로 들어가 버렸다.

사네유키는 반듯하게 누웠다. 여전히 구두를 신은 채였다. 지칠 대로 지쳐 있었으나 신경이 묘하게 흥분되어 잠이 올 것 같지 않았다.

이때 이미 그는 작전가도 군인도 아닌 존재가 되어 있었다고 할 수 있을지도 모른다.

'이 싸움이 끝나면'

그는 이런 것을 생각함으로써 자신의 흥분되는 신경을 가라앉히려고 했다. 이런 상태로는 도저히 내일 다시 함교에 설 자신이 없었다. 그가 이때 열심히 자신에게 들려주고 있었던 것은 이 전쟁이 끝나면 군인을 그만둔다는 것이었다.

실은 사네유키는 함교에서 내린 뒤 함내를 한 바퀴 돌아보고 왔다.

도처에 탄흔이 있고, 경쾌한 진회색으로 장식됐던 함체는 포화와 포연에 더럽혀져 무척 구질구질한 모습이 되어 있었다.

부상자로 가득한 상갑판은 사네유키가 어릴 때 어머니에게서 듣고 무서워했던 지옥의 광경 그대로였다. 부상자마다 포탄의 파편에 부상을 입었기 때문에 부상이라기보다 부서진 물건 같았으며, 어떤 자는 두 다리가 몽땅 잘려 나가고 어떤 자는 팔이 어깨에서부터 날아갔으며, 어떤 자는 등이 커다랗게 갈라져 있었다. 사람마다 모두 어머니 오사다(貞)가 그를 겁먹게 한 지옥의 망령보다 무서운 형상들이었다.

그는 낮에 함교에서 본 적의 '오스라비아'가 함체가 온통 불덩어리가 되어 몸부림치고 있던 처절한 모습을 동시에 떠올렸다. 사네유키는 그 광경을 보았을 때 이것만은 누구에게도 말할 수 없는 일이었지만, 온 몸의 뼈가 전율하는 듯한 충격을 느꼈다.

'어쨌든 그만둔다. 이제 중이 되는 거야.'

그는 스스로 기를 쓰며 자기에게 그렇게 말하고, 그것을 주문처럼 외는 것으로 그 이상한 감정을 간신히 달래고 있었다. 사네유키는 자기는 군인에 적합지 않다는 것을 이날 밤 침대 위에서 울고 싶은 마음으로 생각했다. 형 요시후루는 지금 만주의 봉천 부근에 있을 것이었다. 그 요시후루에 대한 원망이 철벽에 가려진 어둡고 좁은 공간 속에서 불처럼 켜졌다 꺼지곤 했다.

일본 해군이 두고두고 천재라는 칭찬을 보낸 사람, 아키야마 사네유키에게는 그러한 연약함이 있었다. 그는 전후 정말로 스님이 될 생각으로 행동을 시작했다. 그러나 오가사와라 조세이 등 그의 친구들이 한사코 말려 간신히 그 생각을 단념하기는 했으나, 결국 전후에 태어난 장남 히로시(大)를 스님으로 만들려고 끈질기게 교육하여, 다이쇼 7년(1918년) 병사할 때는 이 맏아들에게 유언으로 단단히 다짐을 해두었다. 히로시는 성인이 된 후 무종파

의 승려가 되었다. 이 해전의 피해자는 적과 아군의 사상자뿐 아니라 사네유
키 자신도 피해자였고, 아직 태어나지 않은 그 장남의 인생도 이날부터 시작
되었다고 할 수 있다.

울릉도

'전함대는 울릉도에 집합하라.'

'구축함 정대는 야습하라.'

이것이 도고가 모든 함장과 정장(艇長)에게 철저히 전달한 작전 계획이었다.

이날부터 그 이튿날인 28일에 걸쳐 이 해역에서의 무수한 현장에 입회했던 사람들의 감상을 두서없이 나열해 둔다.

당시 '미카사' 승조원으로 3인치 포의 부서에서 일한 4등 수병 이시하라 기요마쓰(石原淸松) 씨는 이렇게 술회했다.

"그날(27일)의 전투에 지쳐 나는 일찍 잤습니다. 이튿날 28일 아침 '전원 기상'으로 상갑판의 청소가 시작되었지요. 그때 각부의 손상이 심한 데 새삼 놀랐습니다. 이날 (28일)은 전날과 달리 바람이 자고 파도도 잔잔했습니다."

이시하라 씨의 기억으로는 이날 밤부터 이튿날 아침에 걸친 미카사의 함내는 맥이 빠질 만큼 일상적이었다.

이 함에 탄 군악수로 전투 중 전령 노릇을 한 가와이 타로 씨는 27일 저녁

때 전투가 끝나자 상갑판에 서서 '어머님, 무사히 살아남았습니다' 하고 외쳤다고 한다. 가와이 씨가 하사관 욕실을 들여다보니 그곳은 시체 안치소가 되어 있었다. 전사자의 시체가 포개져 있고, 욕조에는 물이 고여 있었다. 물은 시뻘겋게 물들어 함의 동요와 더불어 흔들리고 있었다.

함은 파도 때문에만 동요하고 있는 것이 아니었다. 기관에 의한 진동도 있었다. 왕복식 증기 기관을 실은 전함은, 평상시에는 진동을 느끼게 하지 않는다. 바바 요시후미(馬場良文) 씨는 다이쇼 4년(1915년) 해군병학교에 입학했으니까 러일전쟁에 참가하지는 않았지만 왕복식 군함에 대한 경험은 많다. 바바 씨는 말했다.

"방향 전환을 하거나 속도를 바꿀 때는 슈우슈우 하고 증기를 뿜는 소리가 납니다. 그러나 기관에 의한 진동은 전속력을 내는 정도가 아니면 일어나지 않습니다."

가와이 씨의 기억으로는 이날 밤 울릉도를 향하여 달리고 있는 미카사는 '함이 덜거덕덜거덕 기분 나쁘게 진동하고 있었다'고 하니까, 기관을 한껏 때어 전속력을 내었던 모양이다.

야전에 의한 수뢰 공격, 즉 낙오자 소탕을 담당하고 있던 50여 척의 소함정은 적함의 탐조등과 포격을 무릅쓰고 누비며 다녔는데, 그런 상황 아래 있던 도쿠다 이노스케(德田伊之助) 옹의 이야기를 여기에 소개한다. 도쿠다 옹은 메이지 12년(1880년) 야마구치 현(山口縣) 태생으로, 32년 해군 병학교에 입학, 이 전투에서는 중위로 구축함 '유기리(夕霧)'에 타고 있었다.

4척으로 대를 편성하고 있었는데 사령은 히로세 준타로(廣瀨順太郎) 중령이었고, '시라누이', '무라쿠모', '유기리', '가게로' 등이 247톤의 조그마한 배들이었다.

이 구축대도 다른 함정과 마찬가지로 잔해가 된 '스바로프'를 발견하고 전속력으로 접근했다. 나중에 도쿠다 옹이 기록과 맞추어보니 그 시간은 로제스트벤스키가 구축함으로 옮겨 타는 중일 때였는지도 모른다고 한다. 그러나 반대쪽에서 옮겨 탄 건지 전혀 눈치채지 못했다. 그는 폰 크루셀리 소위 후보생이 쏜 함미 좌현의 소구경포가 발한 섬광도 보았다. 섬광과 동시에 시라누이에 검은 연기가 치솟았다. 명중한 것이 아니라 석탄가루가 튄 것뿐이었다.

"스바로프의 줄사다리에 주렁주렁 매달려서 살려 달라고 아우성들이었지

요. 그 얼굴들이 지금도 기억납니다. 살려주고 싶어도 전투 중이라 불가능
했어요. 스바로프를 다른 배에 맡기고 다시 나가니, 파도 사이에서 살려
달라는 소리가 여기저기서 들려 왔습니다. 눈을 딱 감고 지나가지 않을 수
없더군요. 붉은 밑바닥을 드러낸 적함이 떠 있었습니다."
이상은 도쿠다 옹의 이야기다.

포탄과 어뢰와 스크루가 마구 휘저은 이 해역에서, 27일과 그날 밤, 그리
고 28일에 걸쳐 일어날 수 있는 무수한 현실들이 일어났다. 그와 같은 정도
로 약간 이상한 일도 함께 일어났다.

그러나 결전 이튿날인 28일에 일어난 다음과 같은 사태만은 신과 악마가
합작했다 해도 일어날 수 없는 운명적인 사건이었는지 모른다.

광대한 일본해 해상에서 러시아 측 주장인 로제스트벤스키와 그 막료들이
전부 포로가 된 것이다. 해전사상 유례없는 일이었다.

이 운명극의 주역으로 등장한 것은 305톤의 작은 구축함이었다. '사자나미
(漣)'라는 함인데, 아이바 쓰네조(相羽恒三)라는 소령이 함장이었다.

'사자나미'는 '시노노메' '우스구모' '가스미' 등과 함께 4척으로 조를 짜서
제3구축함대를 구성하고 있었다. 사령관은 요시지마 시게타로(吉島重太郎)
중령이었다.

이 27일 밤에는 별이 없었고, 해상은 칠흑같이 어두웠다. 이따금 반짝이
는 러시아 함대의 탐조등을 발견하고 달려갔다. 아이바는 적 수색의 임무를
띠고 출동했을 때 그 심경을 이렇게 말했다.

"해상은 무섭도록 고요했고, 돛대에 시끄러운 바람 소리와 기관 소리가 들
리는 소리의 전부였다. 파도에 시달리며 나아가는 동안에 생사에 관한 것
을 모두 잊었다. 공명을 세우자는 욕심도 없었다. 다만 우리를 해치려는
적을 전멸시키고 싶은 일념뿐이었으며, 지금 그 때를 생각하면 내게도 그
와 같은 고상한 마음이 있었는가 하고 이상한 생각이 든다."

이 구축대는 4척의 적 함대를 발견했다. 어뢰를 쏘는 데 적과 마주 보는
형태가 효과적이므로, 구축대는 적의 단종진 주위를 한 시간쯤 빙글빙글 돌
다가 마침내 적의 향도함의 이물 400미터 지점을 돌파하는 모험을 감행하여
어뢰를 발사했다.

적도 이것을 깨닫고 소구경포를 마구 쏘아댔으나, 거리가 너무 가까워 포

탄은 모두 구축함의 마스트 위로 날아가 버리고 구축대에는 피해가 없었다.

그런데 이 이동 중, 사자나미만이 대에서 혼자 떨어져 버렸다. 처음에는 깨닫지 못했으나 적함대는 좌현에 4척의 구축함을 거느리고 있었다. 사자나미는 그것을 아군으로 알고 뒤따라 달렸다. 그러나 곧 깨닫고 아군을 찾으려고 방향을 돌렸을 때 좌현 쪽에 3척의 함영을 보았다.

"저건 '아카시(明石)'입니다."

이렇게 말한 사람이 있었다. 아카시(2,755톤)는 일본의 3등 순양함이다. 나중에 안 일이지만 좌현에 출현한 것은 러시아의 순양함이었다.

어뢰 발사에는 가장 적당한 거리였는데 아이바(相羽)가 잠깐 멈칫하는 바람에 그만 호기를 놓치고 배는 사라졌다.

사자나미는 사사건건 불운했다.

아군을 찾는 동안 함 자체가 고장을 일으켜 버린 것이다.

아이바는 우선 울산항에서 함을 수리하려고 재빨리 전역을 떠났다.

울산항에 들어가니 구축함 '가게로(陽炎)'도 비슷한 상황이 되어 있었다. 가게로는 제5구축대에 소속되어 있어서 두 함은 소속이 달랐다.

"도무지 운이 없단 말야."

아이바 소령은 가게로에 말을 건넸다.

가게로의 함장은 대위 오시카와 안페이(吉川安平)라고 했다. 오시카와는 고개를 설레설레 내저었다. 멍텅구리끼리 바람에 불려 한군데로 몰려온 느낌이어서 맞장구를 칠 힘도 없는 모양이었다.

두 함이 수리를 마친 것은 27일 밤이 샌 후였다.

두 함으로 임시로 대를 짜기로 하여 계급이 하나 위인 아이바가 임시 사령관이 되었다. 사자나미가 앞장서서 새벽빛이 빛나는 바다로 나갔다. 해상에는 간밤의 파도는 남아 있었으나 날씨는 어제와 전혀 달리 쾌청했으며 시계는 확 트여 있었다.

침로는 도고에게 명령을 받은 울릉도였다. 사자나미와 가게로는 열심히 해면을 휘저으면서 항주해 갔으나 적함은커녕 아군의 그림자도 발견하지 못했다.

정오도 지나 버렸다.

이 사자나미에 쓰카모토 가쓰쿠마(塚本克熊)라는 히로시마 현(廣島縣) 출신으로 메이지 13년(1890년) 태생인 젊은 중위가 타고 있었다. 미혼이었으나 약혼녀가 있었다. 마쓰라는 소녀인데 쓰카모토는 틈만 있으면 이 약혼녀에게 편지를 썼다.

쓰카모토는 그림에 재주가 있었다. 특히 유화 솜씨가 아마추어의 영역을 넘어설 만큼 훌륭했으며, 근무 중 남는 시간에는 항상 스케치를 하곤 했다. 그는 소년 때 도쿄 미술학교에 가서 화가가 될 생각이었으나, 어떤 대수롭지 않은 동기로 병학교 시험을 칠 생각이 나서 합격을 하는 바람에 해군 사관이 되어 버렸다. 하기야 그의 장남 쓰카모토 하리오(塚本張夫) 씨가 화가이므로, 자식의 대에 이르러 쓰카모토 가쓰쿠마의 꿈은 실현된 셈이지만, 만일 쓰카모토 가쓰쿠마가 화가가 되었더라면 로제스트벤스키는 포로가 되는 운명에 빠지지 않아도 되었을지도 모른다.

쓰카모토 중위는 개전 후 화려한 현장과는 거리가 먼 곳에 배치되어 '가이몬(海門)'이라는 낡은 해방함을 타고 기뢰를 제거하는 소해(掃海) 작업을 하고 있었다. 그 '가이몬'이 기뢰를 만나 가라앉자 다른 승조원들과 함께 한때 미카사에 수용되어 있었다.

그 미카사에서 도고를 알았다. 쓰카모토는 도고에게 졸라 쌍안경을 구경했다. 독일 칼 자이스 사가 개발한 이 프리즘식 쌍안경이 경이적인 배율을 갖고 있다는 말을 쓰카모토도 듣고 있었고, 이 쌍안경을 도고만 가지고 있다는 것도 알고 있었다. 실제로 손에 들고 들여다보니 상상을 훨씬 넘는 기가 막히는 물건이었다.

쓰카모토는 그것이 몹시 탐이 나서 즉각 긴자의 다마야(玉屋)에 똑같은 것을 주문했다. 다마야는 그 무렵 요코하마에 있는 콜롱 상회의 부대리점이었다. 그 콜롱 상회에 마침 1,2개 재고가 있었던 모양이다.

놀랍게도 그것이 쓰시마의 구축함 기지에 있는 쓰카모토 앞으로 부쳐져 왔다. 값은 350엔이었다.

"그 무렵 중위의 1년치 월급이었답니다."

미망인 마쓰 여사는 이렇게 말한다. 마쓰 여사는 메이지 19년(1886년)에 태어났으니, 이 원고를 쓰는 지금은 86살이다.

이날 쓰카모토 중위는 그 자랑스러운 프리즘 쌍안경으로 사방을 살펴보고 있었다. 다른 사람들은 함에 비치한 외안경이라고 부르는 망원경으로 바라보고 있었다.

오후 2시 15분쯤, 울릉도에 가까워졌다. 이때 전방 앞바다에 두 가닥의 연기가 하늘을 엷게 물들이고 있는 것을 쓰카모토의 프리즘 쌍안경이 포착했다.

"저건!"

쓰카모토는 말이 얼른 나오지 않아 이렇게 외치고 아이바에게 자신의 쌍안경을 넘겨 주었다. 아이바가 들여다보니 과연 구축함과 비슷했다.

2척이었다.

그 선두 구축함에 로제스트벤스키가 타고 있었던 것이다. 만일 쓰카모토의 프리즘 쌍안경이 없었더라면, 이 패주하던 제독은 용케 블라디보스토크로 달아날 수 있었을 것이다.

로제스트벤스키가 이 수역까지 도달한 경위에는 다소 수수께끼가 남아 있다.

27일 오후 5시 반 지나서, 기함 '스바로프'를 버린 그는, 그가 전부터 증오하던 콜로메이초프 중령의 구축함 '브이누이'에 옮겨 탔다. 이 함장의 배에 몸을 뉘어야 한다는 것은 제독으로서는 마음이 편찮은 일이었을 것이다.

제독은 좁은 함장실에 운반되어 군의의 치료를 받았다.

옆에 있던 세묘노프에게 눈을 돌려 간신히 들을 수 있는 나직한 소리로 말했다.

"지휘권을 네보가토프 소장에게——"

처음으로 지휘권 이양에 관한 의사를 밝힌 것이다. 그러나 제3전함전대를 이끌고 있는 네보가토프가 지금 어디에 있는지 알 수가 없었다.

'브이누이'는 마침 마주친 다른 함에 수기 신호로 네보가토프 소장의 기함 '니콜라이 1세'를 찾아 이 뜻을 전하라고 명령했다.

제독은 다시 자기가 버린 '기함 스바로프'의 사령관기를 내리지 말라고 명령했다. 그러나 스바로프에는 사령관기를 내걸 만한 마스트가 이미 없었다. 코롱 참모장이 그것을 말하자 로제스트벤스키는 분연히 소리쳤다고 한다.

"보트의 노에라도 묶어서 매달라."

이 제독의 정신 구조는 참으로 이해하기가 어렵다. 사령관기를 올린다면 이 구축함 브이누이의 마스트에 나부끼게 해야 할 일이었다. 많은 승조원을 스바로프에 버린 주제에 아직도 스바로프에 사령관기를 올리게 한다는 것은, 일본 측의 주목을 표류하는 스바로프에 모이게 하고 자기만 이 눈에 뜨이지 않는 구축함으로 도주할 생각이었는지도 모른다.

검게 칠한 4개의 굴뚝과 2개의 마스트를 가진 구축함 브이누이는 안간힘을 다하여 달렸다.

그런데 한밤중에 갑자기 기관이 힘을 잃기 시작했다.

제독에게 함장실을 제공해 버린 콜로메이초프 중령은 줄곧 함교에 있었는데, 상태가 이상해서 기관실에 내려가 보니 증기의 힘이 부쩍 떨어져 있었다. 기관에 바닷물을 사용하고 있기 때문에 찌꺼기가 두텁게 쌓여 석탄을 아무리 때도 신통한 출력이 나지 않는 데다 작동하지 않는 부분도 생겨서, 이대로 가다가는 보유 석탄이 계산보다 빨리 없어질 것 같았다.

함장은 부득이 막료들의 방으로 가서, 그 사실을 보고하고 다시 기관실로 돌아갔다.

그런데 그동안 막료들 사이에는 항복하자는 의논이 결정되어 있었다. 이 함을 일본의 어느 해변에 갖다 대고 제독을 보트로 상륙시킨 다음 함을 스스로 침몰시키자는 것으로, 코롱 참모장 등이 이 결론을 가지고 제독을 찾아갔다.

"나에게 신경 쓰지 말고 제군들이 필요하다고 믿는 대로 단행하라."

제독은 이렇게 애매모호한 말을 했다. 요컨대 일임하겠다는 것이었다.

이 뒤에 코롱 참모장은 일부러 함장에게는 말하지 않고 울름이라는 대위를 붙잡고 시트라도 좋으니 백기를 준비하라고 했다. 대위는 명령대로 백기를 마련했다.

그러나 그 직후 함장이 이 사실을 알고 시트를 찢어 바다에 던지면서 외쳤다.

"이 비극 속에서 희극을 연출할 참인가? 나는 러시아 해군의 함장이다."

그리고 그는 함교로 올라가 버렸다.

'저 자는 틀려먹었어.'

로제스트벤스키는 이 구축함의 함장 콜로메이초프 중령의 굽히지 않는 기질을 불쾌하게 생각했을 것으로 짐작된다. 콜로메이초프 중령은 시트를 찢으면서 이렇게 말했다.

"이 배의 지휘권은 함장인 나에게 있다. 우리 러시아 해군의 사령관을 포로로 적국에 인도할 수는 없다."

이 말은 적어도 막료들을 실망시킨 것이 틀림없다.

날이 새자 조그마한 행운이 찾아왔다.

수평선상에 3척의 러시아 군함이 연기를 피워올리면서 나아가고 있는 것이 보였다. 장갑 순양함 '돈스코이'와 2척의 구축함이었다. 구축함은 '그로즈느이'와, 공교롭게도 제독이 가장 총애하던 바라노프 중령을 함장으로 하는 베드위였다.

곧 신호로 연락이 되어 4척의 군함은 해상에서 합류했다. 참고로, 이 동안의 시원찮은 막료 회의에 기록자 세묘노프는 실신해 있던 참이어서 참가하지 않은 것으로 되어 있다. 따라서 세묘노프의 수기는 이 부분을 이야기하는 대목에서 교묘히 얼버무려 자신의 심정을 감추고 있다.

'어느 함을 택할 것이냐?'

이것이 논의되었다. 상식적으로 말하면 장갑된 6,200톤 17노트의 순양함 돈스코이를 골라야 할 것이다. 순양함인만큼 석탄 탑재량이 많아 블라디보스토크까지의 연료도 걱정 없었다. 도중에 포전을 벌이더라도 장갑이 되어 있어 구축함보다 안전하다.

콜로메이초프 함장도 해군 전문가로서의 당연한 판단에서, 다짐하듯이 제독에게 물어 보았다.

"돈스코이로 옮기시겠습니까?"

로제스트벤스키는 분명하게 대답했다.

"베드위로 옮긴다."

구축함을 택했다는 것도 이상하지만, 베드위의 함장 바라노프 중령은 그 해전 중 끝까지 기함 '스바로프'의 통보함으로서 뒤를 따라야 하는데도 혼란을 틈타 이탈해 버린 사람이었다. 제독은 그것을 힐책해야 할 일인데도 그러지 않고 반대로 탑승함으로써 베드위를 택했으니, 그것은 자주 억측되고 있는 것처럼 바라노프 중령의, 전문 기술은 서툴면서도 어용상인처럼 아첨을 잘하는 점을 높이 샀는지도 모른다.

아무튼 로제스트벤스키라는 사람은 무엇 때문에 그 대함대를 극동까지 이끌고 왔던 것일까?

그의 전략 목적에 의하면 '몇 척이라도 좋으니 블라디보스토크로 달아나면, 그 사실 자체가 일본의 전략을 크게 구속한다'는 것이었다. 그것은 맞는 얘기였다.

그렇다면, 이 지점에서 잘만 나간다면 그 항구까지 하루 반이면 간다. 그런데 그는 그 전략보다 자기 생명을 더 귀중히 여겼다. 그가 갈아타는 작업 때문에 이 4척의 함정의 발을 한 시간 이상이나 묶어 둔 것이다. 돈스코이에는 갈아타기 위한 보트를 내리게 했다.

제독은 자기가 좋아하는 구축함 베드위로 옮겼을 때 이렇게 물었다는 얘기가 있다.

"이 함에 백기가 있느냐?"

이 중대한 발언은 막료가 그렇게 말했다고도 하고, 제독 자신이 입술을 움직여 중얼거렸다고도 한다. 제독의 발언이라는 설에는 신호병 1명, 전령병 1명의 증인이 있다. 아무튼 다급한 경우에 이 제독과 그 막료는 항복할 생각으로 있었던 것이다.

사태는 잘 짜여진 연극처럼 진행되었다. '사자나미'의 쓰카모토 중위가 오후 4시가 지나서 보물처럼 아끼는 프리즘식 쌍안경으로 포착한 것은 로제스트벤스키가 탑승한 이 구축함 베드위의 모습이었다.

2척이었다. 뒤따르는 것은 구축함 '그로즈느이'였고, 다른 두 척의 함——'돈스코이'와 '브이누이'——은 이미 헤어져서 사라지고 없었다.

'4개의 굴뚝, 2개의 마스트, 러시아의 구축함이 틀림없다.'

아이바 쓰네조 함장은 중얼거리면서 뒤돌아보고 외쳤다.

"접전 준비"

함내에 사람들이 이리저리 달려가 저마다 제 위치로 돌아갔다. 함은 30노트에 가까운 무시무시한 속력을 냈다. 해면 위에 불과 2미터 반밖에 떠 있지 않은 이 구축함에는 금방 상갑판으로 물결이 덮쳐 들어왔다.

아이바는 공격 목표의 분담을 정했다. 뒤따르는 '가게로'에게는 적의 후속함 '그로즈느이'를 치라고 명령했다.

한편 러시아측에서도 이것을 눈치 챘다.

뒤따르는 구축함 그로즈느이의 함장 안드레이 세프스키 중령은 물론 싸울 생각이었다. 쌍방이 구축함이고, 쌍방이 2척씩이었다. 이 상황에서 포전을 하지 않는 군인은 아마 어느 나라에도 존재하지 않을 것이고, 군인이라는 것은 사관이나 병사나 그와 같이 교육을 받아 왔다. 더욱이 그 중령은 지금 국제법으로 말하더라도 한 함으로 국가를 대표하는 함장이라는 직분에 있었고, 전투 중에도 이 함에 관한 모든 명예는 그의 지휘 하나에 달려 있었다.

그는 속력을 올려 베드위의 우현에 닿을락말락하게 나란히 서면서 수기 신호를 물었다.

"어떻게 할까요?"

"블라디보스토크로 가라."

명령은 이것뿐이었다. 보통 같으면 전투에 대한 명령이 있어야 할 텐데 그것이 없었다. 그리고 블라디보스토크로 가더라도 이를테면 '나를 따라오라'는 등의 명령이 뒤따라야 할 일이다. 그런데 그것도 없었다.

'하는 수 없다.'

세프스키 중령의 가슴으로 무언가 불쾌한 그림자가 스치고 지나갔다. 단함으로라도 싸울 뿐이다, 하고 생각했다.

중령은 접전 준비를 명령하는 동시에 4개의 기관에 증기를 올리게 하여 속력을 높였다.

이를 가게로가 추적했다. 따라붙어서 포를 쏘았으나 맞지 않았다. 그로즈느이도 달아나면서 발포했다. 그러나 쌍방이 다 맞지 않았다. 두 나라 구축함이 모두 사격이 서툴렀다. 심하게 요동치면서 전속력으로 달리고 있기 때문에 조준이 곤란한 데다 뛰어난 사격수는 전함에 다 몰려 있었다. 포전은 2시간 동안 계속되었다. 거리는 4,000미터에서 6,000미터였다.

이렇게 하여 '가게로'는 상대를 놓쳐 버린 것이다. 발틱함대의 총병력 중에서 도고의 손에서 달아나 블라디보스토크로 도주할 수 있었던 것은, 일찍이 극동 총독용 유람 요트였던 것에 경포를 실은 순양함 '아르마즈'와 두 척의 구축함밖에 없었다. '그로즈느이'는 불과 26노트의 속력이었고 '가게로'는 30노트에 가까운 속력을 낼 수 있었다. 그런데 어째서 놓쳤는지에 대해서는 모든 자료가 입을 다물고 있다.

'사자나미'는 마스트 하나로 바람을 가르면서 자꾸자꾸 다가갔다.

울릉도가 오른쪽에 보인다. 오후 4시 45분, 4,000미터 거리까지 접근하여 사격을 개시했다. 명중되지 않았다. 그런데 '베드위'는 달아나기는 하면서도 포문을 열려고 하지 않았다.

"되게 침착하군."

함장 아이바는 적의 태도에 감탄하여 소리를 질렀다. 웬만큼 거리가 가깝지 않으면 구축함의 사격은 맞지 않는다. 적은 그것을 알고 있는 것이라고 아이바는 생각했다. 그러나 아이바는 적에 대한 관측에서 한가지 빠뜨린 것이 있었다. 적의 포는 덮개가 그대로 덮여 있었던 것이다. 하기는 이것을 아이바의 부주의로만 돌릴 수도 없었다. 전투 중의 구축함이 포의 덮개를 그냥 덮어 둔다는 것이 있을 수 있는 일이겠는가?

구축함 베드위에서는 소동이 일어나고 있었다. 접전 준비의 명령이 나오지 않아 참다못한 사병들이 포로 달려가 덮개를 벗기려 했다. 그러나 곧 그 동작은 제지되었다. 수병들은 떠들어댔고 개중에는 소총을 들고 나와 총탄을 재는 자도 있었다. 아마 이대로 내버려두었다면 반란이 일어났을 것이다. 다급할 때는 사관들보다 그들 수병 쪽이 더 애국심이 강하다는 데 제정 러시아의 내적 모순이 있었다. 이 나라는, 그 당시 일본은 이미 국민 국가를 성립시키고 있었는데 아직도 왕조의 상태 그대로 있었다. 사관은 왕조의 구성원이었으나 수병은 단순히 민중에 지나지 않았다. 민중이 정치를 짊어지고 국가의 안위를 공동으로 분담하는 정체가 생기지 않는 한, 근대에 있어서 타국과 근대전을 벌이는 것은 불가능한 일인지도 몰랐다.

사관들은 사방팔방으로 뛰면서 수병들을 달랬다.

"책임은 내가 진다."

이렇게 말한 자도 있고 '제독의 명령'이라고 말한 자도 있었다. 제독이 명령을 내린 것은 사실이었다. 그리고 더 흥미로운 이론을 펴는 자도 있었다.

"이 배는 구축함이 아니다. 병원선이다."

병원선이라는 증거로 제독과 그 막료들이 부상자로써 타고 있었다. 그러나 어느 함이고 부상자는 무수히 있었으니 베드위만이 병원선이라고 할 수는 없었다. 병원선이기 위해서는 무장을 없애는 형식을 취하지 않으면 안 된다. 그래서 각 포의 덮개를 그대로 덮어두고 있었던 것이다.

베드위는 마침내 기관을 정지시켰다. 기관을 정지시킨다는 것은 전시 국제법에 의한 항복 의사 표시의 하나이다. 동시에 마스트에 만국 신호를 내걸었다.

"이 배에는 중상자가 있음."

이 신호를 사자나미에서 보고 있던 아이바 소령은 혼란에 빠졌다. 적은 이미 항복하고 있다는 것을 비로소 깨달았다. 그가 잘못 본 것은 아까 마스트에 오른 깃발이다. 그는 전투기라고만 생각하고 있었으나 자세히 보니 그것은 식당의 흰 테이블보였다.

아이바는 사격 중지를 명령하고 이토(伊藤)라는 선임 중위를 적함으로 보냈다. 그러나 말이 통하지 않았다. 그림을 잘 그리는 쓰카모토 중위가 영어를 잘했다.

아이바는 쓰카모토를 보내기로 했다. 이때도 그는 저 양철 같은 구축함에 적의 제독이 타고 있으리라고는 꿈에도 생각하지 않았다.

그 일은 상당한 용기가 필요했다.

쓰카모토 중위가 적함에 올라가기 위해 상대편은 인질로서 4명의 사관을 사자나미로 보냈다. 그러나 적함 내의 사병들 가운데 발작적으로 어떤 놈이 뛰어나와 무슨 짓을 할지 몰랐다.

쓰카모토는 총검을 든 병사 10명을 데리고 베드위로 올라갔다.

뜻밖에도 무장 해제는 순순히 진행되었다.

상갑판은 그것으로 좋았으나, 쓰카모토로서는 함내를 두루 살펴보지 않으면 안 되기 때문에, 아래쪽으로 내려가려고 했다.

그런데 몸집이 큰 러시아 수병이 '들어가지 말라'고 가로막는 몸짓을 했다. 쓰카모토는 무시하고 들어갔다. 어느 한 방의 입구에 러시아 병이 몇 사람 서 있었다. 그들이 비는 시늉을 하면서 들어오지 말아 달라고 애원했다. 그들은 저마다 무슨 말인가 하고 있었으나, 쓰카모토는 물론 알아듣지 못했다.

"아미랄, 아미랄."

이 다만이라는 말이 귀에 와서 걸렸다. 영어의 애드미럴(제독)이란 뜻인지도 모르겠다는 생각에 문을 열고 들어가니, 어둠침침한 전등 아래 머리를 붕대로 감은 사람이 침대에 누워 있었다.

군복의 금몰이 보였다. 그 주위에도 네댓 명의 금몰을 두른 사람들이 서 있었다. 쓰카모토는 설마 하고 생각하면서도 영어로 물었다.

"저분이 로제스트벤스키 중장인가?"

서 있는 금몰의 몇 사람이 예, 하고 고개를 끄덕였을 때 쓰카모토 중위의 온몸에 전투 중에도 느껴 보지 못했던 이상한 전율이 스쳐 갔다. 일단 본함에 수기 신호로 연락했다.

"그럴 리가 없다고 생각했다."

아이바가 이렇게 말한 속기록이 남아 있다. 아이바는 제독이 기함 '스바로 프'와 운명을 함께 했을 것으로 생각하고 있었던 것이다.

"데리고 오라."

아이바가 신호했다. 쓰카모토는 그 신호대로 금몰(막료)의 한 사람에게 그렇게 명령하자, 그 막료는 또다시 비는 시늉을 했다. 제독은 중상을 입었 다는 것이었다.

결국 배를 끌고 가기로 했다. 로프를 거는 작업이 끝나 현장을 출발한 것 은 저녁노을이 짙어지기 시작할 무렵이었다.

밤새도록 달렸다.

'만일 무슨 일이 있으면 격침시켜 버리는 수밖에 없다.'

아이바는 그렇게 생각하고 있었지만, 확실히 마음은 편치 않았다. 만일 적 의 순양함이라도 나타난다면 구축함 따위는 속절없이 당하고 만다.

29일 날이 샜을 무렵, 후방 앞바다에 순양함 한 척이 연기를 뿜고 있었다. 보니 3등 순양함 '아카시'(2,755톤)였다. 우시키 가시로(宇敷甲子郎) 대령을 함장으로 하는 이 순양함은 구축함과 수뢰정의 보호자로서 27일밤 이래 참 으로 훌륭하게 활약하고 있었다. 아이바(相羽)는 길 잃은 어린아이가 어머 니를 만난 듯한 기분이었다고 말하고 있다. 즉각 아카시에 모든 것을 통보했 다. 아카시의 우시키 함장은 깜짝 놀라 이 사실을 무전으로 '미카사'에 알렸 다.

'사실일까?'

사네유키는 그 전문을 보면서 고개를 갸웃거렸을 정도였다. 해전의 수역 에서 적의 사령관을 잡아낸다는 건 선례가 없는 일이었고, 어떤 공상 소설의 작가라도 이러한 설정은 현실감이 없다고 자제할지 모르는 상황이었기 때문 이다.

결국 '베드위'를 사세보로 끌고 가서 로제스트벤스키 제독을 사세보(佐世 保) 해군 병원에 입원시켰다.

네보가토프

'떠 있는 다리미.'

네보가토프 소장은 이런 말을 듣는 구식 전함을 이끌고, 로제스트벤스키의 항로와는 다른 경로를 거쳐 지중해를 지나 인도차이나 반도의 반퐁 만에서 합류했다.

그 후에는 제3전함전대로 편입되어 극동으로 향했다.

쓰시마 해협에 이르렀을 때는 전함대가 이열종진이 되어 있었는데, 네보가토프의 제3전함전대는 좌종진을 이루고 있었다.

기함은 '니콜라이 1세'(9,594톤)였다. 둥글둥글한 함형으로 뱃전이 높고 대포가 묘하게 짧아 보이는 군함인데, 신예 스바로프나 일본의 '미카사'에 비하면 외관부터가 둔해 보였고, 속력도 느려 15노트밖에 나오지 않았다. 그 외에 3척의 장갑 해방함이 따르고 있었다. '아프락신'(4,126톤), '세냐빈'(4,960톤), '우샤코프'(4,126톤) 등인데 기함의 함명은 크리미아 전쟁을 치른 호전적인 황제의 이름이고, 다른 함에도 저마다 러시아 제국의 명예를 올린 지난날의 해군 명장들의 이름이 붙어 있었다.

그런데 일본 해군은 이 네보가토프 함대의 성질을 잘 연구해 두고 있었다.

그 결과 '주력 결전 때는 전력을 다하여 적의 신예 주력함을 때린다'는 방침이 세워져, 5월 27일 낮 온종일 계속된 그 치열한 싸움 속에서 이 네보가토프의 제3전함전대만은 목표의 대상에서 빠져 있었다.

이 때문에 네보가토프는 밤이 되어도 항해를 계속할 수 있었던 것이다.

그 손실은 기함이 좌현에 10개의 포탄을 맞은 정도이고, 아프락신은 후부 포탑의 좌포가 부서지고 전부 함교 밑에 있는 좌현이 관통된 정도의 경상이었다. 세냐빈도 거의 같은 정도의 부상으로 끝났다. 그러나 우샤코프는 함대에서 이탈하여 이튿날 28일 오후 6시 10분 시마무라 하야오(島村速雄)가 이끄는 '이와테(磐手)' '야쿠모' 등에 격침 당했다.

27일의 난전 속에서 그토록 위용을 자랑하던 발틱함대는 재를 뿌린듯 속절없이 흩어져 버리고, 함대는 뿔뿔이 헤어져서 함마다 어떻게 되었는지 서로 알 수 없었다.

네보가토프는 사령관의 운명을 확인할 수 없었지만, 이 상상을 초월하는 포탄의 폭풍과 참상을 보아 버린 이상, 로제스트벤스키의 생존을 상상해 봤자 소용없는 일이었다. 그의 탑승함 '스바로프'와 더불어 해저에 가라앉은 것이 틀림없다고 그는 생각했다. 네보가토프는 패세를 수습해야 하는 자기의 입장을 생각했다. 일몰 직전, 그는 이러한 신호를 기함에 내걸고 나아갔다.

"나를 따라 속항하라. 침로 북 23도 동."

마침 어제의 신예 전함 5척 가운데 단 1척 살아 남은 '아료르'가 숨이 끊어질 것처럼 헐떡이고 있는 옆을 네보가토프의 기함이 지나갔다. 아료르는 포탄에 의해 뚫린 300개에 이르는 구멍에서 바닷물이 마구 쏟아져 들어와 함내에 300톤이나 되는 물을 들이켜고 있었다.

함상은 거의 폐허가 되어 있었으나 기관과 타기만은 무사했다. 이 함도 네보가토프를 따랐다.

네보가토프의 기함 '니콜라이 1세'를 따라오고 있는 잔존 군함은, 그 2번함이 바로 어제까지 세계에서 가장 신예라 일컬어진 전함 '아료르'였고, 이 함에는 경리관 노비코프 플리보이가 '우리함은 마치 뗏목 같은 모습이 되어 버렸다'고 기막혀 하면서도 탈없이 근무하고 있었다.

제3번 함이 '아프락신'이고 맨 뒤를 달리고 있는 것이 '세냐빈'이다. 또 1

척이 있었다. 쾌속으로 알려진 순양함 '이즈무르드'인데, 이 함은 기함과 나란히 항진하면서 네보가토프를 위한 통보함 역할을 맡고 있었다.

네보가토프 소장은 50살이 훨씬 넘었다. 그는 로제스트벤스키 같은 해군성의 관료적 수완가는 아니었으나, 숙련된 뱃사람으로 알려져 있었다. 둥글 둥글한 몸집에 흰 전투복을 걸치고 검은 바지를 입고 있었다. 머리도 수염도 하얗고, 눈이 크고 묘하게 애교가 있어서 군인이라기보다 가게의 주인 영감 같은 느낌이었다.

아직 바다 위 잔광이 남아 있을 무렵, 자기편 구축함이 그의 기함 옆을 지나갔다. 이때 그 구축함이 로제스트벤스키의 명령이라는 것을 전했다.

그 내용은 지휘권을 네보가토프에게 이양한다는 것, 침로를 블라디보스토크로 잡으라는 것 등이었다. 로제스트벤스키가 스바로프를 버리고 구축함으로 옮겨 탈 때 내린 명령이었다. 이 명령이 차례로 전해져서 지금 막 지나간 구축함이 전달역이 된 것이다.

밤이 되자 일본의 수뢰전이 시작되었다.

이날 밤 네보가토프와 그의 함대는 운이 좋았다. 운이 좋았다기보다 그는 전부터 자기 함대에 등불을 켜지 않는 무등 항행을 훈련시켜 놓았기 때문에, 이날 밤에도 어둠에 싸여 몇 번이나 위기를 면할 수 있었다. 그는 일본 구축함이나 정대(艇隊)가 다가와도 탐조등을 켜지 못하게 하고 사격도 금지시키고 있었다.

그는 기함의 함장이 쓰러져 버렸기 때문에 스스로 조함까지 했다. 어뢰가 접근해 와도 무척 침착한 태도로 우회전 혹은 좌회전을 명령하여 이를 피했다.

'네보가토프가 있는 한 안심이다.'

이런 기분을 기함의 모든 승조원들이 느끼고 있었다. 이 노련하고 냉정한 지휘자가 다음날 도고가 나타나자 싸우지도 않고 해상에서 항복하리라고는 아무도 상상하지 못했고, 물론 이 함이 나중에 일본 함적에 들어가 '이키(壹岐)'라는 이름으로 바뀔 줄은 꿈에도 생각하지 못하고 있었다.

네보가토프는 언동으로 나타낸 적은 한번도 없었지만, 이런 잡동사니 노후함을 자기에게 맡겨 로제스트벤스키 함대에 합류시킨 러시아 해군성을 무척 증오하고 있었다. 까닭이 없었다. 수병들까지 '자침 함대(自沈艦隊)'라고 자기 함대를 스스로 조소하고 있었고, 항해 중 뒷바라지를 해준 프랑스 해군조차도 '희생 함대'라고 수군거리고 있었다.

극동을 정복하기 위한 싸움을 일으킨 이상 러시아 제국은 이기기 위한 태세를 갖추었어야 했다. 네보가토프는 만일 블라디보스토크에 도달하지 못한다면 차라리 사병의 목숨을 구하기 위해 스스로 처형을 각오하고라도 항복해야겠다고 생각하고 있었던 것 같다.

"이 5척 이외는 어떻게 되었을까?"

네보가토프는 주위의 막료에게 묻는 것도 아닌 투로 중얼거렸으나, 물론 누구 하나 정확한 대답을 할 수 있을 리가 없었다.

실은 이 함대에 따라붙으려고 적어도 3척이 뒤따르고 있었다. 제2전함전대 2번 함이었던 전함 '시소이 벨리키'(10,400톤)와 3번 함인 전함 '나바린'(10,206톤), 그리고 장갑 순양함 '나히모프'(8,524톤) 등이다.

왜냐하면 이날 밤 제4구축대의 4척을 이끌고 해역 일대를 돌아다니던 스즈키 간타로 중령이 그런 순서로 나아가는 것을 목격했기 때문이다.

러시아에서 네보가토프가 직접 인솔해 온 제3전함전대는 긴 항해 중 그의 지시로 밤에는 줄곧 무등 항행을 해 왔다는 것은 이미 말했다. 네보가토프는 야전에 대비하여 이 훈련을 해두었기 때문에, 그의 '직속 부하'인 모든 함은 이 27일부터 다음날에 걸쳐서 등화 없이도 거뜬히 중대를 짜고 나아갈 수 있었던 것이다. 그들이 일본의 수뢰 공격을 피하여 무사히 28일 아침을 맞이할 수 있었던 것은, 이 야간 암행이 교묘했기 때문이다.

한편 로제스트벤스키가 직접 인솔한 함들은 그런 훈련이 전혀 되어 있지 않았다. 로제스트벤스키 제독은 그것만으로도 찬사를 들을 만한 지휘자는 못되었다.

이 때문에 제2전함전대에 소속해 있던 함은 모두 도중에 탈락해 버렸을 뿐 아니라, 일본의 구축함 정대가 파도를 누비면서 다가오면 소스라치게 놀라 탐조등을 켜고 포문을 열곤 했다.

"적이 포격하거나 탐조등을 켠 덕분에 목표물을 잘 식별할 수 있었다."

스즈키 간타로는 나중에 이렇게 말했다. 그는 훨씬 뒷날 태평양 전쟁 종말기에 일본 수상이 되지 않을 수 없는 운명을 안고 있었지만, 그 당시에는 세계의 해군 수준으로 보아 수뢰전의 지휘관으로서는 초일류였을 것이다.

그는 먼저 전함 나바린을 격침했다.

"수뢰로 적을 공격하는 요령은, 적이 발견하기 전에 이쪽이 바짝 접근해 버리는 것이다."

이러한 사고방식을 스즈키는 갖고 있었다. 그러기 위해서는 적을 발견해 내는 예민한 감각이 필요했다.

스즈키가 나바린을 발견한 시간은 이미 한밤중이 지나서였다. 28일 오전 2시 반쯤이었는데 마침 반달이 떠 있었다. 우현에 군함 2척의 모습이 보였다. 처음에는 시소이 벨리키의 모습이 시야에 들어왔다. '미카사'와 무척 닮아서 스즈키는 구축함 '아사기리'의 함교에서 고개를 갸웃거렸다. 스즈키는 미카사가 낮에 그만큼 적의 집중 사격을 당했으니 진열에서 낙오해 있는 것이 당연하다고 생각했다. 그래서 발광 신호를 보냈다. 응답이 없었다. 이때 나바린의 모습이 보였다. 스즈키는 각 함에 공격 명령을 내렸다.

전함 나바린은 낮 동안의 포전으로 심하게 손상을 입고 있었다.

이 전함은 러시아제였는데, 후쿠이 시즈오(福井靜夫)씨에 의하면 영국 설계의 영향이 보인다고 한다. 연통은 4개지만, 이열 종대처럼 2개씩 한 쌍이 되어 나란히 서 있는 특이한 형태였으며, 이 때문에 목표가 되기 쉬웠다. 일몰 전 주력의 결전이 끝날 무렵에는 포탄으로 뚫어진 구멍에서 바닷물이 마구 쏟아져 들어와 절반쯤 가라앉은 함미를 이끌고 나아가고 있었는데, 오후 9시쯤 마침내 바닷물이 상갑판까지 올라왔다. 이 때문에 동료함에서 떨어져 우선 기관을 정지시키고 표류하면서 구멍을 막고 배수를 하기도 했는데, 이 작업 중에 스즈키 간타로의 제4구축대에 발견된 것이다.

"포탄을 한 발도 쏘아 대지 않았다."

스즈키는 이렇게 말했지만, 사정은 잘 알 수 없다. 왜냐하면 5분 만에 가라앉아 버려 생존자가 3명에 지나지 않았기 때문이다. '아사기리'는 600미터에서 어뢰를 발사하고 '시라쿠모'는 300미터까지 접근하여 발사했다. 굉침이라고 할 수 있었다.

동시에 같은 지점에서 발견된 전함 '시소이 벨리키'는 실은 '나바린'과 대열을 짜고 있었던 것이 아니라 우연히 그렇게 된 것이었다. 이 전함은 함령이 10년으로, 영국 전함 '로열 소버린'을 모방한 설계였는데 주력 결전에서 철저하게 두들겨 맞아 함수가 내려앉아 버렸다. 그래도 느린 속도로나마 항진하여 마침 나바린 가까이까지 왔을 때 제4구축대의 습격을 받아 함미에 어뢰를 두 개나 맞았다. 키가 파괴되어 좌우 두 기관의 회전을 조정하면서 조타했으나, 그래도 여전히 가라앉지 않고 제4구축대가 물러선 뒤 씩씩하게 해면을 난사하여 전함이라는 위력을 과시했다.

"시소이."

일본 측은 이 '미카사'를 닮은 형태의 전함을 이렇게 불렀다. 그만한 파손을 입고도 가라앉지 않았다는 것은 당시의 공격력에 비해 전함의 방어력이 얼마나 컸던가를 입증하는 것이다. 시소이는 밤새도록 느린 속도로 움직였다. 함장 오제로프 대령은 블라디보스토크에는 도저히 도달할 수 없다고 생각하고, 승조원들을 구하기 위해 쓰시마 방향으로 침로를 돌렸다.

날이 샐 무렵 순양함 '모노마프'가 구축함 1척을 거느리고 부근을 항진해 왔으므로 구조를 요청했으나, '모노마프'의 대답은 차가웠다.

"우리도 침몰 위기에 처해 있음."

이렇게 응답하고는 사라져 버린 것이다. 사실 모노마프는 침몰할 위험에 처하여, 승조원은 '사도마루(佐渡丸)'에 구조되었다. 장갑 순양함 '나히모프'도 그 근처에서 서로 전후하여 가라앉았다.

모노마프가 거느리고 있던 구축함은 '그롬키'였는데, 구축함 '시라누이'의 추격을 받아 포획되어 곧 침몰했다.

다른 러시아 군함들의 운명에 대해 일일이 적기에는 너무나 상황이 잡다하다. 요컨대 한 제독의 지휘 아래 그런대로 함대를 짜고 블라디보스토크로 침로를 잡고 있는 것은 네보가토프 소장의 5척뿐이었다.

도고의 여러 전대는 밤새도록 달리고 달려서 28일 새벽에는 대부분이 울릉도 부근에 도달해 있었다.

도고는 잠복 형태의 추격 전법을 썼다. 그의 진가는 27일의 주력 결전보다 이 추격전에 있었다고 평가되고 있는데, 이 방침은 미리 정해 놓은 것이었다. 도고의 전략 방침은 한 척의 적함도 블라디보스토크에 보내지 않는다는 데 있었으며, 그의 지휘 하에 있는 모든 함정은 이 방침 아래 움직이고 있었다. 수병들까지도 알고 있었다. 만일 함정의 사관들이 모조리 다 전사하더라도——그런 비참한 경우는 없었으나 설혹 있다 하더라도——그 함정은 조타원이나 기관병의 손으로 울릉도 부근까지 운반되었을 것이다.

물론 적을 수색할 해역이 너무 넓어서 과연 전부 다 포착할 수 있을 것인가 하는 물리적 어려움도 있었다.

다만 도고로서 다행한 일은 28일의 새벽이 전날에 비해 참으로 훌륭한 아침 노을로 시작되었다는 것이다. 해상은 전날의 큰 파도가 다소 남아 있기는 했으나 안개는 거의 없고 시계(視界)는 탁 트여 있었다.

이날 새벽 미카사는 제1, 제2전대의 각 함과 함께 울릉도의 남미서 약 30해리 지점에 도달했다.

해가 뜨니 바다가 깜짝 놀랄 만큼 짙은 감색으로 변했다.

"안 보이는데."

함교에서 참모장 가토 도모사부로가 시무룩하게 중얼거렸다.

"어느 그물에든 걸릴 겁니다."

사네유키가 대답했다. 그는 자기의 계산을 믿고 있었다. 그는 적이 그 코스를 더듬을 것으로 생각되는 수역을 몇 군데 설정하여 면밀히 계산한 다음 각 함대를 배치해 놓고 있는 참이었다.

오전 5시 현재 각 전대의 위치는, 앞에서 언급한 제1, 제2전대의 것을 제외하면 다음과 같다.

제4전대——'나니와' '다카치호' '아카시' '쓰시마' 외에 제3전대의 '오토와'와 '니타카'를 임시로 편입——는 울릉도 남미서 약 60해리.

제5전대——'이쓰쿠시마' '진원' '마쓰시마' '하시타테' '야에야마'——는 조선 동외곶 동쪽 약 43해리.

제6전대——'스마' '지요다' '아키쓰시마' '이즈미'——는 조선 동외곶 북동미동 약 52해리.

그런데 이쓰쿠시마를 기함으로 하는 제5전대가 날이 새고 얼마 안 되어 동쪽 앞바다에 연기를 발견했다. 즉각 각 전대에 속보하는 동시에 속력을 올려 접근해보니 매연이 몇 가닥이나 되었다. 이쓰쿠시마에는 제3함대의 사령장관 가타오카 시치로가 타고 있었다.

즉각 무전으로 전 함대에 알리고 그대로 접근해 갔다. 적은 전함 2척, 해방함 2척, 순양함 1척이었다.

네보가토프는 발견되었다.

기함 '니콜라이 1세'의 함교에 있던 네보가토프 소장도 거의 동시에 이쓰쿠시마 등 5척으로 된 제5전대의 연기를 발견했다. 일본측의 매연은 질이 좋은 영국탄을 때기 때문에 연했다. 그래서 일본측보다 발견이 약간 늦었다.

"저 매연은 우리 편이 아닐까?"

네보가토프는 선임참모 세르게이예프 대위에게 말했다. 그는 이 진열 속에 없는 전함 '시소이 벨리키'나 '나바린' 등이 허겁지겁 뒤쫓아 오고 있는 것이 아닌가 하고 기대한 것이다. 물론 그 함들의 운명을 네보가토프가 알 까닭이 없었다.

"적입니다."

키가 큰 세르게이예프 대위가 단념한 듯이 조용한 목소리로 말했다.

"우리편은 없나?"

네보가토프는 다른 막료들을 돌아보았다. 그의 온화한 표정은 조금도 변하지 않았다.

그의 이 질문에는, 만일 이 부근에 아군이 있으면 그것을 지휘 아래에 넣어서 교전할 결의가 포함되어 있었던 것은 아닐까?

"적뿐입니다."

막료들이 이구동성으로 말했을 때는, 일본의 제6전대도 함영 속에 섞여 있었다. 하기는 제5전대와 제6전대는 수색을 주목적으로 하는 소형함뿐이었으므로, 그들이 도전해 오면 네보가토프 함대는 능히 소탕할 수 있었다. 그러나 그들은 어디까지나 수색, 경계의 임무에서 벗어나려 하지 않았고, 러시아 전함 주포의 사정거리 밖에서 주의 깊게 거리를 유지하면서 이리 떼처럼 따라왔다.

'미카사'는 제5전대의 무전을 받자 즉각 그 방향으로 달리기 시작했다.

무전은 몇 번이나 들어왔다. 달리면서도 적정(敵情)을 훤히 알 수 있었다. 전함 2척을 포함한 5척이 북동쪽을 향해 12, 3노트로 달리고 있다는 것이었다.

"아마 패잔 함대의 주력인 모양이지요."

가토가 말하자 도고는 고개를 끄덕였다. 침로는 적의 앞길을 막도록 지정되었다. 미카사 뒤에는 손상을 입지 않은 주력 함대──제1, 제2전대──가 따랐다.

오전 8시 40분이 되었다.

아직도 발견되지 않았기 때문에 '앞길을 막는다'고 하지만 거리가 너무 떨어져 있는지도 모른다는 불안이 미카사의 함교를 덮었다.

적의 소재는 감시하는 제5전대에서 타전되어 오는 무전으로 알고 있다. 도고는 두 패로 나누기로 결심했다.

가미무라 히코노조의 제2전대를 다짜고짜 적의 소재지로 급항시키려고 했다. 다만 명령한 것은 전투가 아니라 '접촉을 유지하라'는 것이었다. 전투는 제1전대인 도고가 직접 인솔하는 전함전대가 하지 않으면 놓칠 우려가 있다. 도고는 거기까지 신경을 썼다.

가미무라의 장갑 순양함 '이즈모' 이하가 침로를 바꾸어 그곳을 향해 파도를 차며 급항했다. 전투라기보다 범인 체포에 가까웠다.

네보가토프는 전투 지휘의 위치에 앉으려고 기함 니콜라이 1세의 사령탑에 몸을 옮겨 놓고 있었다.

함장 스미르노프 대령은 어제의 전투로 부상당했으나, 고통을 참고 함교에 서 있었다. 이 함장과 네보가토프 사이를 참모장 크로스라는 중령이 매우 급하게 두 번 왕복했다.

함장은 전의(戰意)를 잃고 있었다. 외안경을 치켜들고 사방을 바라보니 일본의 전대수가 차츰 늘어나고 있었다. 가미무라의 제2전대가 출현했을 때는 절망적인 소리를 질렀다.

"멀쩡하구나!"

다만 '아사마(淺間)'만은 보이지 않았다. 그래도 1척쯤은 러시아의 분전으로 가라앉힐 수 있었나 보다 하고 스미르노프 대령은 생각했으나, 사실은 그게 아니었다. '아사마'는 이때 도고가 직접 인솔하는 제1전대에 임시로 편입되어 있었던 것이다.

그 도고의 전대(戰隊)가 단종진(單縱陣)으로 북쪽 앞바다에 나타났을 때, 스미르노프의 전의는 완전히 사라져 버렸다. 도고 함대가 아무런 상처도 입지 않았다는 데 눈이 둥그레지지 않을 수 없었다.

'미카사'는 여전히 선두에 있었다. 2번 함 '시키시마'가 뒤따르고, '후지' '아사히' '가스가' '닛신'이 뒤를 잇고 있다. 러시아측으로 보면 어제 진절머리 나도록 되풀이해서 보아온 도고의 제1전대 진용이, 놀랍게도 조금도 변한 데가 없는 모습으로 지금부터 관함식에라도 나가는 것처럼 생생한 모습으로 항진해 왔다.

'대체 그만큼 분전한 어제의 싸움은 그럼 무엇이었단 말인가?'

스미르노프 대령은 생각했다. 러시아의 전함이나 장갑 순양함 가운데 1,000발 이상의 포탄을 적에게 쏜 함은 얼마든지 있었을 것이다. 그러한 포탄이 도고 함대에 찰과상도 입히지 못했다니, 그 멀쩡한 상태를 눈으로 직접 보면서도 도저히 믿을 수 없는 일이었다.

이 네보가토프 함대를 에워싸듯이 나타난 일본측의 진용은 수뢰정을 제외하고 27척이었다. 이에 비해 네보가토프의 기함 '니콜라이 1세'는 공격력도 방어력도 보잘 것 없는 구식 전함에 지나지 않는다. 뒤따르는 신예 전함 '아료르'는 바다에 떠있는 고철이었다. 다만 사격 능력은 조금 나았다. 아료르는 철야 수리 작업을 하여 25문 이상의 크고 작은 포가 그럭저럭 쏠 수는 있게 되어 있었다.

러시아측의 군함 5척에는 아직도 살아 있는 승조원들이 합쳐서 2,500명 있었다. 그들은 마치 도살장에 끌려온 가축이나 다름없었다.

"싸워봤자 헛일이야."

함장은 중얼거리면서 참모장 크로스 중령의 얼굴을 쳐다보았다. 크로스는 고개를 끄덕이며 무언의 동의를 표시했다.

참모장은 사령탑 네보가토프에게 가서 함장의 의향을 전하고 사령관으로서의 결심을 물었다.

이 경우에는 함장이나 참모장의 의견보다 네보가토프의 결정이 절대적이다. 만일 항복하게 된다면 군법 회의에서 사형을 선고받는 것은 네보가토프 자신이다.

물론 네보가토프 자신은 이미 이러한 상황을 예상하고 있었다는 듯, 태도는 침착했다. 승산 없는 전투에서 2,500명의 생명을 잃는 것은 쓸데없는 짓이라는 결론에 도달해 있었던 모양으로, 매우 부드러운 말투로 말했다.

"항복하세."

대부분의 나라의 해군 형법에서는, 최고 지휘관이 네보가토프와 같은 조치를 내리면 사형에 처해지게 되어 있다. 분전한 후의 항복이라면 '명예로운 항복'이 되지만, 싸우지 않고 굴복하여 그 함선 또는 병기를 적에게 넘겨줬을 경우 그 지휘관은 사형에 처한다고 되어 있다.

러시아 해군은 특히 이 점에서 엄격한 전통을 가지고 있었다. 일찍이 크리미아 전쟁 때, 러시아의 군함 1척을 터키 해군에 빼앗겼는데 그것이 터키의 군함이 되어 전장에 출몰하게 되었다. 황제는 그것을 러시아의 오욕으로 여기고 전해군에 대해 명령하고는 집요하게 독려한 적이 있다.

"그 군함을 수색하여 격침하라."

그 황제의 이름은 짓궂게도 네보가토프의 기함 이름인 니콜라이 1세였다.

참고로, 네보가토프와 비슷한 조치를 취한 함대 지휘관으로는 청일전쟁 때 북양함대 사령관이었던 딩뤄창(丁汝昌)이 있다. 그는 근거지로 쫓겨가서 부득이하게 항복하고 포위한 일본의 연합함대 사령장관 이토 스케유키에게 함선을 내주었다. 그 이유는 부하의 생명을 구하기 위한다는 것으로, 네보가토프의 경우와 같았다. 다만 딩뤄창은 항복을 결정하는 동시에 독을 마시고 자결했다는 차이가 있을 뿐이다. 당시 청국 정부는 부패할 대로 부패해 있었다. 딩뤄창은 명장으로 평판이 높았던 수사 제독이었지만, 그 청국 말기의 북경 정부도 딩뤄창의 이런 행동을 용서하지 않고 장례식도 치르지 못하게 했을 정도였다.

"민족은 군인에게 합리적 판단에 의한 항복보다 명예와 장렬함을 바란다. 전자는 그 시기에 다소의 생명을 구할 수는 있다 하더라도, 후세에 그 민족의 자존심을 갖게 하는 이유는 되지 못한다."

이러한 의견이 러시아에 있어서는 압도적 정당성을 가지고 있었다.

네보가토프에게 더욱 더 불리한 조건이 첨가되는 것은 전투 전에 사령관 로제스트벤스키가 내린 명령 가운데 이런 조항이 있었다는 것이다.

"만일 함이 우세한 적의 병력에 포위되어 피치 못할 불운이 오게 된다고 여겨질 경우,"

그런 경우는 '함을 자침하라'고 되어 있다. 물론 전투 직전에 말하자면 긴급하지 않은 '준수 사항'에 가까운 내용의 것을 명령 형식으로 내보내는 로제스트벤스키측에도 제독으로서 문제가 있을지 모른다. 어쨌든 네보가토프는 이 명령도 위반하고 있는 것이다.

참고로 순양함 '올레그'가 이 싸움터에서 멀리 남쪽으로 달아나 마닐라 항으로 들어가 전시 국제법에 따라 미국 군함에 의해 무장 해제되었는데, 그 부장이었던 S. 보소코프가 수기를 써서 기묘한 공격을 하고 있다.

"우리의 행동은 정당했다. 그러나 네보가토프의 항복은 이해할 수 없으며 아울러 용서하기 어렵다."

자기들은 제3 국민 미국에 군함을 억류당해서 괜찮지만, 네보가토프는 적국에 군함을 넘겨주었으니 좋지 않다는 것이다.

결과를 말하면, 네보가토프는 전후에 크론쉬타트 군항에서 군법 회의에 회부되어 사형을 선고 받았다. 군적은 군법 회의 전에 이미 박탈당했다.

황제 니콜라이 2세는 힘이 다하여 포로가 된 로제스트벤스키에게는 관대했으나 네보가토프에 대해서는 엄하고 매섭게 했으며, 황제 스스로 해군 법정에 참석했을 정도였다.

그러나 나중에는 사형을 면하고 10년간의 요새 금고형을 받았다. 각 함장도 금고형에 처해졌다.

법정에 선 네보가토프는 순순하지 않았다. 그는 러시아 해군의 부패상을 찌르고, 이기기 위한 진지한 준비나 주의가 거의 기울여지지 않았으며 함대는 버림받은 존재나 마찬가지였다고 주장했다.

"어째서 킹스턴 밸브를 열어 자침하지 않았는가?"

법정에서는 이 문제에 초점이 모아졌으나 현장의 상황은 그럴 여유가 전혀 없었다.

도고는 함대의 주력을 다하여 네보가토프 함대를 포위하고 있었다. 킹스턴 밸브를 열고 바닷물을 넣어 한가히 가라앉기를 기다리는 동안 함(艦)은 도고(東鄉)가 가진 다수의 포 때문에 박살이 나서, '승조원의 생명을 구하기 위해서'라는 네보가토프의 유일한 목적이 이루어질 수 없게 되는 것이다.

네보가토프는 사령탑에서 항복을 결정한 뒤 각 함에 그 뜻을 알리고, 기함의 모든 사관을 함교 부근에 모아 그들의 양해를 구했다.

"자침(自沈)합시다!"

이렇게 외치는 사람도 몇몇 있었으나, 네보가토프는 두 손을 들어 거의 울상을 지으면서 우리들에게는 시간이 없다고 말했다. 그것은 누구나 다 알고 있었다. 이미 도고의 '미카사'는 1만 미터까지 접근해 있었던 것이다.

그러는 동안 앞 마스트에 'X·G·E'라는 3개의 신호기가 올라갔다. 나는 항복한다는 뜻이다. 이어서 테이블보로 급조한 백기도 올라갔다.

뒤따르는 각 함도 그것을 따랐다.

그러나 미카사의 도고에게는 그것이 보이지 않았다. 거리가 너무 멀었기 때문이기도 하나, 또 하나는 적이 싸우지 않고 항복할 줄은 몰랐기 때문이다.

이때 도고가 취한 전술은 그의 성격의 일면을 잘 말해 주고 있다. 적은 이미 포위되었으니 그 자멸을 기다린 것이다. 그는 신중히 함대를 움직여, 적의 사정거리 안에 경솔히 뛰어 들어감으로써 아군을 상하는 일이 없도록 배려했다. 그의 휘하 함정 가운데 가장 원거리로 쓸 수 있는 포를 가진 것은 '가스가(春日)'였다. 도고는 먼저 가스가에 지시하여 포를 쏘게 했다. 이어 오전 10시 30분 적과의 거리가 8,000미터에 이르고부터, 제1, 제2전대가 서서히 사격을 시작했다.

포격은 10분 이상 계속되었다.

그동안 네보가토프 함대는 한 발도 응사하지 않았다.

'아무래도 이상한데?'

제일 먼저 눈치챈 것은 아키야마 사네유키였다. 다만 이 육안주의자는 망원경을 갖고 있지 않았기 때문에, 옆에 있는 가토(加藤) 참모장에게 기가 올라가 있지 않느냐고 물었다.

가토의 쌍안경으로도 항복 신호까지는 식별되지 않았으나 백기는 보였다. 참모 기요카와(清河純一) 대위가 사네유키(秋山眞之)에게 말했다.

"항복입니다."

그런데 도고는 그러한 대화를 들으면서도 '사격 중지'의 호령을 내리지 않고 여전히 사격을 계속하게 했다.

"장관 각하, 적이 항복했습니다!"

사네유키가 외쳤다. 그래도 역시 도고는 오른손으로 쌍안경을 쳐들고 왼손에 장검의 손잡이를 쥔 채 말이 없었다. 도고는 어제 오늘 계속되는 전투 중 한 번도 안색을 바꾸지 않았다. 단 한 번 얼굴빛이 변한 것은 어제의 전투 개시 직전 그 적전 회두를 할 때 오른손을 왼쪽으로 크게 돌려 반원을 그리며 '키를 한껏 오른쪽으로'라고 명령했을 때였다.

그는 숨을 들이켜고 두 볼을 불룩하게 부풀렸다가 반원을 다 그리고 나서야 숨을 토해냈다. 소년 때부터 무언가 결단할 때 하는 그의 버릇이었다고 한다.

지금 네보가토프의 대결에서도 표정의 변화는 없었고 다만 약간 불쾌해 보일 뿐이었다.

5척의 적함에 포탄이 명중할 때마다 폭연이 솟아올랐다.

사네유키가 그 독특한 두 눈을 찢어질 듯 부릅뜨고 도고에게 소리친 것은 이때였다.

"장관 각하, 무사의 정(情)입니다. 발포를 중지해 주십시오!"

옆에 있던 포술장 아보 소령이 나중에 대장이 된 후에도 이때의 사네유키의 표정이 얼마나 험악했는가를 설명할 때 되풀이해서 흉내 내곤 한 말이다.

그러나 도고는 아보 소령의 관찰에 의하면 냉정했다. 사네유키의 말을 받아치듯이 사쓰마 사투리로 이렇게 말했다.

"정말로 항복한다면 함을 정지시켜야 하는 거야. 적은 지금도 전진하고 있지 않나!"

도고의 전시 국제법에 관한 지식은 정확하기로 정평이 나 있었다. 확실히 군함이 적에게 항복할 때는 백기를 올릴 뿐 아니라 기관을 정지시키지 않으면 완전히 의사 표시가 되지 않는다.

"아키야마님도 대꾸할 말을 잊더군."

아보는 이렇게 회상하고 있지만, 적을 바라보고 있는 사네유키, 이 어딘지 특이한 정신세계를 가진 사나이는 노여움인지 슬픔인지 분간하기 어려운 감정을 억제하지 못하고 있었다. 확실히 적은 제정신이 아니었다. 전진을 계속하고 있을 뿐 아니라 포화까지는 뿜지 않았지만 적의 포문이 '미카사'를 향하고 있었던 것이다.

그러나 곧 적도 깨닫고 기관을 멈추었다. 도고는 비로소 사격을 중지시켰다.

진기한 일이 일어났다.

네보가토프가 항복기를 내걸고 각 함의 기관을 정지시키려 한 순간에 일어난 일이다.

그때까지 기함 '니콜라이 1세'의 우현에 붙어서 네보가토프를 위해 통보일을 맡고 있었던 것은, 보기에도 경쾌한 함형을 가진 경순양함 '이즈무르드'(3,103톤)였다. 일본 해군의 군함 분류법으로 말하면 3등 순양함에 해당한다.

그 속력이 빠르다는 것은 이미 말했다. 이와 비슷한 일본측의 함으로 말하면 '아카시'라든가 '니타카' 등에 해당한다. 그러나 속력이 달랐다. 이즈무르드가 24노트를 낼 수 있는 데 비해 일본은, 이를테면 아카시가 19노트가 약간 넘고 니타카는 20노트이다. 일본의 경우, 전함이 18노트 정도이며 1등

순양함은 20노트이다. 다만 2등 순양함 가운데 제3전대에 속하는 '가사기'
'지토세'가 22노트의 능력을 갖고 있었다. 물론 구축함은 29노트나 30노트의
속력을 낼 수 있지만 공격력과 방어력에 있어서 구축함은 순양함에 도저히
미치지 못하므로 비교할 수가 없다. 요컨대 이즈무르드는 러일 양군 중에서
도 가장 속력이 빠른 군함이었다.

함장은 페르젠이라는 중령이었는데, 이 쾌속함의 함장에 어울리게 반사
능력이 예민한 자질을 갖고 있었다. 그는 기함에 항복기가 올라가는 것을 보
고 형식대로 자기 함에도 그것을 올리게 했다. 그러나 기관은 정지시키지 않
았다.

그는 사령탑의 틈새로 삼방(三方)을 내다보고, 포위망을 좁혀 오는 일본
의 각 전대 일부에 빈틈이 있다는 것을 깨달았다. 동쪽이었다.

그는 갑자기 동쪽으로 침로를 변경했다.

"이즈무르드입니다. 추격합시다!"

이렇게 소리친 것은 이 쾌속함의 위치에서 서남쪽에 있던 제2전대의 맨
뒤에 있던 함 '이와테'의 함장 가와시마 레이지로(川島令次郞) 대령이었다.
같은 함교에 있는 사령관 시마무라 하야오(司令官島村)에게 말한 것이다.

시마무라는 도량이 넓기로 알려져 있었으며 가와시마는 그를 평생토록 존
경했다. 시마무라는 황해 해전까지 도고의 참모장을 했으나 그때의 공을 일
체 말하지 않고 "모두 아키야마가 한 일이야" 하고 사석에서나 공석에서나
말했다. 그는 그 뒤 제2전대의 맨 마지막 함의 사령관으로서 27일의 주력
결전을 했을 때도 두고두고 함장 가와시마의 공만 치켜세운 인물이다.

쫓아갑시다, 하고 가와시마가 다급하게 말했을 때, 그는 큰 몸으로 가와시
마를 달래듯이 말했다.

"진정하게."

"무사의 정이야."

시마무라가 이때에 한 말을 가와시마는 훗날 고전극의 유명한 장면을 말
하듯이 이야기했다.

같은 무렵에 제2함대 기함 '이즈모'의 함교에서도 비슷한 정경이 벌어지고
있었다.

이 함대의 사령장관 가미무라 히코노조가 순간적으로 쏘라고 소리쳤을
때, 참모 사토 데쓰타로 중령이 말렸다. 사토 자신이 한 말을 들어 보자.

"사령장관 각하, 저건 네보가토프 제독이 황제에게 마지막 상주를 하기 위해 보내는 사자가 아닐까요? 이제 1척쯤 달아나게 해줘도 상관없을 줄 압니다. 무사의 정입니다."

그러자 가미무라는 금방 후회의 빛을 얼굴에 띄우면서 큰 소리로 말했다.

"미처 생각지 못했구나. 쏘면 안 돼."

하기는 '이즈무르드'를 제6전대의 일부가 쫓아가기는 했으나 속력이 미치지 못했다. 이 함은 블라디보스토크 부근까지 가서 좌초했다. 함장은 함을 파괴한 뒤 육로로 승조원을 이끌고 블라디보스토크에 들어갔다.

"준님이 군함을 인수하러 갔다지?"

훗날 도쿄에서, 하이쿠 시인 가토 헤키고도(河洞碧梧桐)가, 마쓰야마 출신 동향인들의 모임이 있었을 때, 이것을 화제로 올렸다.

"헤이공(秉公)."

시키(子規)가 약간 나이가 아래인 헤키고도를 부른 것처럼, 사네유키에게도 헤키고도는 '헤이공'이었다. 헤키고도는 사네유키의 어릴 때 이름이 준고로였기 때문에 '아키야마의 준님'이라고 불렀다.

마쓰야마의 옛 성밑거리에서는 사족(士族)마을과 서민마을의 아이들이 서로 패를 짜서 싸우는 습관이 있었는데, 그 골목대장이 사네유키였다. 헤키고도는 나이가 어려서 부하가 되어 뛰어다녔다.

"대장이 둘 있었는데 말이야."

헤키고도는 소년 때 이야기를 했다.

또 한 사람의 대장은 우마지마(馬島) 아무개라는 아이였는데, 어린 나이에도 온후하고 과묵하여 나이 어린 개구쟁이들이 자진해서 따르곤 했다. 우마지마 아무개의 그 후 소식은 헤키고도도 모른다. 우마지마와 비교해서 '아키야마의 준님'은 눈매가 날카롭고 온 몸에 기백이 넘쳐났다.

"준님이 선두에 서서 싸우면 말이야. 우리 개구쟁이들은 가슴이 뿌듯해서, 천하에 무서울 게 없다는, 용기 같기도 하고 안심 같기도 한 감정이 솟아나오곤 했지."

다시 헤키고도가 말을 이었다.

"우리들 개구쟁이들에겐 우마지마는 정다워서 좋아했고, 준님은 무서워서 좋아했어. 인간이라는 건 어릴 때 느낌 그대로 어른이 되는 일은 별로 없는데, 준님은 그때 그대로인 모습에 수염만 났을 뿐이란 말이야."

아키야마 집안에서는 형 요시후루 쪽을 좋아하고 사네유키에게는 어딘가 아슬아슬함 같은 것을 느끼고 있었던 모양이다.

그러나 헤키고도는 그의 형님뻘이자 스승이었던 시키와 사네유키가 함께 문학을 하자고 맹세한 사이였다는 데 무한한 그리움을 느끼고 있었다. 그것을 형 요시후루가 호통치는 바람에 그만두었다는 이야기도 사람들에게 즐겨 들려주었다.

헤키고도는 사네유키가 전문이나 공보의 기초자로서 명문장가라는 이름을 세상에 떨친 것을 못마땅하게 여기고 있었다. 헤키고도의 말을 빌리면 이러하다.

"현현상마(舷舷相摩 : 물위에서 격전하는 모양을 일컫는 말)니 어쩌니 하는 준님의 문장은, 해도에 붉은 줄을 긋다가 튄 붉은 잉크 같은 거라구."

헤키고도의 표현에 의하면 사네유키는 '남 모르는 참담한 계획과 노력으로 있는 지혜를 다 짠' 발틱함대의 요격 작전이야말로 준님의 진면목인데, 하찮은 미문으로 이름을 얻는다는 것은 딱한 노릇이라는 뜻인 모양이다.

또 하나는, 시키를 원조로 하여 열린 사생문의 감각으로 말하면, 사네유키의 문장은 헤키고도의 마음에 드는 성질의 것이 아니었다.

아무튼, 네보가토프 함대는 기관을 끄고 표류했다.

"아키야마군, 갔다 오게."

도고는 항복 수락을 위한 군사(軍使)로서 사네유키를 골랐다. 기함 '니콜라이 1세'에 찾아가서 네보가토프와 대면하여 항복에 대한 협의를 하라는 것이었다.

적함에 가기 위해서는 보트가 필요했다. 마침 '미카사' 곁으로 '기지(雉)'라는 이름의 조그마한 수뢰정이 다가왔다.

"세키(關)"

사네유키가 함상에서 불렀다. 기지의 정장은 대위인 세키 사이에몬(關才右衛門)이라고 했다.

사네유키는 기지에 올라탔다. 그는 도고의 이맛살을 찌푸리게 한 그 훈도시 모습——검대를 윗도리 위로 두른 모습——을 이제는 하지 않고 있었다. 무기는 허리에 찬 과도 같은 단검뿐이며 권총도 갖고 있지 않았다.

‘돌아올 수 있을까?’

이렇게 생각한 것은 수행한 야마모토 신지로 대위였다. 야마모토는 미카사의 분대장이었는데 프랑스 어에 능하기 때문에 통역으로 따라간 것이다.

‘나는 죽음을 결심하고 있었다.’

야마모토는 나중에 이렇게 말하고 있다. 다음은 사네유키의 이야기이다.

"아키야마 참모와 둘이서 수뢰정 ‘기지’를 타고 본함을 떠나 적의 기함으로 갔다. 그날은 파도가 거셌다. 게다가 ‘니콜라이 1세’라는 군함은 뱃전의 경사각이 급해서 위로 올라 갈 수가 없었다."

나뭇잎 같은 수뢰정에서 쳐다보니 뱃전이 깎아지른 듯한 요새를 보는 느낌이었다.

그러는 동안 위에서 줄사다리가 내려왔다. 마침 야마모토가 있는 쪽으로 내려왔으므로 야마모토는

"제가 먼저 올라가겠습니다."

고 말했다. 그는 지금 올라가는 함 내에 항복에 반항하는 반란병이라든가, 총격으로 머리가 이상해진 자들이 있을 것으로 각오하고, 만일 살해당한다면 자기가 먼저 죽는 것이 후배의 길이라는 생각에 한걸음 먼저 함상에 올라간 것이다. 곧 사네유키도 뒤따라왔다.

"함 내는 역시 이상한 흥분 상태에 있었다."

수병이나 장교들이 저마다 무언가 외쳐 대면서 이리저리 뛰어다니고 있었다. ‘심상찮은 불온한 형세’라고 야마모토는 표현했지만, 실제로는 공황이 일어나고 있는 것도 아무것도 아니었다. 그들은 수장 준비를 하고 있었던 것이다. 상갑판에는 전사자의 시체가 많이 쌓여 있고, 그것을 운반하는 자, 시체를 쌓는 자, 지휘하는 목소리, 게다가 무릎을 꿇고 큰 소리로 기도를 올리는 자 등 온갖 동작과 소리가 주변을 분주히 뛰어다니고 있는 듯한 느낌을 주었고, 극도로 긴장한 야마모토의 눈에는 그것이 공황 상태로 비쳤던 모양이다.

그것이 수장(水葬)의 광경이라는 것을 야마모토가 깨달은 것은 사네유키가 그 시체더미 앞으로 성큼성큼 걸어가서 무릎을 꿇고 묵념을 올렸기 때문이다. 야마모토는 이렇게 얘기했다.

"그런 때도 아키야마라는 사람에게는 묘하게 배짱이 있었지. 성큼성큼 걸어가서 그 앞에 무릎을 꿇더군."

사네유키는 적의 환심을 사기 위해 그런 행동을 한 것이 아니라 어차피 싸움이 끝나면 중이 될 각오였던 터라, 자기 함대가 쏜 포탄에 맞아 방금 죽은 사람들의 찢어진 육체를 보고 받은 충격이 저도 모르게 명복을 비는 행동으로 나타났을 뿐이었다. 야마모토의 말을 들어도, '그 묵념하는 모습에는 거짓 아닌 진실이 넘치고 있었다. 적병들은 가만히 그 모습을 바라보고 있었는데, 그 바라보는 눈에도 솔직한 감사의 정이 감돌고 있었고, 그 이후 그들의 태도에서는 반항의 빛이 사라지고 친밀감 비슷한 감정마저 엿보였다'고 했다.

상갑판에 마중 나온 것은 참모장 크로스 중령이었다. 그는 아직 30대였으며 또 원래 풍채가 나쁘지 않은 인물이었으나, 사네유키의 눈에는 비에 젖은 복슬 강아지 같은 인상으로 비쳤다. 그 이유의 하나는 콧수염이 너무 자란 데다 바닷바람과 폭연에 절어 발처럼 처져 버린 탓도 있었는지 모른다.

사네유키와 야마모토 대위는 사령관실로 안내되었다. 아무도 없었다. 어디선가 외치는 소리가 들려왔다. 역시 심상한 공기는 아니었다.

'한심한 꼴이군.'

사네유키는 적에 대해서가 아니라 자기 자신에 대해 생각했다. 항복한 적의 성에 군사로서 들어가는 것은 그림에서라면 참으로 씩씩한 모습이겠지만 막상 그 역할을 자기가 맡아 보니 음울한 기분이 앞섰다.

아마 네보가토프가 나오겠지. 그를 어떤 태도로 대해야 할 것인지 사네유키는 당혹스러운 기분이었다. 기다리는 동안에도 외치는 소리가 줄곧 통로를 달려갔다.

야마모토의 얼굴이 긴장으로 굳어 있었다. '여차하면 무사답게 깨끗이 죽자'고 야마모토는 거듭 다짐하면서 마음을 가라앉히려 했지만, 사네유키는 별로 그렇게 생각하지 않았다. 그는 통로의 고함 소리가 무엇인지 그 정체를 알고 있었던 것이다. 사네유키는 여기까지 안내되어 오는 동안 장교와 사병들이 무엇을 하고 있는지 재빠르게 간파하고 있었다. 그는, 그들이 신호서와 기밀 서류 같은 것을 바다에 버리라고 지시하거나, 주의 사항을 외치고 있을 뿐이라고 보고 있었다. 그와 같은 서류의 처리는 그들이 전투를 포기하고 항복하려 하고 있다는 분명한 증거이며, 오히려 저 소란은 사네유키 등이 군사로서 안전한 상태에 있다는 것을 방증(傍證)해 주는 거나 같았다.

이윽고 네보가토프 소장이 들어왔다.

사네유키 일행은 일어섰다. 네보가토프가 적장이라고는 하나 해군 예법에 따라 계급에 상응하는 경례를 하지 않으면 안 된다. 사네유키는 그 후에도 이 소장에 관해서 쓸 때는 경어를 사용했는데, 그것이 해군 예법의 강제에 의한 것이라기보다 그가 속한 시대의 지극히 평범한 예의감각이라는 편이 정확할지도 모른다.

네보가토프는 사네유키의 예상을 뒤엎고 도무지 항복한 장군 같지가 않았다. 이 흰 머리 흰 수염의 뚱뚱한 50대 남자는 웃는 얼굴과 큰 동작으로 들어와서 느닷없이 자신의 몸을 두드렸다.

"이런 복장으로 미안합니다."

하고 프랑스어로 말하고 악수를 청했다. 사네유키는 악수를 하면서, 정말 불결한 복장이라고 생각했다.

"소장, 불결한 전의를 입은 채 나타나 정중히 악수하시다."

이것은 사네유키의 문장이다. 대위 야마모토 신지로의 후일담에는 이렇게 되어 있다.

"더러운 석탄 적재 작업복을 입고 있었다. 그때 비로소 안 일이지만 러시아에서는 전쟁을 할 때 작업복을 입는 모양이었다. 우리 해군은 죽음의 수의를 입는 기분으로 깨끗한 군복을 입는다."

그러나 네보가토프의 인품에 대해서는 두 사람 다 '매우 선량해 보이는 사람'이라는 인상을 받았다.

네보가토프와 참모장 크로스 중령이 테이블 맞은편에 앉았다.

사네유키도 앉으면서 먼저 항복을 받아들인다는 뜻을 영어로 말했다. 그러나 네보가토프에게는 통하지 않았다.

그 때문에 예정대로 야마모토 대위가 프랑스 말로 통역하기로 했다.

"도고 제독은 이에 참렬한 해전이 종말을 고하게 됨을 귀관과 더불어 기뻐하며, 아울러 귀 함대의 항복 제의를 명예로운 항복으로 받아들이고자 소관을 보내시었소. 그러면, 귀관의 대검은 그대로 착용하시오."

이밖에 몇 가지 항목을 일러 주었다.

네보가토프는 일일이 고개를 끄덕이며 "귀명에 따르겠소" 하고 웃는 얼굴로 말했다. 그리고 나서 두 손을 벌리며, 그러나 이 뜻을 각 함에 전달하지 않으면 안 되므로 잠시 시간을 얻고 싶다고 말했다. 네보가토프와 참모장이 사라진 뒤, 사네유키들은 30분 동안 기다렸다.

이 30분 동안 네보가토프는 사관실에서 막료들과 협의하고 아울러 각 함에 연락했다.

다시 네보가토프가 들어와서 좀 더 기다려 주면 좋겠다고 말했다. 그 이유는 전사자의 수장을 마쳐야 한다는 것, '미카사'에 갈 막료들이 옷을 갈아입어야 한다는 것 등 두 가지였다. 다시 소장은 요청했다. 미카사에 타고 갈 본함의 보트가 모두 파괴되어 버렸으니, 귀관의 수뢰정에 동승시켜 줄 수 없느냐는 것이었다. 사네유키는 고개를 끄덕였다.

"그렇게 하십시오."

그 뒤, 소장은 옷을 갈아입으러 가지도 않고 마치 이야기하기를 좋아하는 장사꾼이 장사를 내동댕이치고 잡담에 정신을 파는 것처럼 그 자리에 주저앉아 버렸다.

네보가토프의 걱정은 이미 사방으로 흩어져 버린 자기편의 각 함이 겪을 운명이었다.

사네유키는 확실한 보고가 들어와 있는 것만 이야기했다. 네보가토프는 각 전함이 더듬은 운명에 대해 더 상세히 묻고 하나하나 사네유키의 대답을 들은 다음 별안간 두 눈에 눈물을 글썽거리면서 중얼거렸다.

"전멸——"

이 무렵은 아직 로제스트벤스키 중장이 해상 포획되기 전이었기 때문에, 사네유키는 그가 '스바로프'와 함께 전사한 줄 알고 있었고, 네보가토프는 아마 구축함으로 달아났을 것으로 생각하고 있었다. 이어서 네보가토프는 전날부터의 여러 상황을 알고 싶어 했다.

이러한, 이른바 잡담은 사네유키로서는 난처한 일이었다. 도고가 '미카사'에서 기다리고 있었다. 참다못해 그 말을 하자 다소 태평스러운 성격인 듯싶은 네보가토프는 비로소 자기가 항복자라는 것을 깨달은 모양이었다.

"오오!"

사네유키의 문장에 의하면, 그는 "비로소 깨달은 듯, 황망히 사실로 가서 부하에게 예복을 내놓게 하여 그것을 갈아 입으셨다."

그 뒤 네보가토프와 모든 막료는 예복을 입고 뒷갑판에 나와 전원에게 훈시했다. 사네유키는 러시아 말을 알아듣지는 못했으나 '그 어조는 비장했으며, 눈물을 머금고 간곡하게 연설하셨다'는 뜻의 글을 쓰고 있다.

예복 차림의 네보가토프 소장과 그 막료들이 미카사의 뱃전에 있는 쇠사다리를 올라올 때의 모습을 상갑판에 있던 포술장 아보 기요카즈 소령이 평생 잊지 못할 인상으로 기억하고 있다.

"그 초연한 모습을 보니 딱하다고 할까 번져 나오는 눈물을 금치 못했다. 과연 싸움은 이기느냐 죽느냐, 둘밖에 없다고 생각했다."

이때 미카사의 함상에서는 아무 소리도 들리지 않고 숲 속처럼 고요했다. 도고는 아직도 함교에 서 있었다. 그도 아보 기요카즈와 비슷한 감정에 잠겨 있었다는 것은 다음의 일로도 상상할 수 있다.

이 광경 속에 제1함대 소속의 제1구축대 4척이 끼어들 듯 들어왔다. 사령구축함은 '오보로(朧)'였고, '이나즈마(電)' '이카즈치(雷)' '아케보노(曙)' 등이었다. 그 승조원들이 각 함의 상갑판에 몰려나와 미카사의 함교에 서 있는 도고를 향해 '만세, 만세' 하고 소리쳤다.

도고는 매우 불쾌한 표정이 되어 소리쳤다.

"저리 가라고 해."

누군가가 함교에서 '침묵하라'는 뜻의 신호를 하자 4척은 당황한 듯이 미카사 곁을 스쳐 뒤쪽으로 사라졌다.

그 뒤 도고는 장관 공실에서 네보가토프 일행과 회견했다.

통역은 사네유키의 선배 중에서 그와 가장 친한 1등 순양함 '아사마'의 함장 야시로 로쿠로(八代六郞) 대령이 맡았다. 그는 메이지 28년(1895년)부터 4년 동안 페테르스부르크의 주 러시아 공사관 무관으로 있어서 러시아 어에 능통했다.

두 제독이 항복과 항복 수락에 관한 형식상의 일을 마치자 일동에게 샴페인 잔이 나누어졌다. 사네유키는 그 자리에 없었다. 그는 적의 각 함을 맡을 포획원을 지시하고 있었다.

도고가 잔을 쳐들고 일본어로 말했다.

"해전의 종결을 축하하며."

야시로가 그것을 러시아 말로 상대편에게 큰 소리로 전했다. 네보가토프도 잔을 쳐들었다.

모두들 잔을 비웠다.

일본측 막료들은 러시아측의 심정을 헤아려 짐짓 어두운 표정을 하고 있었으나, 이윽고 그럴 필요가 없다는 것을 알게 되었다. 네보가토프는 일본식으로 말하면 융통 무애의 경지에 있는 모양인지 무척 밝은 태도로 도고에게 말을 건넸다. 이때쯤 사네유키가 그곳에 들어왔다. 다음은 사네유키가 후년에 메모한 것을 옮긴 것이다.

네보가토프가 도고에게 물었다.

"각하가 하신 예측에 대해서 듣고 싶습니다. 어떤 근거로 우리가 쓰시마 해협을 통과할 줄 아셨습니까?"

"안 것이 아니라 추정한 것입니다."

도고가 대답했다.

다시 네보가토프가 물었다.

"무엇에 입각하여 그와 같은 추정을 하셨습니까?"

"지리, 기후 그 밖의 여러 상황에 의해, 그럴 수밖에 없을 거라고 믿은 데 지나지 않습니다."

파티는 곧 끝났다. 네보가토프 일행은 물러나서 이미 일본 군함이 된 지난날의 자기 기함으로 돌아갔다.

네보가토프의 옛 함대 각 함에 대해서는 포획의 부서가 정해졌다. 그들을 모두 사세보(佐世保) 항으로 끌고 가는 것이다. 이를테면 전함 '니콜라이 1세'와 전함 '아료르'는 제1전대가 담당한다.

해방함 '아프락신'과 해방함 '세냐빈'은 제2전대가 맡기로 했다.

노비코프 플리보이가 타고 있던 전함 '아료르'의 승조원은 대부분 전함 '아사히'로 옮겨졌다.

플리보이도 아사히(朝日)로 옮겼다. 플리보이가 아사히의 상갑판으로 올라가자 일본 수병들이 벙글벙글 웃으면서 응대해 주었다고 한다.

곧 점심 식사가 나왔다. 전원에게 담배 한 갑씩이 배급되고 식사는 쇠고기 통조림과 흰 빵이었다. 보복을 당할 것을 각오하고 있던 러시아 병들은 이런 뜻밖의 대우에 얼떨떨해 하고 놀랐다고 한다.

플리보이는 전함 '아사히'의 함 내를 보았다.

"일본의 전함은 그토록 우리의 포화를 덮어썼으면서도 전혀 상처를 입지 않았다. 함 내는 구석구석 깨끗하게 청소되어 있었고 여러 가지 기구류도 말끔히 제자리에 있어서 나무랄 데가 없었다. ……우리는 대체 그 많은 포탄을 어디에다 쏘았단 말인가?"

플리보이는 승함 직후의 인상에 대해 이렇게 쓰고 있다.

플리보이가 승선했던 배의 함장 융그 대령은 중상을 입고 몸을 움직이지 못했기 때문에, '아료르'의 조그마한 장방형 방의 철제 침대에 누워 있었다. 그는 거의 의식이 없는 거나 다름없었으므로 자기의 사령관이 함대와 더불어 모조리 항복해 버렸다는 것도 몰랐다. 그의 함에는 군의와 소수의 러시아 측 사병들이 남았으나, 그들도 이 불행한 함장에게 함의 운명을 알리지 않았다.

그의 부하들은 대부분 아사히로 옮겨 가 있었는데, 누구보다도 군인으로서의 긍지가 강했던 융그 대령이 만일 이 사실을 알았더라면 미쳐서 죽었을지도 모른다. 만일 미쳐서 죽지 않는다면 페테르스부르크의 극장에서나 있을 법한 하나의 기이한 인연에 망연자실하여 할 말을 잃었을지도 모른다. 왜냐하면 전함 '아사히'의 함장 노모토 쓰나아키(野元綱明) 대령은 그의 친구였기 때문이다.

노모토는 일찍이 주 러시아 공사관의 무관실에 근무한 적이 있었다. 직무상 당연한 일이지만 러시아 해군성 사람들과 사귀면서 서로 초대하고 초대받는 사이였다. 융그의 집은 페테르스부르크의 슬라비안카에 있었다. 노모토는 융그의 초대를 받아 몇 번이나 그의 집에 손님으로 간 적이 있었다. 그러나 융그는 그 노모토가 아사히의 함장이 되어 있다는 것을 알지 못했고, 노모토도 융그가 어느 함에 있는지 몰랐다. 그러나 두 사람은 서로 조국을 위해 같은 해역에서 포화(砲火)를 나누지 않으면 안 된다는 것은 알고 있었다.

노모토가 아료르의 함장이 융그라는 것을 안 것은 배를 포획한 뒤의 일이다. 그러나 병실을 방문하지는 못했다. 융그에게는 이 항복이라는 사정이 감추어져 있었기 때문이다.

아료르만은 파손이 심해서 도저히 사세보까지 끌고 갈 수 없는 상황이었으므로, 마이즈루(舞鶴) 항으로 향하게 되었다. 그 도중인 29일밤 융그는 숨을 거두었다.

그 수장식은 30일 아침 러시아 병사들과 일본 병사들이 도열한 가운데 아료르에서 치러졌다. 노모토는 아사히의 함미에 우두커니 서서 장송의 나팔 소리가 사라질 때까지 떠나지 않았다.

이 28일, 온갖 수역에서 러시아측 잔함이 일본의 각 전대에 발견되었다. 함마다 몹시 파괴되어 개중에는 침몰 직전의 모습으로 겨우 물결을 헤치고 나아가는 것도 있었다.

그들 함은 한두 예를 제외하고는 모두 항복하지 않고 과감히 포전을 벌이다가 격침되었다. 일본측은 되도록 그 승조원들을 구조했다. 구조를 위해 기선에 중소구경포를 실은 가장 순양함 '아메리카마루'와 '사도마루(佐渡丸)' 등이 마치 전문 구조선처럼 해역을 뛰어다니는 형편이 되었다.

잔함 가운데 가장 큰 것은 장갑 순양함 '돈스코이'(6,200톤)였을 것이다.

제4전대의 '나니와' 이하 4척의 순양함에 의해 정식 명칭 '드미트리 돈스코이'가 안간힘을 쓰면서 서북으로 향하고 있는 것이 발견되었다.

나니와는 먼저 무전으로 알렸다.

"돈스코이, 너희들의 사령관 네보가토프 제독은 항복했다."

그러나 돈스코이는 이를 묵살했다. 답신도 없이 점점 더 속력을 올렸다. 나니와를 비롯한 순양함들이 쫓아갔으나 청일전쟁 당시의 작고 낡은 순양함의 속력으로는 도저히 따라갈 수 없었다.

그때 마침 무전을 받은 제3전대의 두 함이 나타났다. 3등 순양함 '오토와'와 '니타카'였는데 오토와는 개전 후 요코스카(橫須賀) 해군 공창에서 준공된 21노트짜리 함이다. 돈스코이는 기관의 증기를 아무리 올려봐야 17노트밖에 나오지 않는다. 더욱이 오토와와 니타카가 두 척의 구축함——'아사기리' '시라쿠모'——을 거느리고 있었다.

그러나 돈스코이는 장갑(裝甲)되어 있을 뿐 아니라 일본의 삼등 순양함 정도는 쉽게 격침할 수 있는 화력도 갖고 있었다.

함장 레베제프 대령은 항복은 일체 염두에 없었던 모양이다. 그는 뱃머리를 울릉도 쪽으로 돌렸다. 섬에 부딪쳐 자침할 작정이었다. 그때까지 몰려드는 일본의 군소함에 되도록 많은 손실을 입히자고 결심했다.

일본측은 포위했다. 제4전대의 4척은 오른쪽에서 접근하고, '오토와' '니타카'는 왼쪽에서 달려가 오후 7시 12분, 오토와의 함장 아리마 료키츠(有馬良橘)가 8,000천 미터를 재어 사격을 개시했다.

'돈스코이'는 화염에 휩싸였으나 반격을 그치지 않고 밤이 되어도 계속 싸

우면서 달아났다. 그동안 일본측 각 함에 몇 발의 포탄을 명중시켰다. 놀랍
게도 이 러시아 군함은 29일 오전 7시까지 끈질기게 싸우다 마침내 힘이 다
하여 울릉도에 스스로 함을 부딪쳤다. 함장은 승조원을 상륙시킨 다음 함저
의 킹스턴 밸브를 열어 함을 자침시키고 나중에 포로가 되었다.

비오는 언덕

필자의 책상 위에 '미카사'의 함내에서 사네유키가 들여다보았던 해도와 같은 것인 듯한 낡은 해도가 몇 가지 놓여 있다.

"29일 미명, 울릉도에서 장갑 순양함 돈스코이가 일본의 소함정군과 분전 끝에 자침하고 잔존 승조원 770여 명이 상륙하여 포로가 되다."

해도에 그렇게 써 넣었을 때, 27일 이래 동해의 광대한 해역을 무대로 치러진 두 제국의 해상전은 그 최후의 막을 내렸다.

'돈스코이'의 장갑은 강력했다. 일본의 조그마한 순양함과 구축함의 포탄이 이 함에 무수히 집중했으나, 그것들은 이 함의 기관과 조타기를 파손시켰을 뿐 장갑대 그 자체는 돌멩이에 맞는 정도라 해도 좋을 만큼 꿈쩍도 하지 않았다. 결국, 이 함은 27일 오후 2시부터 분전 40시간이라는 기록을 남기고 스스로 킹스턴 밸브를 열어 침몰했다. 이것은 앞에서도 이미 말했다.

그 전보가 들어오자, 사네유키는 해도에 '드미트리 돈스코이'라는 정식 명칭을 넣어 자침 장소에 표를 하고 일시(日時)를 기입한 다음 얼굴을 들어 가토 참모장에게 말했다.

"그럭저럭 끝났군요."

가토는 아무 대답도 하지 않았다. 그는 도무지 극적인 표현을 싫어하는 사람으로, 이 세계사상 공전의 해전을 운영하는 데 있어서도 마치 은행원이 사무를 보듯 진행시켰다. 후일, 도쿄에 돌아와서도 그런 식이었다. 전승을 축하하기 위해 집에 찾아오는 손님을 거절했고, 어쩌다가 대면을 하면 "무슨 볼일이십니까?" 하고 상대편이 민망하여 말도 붙이지 못하게 만들었다.

그런 무뚝뚝함은 사네유키 쪽이 더 심했다.

"대단한 승립니다."

각 함에서 오는 전신을 정리하고 있던 참모 기요카와 대위가 약간 흥분해서 말했을 때도 사네유키는 전투 보고서를 쓰던 손을 멈추고 잠깐 기요카와의 얼굴을 보았으나 대답도 하지 않고 다시 연필을 움직였다. 이 때문에 막료실은 조그마한 기인 클럽 같은 느낌이었다. 가토 도모사부로와 아키야마 사네유키가 그런 식이라 다른 막료들도 큰 소리로 떠들 수가 없어서 전체의 공기는 병원 수술실처럼 조용했다.

도고는 장관실에 있었다. 그는 전과 보고가 들어와도 거의 무표정하게 듣고 있었다. 그동안 그는 두드러진 언동은 일절 하지 않고, 기껏해야 젖은 양말을 마른 것으로 바꾸었는데 그 정도가 사병이 목격한 기록할 만한 행동이었다.

'우리측 손해는 수뢰정 3척.'

믿기 어려울 정도로 경미한 손실이었으며, 거의 전투를 하지 않은 것과 같았다.

세계의 해군이 세계에서 유일하게 최대의 모범으로 간주해 온 트라팔가의 해전에서도 전승국인 영국 해군은 승무원의 1할을 잃었고, 사령관 넬슨은 기함 '빅토리' 함상에서 전사했으며, 적(敵)인 불서(佛西) 연합함대 33척 가운데서 11척을 놓치는 불완전한 승리를 거뒀을 뿐이었다. 그런데 이 일본해 해전에서는 아직 자세한 보고를 다 입수하지 않았다고는 하나, 러시아 함대의 주력함은 모조리 격침, 자침, 또는 포획되는 등 당사자도 믿기 어려운 기적이 성립된 것이다.

과연 이것을 승리라는, 규정이 모호한 말로 표현할 수 있을 것인가?

상대는 소멸해 버렸다. 극동의 해상권을 제패하고자 러시아 제국의 국력을 다 기울여 몰려온 대함대가, 27일 일본해의 연무(煙霧)와 더불어 증발하듯 사라져 버린 것이다.

'도저히 믿을 수 없다.'

동맹국인 영국의 신문조차 이러한 태도를 보였다. 발틱함대는 전멸하고도고 함대는 수뢰정 3척만 침몰되었다는 소식이 전해졌을 때, 이것을 냉정히 기사화한 것은 오직 한 신문뿐이었고 다른 신문들은 오보가 아닐까 하고의심하는 태도들이었다.

"일본 해군은 자신의 손해를 은폐하고 있다."

이렇게 쓴 신문도 있었다.

'장갑함이 단순한 포전으로 그렇게 쉽게 가라앉을 까닭이 없다.'

이러한 의문을 제시한 신문도 있었다. 그것이 전문가의 상식이었고, 일부에서는 만일 일본측 발표가 사실이라면 그들은 잠항정을 사용한 것이 틀림없다고도 했다.

하기야 장갑함이 연출하는 근대전의 전술에 대한 책을 쓴 H.W. 윌슨이라는 해군 연구가는 러일 쌍방의 발표로 사정이 명쾌하게 밝혀졌을 때 이렇게썼다.

"이 얼마나 위대한 승리인가! 나는 육전에 있어서나 해전에 있어서나 역사상 이렇게 완전한 승리는 본 적이 없다."

그리고 다시 이 해전이 세계사를 바꾸었다고 지적하고 있다.

"이 해전은 백인 우세의 시대가 이미 끝났다는 역사상의 한 신기원을 이룬것이라고 할 수 있다. 유럽과 아시아라는 상이한 인종 사이에 불평등이 존재하던 시대는 지났다. 장래에는 백색 인종도 황색 인종도 동일한 기반 위에 서지 않을 수 없을 것이다."

확실히 이 해전이 아시아인에게 자신감을 준 것만은 사실이었다. 그러나아시아인들은 즉각 반응을 나타내지는 않았다. 중국인과 버마인, 그리고 백인의 지배하에 있는 필리핀, 인도, 그 밖의 동남아시아 민족들도 이 해전의속보에 대해서는 둔감했으며, 이로써 아시아인이라는 자부심을 가지고 금방반응을 보일 만큼 민족적 자각이 성장해 있지 않았다.

다만 유럽에 있어서 일종의 아시아적 백인국——헝가리, 핀란드 등——은 민감한 반응을 나타내어 자국의 승리처럼 이 승리를 자랑했다. 나아가서는 러시아 제국의 멍에 아래에서 신음하고 있던 폴란드인과 터키인들을 기쁘게 했다. 또 원래 친일적인 남미의 칠레나 아르헨티나 사람들도 기쁘게 하여, 이 해전에서 반세기가 지난 오늘에 이르기까지 아직도 아르헨티나 등은 그 나라의 대사가 도쿄에 부임할 때마다 요코스카의 기념함 '미카사'를 방문하는 것이 거의 상례처럼 되어 있을 정도이다.

격침된 러시아 군함은 전함이 6척, 순양함이 4척, 해방함이 1척, 구축함이 4척, 가장 순양함이 1척, 특무함이 3척이며, 포획된 것은 전함 2척, 해방함 2척, 구축함 1척, 억류된 것은 병원선 2척, 탈주 중에 가라앉은 것은 순양함 1척, 구축함 1척이며, 이밖에 6척——순양함 셋, 구축함 하나, 특무함 둘——은 마닐라 만이나 상해 등의 중립국 항구로 달아나 무장해제를 당했다. 간신히 달아나는 데 성공한 것은 요트를 개조한 소순양함 1척과 구축함 2척, 그리고 수송선 1척에 지나지 않았다.

바다는 고요해졌다.

'미카사'와 이것이 이끄는 제1, 제2전대는 귀로에 올랐다. 사네유키는 이따금 상갑판을 산책했다.

바다의 고요함이 그에게는 묘하게 허전해 보였다.

한창 싸울 때는 하늘도 움직이고 바다도 거칠었다. 적과 아군의 포탄이 서로 날아가고 날아오며, 그것이 공기를 찢어 순식간에 진공을 만들어서 이상한 소리가 하늘에 교차했다. 낙하탄은 바다를 들끓게 하고, 이리 뛰고 저리 뛰는 함정들이 미친 듯 섬광을 토했다.

그 모든 상황이 끝나고 보니 바다의 표정까지 일변하여 거짓말처럼 고요해졌고, 함대는 유유히 항행하고 있었다. 진회색으로 칠해진 함체는 포탄을 맞거나 화재로 조금은 벗겨져 있었지만 그 색채들은 하늘과 바다에 잘 비치고 있었다. 다만 이들 진회색의 배가 검은 페인트로 칠해진 몇 척의 군함을 거느리고 있는 것이 다소 개전 전과 달랐다. 검은 군함들은 네보가토프의 항복 함대였다.

5월 30일, 태양이 약간 기울 무렵 도고가 탄 군함이 사세보에 입항했다.

"'베드위'가 있다."

상갑판에 있던 사네유키가 눈치 빠르게 발견했다. 로제스트벤스키 제독을 태운 구축함 베드위가 한걸음 앞서서 사세보 항에 들어와 있었다. 그것을 보았을 때, 사네유키는 감정에 이변이 일어났다. 불과 1, 2분 동안이지만 눈에서 눈물이 넘쳐 두 볼을 타고 흘러내렸다. 이 감정의 변화는 적에 대한 동정이나 승리에 대한 안도감 같은 것은 아닌 것 같았다. 뒷날의 그의 언동에서 미루어 싸움 자체가 갖는 비참함에 마음이 움직였을 수도 있을 것이다. 나아가서는 그가 나중에 믿게 된 인위적인 것 이상의 의지를 이 철의 군상과 물이 구성하는 정경 속에서 강하게 느꼈는지도 모른다.

이날 오전 중에는 개었으나, 오후부터는 구름이 두터워졌다. 사세보의 지형은 크고 작은 섬과 곶과 산이 품안에 깊고 조그마한 만을 만들고 있어서 해항으로서의 자연이 나가사키를 능가할 만큼 아름다운 항구였다. 그러나 이날 오후에는 개선에 걸맞지 않은 흐린 날씨 때문에 섬들과 곶의 솔밭이 검었고, 만의 물은 납빛이어서 사네유키의 우울한 감정은 점점 더 무거워졌다.

부슬비까지 내리기 시작했다.

'미카사'가 입항했을 때 구축함 베드위의 부상자들은 모두 육상의 사세보 해군 병원에 옮겨져 있었다. 세묘노프 중령도, 비를 막기 위해 담요가 머리에 씌워진 채 들것에 실려 보트로 육상에 옮겨졌다.

그러나 함장실에 누워 있던 로제스트벤스키만은 머리의 중상 때문에 이동이 보류되었다. 참모장 코롱 대령을 비롯하여 막료 일동도 함내에 머무르고 있었다. 그들은 자기들 손으로 한 척도 가라앉히지 못한 도고 함대가 속속 사세보 항에 들어오는 광경을 베드위에서 바라보았다.

도고는 적장이 중태라는 것을 알고 문병을 사양했다.

"환자 옷이 더럽지는 않은가?"

이 말만 하고 프랑스 어를 할 줄 아는 야마모토 대위에게 새 것을 들려 베드위로 보냈다. 베드위의 사관실에서 코롱 참모장 등이 야마모토와 만났다. 코롱은 매우 난처한 표정으로, 제독은 의식도 분명치 않다, 그러니 만나게 해드릴 수 없다고 말했다. 옆방이 함장실이었다. 거기서 신음 소리가 새나왔다. 야마모토는 그때의 심경을 말하고 있다.

'무인의 정이라 생각하고……'

그는 제독은 만나지 않고 환자 옷만 두고 떠났다.

그 뒤 야마모토는 다시 베드위를 찾지 않을 수 없었다. 가모라는 해군 군의 소감이 로제스트벤스키를 병원으로 옮기기 위해 군의관과 간호병을 지휘하여 이 구축함을 찾았기 때문이다. 야마모토는 통역으로 동행했다.

제독이 들것에 옮겨지자 코롱 및 막료들이 일본 간호병을 막아서며 저마다 들것에 달려들었다.

'우리가 들겠소.'

그 싸움에서 이 제독은 전투 도중에 중상을 입어 이미 의식을 거의 잃은 거나 다름없었다. 제독은 이미 전사로서는 일개 수병보다 쓸모없는 존재가 되어 있었지만, 막료들 20명은 이 쓸모없는 인물을 구하기 위해 기함 '스와로프'를 버린 것이다. 이 기함은 220명 이외에는 모두 함과 운명을 같이 하여 바다 밑에 가라앉았다. 러시아 함대 사령부가 취한 이 조치에 대해 전후 일본 해군측은 욕도 하지 않고 일체 논평을 피했다. 다만 미즈노 히로노리(水野廣德) 대령만이 그의 저서에서 이 경위에 언급하며, 사령부가 사병을 구하지 않은 데 대해 윤리상의 공격은 삼가면서도 객관적인 태도로 한 마디 하고 있다.

"오호 병은 흉기런가! 하고 외치지 않을 수 없다."

전쟁은 비참한 것이니 경솔히 할 일이 아니라는 뜻이다.

제독이 보트에 내려졌을 때 그의 의식이 약간 돌아왔다. 야마모토 신지로가 프랑스 어로 도고의 뜻을 전하자 제독은 뜻밖에도 활발하게 담요 속에서 팔을 뻗어 야마모토의 손을 잡았다. 야마모토에 의하면 로제스트벤스키는 울고 있었다고 한다.

며칠 후 도고가 사세보 해군 병원으로 로제스트벤스키를 문병하게 되었다.

동행자는 아키야마 사네유키와 야마모토 신지로 두 사람뿐이었다.

도즈카 간카이(戶塚環海) 해군 군의 총감이 안내했다. 이 병원의 복도는 다리가 피곤해질 만큼 길었다. 걸어가는 동안 도고는 내내 말이 없었다. 이윽고 병실에 들어가자 병상의 로제스트벤스키가 겨우 얼굴을 움직여 도고를 보았다. 두 장수가 얼굴을 맞댄 것은 이 순간이 처음이었다.

로제스트벤스키는 그가 연출한 그토록 장대한 항해의 목적지가 바로 이 사세보 해군 병원의 침대였던 것처럼 조용히 누워 있었다. 그것은 일종의 희극처럼 보였으나 원래 전쟁이란 그런 것이리라. 전쟁이 수행되기 위해 소비되는 방대한 인력과 생명, 다시 그것을 위해 투하되는 거대한 자본을 생각하면 그 결과가 승패 어느 쪽이든 일종의 공허함이 따른다.

"전쟁은 끝나고 나면 보잘 것 없는 것이 된다. 군인은 그 보잘 것 없는 것을 견디지 않으면 안 된다."

이러한 뜻의 말을, 일본 장군 중에서 용맹한 사람의 하나로 알려진 제1군 사령관 구로키 다메모토(黑木爲楨)가 종군 무관인 영국인 해밀턴에게 말했다고 하는데, 이번 경우 로제스트벤스키가 한 역할은 그 가장 심한 예였는지도 모른다. 그것은 그의 병상에 가까이 간 도고가 누구보다도 잘 알고 있었다.

도고는 상대편의 역할이 보잘 것 없다는 데 심각한 동정을 느끼고 있었으며, 상대편의 심경을 위로하기 위해서만 자기는 존재하고 있다고 생각하고 그것을 상대편에게 알리기 위해 자기가 몸에 지니고 있는 얼마 안 되는 연기력으로 안간힘을 썼다.

그는 흰 여름옷을 입고 있었다. 병상의 제독에게 손을 내밀어 악수한 다음 상대편에게 위압감을 주지 않도록 침대 옆의 의자에 앉아 로제스트벤스키의 얼굴을 들여다보듯하면서 말했다.

도고는 말이 없기로 유명한 사람이었는데 이때만은 무척 많은 말을 했다. 도고의 말은 통역 야마모토 대위가 기억하는 바로는 다음과 같은 것이었다.

"각하"

도고는 나직한 소리로 말을 건넸다.

"멀리 러시아에서 회항해 오셨는데도, 무운은 각하에게 불리하여 분전하신 보람도 없이 중상을 입으셨습니다. 오늘 여기서 뵙게 된 데 대해 진심으로 동정을 느낍니다. 우리들 무인은 원래 조국을 위해 목숨을 걸 뿐, 사사로운 원한 따위는 있을 까닭이 없습니다. 아무쪼록 충분히 요양하셔서 하루바삐 완쾌하시기를 빌겠습니다. 무언가 원하시는 것이 있으면 주저 마시고 말씀하십시오. 가능한 모든 편의를 보아 드리겠습니다."

도고의 진심어린 말은 야마모토가 통역하기도 전에 로제스트벤스키에게 통한 듯, 그는 눈물을 글썽거리며 대답했다.

"나는 각하와 같은 분에게 진 것으로 겨우 자위합니다."

그는 전투 개황을 러시아 황제에게 전보로 보고하고 싶은데, 그 편의를 보아줄 수 없겠느냐고 도고에게 물었다. 도고에게는 그것을 허가할 권한이 없었으나 즉석에서 승낙했다.

사네유키는 사세보에서 만주의 상황은 어떤지 육군의 전황에 대해서 알려고 했다. 도쿄에서 온 대본영의 작전 관계자에게 들어서 대강의 소식은 알게 되었다.

형 요시후루(好古)는 좌익의 노기군에 속하여 북에서 남하하는 미시첸코 기병단을 밀어내고, 크고 작은 전투를 벌이면서 간신히 형세를 유지하고 있었다.

크로파트킨과 교대한 러시아군 총사령관 르네비치 대장은 공주령의 대지에 총사령부를 두고 호언 장담하고 있었다.

"우기(雨期)가 지나면 일본군을 섬멸하겠다."

그는 시베리아 철도로 보내오는 병력과 자재의 보충이 끝나 공세를 취하며 재기하게 되는 것을 만주의 짧은 가을이 찾아올 무렵으로 보고 있었다.

그때까지는 진지 방어에 전념했다. 일본측도 먼저 나아가 설명할 능력이 없었고, 공주령 결전과 하얼빈 결전에 대한 작전 계획이 목표로 수립되어 있을 뿐이며, 유능한 하급 장교의 결핍과 포탄의 부족을 보충하려면 아직도 1년 이상이 걸리는 비참한 실정에 있었다.

요컨대, 전선은 러일 쌍방의 사정으로 교착 상태에 있었다. 다만, 겨우 러시아측이 그 자랑하는 카자크 기병단을 내보내 일본군 전선을 끈질기게 자극하고 있었다. 요시후루의 기병단은 그에 일일이 대응하지 않으면 안 되었다.

발틱함대가 5월 27, 8일 양일에 전멸했는데도 불구하고, 만주의 최전선에 있는 요시후루는 6월 15일 호우(豪雨)를 무릅쓰고 기지를 출발하여 이틀 미시첸코 장군의 기병단과 격렬한 전투를 벌여 간신히 격퇴했으나, 신 점령지를 유지할 만한 병력이 없어 다시 후방으로 철수했다. 그러면 미시첸코가 다시 그곳에 와서 근거지로 삼는 식으로, 밀고 밀리는 전황이 계속되고 있었다.

그 싸움터에서 요시후루는 어머니 오사다가 병사했다는 기별을 받았다. 사네유키는 사세보에서 알았다.

'준(淳), 너도 죽어라. 나도 죽을란다.'

어릴 때 사네유키의 개구쟁이 짓에 진저리가 나서 정색을 하고 단도를 들이대던 어머니의 사망 소식을 듣고 사네유키는 사세보의 여관에서 밤새도록 통곡했다. 형 요시후루가 이 소식을 들은 것은 화양수라는 마을에 주둔하고 있을 때였는데, 마쓰야마의 친구 이데 마사오(井出政雄)에게 엽서를 써 보냈다.

"사네유키가 활약했으니 그 호외를 들고 돌아가신 아버지에게 달려가신 줄 믿소. 이 글의 참뜻을 아는 것은 두 어른뿐일 것이오."

요시후루는 어머니 오사다가 사네유키의 개구쟁이 노릇에 진저리를 내고 있었던 것도 알고 있었고, 평생토록 사네유키를 가장 사랑했다는 것도 알고 있었다. '그 개구쟁이를 어떻게든 길러 낸 것은 헛일이 아니었다는 것을 어머니는 일본해의 전투 결과를 듣고 절실히 느끼셨을 것'이라는 뜻을, 요시후루는 '참뜻'이라는 말 속에 담고 있는 것이다.

전쟁이 계속되고 있는 동안 제3국에서 강화를 조정하겠다는 의사 표시가 비공식적이지만 몇 번이나 있었는데 러시아측 태도는 그때마다 강경했다. 봉천에서의 패보가 세계에 전해진 뒤에도 러시아 궁정의 공기는 끄떡도 하지 않는 인상이었다.

일본해 해전에서 인류가 이룩했다고 생각할 수 없을 만한 기록적 승리를 일본이 거두었을 때 러시아측은 비로소 전쟁을 계속할 의지를 잃었다. 아니 싸울 수단을 잃은 것이다.

이때 러시아에 작용한 것은 미국 대통령 시어도어 루스벨트였다.

그는 일본해 해전에서 러시아 함대가 전멸한 것을 마치 자기 나라의 승리처럼 기뻐하고, 그 승리로부터 9일 후 주러시아 대사 마이어에게 전화로 훈령을 보내어 러시아 황제 니콜라이 2세를 직접 만나 강화를 권고하라고 명령했다. 루스벨트의 친구인 가네코 겐타로는 이것을 루스벨트에게도 말했다.

"미국은 워싱턴이 합중국을 창립하고 링컨이 노예를 해방했다. 모두 위대한 사업이긴 하지만 그것은 국내의 사업에 지나지 않는다. 이 합중국 대통령이 자진하여 국제적 외교 관계에 손을 내민 것은 미국 역사상 이때가 처음이다."

"그것으로 당신은 세계적 명예를 차지하게 될 것이오."

루스벨트보다 먼저 독일 황제가 니콜라이 2세에게 강화를 권고하는 전보를 쳤으며, 동시에 루스벨트에게도 보냈다.

"만일 이 중대한 패전의 진상이 페테르스부르크에 알려지는 날이면 황제의 생명도 위태로울 것이다."

확실히 그럴 위험은 있었다. 러시아의 제정은 강대한 군사력을 가짐으로

써만 존재했고, 그것으로 국내의 치안도 유지해 왔다. 비테도 그런 말을 했다. 그것이 붕괴한 이상 러일전쟁은 러시아 국가에 준 충격보다 오히려 로마노프 왕조 자체를 존망의 낭떠러지로 몰아세운 셈이 된다.

전제 러시아는 단 한 사람의 뜻대로 움직이고 있었다. 그 한 사람이란 물론 황제였다. 루스벨트가 주 러시아 대사 마이어에게 '배알하여 권고하라'고 지시한 것은 그러한 사정이 있었기 때문이다.

마이어는 그대로 했다. 6월 6일 오후 2시부터 한 시간에 걸쳐 황제와 무릎을 맞대고 이야기하면서 그렇게 결심할 것을 종용했다.

황제는 그의 말에 따랐다.

일본측은 오히려 루스벨트에게 강화 조정의 주선을 부탁하고 있었던만큼 이의가 없었다.

회의 장소는 미국의 포츠머스였다. 8월 10부터 양국이 정식 회담에 들어가 9월 5일 강화 조약이 조인되고 9월 13일까지 쌍방의 육군이 휴전 지역 협정을 맺었으며, 이어 18일 해군도 그렇게 했다. 강화 조약은 10월 14일에 비준되었다.

도고와 그 연합함대의 대부분은 개선 명령이 있을 때까지 사세보 항내에 머물러 있었다.

그 대기 기간중에 묘한 사건이 일어났다. 기함 미카사가 자폭하여 여섯 길 물속으로 가라앉아 버린 것이다. 9월 12일 오전 1시 조금 지나서 일어난 사건이었다.

마침 도고는 육로로 도쿄에 가던 중이었다. 사네유키도 수행하고 있었다. 이 급보를 접한 사네유키가 즉각 되돌아와서 사세보 진수부 사령부 현관에 들어가 보니 이미 사건 직후의 소란은 일단 가라앉았는지, 청사 내의 복도를 오가는 사관의 굳은 표정만이 사건의 흔적을 남기고 있을 뿐이었다.

그날 밤의 사망자는 339명이었다.

나머지 반은 상륙해 있었기 때문에 재난을 면했다. 화약고가 폭발한 것이었는데 왜 폭발했는지는 알 수 없었고 추측의 실마리도 잡을 수 없었다. 시모세 화약이 저장 조건에 따라 어떻게 변질하느냐 하는 것도 이 화약이 개발되어 그것을 시험할 만큼 충분한 시간이 지나지 않았기 때문에 분명치 않았다. 불만을 품은 수병이 병화한 것이 아닐까 하는 말도 있었으나, 승진 직후

이기도 하고 사기의 일반적 상황으로 보아 생각할 수 없는 일이었다. 결국은 화약의 자연 변질에 의한 폭발이라는 극히 상식적인 관측이 사세보 현장의 지배적인 견해인 것 같았다.

"현장을 보시겠습니까?"

젊은 사관이 사네유키에게 말했으나, 사네유키는 차마 볼 수 없었다. 자기와 함께 일본해 해상에서 싸우고 돌아온 399명의 전우들이 승전 후 사고로 순식간에 죽은 것이다. 기구하다기보다 기괴한 이 일은 다분히 종교성을 띠기 시작하고 있던 사네유키의 감정으로는 견딜 수 없는 것이었다.

참고로, 일본해 해전에서의 침입군——러시아측——의 사망자는 약 5,000이었으며 포로는 6,100여 명이었다. 방어국인 일본측의 전사자는 백 수십명에 지나지 않았다. 사네유키는 러시아인이 그 해전에서 너무나 많이 죽은 것이 평생 마음의 부담이 되었지만, 일본측 사망자가 예상외로 적은 것을 간신히 위안으로 삼았다. 그러나 전투에서 죽은 것보다 훨씬 많은 사람이 화약고 폭발이라는, 어이없는 사고로 죽은 데 대해 사네유키는 하늘의 뜻 같은 것을 느꼈다. 그 해전은 너무나 많은 천우신조의 혜택을 받았다. 사네유키의 정신은 해전의 막이 내리고부터 조금씩 변화하기 시작하여 그 무수한 행운을 신의(神意)로밖에 생각할 수 없게 되었다. 아니 오히려 일종의 두려움이 승리 뒤의 그의 정신에 심상찮은 긴장을 주기 시작하고 있었는데, 이 기함 '미카사'의 침몰은 일본에 은총을 과다하게 내린 하늘이 그 대차 계산의 차액을 강요하는 조짐으로도 느껴졌던 것이다.

사네유키가 도착한 날 아침, 대본영에서 명령이 들어왔다.

기함이 '시키시마'로 바뀌었다. 그토록 분전한 '미카사'는 애석하게도 그 영광을 받아야 할 날에 개선을 하지 못하게 되고 만 것이다.

사네유키는 문장가로 인정받고 있었다.

확실히 그의 문장은 간결했고, 더욱이 파도 속에서 포화가 번쩍이는 것 같은 운율성에 차 있었으며, 새로운 관념을 짤막하게 표현하는 조어력도 가지고 있었다. 다만 그는 문사가 아니었고 그의 문장은 공문서의 형식으로 발표된 것이었지만 이 시대의 일본어 문장에 적지 않은 영향을 주었다.

그가 쓴 문장의 특징은 이를테면, 연합함대 사령장관인 도고 헤이하치로가 해군 군령부장 이토 스케유키에게 보낸 전투 상보에도 잘 나타나 있다.

우리는 이 문장으로 일본해 해전의 전투 결과를 정확히 알 수 있는데, 그 방대한 보고문의 서두는 하나의 결론으로 시작되고 있다.

"천우신조에 의하여 우리 연합함대는 5월 27, 8일, 적의 제2, 제3 연합함대와 일본해에서 싸워 마침내 거의 격멸할 수 있었다."

이렇게 시작하여 곧 "처음에 적의 함대가 남양에 출현하자 상명에 의하여 당대는 미리 이를 근해에서 요격할 계획을 세우고 조선 해협에 전력을 집중하여 서서히 적의 북상을 기다렸다……" 하고 즉각 사실에 관한 문제로 들어가고 있다.

이것을 로제스트벤스키가 황제에게 상정한 전보의 보고문과 비교해 보면, 로제스트벤스키 제독의 그것은 단순히 경과를 썼을 뿐 결론도 없었으며 더욱이 문장의 대부분을 자신의 운명에 할애하여 자기가 부상당한 일, 의식을 잃은 일, 의식이 불명한 동안 자기가 수용되어 있던 구축함이 일본측에 항복한 일 등을 쓰고 전반적인 전황은 요령부득으로 흐려 놓았으며, 승패에 대해서도 언급하고 있지 않았다. 보고문에 있어서도 로제스트벤스키는 일본측보다 훨씬 뒤져 있었다.

도고 함대가 도쿄 만에 개선한 것은 10월 20일이었다. 대장기가 휘날리는 기함 '시키시마'는 이날 요코하마 항에 들어와 물보라를 뿌리면서 닻을 내렸다.

그 다음다음 날, 도고는 궁성에 들어가지 않으면 안 되었다. 개선에 대한 보고를 하기 위해서였다.

개선의 보고는 청일전쟁의 예를 보면 구두로 했으며, 이번에도 그 선례에 준한 것으로 참모장 가토 도모사부로는 생각하고 있었으나 육군이 이미 문장으로 작성한 것을 알고 당황했다. 도고가 상륙하기 전날의 일이었다.

참모 기요카와 대위의 기억으로는 가토가 허둥지둥 막료실에 들어섰다. 이때 기요카와는 사네유키와 나가우타(長唄 : 샤미센, 피리 등을 반주로 하는 품위 있는 노래)를 축음기로 듣고 있었고 사네유키는 소파에 드러누워 있었다.

"아키야마님이 부스스 일어났다."

기요카와는 이렇게 말한다. 사네유키는 곧 그 자리에서 붓을 들고 잠시 붓을 문 채 생각하더니 이어 단숨에 써내려 갔다. '그것이 객세 2월 상순'이라는 문장으로 시작되는 개선 보고문이다.

"지난 해 2월 상순, 연합함대가 대명을 받들고 출정한 이래 일년하고도 반

년……. 오늘 다시 화평의 때를 만나 신(臣) 등은 견마지로(犬馬之勞 :
윗사람에게 충성을 다하는
자신의 노력을 낮추어 이르는 말)를 다하고 대독(천황기·天皇旗) 아래로 개선하기에 이르렀음. (이
하 생략)"

여담이지만, 메이지 시대에 들어온 후의 일본어 문장은 일본 그 자체의 국
가와 사회가 일변했듯이 외래 사상의 도입에 따라서 몹시 혼란을 겪고 있었
다.

그것이 이 혼란한 메이지 30년대(1897년 이후)에 들어와서 어느 정도 형
태를 갖추어 가는 데 있어서는 규범이 될 만한 천재적인 문장을 필요로 했
다. 소세키(漱石)나 시키(子規)도 다 그런 규범이 된 사람들이지만, 그들은
표현력 있는 문장어를 만들기 위해 거의 독창적인——에도 시대에 유례를
찾기 어렵다는 뜻에서——작업을 했다.

사네유키의 문장도 이 시기에 그러한 규범의 역할을 했다고 해야 할 것이
다. 그는 보고문에서 열심히 말을 만들었다. 만들지 않을 수 없었던 것은 일
본어 문장이 체계적으로 확립되어 있지 않은 탓도 있었다. 그래서 말투와 표
현을 스스로 연구하지 않으면 안 되었다. 그러한 뜻에서 그의 문장이 가장
광채를 발한 것은 '연합함대 해산사'이다.

전시 편제인 '연합함대'가 해산한 것은 12월 20일이며, 그 해산식은 이튿
날 기함에서 거행되었다. 기함은 이 무렵 '시키시마'에서 '아사히'로 바뀌어
있었다. 아사히 주변에는 기정이 빼곡하게 모여들어 각 사령장관, 사령관,
함장, 사령 등이 잇따라 찾아왔다. 이윽고 해산식이 시작되어 도고는 "고별
사"라는 말로 시작되는 그 유명한 '연합함대 해산사'를 나직한 목소리로 읽
기 시작했다.

장문이기 때문에 다 인용할 수는 없지만, 이 문장 가운데 두고두고 일본의
군인 사상에 영향을 끼친 대목을 들면 다음과 같다.

"……백발 백중의 일포(一砲), 능히 백발 일중의 적포(敵砲) 백 문에 대
항할 수 있음을 깨달으면 우리들 군인은 주로 무력을 형이상학적으로 구
하지 않으면 안 된다……. 생각건대 무인의 일생은 연면 부단의 전쟁으로
서, 그때의 평전에 따라 그 책무에 경중이 있을 까닭이 없으며, 유사시에
는 무력을 발휘하고 평시에는 이를 수양하여 시종일관 그 본분을 다할 따
름이다. 지난 일년 반 남짓, 그 풍파와 싸우고 한서(寒暑)에 버티며, 때로

는 완강한 적과 대치하여 생사의 갈림길을 헤매던 일 등은 본시 쉬운 일이 아니로되, 이 또한 장기간의 일대 연습인즉 이에 참가하여 많은 계발을 얻은 무인의 행복은 비할 바가 없다."

이하 동서의 전쟁사를 예로 들고 마지막에 다음의 한 마디로 끝맺고 있다.

"오직 신명은 평소에 단련을 쌓아 싸우지 않고도 이길 수 있는 자에게 승리의 영광을 내림과 동시에, 일승(一勝)에 만족하여 태평에 젖은 자로부터는 즉각 이를 빼앗는다. 고인은 말했다. 이겨서 투구의 끈을 조이라고."

이 문장은 온갖 형식으로 여러 나라 말로 옮겨졌는데, 특히 미국 대통령 시어도어 루스벨트는 이에 감동하여 전문을 번역하게 해서 자기나라 육해군에 배부했다. 사네유키의 문장은 이상의 예로도 알 수 있듯이 한문의 격조를 빌리는 한편, 유럽식 문장의 논리를 가능한 데까지 받아들이고 있어서 번역에 어려움이 따르는 일은 없었다.

만주에 있는 육군의 상황은 해군의 경우처럼 승패의 빛깔이 선명하지 않았다.

이미 연합함대가 사세보 항에서 쉬고 있고, 포츠머스에서는 강화 회의가 진행 중인데도 만주의 전선에서는 쌍방의 기병 척후가 끊임없이 충돌하고 있었고, 몇 기씩 싸우는 전투에서는 말의 수준이 열세에 있는 일본 기병이 불리했다. 요시후루가 내보낸 소규모 척후 부대는 돌아오지 않는 예가 많았다. 전멸한 예도 있고 달아나지 못해 사로잡히는 경우도 적지 않았다. 싸움이 종말에 가까워짐에 따라 사로잡히는 일이 더욱 잦아졌다.

"아무래도 적에게 우리측 배치가 알려져 있는 것 같다."

요시후루는 이렇게 자주 투덜거렸다. 그는 자기 혼자서 작전 계획을 세우고 부대를 지휘했다. 참모가 없었던 것이다. 싸움의 말기에 이르러서야 비로소 총사령부에서 두 사람의 참모를 붙여 주었으나 그래도 요시후루는 매일 밤늦게까지 촛불로 지도를 비추면서 직접 싸움의 설계를 짰다. 그럴 때, 그가 이런 말을 중얼거린 것이다.

그것을 당번병이 귀담아 듣곤 했다.

기병이 포로가 되면 곤란하다. 병과의 성질상 사병이라도 아군의 배치와 상황에 정통한 경우가 많은데 그것을 적에게 불어버린 모양이었다.

유신 후, 일본의 국군에서는 포로가 되는 것을 불명예스러운 일로 간주해 왔고 따라서 포로가 되었을 경우의 교육이 되어 있지 않았다. 서양의 경우는 잘 싸우고 힘이 다했을 때 포로가 되는 것은 그리 큰 불명예가 아니며, 그 때문에 포로로서의 윤리도 확립되어 있었다. 적에게 아군의 상황을 얘기하는 것은 좋지 않은 일임을 누구나 알고 있지만 '일본군에는 포로가 있을 수 없다'고 표방하는 일본군의 경우에는, 일단 포로가 되면 적의 심문에 그만 술술 대답해 버리는 자가 많았다. 요시후루는 그 점에 크게 애를 먹고 각 대장에게 훈시했다.

"부득이 포로가 되더라도 적의 신문에 대답할 의무는 없다. 그것을 잘 가르쳐라."

그 훈시의 날짜가 9월 2일이며, 일본해 해전이 끝나고도 3개월이나 지났을 무렵이었다.

이하 그의 훈시문을 의역한다.

"요즈음 우리 기병단에 생사 불명자(포로)가 증가하고 있다는 것은 제군들도 잘 알고 있을 것이다. 지난 한두 달의 통계를 보아도 그 수가 무려 십수 명에 이르고 있다. 그 대다수는 상황이 참으로 부득이했을 수도 있겠으나 일본 고유의 무사도로 보아 크게 모자라는 바가 없지도 않다. 요즈음 우리 군의 비밀이 비교적 상세하게 적에게 알려지고 있는 모양이고 더욱이 그것이 우리 포로의 자백에 의한 것 같다는 데 이르러서는 놀라지 않을 수 없다. 각 대장은 차제에 부하를 잘 일깨워 주도록 하라. 만일 불행히 부상을 입은 결과 정신을 잃고 참으로 부득이하게 포로가 된 자가 있다 하더라도, 결코 우리의 상황을 얘기해서는 안 된다. 적의 심문에 대답할 의무가 없음을 명심시키라."

마지막 한 줄만은 요시후루의 원문 그대로다. 사네유키가 결전과 쾌승에 대한 명문을 쓰고 있을 때, 병사의 질이 떨어져 가는 만주의 전선에서 형 요시후루는 이런 문장을 쓰고 있지 않을 수 없었다.

요시후루가 이 싸움의 처음부터 줄곧 건의해 온 것은 그의 구상에 의한 일본 기병단의 체질 강화였다.

먼저 화력의 강화로 적 카자크 기병의 우월성에 대항하자는 내용인데, 그것은 기관총의 장비라든가 야포나 산포를 기병포로 사용하자는 내용으로 어느 정도 이루어져 있다. 다시 그는 기병의 특기를 살리는 길의 하나인 집단 사용의 강화와 그 집단을 다시 대규모화하여 적에 대한 천관(穿貫) 공격력을 증대시키는 것을 끈질기게 건의했다. 훗날의 전차 용병에 해당하는 사상을 요시후루는 벌써 사상으로서 기병 위에 실현하고자 했던 것이다.

이것이 간신히 실현된 것은 휴전 직전이었다. 그 한 사람의 지휘 아래 기병 26개 중대가 집중적으로 배속되었고, 장비 화력도 일본군으로서는 최선을 다한 것이었다.

'아키야마 기병단'이라는 명칭 아래 여전히 노기군 예하에 들어가 있었다. 이미 앞에서 말한 것처럼 두 참모도 배치되었다. 이것으로, 수량적으로는 아직도 적 미시첸코 기병단보다 열세였지만 일본에서 단독 행동력을 가진 기동 병단이 처음으로 성립된 것이다. 참고로, 전후에는 이 사상이 쇠퇴했다가 쇼와 14년 노몬한에서의 패배 후 다시 일본군 일부에 이 사고방식이 등장했으나 충분히 자리를 잡기 전에 일본군 자체가 패멸해 버렸다.

아키야마 기병단의 성립은 노기군 사령부의 젊은 참모들의 사기까지 앙양시킨 모양이다.

한 참모가 요시후루의 사령부에 전화를 걸어 모리오카 무네나리(森岡宗成)중령이라는 요시후루의 참모를 불러냈다.

"새로 편제된 아키야마 기병단을 싸움터에서 한 번도 써보지 못하고 이 전쟁을 마치는 것은 아까운 일이니 한 번 해보지 않겠나?"

노기군 사령부는 여순 공격의 당초부터 사령부 군기가 문란해졌다는 정평이 있었는데 이와 같은 분위기도 그것을 말해 주고 있다고 할 수 있을지 모른다. 노기 마레스케의 의견도 듣지 않고 느닷없이 하위 부대의 참모를 사주하고 있으니 말이다.

공격할 대상은 요양의 와붕에서 강력한 진지를 구축하여 진지 외의 활동까지 활발히 하고 있는 미시첸코 기병단이었다.

그러나 이미 포츠머스 조약의 성립이 확정되고 있을 때였다.

"무(武)를 모독하는 것이다."

요시후루는 단호하게 거부했다.

이윽고 평화 조약이 비준되고, 10월 21일 아키야마 기병단은 해산했다.

그는 개선에 즈음하여 병사들을 위해 교훈가 같은 것을 지었다. 그는 아우와 달라서 글 재주는 없었다. 그러나 아우보다 정에 있어서는 어디까지나 에도 시대의 정서를 간직하고 있어서 노래도 연합함대 해산사처럼 역사나 국가의 앞날을 논한 것이 아니라 '이별에 즈음하여 가르치고자, 먼저 붓을 잡고 그 개략을' 하는 식의 얼른 보기에 장난기 넘치는 7·5조였다. 농촌이나 시정으로 돌아가는 병사들에게 처세의 길을 가르치고 '자로 자활(自勞自活)은 하늘의 길, 경멸할 것은 무위와 도식, 일부 일부(一夫一婦)는 사람의 길' 하고 길게 계속되는 노래였다.

요시후루가 일본으로 개선한 것은 아우 사네유키보다 훨씬 늦어서 메이지 39년(1906년) 2월 9일이었다. 곧장 기병 제1여단의 위수지인 지바 현 나라시노의 병사로 들어갔다.

이야기는 요시후루(好古) 귀환 이전으로 돌아간다.

요시후루가 아키야마 기병단을 해산한 다음 출정 이래 직접 지휘해 온 기병 제1여단을 이끌고 싸움터를 떠나 10월 23일부터 동타산자(東垞山子)라는 마을에서 개선 수송의 차례를 기다리고 있을 때의 일이다.

신변에는 참모도 사라지고 부관만 남았다.

"기요오카(淸岡)군!"

요시후루가 어느 날 부관에게 말했다.

"러시아는 사회주의가 될 거야"하는 예언 비슷한 말이었다.

어째서냐고 기요오카가 물었다.

"이유가 어디 있나, 육감이지."

요시후루는 중국 술을 마시면서 이렇게 대답했다.

기요오카는 사회주의라는 것을 잘 알 수 없어서 솔직히 그 해설을 부탁했다. 그런데 기요오카로서 다소 의외였던 것은 과묵하고 무뚝뚝하다고 생각했던 요시후루가 그 방면의 지식을 풍부히 갖고 있었다는 것이다.

"뭐, 귀동냥한 거지."

기요오카가 더욱 더 놀라면서, 각하는 사회주의자와 교제하고 계십니까, 하고 묻자, 그래, 프랑스에서 사귀었지, 하고 대답했다.

요시후루가 젊어서 프랑스에 유학하고 있었을 때 자주 술집을 찾았다. 그가 단골로 가는 술집은 사회주의자들이 모이는 곳이었는데, 어느 날 누군가 소맷자락을 끄는 사람이 있었다.

소매를 끈 사람은 사회주의자였다. 그는 요시후루에게 사회주의가 얼마나 정의로운가를 역설했다. 이윽고 친해지자 사회주의자들이 모이는 지하실로 안내해 주었다. 거기서 그 방면의 온갖 사람들과 만났다.

"결코 나쁜 게 아니야. 좋은 점도 있어."

요시후루는 이때 기요오카에게 그렇게 말했는데, 만년에 공산당 문제가 시끄러워졌을 때도 '악의를 가지고 공산당 문제를 생각해서는 아무것도 얻는 것이 없다'고 말하곤 했다.

러시아가 사회주의 국가가 될 것이라는 요시후루의 육감은 러시아가 영광으로 여기는 육군이 일본 같은 소국에 졌기 때문이라고 했다.

"러시아 육군은 국민의 군대가 아니거든."

그는 이렇게만 말했다. 러시아의 그 세계 최대의 육군은 황제의 사유물에 지나지 않는다는 말일 것이다. 그 군대가 외국에 졌을 때 국민의 긍지는 조금도 상처를 입지 않고 황제만이 상처를 입는다. 황제의 권위는 떨어지고 그로 말미암아 혁명이 일어날지도 모른다는 뜻인 모양이었다. 일본의 군대는 러시아와는 달리 국군이라고 요시후루는 자주 말했다.

그는 평생동안 천황에 대해서는 많은 말을 하지 않았지만 쇼와 시대에 농후한 형태로 성립되는 '천황의 군대'라는 헌법상의 사상은, 요시후루 시대에는 단순히 수사적인 것으로, 다분히 국민의 군대라는 사고방식이 농후한 것이었다.

"나폴레옹은 프랑스 사상 최초의 국민군을 이끌었기 때문에 강했던 거야."

그는 흔히 이렇게 말했는데, 러일전쟁에서 나타난 양군의 차이도 거기서 기인하는 것이라고 생각하고 있었던 모양이다.

요시후루가 보기에 일본군은 국민군이었다.

일본측은 러시아처럼 극동에 대한 황제의 사적인 야망을 위해 싸운 것이 아니라, 조국 방위 전쟁을 위해 국민이 국가의 위기를 자각하고 총을 잡았기 때문에 적은 병력으로 대군을 밀어낼 수 있었다는 뜻인 것 같았다.

사회주의에 대한 요시후루의 이해가 어느 정도였는지는 잘 알 수 없다.

다만 이런 이야기가 있다.

그는 노기 마레스케와 인연이 깊었는데, 그들이 처음으로 만난 것은 파리에서였다. 노기는 육군 소장 때 외국을 여행했다. 그때가 39세였으니까 메이지 20년(1887년)의 일이다. 파리에 가서 프랑스 육군성을 예방했을 때 마침 유학중이던 요시후루가 통역을 맡았다.

그때 신문 기자가 찾아와서 노기에게 회견을 신청했다. 노기는 승낙했고 요시후루가 통역을 했다.

그 기자의 질문은 이랬다.

"사회주의를 어떻게 생각하는가?"

노기는 사회주의에 대해 그다지 지식이 없었다. 요시후루는 노기에게 사회주의에 대해 간단히 설명해 주었다.

그 해설은 간단한 것이었다.

"평등을 사랑하는 주의입니다."

신분도 평등, 수입도 평등한 세상으로 만든다는 것입니다, 하고 말하자 노기는 크게 고개를 끄덕이며 말했다.

"그러나 일본의 무사도가 훨씬 뛰어나오."

다소 질문의 취지와 어긋나기는 했으나 매우 단정적인 어조로 말했기 때문에 기자는 압도된 모양이었다.

노기는 말했다.

"무사도라는 것은 육체를 죽이고 인(仁)을 이루는 것이오. 사회주의는 평등을 사랑한다고 하지만 무사도는 자기를 희생하여 남을 돕는 것이니 사회주의보다 한 단계 위라고 하겠소."

노기라는 인물은 이미 일본에서도 망해가고 있던 무사도의 마지막 신봉자였다. 이 무사도적 교양주의자는 근대 국가의 장군으로서 필요한 군사 지식이나 국제적 정보 감각은 모자랐지만, 에도 시대가 300년간에 걸쳐서 만들어 낸 윤리를 증류하여 그 순수한 성분으로 자기를 길러낸 것 같은 인물로, 그러한 인물이 갖는 인격적 박력 같은 것이 그 기자를 압도해 버린 모양이었다.

요시후루는 노기가 싫지는 않았다. 그러나 노기의 여순 요새에 대한 공격 방법에는 무언의 비판을 갖고 있었던 모양이었다.

"일본의 힘없는 기병이 그 몇 배의 미시첸코 기병단을 어떻게든 격퇴할 수 있었던 것은 내 공적이 아니다. 일본 기병이 처음부터 기관총을 장비하고 있었는 데 반해 저쪽은 갖고 있지 않았기 때문이다. 정신력을 강조한 나머지 화력을 무시하는 경향은 아무래도 이해하기 어렵다."

이렇게 자주 말한 것은 어쩌면 일종의 노기에 대한 비판이었을지도 모른다.

노기는 육체를 희생한다고 말하면서도 대만 총독을 맡는가 하면, 만년에는 백작으로서 학습원장이 되어 귀족의 자제를 교육했다.

그러나 요시후루는 작위도 받지 않았다. 더욱이 육군 대장으로 퇴역한 후에는 고향인 마쓰야마로 돌아가서 기타요 중학(北豫中學)이라는 무명의 사립 중학교 교장 노릇을 했다. 묵묵히 6년간을 근무하며 도쿄의 중학교장 회의에도 빠지지 않고 출석하곤 했다. 종2위 훈1등 공2급 육군 대장이라는 지극히 높은 이름을 얻은 사람이, 시골 사립 중학교 교장 노릇을 한다는 것은 당시로서는 생각도 할 수 없는 일이었다. 게다가 도쿄의 집은 조그마한 전셋집이고 마쓰야마의 집은 그의 생가인 하급무사의 가옥 그대로였으며, 평생 후쿠자와 유키치(福決論吉)를 존경하여 그의 평등사상을 좋아했다. 요시후루가 죽었을 때 그 지기들이 말했다.

"마지막 무사가 죽었다."

파리에서 무사도를 주장한 노기보다 어쩌면 요시후루 쪽이 더 자연스러운 무사다움을 지닌 사나이였는지도 모른다.

하나의 정경이 있다.

연합함대가 요코하마 앞바다에서 개선의 관함식을 거행한 것은 10월 23일이다. 그 다음다음 날 아침, 사네유키는 어둑어둑할 때 집을 나섰다.

도중에 네기시(根岸)의 이모자카(芋坂)라는 곳 근처의 찻집에서 잠시 쉬었다.

'네기시(根岸)에 간다.'

이날 아침 이렇게 말하면서 집을 나선 것은 시키의 집으로 그의 어머니와 누이를 찾아가기 위해서였는데, 아침 식사를 하지 않고 나왔기 때문에 이 찻집에 들른 것이다.

사네유키는 간소한 일본 옷에 두꺼운 무명 겉바지를 입고 사냥모자를 쓰고 있었다. 얼핏 보기에 간다 근처의 야학교 교사처럼 보였다.

"밥 있나?"

찻집에 들어서자마자 마쓰야마 사투리로 소녀에게 묻는 바람에 대답도 듣지 못했다. 이 찻집은 '등나무 찻집'이라 불리며 에도 때부터 내려온 해묵은 가게였다. 경단을 파는 찻집이라 밥은 팔지 않았다. 그 경단이 하도 결이 고와서 하부타에(羽二重) 명주처럼 부드럽다고 하여 '하부타에 경단'으로 유명해져서 오가는 사람들에게 인기가 있었다.

"경단은 있어요."

소녀가 말했다. 사네유키는 하는 수 없이 경단을 한 접시 주문했다.

"우그이스(鶯) 거리가 바로 저긴가?"

"반 마장쯤 더 가야 해요."

"마사오카 시키(正岡子規)라는 사람의 집이 있는데, 아느냐?"

그러나 소녀는 시키의 이름도 몰랐다. 사네유키는 잠자코 경단을 먹었다.

우그이스 거리는 마치 활처럼 휘어진 골목이었다. 널빤지 벽이 이어지고 그 저편에 바람 속에서 졸참나무며 느티나무 같은 큰 나무들의 잔가지들이 스산하게 흔들리고 있었다. 골목의 폭은 한 칸쯤 되었는데, 이 근처는 여전히 물이 잘 빠지지 않아 거뭇거뭇한 길이 기분 나쁠 정도로 축축했다.

시키의 집 앞에 오자 갑자기 사네유키의 동작이 느려졌다. 이 한 칸 폭 길에서 바로 현관의 창살문이 보였다. 집안에서 사람의 기척이 났다. 시키의 어머니인 야에(八重)거나 누이동생인 리쓰(律)일 것이다. 시키의 유족은 이 두 사람밖에 없었으며, 병상의 시키를 돌보며 시키의 생전부터 세 사람이 서로 의지하며 살아왔는데 그 중에 한 사람이 빠져 버린 것이다.

머리 위에서 잔가지 올리는 소리가 들렸다. 사네유키는 꽤 오랜 시간 길가에 서 있다가 이윽고 걷기 시작하여 차츰 걸음을 빨리했다.

리쓰는 집 앞에 사람이 서 있다는 것을 깨닫고 있었다. 좀 기분이 나빠 어머니 야에에게 일렀다. 야에가 밖에 나가 보니 사네유키의 뒷모습이 보였다.

"저분은 준(사네유키) 같은데?"

야에는 집 안으로 돌아와서 리쓰에게 말했다. 리쓰는 깜짝 놀라며 쫓아나갔으나 이미 보이지 않았다.

"준님은 군함에 타고 있을 테니, 잘못 보신 걸 거예요."

리쓰가 창살문 앞에서 어머니에게 소곤거렸다.

그런데 나중에 이 모녀는 시키의 유혼을 모신 다이류지(大龍寺)에서 온 중한테서 눈매가 날카로운 유도 교사 같은 건장한 남자가 절에 향료(香料)를 놓고 갔다는 말을 들었다.

'아닙니다. 그분은 해군 사관이 아니었어요.'

중이 그렇게 단정한 것은 그가 군복을 입고 있지 않았기 때문이었다.

사네유키는 그 뒤 3킬로를 걸어 다바타(田端)의 다이류지(大龍寺)까지 갔다.

다바타까지 가면 언덕이 가팔라진다. 다 올라가서 대지에 나서니 주변에는 인가가 적고 멀리 북쪽에 아라카와(荒川)의 강가가 바라보이며, 오르내리는 흰 돛대가 하늘과 물에 떠서 마치 히로시게(廣重)의 그림을 보는 것 같았다.

이 근처는 느티나무와 비자나무의 노목이 많으며 다이류지의 묘지 뒤는 더욱 울창했다. '내가 죽거든 그 절에 묻어 다오' 하고 시키 스스로 장지로 고른 이 절은 대웅전이 매우 촌스러워 열 칸 사방의 큼직한 지붕에는 억새가 입혀 있었다.

묘지는 대웅전을 향해 왼쪽 옆에 있고 시키의 묘는 그 안쪽에 있었다.

"시키 거사지묘(子規居士之墓)"

이렇게 화강암에 새겨진 석비가 있고 주변에는 단풍이 보기 좋게 물들어 있었다.

사네유키가 이 묘 앞에 섰을 때, 아직 놋쇠판에 새겨진 묘비는 완성되어 있지 않았지만 그 초고만은 완성되어 있었다. 시키 자신이 생전에 써둔 것인데, 그가 죽은 후 사네유키도 본 적이 있었다. 망인이 자작한 이 묘지(墓誌)는 사네유키의 문장 감각으로 보면 좀 이상하게 여겨졌지만, 시키가 줄곧 주창해 온 사생문(寫生文)의 극치라고 할 수 있는 것이었다.

시키 거사가 누구인지 몇 줄에 걸쳐 씌어 있었다.

"마사오카 쓰네노리(正岡常規), 또 한 이름은 도코로노스케(處之助), 또 한 이름은 노보루(升), 또 한 이름은 시키, 또 한 이름은 달제 글방 주인, 또 한 이름은 다케노사토비토(竹里人)이며 마쓰야마에서 태어나 도쿄 네기시에서 살았다. 아버지 하야토는 마쓰야마 번의 대장 호위인 기마 무사였다. 아버지가 별세한 뒤 어머니 오하라씨에게 양육되었다. 니혼 신문사 직원. 메이지 ○년 ○월 ○일에 사망. 향년 30세. 월급 40원."

사네유키는 이 묘지를 암기하고 있었다. 여기에는 시키가 그 짧은 생애를 바친 하이쿠나 단카 등에 관한 것은 한 마디도 언급되어 있지 않고, 다만 자기 이름 태어난 고향, 아버지의 번명과 직책, 그리고 어머니에게 양육되었다는 것을 쓰고 근무처와 월급액을 쓴 뒤 끝을 맺었다.

시키는 자기의 이 묘지를 병상에서 썼다. 그것을 친구 가와히가시 젠(河東銓)에게 보내 두었는데 다음과 같은 편지가 동봉되어 있었다.

"나는 내가 죽어도 비석 따위는 필요 없다는 주의(主義)이고, 비석을 세위도 글씨 따윈 새기지 않는 주의(主義)이며, 글씨는 새기더라도 길게 쓰는 것은 몹시 싫어하여, 오히려 이런 돌멩이를 굴려다 놓고 싶지만, 만일 하는 수 없이 새긴다면 별지와 같은 것으로 충분하다고 여기고 써 보았네. 이보다 한 자가 더 많아도 소용없네."

이렇게 시키는 자기 뜻을 전하고 있다. 이 묘비의 문체는 시키의 사생문의 모범이라기보다, 시키라는 인간이 에도 말기에 완성된 무사적 교양인의 마지막 사람이었다는 것을 잘 나타내고 있다.

비석이 젖기 시작하자 사네유키는 묘 앞을 떠났다.

비가 내렸다. 주지 사무실에서 낡은 삿갓과 도롱이를 빌리고 향료를 놓고는 한길로 나갔다.

길은 아스카 산, 가와고에로 통하는 옛길이다. 빗속에 초록빛이 아련히 흐려 있어, 사네유키는 문득 '미카사'의 함교에서 바라본 그날의 일본해를 생각했다.

아키야마 사네유키의 생애도 그다지 길지는 않았다. 다이쇼 7년(1918년) 2월 4일, 만 50살로 세상을 떠났다.

러일전쟁 후의 그는 해군부 내에서 온당한 관료가 아니었다. 이따금 얼토당토 않은 언동이 사람들을 얼떨떨하게 만들었으며, 일부에서는 한 인격에 천재와 광인이 동거하고 있는 것이 아닐까 하는 말을 하기도 했다.

'자네는 머리를 쉬게 할 궁리를 하게.'

사네유키가 전에 모셨던 참모장 시마무라 하야오(島村速雄)가 이따금 충고했으나, 시마무라가 말하는 '선풍기 같은' 두뇌는 일본해에서의 작전 임무가 끝난 후에도 다른 목적을 찾아 선회하며, 인류와 국가의 본질을 생각하기도 하고 생사에 대한 종교적 명제에 골몰하기도 했다. 모두 관료에게는 쓸데없는 일뿐이었다.

다만 제1차 세계 대전이 일어났을 때, 마침 공무로 파리에 가 있던 그는 이 대전의 진행과 결말에 대한 예상을 세워 하나도 틀리지 않고 적중시켰는데, 그런 정도가 사네유키다운 에피소드라고 할 수 있다. 그는 다이쇼 6년(1917년) 중장으로 승진했으나, 이미 건강이 나빠져서 그대로 대기 명령을 받은 지 석 달 후에 죽었다. 마침 오다와라(小田原)에 있는 지인의 별장에 유숙하고 있을 때 만성 복막염이 악화되어, 2월 4일 피를 토하고 임종을 맞았다. 그는 임종 때 머리맡에 모여든 사람들에게 다음과 같이 말했다.

"여러분 여러 가지로 폐를 많이 끼쳤습니다. 이제는 혼자 가겠습니다."

이것이 마지막 말이었다. 형 요시후루는 검열 때문에 후쿠오카 현 시라카와에 출장 중이었고, 오다와라에 모인 사람들에게 '잘 부탁한다'는 전보를 쳤을 뿐이었다.

요시후루는 약간 장수한 편이다.

그는 다이쇼 5년(1916년)에 육군 대장이 되고 12년(1923년)에 예비역에 편입되었다. 그 이듬해 고향에 있는 기타요(北豫) 중학의 교장이 되어 쇼와 5년(1930년) 만 71살로 병사할 때까지 그 직에 있다가, 사망하는 해 4월에 사임하여 도쿄로 돌아갔다. 노후를 보낼 생각이었으나 곧 발병했다.

병명은 당뇨병과 괴저병이었다. 왼쪽 다리의 아픔이 심해져서 본인은 처음에는 신경통이겠지, 하고 생각했다. 입원하기 전 아카사카(赤坂) 단고 거리의 셋집에 찾아온 어릴 적 친구들에게 이렇게 말하곤 했다.

"이제 나는 할 일을 다 했어. 가도 될 때가 됐지."

이윽고 우시고메 도야마 거리(牛辻戸山町)의 육군 군의 학교에 입원하여 처음으로 술을 멀리하는 생활에 들어갔다. 의사들은 무척 망설인 끝에, 결국 왼쪽 다리를 절단했다. 그러나 괴저균은 이미 절단부보다 위에 침입해 있었다. 수술 후 나흘 동안 거의 혼수 상태에 빠져 있었는데, 동향 출신의 군인인 시라카와 요시노리(白川義則)가 문병왔을 때 그의 의식은 40도 가까운 고열 속에서 헤매고 있었다.

그는 며칠 동안 계속 헛소리를 했다. 모두 러일전쟁 당시의 일뿐이었으며, 그의 혼백은 그를 괴롭힌 만주의 싸움터를 헤매고 있는 것 같았다. 임종이 가까워졌을 때 '철령'이라는 지명을 자꾸만 중얼거렸다.

"봉천으로——"

이윽고 신음하듯 이 말을 외치고 나서 쇼와 5년(1930년) 11월 4일 오후 7시 10분에 숨을 거두었다.

야마오카 소하치·요시카와 에이지·시바 료타로—국민문학

전국난세에서 메이지유신 360년《대망》의 시대 총36권
김인영

불가사의한 기적

우리는 일본을 알아야 한다. 그래서 그들을 읽는다.《대망(大望)》은 일본 역사의 불가사의한 사건들이 집적(集積)된 인간경영사라고 말할 수 있다. 헤아릴 수 없는 역사의 명장면이 점철되면서 토인비 등 세계 사학자들이 '기적'이라고 평가한 360년 일본의 대변환이 펼쳐진다. 시바 료타로는 대망의 주인공들에 대해 서슴없이 말했다.

"이 세상에 존재했다는 자체가 기적과 같다."

300년 도쿠가와 막부를, 집단세력이 아닌 몇몇 탈번자(脫藩者)들이 움직이기 시작해서 단시일에 무너뜨리는 역사의 수레바퀴는 독자들을 망연하게 만든다. 근대국가 일본의 탄생이라 할 수 있는《대망》후기는 그 첫머리부터 끝까지 읽는 이의 숨을 멎게 한다. 특히 마지막을 장식하는 러일전쟁은 독자들에게 커다란 충격을 던져줄 것이다.

《대망》은 정계와 재계, 군부, 사회 등 모든 분야에서 경세(經世)의 바이블이라는 평까지 받고 있다. 전국시대 오다 노부나가, 도요토미 히데요시, 도쿠가와 이에야스, 세 영웅이 천하의 대권을 잡는 인간승부에서 시작하는 야마오카 쇼하치가 쓰는《대망》제1부, 요시카와 에이지의 출세달인 제2부는《다이코》의 천하쟁취기.《무사시》《나루토비첩》의 무사도 구도정신은 일본의 혼이다. 제3부가 시바 료타로의《나라를 훔치다》《료마》《사무라이》《불타라 검》《나는 듯이》《언덕 위 구름》등의 걸작들이 메이지유신을 일으켜, 러일전쟁이 승리하자 화혼정신(和魂精神)으로 새 세계를 맞는 근대 일본의 정치, 경제, 군사, 문화, 사회의 원류가 태동되어, 강력한 국가가 형성되는 과정을 긴박감 있게 펼친다.

　시바 료타로(司馬遼太郎)는 1923년 오사카(大阪)의 한 약제사 집에서 태어났다. 오사카 외국어대학 몽골어 과에서 수학했으나 1943년 학도병소집으로 군대로 보내져 전차연대에 입대하였다. 그때의 전쟁 체험한 일이 그의 작품세계에 결정적인 역할을 하지 않았나 싶다.

국운(國運)의 조타수들

막스 베버는 훌륭한 정치가와 지도자의 자격을 다음과 같이 꼽는다.

① 인간에 대한 영향력을 지니고 있다는 자각이 있어야 한다.

② 남을 지배하는 권력에 참가하고 있다는 자각이 있어야 한다.

③ 역사적 중요현상의 신경중추를 손 안에 쥐고 있다는 생생한 감정이 있어야 한다.

④ 지속적 정열이 있어야 한다.

⑤ 끝까지 목적을 달성할 강한 책임감이 있어야 한다.

⑥ 목측(目測)이 있어야 한다. 목측이란 속된 표현을 빌리면 목표를 달성할 수 있는 면밀한 타산이다.

《대망》 제1부 제2부의 오다 노부나가 도요토미 히데요시, 도쿠가와 이에야스는 앞의 여섯 가지 조건을 그 나름대로 독특한 형태로 모두 갖춘 인간들이다.

《대망》 제3부의 사카모토 료마(坂本龍馬)는 유년시절 미련하다는 말을 들었으나, 히네노 도장에서 검술 수행을 익히면서 인격형성을 바꾸어 간다. 그 뒤 검도정신으로 유명해져 호쿠신잇도류의 면허를 얻게 되었다. 61년(분큐 1년) 도사 근왕파에 가담하고 62년, 에도에서 가쓰 가이슈(勝海舟)를 방문한다. 그의 견식에 탄복해 양이론을 버리고 항해술을 익히면서 그의 보좌로 활동했다. 63년 가쓰의 주창에 의한 고베해군조련소 설립에 동분서주, 10월 료마는 최고 책임자가 되었으나 64년 10월 가쓰의 실각으로 조련소가 해체되었다.

조련소 해산 뒤 료마는 나가사키에 상사를 설립하고 통상 항해업을 시작했는데, 나가오카 신타로(長岡愼太郎)의 협력을 얻어 66년 1월 20일에 사쓰마번(薩摩藩)과 조슈번(長州藩)의 동맹을 성사시켰다. 그 직후인 23일 후시미 테라다(伏見寺田) 집에서 막부 관리의 공격을 받아 그 집 양녀인 오료(お龍)의 도움으로 위험에서 벗어나 그녀와 결혼한다. 사쓰마 조슈의 동맹은 막부를 무너뜨릴 수 있는 발판이 되었다.

1866년 도사번이 무역을 위해 나가사키에 설치했던 도사 상회에 왔던 고토 쇼지로(後藤象二郎)와 이듬해 67년 1월에 회담. 야마우치 도요(山內容堂)의 공식합체노선이 막히자 방향전환을 꾀한 도사번은 료마와 나가오카 신타로가 탈번한 죄를 용서하고 료마는 해군원 대장이, 나가오카는 육군원 대장이 되었다. 6월 고토와 함께 번의 배로 교토로 향하던 중 료마는 신국가 구상(船中 8策)을 수립했는데, 이것이 도사번을 움직여 10월 야마우치 도요는 도쿠가와 요시노부(德川慶喜)에게 대정봉환을 건백, 조정은 이를 받아들여 10월 15일 실현된다.

가쓰 가이슈(勝海舟)는 밥도 제대로 먹기 힘든 막부(幕府) 직속의 하급 무보직 무사의 집안에서 태어났다. 그러나 일찍부터 화란학(和蘭學)을 배워 해군전습소 학생장과 같은 신분으로 입신하게 된다. 가쓰가 등장할 무렵 일본은 미국의 페리 함대가 우라가(浦賀) 항구에 나타나 무력을 과시하며 개국(開國)을 하라 강요했고, 막부 당국은 어찌할 바를 몰라 당황했다. 그때 가쓰는 '해방의견서(解放意見書)'를 막부 당국에 제출하여 인정을 받았던 것이다.

당시 막부 집정관인 이이(井伊)는 개국정책을 세워 미일수호조약(美日修好條約)을 맺는다. 나라를 오랑캐에게 팔아먹는다고 하여 존왕양이 지사(尊王攘夷志士)들이 이이(井伊)를 암살한다. 따라서 정국은 혼란의 소용돌이 속으로 빠져들어간다.

이러한 혼란기에 두뇌가 비상한 인물이 막부 집정관이 되었다. 일본 근대

국가 건설의 3대 인물로 꼽히는 사이고 다카모리(西鄕隆盛), 오쿠보 도시미치(大久保利通), 기도 다카요시(木戸孝允)를 합쳐도 못당할 사람이라는 정평을 후세 사람들이 내린 오구리 고즈케노스케(小栗上野介)였다.

오구리는 막부 중심의 정치 체제를 존속시키면서 선진국 프랑스의 힘을 빌려 근대화를 이룩하고 그 대가로 홋카이도(北海道) 개발권을 주려고 했다. 근대화 정책에는 정치 체제의 개혁, 산업 국가화 등을 망라한 진취적인 내용이 다 포함되어 있었으나 근본적인 잘못이 있었다. 막부가 바로 국가요, 막부가 바로 일본이라는 사고방식이다. 이 점에서는 온갖 새로운 정책에도 불구하고, 그의 사상은 충실한 막부 신하라는 테두리에서 한 발짝도 벗어나지 못했다. 막부를 초월한 근대국가 일본이라는 사상은 없었다.

한편 반 막부파(존왕양이파)인 조슈(長州)나 사쓰마(薩摩)는 영국을 이용하려고 했다.

앞의 두 사고방식은 모두 위험이 따르는 것이다. 오구리의 계획을 그대로 실행하면 홋카이도의 영유권은 프랑스로 가고, 막부 내에 프랑스 고문단이 들어앉게 되어 일본의 정치적 주체성은 알맹이를 잃고 프랑스 식민지가 될 우려가 있다. 사쓰마·조슈의 복안은 프랑스가 영국으로 바뀔 뿐 상황은 비슷해질 우려가 짙었다.

이러한 핵분열의 위험을 내포한 사태를 수습할 수 있는 좋은 방안을 가쓰 가이슈는 가지고 있었다.

한 마디로 말해 가쓰가 노력한 것은 그때까지 형태도 없었던 근대일본이라는 '국가'에 대한 충성을 실현하는 것이었다.

가쓰는 바로 기업합병(企業合併)을 생각했다. 막부와 반 막부, 두 큰 대기업을 합병시켜버린다. 그럼으로써 외국이 가하는 압력과 위협을 플러스로 전화(轉化)시켜간다. 만약 합병 없이 두 세력이 경쟁하면 서로 망해버리는 길밖에 없다. 내분으로 여념이 없을 때 외국 세력이 개입하여 일본의 주권(主權)을 빼앗아버리면 돌이킬 수가 없다.

어떤 일이 있어도 국가로서의 통일과 독립을 달성하려는 것이 가쓰의 뜻이었고 그 목적을 기상천외한 전략(戰略)으로 달성했다.

이 기적적인 성공은 두 세력으로부터 오해를 받게 되지만 가쓰는 초연했다. 이 점에 거인 가쓰 가이슈의 참다운 면모를 볼 수 있다.

대(大)를 위해서 소(小)를 말살하는 정치의 논리란 잔혹한 것이다. 이러한 희생자는, 유신 삼걸(維新三傑)을 합쳐도 못당한다는 평을 들으면서도 비참하게 패배한 오구리 고즈케노스케였다.

오구리는 가쓰보다 모든 점에서 월등하게 앞선 인물이었지만, 단 하나, 가쓰가 가지고 있었던 근대적 국가관이 없었다. 그의 감수성은 봉건적 윤리관 하나에만 묶여 있어서 막부에 대한 충성이라는 관념을 도저히 버릴 수가 없었다. 막부에 대한 충성은 사적인 충성과 사적인 당파에 대한 것일 뿐이다.

반면 가쓰는 당파를 초월한 공적인 충성, 그리고 국가에 대한 충성에 충실하려고 했다. 이것은 황실에 대한 충성과는 또 별개의 것이었다.

그래서 사태는 가쓰의 정치력으로 수습되었고 국가는 구제되었다. 막부의 집권자 장군도 목숨을 잃지 않고 살아남게 되었다.

가쓰는 유능한 정치력과 강력한 무력으로도 수습이 불가능해 보이던 난제(難題)를 혈혈단신으로 거뜬히 처리해냈다.

개혁의 인간상

반 막부파 오쿠보 도시미치(大久保利通)는 가쓰와는 또 다른 냉혹한 정치가이다. 오쿠보는 비정한 정치가라는 평을 듣는다. 철두철미하게 마키아벨리 정치 원리에 따랐기 때문이다. 그래서 일본 국민들로부터 사이고 다카모리의 반만큼의 인기도 얻지 못했다.

사이고는 술수(術數)를 기본으로 한 침략적 '정한론(征韓論)'을 주장하여 국제평화적 측면에서는 규탄받았지만 일본측으로 볼 때는 자기 나라의 이익을 위한 것이었으므로 일본에서는 영웅적 평가를 받을 만한 인물이었다. 일

본 근대국가화에 주동이 되었고 정권 싸움에 초연한 듯한 큰 도량을 국민들에게 보여주었기 때문이다.

오쿠보에 대한 악평(극소의 일부 전문가들은 높이 평가)은 성공한 혁명가나 목적을 일단 성취해낸 정치가에 대한 일본인의 독특한 소원감에서 오는 것일 것이다. 오쿠보는 혁명가, 또는 정치가라는 면에 국한시켜 볼 때 초거물급임에는 틀림이 없다. 그는 그 나름대로의 방법론(方法論)에서 찾아낸 이념 목적을 단단히 파악하여, 그 실현을 위해 경우에 따라서는 수단을 가리지 않고 과감하고 냉철한 행동을 했다. 그래서 일반적인 통념에서 악평을 얻은 것이다.

오쿠보를 일본인들이 평가하는 것은 그가 이러한 비난을 살 줄 알면서도 바로 정치적 신념을 가지고 감행한 그 용기이다. 오쿠보는 경제대국으로 성장한 현대 일본사회의 전신인 근대 일본사회의 모체를 정교하고 치밀한 지혜와 굳은 의지로 만들어냈다.

같은 유신의 동지로서 각고의 노력을 해온 자들을 얼마든지 구제해 줄 수 있는데도 대의에 따라 목을 쳐서 효수했고, 같은 사쓰마 출신 동지와도 정치적으로 죽음을 걸고 대결했다(비유하자면, 조선의 경우에도 세조(世祖)는 조카 단종(端宗)을 폐위시켰다는 대역죄인으로 역사에 남을 각오를 하면서, 권신들의 농간에 허수아비가 될지 모르는 왕실을 구했는데, 오쿠보도 그런 심정이었을지 모른다).

사이고 다카모리는 정략가이냐, 경세가이냐의 의문을 던진 인물이다. 근대일본 건설의 가장 큰 거인임에 틀림없지만 그에 대한 평가는 반드시 일치하지는 않는다. 도쿄 시장이며 《태양의 계절》의 작가 이시하라 신타로(石原愼太郎)는 정치가로서는 제로라고 거의 혹평에 가까운 평을 했다. 한편 일본의 현대 경제와 교육의 아버지라고 할 후쿠자와 유키치(福澤諭吉)는 거의 불가능에 가까운 군현제도(번을 폐지) 설치가 사이고의 합의로 이루어지자 그를 극찬했다.

메이지 유신(明治維新)은 사쓰마와 조슈가 동맹을 맺음으로써 성공했다. 그 동맹을 맺게 한 사카모토 료마(坂本龍馬)는 말했다.

"사이고는 바보이다. 그것도 큰 바보이다. 약하게 두드리면 작게 울리고, 세게 두드리면 크게 울린다. 그 바보의 폭을 헤아릴 수 없다."

이를 종합 평가할 때 사이고는 인간의 폭을 헤아릴 수 없을 만큼 속인(俗人)의 경지를 월등하게 넘어선 거인이며, 바로 그렇기 때문에 정치인으로는 실격자라고 할 수 있을 것이다.

무진대전변(戊辰大轉變)의 3인걸(三人傑) 가운데 천재라는 평을 들으면서 거센 정치바람을 타지 않고 병사(病死)한 단 한 사람이 기도 다카요시(木戶孝允)이다. 그는 숱한 메이지유신의 기둥들을 키워낸 공이 있다. 화려한 사건 속에 말려들지 않으면서도 그 나름대로의 온후한 지도자 상을 제시해 주었다.

일본 최초의 원수(元帥)이며 일본 근대군부 창시의 어머니라고 할 수 있는 야마가타 아리토모(山縣有朋)는 또다른 유형의 메이지유신 중추인물이다. 약삭빠르게 정쟁에 말려들지 않고 살아남아 유신의 공신으로서 수상(首相)을 제 마음대로 추천·임명하는 극상의 영화를 누린 인물이다. 야마가타는 지도자 상(像)으로서가 아니라 능란한 처세가로서 연구할 대상으로 구분함이 옳을 것이다.

경제혁명의 뿌리

도쿠가와 막부의 통치가 끝나고 왕정(王政)이 시작된 초기에, 새로운 정부 형태나 새로운 국가 경제에 대한 구상 따위는 전혀 불모지대인 채로 조정은 공경(公卿)과 메이지유신파 지사들에게 내던져진 꼴이 되었다. 조슈·사쓰마·도사 번(藩)의 강군(强軍)이 도사리고 있어, 봉건체제를 이어온 무사계급의 불만이나 막부 항전파의 반발은 큰 힘을 들이지 않고 진압할 수 있었으나, 질서의 기틀은 어지러운 과정에서 내분의 진통을 겪은 뒤에야 겨우 그

627

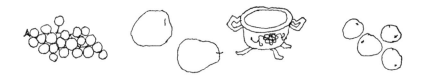

윤곽이 잡혔다. 특히 경제질서의 변혁은 전환기이니만큼 상상할 수 없는 부작용들을 낳았다.

상공(商工)의 절대적 위력은 전국시대 끝무렵 막부시대를 통해서 이미 입증되었으나 그래도 그때는 사족(士族)이라는 신분적 대항 요건이 있어 상공과 사족 양자의 조화는 어느 선에서 유지되어 갔다. 하지만 막부가 서서히 막을 내리면서 개화문명이 군함과 함께 나타남으로써 가쓰 가이슈 등은 부국강병론(富國强兵論)을 강력히 내세워 무역으로 이(利)를 얻어야 한다고 개국론을 주장하기에 이른다.

사카모토 료마는 막부 말기에 이미 '해원대(海援隊)'를 조직하여 상업과 산업의 기수로 등장한다. 막부 집정관 오구리 고즈케노스케도 산업의 필요성을 통감하여 요코스카(橫須賀) 조선소를 프랑스의 자금으로 건설할 계획을 세우고, 무리하게 추진시킨다.

그러나 정치질서의 대변환기에 거상(巨商)들이 입은 피해는 엄청났다. 부의 위력을 아는 이상, 그 부의 장악자인 상공(商工) 종사자들에게 격에 맞는 대우를 해주었어야만 상공이 융성할 터인데, 그러한 배려는 전혀 없었기 때문이다. 이러한 시세 속에서 사상과 교육, 재정계(財政界)의 선각자 후쿠자와 유키치(福澤諭吉)가 모습을 드러내었으니 그를 현대 일본의 기틀을 굳힌 아버지라 해도 지나친 말은 아니다.

자본주의의 싹

후쿠자와는 막부 말기에서 유신 초기에 걸쳐 독특한 길을 택한 사람이다. 《대망(大望)》 제3부에서는 가쓰 가이슈가 미국으로 망명했을 때 막부의 가신으로 동승하여 강렬한 인상을 준다.

후쿠자와는 분고(豊後) 나카쓰(中津)의 하급 번사 출신이다. 일찍이 에도(江戶:東京)로 나가 양학(洋學)의 재능을 인정받고 막부의 가신이 되었다. 그는 막부의 개화책이 마음에 들었고, 양이를 모토로 하는 사쓰마·조슈가

천하를 잡으면 어떠한 일이 벌어질지 두려웠기 때문이다. 그러나 천하를 잡은 사쓰마·조슈가 개화책을 추진하기 시작하자 대환영하며 이론과 인재교육 면에서 자본주의를 키우는 지도적 역할을 했다.

만엔(萬延) 원년(1860) 서양에 가서 그는 '독립국'을 보고 감격했다. 일본을 이러한 나라로 만들지 않으면 안 된다고 생각하고 우선 '독립국'에 어울리는 인간을 만들려고 쓴 것이 《학문의 권유》였다.

그 다음에 쓴 글이 《문명론 개략(文明論之槪略)》이다. 선명한 논리로, 일본은 서양문명을 모델로 하여 근대화의 길을 걷는 것만이 독립을 보전할 수 있는 길이라고 했다. 이 점이 지식 계급뿐만 아니라 글을 새로 배운 서민들에게 큰 호감을 샀다.

후쿠자와가 《시사신보(時事新報)》에 연재한 '금전(金錢)의 나라여야만 한다'는 글에서는, 일본에 뿌리깊이 박힌 천상비전관(賤商卑錢觀)을 들어 그 불합리함을 말하고 하루라도 빨리 근로와 축재가 존중받는 나라를 만들어야 한다고 주장했다.

영예와 세력이 있는 인물이 사업에 종사해야 한다는 주장과 부호 부상에게 명예를 주어야 한다는 주장은 사농공상(士農工商)의 계층 가운데 맨 밑바닥에 상(商)을 둔 당시의 뿌리깊은 사상적 여건 속에서는 놀라운 혁명적 주장이었다.

후쿠자와는 자기의 주장을 실천했다. 그는 관계(官界)에 나가 출세를 할 수 있는 인물이었지만 대학을 세워 인재를 양성했다. 오늘날의 게이오 의숙(慶應義塾 : 大學)인데 이곳에서 경제인을 양성하여 계속해서 기업에 내보냈다.

후쿠자와는 참다운 생존질서가 어떤 것인가를 깨닫고, 그것에 최상의 영예를 주어야 한다고 주장했으며, 그것을 실천한 큰 선각자라고 할 수 있다. 오늘날 세상은 후쿠자와의 말대로 되어가고 있다.

막부 말기 번(藩)의 사족(士族)들이 메이지유신 뒤에 비즈니스맨의 중심

적 존재가 되었던 것이다.

유신 뒤 사족들은 한 교양계급으로 남게 되었다. 사족은 놀고 먹는 신분상의 특권을 빼앗기기는 했지만 교양인으로서 하나의 계층을 형성했다.

그런데 메이지 시대 일본의 기업은 값비싼 대가를 치르고 첫 발을 내디뎌야만 하는 국제적 사정이 있었다.

세계의 시장을 공략하려는 구미의 상업과 대항하면서 거래를 하려면 제로에서 출발할 여유가 없었다.

후진성을 메우면서 창업하다시피 해나가려면 아무래도 교양인의 존재가 필요불가결했다. 그 전까지의 상점 지배인이나 점원 출신으로써는 대처할 수가 없었다. 이들이 교양인이 되기에는 상당한 시간이 걸리지만, 교양인이 비즈니스맨이 되기는 간단했다. 그래서 먹고 살 길을 잃은 사족들이 새 기업의 중심적 존재가 된 것이다.

옛날의 번이 그대로 회사로 둔갑한 예도 적지 않았다. 영지를 바친 대상이나 번사들의 봉록처분금이 자본이 되었다.

후쿠자와의 주장대로 교양계급이 기업에 투신하면서 자본주의 시장경제는 급성장을 이룩해갔다.

다가오는 시대를 꿰뚫어본 경제 대재(大才)

시부자와 에이이치(澁澤榮一)는 후쿠자와와 함께 전환기의 거대한 경제인의 큰 봉우리였다.

그는 30대에 새정부의 부름을 받았다. 그는 새로운 국가형성의 정열에 불타고 있었다. 좀더 보람있는 일을 하고 싶었다. 새나라를 만들고 싶다는 생각에서 개정괘(改正掛)라는 것을 만들었다. 지금의 용어로 프로젝트 팀에 해당한다.

어떤 부서에 몸담고 있든 연구심이 강한 젊은이를 모아 근무시간 중일망정 일본국 형성을 위해 크고 작은 계획을 짜냈다.

　시부자와가 위대했던 점은 그것을 조직한 자기를 '장(長)'이라고 부르지 않고, 그 조직의 한 구성원에 지나지 않는다는 입장을 취했다는 점이다. 여러 사람의 지혜와 힘을 모으는 조직을 만든 그의 유연성에 감탄하지 않을 수가 없다. 그러면서도 그는 '개정괘'를 출세의 발판으로 삼지 않았다.

　시부자와는 관에 몸을 담고 있는 동안 서양에 비해 일본 상공업자의 사회적 지위가 낮아, 이래서는 근대산업이 발전할 수 없다고 생각해서 대신(장관)이 되라는 권고를 사양하고는 재계의 주선인이 되어 상공업을 일으키는 데 큰 몫을 한다. 그는 또 '제1국립은행(第一國立銀行)'도 탄생시켰다.

　시부자와와 후쿠자와 두 사람의 큰 공통점은 상공의 지위 향상이라는 목표였다. 전환기에 우선 새로운 가치를 발견하고, 그 가치를 정당하게 평가받게 했으며, 실제로 추진할 힘을 기르는 데에 주력했다. 오늘날 일본의 놀라운 경제력은 이러한 지도자들의 힘으로 이루어졌다고 할 수 있다.

　국가적인 목표달성을 위해 개인의 영달 따위는 외면한 그들을 오늘날의 우리나라 정치경제인도 한 번쯤 음미해 보아야 할 것이다.

일본 근대국가에의 길

　봉건무력정권으로 국운이 좌우되던 전국시대의 일본에 세 인물이 나온다.

　《파천황》의 용병술의 천재인 오다 노부나가가 전국시대 통일의 문을 연다. 《대도(大道)》의 도요토미 히데요시(豊臣秀吉). 일자 무식에다 걸인이나 다름없는 신분으로 한 무장의 짚신하인에서 출발, 천하를 통일한다. 그 다음이 《대망(大望)》의 도쿠가와 이에야쓰(德川家康)이다. 어릴 때 볼모로 끌려다니는 비운 속에서 일어나 지혜와 인내로 천하를 잡는다.

　이에야스는 영주들의 무력을 완전 장악하여 도쿠가와 막부를 설치하고, 천하를 통치하게 된다. 그리고 275여 년 태평세월이 계속된다.

　그동안 세상은 변한다. 서양의 현대문명이 학문과 무력에서 경이적으로 다가온다. 진취적인 무사들은 영지를 떠나 떠돌이 낭사(浪土)가 되어 혈혈

단신으로 일본의 현대화와 천황 중심의 집권을 노리며 활약을 벌인다. 이러한 지사들이 늘어나서 막부파 암살 등, 극단적인 행동으로 나오자 막부 당국은 난국타개를 위해 비상대책을 세우게 된다.

《대망》제3부 첫머리는 바로 이 시점에서 시작된다. 그 뒤 시공을 초월한 다각적 분석에 의해, 막부 말기에서 메이지 초기까지 20년 동안의 풍운혈록(風雲血錄)이 계속된다.

이렇게 전국난세(戰國亂世)에서 메이지유신, 그리고 러일전쟁, 파란만장한 격동의 역사 360년 세계경제대국으로 발전하는 일본 근대국가 형성 전개가 《대망》총36권에 장엄하게 펼쳐졌다. 이제 그 대단원의 막을 내린다.

병원선

우암ㅇ

제1전대

러시아함대 1.15PM

3.30PM

제3전대

이 부근에서
적의 대형을
혼란시킴

1.15PM

천천히 발포개시

구축대

1.15PM

주대(主隊)

순양함대

3.30PM

황해해전도(제1합전)

제5, 제6전대, 구축함

사 하 회 전 도

봉천

	10월7일	12일	16일
일본군			
러시아군			

D는 사단

뎀포브스키 지대

서 부 병 단

사하보

동 부 병 단

혼

하

만보산

10월 16일

후퇴선

팔가자

침차보

아키야마지대

이대인둔

10월 16일의
전공선

봉집보

강대인둔

사

하

10월12일
의 전선

삼괴석

토문자

평대자

레넨칸프 지대

4D

5D

동연대

2D

6D

3D

10D

연대(옌타이)

우메자와
지대

본계호

태 자 하

기병제2여단

삼소노브 지대

0 5 10km

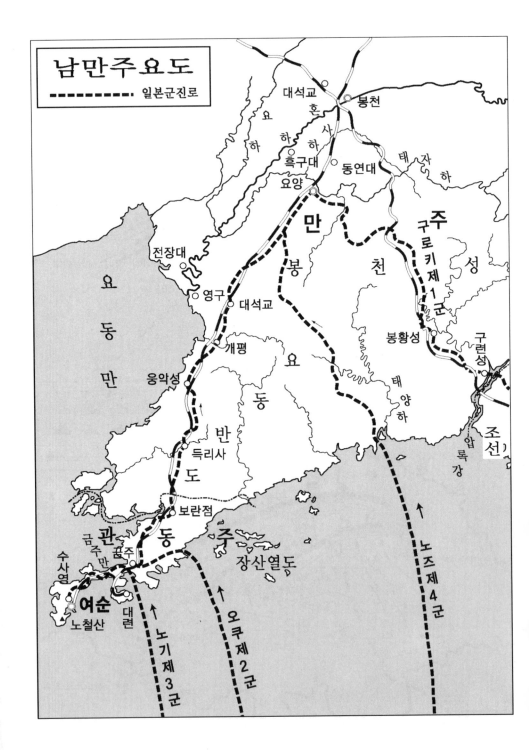

남만주요도

일본군진로

대석교
봉천
요
하
혼
하
하
사
하
흑구대
동연대
요양
태
자
하
주
성
만
구로키제1군
봉
천
전장대
영구
대석교
봉황성
구련성
요
동
개평
태
양
하
웅악성
조
선
반
득리사
도
압
록
강
보란점
요
동
관
주
수사영
금주만
금주
장산열도
여순
대련
노철산
노기제3군
오쿠제2군
노즈제4군

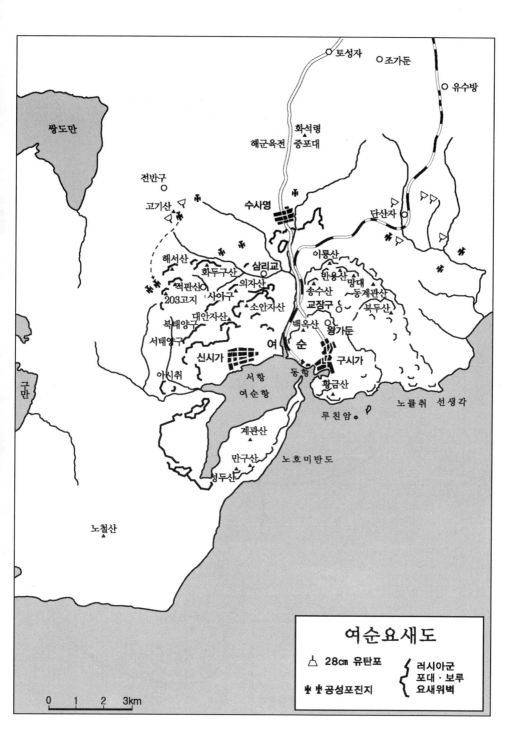

쌍도만

토성자
조가둔
유수방

화석령
해군육전 중포대

전반구
고기산
수사영
단산자

해서산
화두구산
삼리교
이룡산
적판산
의자산
반용산 망대
203고지
사아구
송수산
동계관산
소안자산
교장구
북두산
대안자산
백옥산
왕가둔
북태양구
서태양구
신시가
여 순
구시가
아신취
서항
여순항
동항
황금산
노룔취 선생각
루친암

계관산
만구산
노호미반도
성두산

노철산

여순요새도

△ 28㎝ 유탄포

💥 공성포진지

러시아군
포대·보루
요새위벽

0 1 2 3km

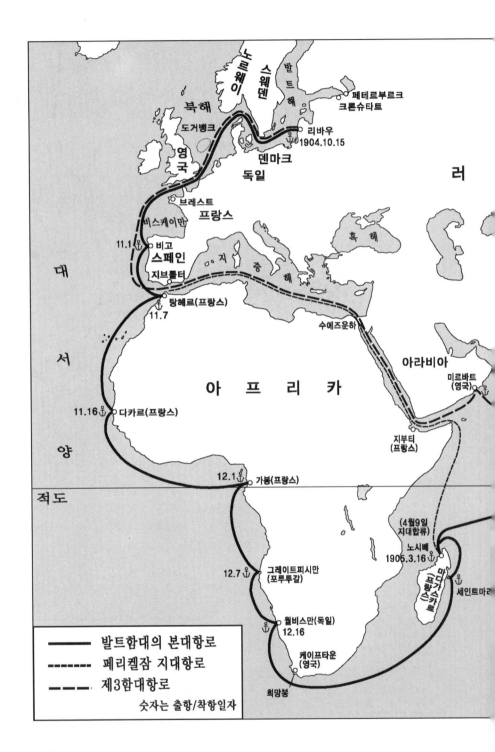

노르웨이
스웨덴
발트해
북해
페테르부르크
크론슈타트
도거뱅크
리바우
1904.10.15
영국
덴마크
독일
러
브레스트
프랑스
비스케이만
11.1 비고
스페인
지브롤터
흑해
지 중 해
수에즈운하
아라비아
탕헤르(프랑스)
11.7
미르바트
(영국)
아 프 리 카
11.16 다카르(프랑스)
지부티
(프랑스)
양
12.1 가봉(프랑스)
적도
(4월9일
지대합류)
노시베
1905.3.16
마
다
가
스
카
르
프
랑
스
세인트마
그레이트피시만
(포루투갈)
12.7
월비스만(독일)
12.16
케이프타운
(영국)
희망봉

━━━━━ 발트함대의 본대항로
-------- 페리켈잠 지대항로
---- 제3함대항로

숫자는 출항/착항일자

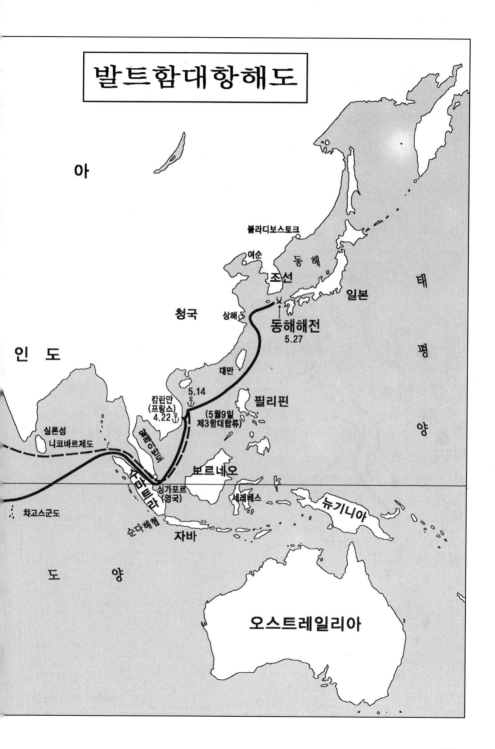

발트함대항해도

아

블라디보스토크

여순   동 해

조선

청국   상해   일본

동해해전
5.27

태

대만

평

5.14

칸란만
(프랑스)
4.22

필리핀

(5월9일
제3함대합류)

인 도

양

실론섬
니코바르제도

보르네오

셀레베스

뉴기니아

차고스군도

순다해협   싱가포르
(영국)

자바

도 양

오스트레일리아

637

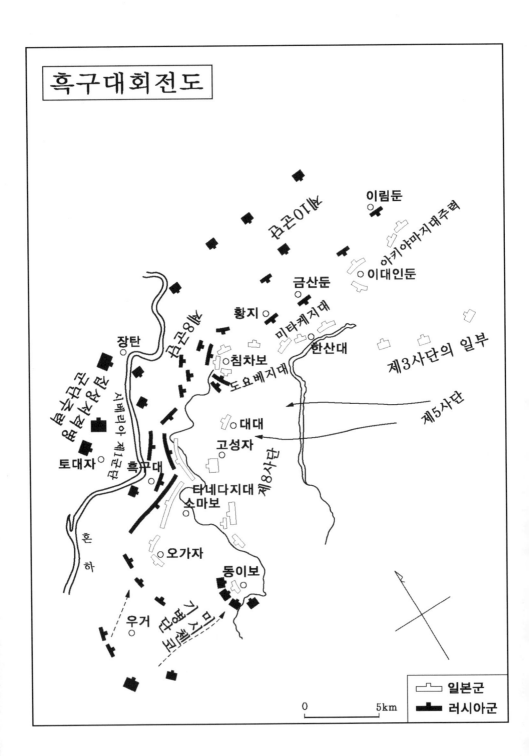

흑구대회전도

이림둔

금곤○대

아키야마지대주력

이대인둔

금산둔

황지

미타케지대

금곤8대

한산대

제3사단의 일부

침차보

장탄

도요베지대

제5사단

시베리아 제1군

대대

토대자

흑무대

고성자

러시아 제2군

제8사단

타네다지대

쇼마보

혼하

오가자

우거

동이보

무로즈미지대

일본군

러시아군

0   5km

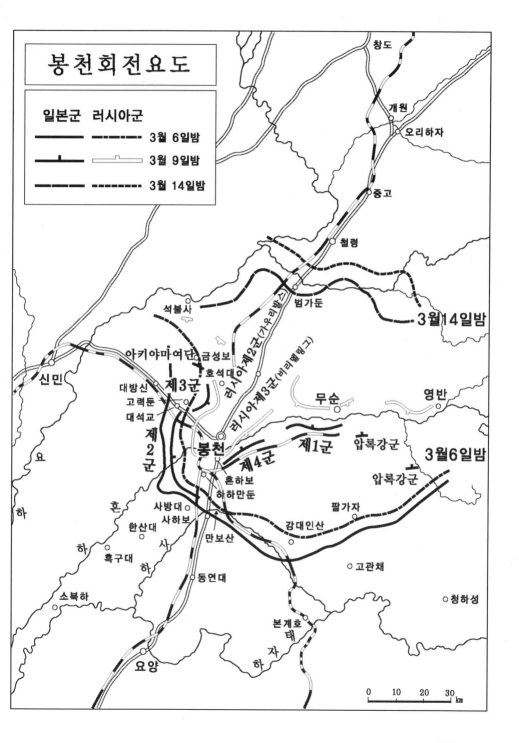

봉천회전요도

일본군 러시아군
3월 6일밤
3월 9일밤
3월 14일밤

창도
개원
오리하자
중고
철령
범가둔
3월 14일밤
석불사
아키야마여단 금성보
러시아제2군(가우리발그)
호석대
무순
영반
제3군
신민
대방신
고력둔
대석교
러시아제3군(메리렝그)
제2군
봉천
제4군
제1군 압록강군 3월 6일밤
요
하
혼하보
하하만둔
압록강군
사방대
사하보
팔가자
한산대
흑구대
만보산
강대인산
사
하
하
소북하
동연대
고관채
청하성
본계호
태
자
하
요양

0 10 20 30
km

639

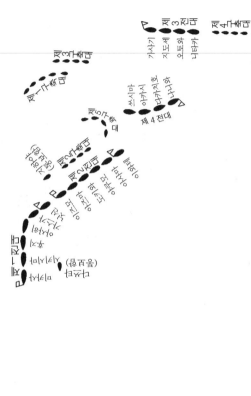

동해해전도 1
(5월 27일 오후 2시 위치)

제4구축대

제3전대
가시기
지도세
오토와
니타카

제3구축대

제1구축대

쓰시마
아카시
다카치호
나니와

제4전대

제5구축대

니신
가스가

제2전대

이즈모
아즈마
도키와
야쿠모

이와테

제1전대

시키시마
미카사
후지
아사히

(울료풍)
(료풍)
미카사

제5전대
이쓰키시마
진토시
마쓰시마
하시다테

제6전대
스마
이즈미
아키쓰시마
치요다

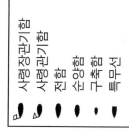
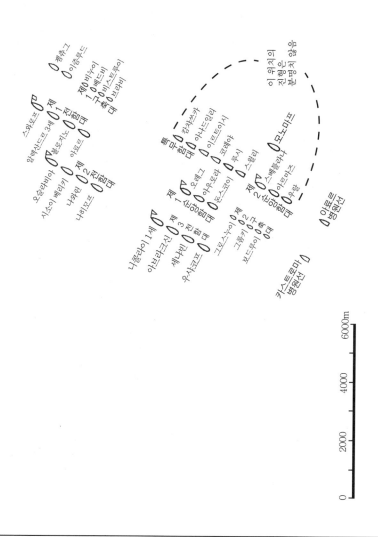

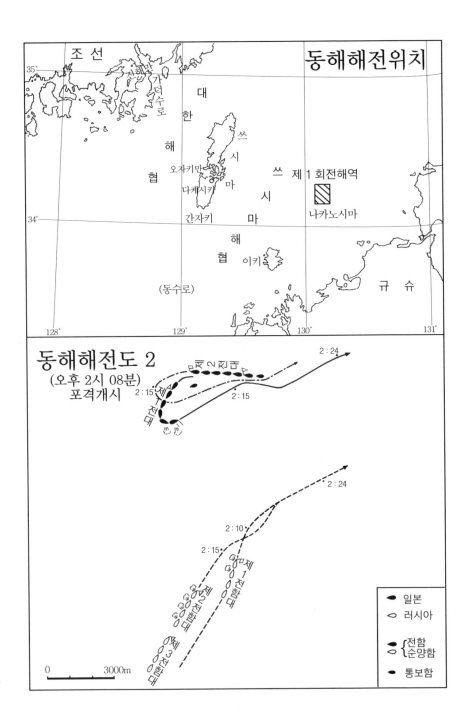

동해해전위치

조선

대한해협

쓰시마

제 1 회전해역

나카노시마

오자키만
다케시키
간자키

쓰시마해협

이키

(동수로)

규 슈

동해해전도 2
(오후 2시 08분)
포격개시

2:24
2:15
2:15

제2전함대

2:24
2:10
2:15
제1전함대
제2전함대
제3전함대

일본
러시아

전함
순양함

통보함

0   3000m

동해해전도 3
(오후 2시 40분)

다쓰타

제1전대

2:43

제2전대

2:35

지하야

2:47

아사마

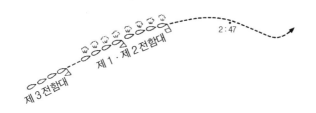

2:47

제1·제2전함대

제3전함대

동해해전도 4
(오후 3시 ~ 3시 15분)

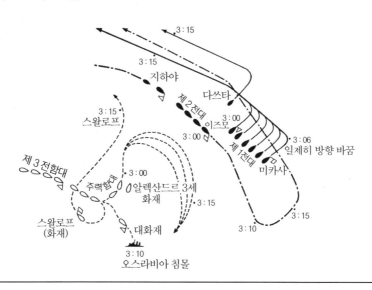

3:15

3:15

3:15

지하야

3:15

다쓰타

제2전대

스왈로프

3:00

이즈모

3:00

3:00

3:06

제1전대

일제히 방향 바꿈

제3전함대

미카사

주력함대

3:00

알렉산드르 3세
화재

스왈로프
(화재)

3:15

3:10

대화재

3:15

3:10

오스라비아 침몰

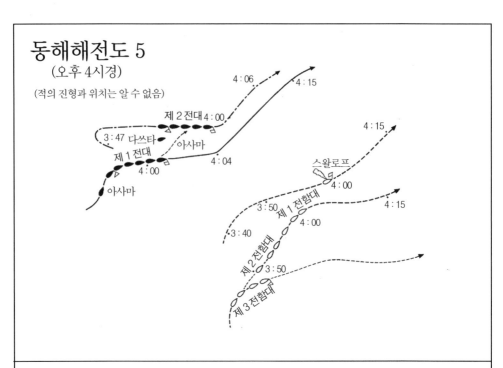

동해해전도 5
(오후 4시경)

(적의 진형과 위치는 알 수 없음)

4 : 06
4 : 15
제 2 전대 4 : 00
4 : 15
3 : 47 다쓰타
아사마
제 1 전대
4 : 04
스왈로프
4 : 00
아사마
4 : 00
4 : 15
제 1 전함대
3 : 50
4 : 00
3 : 40
제 2 전함대
3 : 50
제 3 전함대

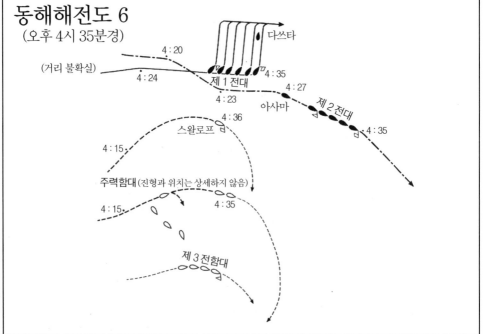

동해해전도 6
(오후 4시 35분경)

다쓰타
4 : 20
(거리 불확실)
4 : 24
제 1 전대
4 : 35
4 : 27
아사마
제 2 전대
4 : 23
4 : 36
스왈로프
4 : 35
4 : 15
주력함대 (진형과 위치는 상세하지 않음)
4 : 15
4 : 35
제 3 전함대

지은이
시바 료타로(司馬遼太郎)

그린이
전성보(全聖輔)

옮긴이
박재희 창춘사도대학일문학전공 김문운 니혼대학일문학전공
김영수 와세다대학일문학전공 문호 게이오대학일문학전공
유정 조지대학일문학전공 추영현 서울대학교사회학전공
허문순 경남대학불교학전공 김인영 숙명여대미술학전공

대망 36 언덕위 구름 3
지은이 시바 료타로/책임편집 박재희 추영현 김인영
1판 1쇄/1979. 12. 1
2판 1쇄/2005. 8. 8
2판 9쇄/2023. 4. 1
발행인 고윤주/발행처 동서문화사
창업 1956. 12. 12. 등록 16-3799
서울 중구 마른내로 144(쌍림동)
☎ 546-0331~3 (FAX) 545-0331
www.dongsuhbook.com

＊

＊

사업자등록번호 211-87-75330
ISBN 978-89-497-0376-3 04830
ISBN 978-89-497-0364-0 (3세트)